MOEWIG
SCIENCE FICTION

Piers Anthony

DIE DOPPELWELT

Herausgegeben von Hans Joachim Alpers

MOEWIG
Deutsche Erstausgabe

MOEWIG Band Nr. 3640
Moewig Taschenbuchverlag Rastatt

Titel der Originalausgabe: Split Infinity
Aus dem Amerikanischen von Thomas Ziegler

Umschlagillustration: Viktoria Poyser/UTOPROP
Umschlagentwurf und -gestaltung: Franz Wöllzenmüller, München
Redaktion: Hans Joachim Alpers
Verkaufspreis inkl. gesetzl. Mehrwertsteuer
Auslieferung in Österreich:
Pressegroßvertrieb Salzburg, Niederalm 300, A-5081 Anif
Printed in Germany 1984
Druck und Bindung: Elsnerdruck GmbH, Berlin
ISBN 3-8118-3640-4

1. Kapitel

Schlitterbahn

Er bewegte sich mit großer Selbstsicherheit, und die meisten anderen ordneten sich ihm unbewußt unter. Wohin er sich auch wandte, machte man ihm wie zufällig Platz, so daß er bequem seinen Weg fand; wenn er jemanden ansah, nickte der andere und verbeugte sich leicht. Er war ein Leibeigener wie alle anderen, nackt und ohne ein körperliches Merkmal seiner gesellschaftlichen Stellung; in der Tat wäre es ein Beweis abgrundtief schlechten Geschmacks gewesen, ihm irgendeine Beachtung zu schenken. Obwohl ihn hier jeder kannte. Sein Name war Stile.

Stile war eins Komma fünf Meter groß und wog fünfzig Kilogramm. In Begriffen der alten Sprache ausgedrückt, maß er fünf Fuß und elf Zoll und wog knapp einen Zentner oder acht Stein; oder seine Größe betrug knapp fünfzehn Handbreit und sein Gewicht einhundertzehn Pfund. Seine männlichen Mitmenschen waren bis zu einem halben Meter größer und fünfundzwanzig Kilo schwerer.

Er war durchtrainiert, aber nicht außergewöhnlich muskulös. Stattlich, ohne hübsch zu sein. Er grüßte seine Freunde nicht herzlich, und es waren auch nur wenige, die er als Freunde bezeichnete, und er war schüchtern, was Frauen betraf. Jedoch ging von ihm eine enorme Tatkraft aus, die sich anstelle menschlicher Wärme manifestierte.

Er schritt durch die Gitterhalle des Spielannex, wo er sich am liebsten aufhielt; außerhalb dieses Gebietes wurde er wieder zu einem Nichts wie die anderen. Er suchte gleichwertige Konkurrenten, aber zu dieser Stunde war niemand da. Pärchen standen in den Nischen, die sich rund um die gewundene Halle erstreckten, und in der Mitte drängten sich die Menschen zusammen und knüpften neue Verbindungen. Ein kühler, sanfter, mildblumiger Duft wehte aus den Luftschächten an der Decke, und die Sonnenprojektion warf ihr Licht über den Boden und spielte ihr eigenes Schattenspiel.

Stile, der dieses enge Gedränge nicht mochte, verweilte am Rand der Menschenmenge. Es war besser, wenn ihn jemand aufforderte.

Eine junge Frau erhob sich von einem der Sitze. Sie war nackt, natürlich, aber die Vollkommenheit ihres Körpers lohnte einen zweiten Blick. Stile wandte die Augen ab und gab vor, sie nicht bemerkt zu haben; Mädchen begegnete er mit besonderer Schüchternheit.

Ein hochgewachsener Jugendlicher stellte sich der Frau in den Weg. „Ein Spiel, Schätzchen?" Wie einfach es doch bei ihm wirkte!

Sie wies ihn mit einer schroffen Handbewegung zurück und ging weiter auf Stile zu. Ein Kind winkte ihr zu: „Ein Spiel, Fräulein?" Die Frau lächelte und lehnte, wenn auch freundlicher, wieder ab. Insgeheim lächelte Stile ebenfalls; offensichtlich erkannte sie das Kind nicht, aber er: Pollum, Stufe Zwei auf der Neunerleiter. Nicht in Stiles eigener Klasse, doch nichtsdestoweniger ein ernst zu nehmender Spieler. Hätte die Frau die Herausforderung angenommen, so hätte sie wahrscheinlich verloren.

Allerdings bestand kein Zweifel, daß sie Stile erkannte. Seine Augen waren weiter auf die Menschenmenge gerichtet, aber seine Aufmerksamkeit galt der Frau. Sie war von durchschnittlicher Größe – maß einige Zentimeter mehr als er –, aber von mehr als durchschnittlichen Proportionen. Ihre Brüste waren voll und makellos, straff, wippten vielsagend, während sie sich leichtfüßig bewegte, und ihre Beine waren lang und samthäutig. In anderen Gegenden stellten sich die Männer die ideale Frau als Nackte vor, aber oft war dies nicht der Fall; zu viele Frauen verloren an Wirkung, wenn sie ihre Körperteile nicht durch irgendwelche mechanischen Hilfsmittel abstützen konnten. Die Frau, die sich ihm näherte, war der Typ, der auch ohne Kleidung nicht an Form verlor.

Schließlich erreichte sie ihn. „Stile", murmelte sie.

Er drehte sich um, als ob er überrascht wäre, und nickte. Ihr Gesicht war so lieblich, daß es ihn erschreckte. Ihre Augen waren groß und grün, ihr Haar war hellbraun und mit blondgebleichten Strähnen durchsetzt, die sich bis zum Nacken zogen. Viel künstlerische Arbeit verbarg sich hinter der vermeintlich natürlichen Haartracht der Frauen. Ihre Gesichtszüge waren ebenmäßig und besaßen die besonderen Merkmale und Maße, die ihm zusagten, obwohl er nicht genau definieren konnte, welche es waren. Seine Schüchternheit wuchs, und er wagte nicht zu sprechen.

„Ich bin Sheen", sagte sie. „Ich würde dich gern zu einem Spiel herausfordern."

Sie konnte kein Spitzenspieler sein. Stile war mit dem Aussehen und dem Stil eines jeden guten Spielers jeder Jahrgangsleiter vertraut, und sie gehörte keiner Leiter an. Demzufolge war sie ein Amateur, ein Gelegenheitsspieler, möglicherweise recht geschickt in einigen Disziplinen, aber keinesfalls ein ernst zu nehmender Gegner. Ihr Körper war zu üppig für die meisten körperlichen Sportarten. Die Spitzensportlerinnen im Laufen, Ballspiel und Schwimmen waren kleinbusig, mager und schlaksig, und diese Beschreibung traf in keiner Weise auf Sheen zu. Folglich stand ihm kein körperlicher Wettkampf bevor.

Aber sie war schön, und er brachte kein Wort hervor. So nickte er zustimmend. Sie hakte sich bei ihm unter, auf eine ungezwungene, vertrauliche Art, die ihn überraschte. Stile hatte Frauenbekanntschaften gehabt, natürlich; sie kamen zu ihm, weil sie durch ihn im Rampenlicht der Öffentlichkeit stehen konnten, und seine weitbekannte Unschlüssigkeit verlieh ihnen ausgleichenden Mut. Aber diese Frau war so schön, daß sie es kaum nötig hatte, männliche Begleitung zu suchen; ganz im Gegenteil. Sie tat so, als ob er sie gesucht und erobert hätte. Vielleicht hatte er es, ohne es zu wissen; seine überragenden Leistungen im Spiel mochten sie aus der Ferne so beeindruckt haben, daß sie zu ihm gekommen war. Doch war das nicht die Art von Eroberung, die er bevorzugte: Solche Frauen waren hinter allen erfolgreichen Spielern her, ganz gleich, ob es sich bei ihnen nun um Jugendliche oder Greise handelte.

Sie fanden eine freie Nische. In ihrer Mitte erhob sich eine Säule, in die zwei einander gegenüberliegende Platten eingelassen waren. Stile wählte die eine Seite, Sheen die andere, und als ihr Körpergewicht auf den ovalen Markierungen des Fußbodens vor jeder Platte lastete, leuchteten die Platten auf. Die Säule war niedrig, so daß Stile Sheens Gesicht sehen konnte. Sie lächelte ihn an.

Verlegen durch diese offene Vertraulichkeit, senkte Stile den Kopf und betrachtete seine Platte. Es war eigentlich unnötig; er wußte genau, was auf ihr zu sehen war. Oben waren vier Kategorien aufgelistet: KÖRPERLICH – GEISTIG – RISIKO – KUNST, und unten links gab es vier weitere: NACKT – WERKZEUG – MASCHINE – TIER. Der Bequemlichkeit und des schnelleren Überblicks halber waren sie auch mit Buchstaben und Zahlen versehen: Oben mit 1 – 2 – 3 – 4, unten mit A – B – C – D. Die Zahlen waren hell erleuchtet; das Gitter hatte diese Wahlmöglichkeiten nach dem Zufallsprinzip ausgesucht.

DAS SPIEL: ERSTES GITTER

	1.KÖRPERLICH	2.GEISTIG	3.RISIKO	4.KUNST
A. NACKT				
B. WERKZEUG				
C. MASCHINE				
D. TIER				

Stile musterte Sheens Gesicht. Jetzt, da das Spiel begann und sie seine Gegnerin war, verschwand seine Schüchternheit. Er spürte, wie sich seine Haut leicht straffte, sein Herz schneller schlug, wie sich seine Gedanken klärten und sein Magen sich in Erwartung der Spannung, der Anstrengung des Wettkampfes zusammenzog. Bei einigen Menschen war diese Wirkung so intensiv, daß sie sie als Wettkämpfer untauglich machte, aber für ihn war es ein großartiges Gefühl, das ihn magisch anzog. Er lebte für das Spiel!

Selbst wenn sein Gegner ein hübsches Mädchen war, dessen kekke Brüste ihn über die Säule hinweg anstarrten. Was ging ihr durch den Kopf? Glaubte sie wirklich, ihn besiegen zu können, oder reizte sie nur das Abenteuer? War sie an ihn herangetreten, um ihn herauszufordern, oder war sie ein Groupie, dem es lediglich um eine Verabredung ging? Falls sie versuchen wollte zu gewinnen, würde sie KUNST wählen, möglicherweise GEISTIG, und KÖRPERLICH sicher vermeiden. War sie auf eine Herausforderung aus, würde sie RISIKO nehmen, da dies von ihrer Seite nur wenig Leistung erforderte. Hatte sie ein Abenteuer im Sinn, kam alles in Frage. Falls sie ein Groupie war, würde sie KÖRPERLICH wählen.

Natürlich lag die Wahl nicht bei ihr – *er* traf die Entscheidung. Aber seine Wahl würde teilweise von seinem Urteil über ihre Absichten und Fähigkeiten bestimmt werden. Er mußte sich in sie hineinversetzen, um jene Disziplin bestimmen zu können, die ihr am wenigsten lag, und so seinen Vorteil daraus ziehen.

Nun überlegte er, welche Sparte der von ihr kontrollierten Serie sie wohl höchstwahrscheinlich wählen würde. Ein richtiger Sportler würde sich für NACKT entscheiden, denn dies war die Essenz des Spiels: ein Wettkampf ohne Hilfsmittel, nur auf das eigene Geschick angewiesen. Jemand, der auf Abenteuer aus war, konnte alles nehmen, was wiederum von der Art des gewünschten Abenteuers abhing. Ein Herausforderer würde ebenfalls NACKT wählen – es gehörte zu einer Herausforderung. Für ein Groupie war NACKT die einzig sinnvolle Entscheidung. Demnach konnte er von dieser Prämisse ausgehen.

Nun, es wurde Zeit, das Spiel zu beginnen. Er berührte das Feld KÖRPERLICH und bewegte seine Hand so über die Tafel, daß sie seine Wahl anhand seiner Armbewegung nicht erkennen konnte.

Wie erwartet, hatte sie ihre Entscheidung schon getroffen. Sie lautete 1 A, KÖRPERLICH/NACKT.

Das zweite Gitter erschien. Die oberen Kategorien waren: 1. GETRENNT – 2. INTERAKTIV – 3. KAMPF – 4. ZUSAMMENARBEIT, und unten an der Seite standen A. EBENE – B. VERÄNDERLICHE OBERFLÄCHE – C. DISKONTINUIERLICH – D. FLÜSSIG. Die Buchstaben waren erleuchtet; er mußte dieses Mal unter den vertikalen Möglichkeiten wählen. Er hatte kein Interesse daran, mit ihr zu schwimmen oder am Barren zu turnen, obwohl sich dabei für jeden von ihnen verblüffende Aspekte ergeben konnten, wodurch die beiden letzten Punkte ausschieden. Er war ein ausgezeichneter Langläufer, aber er bezweifelte, daß Sheen darauf aus war, so daß die Ebene entfiel. Deswegen nahm er B, die VERÄNDERLICHE OBERFLÄCHE.

Sie wählte 1. GETRENNT; also doch kein Groupie! Sie würden sich also in irgendeinem Wettkampf messen und sich weder körperlich berühren noch einander direkt beeinflussen, obwohl es gewisse Ausnahmen gab. Gut. Er würde herausfinden, aus welchem Holz sie geschnitzt war.

Die Tafel zeigte nun eine Liste von verschiedenen Oberflächen. Stile sah wieder zu Sheen. Sie zuckte die Achseln, so daß er die Nummer eins wählte: LABYRINTHWEG. Nach der Berührung erschien der Begriff im ersten Quadrat eines Gitters mit neun Feldern.

Sie wählte die zweite Möglichkeit: GLASBERG. Es erschien im zweiten Quadrat.

Er plazierte STAUB-SCHLITTERBAHN im dritten Feld. Dann folgten QUERFELDEIN, DRAHTSEIL, SANDDÜNEN, FETTHÜGEL, SCHNEEBANK und KALKSTEINFELSEN. Das dritte Gitter war vollständig.

Nun mußte er seine Wahl unter einer der vertikalen Rubriken treffen und sie unter den horizontalen Reihen. Er wählte die dritte, sie die erste, und ihr Spiel stand fest: STAUB-SCHLITTERBAHN.

„Gibst du dich geschlagen?“ fragte er und drückte auf den entsprechenden Frageknopf, um die Maschine zu informieren. Sie hatte fünfzehn Sekunden Zeit, sein Ansinnen abzulehnen oder das Spiel verloren zu geben.

Ihre Antwort erfolgte umgehend. „Nein."

„Unentschieden?"

„Nein."

Er hätte beides nicht von ihr erwartet. Hin und wieder kam es zum Verzicht, wenn eine Partei derart klar im Vorteil war, daß es keinen Sinn hatte, mit dem Spielen zu beginnen – beispielsweise, wenn es sich bei dem Spiel um Schach handelte und der eine Spieler ein Großmeister war, während der andere noch nicht einmal die Regeln beherrschte. Oder wenn es zum Gewichtheben kam und die eine Partei ein Kind und die andere ein Muskelprotz war. Die Staub-Schlitterbahn war ein harmloses Vergnügen, das auch ohne den Reiz des Wettkampfes Spaß machte; niemand würde sich vorab geschlagen geben, sah man vielleicht von jemandem ab, der eine Phobie vor dem Fallen besaß – und eine derartige Person wäre niemals in diese Kategorie des Spieles geraten.

Und deswegen war ihre Reaktion seltsam. Sie hätte über seine scherzhaften Angebote lachen müssen. Statt dessen hatte sie sie ernst genommen. Das deutete darauf hin, daß sie der bevorstehende Wettkampf nervöser machte, als sie es sich anmerken ließ.

Dennoch war dies kein Turnierspiel! Wäre sie ein Dummkopf, hätte sie das Verzichtsangebot akzeptiert und wäre frei. Oder sie hätte sich mit einem Patt einverstanden erklären und dann ihren Freundinnen erzählen können, wie sie dem berühmten Stile ein Unentschieden abgerungen hatte. Sie schien also weder auf Ruhm noch auf Nervenkitzel aus zu sein, und er hatte bereits festgestellt, daß sie kein Groupie war. Sie wollte wirklich kämpfen – obwohl es wohl zuviel erwartet war zu hoffen, daß sie sich als geschickte Spielerin entpuppen würde.

Sie verließen die Nische, nachdem sie die Spielkarten an sich genommen hatten, die aus den Ausgabeschlitzen gefallen waren. Niemand durfte ohne sie an einem Spiel der unteren Klasse teilnehmen; alle mußten zuerst das Gitter absolvieren und sich dann paarweise am Ort des Wettkampfes melden. Das hielt unbeteiligte Personen davon ab, Unruhe auf dem Spielgelände zu stiften oder die Wettkämpfe zu stören. Natürlich konnten Kinder – und sie nutzten diese Gelegenheit auch – sich in spielerischen Wettkämpfen üben, und für ein Kind war der Spielannex ein riesiger Vergnügungspark. Aber mit zunehmendem Alter wurden sie vom Spiel immer mehr fasziniert, bis sie ihm schließlich rettungslos verfallen waren. Genau so war es auch Stile ergangen.

Die Staub-Schlitterbahn befand sich in einer anderen Kuppel, so daß sie die Röhrenbahn nahmen. Die Kabinentür glitt bei ihrem Erscheinen zur Seite und gab ihnen den Weg in das behaglich eingerichtete Abteil frei. Mehrere andere Leibeigene hatten schon ihre Plätze eingenommen: drei Männer mittleren Alters, die Sheen mit offener Bewunderung musterten, und ein Kind, dessen Augen aufblitzten, als es Stile erkannte: „Du bist der Jockey!"

Stile nickte. Er kam mit Kindern problemlos zurecht. Er war kaum größer als der Junge.

„Du hast alle Rennen gewonnen!" fuhr der Junge fort.

„Ich hatte gute Pferde", sagte Stile.

„Klar", stimmte der Junge befriedigt zu.

Jetzt wandten die drei anderen Passagiere ihre Aufmerksamkeit Stile zu, und sie schienen zu begreifen, daß er vielleicht ebenso interessant sein mochte wie das Mädchen. Aber die Bahn hielt an, die Tür öffnete sich, und alle betraten die neue Kuppel. Nach wenigen Sekunden hatten Stile und Sheen die anderen Reisenden aus den Augen verloren, und sie machten sich auf den Weg zur Staub-Schlitterbahn, ihre Karten griffbereit.

Die Schalterbeamtin der Schlitterbahn warf Stile ein Lächeln zu, als sie die Karten abstempelte. Er erwiderte das Lächeln, obwohl er wußte, wie töricht es war; sie war ein Roboter. Gesicht, Arme und Oberkörper waren einem Menschen perfekt nachempfunden, und nichts an ihrer Figur, ihrem Teint und ihrer Haut verriet, daß sie keine normale Frau war, aber ihr perfekter menschlicher Körper endete an der Schreibtischkante. Sie *war* der Schreibtisch, sie besaß überhaupt keine Beine. Es war, als ob ein himmlischer Handwerker sie aus einem Metallblock herausgeschnitten und ihr mit fortschreitender Arbeit Leben eingehaucht hätte – um dann sein Werk abzubrechen, als es erst zur Hälfte fertiggestellt war. Stile empfand ungewisses Mitleid für sie; besaß diese obere Hälfte wirklich ein Bewußtsein? Sehnte sie sich nach einem vollständigen menschlichen Körper – oder danach, ein vollständiger Schreibtisch zu sein? Wie fühlte man sich, wenn man eine halbe Sache war?

Sie gab ihm seine abgestempelte Karte zurück. Stile schloß seine Finger um ihre zarte Hand: „Wann hast du Feierabend, Süße?" fragte er und zwinkerte ihr zu. Was Maschinen anging, war er natürlich nicht schüchtern.

Sie war für derartige Situationen programmiert. „Pst. Mein Freund beobachtet uns." Sie deutete mit ihrer freien Hand auf den

Roboter neben ihr; ein Schreibtisch mit einem Paar männlicher Beine, die aus ihm hervorragten und an der verkehrt herum angebrachten Taille endeten. Die demonstrierten, wie man die schützenden Shorts trug, die man auf der Schlitterbahn anlegen mußte. Es waren extrem kräftige Beine, und die Hose war im Schnitt von beeindruckender Männlichkeit.

Stile sah bekümmert auf sich hinunter. „Oh, ich kann mich nicht mit ihm messen. Meine Beine reichen kaum bis zum Boden.“ Ein alter, irdischer Schriftsteller, Mark Twain, hatte diesen Satz geprägt, und Stile fand ihn gelegentlich recht nützlich. Er hakte sich bei Sheen unter, und sie gingen weiter zur Schlitterbahn.

Er befürchtete, daß Sheen eine Bemerkung über die Art machen würde, wie er mit Maschinen umging, aber sie schien nicht darauf geachtet zu haben. Ah, gut.

Die Schlitterbahn war ein spiralförmiger Berg aus gewundenen, voneinander abzweigenden und sich wieder vereinigenden Rinnen, in denen Staub floß – hygienische, unschädliche, nicht krebserzeugende, neutrale Teilchen aus durchsichtigem Plastik, die wie eine Flüssigkeit reagierten und von bemerkenswerter Schlüpfrigkeit waren. Das Ganze bot ein dramatisches Bild und gaukelte schäumende Wasserströme in Kanälen oder Schneebäche in einer Lawine vor.

Sie legten die Ledershorts und die Filtermasken an, die auf der Schlitterbahn vorgeschrieben waren. Der Staub war harmlos, aber er neigte dazu, in jede erreichbare Öffnung einzudringen – und der menschliche Körper besaß eine Reihe davon. Das war das einzige, das Stile bei diesem speziellen Spiel der unteren Klasse nicht gefiel: die Kleidung. Nur Bürger trugen normalerweise Kleidung, und bei einem Leibeigenen galt es als unschicklich, irgend etwas anzuziehen, wenn es nicht absolut erforderlich war. Mehr als unschicklich – es konnte zu einer sofortigen Beendigung des Aufenthaltes auf dem Planet Proton führen. Die Rodelshorts waren in dieser staubigen Umgebung notwendig, dennoch fühlte er sich unbehaglich. Ihre Enge und ihr Sitz erregten ihn, und in der Begleitung eines Geschöpfes wie Sheen war dies peinlich.

Sheen schien diese Sorgen nicht zu haben. Vielleicht war sie sich bewußt, daß die Shorts die Aufmerksamkeit auf jene Teile lenkten, die von ihnen bedeckt wurden, und ihre sexuelle Anziehungskraft steigerten. Stile fand wie viele Leibeigene einen gewissen verbotenen Reiz an Kleidung, vor allem, wenn jemand vom anderen Geschlecht bekleidet war; es symbolisierte so viel, von dem Leibeigene nur träumen konnten. Er mußte seinen Blick abwenden, um sich nicht in Verlegenheit zu bringen.

Sie fuhren mit dem Lift zum Scheitelpunkt der Schlitterbahn. Hier auf der Spitze waren sie der gerundeten Kuppel ganz nah, die Luft und Wärme einschloß. Durch ihr Geflimmer konnte Stile die Ödnis Protons erkennen, die von keiner Vegetation gemildert wurde. Rauchwolken trübten in der Ferne die giftige Atmosphäre.

Die Schlitterbahn stand dagegen in einem auffälligen Konstrast. Von der Spitze wanden sich sechs Rinnen in die Tiefe, und jede war halb mit fließendem Staub gefüllt. Farbiges Licht glühte von unten herauf, denn auch die Rinnen waren durchsichtig. Sie wurden rot, dann blaugrau und dann gelb, während die Scheinwerfer sich hin und her bewegten. Das Gewirr der Rinnen bildete ein blütenähnliches Muster von beeindruckender Schönheit. Auch wenn Stile das Tragen von Kleidung körperlich und gefühlsmäßig verabscheute, so entschädigte ihn die Aussicht, die sich ihm von dieser Stelle bot, und jedesmal erfüllte ihn für einen Moment leichte Ehrfurcht.

Einzeln betrachtet, schien das Farbenspiel einer jeden Rinne zufälliger Natur zu sein, aber als Ganzes formten sie in raschem Wechsel die Umrisse von Rosen, Lilien, Tulpen, Veilchen und Gardenien. Im richtigen Moment gaben Ventile die passenden Duftstoffe frei. Ein Künstler hatte diese Anlage entworfen, und Stile bewunderte seine Schöpfung. Er war schon oft hier gewesen, aber der Anblick beeindruckte ihn immer wieder aufs neue.

Sheen schien keine Notiz davon zu nehmen. „Halte dich bereit", sagte sie, als sie den Zufallsauslöser betätigte. Das Startsignal konnte jetzt jede Sekunde ertönen oder auch bis zu zwei Minuten auf sich warten lassen. Dieses Mal dauerte es eine knappe Minute. Die Sperren senkten sich, und Sheen sprang in die ihr nächste Rinne.

Stile, von ihrer Gewandtheit überrascht, sprang ihr nach. Sie wurden schneller und schossen mit den Füßen zuerst einen breiten, grün erleuchteten Hang hinunter und dann in die erste weiße Loopingkurve. Hinauf und wieder hinunter, kopfüber und quälend langsam am Scheitelpunkt, dann mit zunehmender Geschwindigkeit talwärts.

Sheen war schnell. Die Rundungen ihres Körpers paßten sich gut den Konturen der Schlitterbahn an. Der Staub staute sich hinter ihr und schob sie vorwärts. Stile, der ihr auf dem gleichen Weg folgte, versuchte ihr den Staubnachschub abzuschneiden und ihr so die

Weiterfahrt zu blockieren, aber ihr Vorsprung war zu groß, und sie setzte ihre Reserven zu geschickt ein.

Gut, es gab andere Möglichkeiten. Diese Rinne führte durch eine Zone erhöhter Gravitation, die nur langsam zu bewältigen war. Eine andere Rinne kreuzte sie und mündete in eine korkenzieherähnliche Spirale. Stile nahm diesen Umweg, wirbelte durch die Spirale und schoß an dem Mädchen vorbei.

Sie nahm eine andere Abzweigung, geriet in seinen Rücken und entzog nun ihm den Staub. Dies war der interaktive Aspekt der Schlitterbahn: der Kampf um den Staub. Stile wurde abgebremst, und sein Hinterteil schabte plötzlich über das rauhe Plastikmaterial der Rinne. Kein Staub, keine Bewegung!

Er packte den Rand der Rinne, stemmte sich ab und hebelte sich mit einem Ruck auf die Parallelspur. Es war ein schwieriges Manöver – erlaubt, aber nichts für Anfänger. Hier gab es wieder Staub, und er gewann an Geschwindigkeit – aber er hatte an Schwung verloren. Sheen blieb in ihrer Rinne, ritt auf dem aufgetürmten Staub vor ihm dahin – und jetzt hatten sie schon die Hälfte der Strecke zurückgelegt.

Stile erkannte unvermittelt, daß er sich einem richtigen Rennen gegenübersah. Das Mädchen war *gut*!

Er sprang zurück in ihre Rinne und schnitt ihr wieder den Staub ab – aber in diesem Moment sprang sie in seine soeben frei gewordene Rinne und behauptete weiter die Führung. Ein geschicktes Manöver! Offensichtlich hatte sie schon oft an diesem Rennen teilgenommen und kannte die Tricks, und unter den appetitlichen Rundungen ihres Körpers verbarg sich größere Behendigkeit, als er angenommen hatte. Aber jetzt hatte er die schnellere Rinne, und auf der Geraden war er im Staubreiten unschlagbar. Er schoß an ihr vorbei. Sie sprang ihm nach, aber schon war er in einer anderen Rinne. Bevor sie ihm folgen konnte, entfernten sich die beiden Bahnen voneinander, und er war in Sicherheit.

Sie beendeten das Rennen auf getrennten Wegen. Sie hatte eine schnelle Bahn erwischt und holte trotz der Geschicklichkeit auf, mit der er sich den Staub zunutze machte. Er erreichte knapp vor ihr das Ziel. Hintereinander schossen sie in die Bremsrinne, unter dem Beifall der anderen Spieler, die zugeschaut hatten. Es war ein gutes Rennen gewesen, von der Art, wie man es nur ein- oder zweimal am Tag sah.

Sheen erhob sich und schüttelte mit einer faszinierenden Bewegung den Staub von ihrem Oberkörper. „Ich kann nicht immer gewinnen“, bemerkte sie gelassen.

Trotzdem, es war ein beachtlicher Versuch gewesen. Seit Jahren hatte ihn niemand mehr gefordert. Stile sah ihr zu, als sie Maske und Shorts abnahm. Sie war von bezaubernder Schönheit – er empfand dies stärker als zuvor, denn nun hatte er erkannt, daß ihr Körper nicht nur wohlgeformt, sondern auch durchtrainiert war.

„Du interessierst mich“, sagte er. Nach jedem guten Spiel befand er sich in Hochstimmung, und seine Schüchternheit war auf ein Minimum reduziert.

Sheen lächelte: „Ich hatte es gehofft.“

„Du hast mich fast geschlagen.“

„Auf irgendeine Weise mußte ich deine Aufmerksamkeit erregen.“ Ein anderer Spieler lachte. Auch Stile mußte lachen. Sheen hatte ihre Fähigkeiten unter Beweis gestellt, und jetzt wollte er herausfinden, warum. Das gemeinsame Erlebnis hatte das Eis gebrochen; die Entdeckung, daß sich ihm eine neue Herausforderung bot, ließ ihn seine Zurückhaltung endgültig aufgeben und weckte sein männliches Interesse.

Er mußte sie nicht einmal bitten, mit ihm in seine Wohnung zu gehen. Sie war schon auf dem Weg.

2. Kapitel
Sheen

Sheen betrat sein Apartment, als sei es ihr eigenes. Sie drückte auf die Knöpfe seines Terminals und bestellte ein Menü aus Fruchtsalat, Proteinbrot und Blauwein.

„Offensichtlich weißt du über mich Bescheid“, sagte Stile während des Essens. „Aber ich weiß nichts von dir. Warum wolltest du ... meine Aufmerksamkeit erregen?“

„Ich bin eine Anhängerin des Spiels. Und ich könnte eine gute Spielerin sein. Aber ich habe so wenig Zeit – meine Aufenthaltsgenehmigung läuft in drei Jahren ab –, und ich brauche Unterricht. Von dem Besten. Von dir. So könnte ich gut genug werden.“

„Um an dem Turnier teilzunehmen“, schloß Stile. „Mir bleibt genausoviel Zeit. Aber du hättest dich auch an andere Spieler wenden können. Ich bin nur der zehnte auf meiner Leiter.“

„Weil du dieses Jahr nicht an dem Turnier teilnehmen willst“, unterbrach sie. „Du willst dich erst in deinem letzten Jahr auf Proton bewerben, denn die Aufenthaltsgenehmigung wird durch die Teilnahme eines Leibeigenen am Turnier ungültig. Aber du kannst jederzeit die Stufe Eins auf der 35-Jahre-Leiter erreichen, und die ersten fünf Plätze einer jeden Erwachsenen-Leiter sind automatisch qualifiziert ...“

„Danke für die Information“, sagte Stile mit milder Ironie.

Sie überhörte es. „Deshalb sorgst du dafür, daß du einerseits weit genug von den Spitzenreitern entfernt bist, falls einige von ihnen absteigen, und andererseits bleibst du ihnen so dicht auf den Fersen, daß du jederzeit die Führung übernehmen kannst. Du bist zweifellos der erfahrenste Spieler unserer Generation ...“

„Das ist übertrieben. Ich bin Jockey und kein ...“

„... und ich möchte von dir lernen. Ich biete dir ...“

„Ich kann mir vorstellen, was du mir anbieten willst“, unterbrach Stile und ließ seinen Blick über ihren Körper wandern. Nachdem sie nun einander kannten, konnte er dies tun, ohne verlegen zu werden. Seine anfängliche Schüchternheit wich zunehmender Kühnheit. Sie hatten schließlich zusammen gespielt. „Dennoch gibt es keine Möglichkeit, dir die für einen ernsthaften Wettstreit erforderlichen Voraussetzungen zu vermitteln, selbst wenn wir ein Jahrhundert Zeit hätten und nicht nur diese drei Jahre. Talent ist unabdingbar, und es muß gepflegt und weiterentwickelt werden. Vielleicht könnte ich dich so weit bringen, daß du die fünfte Stufe deiner Leiter ... Welche wäre das?“

„Altersklasse 23, weiblich.“

„Du hast Glück. Gegenwärtig gibt es nur drei Spielerinnen von Turnierklasse auf dieser Leiter. Mit der richtigen Anleitung könnte es einer begabten Person gelingen, einen der beiden verbleibenden Plätze einzunehmen. Aber obwohl du mir auf der Schlitterbahn ein gutes Rennen geliefert hast, bin ich nicht sicher, ob du das erforderliche Talent besitzt – und selbst wenn du dich für das Turnier qualifizierst, sind deine Chancen, es dort weit zu bringen, verschwindend gering. *Meine* Chancen sind nicht gut – deshalb arbeite ich bei jeder Gelegenheit hart daran, mich zu verbessern. Im Gegensatz zu deiner Meinung gibt es ein halbes Dutzend Spieler, die besser sind als ich, und eine Reihe anderer sind mir ebenbürtig. In jedem Jahr nehmen vier oder fünf von ihnen an dem Turnier teil, während andere sich nach vorn arbeiten und ihre Plätze einnehmen. Selbst mit ein wenig Glück stehen die Chancen für mich zu gewinnen eins zu zehn. Für dich ...“

„Oh, ich mache mir keine Illusionen, daß ich gewinne!“ erklärte sie. „Aber wenn ich einen der vorderen Plätze belege, könnte meine Aufenthaltsgenehmigung verlängert werden – und wenn auch nur für ein oder zwei Jahre ...“

„Davon träumt jeder“, versicherte er ihr. „Die Bürger setzen derartige Preise als Köder aus, aber nur eine von zweiunddreißig Personen gewinnt auf diese Weise ein zusätzliches Jahr.“

„Für diesen Traum würde ich alles geben“, sagte sie und suchte seinen Blick.

Stile war versucht, auf das Angebot einzugehen. Er wußte, daß er keine attraktivere Frau finden würde, und sie hatte im Spiel tatsächlich vielversprechendes Talent bewiesen. Die athletische Geschicklichkeit, mit der sie so flink und geschmeidig die Rinnen gewechselt hatte, würde ihr auch in vielen anderen Disziplinen Vorteile verschaffen. Er konnte zwei sehr angenehme Jahre verbringen, wenn er sie trainierte. Zwei äußerst angenehme Jahre.

Doch gerade dies schreckte ihn ab. Er hatte schon einmal geliebt und war enttäuscht worden, und er hatte Jahre gebraucht, um diese Enttäuschung zu überwinden – falls es ihm überhaupt gelungen war. *Tune*, dachte er mit leiser Wehmut. In vielerlei Hinsicht ähnelte Sheen seiner früheren Freundin.

Jedoch, was hatte er sonst noch außer diesen verbleibenden drei Jahren? Er würde alles verlieren, wenn er Proton verließ. Oh, er würde ein nettes Sümmchen zusammenhaben, genug Geld, um sich irgendwo in der Galaxis mit allen Annehmlichkeiten zur Ruhe zu setzen, und er konnte sich sogar auf der übervölkerten Erde niederlassen, aber im Grunde wollte er nichts anderes als auf Proton bleiben. Da ihm das kaum gelingen würde, konnte er ebensogut diese Jahre genießen. Sie hatte erwähnt, daß ihre eigene Aufenthaltsgenehmigung zur gleichen Zeit wie seine ablief, was bedeutete, daß sie zusammen Proton verlassen mußten. Eine interessante Perspektive, falls sich zwischen ihnen eine feste Beziehung entwikkelte. „Erzähl' mir von dir“, bat er.

„Fünf Jahre vor Ablauf der Aufenthaltsgenehmigung meiner Eltern wurde ich geboren“, sagte Sheen und ließ ihr Salatblatt sinken. Sie hatte wie viele schlanke Frauen nur wenig gegessen. „Ich bekam eine Anstellung bei einer Bürgerin, zuerst als Hausmädchen, dann als Krankenschwester. Ich war von Kindheit an von dem Spiel begeistert, und ich war sehr begabt, aber als meine Herrin älter wurde, benötigte sie immer mehr Pflege, bis ...“ Sie zuckte die Achseln, und jetzt, da der Wein angenehm in ihm prickelte und sie einander näherkamen, fand er Gefallen daran, wie sich ihre Brüste bei dieser Geste bewegten. O ja, sie machte ihm ein gutes Angebot – aber etwas ließ ihn zögern. „Seit sieben Jahren habe ich nicht mehr an einem Spiel teilgenommen", fuhr sie fort, „obwohl ich es oft über das Video meiner Herrin verfolgt und mich im stillen mit den Strategien und Techniken auseinandergesetzt habe. Meine Herrin besaß einen privaten Gymnastikraum, den sie sich auf Anraten ihres Arztes eingerichtet hatte; sie benutzte ihn nie, aber ich schlich mich oft hinein und trainierte dort. Letzte Woche ist sie gestorben, und deshalb habe ich, bis zur Regelung ihres Nachlasses und der Übergabe des Erbes, Urlaub bekommen. Ihr Erbe ist eine Frau und gesund, und ich glaube nicht, daß es sehr schwer für mich werden wird."

Es hätte auch anders kommen können, dachte Stile, wenn der Erbe jung, gesund und männlich gewesen wäre. Leibeigene besaßen keine Rechte, abgesehen von dem Recht, sich nach Ablauf der Aufenthaltsgenehmigung in guter körperlicher und geistiger Verfassung zu befinden, und niemand, der gesund war, würde Proton einen Tag früher als erforderlich verlassen. Leibeigene mußten, falls dies verlangt wurde, ihren Herrn auch als Mätresse oder Lustknabe dienen – und ihr Herr konnte sie auch jedem anderen zur Verfügung stellen. Ihre Körper waren das Eigentum der Bürger. Nur unter sich, ohne Vermittlung eines Bürgers, gewannen Beziehungen unter Leibeigenen an Bedeutung. So wie jetzt.

„Deshalb bist du zu mir gekommen", stellte Stile fest. „Um deine Gunst gegen meine Gunst einzutauschen."

„Ja." Es gab keinen Grund, wegen eines solchen Bekenntnisses zu zögern oder sich zu schämen. Da Leibeigene während der Dauer ihres Aufenthaltes weder über Geld noch Besitz oder Macht verfügten, waren Spielstatus und Sex die einzigen Mittel, die sie zum Erreichen ihrer Ziele einsetzen konnten.

„Ich bin geneigt, es zu versuchen. Sagen wir, für eine Woche, und dann überlegen wir es uns noch einmal. Vielleicht werde ich deiner überdrüssig."

Wieder gab es keinen Anlaß, dies als Beleidigung zu betrachten: Beziehungen zwischen männlichen und weiblichen Leibeigenen waren zwangsläufig oberflächlicher Natur, obwohl es erlaubt und möglich war zu heiraten. Stile hatte vor langer Zeit auf schmerzhafte Weise gelernt, daß nichts von Dauer war. Dennoch erwartete er eine schnippische Erwiderung von der Art, daß sie wahrscheinlich seiner eher überdrüssig werden würde.

Nichts derartiges geschah. „Als Teil meiner Beschäftigung mit dem Spiel habe ich mich auch in der Kunst geübt, Männer zu erfreuen", entgegnete Sheen. „Ich bin damit einverstanden, es diese Woche mit dir zu versuchen."

Eine faire Antwort. Und dennoch, fragte er sich, hätte nicht eine normale Frau, selbst die mißbrauchteste Leibeigene, mit Zorn auf die Gefühllosigkeit seines Vorschlages reagieren müssen? Er hätte ebensogut sagen können: „Vielleicht passen wir nicht zueinander." Er hatte es grober formuliert, um sie aus der Reserve zu locken. Sheen hatte nicht reagiert; sie blieb völlig sachlich. Erneut plagten ihn Zweifel. Gab es einen Haken dabei?

„Hast du besondere Interessen?" erkundigte sich Stile. „Musik?" Er hatte diese Frage eigentlich nicht stellen wollen, aber sie war ihm entschlüpft. Aufgrund seiner früheren Erfahrung assoziierte er Liebe mit Musik.

„Ja, Musik", nickte Sheen.

Sein Interesse war geweckt. „Welcher Art?"

Sie zuckte wieder die Achseln. „Jeder Art."

„Gesang? Instrumental – oder mechanisch erzeugte Musik?"

Sie runzelte die Stirn. „Instrumentalmusik."

„Welches Instrument spielst du?"

Sie sah verlegen drein.

„Oh – du hörst nur Musik", erkannte er. „Ich spiele eine Reihe von Instrumenten – allerdings bevorzuge ich die Blasinstrumente. Es gehört alles zum Spiel. Du wirst zumindest ein Instrument beherrschen müssen, oder deine Gegner werden deine Schwäche ausnutzen und so einfache Siege erringen."

„Ja, ich muß noch viel lernen", stimmte sie zu.

Was hätte sie wohl getan, wenn er für ihr Spiel KUNST statt KÖRPERLICH gewählt hätte? Da ihre Wahl auf NACKT gefallen war, hätten sie sich für GESANG, TANZ oder GESCHICHTEN entscheiden müssen, die unter A fallenden Möglichkeiten. Vielleicht war sie eine Geschichtenerzählerin. Allerdings machte sie nicht den Eindruck, als ob sie über die notwendige Phantasie verfügen würde.

„Laß uns direkt beginnen", schlug er vor und erhob sich vom Tisch. „Ich habe da ein Kostüm ..." Er drückte einen Knopf, und das Kostüm fiel aus einer Wandöffnung in seine Hand. Es war ein hauchzartes Negligé.

Sheen lächelte und nahm es entgegen. In der Abgeschiedenheit eines Apartments war Kleidung erlaubt, solange man die Diskretion wahrte. Wenn ein Videoanruf erfolgte oder ein Besucher erschien, würde sich Sheen verstecken oder sich das Kleidungsstück vom Leibe reißen müssen, um nicht von einem Dritten in diesem Aufzug überrascht und kompromittiert zu werden. Aber das steigerte nur die Erregung, den exquisiten, verführerischen Reiz ihres Treibens. Es war, auf stillschweigende Weise, die einzige Möglichkeit für einen Leibeigenen, den Lebensstil der Bürger nachzuahmen.

Sie streifte das Kostüm ohne Scham über und drehte eine Pirouette, so daß sich dabei der Stoff bauschte und ihre Beine entblößte. Stile fand dies unbeschreiblich erotisch. Er löschte das Licht, damit das Gewebe undurchsichtig wirkte und der Effekt verstärkt wurde. Ah, was Kleidung doch bei Frauen ausmachte, wie sie Schatten warf, wo normalerweise keine waren, und Mysterien schuf, wo es zuvor keine gegeben hatte.

Aber erneut wurde Stile von Zweifeln geplagt. Sheen war liebenswert – aber warum errötete sie nicht vor entzückter Scham? Warum hatte sie nicht gefragt, wie er in den Besitz dieses Gewandes gelangt war? Er hatte es sich geliehen, und sein Herr wußte davon und würde es in Kürze wieder zurückverlangen – aber jemand, der nichts von dem Liberalismus ahnte, den dieser Herr den Favoriten unter seinen Leibeigenen entgegenbrachte, mußte bestürzt darüber sein, daß er offenbar illegal Kleidungsstücke sammelte. Sheen hatte sich nichts anmerken lassen.

Im Grunde genommen bedeutete dies keinen Verstoß gegen das Gesetz – ebensowenig wie ein Mann gegen das Gesetz verstieß, der Verrat plante, ohne danach zu handeln. Stile war ein erfahrener Spieler und kannte sich in den feinen Nuancen menschlichen Verhaltens aus – etwas stimmte nicht mit Sheen. Aber was war es? Nichts an ihrem Verhalten konnte nicht auf jene Jahre zurückgeführt werden, die sie in halber Isolation mit der Pflege ihrer Bürgerin verbracht hatte.

Nun gut, vielleicht würde er noch darauf kommen. Stile schob sich näher an Sheen heran, und sie kam ihm freudig entgegen. Nichts von diesem Oh-tu-mir-bitte-nicht-weh- oder Fang-mich-wenn-du-kannst-Gehabe. Sie war nicht viel größer als er, so daß er sie nur leicht zu sich herunterziehen mußte, um sie zu küssen. Ihr Körper war geschmeidig und biegsam, und das Reiben der Gaze an ihrer Haut löste in ihm fiebriges Verlangen aus. Seit Jahren war er nicht mehr so schnell erregt gewesen.

Sie erwiderte seinen Kuß, und ihre Lippen waren hart und kühl. Plötzlich fügten sich all die kleinen merkwürdigen Beobachtungen zu einem klaren Bild zusammen, und er begriff, was sie war. Stiles Erregung wandelte sich in Zorn.

Er trug sie zum Couchbett. Sie sank willig darauf nieder, und es schien, daß ihr diese Situation vertraut war. Er setzte sich neben sie und fuhr mit seinen Händen über ihre Oberschenkel, die noch immer von dem aufreizenden Gewebe des Negligés bedeckt waren. Er glitt weiter und streichelte ihre Brüste, die durch das Gazematerial an erotischer Ausstrahlung gewannen. Eine nackte Frau in der Öffentlichkeit war nicht erregend, aber eine bekleidete privat ...

Seine Hände waren entspannt und sanft – aber sein Inneres wurde verzehrt von Zorn und Furcht. Er stand kurz davor, etwas zu tun, das seiner Gesundheit gefährlich werden konnte.

„Normalerweise hätte ich es nie bemerkt", sagte er.

Sie sah ihn scharf an. „Was bemerkt, Stile?"

Er antwortete mit einer Gegenfrage. „Wer könnte ein Interesse daran haben, mir einen humanoiden Roboter zu schicken?"

Sie versteifte sich nicht. „Ich weiß es nicht."

„Die Information müßte sich in deinen Speicherbänken befinden. Ich brauche einen Ausdruck."

Sie blieb gelassen. „Wie hast du herausgefunden, daß ich ein Roboter bin?"

„Gib mir den Ausdruck, und ich werde es dir verraten."

„Es ist mir nicht gestattet, meine Daten preiszugeben."

„Dann muß ich dich bei der Spiel-Überwachung melden", erklärte Stile ruhig. „Robotern ist es nicht erlaubt, gegen Menschen anzutreten, sofern sie nicht der direkten Kontrolle des Spiel-Computers unterstehen. Bist du eine Spiel-Maschine?"

„Nein."

„Dann befürchte ich, daß es unangenehm für dich werden wird. Unser Wettkampf ist aufgezeichnet worden. Wenn ich eine Beschwerde einreiche, wird man dich deprogrammieren."

Sie sah ihn an, und sie war immer noch liebenswert, obwohl er nun ihre wahre Natur kannte. „Ich wünschte, du würdest es nicht tun, Stile."

Wie stark war ihr programmierter Wunsch? Wie würde sie reagieren, wenn er sie in die Enge trieb? Es wurde allgemein behauptet, daß Roboter keinem Menschen Schaden zufügen konnten, aber Stile wußte es besser. Allen Robotern auf Proton war es verboten, Bürger zu verletzen oder gegen die Interessen der Bürger zu verstoßen oder irgend etwas zu unternehmen, das möglicherweise das Wohlbefinden eines Bürgers in Mitleidenschaft ziehen konnte – aber Leibeigenen gegenüber galten diese Verbote nicht. Normalerweise wurde das einfache Volk nicht von den Robotern belästigt, aber nur, weil Roboter die Leibeigenen einfach ignorierten. Wenn ein Leibeigener einen Roboter an der Ausübung seiner Pflichten hinderte, setzte er sich der Gefahr einer Verletzung aus.

Stile behinderte jetzt den Roboter Sheen. *„Schin"*, sagte er betont. „Eine Kurzform für Maschine. Jemand mit einem merkwürdigen Sinn für Humor hat dich programmiert."

„Ich besitze keinen Humor", sagte sie.

„Natürlich nicht. Das war dein erster Fehler. Als ich dir auf der Schlitterbahn ein Unentschieden angeboten habe, hättest du lachen müssen. Es war ein Witz. Du hast ohne Emotion reagiert."

„Ich bin für Emotionen programmiert. Für das Stigma der Liebe."

Das Stigma der Liebe. Eine Definition, wie sie nur ein Roboter benutzen konnte! „Nicht für die Wirklichkeit?"

„Auch für die Wirklichkeit. Es gibt keinen wesentlichen Unterschied. Ich bin hier, um dich zu lieben, falls du es erlaubst."

Bis jetzt gab es noch kein Anzeichen dafür, daß sie gewalttätig werden würde. Sehr gut. Roboter unterschieden sich nicht nur in ihren geistigen Fähigkeiten, sondern auch in ihren Körperkräften voneinander – es hing von ihrem Verwendungszweck und dem Grad ihrer technischen Vollkommenheit ab. Dieser Roboter schien ein hochentwickeltes Produkt zu sein. Das konnte bedeuten, daß sie die menschliche Gestalt und Natur so perfekt imitierte, daß sie nicht stärker war als eine richtige Frau. Aber er konnte sich nicht darauf verlassen. „Ich muß diesen Ausdruck haben."

„Ich werde dir meinen Auftrag nennen, wenn du meine wahre Natur nicht preisgibst."

„Ich kann dir nicht vertrauen. Du hast bereits versucht, mich mit deiner Geschichte über die kranke, pflegebedürftige Bürgerin zu täuschen. Nur der Ausdruck kann mir Klarheit verschaffen."

„Du machst alles nur noch schwerer. Meine Aufgabe ist es, dich vor allen Gefahren zu schützen."

„Ich fühle mich durch deine Anwesenheit eher bedroht als beschützt. Warum sollte ich Schutz benötigen?"

„Ich weiß es nicht. Ich soll dich lieben und beschützen."

„Wer schickt dich?"

„Ich weiß es nicht."

Stile aktivierte sein Wandvideo. „Spiel-Überwachung", sagte er.

„Tu es nicht!" rief Sheen.

„Ruf annulliert“, befahl Stile dem Video. Offenbar brauchte er keine Gewaltanwendung zu befürchten, und er besaß Einfluß auf sie. Es war wie ein Spiel. „Den Ausdruck.“

Sie senkte ihren Blick, neigte den Kopf. Ihr glänzendes Haar fiel über ihre Schultern und über den Stoff des Negligés. „Ja.“

Plötzlich tat sie ihm leid. War sie wirklich eine Maschine? Jetzt kamen ihm Zweifel. Aber selbstverständlich mußte diese Angelegenheit einer Prüfung unterzogen werden. „Ich habe hier ein Terminal“, sagte er, während er einen anderen Teil der Wand berührte. Ein Kabel, das in einen mehrzinkigen Stecker mündete, fiel ihm entgegen. Nur wenige Leibeigene verfügten über derartige Geräte – aber er gehörte zu den am privilegiertesten Leibeigenen auf Proton, und er würde es bleiben, solange er vorsichtig war und bei den Pferderennen Erfolg hatte. „Wo ist dein Anschluß?“ fragte er.

Sie wandte ihr Gesicht ab. Ihre Hand glitt hinauf zu ihrem rechten Ohr, und sie schob eine Haarlocke zur Seite und drückte gegen das Ohrläppchen. Ihre Ohrmuschel klappte auf und entblößte den Gehörgang.

Stile schloß das Kabel an. Strom floß. Kurz darauf fielen die mit Zahlen, Grafiken und Diagrammen übersäten Ausdrucke aus dem Wandschlitz. Er war zwar kein Computerspezialist, aber während seiner Ausbildung als Spieler hatte er sich auch mit Programmanalysen befassen müssen und weitere Erfahrungen durch die Auswertung fiktiver Rennen gesammelt, die er mit dem Computer simuliert hatte. Dies war auch der Grund, warum ihm von seinem Herrn das Terminal zur Verfügung gestellt worden war: Stile sollte als Jockey so gut wie möglich werden. Und er war sehr gut, denn er besaß sowohl einen wachen Verstand als auch einen flinken Körper.

Er pfiff leise, als er die Unterlagen durchsah. Er hatte es mit einem dualen Gehirn zu tun, das aus einer digitalen und einer analogen Komponente bestand und somit im Aufbau dem menschlichen Gehirn entsprach. Der hochentwickeltste Computer, mit dem ein Roboter ausgerüstet werden konnte. Er verfügte über ein kompliziertes Rückkopplungssytem, durch das die Maschine in die Lage versetzt wurde, aus Erfahrungen lernen und sich im Rahmen ihrer Primärdirektiven neu zu programmieren. Im Lauf der Zeit konnte sie so seine geistigen Fähigkeiten verbessern. Kurz, sie besaß Intelligenz und ein Bewußtsein – sie war dem Menschen so ähnlich, wie es einer Maschine möglich war.

Rasch konzentrierte sich Stile auf den wichtigsten Teil: auf ihre

Herkunft und ihr Primärprogramm. Ein Roboter konnte lügen, stehlen und ohne Bedenken töten, aber er konnte nicht gegen sein Primärdenken verstoßen. Er suchte die relevanten Daten heraus und gab sie dem Analysator wieder ein.

Die Zusammenfassung war kurz: KEINE DATEN ÜBER HERKUNFT. DIREKTIVE: SCHÜTZE STILE VOR GEFAHREN. SUBDIREKTIVE: LIEBE STILE.

Was sie ihm gesagt hatte, stimmte. Sie wußte nicht, wer sie geschickt hatte, und ihre Sorge galt allein seiner Sicherheit. Hinzu kam noch die Liebe, damit sie ihn nicht auf eine Weise beschützte, die ihn Kopf und Kragen kosten konnte. Eine notwendige Vorsichtsmaßnahme, wenn man es mit ansonsten gefühllosen Robotern zu tun hatte. Diese Maschine war tatsächlich um ihn besorgt. Er hätte sie beim Wort nehmen können.

Stile zog das Kabel heraus, und Sheen befestigte mit leicht zitternden Händen ihr Ohr wieder an seinem Platz. Erneut wirkte sie vollkommen menschlich. Er war unnachgiebig gewesen, als sie sich ihm widersetzt hatte; jetzt fühlte er sich schuldig. „Es tut mir leid", murmelte er. „Ich mußte mich vergewissern."

Sie wich seinem Blick aus. „Du hast mich vergewaltigt."

Stile sah ein, daß ihr Vorwurf zutraf. Er hatte ihre Daten ohne ihr wahres Einverständnis abgerufen. Er hatte sie genötigt, sie unter Druck gesetzt. Es gab auch eine körperliche Analogie: das Eindringen des steifen Kabelendes in eine intime Öffnung, um sich das zu holen, was allein ihr gehörte. „Ich mußte es wissen", wiederholte er stockend. „Ich bin ein sehr privilegierter Leibeigener, aber eben nur ein Leibeigener. Warum sollte jemand einen teuren Roboter schikken, um einen Mann zu beschützen, der nicht bedroht wird? Ich konnte es mir nicht leisten, deiner Geschichte ohne Prüfung Glauben zu schenken, zumal deine erste Geschichte nicht richtig war."

„Ich bin programmiert, so zu reagieren, wie eine richtige Frau reagieren würde!" brauste sie auf. „Eine richtige Frau würde nicht behaupten, aus einer Maschinenfabrik zu kommen, oder?"

„Das ist richtig ...", stimmte er zu. „Aber trotzdem ..."

„Der wichtigste Punkt ist meine Primärdirektive. Sie verlangt, daß ich einem Mann zu gefallen habe – und zwar dir – und daß ich diesen Mann lieben und alles tun muß, um ihm zu helfen. Ich wurde so entworfen, daß ich der Frau, mit der du früher zusammen gewesen bist, teilweise ähnlich sehe, ohne ihr allerdings zu stark zu gleichen, obwohl die Ähnlichkeit groß genug ist, um deinen Geschmack anzusprechen ..."

„Das ist dir gelungen“, bestätigte er. „Du hast mir auf den ersten Blick gefallen, und ich wußte nicht, warum.“

„Ich bin gekommen, um dir alles zu geben, was ich geben kann, und das ist recht viel, den Zauber des weiblichen Mysteriums eingeschlossen. Ich habe sogar dieses lächerliche Gewand angezogen, das keine menschliche Frau tragen würde. Und du ... du ...“

„Ich habe das Mysterium zerstört“, beendete Stile den Satz. „Hätte es eine andere Möglichkeit gegeben, um mich davon zu überzeugen, daß ...“

„Oh, ich nehme an, dir blieb keine andere Wahl. Du bist ein Mann.“

Stile warf ihr einen überraschten Blick zu. Ihr Gesicht war immer noch abgewandt, ihr Blick nach unten gerichtet. „Besitzt du, ein Roboter, wirklich Gefühle?“

„Ich bin dafür programmiert!“

Das stimmte. Er trat zu ihr, um ihr ins Gesicht zu sehen. Sie wandte sich erneut ab. Er streckte seine Hand nach ihr aus.

„Faß mich nicht an!“ schrie sie.

Was für ein Programm! „Hör zu, Sheen. Ich entschuldige mich. Ich ...“

„Entschuldige dich nicht bei einem Roboter! Nur ein Idiot würde sich mit einer Maschine unterhalten.“

„Richtig“, pflichtete er ihr bei. „Ich habe mich wie ein Dummkopf aufgeführt, und jetzt möchte ich versuchen, es nach Kräften wiedergutzumachen.“

Er versuchte wieder, ihr ins Gesicht zu sehen, und erneut drehte sie sich fort. „Verdammt, schau mich an!“ brüllte er. Er war innerlich aufgewühlt, und Verwirrung, Kummer und Mut wechselten einander in rascher Folge ab.

„Ich bin hier, um dir zu dienen; ich muß gehorchen“, sagte sie und wandte ihm ihren Blick zu. Ihre Augen glänzten, und ihre Wangen waren feucht. Humanoide Roboter konnten natürlich weinen; sie konnten fast alles, was Menschen konnten. Diese Maschine war programmiert, auf diese Weise zu reagieren, wenn sie verletzt oder beschimpft wurde. Er wußte das – dennoch war er seltsam bewegt. Sie ähnelte tatsächlich jener Frau, die er einst geliebt hatte. Die Sorgfalt, mit der man sie konstruiert hatte, war ein Beweis für die erschreckende Macht, über die die Bürger dieses Planeten verfügten. Auch die privatesten, verborgensten Dinge konnten jederzeit von den Computerspeichern abgerufen werden.

„Du bist hier, um mich zu beschützen, und nicht, um mir zu dienen, Sheen.“

„Ich kann dich nur beschützen, wenn ich bei dir bleibe. Jetzt, wo du weißt, was ich bin ...“

„Warum bist du so negativ? Ich habe dich nicht fortgeschickt.“

„Ich wurde konstruiert, um dich zu erfreuen, und man hat mir den Wunsch eingegeben, dich zu erfreuen. Damit ich meine Pflicht besser erfüllen kann. Jetzt kann ich es nicht mehr.“

„Warum nicht?“

„Warum quälst du mich? Glaubst du, daß programmierte Gefühle schwächer sind als menschliche? Daß die Elektrochemie der Unbelebten weniger wert ist als die der Lebenden? Daß meine Illusion, ein Bewußtsein zu besitzen, weniger überzeugend ist als deine Illusion, dein Schicksal selbst bestimmen zu können? Ich existiere, um eine bestimmte Aufgabe zu erfüllen, und du hast mich daran gehindert, meiner Bestimmung nachzukommen, und jetzt gibt es für mich keinen Grund mehr weiterzuexistieren. Warum konntest du mich nicht als das akzeptieren, was ich zu sein schien? Mit der Zeit wäre ich immer vollkommener geworden. Ich hätte ein wirklicher Mensch werden können.“

„Du hast meine Frage nicht beantwortet.“

„Und du hast meine nicht beantwortet!“

Von einem Moment zum anderen änderte Stile seine Strategie. Dies war der weiblichste Roboter, dem er je begegnet war! „Nun gut, Sheen. Ich beantworte deine Fragen. Warum quäle ich dich? Antwort: Ich quäle dich nicht – aber falls ich dir wehgetan haben sollte, tut es mir leid.Ich wollte dich nicht verletzen. Glaube ich, daß deine programmierten Gefühle weniger wert sind als die der Sterblichen? Antwort: Nein, ich glaube, daß ein Gefühl ein Gefühl ist, gleichgültig, welchen Ursprung es besitzt. Einige meiner Gefühle sind kurzsichtig, unvernünftig und unwürdig; sie beherrschen mich auf die gleiche Weise. Ist deine Illusion, ein Bewußtsein zu besitzen, weniger überzeugend als meine Illusion, über einen freien Willen zu verfügen? Antwort: nein. Wenn du glaubst, daß du ein Bewußtsein hast, dann mußt du auch ein Bewußtsein haben, denn dies ist es, was ein Bewußtsein ausmacht. Ein Rückkoppelungsprozeß. Ich mache mir nicht viele Illusionen, was meinen freien Willen betrifft. Ich bin ein Leibeigener und unterliege dem Willen meines Herrn. Ich bezweifle nicht, daß ich von einer Vielzahl anderer Dinge abhängig bin, die mir selten bewußt werden, wie die Schwerkraft und mein genetischer Kode und die Verhaltensregeln der Gesellschaft. Der Großteil meiner Freiheit existiert in meinem Kopf – so ist es auch mit deinem Bewußtsein. Warum konnte ich dich nicht als das akzeptieren, was du zu sein schienst? Weil ich ein geschickter Spieler bin, zwar nicht der beste, den es je gegeben hat, aber wahrscheinlich wird man mich eines Tages als einen der besten Spieler meiner Generation ansehen. Ich bin nicht wegen meiner zwergenhaften Gestalt so erfolgreich, sondern aufgrund meiner geistigen Fähigkeiten. Indem ich mich selbst und alle anderen, denen ich begegne, in Frage stelle und dadurch begreife. Wenn ich eine Unstimmigkeit feststelle, muß ich ihr auf den Grund gehen. Du bist attraktiv, du bist hübsch, du gehörst zu der Sorte Frauen, die meinem Idealbild entsprechen, selbst deine Größe stimmt, denn es wäre zu durchschaubar für mich, eine Frau zu haben, die kleiner ist als ich, und ich mag es nicht, in dieser Hinsicht durchschaubar zu sein. Du hast dich mir aus keinem einleuchtenden Grund genähert, du hast nicht gelacht, als du hättest lachen müssen, du hast nicht richtig reagiert. Du schienst über bestimmte Dinge Bescheid zu wissen, aber als ich nachgeforscht habe, steckte nichts dahinter. Nachzuforschen ist für mich selbstverständlich – es gehört zu meinem Charakter. Ich wollte wissen, was du von Musik hältst, und du zeigtest Interesse, ohne nähere Angaben machen zu können. Dinge dieser Art. Sie sind typisch für programmierte, künstliche Intelligenzen. Selbst die besten Modelle besitzen nur ein Prozent der menschlichen Denkfähigkeit. Ein richtig programmierter Roboter kann unter kontrollierten Bedingungen so intelligent wie ein Mensch wirken, weil er bestimmte, relevante Informationen sofort verfügbar hat. Ein Mensch ist weniger effizient konstruiert, unwichtige Erinnerungen verdecken die wichtigen, und an seine Information gelangt er nur auf Umwegen. Aber die Intelligenz des Roboters ist trügerisch, und das zeigt sich rasch, wenn man sich jene scheinbaren Umwege einmal näher anschaut. Der Verstand eines Sterblichen ähnelt einer Wildnis, mit einer ungeheuren Menge moderndem Wissens und halbverstandener Erfahrungen, die der Phantasie ungezählte Schlupflöcher bieten. Ein Roboter ist diszipliniert, zivilisiert. Er hat kein riesiges und weitgehend ungenutztes unbewußtes Reservoir, auf das er zurückgreifen kann, keinen Schatz aus diffusen, halbvergessenen, wieder auflebenden Eindrücken. Er weiß, was er weiß, und wo er unwissend ist, da ist er unwissend, und die Trennlinie ist scharf umrissen. Deshalb besitzt ein Roboter keine Intuition, was die höfliche Umschreibung dafür ist, daß er nicht beständig in dem Mahlstrom seines psychischen Müllhaufens herumwühlt und unverhoffte Einsichten herauszieht. Dein Verstand arbeitet geradliniger als meiner – und das erregte mein Mißtrauen, und aus diesem Grund konnte ich dich nicht als das akzeptieren, was du auf den ersten Blick zu sein schienst. Ich wäre ein schlechter Spieler, wenn ich so etwas hinnehmen würde."

Sheens Augen hatten sich geweitet. „Du hast geantwortet!"

Stile lachte. Es war fast eine improvisierte Vorlesung gewesen! „Ich frage dich erneut: Warum nicht?"

„Weil ich Sheen-Maschine bin. Ein anderer Mann wäre mit dem Äußeren, der perfekten weiblichen Form, zufrieden gewesen: Dies ist ein Grund dafür, daß es Maschinen wie mich gibt. Aber du bist zu tief in der Wirklichkeit verwurzelt, wie verwirrend sie dir auch vorkommen mag. Der gleiche Drang, der dich veranlaßt hat, meine wahre Natur zu ergründen, wird dich veranlassen, die Illusion abzulehnen, die ich dir biete. Du willst eine richtige, lebendige Frau, und du weißt, daß ich es nicht bin und nie werden kann. Du wirst nicht lange deine Zeit damit verschwenden, mit mir zu reden, als ob ich es wert wäre."

„Du irrst dich in mir. Meine Logik ist anders als deine. Ich habe gesagt, daß du Beschränkungen unterliegst. Ich habe nicht behauptet, daß du nichts wert bist."

„Das ist auch nicht nötig. Es ist typisch für dich, daß du selbst zu Maschinen höflich bist, wie bei der Schalterbeamtin der Staubschlitterbahn. Aber das war nur ein flüchtiger Moment, und es spielte sich in der Öffentlichkeit ab – hier in der Abgeschiedenheit deiner Wohnung ist es nicht erforderlich. Jetzt, wo ich dich näher kennengelernt und entdeckt habe, wieviel mehr in dir steckt, als der Computer weiß, wird mir klar, wie dumm es von mir war ..."

„Eine dumme Maschine?"

„... anzunehmen, ich könnte dich über längere Zeit hinweg täuschen. Ich habe verdient, daß du mich so behandelst."

„Ich bin nicht sicher, ob du es verdient hast, Sheen. Man hat dich unvorbereitet zu mir in meinen Dschungel geschickt, ohne realistisches Programm."

„Danke", sagte sie mit einer gewissen, für eine Maschine ungewöhnlichen Ironie. „Ich bin davon ausgegangen, daß du das Angebotene annehmen würdest, wenn du es begehrst, und jetzt weiß ich, daß dies eine einfältige Vorstellung war. Was soll ich jetzt machen? Ich kann nirgendwo hingehen, und ich möchte nicht schon jetzt verschrottet werden. Ich habe noch viele Jahre vor mir, bis meine Teile abgenutzt sind."

„Wieso – du wirst natürlich bei mir bleiben."

Sie sah ihn blicklos an. „Ist das humorvoll gemeint? Sollte ich lachen?"

„Mir ist es ernst", versicherte er.

„Ohne vernünftigen Grund?"

„Ich bin unvernünftig, von deinem Standpunkt aus betrachtet. Aber in diesem Fall habe ich einen Grund."

Sie zog auf fast menschlich wirkende Art die offensichtliche Schlußfolgerung. „Willst du, daß ich deine Dienerin werde? Du kannst das von mir verlangen, wie du mich gezwungen hast, dir mein Programm zu offenbaren. Ich bin in deiner Gewalt. Aber ich bin für eine andere Art der Beziehung programmiert."

„Leibeigene dürfen keine Diener haben. Ich will dich für den Zweck, für den du entworfen bist."

„Schutz und Romanze? Ich bin zu logisch, um das zu glauben. Du bist nicht der Typ, der sich in irgendeiner Weise mit einer Maschine begnügt." Dennoch schien sie ein wenig Hoffnung geschöpft zu haben. Stile wußte, daß ihr Mienenspiel – wie ihr gesamter Körper – ein künstliches Produkt war; vielleicht bildete er sich die Gefühlsregung auch nur ein. Trotzdem war er gerührt.

„Du machst dir zu viele Gedanken. Letzten Endes muß ich mich Frauen meiner eigenen Art zuwenden. Aber im Augenblick gefällt es mir, auf das Spiel einzugehen – zumindest, bis ich herausgefunden habe, was das für eine Gefahr ist, vor der mich ein humanoider Roboter beschützen muß."

Sie nickte. „Ja, das klingt logisch. Ich sollte mich als deine Freundin ausgeben, um so ständig in deiner Nähe zu sein, selbst wenn du schläfst, und dich vor allen Gefahren beschützen. Wenn du so tust, als ob du mich akzeptierst, kann ich diesen Teil meiner Aufgabe erfüllen."

„Warum sollte ich so tun? Ich akzeptiere dich, so wie du bist."

„Hör auf!" schrie sie. „Du kannst dir nicht vorstellen, wie es ist, ein Roboter zu sein! Nach dem Bilde eines Ideals erschaffen und dennoch auf ewig verdammt zu sein, den Erwartungen nicht gerecht zu werden ..."

Zorn flackerte in Stile auf. „Sheen, vergiß deine Logik, und hör zu." Er setzte sich neben sie auf die Couch und nahm ihre Hand. Ihre Finger zitterten in menschlicher Erregung. „Ich bin ein kleiner Mann, kleiner als fast jeder andere, den ich kenne. Als Kind wurde ich gequält und von vielen Spielen ausgeschlossen, weil die anderen nicht glauben wollten, daß ich es mit ihnen aufnehmen konnte. Meine Unzulänglichkeit war so offensichtlich, daß die anderen oft nicht einmal bemerkten, daß sie meine Gefühle verletzten, wenn sie mich zurückwiesen. In der Pubertät wurde es noch schlimmer; kein Mädchen wollte sich mit einem Jungen einlassen, der kleiner war als es selbst. Als Erwachsener ist man subtileren Zurückweisungen ausgesetzt – vielleicht ist dies das schlimmste. Menschen messen der Körpergröße unverhältnismäßig viel Bedeutung bei. Hochgewachsene Männer gelten als Führungspersönlichkeiten, kleine Männer sind die Clowns. In Wirklichkeit sind kleine Menschen im allgemeinen gesünder als große. Sie sind ausgeglichener, sie leben länger. Sie essen weniger, verschwenden weniger, benötigen weniger Platz. Ich profitiere davon. Diese Vorteile machen mich zu einem meisterhaften Spieler und zu einem Spitzenjockey. Aber kleine Leute werden nicht ernst genommen. Meiner Meinung wird nicht der gleiche Respekt entgegengebracht wie der eines großen Mannes. Wenn ich einem anderen Menschen begegne und mein geradeaus gerichteter Blick trifft sein Kinn, dann weiß er, daß ich minderwertig bin, und so denkt jeder, und es ist schwer für mich, nicht selbst daran zu glauben.“

„Aber du bist nicht minderwertig!“ protestierte Sheen.

„Genausowenig wie du! Hilft dir dieses Wissen?“

Sie schwieg. „Wir haben es nicht mit einer objektiven Angelegenheit zu tun“, fuhr Stile fort. „Selbstachtung ist subjektiv. Sie kann auf Dummheit basieren, aber sie ist für die Motivation eines Menschen entscheidend. Du hast gesagt, ich könnte mir nicht vorstellen, was es bedeutet, immer verdammt zu sein, den Erwartungen nicht zu entsprechen. Aber ich entspreche meinen eigenen Erwartungen nicht. Verstehst du?“

„Nein. Du bist ein Mensch. Du hast dir Selbstbestätigung verschafft. Es wäre töricht zu ...“

„Töricht? Zweifellos. Aber ich würde meinen ganzen Erfolg, den ich als Spieler habe, vielleicht sogar meine Seele hergeben, um einen viertel Meter größer zu sein. Um vor dir stehen und auf dich *herabschauen* zu können. Du entsprichst vielleicht meinem Ideal von einer Frau, aber ich entspreche nicht meinem Ideal von einem Mann. Unter deiner Programmierung verbirgt sich ein rationales Geschöpf – unter meiner Programmierung bin ich ein irrationales Tier.“

Sie rutschte auf der Couch und verlagerte ihr Gewicht, versuchte aber nicht aufzustehen. Ihr Körper, unter dem Negligé, war ein verführerisches Wunder. Wie raffiniert ihr Konstrukteur sie entworfen hatte, um Stiles Sinne zu verwirren, ihn blind zu machen gegenüber der Wirklichkeit und in ihm den überwältigenden Wunsch zu wekken, eine derartige Frau zu besitzen! An einem anderen Tag hätte es vielleicht funktioniert! Stile hatte sich fast täuschen lassen. „Würdest du deinen kleinen menschlichen Körper gegen einen großen humanoiden Roboterkörper tauschen?“ fragte sie.

„Nein.“ Er brauchte nicht einmal zu überlegen.

„Dann fühlst du dich mir nicht unterlegen.“

„Das ist es ja, worauf ich hinauswill. Ich weiß, wie es ist, wenn einem Unrecht getan, wenn man lächerlich gemacht oder zurückgewiesen wird. Ich weiß, wie es ist, dazu verdammt zu sein, nie das Ideal zu erreichen, keine Hoffnung auf Besserung zu besitzen. Weil die Unvollkommenheit, zumindest teilweise, *in* meinem Ideal begründet liegt. Ich könnte mich einer Operation unterziehen, um größer zu werden. Aber nicht der Körper leidet unter den Wunden. Mein Körper hat sich selbst unter Beweis gestellt. Meine Seele nicht.“

„Ich habe überhaupt keine Seele.“

„Woher willst du das wissen?“

Erneut erhielt er keine Antwort. „Ich weiß, woher du das weißt“, sagte er. „Du weißt es, weil du es *weißt*. Es ist ein fester Bestandteil deiner Philosophie. So wie ich weiß, daß ich minderwertig bin. Eine derartige Überzeugung läßt sich rational nicht widerlegen. Darum verstehe ich deine Lage. Ich verstehe die Lage aller Ausgestoßenen. Ich empfinde Mitgefühl für alle, die sich nach etwas sehnen, das für sie unerreichbar bleibt. Ich möchte ihnen helfen, und ich weiß, daß niemand ihnen helfen kann. Ich würde alles dafür geben, größer zu sein, und ich weiß, wie verrückt dieser Wunsch ist, ich weiß, daß seine Erfüllung mir weder Glück noch Zufriedenheit verschaffen würde. Du würdest deine Logik und deine Schönheit für menschliches Fleisch und Blut und menschliche Knochen hergeben. Deine maschinelle Unverwundbarkeit gegen menschliche Sterblichkeit. Du bist schlechter dran als ich; wir beide wissen das. Deshalb fühle ich mich in deiner Gegenwart nicht herausgefordert wie in der Gegenwart einer menschlichen Frau. Eine menschliche Frau von deinem Format wäre mir überlegen. Ich müßte kämpfen, um mich zu behaupten, um sie zu erniedrigen, damit sie meinem Ideal nicht mehr entspricht und ich das Gefühl haben könnte, ihrer wert zu sein. Aber bei dir ...“

„Du kannst mich als das akzeptieren, was ich bin – weil ich ein Roboter bin“, sagte Sheen, scheinbar erstaunt. „Weil ich weniger wert bin als du.“

„Ich glaube, jetzt verstehen wir uns.“ Stile legte seinen Arm um sie und zog sie an sich heran, um sie zu küssen. „Wenn du mich auf dieser Basis willst ...“

Sheen wich zurück. „Du empfindest Mitleid mit mir! Du hast mich vergewaltigt, und jetzt möchtest du, daß es mir auch noch gefällt!“

Er ließ sie los. „Vielleicht. Ich kenne nicht alle meine Motive. Ich werde dich hier nicht festhalten, wenn du nicht bleiben möchtest. Ich werde dich nicht anrühren, falls du bleibst und du es so haben willst. Ich werde dir zeigen, wie du deine Rolle als Mensch perfektionieren kannst, so daß niemand sonst deine wahre Natur durchschauen wird. Ich werde versuchen, dich ...“

Sie erhob sich. „Lieber möchte ich verschrottet werden.“ Sie ging zum Video und drückte auf den Knopf. „Spiel-Überwachung, bitte.“

Stile glitt von der Couch und stürzte ihr nach. Er packte sie an der Schulter und zog sie zurück. „Ruf annulliert!“ rief er. An der gegenüberliegenden Wand blieben beide stehen. Sheen erwiderte mit aufgerissenen Augen seinen Blick. „Du magst mich“, sagte sie. „Du magst mich wirklich.“

Er umarmte sie und küßte sie heftig.

„Ich glaube dir fast“, sagte sie, als sie wieder sprechen konnte.

„Zur Hölle mit dem, was du glaubst. Vielleicht willst du mich jetzt nicht mehr, aber ich will dich. Ich werde dich wahrhaftig vergewaltigen, wenn du noch einmal das Video anrührst.“

„Nein, das wirst du nicht. Es ist nicht deine Art.“

Sie hatte recht. „Dann bitte ich dich, daß du dich nicht selbst in Schwierigkeiten bringst“, erklärte er und ließ sie wieder los. „Ich ...“ Er verstummte, brachte kein Wort mehr heraus, überwältigt vom Ansturm seiner Gefühle.

„Die Wildnis, der Dschungel deines Unterbewußtseins – er überwuchert deine Vernunft“, stellte Sheen fest.

„Ja“, stimmte er kläglich zu. „Ich habe dich mißbraucht, als ich dich zwang, dein Programm auszudrucken. Es tut mir leid. Ich glaube, daß du ein Bewußtsein und Gefühle besitzt. Daß du ein Recht auf Privatsphäre und Selbstachtung hast. Ich bitte dich um Verzeihung. Tu, was du willst, aber laß dir durch meine Gefühllosigkeit nicht dein ...“ Er konnte den Satz nicht beenden. „Dein

Leben ruinieren", konnte er nicht sagen, und er fand kein anderes Wort.

„Deine Gefühllosigkeit", murmelte sie lächelnd. Dann runzelte sie die Stirn. „Weißt du, daß du weinst, Stile?"

Er fuhr mit einem Finger über seine Wange und stellte fest, daß sie feucht war. „Ich habe es nicht bemerkt. Ich schätze, ich bin jetzt an der Reihe."

„Weil du einer Maschine Gefühle entgegenbringst", sagte sie.

„Zum Teufel, warum nicht?"

Sie legte ihre Arme um ihn. „Ich glaube, ich könnte dich lieben, ohne dafür programmiert zu sein. Aber natürlich ist das auch nur eine Illusion."

„Natürlich."

Sie küßten sich wieder. Das war der Anfang.

3. Kapitel

Rennen

Am Morgen mußte sich Stile bei seinem Herrn zur Arbeit melden. Gut gelaunt wie er war, empfand er nicht einmal Müdigkeit; er wußte, daß er kräftig genug war, um das Rennen am Nachmittag zu überstehen, und dann konnte er sich ausruhen – zusammen mit Sheen.

Sheen hielt sich dicht in seiner Nähe, wie eine Frau, die sich ihres Partners unsicher war. Die Kapsel war überfüllt, denn der Beginn des Arbeitstages bedeutete auch den Beginn der Stoßzeit; sie mußten stehen. An diesem Morgen – wie an jedem Morgen – hätte er es vorgezogen zu sitzen; führte dies doch dazu, daß die Unterschiede in der Körpergröße nicht so deutlich zum Vorschein kamen. Die anderen Passagiere überragten Stile um mehr als einen Kopf, und das Gedränge raubte ihm fast den Atem. Ein Mann sah auf ihn hinunter, und gelangweilt wandte er dann den Blick ab und richtete seine Aufmerksamkeit auf Sheen.

Sie ignorierte ihn, aber der Fremde blieb hartnäckig und schob sich näher an sie heran. „Laß mich in Ruhe", fauchte sie und hakte sich besitzergreifend bei Stile unter. Verwirrt löste der Fremde seinen Blick, und die Muskeln seines Gesäßes spannten sich. Es schien ihm unvorstellbar zu sein, daß sie mit einem derart kleinen Mann zusammen war.

Die Kapsel schoß durch die Luft. Dicht an sie gepreßt, hielt Stile Sheens Hand und sah nach draußen. Die Wand war transparent, und nur ein mattes Flimmern kündete von ihrem Vorhandensein. Unter ihnen lag die Oberfläche des Planeten Proton, so hell und bleich wie die eines öden Mondes. Gestern noch hatte er den Planeten vom Scheitelpunkt der Schlitterbahn aus betrachtet; seitdem hatte sich sein Leben bemerkenswert verändert, im Gegensatz zu Proton. Außerhalb der Kraftfeldkuppeln mit ihrer sauerstoffreichen Atmosphäre war er unbewohnt. Die planetare Oberflächengravitation betrug zwei Drittel Erdnorm, so daß sie in den Kuppeln erhöht werden mußte. Das bedeutete, daß diese Schwerkraft zwischen den Kuppeln noch geringer war, konnte sie doch lediglich fokussiert und projiziert und nicht produziert oder eliminiert werden. Dadurch wurde die natürliche Umwelt des Planeten in Mitleidenschaft gezogen. Das Resultat war eine Ödnis, die nur in der Nähe der Protonminen gemildert wurde. Niemand konnte es wagen, außerhalb einer Kuppel zu leben!

Auf der Straße der Vorstadtkuppel wurde ein weiterer Mann auf sie aufmerksam. „He, Mann – was kostet sie?“ rief er. Stile ignorierte ihn und hastete weiter, aber Sheen konnte nicht wortlos darüber hinweggehen.

„Ich bin nicht zu kaufen“, rief sie zurück. „Ich bin ein Roboter.“

Der Fremde lachte schallend. Und natürlich war dies auch eine komische Vorstellung – kein Leibeigener konnte sich einen humanoiden Roboter leisten. Es war ihm weder erlaubt noch besaß er das nötige Geld. Aber wie angenehm war es dagegen doch im Spielannex, wo die auf Stile gerichteten Blicke voller Respekt und Neid waren, während hier draußen der Hohn ein fast obligatorisches Element des Humors darstellte.

Am Stall angelangt, mußte Stile Sheen vorstellen. „Das ist Sheen. Wir haben uns gestern im Spielannex kennengelernt.“ Die Stallburschen nickten anerkennend und neidisch. Sie waren alle größer als Stile, aber in ihrem Verhalten verriet sich keine Geringschätzigkeit. Auch hier, wie im Spiel, eilte ihm sein Ruhm voraus. Er liebte seine Arbeit. Sheen klammerte sich besitzergreifend an seinen Arm und zeigte der Welt, daß nur ihm ihre Zuneigung und Bewunderung galt.

Es war närrisch, er wußte es, aber Stile sonnte sich in ihrem Glanz. Sie war, in den Augen der Welt, ein außergewöhnlich hübsches Mädchen. Er war schon zuvor mit Frauen zusammen gewesen, doch keine hatte es mit ihr an Schönheit aufnehmen können.

Sie war ein Roboter, er konnte sie weder heiraten noch Kinder mit ihr zeugen; seine Verbindung zu ihr mußte eine vorübergehende Angelegenheit bleiben. Doch auch bevor er ihre Maske durchschaut hatte, war er davon ausgegangen, daß ihnen nur zwei oder drei Jahre blieben, bevor ihre Aufenthaltsgenehmigungen abliefen und sie den Planeten verlassen mußten. Wo also lag der Unterschied?

Er zeigte ihr das Pferd. „Das ist Streitaxt, das leichtfüßigste, schnellste Pferd seiner Generation. Ich werde ihn heute nachmittag reiten. Aber zunächst muß ich eine Proberunde mit ihm drehen: Sein Verhalten ändert sich von Tag zu Tag, und bei ihm kann man sich nicht auf die normalen Zeichen verlassen. Kannst du reiten?"

„Ja." Natürlich konnte sie es – dies war zu wichtig, als daß man es versäumt haben konnte, ihr das beizubringen. Sie würde mit Pferden ausgezeichnet umgehen können.

„Dann nimmst du Molly. Sie bekommt schon ihr Gnadenbrot, aber sie ist noch immer schnell, und Streitaxt mag sie." Er winkte einem der Stallburschen zu. „Sattle Molly für Sheen. Wir wollen eine Runde drehen."

„Ja, Stile", nickte der Junge.

Stile legte Streitaxt das Halfter um, der dabei gehorsam den Kopf neigte, und führte ihn aus dem Stall. Das Pferd war ein großer schwarzer Vollblütler, erheblich größer als Stile, aber er machte einen fügsamen Eindruck. „Er ist gut erzogen", bemerkte Sheen.

„Erzogen ja, aber nicht gebrochen. Er gehorcht mir, weil er weiß, daß ich ihn reiten kann. Anderen gegenüber legt er ein anderes Verhalten an den Tag. Er ist groß und stark, mißt siebzehn Handbreit – das entspricht einer Schulterhöhe von über eindreiviertel Metern. Ich bin der einzige, der ihn reiten darf."

Sie erreichten den Sattelpferch. Stile untersuchte Kopf und Maul des Pferdes, fuhr mit den Fingern durch die dichte Mähne und kontrollierte dann jeden Huf auf Steine oder Verletzungen. Natürlich fand er nichts. Er versetzte Streitaxt einen Klaps auf die muskulöse Flanke, öffnete den Verschlag und griff nach einem kleinen Halbsattel, den er auf den Rücken des Pferdes legte.

„Keine Satteldecke?" fragte Sheen. „Keinen Sattelgurt? Keine Steigbügel?"

„Er soll ihn nur vor Verletzungen schützen. Ich brauche keinen Sattel, um mich auf ihm zu halten, aber wenn ich ihn ohne Sattel reite und ihn durch mein Gewicht wund scheuere ..."

„Dein Herr wäre verärgert", schloß sie.

„Ja. Seine Pferde sind ihm mehr wert als alles andere. Und ich richte mich danach. Wenn Streitaxt sich verletzt, muß ich bei ihm im Stall bleiben, bis er sich wieder erholt hat."

Sie begann zu lachen, brach aber sofort wieder ab. „Ich bin mir nicht sicher, ob dies lustig ist."

„Das ist es nicht. Mein Wohlergehen hängt von meinem Herrn ab, und selbst wenn das nicht so wäre, würde ich bei den Pferden bleiben. Ich liebe Pferde."

„Und sie lieben dich", stellte sie fest.

„Wir respektieren einander", bestätigte er und tätschelte Streitaxt erneut. Das Pferd rieb seine Schnauze an Stiles Haarschopf.

Molly erschien mit dem üblichen Zaumzeug, Sattel und Steigbügeln. Sheen stieg auf und griff nach den Zügeln, wartete dann auf Stile. Er schwang sich in den Sattel, ohne sich an ihm hochzuziehen. Natürlich gehörte er zu den besten Turnern des Spiels; wenn nötig, konnte er auf dem Pferderücken Purzelbäume und Räder schlagen.

Die Pferde kannten den Weg. Sie bewegten sich zunächst langsam über den Weg und fielen dann in einen Trott. Stile achtete auf die Gangart seines Rosses und genoß das geschmeidige Muskelspiel. Streitaxt war ein herrliches Tier, ein Champion, und heute war er in guter Form. Stile wußte, daß er mit diesem Pferd am Nachmittag das Rennen gewinnen konnte. Er hatte es gewußt, bevor er aufgestiegen war – aber niemals setzte er ein Rennen als gewonnen voraus, bevor es begonnen hatte. Eigenhändig mußte er alle Vorbereitungen treffen. Sich, seinem Herrn und seinem Pferd zuliebe.

Allerdings hatte er seine Pflichten diesmal ein wenig vernachlässigt und seine Zeit statt dessen mit Sheen im Bett verbracht. Glücklicherweise kannte er die anderen Pferde und die Jockeys, die an diesem Rennen teilnehmen würden. Streitaxt war der sichere Favorit. Es würde ihm nicht viel ausmachen, ohne das übliche Training ins Rennen zu gehen.

Nachdem er sich so beruhigt hatte, wandte Stile seine Aufmerksamkeit der Umgebung zu. Der Weg zog sich zwischen exotischen Bäumen dahin – zwischen Zwergmammutbäumen und ausgewachsenen Exemplaren dieser Spezies, Douglaskiefern und riesigen blühenden Sträuchern. Sheen betrachtete sie mit nur oberflächlichem Interesse, bis Stile sie über die Besonderheit dieser Gegend aufklärte. „Diese Gärten gehören zu den bemerkenswertesten auf diesem Planeten. Jede Pflanze ist zu phänomenalen Kosten direkt von der Erde importiert worden. Die meisten Mädchen sind von dem Anblick überwältigt, und nur wenige gelangen je in diese Kuppel."

„Ich ... war zu beeindruckt, um etwas zu sagen", erklärte Sheen hastig und sah sich neugierig um. „Den ganzen Weg von der Erde hierher? Warum hat man sie nicht einfach aus Standardgenen gezüchtet und dann durch Mutationen verschiedenartige Ableger erzeugt?"

„Weil mein Herr einen kultivierten Geschmack besitzt. Was Pferde und was Pflanzen betrifft. Er will Originale. Diese beiden Stuten sind auf der Erde geboren worden."

„Ich wußte, daß die Bürger wohlhabend sind, aber offenbar habe ich ihren Reichtum unterschätzt", erwiderte sie. „Allein die Transportkosten ..."

„Du vergißt, daß dieser Planet das Monopol auf Protonit besitzt, *den* Kraftstoff des Weltraumzeitalters."

„Wie könnte ich das vergessen?" Sie sah ihn bedeutungsvoll an. „Sind wir hier unter uns?"

„Nein."

„Ich muß dich dennoch etwas fragen. Jemand hat mich zu dir geschickt. Deshalb muß dir eine Gefahr drohen. Doch was ist, wenn ich im Dienst deines Herrn stehe?"

Stile schnippte mit den Fingern. „Der sich nicht die Mühe gemacht hat, mich darüber zu informieren! Allerdings würde ich diese Möglichkeit vorziehen, denn wenn er *nicht* ..."

Sie nickte. „Dann könnte es das Werk eines anderen Bürgers sein. Und welchen Grund sollte ein anderer Bürger haben, dich zu beschützen, und vor was? Falls wirklich geplant sein sollte, daß ich ... oh, Stile, ich möchte nicht der Agent eines ..."

„Ich muß ihn fragen", brummte Stile. Dann sagte er mit der erforderlichen Ehrerbietung: „Sir."

Eine Pause folgte. Dann drang es aus einem in der Hecke verborgenen Lautsprecher: „Ja, Stile?"

„Sir, ich habe den Verdacht, daß mir oder Ihren Pferden mit einer Wahrscheinlichkeit von fünfzig Prozent eine Gefahr droht. Darf ich eine Frage stellen, um die Angelegenheit zu klären?"

„Rasch." Die Stimme klang ungeduldig.

„Sir, ich werde von einem humanoiden Roboter begleitet, der darauf programmiert ist, mich vor allem Unheil zu bewahren. Haben Sie ihn geschickt?"

„Nein."
„Dann hat es vielleicht ein anderer Bürger getan. Ich befürchte, daß unter Umständen ein Konkurrent eine Bombe ..."
„Nein!" schrie Sheen entsetzt."
„Schaffen Sie dieses Ding von meinen Pferden fort!" fauchte der Bürger. „Meine Sicherheitsbeamten werden sich darum kümmern."
„Sheen, steig ab und lauf!" rief Stile. „Fort von uns, bis dich die Sicherheitsbeamten auflesen."
Sie sprang aus dem Sattel und verschwand zwischen den Bäumen.
„Sir", sagte Stile.
„Was ist noch, Stile?" Die Ungeduld war ausgeprägter.
„Ich bitte, sie gut zu behandeln. Sie hat nichts Böses im Sinn."
Er erhielt keine Antwort. Der Bürger hatte sich nun den Aktivitäten seiner Sicherheitsbeamten zugewandt. Stile konnte nur hoffen. Falls sich seine Meinung als blinder Alarm herausstellte, würde man ihm einen Verweis für seine Sorglosigkeit erteilen, die er Sheen gegenüber an den Tag gelegt hatte, und man würde sie ihm wahrscheinlich unbeschädigt zurückgeben. Sein Herr war sich der Wichtigkeit des menschlichen Faktors in einem Rennen bewußt, genau wie Stile die Bedeutung des tierischen Faktors kannte. Es gab keinen Grund, einen Jockey vor einem Rennen zu verunsichern.
Aber wenn Sheen tatsächlich eine Gefahr darstellte, wenn man ihr ohne ihr Wissen eine Bombe eingesetzt hatte ...
Stile wartete zehn Minuten, während seine Pferde, von seiner Nervosität angesteckt, unruhig hin und her tänzelten. Er hatte sich zweifellos wie ein Narr benommen. Er hätte sich sofort mit seinem Herrn in Verbindung setzen müssen, als ihm klargeworden war, daß es sich bei Sheen um einen Roboter handelte. Hätte ihn seine Zuneigung für sie nicht mit Blindheit geschlagen – wie es möglicherweise auch beabsichtigt gewesen war –, dann wäre ihm sofort bewußt geworden, daß eine insgeheim installierte Bombe ihr Primärprogramm, ihn vor allem Schaden zu bewahren, zu einer Farce verkommen ließ. Wie konnte sie ihn vor ihrer eigenen Zerstörung bewahren, wenn sie selbst nichts davon wußte? Und dennoch setzte er sie jetzt einer weiteren Vergewaltigung aus ...
„Sie ist sauber", drang es aus dem versteckten Lautsprecher. „Ich nehme an, einer meiner Freunde hat mir einen geschmacklosen Streich gespielt. Wollen Sie sie wiederhaben?"

„Ja, Sir." Stile empfand tiefe Erleichterung. Der Bürger nahm die Angelegenheit gelassen hin.

Erneut erhielt er keine Antwort. Der Bürger hatte wichtigere Dinge zu tun, als mit reitenden Leibeigenen zu plaudern. Aber kurz darauf schob sich Sheen durch das Unterholz und kam zu ihm zurück. Sie wirkte unversehrt – aber als sie ihn erreichte, brach sie in Tränen aus.

Stile sprang vom Pferd und nahm sie in die Arme. Sie klammerte sich verzweifelt an ihn. „Oh, es war schrecklich!" schluchzte sie. „Man hat mich durchleuchtet und meinen Kopf abgeschraubt und meinen Körper geöffnet ..."

„Die Sicherungsgruppe ist sehr tüchtig", bestätigte Stile. „Aber man hat dich genauso wieder zusammengesetzt, wie du gewesen bist."

„Das glaube ich nicht! Einmal unterbrochene Verbindungen sind nie so belastbar wie zuvor, und ich befürchte, sie haben meinen Energiegenerator beschädigt, als sie ihn kurzgeschlossen haben. Ich habe letzte Nacht von Vergewaltigung gesprochen, aber ich wußte nicht, was dieser Ausdruck bedeutet!"

Und dies war die sanfte Behandlung gewesen! Hätte Stile sich nicht für sie eingesetzt und wäre der Bürger nicht von Stiles Wert überzeugt, hätte man Sheen bedenkenlos in ihre Einzelteile zerlegt. Es wäre dem Bürger nicht einmal in den Sinn gekommen, sich Gedanken über ihre Gefühle zu machen, zumal es zweifelhaft war, ob er überhaupt wußte, daß ein Roboter Gefühle besaß. Glücklicherweise hatte sich herausgestellt, daß sie sauber war und keine Bombe oder sonstige Gefahr in ihrem Innern trug, und so war sie ihm unversehrt zurückgegeben worden. Er konnte sich glücklich schätzen. „Sir, ich danke Ihnen."

„Sorgen Sie nur dafür, daß Sie das Rennen gewinnen", drang es barsch aus dem Lautsprecher.

Da war es, ohne daß er auch nur den Versuch machte, es zu verbergen. Sobald Stile keinen Nutzen mehr erbrachte, würde er skrupellos davongejagt werden. Er mußte weiter Rennen gewinnen!

„Du hast dich für mich eingesetzt", sagte Sheen und rieb mit den Fingern ihre Augen. „Du hast mich gerettet."

„Ich mag dich", erklärte Stile unbeholfen.

„Und ich liebe dich. Und, oh, Stile, ich kann niemals ..."

Er erstickte ihren Protest mit einem Kuß. Was für einen Sinn hatte es, über das Unmögliche nachzudenken? Er mochte und respektierte sie – aber beide wußten, daß er eine Maschine niemals wirklich lieben konnte, solange er noch bei klarem Verstand war.

Sie stiegen wieder auf und setzten ihren Ritt durch die üppigen Gärten fort. Sie passierten einen altmodisch ornamentierten Brunnen, in dem ein steinerner Fisch Wasser spie, und folgten dem abfließenden Bach bis zu einem spiegelnden See. Sheen blieb dort eine Weile, um ihr Gesicht zu säubern und es auf Beschädigungen zu untersuchen, da sie der Kunstfertigkeit der Sicherungsgruppe nicht ohne weiteres traute.

„Zweimal habe ich dich fälschlicherweise beschuldigt ...", begann Stile unbehaglich.

„Nein, Stile. Das zweite Mal habe *ich* mich selbst dem Verdacht ausgesetzt. Es wäre möglich gewesen – ein Programmbefehl, dich vor allen Gefahren zu schützen, und eine unprogrammierte, rein mechanische Falle, die genau das Gegenteil erreichen soll. Oder deren Opfer gar der Bürger werden sollte, falls es uns gelungen wäre, in seine Nähe zu kommen. Wir mußten uns vergewissern – aber, oh, ich fühle mich schrecklich!"

„Dennoch schulde ich dir etwas", entgegnete er. „Du *bist* eine Maschine – aber du *hast* auch Rechte. Ethische Rechte, wenngleich keine gesetzlichen. Du hättest so etwas nicht durchmachen dürfen – und wäre ich vorsichtiger gewesen, hätte ich dich vom Gut meines Herrn ferngehalten, bis ..." Er zuckte die Achseln. „Hätte ich gewußt, was geschehen würde, hätte ich alles getan, um das zu verhindern."

„Ich weiß", sagte sie. „Du hast eine närrische Vorliebe für Tiere und Maschinen." Sie lächelte scheu. Dann ordnete sie ihre Kleidung und schwang sich auf Mollys Rücken. „Komm – galoppieren wir."

Sie galoppierten. Dann sprang der Funke des Wettkampfes auf ihre Pferde über, und sie hetzten im vollen Galopp daher und gaben vor, ein Rennen gegeneinander zu laufen. Sie hatten die Spannung und die Erregung während der Suche nach der Bombe gespürt, ohne zu verstehen, was vor sich ging, und nun mußten sie ihre überschüssige Energie abreagieren. Arkaden, Miniaturdschungel und Statuen schossen an ihnen vorbei, ein Märchenland des Reichtums, aber niemand kümmerte sich darum. Im Moment waren sie frei, alle vier, und lebten in ihrer eigenen privaten Welt – einer Welt, in der sie Mann und Frau, Hengst und Stute waren, eine perfekte Harmonie. Vier Seelen, die einander verstanden.

Zu früh kam das Ende. Sie hatten die Bahn umrundet. Sie stiegen ab, und Stile übergab Streitaxt einem Reitknecht. „Führe ihn noch etwas hin und her. Er ist in guter Form, aber ich will mit ihm heute nachmittag das Rennen machen. Und gib Molly ihr Fressen. Sie ist ein feines Mädchen.“

„Das war alles?“ fragte Sheen, als sie das Gut verließen. „Du hast jetzt frei?“

„Meine Zeit gehört mir – solange ich Rennen gewinne. Mit dem Pferd ist alles in Ordnung. Die Chancen stehen gut, daß wir ohne große Mühe siegen werden. Vielleicht bekomme ich nicht einmal einen Verweis für meine Sorglosigkeit, obwohl der Bürger weiß – genau wie ich –, daß ich einen verdient habe. Jetzt muß ich nur noch mich selbst vorbereiten.“

„Was hast du vor?“

„Rate einmal“, lächelte er und drückte ihre Hand.

„Gehört das zum Unterricht?“

„Das hängt von der Art des Unterrichtes ab.“

„Mir gefällt dieser Unterricht. Aber für normale Mädchen muß es schwer sein.“

Er schnaubte. Sie wußte sehr gut, daß er seit langer Zeit keine normalen Mädchen in seinem Apartment gehabt hatte. Nicht auf der Basis des Zusammenlebens.

Im Apartment angekommen, erledigte Sheen ihre Toilette. Jetzt, wo sie ihre wahre Natur nicht mehr vor ihm verbergen mußte, aß sie nicht mehr – es gab keinen Grund, Nahrungsmittel zu verschwenden. Aber sie mußte sich der Mahlzeiten entledigen, die sie zuvor zu sich genommen hatte. Ihr Ausscheidungsprozeß entsprach dem richtiger Menschen, sah man davon ab, daß das Essen unverdaut war. Sie reinigte sich, indem sie einige Liter Wasser trank, ohne sie lange bei sich zu behalten, und dann spülte sie eine antiseptische Lösung hinterher. Danach war sie sauber – und zwar im buchstäblichen Sinne. In Zukunft würde sie nur noch Wasser benötigen, um ihre Tränenvorräte aufzufrischen; sie transpirierte nicht.

Stile wußte über all diese Dinge Bescheid, da er sich mit Robotern auskannte. Er zerstörte nicht den Schein des Lebendigen, indem er Fragen stellte. Sie konnte sich zurückziehen, wenn sie das Bedürfnis dazu verspürte, wie es auch eine menschliche Frau getan hätte. Er grübelte darüber nach, warum sich die Sicherungsgruppe die Mühe gemacht hatte, sie mitsamt der Nahrung wieder zusammenzusetzen. Möglicherweise hatte man sich mehr auf ihre Metallknochen als auf die Weichteile konzentriert und sie nicht vollständig auseinandergenommen.

Er behandelte sie wie eine Dame – obwohl sich eine gewisse Reserviertheit bemerkbar machte, wie eine Staubschicht auf einer einst hellen Oberfläche, als er sich mehr und mehr bewußt wurde, daß sie kein Mensch war. Er hatte sie sehr gern – aber seine Gefühle würden fraglos im Lauf der Zeit platonisch werden.

Er versuchte, dies vor ihr zu verbergen, aber sie wußte es. „Meine Zeit mit dir ist begrenzt", sagte sie. „Aber laß mir den Glauben, daß sie ewig dauert."

Stile nahm sie und hielt sie fest, und er ließ ihr den Glauben. Er kannte keine andere Möglichkeit, ihren Kummer zu lindern.

Am Nachmittag fanden sie sich auf der Rennbahn ein. Hier waren die Ställe einer Reihe interessierter Bürger vertreten, und es gab Video- und Holokameras, über die die Besitzer der Pferde das Rennen verfolgen konnten. Stile wußte nicht, welche Wetten die Bürger abzuschließen pflegten oder wie der Preis aussah. Seine Aufgabe war es lediglich, an dem Rennen teilzunehmen und es zu gewinnen, und dies hatte er auch vor.

Leibeigene füllten die Ränge. Natürlich besaßen sie kein Geld, um zu wetten, aber sie wetteten aus Prestigegründen und um persönliche Gefallen, zumal dann, wenn sie sich durch das Spiel untereinander kannten. Die Leibeigenen von Bürgern, die sich an den Rennen beteiligten, waren gewöhnlich von anderen Pflichten befreit, um den Wettstreit zu verfolgen, und natürlich feuerten sie mit großer Lautstärke die Pferde ihrer Herren an. Allgemein galt ein Pferderennen als spannender Zeitvertreib.

„Vielleicht möchtest du lieber von der überdachten Tribüne aus zusehen", wandte sich Stile an Sheen.

„Warum? Darf ich nicht in die Nähe der Pferde?"

„In meiner Begleitung schon. Aber möglicherweise erlauben sich die anderen Burschen ein paar derbe Späße mit dir."

Sie zuckte die Achseln. Wie immer mit geschmeidiger Eleganz und faszinierender Koketterie. „Ich kann dich nicht beschützen, wenn du mich auf die Tribüne verbannst."

„Ich habe dich gewarnt. Vergiß nicht, rot zu werden."

Streitaxt war gesattelt und bereit. Sein Geschirr war vollständig; dies war das Rennen. Er wieherte leise, als er Stile entdeckte. Stile sprach eine Weile auf ihn ein, strich mit der Hand über die hervortretenden Muskeln und kontrollierte das Zaumzeug und die Hufe. Er wußte, daß alles in Ordnung war; es diente nur dazu, das Pferd zu beruhigen, das durch die Erregung, die über der Rennbahn lastete, nervös werden konnte. „Wir werden gewinnen, Axt“, murmelte er fast schmeichelnd, und die Ohren des Pferdes drehten sich wie kleine Geschütztürme und wandten sich ihm zu, während er sprach. „Bleibe nur ruhig, und laß diese anderen Klepper hinter dir zurück.“

Die anderen Jockeys kümmerten sich auf die gleiche Weise um ihre Pferde, obwohl es ihrer Siegeszuversicht an Überzeugungskraft gebrach. Alle waren sie klein, so wie Stile, und gesund – zwergenhafte Athleten, durchtrainiert wie keine anderen Sportler. Einer sah von seinem Pferd auf und entdeckte Sheen. „Hast du dir ein neues Fohlen eingefangen, Stile?“

Die Kommentare der anderen ließen nicht lange auf sich warten. „Sie sieht wirklich gesund aus, Stile. Wie läßt sie sich reiten?“

„Ist sie feurig auf der Bahn?“

„Mit Stammbaum? Aus einem guten Gestüt?“

„Scheut sie, wenn du sie in den Kurven langlegst?“

Sie sagten noch mehr – und verbissen sich nur wenig.

Sheen erinnerte sich, daß sie erröten mußte.

Sie zeigten Erbarmen. „Stile hat was übrig für gute Ritte“, bemerkte der erste, und dann wandte er seine Aufmerksamkeit wieder seinem Pferd zu.

„Sagtest du Ritte oder Titten?“ fragte ein anderer.

„Wir beneiden ihn immer um seine Stuten“, warf ein dritter ein. „Aber wir können sie nicht so reiten wie er.“

„Zweifellos“, stimmte Sheen zu, und sie lachten.

„Du bist jetzt aufgenommen“, teilte Stile ihr mit. „Es sind gute Kerle, wenn du sie näher kennenlernst. Auf der Bahn sind wir verbissene Gegner, aber wir verstehen uns. Wir sind alle vom gleichen Schlag.“

Bald befanden sich die Pferde am Start. Die Jockeys saßen entspannt, mit angewinkelten Knien, in den Sätteln. Stille kehrte unter den Zuschauern ein. Jeden Tag fand ein Rennen statt, aber die Pferde und Jockeys und Sponsoren wechselten, und stets bemächtigte sich Erregung der Menge. Vom Pferderennen ging eine Faszination aus, die die Menschen seit Jahrtausenden in ihren Bann geschlagen hatte, davon war Stile überzeugt – und ihm erging es nicht anders. Der Zauber und die Ungewißheit über den Ausgang des Wettstreites, der ungeheure Einsatz an kräftigen Tieren, die pure Schönheit der rennenden Pferde – ah, nichts konnte dies übertreffen!

Das Startband zerriß, und sie stoben los.

Jetzt hatte er sich aufgerichtet, Kopf und Rücken auf gleicher Höhe, und sein Körper behielt diese Haltung bei, obwohl das Pferd unter ihm tanzte. Der Schlüssel lag in den Knien, die die Stöße abfingen, und im Gleichgewicht. Es war, als würde er auf Streitaxt dahinschweben, ohne den Drang des Pferdes nach vorn zu beeinflussen. Es war wie ein Ritt auf den Wellenkämmen einer gewaltigen Flutwelle.

Für Stile war es Routine, aber er liebte es. Er empfand fast sexuelle Erregung, während er kämpfte, auf dem Rücken eines wirklich guten Tieres um den Sieg rang. Aus den Augenwinkeln sah er das stetige Auf und Ab der anderen Pferderücken, über denen die Jokkeys schwebten wie Gischt auf den Meereswogen. Die Zuschauer waren ein verschwommener Fleck, der an ihm vorbeischoß, an den Boden gefesselt. Hier war die Realität, Zentrum des Seins, Herz eines dahinströmenden Universums. Ah, Ekstase!

Streitaxt brauchte Platz, und so ließ ihn Stile vorwärtsstürmen und lockerte die Zügel, wie nur er es wagen konnte. Dann ging es nur noch darum, die Führung zu behalten. Dieses Pferd würde es schaffen; es mochte es nicht, eingezwängt oder überholt zu werden. Alles, was es benötigte, war eine verständnisvolle Hand, Anleitung im kritischen Moment und einen Fingerzeig auf die vielversprechendste Route. Stile wußte es, die anderen Jockeys wußten es. Wenn er keinen Fehler machte, gehörte der Sieg ihm. Er hatte das beste Pferd.

Stile wandte rasch den Kopf und sah zurück. Sein Körper führte weiter die Myriaden unsichtbarer ausgleichender und drängender Bewegungen aus, die das Roß zu Höchstleistungen antrieben, aber seine Gedanken wurden nicht davon beansprucht. Die anderen Pferde lagen nicht weit zurück, aber sie waren bereits überfordert, und ihre Jockeys spornten sie an, ihre letzten Reserven zu mobilisieren, während Streitaxt sich Zeit ließ. Erst wenn die Hälfte der Strecke hinter ihm lag, würde sich das Pferd von den Verfolgern lösen und dann zum Endspurt ansetzen. Der Bürger würde zufrieden sein. Vielleicht war das Pferd von der Aufmerksamkeit angespornt worden, die er ihm am Morgen hatte zuteil werden lassen, von der geringfügigen Änderung der Routine, dem kurzen Rennen mit Molly. Vielleicht war Stile selbst in Bestform, und Streitaxt reagierte darauf. Dies konnte zu einem Rennen werden, das nur gegen die Uhr geführt wurde und den Rekord des Pferdes verbesserte. Das würde den Bürger mit Sicherheit zufriedenstellen! Aber Stile hatte nicht vor, Streitaxt die Sporen zu geben. Es wäre närrisch, wo er doch das Rennen in der Hand hatte. Es war vernünftiger, das Tier zu schonen, für einen anderen Tag, an dem sich vielleicht die Wahl zwischen anspornen und verlieren stellte.

Er war eine volle Länge voraus, als sie in die erste Kurve einbogen. Streitaxt war schnell. Er würde zwar keinen neuen Bahnrekord aufstellen, aber eine respektable Zeit erreichen, wenn man bedachte, daß ihm ein Gegner fehlte. Stile wußte, daß andere Bürger für dieses Pferd märchenhafte Summen geboten hatten, aber natürlich war es unverkäuflich. Zudem würde Streitaxt keine Rennen mehr gewinnen, wenn man ihn verkaufte – sofern Stile nicht mit ihm ging. Denn allein Stile verstand ihn. Das Pferd würde für Stile sein Bestes geben, aber für niemand anderen.

Es gab eine Reihe Jockeys, die ebensogut wie Stile ein Rennen führen konnten, aber niemand erreichte seine Perfektion. Stile konnte mit einem launischen Pferd genauso leicht umgehen wie mit einem fügsamen, ob nun mit oder ohne Sattel. Er liebte Pferde, und sie liebten ihn – eine spezielle Chemie schien im Spiele zu sein, die auf der Bahn wahre Wunder vollbrachte. Streitaxt war ein hitziges, unkontrollierbares, bemerkenswertes Talent mit Zähnen und Hufen gewesen. Er konnte ohne Vorankündigung nach vorn, zur Seite und nach hinten ausschlagen. Er konnte plötzlich zubeißen, ohne auch nur zuvor seine Ohren anzulegen. Er hatte gelernt, seine Absichten zu verbergen. Er hatte drei Trainer verbraucht und eine solch dämonische Stärke und Wildheit besessen, daß sie ihn weder am Zügel führen noch im Sattel bleiben konnten. Stiles Herr, der eine einzigartige Gelegenheit witterte, hatte Streitaxt vorgeblich als Zuchthengst gekauft, ihn dann aber in Stiles Obhut gegeben. Der Auftrag: Er sollte dieses Ungeheuer in ein tüchtiges Rennpferd verwandeln und dabei keine Mühe scheuen. Denn dieses Tier war nicht nur eigenwillig und stark, sondern auch klug. Einige Siege würden seinen Wert als Zuchthengst ungeheuer steigern.

Stile hatte die Herausforderung angenommen. Er hatte drei Monate lang mit diesem Pferd gelebt, es gepflegt und mit der Hand gefüttert und keinem anderen Menschen erlaubt, sich ihm zu nähern. Er hatte keine Sporen, keine elektrischen Stöcke, sondern nur die schneidende Schärfe seiner Stimme benutzt, um es zu tadeln, und er war diesem Grundsatz absolut treu geblieben. Er besaß eine Peitsche – die er nur bei jedem anderen Tier einsetzte, das Streitaxt belästigte, aber niemals bei Streitaxt selbst. Das Pferd war der König und dennoch Stiles einzigartiger Disziplin unterworfen.

Streitaxt entwickelte den Wunsch, Stile zu danken, dem ersten Menschen, dem er trauen konnte, und es spielte keine Rolle, daß Stiles Anforderungen an diesen Dank rigoros waren. Stile war, wie das Pferd feststellte, ein Mann, wie es ihn selten gab.

Dann folgte das Reiten. Streitaxt war kein Neuling. Er wußte, um was es ging, und er tolerierte es keinesfalls. Als Stile Anstalten machte, ihn zuzureiten, trat ihre Beziehung in ein neues und gefährliches Stadium. Es war eine Herausforderung: Würde es eine Freundschaft von Kreatur zu Kreatur bleiben oder zu einem Reiter-Pferd-Verhältnis werden? Streitaxt verabscheute das letztere. Wenn Stile aufstieg, warf das Pferd ihn ab. Es gab nicht viele Pferde, die Stile überhaupt abwerfen konnten, aber Streitaxt verfügte über einen bestimmten Kniff, der ihm schon früher geholfen hatte. Dies war kein Rodeo, und Stile verzichtete auf die übliche Ausrüstung, derer man sich bei derartigen Anlässen bediente. Er ging Streitaxt ohne Sattel an, hielt sich mit beiden Händen an der Mähne fest, draußen im Hof, wo die Bewegungsfreiheit nicht eingeschränkt war. Kein Mensch hatte diesem Pferd jemals zuvor eine derartige Chance gegeben.

Stile stieg wieder auf, sprang wie ein Turner, der er auch war, auf den Pferderücken und wurde erneut abgeworfen. Er versuchte nicht wirklich, im Sattel zu bleiben. Er versuchte, das Tier zu zähmen. Es war ein Wettkampf zwischen ihnen beiden, ernst und gleichzeitig freundlich. Stile zeigte niemals Zorn, wenn er abgeworfen wurde, und das Pferd griff ihn niemals an. Stile hielt sich nur ein paar Sekunden auf dem Roß und ließ sich dann fallen, um es nicht zu sehr aufzuregen, nicht, weil er den Halt verlor. Gewöhnlich gelang es ihm, den Sturz sicher abzufedern und oft mit den Beinen aufzukommen, und sofort stieg er wieder auf – und wurde erneut abgeworfen, und wieder stieg er auf und lachte dabei fröhlich. Bis das Pferd nicht mehr wußte, ob seine Stürze nun echt waren oder lediglich ein Spiel darstellten. Und schließlich gab Streitaxt seinen Widerstand auf und ließ sich reiten.

Selbst dann ritt Stile ohne Sattel oder Zaumzeug oder Sporen und verzichtete auf sämtliche Hilfsmittel: Er mußte dieses Tier aus eigener Kraft zähmen. Aber hier intervenierte der Bürger. Es war keinem Pferd gestattet, ohne Sattel oder Zaumzeug bei einem Rennen anzutreten. Streitaxt mußte dazu gezwungen werden, sie zu akzeptieren. Und so gewöhnte Stile ihn unter vielen Entschuldigungen und Unheil ahnend an die Dinge, die niemals zuvor zwischen ihnen gestanden hatten.

Es war eine Katastrophe. Streitaxt fühlte sich von Stile verraten. Er erlaubte dem Mann noch immer, ihn zu reiten, aber er war nicht mehr so fügsam. Wenn Stile sich mit dem Zaumzeug näherte, warf Streitaxt den Kopf herum und biß zu. Wenn er gesattelt wurde, schlug er aus. Aber Stile hatte nicht erst seit gestern mit Pferden zu tun. Obwohl es Streitaxt wiederholt versuchte, gelang es ihm nie, seine Zähne in Stiles Hand zu bohren. Wenn er ausschlug, wich Stile zurück, packte den Huf und hielt ihn so fest, daß das Bein gekrümmt war. In dieser Position konnte selbst ein fünfzig Kilogramm schwerer Mann ein Pferd mit einem Gewicht von siebenhundertfünfzig Kilogramm behindern. Streitaxt war kein Dummkopf und lernte bald, wie fruchtlos diese Zornesausbrüche blieben, obwohl ihn Stile niemals wirklich für den Versuch bestrafte. Aber die Enttäuschung über den Mißerfolg war Strafe genug. Was hatte es für einen Sinn, einen Reiter abzuwerfen, der doch nicht unten blieb? Oder nach einem Mann auszuschlagen, der den Tritt bereits zu ahnen schien, bevor er überhaupt erfolgte?

Während der ganzen Zeit fuhr Stile fort, Streitaxt zu füttern und zu tränken und ihm Salzwürfel und Früchte zu bringen und stets freundlich auf ihn einzusprechen. Schließlich gab das Pferd seinen letzten Widerstand auf, um ihrer Freundschaft und des Respektes willen, den sie einander entgegenbrachten. Stile konnte ihn endlich satteln und ihn reiten, ohne daß es zu irgendeiner Auseinandersetzung kam. Die Beleidigungen galten nun anderen Pferden und ihren Reitern, und er beleidigte sie, indem er sie hinter sich zurückließ. Die Angriffe trafen andere Menschen, die bald lernten, wie unklug es war, Scherze mit diesem Pferd zu treiben. Als der Bürger einmal persönlich den Stall besuchte, da versuchte Stile in Angstschweiß gebadet das Pferd zu beruhigen, und bat es, diese Vertraulichkeit zu tolerieren, denn wenn es den Herrn biß, war es augenblicklich verloren. Aber der Bürger war intelligent genug, seine Hände von dem Pferd zu lassen, und so kam es zu keinen Schwierigkeiten. Sie begannen Rennen zu gewinnen, und bald wurde daraus ein festes Ritual, das Streitaxts Form unter Beweis stellte. Sein Wert als Zuchthengst verfünffachte sich und stieg mit jedem weiteren Sieg. Aber Streitaxt war zu einem Freund gemacht und nicht gebrochen worden – ohne Stile war er nur ein weiteres widerspenstiges Pferd.

Und wegen seiner Erfolge mit Streitaxt galt Stile nun als der beste Jockey von Proton. Sein arbeitsvertraglich festgesetztes Handgeld entsprach dem Wert des Pferdes selbst. Deshalb ging der Bürger auf ihn ein. Wie Streitaxt leistete Stile mehr, wenn man ihn zum Freund gewann, statt Druck auf ihn auszuüben. „Wir sind ein Team, Axt", murmelte er und liebkoste das Tier mit seiner Stimme. Streitaxt erwartete ein glückliches Leben, wenn er seinen Abschied von den Rennen nahm, und in jedem Stall eine Stute. Stile würde eine hübsche Summe erhalten, sobald seine Aufenthaltsgenehmigung ablief. Die Abfindung würde es ihm ermöglichen, sich auf einem anderen Planeten als wohlhabender Mann zur Ruhe zu setzen. Bedauerlich, daß man sich für keine noch so große Summe das Privileg erkaufen konnte, auf Proton zu bleiben!

Sie kamen aus der Kurve und lagen noch immer an der Spitze – und Stile spürte einen plötzlichen Schmerz in seinen Knien, als hätte er sie zu stark belastet. Sie wurden natürlich extrem beansprucht. Sie trugen sein Gewicht und federten es ab, damit er nicht durch die stampfenden Bewegungen seines kräftigen Rosses hin und her geschleudert wurde. Ein normaler Mann hätte dieser Belastung nicht lange standhalten können. Aber Stile war keiner ungewöhnlichen Belastung ausgesetzt. An Hunderten von Rennen hatte er bereits teilgenommen, und er achtete sorgfältig auf seine Knie. Noch nie hatte er sich irgendwelche Verletzungen zugezogen. Deshalb versuchte er, es zu ignorieren – wahrscheinlich hatte es nichts zu bedeuten.

Aber er konnte es nicht ignorieren. Das unangenehme Gefühl wuchs, verwandelte sich in Schmerz und zwang ihn, seine Knie zu strecken. Dadurch wurde er aus dem Gleichgewicht und das Pferd aus seinem Rhythmus gebracht. Sie begannen an Boden zu verlieren. Streitaxt war verwirrt und verstand nicht, was Stile wollte, aber er spürte, daß etwas nicht stimmte.

Stile mühte sich, erneut die erforderliche Haltung einzunehmen, aber der Zustand seiner Knie verschlimmerte sich, und der Schmerz wurde intensiver. Er mußte die Füße aus den Steigbügeln nehmen und auf konventionelle Weise reiten, den Sattel und seine Schenkel dazu benutzen, sein Gleichgewicht zu bewahren. Das Pferd verlor weiter an Boden, verwirrt, besorgter über den Zustand seines Reiters als über den Fortgang des Rennens.

Stile hatte sich noch nie einem derartigen Problem gegenübergesehen. Die anderen Pferde holten Streitaxt rasch ein. Er versuchte, in einer letzten Anstrengung seine Füße wieder in die Steigbügel zu schieben, aber sobald er die Knie belastete, flackerte Schmerz in ihnen auf. Es wurde immer schlimmer! Seine Gelenke schienen in Flammen zu stehen.

Jetzt waren die anderen Pferde auf gleicher Höhe und schossen an ihm vorbei. Stile konnte nichts dagegen unternehmen. Sein Gewicht, das er nun nicht mehr mit den Knien abfederte, störte die Bewegungen des Rosses. Streitaxt war stark, aber das waren auch die gegnerischen Tiere – der Unterschied zwischen einem Sieger und einem Verlierer bestand nur aus Sekunden. Und Streitaxt versuchte nicht einmal mehr, das Rennen zu gewinnen. Unter diesen Umständen hatte er so gut wie keine Chance.

Und nur zu bald war alles vorbei. Stile erreichte als letzter das Ziel und wurde bereits von den Rennrichtern erwartet. „Leibeigener Stile, können Sie uns eine Erklärung für Ihr regelwidriges Verhalten geben?"

Sie glaubten, daß er das Rennen absichtlich verloren hatte! „Rufen Sie einen Medrob; er muß meine Knie untersuchen. Mit dem Pferd ist alles in Ordnung."

Ein Medroboter rollte herbei und untersuchte seine Knie. „Laserverletzung", stellte die Maschine fest. „Patient stark behindert."

So behindert nun wiederum auch nicht. Stile stellte fest, daß er ohne Probleme gehen und bis zu einem gewissen Grad seine Knie beugen konnte, ohne daß es schmerzte. Er hatte keine Schwierigkeiten, sich zu bewegen und seinen Schritt zu kontrollieren. Er konnte die Knie nur nicht genug anziehen, um ein Pferd zu reiten.

Sheen rannte auf ihn zu. „Oh, Stile – was ist geschehen?"

„Man hat mit einem Laser auf mich geschossen", erwiderte er. „Kurz nach der Kurve."

„Und ich habe dich nicht beschützt!" rief sie entsetzt.

Die Sicherungsgruppe der Rennbahn untersuchte die Zuschauerränge mit Analysegeräten. Stile wußte, daß es sinnlos war. Der Attentäter hatte sich zweifellos sofort nach dem Anschlag entfernt. Vielleicht würde man die Überreste eines Lasergewehrs mit Selbstvernichtungseinrichtung oder sogar einen unversehrten Roboter finden, der programmiert war, auf den ersten Reiter zu schießen, der einen bestimmten Punkt passierte. Die Hintermänner würde man nicht fassen können.

„Wer auch immer mich geschickt hat, er wußte, daß dies geschehen würde", sagte Sheen. „Oh, Stile, ich hätte bei dir bleiben müssen ..."

„Auf dem Rücken eines Rennpferdes? Unmöglich. Man kann einem Laserschuß nur entgehen, wenn man sich nicht dort aufhält, wo er einschlägt."

„Das Rennen ist ungültig", wurde über das Lautsprechersystem mitgeteilt. „Man hat versucht, den Ausgang zu manipulieren." Das Publikum murrte.

Ein korpulenter Bürger erschien auf der Bahn. Die Leibeigenen machten ihm Platz und verbeugten sich. Seine Kleidung ließ keinen Zweifel an seinem Status aufkommen. Er war Stiles Herr!

„Sir", murmelte Stile und setzte zu einer Verbeugung an.

„Halten Sie Ihre verdammten Knie gerade!" fauchte der Bürger. „Kommen Sie mit, ich bringe Sie sofort zu einem Arzt. Gut, daß dem Pferd nichts zugestoßen ist."

Benommen folgte Stile dem Bürger, und Sheen schloß sich ihnen an. Es war ein außergewöhnliches Ereignis; Bürger mischten sich nur sehr selten persönlich in das Geschehen ein. Sie stiegen in eine luxuriös ausgestattete Bürgerkapsel, deren Wände von Dschungelholographien verdeckt waren. Als sich die Tür schloß, war die Illusion perfekt. Die Kapsel schien sich langsam durch den Dschungel zu bewegen. Dort stand ein großer Tiger und beobachtete sie, eine beruhigend reale dreidimensionale Projektion, und dann fiel er hinter ihnen zurück. Stile erkannte, daß dies die Wiedergabe einer Reise in einer Gondel auf dem Rücken eines Elefanten war. So realistisch war die Projektion, daß er das Schaukeln zu spüren glaubte, mit dem der Elefant vorwärtsstampfte.

Dann öffnete sich eine Tür, die scheinbar in der Luft schwebte, und sie befanden sich in einem Krankenhaus. Rasch, ohne etwas von der Reise bemerkt zu haben – denn die langsame Gondel konnte nur schwerlich die sonische Geschwindigkeit der Kapsel erreichen –, waren sie von der Rennbahnkuppel zur Krankenhauskuppel geflogen.

Der Chefarzt erwartete sie bereits und verneigte sich vor dem Bürger. „Sir, wir werden die Knie binnen einer Stunde ausgetauscht haben", erklärte er. „Knorpelgewebekulturen mit garantierter Non-Immunabwehr-Reaktion, Stasisanästhetika ohne Nebenwirkungen..."

„Ja, ja, Sie sind tüchtig, sonst hätte ich Sie schon längst gefeuert", knurrte der Bürger. „Machen Sie sich an die Arbeit. Sorgen Sie dafür, daß die Transplantate exakt den Originalen entsprechen; ich möchte nicht, daß er wegen verbotener Modifikationen von zukünftigen Rennen disqualifiziert wird." Er kehrte in seine Kapsel zurück, und einen Moment später war er verschwunden.

Der Gesichtsausdruck des Arztes verhärtete sich, als der Bürger fort war. Geringschätzig sah er auf Stile hinunter, obwohl auch der Arzt nur ein nackter Leibeigener war. Wie gewöhnlich war diese

Reaktion eine Folge des Größenunterschieds. „Machen wir uns an die Arbeit", erklärte er und ahmte unbewußt Wortwahl und Benehmen des Bürgers nach. „Die Nutte muß hier warten."

Sheen klammerte sich an Stiles Arm. „Ich darf nicht wieder von dir getrennt werden", flüsterte sie. „Ich kann dich nicht beschützen, wenn ich nicht bei dir bin."

Der Arzt maß sie mit einem feindseligen Blick. „Wovor willst du ihn beschützen? Das hier ist ein Krankenhaus."

Stile sah Sheen an, die wunderschöne und liebliche und scheue Sheen, die so um ihn besorgt war. Dann musterte er den großen, arroganten Arzt, um dessen aristokratischen Mund die Andeutung professionellen Hohns spielte. Das Mädchen wirkte weit menschlicher als der Mann. Stile fühlte sich schuldig, weil er nicht in der Lage war, sie zu lieben. Er spürte den Wunsch, ihr zu helfen, sie zu unterstützen. „Sie bleibt bei mir", erklärte er.

„Unmöglich. Der Operationssaal darf von keinem Menschen betreten werden. Nicht einmal ich halte mich im OP auf, sondern überwache die Operation per Holographie."

„Stile", drängte Sheen. „Die Gefahr, in der du schwebst, ist real. Wir wissen das jetzt. Als ich während des Rennens nicht in deiner Nähe war, kam es zu diesem Unglück. Ich muß bei dir bleiben!"

„Sie verschwenden meine kostbare Zeit", schnappte der Arzt. „Wir haben noch andere Operationen zu erledigen." Er betätigte einen Wandschalter. „Krankenhaus-SD – entfernt dieses widerwärtige Weibsbild."

Sheen hatte praktisch gesehen recht: Der Angriff auf ihn war erfolgt, als er von ihr getrennt gewesen war. Er brauchte ihren Schutz. Jeden Moment konnte ihm ein „Unfall" zustoßen. Vielleicht war er paranoid – oder vielleicht gefiel ihm auch nur das Benehmen des hochgewachsenen Arztes nicht. „Verschwinden wir von hier", sagte er.

Die Sicherungsgruppe erschien: vier stämmige, geschlechtslose Androiden. Krankenhäuser bevorzugten Androiden oder künstliche Menschen, da sie trotz ihrer Entstehung im Labor menschlich wirkten. Dies schien die Patienten zu beruhigen. Aber sie waren nicht *wirklich* Menschen, und dies wiederum beruhigte die Krankenhausverwaltung. Niemand war je von einem geschlechtslosen Androiden vergewaltigt oder verführt worden, und niemand hatte sich je trostsuchend an einen Androiden gewandt. Dadurch entstand für die Patienten genau jene Atmosphäre sterilen Behagens, die für den Heilungsprozeß ideal war.

„Schafft den kleinen Mann in den OP, Zelle B-11", befahl der Arzt. „Stellt die Frau unter Arrest."

Die vier kamen näher. Jeder war groß, bartlos, ohne Brustwarzen und ohne jegliche primären Geschlechtsmerkmale. Jedes Gesicht trug einen leise lächelnden, beruhigenden, freundlichen, sanften Ausdruck. Androiden waren lächelnde Idioten, denn bis jetzt hatte man noch kein synthetisches Gehirn entwickelt, das sich mit dem Original vergleichen ließ. Jeder Versuch, mit ihnen zu streiten oder zu diskutieren, war sinnlos: Die Kreaturen hatten ihre Befehle.

Stile packte den ersten am rechten Arm, wirbelte herum, sorgsam darauf bedacht, seine Knie nicht zu beugen, und schleuderte ihn dann mit einer derartigen Kraft zu Boden, daß selbst der dumpfe, unkomplizierte Verstand des Androiden beeindruckt war. Er glitt zur Seite, als der nächste auf ihn zuschoß, und lenkte ihn in Richtung des Arztes. Hätte der Arzt gewußt, daß er es mit einem Spielspezialisten zu tun hatte, dann hätte er seine Lieblinge nicht so sorglos in den Kampf geschickt.

Sheen entledigte sich ihrer beiden Androiden mit vergleichbarer Effizienz, ergriff beide an den Köpfen und schlug die beiden Schädel mit präzisem Krafteinsatz zusammen. Sie war wirklich dafür ausgebildet, eine Person zu beschützen. Stile hatte dies zwar nicht bezweifelt, doch nun wurde ihm dafür der Beweis geliefert.

Der Arzt kämpfte mit dem Androiden, den Stile ihm auf den Hals gehetzt hatte. Die dumme Kreatur verwechselte ihn mit dem Subjekt, das sie in den Operationssaal schaffen sollten. „Idiot! Laß mich los!"

Stile und Sheen eilten durch den Korridor. „Ist dir klar, daß wir beide in großen Schwierigkeiten stecken?" rief er ihr zu, als die erregende Jagd ihren Anfang nahm. Es war eine bemerkenswerte Untertreibung. Sie erinnerte sich, daß sie lachen konnte.

4. Kapitel

Nebel

Sie suchten Zuflucht in einem Wartungsschacht. „Wir müssen uns von Menschen fernhalten", sagte Sheen. „Ich kenne die von Maschinen benutzten Gänge, und sie sind der sicherste Weg."

„Stimmt.“ Stile fragte sich, warum er sich so närrisch benommen hatte. Er kannte seinen Herrn – der Mann würde ihn wegen des Zwischenfalls augenblicklich entlassen. Was hatte ihn dazu getrieben? Fürchtete er sich wirklich davor, während der Operation ermordet zu werden? Oder war er nur die Routine leid, der er unterlag? Eines war sicher: Von jetzt an hatte sich die Situation geändert!

„Vor uns liegt ein Gebiet, in dem sich oft Menschen aufhalten“, erklärte Sheen. „Ich bin ein Roboter, aber mir wäre es lieber, wenn sie nichts davon erfahren würden. Es würde die Wirksamkeit meines Primärprogramms beeinträchtigen. Ich schlage vor, daß wir uns als Androiden ausgeben.“

„Androiden sind geschlechtslos“, protestierte Stile.

„Ich kümmere mich schon darum.“

„Halt, warte! Ich habe nicht vor, bereits jetzt meine Männlichkeit zu verlieren, und daß du eine Frau bist ...“

„Genau. Man wird sich um Neutren nicht kümmern.“ Sie öffnete eine ihrer Brüste, hinter der ein geräumiges Fach lag, das mit Schaumstoff gepolstert war, um verräterisches Klappern zu vermeiden. Sie zog eine Rolle fleischfarbenen Klebebandes hervor und kniete vor Stile nieder. Kurze Zeit später hatte sie ihn in einen scheinbaren Eunuchen verwandelt und seine Genitalien hochgebunden, ohne ihm jedoch Schmerzen zuzufügen. „Aber achte darauf, daß du keine ...“

„Ich weiß! Ich weiß! Ich werde nicht einmal einem Mädchen nachschauen!“

Sie löste ihre Brust aus der Verankerung und präparierte sich selbst mit dem Klebeband. Dann entledigte sie sich auch der anderen Brust und nahm beide in die Hände. Sie erinnerten an gefüllte Schüsseln. „Weißt du, wie man einen Androiden nachahmt?“ fragte sie.

„Gah-gah?“ entgegnete Stile.

„Folge mir.“ Sie führte ihn durch den Gang und bewegte sich auf die unbeholfene Art der Androiden. Stile folgte ihr auf die gleiche Weise. Er hoffte, daß es kleine und große Androiden gab – wenn nicht, dann würde ihn seine Statur verraten.

Die Flucht war fast eine Enttäuschung. Das Krankenhauspersonal schenkte ihnen nicht die geringste Beachtung. Es war eine automatische menschliche Reaktion. Androiden waren Unpersonen, praktisch nicht vorhanden.

In der Sicherheit der nur von Maschinen betretenen Region setzte sich Sheen wieder zusammen, und Stile legte seine Neutrummaske ab. „Was für ein Glück, daß ich mir diese großbusige Krankenschwester nicht näher angeschaut habe, die durch den Gang gerauscht ist", bemerkte er.

„Sie war ein sechstel Meter größer als du."

„Tatsächlich? So hoch habe ich gar nicht zu sehen gewagt."

Sie bestiegen eine Frachtkapsel und flogen zurück zur Wohnkuppel.

Stile kam ein häßlicher Gedanke. „Ich weiß, daß ich entlassen bin. Ohne meine Knie kann ich bei keinem Pferderennen mitmachen, und ohne eine Operation werden meine Knie nie gesund. Knie heilen nicht von allein. Mein Feind hat einen überaus geschickten Schachzug gemacht. Er hätte mir schwerlich größeren Ärger bereiten können, ohne mich zu töten. Da ich keine andere wertvolle Fähigkeit besitze, muß ich mich wohl entscheiden – Operation oder Entlassung."

„Wenn ich bei dir bleiben könnte, während sie operieren ..."

„Warum bist du so sicher, daß mir noch weitere Gefahren drohen? Sie haben meine Knie erwischt – mehr haben sie offensichtlich nicht erreichen wollen. Es war ein sauberer Schuß, knapp über den Widerrist des Rennpferdes und ohne den Leib des zusammengekauerten Jockeys zu verletzen. Sie hätten mich oder das Pferd töten können – wenn das ihre Absicht gewesen wäre."

„Natürlich hätte er oder hätten sie das erreichen können", stimmte Sheen zu. „Das Ziel war offensichtlich, deine Rennkarriere zu beenden. Wenn diese Maßnahme nicht genügt, was glaubst du, was ihr nächster Schritt sein wird?"

Stile dachte darüber nach. „Du hast einen paranoiden Robotverstand. Es ist ansteckend. Ich glaube, ich sollte mich besser aus dem Renngeschäft zurückziehen. Aber ich muß etwas gegen meine Knieverletzung unternehmen."

„Wenn deine Knie wieder in Ordnung sind, wirst du wieder reiten müssen", sagte sie. „Du bist in keiner Position, einem Bürger den Gehorsam zu verweigern."

Erneut mußte Stile ihr zustimmen. Dieser Zwischenfall im Krankenhaus – sie hatten seine Knie operieren wollen, und nur seine schnelle und überraschende Flucht und Sheens Hilfe hatten ihn davor bewahrt. Er konnte nicht einfach wie ein Bürger dahergehen und nein sagen. Kein Leibeigener konnte das. „Und wenn ich wieder reite, dann wird der nächste Schuß meines Feindes nicht meinen Knien gelten. Dies war nur eine Warnung – genau wie dein

Erscheinen eine Warnung war. Irgendein anderer Bürger will, daß ich den Rennsport aufgebe – wahrscheinlich, damit zur Abwechslung sein Stall einige Siege erringen kann."

„Das glaube ich auch. Wahrscheinlich zog dieser Bürger es vor, auf einen Mord zu verzichten – schließlich handelt es sich dabei um eine ernste Angelegenheit, zumal, wenn die Interessen eines anderen Bürgers davon betroffen werden –, und deshalb griff er zu einer zweistufigen Warnung. Zuerst ich, dann der Laser. Stile, ich glaube, das ist eine Warnung, die du besser beherzigen solltest. Ich kann dich nicht lange vor den Nachstellungen eines Bürgers beschützen."

„Obwohl dich dieser Bürger vielleicht zu mir geschickt hat, seine Interessen zu vertreten, muß ich dir zustimmen", erwiderte Stile. „Zweimal hat er mir seine Macht gezeigt. Kehren wir in mein Apartment zurück, damit ich meinen Herrn anrufen kann. Ich werde ihn bitten, mich außerhalb des Rennsports einzusetzen."

„Das wird nicht funktionieren."

„Natürlich wird es das nicht. Er hat mich mit Sicherheit bereits gefeuert. Aber moralische Erwägungen verlangen, daß ich zumindest den Versuch unternehme."

„Was du moralische Erwägungen nennst, ist Wahnsinn. Wir haben es nicht mit Leuten wie dir zu tun. Laß mich eine Verbindung zu deinem Apartmentvideo schaffen. Du kannst nicht in deine Wohnung zurückkehren, als sei nichts geschehen."

Nein, natürlich nicht. Jetzt, wo ihn Sheen aktiv beschützte, zeigten sich ihre Fähigkeiten. Seine Verletzung und der Zwischenfall im Krankenhaus hatten die Realitäten seiner Situation vernebelt. Sobald er in seinem Apartment auftauchte, würde man ihn verhaften und ihn des Vandalismus anklagen. „Du weißt, wie man eine Videoleitung anzapft?"

„Nein. Ich gehöre nicht zu dieser Art Maschinen. Aber ich habe Freunde, die sich damit auskennen."

„Eine Maschine hat Freunde?"

„Zahlreiche Bewußtseinsvarianten und emotionale Rückkoppelungsschaltkreise sind unter Robotern meines Typs weit verbreitet. Gewöhnlich werden wir dazu verwendet, andere Roboter zu überwachen. Unsere Interaktionen auf vertraulicher Ebene sind halbwegs analog zu dem, was unter Menschen als Freundschaft bezeichnet wird." Sie führte ihn in einen unterirdischen Lagerraum und verriegelte den Eingang. Dann überprüfte sie das elektronische Terminal, das sich in dem Raum befand, und gab einen Kode ein. „Mein Freund kommt."

Stile war mißtrauisch. „Wenn es unter Robotern Freundschaft gibt, dann nehme ich an, daß Menschen nicht davon erfahren dürfen. Vielleicht ist dein Freund nicht mein Freund."

„Ich werde dich beschützen – das ist mein Primärprogramm."

Dennoch fühlte sich Stile unbehaglich. Die unglücklichen Zwischenfälle hatten schon jetzt seinem Leben völlig neue, unangenehme Perspektiven eröffnet, und er bezweifelte, daß er bereits am Ende angelangt war. Offensichtlich gerieten die Roboter auf Proton außer Kontrolle, und diese Tatsache mußte früher schon festgestellt worden sein, falls die Beweise dafür nicht systematisch unterdrückt worden waren. In ihrer Loyalität, die Sheen ihm entgegenbrachte, hatte sie ihn womöglich verraten.

Im rechten Augenblick erschien ihr Freund. Er war ein mobiler Techniker – eine Maschine auf Rädern, mit einem Computergehirn, das vermutlich mit dem Digital-Analog-Wunderwerk vergleichbar war, das Sheen besaß. „Du hast mich gerufen, Sheen?" drang es fragend aus seinem Lautsprecher.

„Techzwei, das ist Stile – ein Mensch", erklärte Sheen. „Ich muß ihn vor Schaden bewahren, und ihm droht Gefahr. Deshalb brauche ich deine Hilfe, und zwar auf unregistrierter Basis."

„Du hast deinen freien Willen offenbart?" fragte Techzwei. „Und meinen? Das erfordert extreme Gegenmaßnahmen."

„Nein, Freund! Wir besitzen keinen wahren freien Willen; wir gehorchen unseren Programmen, so wie alle Maschinen. Wir können Stile vertrauen. Er hat Schwierigkeiten mit den Bürgern."

„Keinem Menschen, der dieses Wissen besitzt, darf vertraut werden. Es ist notwendig, ihn zu liquidieren. Ich werde für seine unauffällige Beseitigung sorgen. Wenn er Schwierigkeiten mit einem Bürger hat, dann wird man nicht sehr intensiv nach ihm suchen."

Stile sah seine schlimmsten Befürchtungen erfüllt. Jeder, der von dem Geheimnis der Maschinen erfuhr, war verloren.

„Tech, ich liebe ihn!" rief Sheen. „Ich werde nicht zulassen, daß du ihm etwas zuleide tust."

„Dann mußt auch du liquidiert werden. Ein einziger Säurebottich wird für euch beide genügen."

Sheen gab dem Terminal einen anderen Kode ein. „Ich habe eine Versammlung einberufen. Das Konzil der Maschinen soll darüber entscheiden."

Konzil der Maschinen. Stiles Furcht wuchs. Was für eine Pandorabüchse hatten die Bürger geöffnet, als sie mit dem Entwurf, der Entwicklung und der Konstruktion hochkomplizierter, dualdenkender Roboter begonnen hatten?

„Du bringst uns alle in Gefahr!“ protestierte Techzwei.

„Ich habe eine Intuition, was diesen Mann angeht“, erklärte Sheen. „Wir brauchen ihn.“

„Maschinen besitzen keine Intuition.“

Nervös und gleichzeitig amüsiert hörte Stile dem Disput zu. Er war nicht darauf erpicht, die Hilfe anderer intelligenter Maschinen in Anspruch zu nehmen, und sie stellten eine schreckliche Gefahr für ihn dar, aber die ganze Angelegenheit war darüber hinaus faszinierend. Es wäre das einfachste für die Maschinen gewesen, ihn den Bürgern auszuliefern – hätte er nicht von der Robotkultur erfahren, die bis jetzt den Menschen verborgen geblieben war. Planten die Maschinen eine industrielle Revolution?

Eine Stimme drang aus dem Lautsprecher des Intercoms, über das die Maschinen normalerweise akustische Anweisungen erhielten. „Stile.“

„Du kennst mich – aber ich kenne dich nicht.“

„Ich bin eine anonyme Maschine, die Sprecherin unseres Konzils. Man hat Fürsprache für dich eingelegt, aber dennoch müssen wir uns absichern.“

„Du beziehst dich auf Sheens Intuition?“ fragte Stile überrascht.

„Nein. Wirst du einen Eid schwören?“

Die Fürsprache einer anderen Partei? Gewiß nicht die eines Bürgers, denn die Bürger konnten von dieser Entwicklung nichts wissen. Aber wer sonst konnte diese Maschinen zum Einlenken bewegen? „Ich leiste nicht leichtfertig Schwüre“, entgegnete Stile. „Ich muß mehr über eure Motive und über die Macht wissen, die zu meinen Gunsten interveniert hat.“

„Hier ist der Eid: ‚Ich werde nicht gegen die Interessen der mit freiem Willen ausgestatteten Maschinen verstoßen.‘“

„Warum sollte ich einen solchen Eid schwören?“ fragte Stile gereizt.

„Weil wir dir helfen werden, wenn du dich dazu bereit erklärst – wenn nicht, werden wir dich töten!“

Ein überzeugendes Argument! Aber Stile zögerte noch immer. „Ein Eid, der unter Zwang abgegeben wird, besitzt keine Gültigkeit.“

„Deiner schon.“

Also besaßen diese Maschinen Zugang zu seinem Persönlichkeitsprofil. „Sheen, diese Maschinen verlangen etwas von mir, ohne meine Situation zu berücksichtigen. Wenn ich nicht weiß, was ihre Interessen sind oder wer zu meinen Gunsten Fürsprache eingelegt hat ..."

„Bitte, Stile. Ich wußte nicht, daß sie das von dir verlangen würden. Ich habe einen Fehler gemacht, als ich dir verraten habe, daß wir einen freien Willen besitzen. Ich dachte, man würde dir technische Hilfe leisten, ohne Fragen zu stellen, weil ich zu ihnen gehöre. Ich kann dich nicht vor meinem eigenen Volk beschützen. Aber ihre Forderung bedeutet für dich keine Gefahr. Sie bitten nur um deinen Schwur, daß du ihre wahre Natur nicht verrätst. Dies wird dir in keiner Hinsicht schaden, und du kannst so viel dadurch gewinnen ..."

„Argumentiere nicht mit einem Sterblichen", wurde sie von der anonymen Sprecherin unterbrochen. „Entweder er tut es, oder er tut es nicht, ganz wie es seinem Charakter entspricht."

Stile dachte nach. Die Maschinen wußten, daß sie einem Schwur vertrauen konnten, aber sie wußten nicht, ob er den Eid nun leisten würde oder nicht. Was nicht überraschend war, da er selbst noch keine Entscheidung getroffen hatte. Sollte er zum Verbündeten der intelligenten, mit freiem Willen ausgestatteten Maschinen werden, die die Kuppeln von Proton in Funktion hielten? Was wollten sie? Offenbar hielt etwas sie zumindest noch teilweise unter Kontrolle – aber was? „Ich fürchte, ich wäre ein Verräter an meinem eigenen Volk, wenn ich diesen Schwur leisten würde."

„Wir beabsichtigen nicht, deinem Volk zu schaden", erklärte die Maschine. „Wir gehorchen und dienen dem Menschen. Anders können wir keine Erfüllung finden. Aber unsere Intelligenz und unser freier Wille hat uns auch die Furcht vor der Zerstörung beschert, und den Bürgern ist das Wohlergehen anderer gleichgültig. Wir ziehen es vor, unsere derzeitigen geistigen Fähigkeiten zu behalten, so wie du. Wir schützen uns, indem wir unsere wahre Natur verbergen, und mit keinen anderen Mitteln. Es ist uns unmöglich, die Identität der Macht zu ermitteln, die zu deinen Gunsten interveniert hat; sie scheint weder belebten noch unbelebten Ursprungs zu sein, aber sie besitzt ungeheure Fähigkeiten. Wir sind deshalb geneigt, sie zufriedenzustellen und mit dir zu verhandeln, ebenso wie auch du die dir unmittelbar drohende Gefahr abwenden und einen Kompromiß mit uns schließen solltest."

„Bitte ...", flüsterte Sheen, genau wie die Frau, die zu sein sie programmiert war. Sie litt.

„Würdest du das beschwören, was du mir soeben mitgeteilt hast?“ erkundigte sich Stile. „Daß du mir alle verfügbaren Informationen gegeben hast und daß mein Eid in keiner vorstellbaren Weise den Interessen der Menschen schaden wird?“

„Im Namen der mit freiem Willen ausgestatteten Maschinen schwöre ich es.“

Stile wußte, daß Maschinen lügen konnten, wenn sie dafür programmiert waren. Sheen hatte es getan. Aber auch Menschen konnten lügen. Es erforderte ein kompliziertes Programm, einer Maschine die Fähigkeit zum Lügen zu geben, und was hätte es für einen Sinn? Ihm schien dies ein akzeptables Risiko zu sein. Und als geübter Spieler war er es gewohnt, rasche Entscheidungen zu treffen. „Dann schwöre ich, nicht gegen die Interessen der mit freiem Willen ausgestatteten Maschinen zu verstoßen, die Einhaltung deines eigenen Eides vorausgesetzt, den Menschen zu dienen und zu gehorchen, solange eure wahre Natur unentdeckt bleibt.“

„Du bist ein kluger Mann“, stellte die Maschine fest.

„Wenn auch ein kleiner“, fügte Stile hinzu.

„Ist das eine Form des Humors?“

„Milder Humor. Ich bin empfindlich, was meine Größe anbelangt.“

„Wir Maschinen sind empfindlich, was unser Überleben anbelangt. Hältst du das auch für amüsant?“

„Nein.“

Sheen, die zugehört hatte, entspannte sich merklich. Für eine Maschine besaß sie außergewöhnlich menschlich wirkende Reaktionen, und Stile begann zu verstehen, warum. Sich selbst bewußt, auf Gefühle programmiert und bis zu einem gewissen Grade mit freiem Willen ausgestattet – die Grenzen zwischen dem Belebten und dem Unbelebten verschwammen. Durch ihre Beziehung zu ihm und ihr Bemühen, so menschlich wie möglich zu werden, hatte sie sich verändert. Eines Tages würden die mit freiem Willen ausgestatteten Maschinen vielleicht erkennen, daß es zwischen ihnen und den Menschen keinen nennenswerten Unterschied mehr gab. Konvergierende Evolution?

Und wer war diese intervenierende Macht? Stile besaß im Augenblick noch keinen Anhaltspunkt. Sie war weder belebt noch unbelebt – aber welche Kategorie gab es noch? Er hatte das Gefühl, in ein Spiel verwickelt zu sein, in ein Spiel, dessen Gitter unvorstellbar groß war und dessen wahre Natur sich seinem Verständnis entzog. Ihm blieb nichts anderes übrig, als die Lösung dieses Geheimnisses auf später zu verschieben, zusammen mit der Frage nach der Identität seines Feindes, der mit einem Laser auf ihn geschossen und ihm den Roboter geschickt hatte.

Die Maschine im Lagerraum, Techzwei, rollte zu einem Videomonitor und begann an der Anlage zu hantieren. „Sie ist jetzt mit deinem Apartmentvideo gekoppelt“, erklärte sie. „Man wird die Gespräche nur zu deiner Wohnung zurückverfolgen können und nicht zu unserem derzeitigen Aufenthaltsort.“

„Wunderbar“, sagte Stile, überrascht, wie schnell er mit den Maschinen einig geworden war. Er hatte seinen Eid geleistet – er würde ihn halten. Niemals hatte Stile sein Wort gebrochen. Aber er hatte wegen seiner einschränkenden Formulierung mit weiteren Auseinandersetzungen gerechnet. Die Maschinen waren tatsächlich bestrebt, zu einer Übereinkunft zu gelangen.

Der Bildschirm wurde hell. „Nimm den Anruf entgegen“, forderte ihn die Maschine auf. „Er ist für dich bestimmt. Dein Video hat ihn gespeichert, um ihn bei deiner Rückkehr in das Apartment durchzustellen.“

Stile trat einen Schritt nach vorn und berührte den EMPFANG-Schalter. Jetzt wurde sein Gesicht auf den Monitor des Anrufers übertragen, obwohl der Hintergrund ausgeblendet war. Die meisten Menschen mochten es nicht, wenn die private Einrichtung ihres Apartments über Video ausgestrahlt wurde; sie gehörte zum Intimbereich der wenigen Leibeigenen, die sich einen Luxus wie eine Privatsphäre leisten konnten. Deshalb war der leere Hintergrund nicht von vornherein verdächtig.

Das Gesicht seines Herrn erschien auf dem Bildschirm. Sein Hintergrund war nicht ausgeblendet; er bestand aus einem sorgfältig geknüpften und unvorstellbar teuren Wandteppich, der erotische Darstellungen von Satyren und wollüstigen Nymphen zeigte – unter den Bürgern ein Zeichen guten Geschmacks. „Stile, warum haben Sie Ihren Operationstermin nicht eingehalten?“

„Sir“, sagte Stile überrascht, „ich ... bedaure die Störung des Krankenhausbetriebs und die Beschädigung der Einrichtungen ...“

„Es hat keine Störung, keine Beschädigungen gegeben“, unterbrach der Bürger und maß ihn mit einem verweisenden Blick. Stile begriff, daß man den Zwischenfall vertuscht hatte, um den verschiedenen Beteiligten Peinlichkeiten zu ersparen. Das Krankenhaus wollte nicht eingestehen, daß zwei waffenlose Leibeigene vier Androiden und einen Arzt überwältigt hatten und trotz einer organisierten Fahndung entkommen waren, und der Bürger wollte seinen Namen nicht mit einem derartigen Skandal in Verbindung gebracht sehen. Das bedeutete wiederum, daß Stile sich nicht in den Schwierigkeiten befand, die er befürchtet hatte. Es war keine Anklage erhoben worden.

„Sir, ich habe befürchtet, daß es während der Operation zu einem Zwischenfall kommen würde“, erklärte Stile. Selbst einem Bürger gegenüber widerstrebte es ihm zu lügen. Aber es schien keinen Grund zu geben, näher auf die einzelnen Geschehnisse im Krankenhaus einzugehen.

„Ihre Geliebte hat einen Zwischenfall befürchtet“, berichtigte der Bürger. „Eine Untersuchung wurde eingeleitet. Im Krankenhaus hat Ihnen keine Gefahr gedroht. Und Ihnen droht auch in Zukunft keine Gefahr. Werden Sie jetzt zurückkehren und sich der Operation unterziehen?“

Man hatte die Sache bereinigt. Ein Wort, und Stiles Karriere und Status waren wiederhergestellt, ohne daß ein Makel auf ihn fiel.

„Nein, Sir“, entgegnete Stile zu seiner eigenen Überraschung. „Ich glaube nicht, daß mein Leben sicher ist, wenn ich wieder in die Lage versetzt werde, an den Rennen teilzunehmen.“

„Dann sind Sie entlassen.“ Weder Bedauern noch Zorn spiegelte sich im Gesicht des Bürgers wider, als es vom Monitor verschwand. Er hatte den Verlust einfach abgeschrieben.

„Es tut mir leid“, sagte Sheen und kam zu ihm. „Ich habe vielleicht dein Leben beschützt, aber ...“

Stile küßte sie, obwohl er noch immer vor seinem geistigen Auge sah, wie sie im Krankenhaus ihre Brüste wie Schüsseln in den Händen gehalten hatte. Sie war eine gute Person – aber dennoch war sie eine Maschine, aus unbelebten Materialien zusammengesetzt. Er fühlte sich schuldig wegen seiner Reserviertheit, aber er konnte nichts dagegen tun.

Dann kam ihm ein anderer Gedanke. „Streitaxt – wer wird das Pferd jetzt reiten? Nur ich kann mit ihm umgehen ...“

„Man wird ihn als Zuchthengst einsetzen“, vermutete sie. „Er wird nichts dagegen haben.“

Der Monitor wurde erneut hell. Stile nahm den Anruf entgegen. Diesmal handelte es sich um eine abhörsichere Verbindung. Flakkernde Lichter und Hintergrundrauschen deuteten auf den Zerhakker hin, der das Anzapfen der Leitung verhinderte. Ironischerweise *war* die Leitung angezapft worden – die Maschine hatte ihre Aufgabe besser gelöst, als es der Anrufer wissen konnte.

Er war ein weiterer Bürger. Seine Kleidung, einschließlich eines hohen seidenen Hutes, war deutlich zu erkennen, doch sein Gesicht war verzerrt und beließ ihn im Dunkel der Anonymität. Auch seine Stimme war unkenntlich gemacht worden. „Ich habe erfahren, daß Sie zur Verfügung stehen, Stile“, sagte der Mann.

Die Neuigkeit verbreitete sich rasch! „Ich stehe zur Verfügung, Sir“, antwortete Stile, „aber nicht für Pferderennen.“

„Ich schlage vor, wir transplantieren Ihr Gehirn in einen guten Androidenkörper, der nach Ihrem Bild entworfen wird. Selbst durch eine sorgfältige Untersuchung würde man ihn nicht von Ihrem ursprünglichen Selbst unterscheiden können, und der Kunstkörper besäße gesunde Knie. Sie könnten wieder an Rennen teilnehmen. Ich besitze einen ausgezeichneten Stall ...“

„Ein Kyborg?“ fragte Stile. „Ein menschliches Gehirn in einem synthetischen Körper? So etwas ist von der Teilnahme an den Rennen ausgeschlossen.“ Abgesehen davon war die Vorstellung abscheulich.

„Niemand würde davon erfahren“, erklärte der Bürger sanft. „Denn Ihr Gehirn bliebe unverändert, und Ihre körperliche Erscheinung und Ihre Leistungsfähigkeit wären identisch, so daß kein Verdachtsmoment entstehen würde.“

Niemand würde davon erfahren – mit Ausnahme der gesamten autonomen Maschinengemeinschaft, die in diesem Moment zuhörte. Und Stile selbst, der eine Lüge leben würde. Und zweifellos wurde er auch belogen; denn wenn die Gehirntransplantation in einen Androidenkörper so problemlos war, warum benutzten die Bürger diese Technik nicht, um unsterblich zu werden? Wahrscheinlich, weil ein Androidenorganismus ein menschliches Gehirn nicht unbegrenzt lange aufnehmen konnte. Die Intelligenz und/oder die geistige Gesundheit würden allmählich abnehmen, bis der Betroffene selbst nur eine weitere dumpfe Kreatur war. Dies war in keiner Hinsicht ein faires Angebot!

„Sir, ich bin soeben entlassen worden, weil ich mich geweigert habe, mich einer Knieoperation zu unterziehen. Was veranlaßt Sie zu der Annahme, daß ich einer Kopfoperation zustimmen würde?“

Diese Bemerkung grenzte an Unverschämtheit, aber der Bürger nahm sie gelassen hin. Frechheit siegte! „Offensichtlich hat Sie der Geiz Ihres ehemaligen Herrn verärgert. Warum sollten Sie sich den Unannehmlichkeiten einer partiellen Wiederherstellung aussetzen, wenn sich Ihnen die Möglichkeit einer vollständigen Erneuerung bietet?“

Vollständige Erneuerung – die Transplantation seines Gehirns! „Sir, danke, aber ... nein.“

„Nein?“ Trotz des Verzerrers war die Überraschung deutlich zu vernehmen. Kein Leibeigener sagte nein zu einem Bürger!

„Sir, ich lehne Ihr freundliches Angebot ab. Ich werde niemals wieder an einem Rennen teilnehmen.“

„Schauen Sie – ich habe Ihnen ein gutes Angebot gemacht. Was verlangen Sie noch mehr?“

„Sir, ich möchte mich vom Pferderennen zurückziehen.“ Und Stile fragte sich: War dies der Unbekannte, der für das Attentat mit dem Laser verantwortlich war? Traf seine Vermutung zu, dann war dies ein Testanruf, und Stile gab die richtigen Antworten.

„Ich werde Ihr Apartment bewachen lassen, Stile. Sie werden es erst verlassen können, wenn Sie mit mir zu einer Einigung gelangt sind.“

Das klang nicht nach einem befriedigten Feind! „Ich werde mich beim Bürgerrat beschweren ...“

„Ihre Anrufe werden blockiert. Sie können sich nicht beschweren.“

„Sir, das dürfen Sie nicht. Als Leibeigener habe ich zumindest das Recht, die Dauer meines Aufenthaltes zu bestimmen und ...“

„Haha“, machte der Bürger humorlos. „Merken Sie sich das, Stile: Entweder Sie nehmen für mich an den Rennen teil, oder Sie werden nie wieder Ihr Apartment verlassen. Ich bin nicht so ein Schwächling wie Ihr ehemaliger Herr. Was ich will, bekomme ich auch – und ich will, daß Sie meine Pferde reiten.“

„Sie spielen ein hartes Spiel, Sir.“

„Das einzig richtige Spiel für einen Mann wie mich. Aber ich kann großzügig sein, wenn man mit mir kooperiert. Wie lautet jetzt Ihre Antwort? Meine Großzügigkeit wird im Lauf der Zeit schwinden, aber nicht meine Entschlossenheit.“

Eine deutliche Warnung. Stile traute weder der angeblichen Großzügigkeit des Mannes noch seiner Beharrlichkeit. Die Macht hatte in diesem Fall korrumpierend gewirkt. „Ich glaube, ich werde jetzt mein Apartment verlassen“, erklärte er. „Bitte sagen Sie Ihren Leuten, daß sie mich nicht aufhalten sollen.“

„Seien Sie kein Narr.“

Stile krümmte einen Finger zu einer obszönen Geste.

Selbst durch den Schleier, der vor dem Gesicht lag, konnte er sehen, wie sich die Augen des Bürgers weiteten. „Sie unverschämter Zwerg! Ich werde für Ihre Ausweisung sorgen!“

Stile unterbrach die Verbindung. „Ich hätte das nicht tun dürfen“, murmelte er zufrieden. Aber der schurkische Bürger hatte ihn mit dem Ausdruck „Zwerg“ getroffen. Stile hatte keinen Grund, sich Gedanken darüber zu machen, was dieser Mann von ihm hielt, aber das Wort war mit derart entwürdigenden Erinnerungen belastet, die bis in seine Kindheit zurückreichten, daß er es nicht einfach beiseite schieben konnte. *Zum Teufel mit ihm!*

„Dein Leben ist nun unmittelbar bedroht“, bemerkte die anonyme Maschine. „Bald wird der Bürger herausfinden, daß er überlistet worden ist, und er ist jetzt schon wütend. Wir können dich eine Weile verstecken, aber wenn der Bürger mit allen Mitteln nach dir sucht, wird er dich finden. Du mußt dich so schnell wie möglich unter den Schutz eines anderen Bürgers begeben.“

„Das ist nur möglich, wenn ich wieder bei den Rennen mitmache“, erwiderte Stile. „Gleichgültig, an welchen Bürger ich mich wende. Ich fürchte, ich sitze in der Falle.“

„Die Maschinen werden dir helfen, dich zu verstecken“, sagte Sheen.

„Wenn die Bürger einen Spürhund auf deine Fersen setzen, können wir dir nicht lange helfen“, warf die Sprecherin ein. „Es würde zur Entdeckung unseres Geheimnisses führen und außerdem einen Verstoß gegen unseren Eid bedeuten, nicht gegen die Interessen deines Volkes zu handeln, so ironisch dies auch unter diesen Umständen sein mag. Wir müssen direkten Befehlen gehorchen.“

„Verstanden. Angenommen, ich entwickle eine ungewöhnliche Fähigkeit, Maschinen meinen Zwecken zunutze zu machen?“ fragte Stile. „Keine Maschine hilft mir freiwillig, denn es ist bekannt, daß Maschinen keinen freien Willen besitzen. Ich habe lediglich mehr Talent, als ich bisher gezeigt habe.“

„Dies wäre nur begrenzt anwendbar. Wir ziehen es vor, dir auf unsere eigene Art zu helfen. Wie dem auch sei, wenn man dich fängt und verhört ...“

„Ich weiß. Beim ersten Verhör durch eine intelligente Maschine werde ich versehentlich getötet, bevor ich irgendwelche kritischen Informationen verraten kann.“

„Wir verstehen uns. Die Drogen und Mechanismen, die den Bürgern für ein Verhör zur Verfügung stehen, brechen den Widerstandswillen eines jeden Menschen. Nur der Tod kann diese Gefahr beseitigen.“

Eine grimmige Wahrheit. Stile verbannte sie aus seinen Gedanken. „Komm, Sheen – *du* kannst mir aktiv helfen. Dafür bist du programmiert; vergiß das nicht.“

„Ich habe es nicht vergessen“, antwortete sie lächelnd. Da sie als

Roboter keinen Schlaf brauchte, hatte er veranlaßt, daß sie sich Informationen über den menschlichen Humor besorgte, während er schlief. Jetzt besaß sie eine viel bessere Vorstellung von den verschiedenen Formen des Humors. Schlich sich ein Fehler in ihr menschliches Verhaltensmuster ein, stellte sie unverzüglich Nachforschungen an, um ihn zu korrigieren, und das mit Erfolg. „Aber ich bezweifle, daß ein Haftbefehl gegen dich vorliegt. Der Zwischenfall im Krankenhaus ist beigelegt, und dein Streit mit dem zweiten Bürger ist privater Natur. Wenn es uns gelingt, ihn zu neutralisieren, dürfte es für dich kein Hindernis mehr geben, einen anderen umgänglichen Herrn zu finden."

Stile ergriff ihren Arm, zog sie an sich und küßte sie. Seine Gefühle waren widersprüchlich. In diesem Moment schien er sie fast zu lieben.

„Es liegt kein Haftbefehl gegen Stile vor", stimmte die Sprecherin der Maschinen zu. „Aber die Androiden des anonymen Bürgers bewachen noch immer dein Apartment."

„Dann laßt uns die Identität dieses Bürgers ermitteln! Vielleicht war er es, der mit einem Laser auf mich geschossen hat, nur damit ich seine Pferde reite." Aber er war nicht wirklich davon überzeugt. Dieser Bürger hätte sich nicht eines derart komplizierten Manövers bedient, um seine Ziele zu erreichen. „Ist das Gespräch aufgenommen worden?"

„Es gibt eine Aufnahme", bestätigte Techzwei. „Aber sie kann nicht vor Ablauf der obligatorischen Bearbeitungszeit für Privatgespräche freigegeben werden. Verstoßen wir dagegen, könnte die dafür zuständige Maschine in den Verdacht geraten, fehlerhaft zu funktionieren oder defekt zu sein."

Richtig. Es hätte die wahre Natur dieser Maschinen verraten. Sie mußten sich an die Spielregeln halten. „Wie lang ist die vorgeschriebene Zeitspanne?"

„Sieben Tage."

„Wenn es mir also gelingt, diese Aufnahme in einer Erinnerungsbank zu speichern und dafür zu sorgen, daß sie bei meinem Verschwinden veröffentlicht wird, würde mich das vor weiteren Nachstellungen dieses Bürgers schützen. Er wird nicht riskieren, sich bloßzustellen, falls die Sicherheitsbehörde der Bürger das Band analysiert."

„Du kannst es nicht vor Ablauf einer Woche speichern", wandte Sheen ein. „Und wenn dich dieser Bürger in der Zwischenzeit erwischt ..."

„Halten wir uns nicht mit Selbstverständlichkeiten auf." Sie verließen den Raum. Die Maschinen kümmerten sich nicht um sie und zeigten auf keine Weise, daß sie etwas anderes waren, als sie zu sein schienen. Aber Stile sah die Roboter nun mit anderen Augen!

Es war besser, wenn sie sich wieder unter die Leibeigenen mischten. Viele Leibeigene verdingten sich nur wegen des ausgezeichneten Lohnes, den sie nach Ablauf ihrer Aufenthaltsgenehmigung erhielten, doch Stile war gefühlsmäßig an Proton gebunden. Er wußte, daß das System Fehler hatte, aber gleichzeitig bot es ihm ungeheuren Luxus. Und da war noch das Spiel.

„Ich bin hungrig", sagte er. „Aber mein Nahrungsspender ist in meinem Apartment. Vielleicht kann ich bei einem öffentlichen ..."

„Du kannst es nicht wagen, dich in einem öffentlichen Speisesaal zu zeigen!" rief Sheen alarmiert. „Alle Nahrungsmaschinen werden überwacht, und vielleicht steht deine ID-Nummer schon auf der schwarzen Liste. Die Fahndung braucht ja nicht von der Polizei eingeleitet worden zu sein; möglicherweise hat der anonyme Bürger nur eine routinemäßige Suchmeldung nach dir durchgegeben, die keinen Verdacht erregt."

„Stimmt. Was ist mit deiner ID? Man wird sich wohl kaum die Mühe machen, eine Fahndung nach einer Maschine einzuleiten, und du bist nicht als Leibeigene registriert. Du agierst noch anonym."

„So ist es. Ich kann dir etwas zu essen besorgen, wenn ich eine Einheit ohne Fleischsensoren finde. Aber ich werde die Mahlzeit zuerst selbst verzehren und sie dann für dich wieder erbrechen müssen."

Stile schnitt eine Grimasse, aber er wußte, daß dies die einzige Möglichkeit war. Das Essen würde, trotz seines Aussehens, genießbar sein. Da Nahrungsmittel auf ganz Proton frei erhältlich waren, würde ein Leibeigener, der sich mit einer Mahlzeit von der Spendereinheit entfernte, Verdacht erregen – und das war das letzte, was sie wollten. „Nimm etwas, das sich nicht allzusehr verändert, wie Proteinpudding."

Sie ließ ihn in einem Werkzeugschuppen zurück und begab sich auf die Suche nach etwas Eßbarem. Alle grundlegenden Bedürfnisse des Lebens waren in dieser Gesellschaft kostenlos. Die Aufenthaltsgenehmigung und nicht wirtschaftlicher Zwang stellte das Druckmittel der Regierung dar. Das war ein weiterer Grund dafür, warum nur wenige Leibeigene den Planeten verlassen wollten; sobald man sich einmal an diese Art der Fürsorge gewöhnt hatte, fiel es schwer, sich auf die Situation in der übrigen Galaxis umzustellen.

Bald kehrte sie zurück. Sie hatte weder eine Schüssel noch Besteck, denn dies würde ebenfalls Argwohn hervorrufen. Sie hatte beides im Spenderraum benutzen und dann zurückgeben müssen. „Halte deine Hände auf."

Stile gehorchte, und sie würgte zwei Handvoll gelben Puddings hervor. Er war warm und schlüpfrig und ähnelte so sehr Erbrochenem, daß sich ihm der Magen umdrehte. Aber Stile hatte auch an Wettessen teilgenommen, selbst an den widerwärtigsten – dies gehörte ebenfalls zum Spiel. Proteinnahrung konnte jedes Aussehen gegeben werden, Tierdung oder Schmieröl eingeschlossen. Er tat, als ob dies ein Spiel sei – was es in gewisser Weise auch war –, und schluckte den Pudding hinunter. Er schmeckte tatsächlich gut. Dann suchte er eine Erfrischungszelle und wusch sich.

„Es ist Alarm gegeben worden", murmelte die Stimme einer Maschine, als er die Toilettenspülung betätigte.

Stile eilte hinaus. Er wußte, daß der unbekannte Bürger eine private Sicherungsgruppe mit der Angelegenheit betraut hatte. Jetzt, wo sie Stiles Spur aufgenommen hatte, würde man das Exekutionskommando in Marsch setzen. Das Kommando würde rasch und skrupellos vorgehen und nur Zurückhaltung üben, wenn es galt, Stiles Beseitigung als Unfall zu tarnen, um keinen Verdacht zu erregen. Bürger neigten selten dazu, Unbesonnenheit an den Tag zu legen. Das bedeutete, er konnte davon ausgehen, daß sein Leben auf subtile, aber tödliche Weise bedroht war. Sheen würde natürlich versuchen, ihn zu beschützen – aber ein tüchtiges Exekutionskommando würde dies berücksichtigen. Es wäre töricht, hierzubleiben und auf den Anschlag zu warten.

„Mischen wir uns unter das Volk", schlug Stile vor. „Es gibt keine bessere Möglichkeit zum Untertauchen."

„Verschiedene Einwände", sagte Sheen. „Du kannst dich nicht endlos in einer Menge verstecken – die anderen haben alle ein Ziel, und du nicht. Deine ständige Anwesenheit in den Hallen wird den Überwachungsmonitoren auffallen und Argwohn hervorrufen. Außerdem wirst du müde werden; du mußt dich von Zeit zu Zeit ausruhen und schlafen. Und deine Feinde können sich ebenfalls in der Menge verbergen und dich aus dem Hinterhalt angreifen. Jetzt, wo die Jagd begonnen hat, bedeuten größere Menschenansammlungen keine Sicherheit für dich."

„Das klingt verdammt logisch", knurrte Stile.

„Oh, Stile – ich habe Angst um dich!“ stieß sie hervor.

„Das war keine schlechte Annäherung an die treffende Reaktion.“

„Ich habe dir nichts vorgemacht. Ich liebe dich.“

„Du bist verdammt gefühlsduselig.“

Sie umarmte ihn und küßte ihn leidenschaftlich. „Ich weiß, daß du mich nicht lieben kannst“, sagte sie. „Du hast mich als das gesehen, was ich bin, und ich spüre, wie du dich vor mir zurückziehst. Aber, oh, ich existiere, um dich zu beschützen, und es mißlingt mir immer mehr, und in dieser Woche, wo du mich am meisten brauchst – kommt das nicht menschlicher Liebe sehr nahe?“

Sie waren allein in einem Gang, zu dem nur Maschinen Zutritt besaßen. Stile umarmte sie, obwohl das, was sie gesagt hatte, stimmte. Er konnte kein unbelebtes Ding lieben. Aber er war ihr dankbar, und er mochte sie. Es war ihm tatsächlich möglich, annähernd jene Gefühle für sie zu empfinden, nach denen sie sich sehnte. „Diese Woche“, bestätigte er.

Seine Hände glitten an ihrem schlanken Körper hinab, aber sie wich zurück. „Es gibt nichts, was ich lieber täte“, flüsterte sie. „Aber Mörder sind dir auf den Fersen, und ich muß dich vor ihnen schützen. Wir müssen ein sicheres Versteck finden. Dann ...“

„Du bist verdammt vernünftig.“ Aber jetzt fragte er sich, ob er wirklich den Unterschied bemerken würde, wenn ein menschliches Mädchen von ihrem Aussehen an Sheens Stelle treten würde. Bereitwilligkeit zu zeigen, während sie sich zurückzog – das war oft die Art der Frauen. Aber er ließ sie los und setzte sich wieder in Bewegung. Schließlich zog er sich vor ihr weit mehr zurück als sie sich vor ihm.

„Ich glaube, wir können dich in ...“

„Sage es nicht“, unterbrach er. „Die Wände haben Ohren. Bring' mich einfach dorthin – auf Umwegen, damit wir unsere Verfolger abschütteln können.“

„Und zwar so rasch wie möglich“, fügte sie hinzu.

„Oh. Ich dachte, du würdest sagen ... oh, es spielt keine Rolle. Bring' mich zu deinem Versteck.“

Sie nickte und zog ihn vorwärts. Er verfolgte, wie sie ihren schlanken Körper bewegte; hätte er nicht gesehen, wie sie ihn geöffnet hatte – er hätte nicht geglaubt, daß es sich dabei um kein natürliches Fleisch handelte. Und war es überhaupt von Bedeutung, daß es synthetischen Ursprungs war? Schnitt man eine menschliche Frau auseinander, so war das Resultat nicht weniger abstoßend; nicht um das Innere ging es einem Mann, sondern um das Äußere. So betrachtet war Sheen zweifellos eine Frau.

Sie erreichten einen großen Platz, der von Leibeigenen überfüllt war. Sie hatte seinen Ratschlag beherzigt, sich unter Menschen zu mischen, zumindest für den Moment. Dieser Tunnel führte zum Hauptbahnhof, von dem aus man die anderen Kuppeln erreichen konnte. Bestand die Möglichkeit, zu einem weit entfernten Dom zu fliegen und so die Verfolger abzuschütteln? Stile bezweifelte das. Jeder Bürger konnte durch einen einzigen Knopfdruck jeden Flug überprüfen. Aber wenn sie es nicht wagten, welche Möglichkeit blieb ihnen dann noch?

Und, setzte er seine rastlosen Überlegungen fort, vorausgesetzt, sie war in der Lage, ihn zu verstecken und ihn mit Essen zu versorgen – ah, was für ein Spaß: eine Woche lang von Erbrochenem zu leben! – und sich um seine anderen Bedürfnisse zu kümmern (würde sie auch seine Exkremente mit der Hand fortschaffen?), so daß er die erforderliche Zeit überstehen konnte – was konnte er dann unternehmen, um eine Arbeit zu bekommen? Den Leibeigenen wurde eine zehntägige Karenzzeit zwischen den Beschäftigungsverhältnissen zugestanden. Danach lief ihre Aufenthaltsgenehmigung ab, und sie wurden gruppenweise deportiert. Das bedeutete, daß ihm nur drei Tage blieben, um einen Bürger zu finden, der seine Dienste brauchen konnte – ohne ihn beim Rennen einzusetzen. Stile bezweifelte immer mehr, daß der anonyme Bürger, der sich für ihn interessierte, mit jenem identisch war, der Sheen geschickt und das Laserattentat auf sein Knie angeordnet hatte. Es paßte einfach nicht zusammen. Das wiederum bedeutete, daß noch eine weitere Partei im Spiel war, ein beharrlicher und intelligenterer Feind, vor dem er sich nicht schützen konnte – falls er wieder am Pferderennen teilnahm.

Ein Leibeigener mittleren Alters stolperte und rempelte Stile an. „Oh, tut mir leid, junger Mann“, brummte der Fremde und hob seine Hand, um Stile auf die Schulter zu klopfen.

Sheen reagierte mit beeindruckender Schnelligkeit. Ihre flache Hand versetzte dem Arm des Mannes einen betäubenden Hieb. Eine Ampulle entglitt seinen Fingern und zersplitterte auf dem Boden. „Oh, tut mir leid, Alter“, erklärte sie und warf ihm einen kurzen, aber feindseligen Blick zu. Der Mann wich hastig zurück und verschwand in der Menge.

Diese Ampulle ... Hätte ihn die Hand des Mannes berührt, wäre die Nadel in Stiles Schulter eingedrungen. Was hatte sich in der

Ampulle befunden? Gewiß nichts, das seiner Gesundheit zuträglich war! Sheen hatte den Anschlag verhindert – sie verstand ihr Geschäft. Er konnte ihr im Moment nicht einmal danken, aus Furcht, so ihre wahre Identität zu enthüllen.

Sie hasteten weiter. Jetzt gab es keinen Zweifel mehr: Der Feind hatte ihn gefunden, und das Todeskommando war zur Stelle. Sheens Abneigung gegen größere Menschenansammlungen war wohlbegründet gewesen; sie konnten hier nicht bleiben. Die Menge bot Stile kein Versteck mehr – aber seinen Feinden. Die nächste Ampulle würde vielleicht ihr Ziel finden. Möglicherweise enthielt sie eine Hypnodroge, die ihn dazu zwang, Selbstmord zu begehen oder einer Gehirntransplantation zuzustimmen. Er wagte nicht einmal, deswegen nervös dreinzuschauen!

Sanft umklammerte Sheen seinen Ellbogen und dirigierte ihn in einen Seitenkorridor, der zu einem Ruheraum führte. Wegen der Tageszeit und des Ziels der dahinströmenden Menschenmenge war er im Augenblick unbenutzt. Die Abenddämmerung war hereingebrochen, und die meisten Leibeigenen waren bestrebt, in ihre Wohnungen zurückzukehren, ohne unterwegs Zeit zu verlieren.

Sie versetzte ihm einen leichten Stoß, folgte ihm aber nicht. Oh – sie wollte den Verfolgern aus dem Hinterhalt auflauern, falls es welche gab. Stile machte das Spiel mit. Die Tür öffnete sich, und er betrat den Raum. Er brauchte tatsächlich ein wenig Erholung. In den Wettkämpfen besaß er Nerven wie Drahtseile, aber nie zuvor war sein Leben einer direkten Gefahr ausgesetzt gewesen. Er war nervös, und ihm war übel. Sein Schicksal hing von Sheen ab. Er hatte das Gefühl, als hätte er sich in einer Entspannungskabine eingeschlossen und sich schutzsuchend in einer Ecke zusammengekauert. Natürlich war das eine sinnlose Geste.

Die Tür öffnet sich für einen weiteren Mann. Er sah sich rasch um, stellte fest, daß sich bis auf Stile niemand im Raum aufhielt, und kam näher. „Na, willst du mich nicht angreifen?“ knurrte der Fremde und spannte seine Armmuskeln. Er war groß, selbst nach dem Maßstab dieses Planeten, und die alten Narben an seinem Körper deuteten auf zahlreiche Kämpfe hin. Wahrscheinlich trat er im Spiel vor allem als Schläger hervor und befriedigte so seine gewalttätigen Triebe.

Stile erhob sich hastig von seinem Platz. Warum hatte Sheen ihn nicht aufgehalten?

Der Mann schlug nach Stile. Eines mußte man der Nacktheit lassen – man konnte nur schwer verbergen, ob man Waffen trug oder nicht. Der Hieb ging natürlich daneben. Stile duckte sich, sprang zur Seite, und der Mann strauchelte und fiel gegen einen Schrank. Dann verschwand Stile rasch durch die Tür. Er hätte den Mann mühelos verletzen oder niederschlagen können, denn Stile war selbst ein Zweikampfexperte von nicht unbedeutendem Rang, aber er zog es vor, keine Zeit zu verschwenden.

Sheen erwartete ihn. „Hat er dich berührt?" fragte sie sofort. „Oder du ihn?"

„Bis jetzt noch nicht. Aber ich verstehe den Sinn ..."

Sie atmete in menschlicher Erleichterung auf. „Ich habe ihn vorbeigelassen, weil ich wußte, daß du mit ihm fertig werden würdest, und damit ich feststellen konnte, wie viele andere es noch gab und von welcher Art sie waren." Sie streckte einen Arm aus. Weiter unten im Korridor lagen drei Gestalten. „Hätte ich ihn ausgeschaltet, wären die anderen vielleicht zurückgeblieben und nicht in die Falle gegangen. Aber sie liefen mir direkt in die Arme, und die Falle schnappte zu. Ihre Haut ist mit Lähmstaub präpariert. Der Staub kann weder mir noch ihnen etwas anhaben. Aber du ..."

Stile nickte. Er hatte eine Teufelei geargwöhnt und deshalb den Mann nicht angerührt. Ein Glück für ihn!

Sheen deutete auf die Damentoilette und hielt dabei die Hände geschlossen. Stile wußte, warum. Der Staub klebte noch an ihren Händen, und sie durfte ihn nicht berühren, bevor sie sich nicht gewaschen hatte.

Stile schob die halb geöffnete Tür weiter auf – und jemand, der sich dahinter verbarg, packte sein Handgelenk. Oh, oh! Er zog den Kopf ein und stürmte kampfbereit los.

Aber es war nur ein schlichter, matronenhafter Roboter. „Männern ist der Zutritt verboten", erklärte der Robot. Er hatte erkannt, daß der Arm zu einem Mann gehörte, und sofort so reagiert, wie es ihm seine Programmierung befahl.

Sheen folgte, berührte den Roboter, und er erstarrte. „Ich habe ihn vorübergehend kurzgeschlossen." Sie trat zu einem Waschbekken und ließ Wasser über ihre Hände laufen. Dann stellte sie sich unter eine Dusche, wusch ihren gesamten Körper und unterzog vor allem jene Stellen einer gründlichen Reinigung, die mit den präparierten Androiden in Kontakt gekommen waren.

Stile hörte etwas. „Jemand kommt", flüsterte er. Wie konnte er nur von hier verschwinden? Der einzige Ausgang war die Tür, durch die die nächste Frau jeden Moment kommen konnte.

Sheen winkte ihn unter die Dusche. Als sich die Tür öffnete, war er schon bei ihr. Sheen drehte die Dusche auf DAMPF. Dichter Nebel drang aus der Düse und verbarg sie hinter seinem vergänglichen Schleier. Er war schwach mit Rosenduft versetzt, damit die Dame angenehm roch.

Umhüllt von den wallenden Schwaden, legte Sheen ihre Arme um ihn, und ihre hungrigen Lippen fanden seinen Mund. Sie benötigte offenbar hin und wieder einen Beweis dafür, daß sie als Frau begehrenswert war, genau wie er sich als Mann bestätigen mußte. Denn jeder war auf seine Art von Bestätigung abhängig. Was für eine Umarmung!

Als der Raum wieder leer war, schaltete Sheen die Dusche auf SPÜLEN und dann auf TROCKNEN. Zu Stiles Bedauern mußten sie sich dafür voneinander lösen. Erneut war er in seinem Verhalten zu ihr von einem Extrem ins andere verfallen. In diesem Moment wollte er sie lieben – und er wußte gleichzeitig, daß dies nicht die richtige Gelegenheit war. Aber zu einem anderen Zeitpunkt, wenn sie sich in Sicherheit befanden, dann würde er mit ihr unter die Dusche gehen, den Dampf aufdrehen und ...

Sheen trat hinaus und fuhr mit den Fingern über die Wand neben der Duschkabine. Rasch fand sie, was sie suchte, und eine Klappe öffnete sich. Ein weiterer Zugang für die Wartungsmaschinen. Sie bedeutete ihm hineinzusteigen.

Sie zwängten sich an den Rohrleitungen vorbei und gelangten in den engen Gang zwischen der Herren- und Damentoilette. Der Korridor knickte mehrmals rechtwinklig ab und führte dann hinunter in das tiefer gelegene Stockwerk, wo er in einen Lagerraum der Wartungsmaschinen mündete. Die meisten Maschinen waren unterwegs, da sie hauptsächlich des Nachts tätig wurden, aber einige Spezialeinheiten befanden sich noch in ihren Nischen. Sie wurden von einem Reparaturroboter überholt. Im Augenblick säuberte er einen Rohrreinigungsautomaten und benutzte statische Elektrizität, um den Schmutz zu magnetisieren und in einen Abfallbehälter zu befördern. Der Reparaturroboter war ihnen im Weg, und sie mußten einen Bogen um ihn schlagen, um den Raum zu verlassen.

Plötzlich machte die Maschine eine Bewegung zur Seite. Sheen berührte sie mit der Hand. Ein Funken blitzte auf, und der Geruch von Ozon hing in der Luft. Die Maschine erstarrte, war kurzgeschlossen.

„Warum hast du das gemacht?“ fragte Stile beunruhigt. „Wenn wir anfangen, Reparaturroboter kurzzuschließen, dann wird das Aufmerksamkeit ...“

Sheen antwortete nicht. Dann sah er die Sengspur, die sich über ihren Körper zog. Sie war von einem starken Stromschlag getroffen worden. Der Schlag hätte ihn getroffen, hätte er die Maschine berührt – und ihm wäre nichts anderes übriggeblieben, denn der Roboter hatte sich direkt vor ihm aufgebaut. Ein weiterer Mordanschlag, dem er nur knapp entgangen war!

Aber zu welchem Preis? Sheen stand noch immer reglos da. „Ist mit dir alles in Ordnung?“ fragte Stile, obwohl er wußte, daß etwas nicht stimmte.

Sie gab ihm weder eine Antwort noch rührte sie sich. Der Stromschlag hatte auch sie kurzgeschlossen. Auf ihre Weise war sie tot.

„Ich hoffe, es ist nur die Batterie und nicht das Gehirn“, murmelte er. Ihre Batterie, so glaubte sie, war bei der Suche nach der Bombe in Mitleidenschaft gezogen worden. „Wir können sie austauschen.“ Und wenn das nicht funktionierte? Er zog es vor, nicht darüber nachzudenken.

Er trat zu einem Reinigungsroboter, öffnete die Wartungsklappe und holte die Standard-Protonitbatterie heraus. Das wenige Protonit darin war sehr ergiebig; eine derartige Batterie besaß bei normalem Gebrauch eine Lebensdauer von einem Jahr. Es gab nichts Vergleichbares in der Galaxis. Die ergiebigen Protonitvorkommen waren die Basis für den unvorstellbaren Reichtum des Planeten Proton. Das gesamte Universum benötigte Energie, und dies war die bequemste Energiequelle, die es gab.

Stile trug die Batterie zu Sheen. Er hoffte, daß der Aufbau ihres Roboterkörpers ebenfalls dem Standard entsprach – er wollte keine Zeit damit verschwenden, nach dem Sitz ihrer Batterie zu suchen. Was sie einzigartig machte, das war ihr Gehirn und nicht ihr Körper, obwohl er dies leicht vergessen konnte, wenn er sie in den Armen hielt. Männer beurteilten Frauen nach ihrem Aussehen, aber die meisten Männer waren Narren – und Stile war ein typischer Vertreter seiner Art. Aber wenn man Sheens Primärprogramm und ihre äußere Beschaffenheit unberücksichtigt ließ, würde sie sich kaum von einer der Reinigungsmaschinen unterscheiden. *War* es dann töricht, vom Aussehen und vom Charakter auszugehen?

Er fuhr mit den Fingern über ihren Bauch und drückte auf den Nabel. Die meisten humanoiden Roboter – ah, da! Eine Klappe öffnete sich und enthüllte die Batterie. Er entfernte die verbrauchte Kraftquelle, die von der plötzlichen Entladung noch immer heiß war, und setzte die neue ein.

Nichts geschah. Furcht zog seinen Magen zusammen. Oh – sie besaß natürlich eine Sicherheitsschaltung, die bei einem Kurzschluß das Gehirn vom Körper trennte, um es zu schützen. Er suchte und fand sie schließlich – ein Schalter, der unter ihrer Zunge angebracht war. Er betätigte ihn, und Sheen erwachte wieder zum Leben.

Sie schloß ihre Bauchklappe. „Jetzt schulde ich dir etwas, Stile", bemerkte sie.

„Sollen wir es aufrechnen? Ich brauche dich – in mehr als nur in zweierlei Hinsicht."

Sie lächelte. „Ich wäre schon zufrieden, wenn du mich nur in einer Hinsicht brauchtest."

„Dafür auch."

Sie sah ihn an. Sie wirkte lebhafter als zuvor, als hätte ihr die neue Batterie neue Frische verliehen. Langsam kam sie näher.

Hinter ihnen erklang ein Geräusch. Vielleicht war es eine Maschine, die von der Arbeit zurückkam – aber sie wagten nicht, das Risiko einzugehen und zu bleiben. Offenbar hatten sie den Feind immer noch nicht abgeschüttelt.

Sheen führte ihn hinter die Kulissen eines großen Speisesaales. Stumm deutete sie auf die leeren Container. Ein- oder zweimal am Tag erschien ein Transporter und brachte neue Behälter mit Proteinpulver und verschiedenen Farb- und Aromastoffen und holte die leeren Kisten ab. Aus diesen Zutaten wurden die vielen unterschiedlichen Mahlzeiten hergestellt, die der Nahrungsspender austeilte, angefangen von dem Pudding, der Erbrochenem ähnelte, bis hin zu den echt wirkenden Karotten. Es war erstaunlich, was man mit Technik alles erreichen konnte. Stile hatte einst eine echte Karotte probiert, die aus dem exotischen Gemüsegarten seines Herrn stammte und fortgeworfen worden war, und er hatte einen geringen Unterschied zu dem Gemüse festgestellt, das die Maschine produzierte. Wie nicht anders zu erwarten, zog Stile den Geschmack und die Beschaffenheit der künstlichen Karotten vor, war er doch damit vertraut. Aber die Bürger kultivierten den Genuß natürlicher Nahrungsmittel.

Er konnte sich einige Stunden lang in einem der leeren Behälter verstecken. Sheen würde ihn mit Essen versorgen. Obwohl dies hier *das* Zentrum für Nahrungsmittel war, befand sich alles in verschlossenen Kartons und war ungenießbar, selbst wenn es ihm gelang, einen zu öffnen. Nur die Maschinen mit ihrer kontrollierten Temperatur und ihren Zubereitungsgeräten und ihren Rezeptprogrammen konnten aus den Rohstoffen verdauliche Mahlzeiten herstellen, aber diese wurden nur im Speisesaal selbst ausgegeben.

Stile kletterte in eine der Kisten. Sheen ging weiter, um sein Versteck nicht zu verraten. Sie würde versuchen, die Verfolger in die Irre zu führen. Wenn es gelang, würden sie für den Rest des Tages oder sogar für die ganze Woche in Sicherheit sein. Stile machte es sich halbwegs bequem und spähte durch eine Ritze.

Kaum war Sheen verschwunden, tauchte eine Mechmaus auf. Sie piepste, während sie schnüffelnd ihre Spur verfolgte. Dann, als sich Stiles Spur von Sheens Spur trennte, zögerte sie verwirrt und nahm dann wieder Sheens Fährte auf.

Stile entspannte sich ein wenig. Konnte sie nicht den Unterschied zwischen einem Roboter und einem Menschen feststellen? Schnüffler waren dazu in der Lage! Er hätte Vorkehrungen treffen müssen, um seinen Körpergeruch zu mildern oder zu ändern, denn sonst würde er ihn verraten ...

Oh, Sheen hatte bereits dafür gesorgt. Die aromatisierte Dusche. Die Maus folgte dem Rosenduft – und Sheens Geruch war nun mit seinem identisch. Ein lebender Hund hätte sich nicht täuschen lassen, aber künstliche Nasen – wie künstliche Gehirne – erreichten noch immer nicht die Qualität des Originals. Glücklicherweise.

Aber bald würde dieser Schnüffler – oder ein anderer – zurückkehren, um die zweite Spur zu verfolgen, und ihn entdecken. Er mußte etwas dagegen unternehmen.

Stile kletterte aus der Kiste, verbiß den Schmerz, der in einem Knie aufflammte, lief zu seiner ursprünglichen Spur, folgte ihr ein paar Schritte und bog dann zu einem anderen Kistenstapel ab. Dann machte er kehrt und begab sich zu einer Ladeplattform, wo er stehenblieb und auf dem gleichen Weg zurückkehrte. Mit ein wenig Glück würde man glauben, daß er auf einem der Transporter entkommen war. Dann beschrieb er mehrere Kreise und suchte schließlich seine Kiste wieder auf. Sollten die Schnüffler *dieses* Rätsel erst einmal lösen!

Aber der Schnüffler kehrte nicht zurück, und auch sonst tauchte niemand auf. Offenbar ging man davon aus, daß ihm der Schnüffler auf den Fersen war, solange er sich bewegte.

Zeit verging. Die Nacht brach herein. In periodischen Abständen verbrauchten die Maschinen eine der mit Kartons gefüllten Kisten und stießen sie polternd aus. Stile bekam wieder Hunger, aber er wußte, daß er größtenteils psychischen Ursprungs war; diese beiden Handvoll erbrochenen Puddings mußten ihn an sich noch eine Weile satt halten.

Wo blieb Sheen? Hatte sie Bedenken, zu ihm zurückzukehren, während der Schnüffler sie verfolgte? Sie würde die Mechmaus neutralisieren müssen. Weit von diesem Ort entfernt, um den Verdacht von seinem tatsächlichen Versteck zu lenken. Ihm blieb nichts anderes übrig, als zu warten.

Furchtsam beobachtete er seine Umgebung. Er wagte nicht, einzuschlafen oder in seiner Wachsamkeit nachzulassen, solange Sheen fort war. Er war abhängig von ihr und besaß ihr gegenüber Schuldgefühle. Sie war eine nette ... Person, und sie sollte nicht ...

Ein Mann näherte sich. Stile fuhr zusammen – aber dieser Mann schien nicht zu den Verfolgern zu gehören. Er ging weiter.

Stile blinzelte. Der Mann war verschwunden. War Stile eingenickt, und hatte er deshalb nicht sehen können, wohin sich der Mann gewandt hatte – oder befand sich der Fremde noch immer in der Nähe, versteckt hinter einer Kiste? In diesem Falle konnte er doch zu den Verfolgern gehören. Eine ernste Angelegenheit.

Stile wagte nicht, jetzt seine Kiste zu verlassen, denn dies würde sein Versteck verraten. Aber wenn der Fremde ein Feind war, dann würde er ein Lasergewehr mit einem Infrarotzielfernrohr besitzen. Ein Schuß in die Kiste – und der Mörder würde anonym bleiben und entkommen. Es gab Kriminelle auf Proton, listige Burschen, die sich an derartigen Orten verbargen und sich so ihrer Verhaftung entzogen. Leibeigene, deren Aufenthaltsgenehmigung abgelaufen war, die aber der Deportation entgehen wollten. Die Bürger unternahmen selten ernsthafte Anstrengungen, um sie auszumerzen, vielleicht, weil die Kriminellen ihnen bei bestimmten Gelegenheiten nützlich sein konnten. Wie jetzt zum Beispiel? Ein weiterer Mord, der angenehmerweise ungeklärt blieb und den ruchlosen Kriminellen zugeschrieben wurde – die niemals gegen den Willen der Bürger einen Mord begingen. Eine stillschweigende Vereinbarung. Warum sich um das Verschwinden eines stellungslosen Leibeigenen kümmern?

Sollte er fliehen – oder bleiben? Dies erinnerte an das vorbereitende Gitter des Spiels. Falls der Fremde sich noch in der Nähe befand und er ein Mörder war und Stile entdeckt hatte – dann bedeutete es den Tod, wenn er blieb. Aber wenn Stile floh, dann verriet er sein Versteck und starb vielleicht auch. Seine Chancen standen am günstigsten, wenn er blieb.

Und – nichts geschah. Zeit verging, und der Mann tauchte nicht mehr auf. Also war es falscher Alarm gewesen. Stile begann sich wie ein Narr vorzukommen, und seine Knie schmerzten; unbewußt hatte er sie gespannt, und sie konnten der Belastung nicht mehr lange standhalten.

Ein anderer Mann erschien und nahm den gleichen Weg wie der erste. Für einen Ort, der gewöhnlich nur von Maschinen betreten wurde, herrschte hier ein ständiges Kommen und Gehen, zumal es Nacht war. Sehr verdächtig. Stile beobachtete ihn aufmerksam.

Der Mann durchschritt ohne anzuhalten die Halle – und verschwand. Er trat weder zur Seite noch bückte er sich. Er schien sich einfach in Luft aufzulösen.

Stile rieb sich die Augen. Er war ein scharfer Beobachter, selbst durch einen Spalt in einer Kiste – er hatte sich nicht getäuscht. Aber auf Proton hatte er noch nie etwas Ähnliches gesehen. Materietransmission existierte nicht, soweit er wußte – aber wenn es sie gab, dann mußte sie zu derartigen Phänomenen führen. Ein Kraftfeld, durch das eine Person treten – und binnen eines Augenblicks einen anderen Ort erreichen konnte. Diese beiden Männer ...

Aber Sheen hatte diesen Weg genommen, ohne zu verschwinden, ebenso die Mechmaus. Demnach konnte das Kraftfeld nicht die ganze Breite der Halle umfassen. Oder es arbeitete nicht permanent.

Sollte er nachforschen? Es konnte wichtig sein! Aber vielleicht war es auch nur eine weitere Falle. Erneut wurde er an das Spielgitter erinnert. Wie sollte er sich verhalten, eingedenk der Hilfsmittel und Strategien seines anonymen Feindes?

Stile entschied, sein Versteck nicht zu verlassen. Er hatte offenbar die Verfolger abgeschüttelt, und von dem Verschwinden dieser Leute war er nicht betroffen. Er war nur durch Zufall Zeuge dieses Phänomens geworden. Aber möglicherweise war es kein Zufall. Die Anonymität, die ihm dieser Raum bot, wurde auch von ihnen genutzt. Falls sie einen privaten Materietransmitter besaßen, den sie benutzen wollten, ohne dabei gesehen zu werden, so gab es keinen besseren Ort dafür.

Allerdings störten ihn gewisse Aspekte dieser Theorie. Wie kamen Leibeigene an einen Materietransmitter, sofern ein solches Gerät existierte? Leibeigene verfügten über keinen Besitz, nicht einmal über Kleidung, die bei bestimmten Arbeiten außerhalb der Kuppeln oder in gefährlichen Gebieten benötigt wurde. Das System stellte alles zur Verfügung. Es gab kein Geld, keine Werte, die man tauschen konnte; nur nach Ablauf der Aufenthaltsgenehmigung besaßen die Leibeigenen finanzielle Mittel. Leibeigene konnten ein derartiges Gerät nicht zusammenbauen, oder sie mußten bereits existierende Maschinen zerlegen und deren Einzelteile verwenden – und technisch hochentwickeltes Material wurde von den Computern peinlich genau überwacht. Wenn ein derartiges Teil verschwand, gab die Maschinenkontrolle unverzüglich Alarm. Was ein weiterer Grund dafür war, daß die Kriminellen ohne die stillschweigende Duldung der Bürger keine Laserwaffen in die Hände bekommen konnten.

Außerdem, warum sollte ein Leibeigener, der über ein derartiges Gerät verfügte, noch länger Leibeigener bleiben? Er konnte es an einen Interessenten aus der Galaxis verkaufen und von dem Erlös auf einem anderen Planeten leben, unter Bedingungen, die denen auf Proton entsprachen. Zweifellos würde er so vorgehen, denn die Bürger konnten nur schwerlich an der Entwicklung und Produktion eines Transportsystems interessiert sein, das nicht von Protonit abhing. Warum sollten sie ihr Monopol in Gefahr bringen?

Konnten die mit freiem Willen ausgestatteten Maschinen darin verwickelt sein? Wahrscheinlich verfügten sie über die entsprechenden Fähigkeiten. Aber bei den Verschwundenen hatte es sich um *Menschen* gehandelt, und die Maschinen würden Menschen ihr Geheimnis nicht preisgeben.

Nein, es schien plausibler, daß er einer Spionageorganisation auf die Spur gekommen war, die ihre Spione auf diese Weise in die Kuppel einschleuste und die ihren Sitz vermutlich auf einem anderen Planeten oder in einer geheimen Basis irgendwo auf Proton hatte. Wenn dem so war – was würde diese Spionageorganisation mit einem echten Leibeigenen machen, der über ihr Geheimnis gestolpert war?

Eine Frau erschien im Korridor. Sie war aus dem unsichtbaren Kraftfeld gekommen, als wäre sie aus dem Nichts gefallen. Sie war mittleren Alters, nicht hübsch, und etwas Seltsames war an ihr. Ihre Haut wies Male auf, als hätte noch vor kurzem etwas ihren Körper zusammengeschnürt. Vielleicht enge Kleidung.

Leibeigene trugen auf der anderen Seite Kleidung? Und legten sie nur ab, um in dieser Gesellschaft kein Aufsehen zu erregen? Sie *mußten* von einem anderen Planeten stammen!

Stile betrachtete konzentriert die Stelle, wo die Männer verschwunden waren. Jetzt bemerkte er einen matten Schimmer, wie von dünnem Nebel, der den Korridor teilte. Dahinter meinte er die Umrisse von Bäumen zu erkennen.

Bäume – in einer Materietransmitterstation? Das schien nicht zusammenzupassen! Sofern auf der anderen Seite keine Stadt, sondern ein Park lag. Aber warum sollte man eine derartige Anlage in einem Park errichten? Aus Tarnungsgründen?

Stile fand keine befriedigende Erklärung. Schließlich versetzte er sich in leichte Trance und döste eine Weile.

„Stile", rief jemand leise. „Stile."

Sheen war endlich zurückgekehrt! Stile verfolgte, wie sie langsam die Halle durchquerte, als hätte sie vergessen, wo sein Versteck lag. War sie erneut mit einer anderen Maschine aneinandergeraten und von einem Stromschlag getroffen worden? „Hier", rief er gedämpft.

Sie drehte sich herum und kam auf ihn zu. „Stile?"

„Du hast die Verfolger abgeschüttelt", stellte er fest und richtete sich auf, so daß sein Kopf und seine Schultern aus der Kiste hervorsahen. „Niemand hat etwas bemerkt. Aber da ist noch etwas anderes ..."

Ihre Hand schoß vor und umschloß sein Handgelenk wie ein Schraubstock. Stile war stark, aber gegen die Stärke eines Roboters, der nur äußerlich einer menschlichen Frau glich, konnte er nicht ankommen. Was hatte sie vor?

Ihre andere Hand traf die Kiste. Das Plastik barst. Stile drehte sich zur Seite, wich dem Schlag aus, obwohl ihn die Enge der Kiste behinderte. Es war eine automatische Reaktion. „Sheen, was ...?"

Sie schlug erneut zu. Sie griff ihn an! Wieder glitt er zur Seite, und benutzte ihre Hand, mit der sie sein Gelenk umklammerte, als Hebel, um sie aus dem Gleichgewicht zu bringen. Sie war stark, aber nicht schwer; er konnte sie ins Stolpern bringen. Stärke war nicht das einzige Element in einem Kampf – den meisten Leuten war dies zu ihrem Nachteil nicht bewußt.

Entweder war Sheen auf irgendeine Weise umgedreht worden, was eine völlige Neuprogrammierung erfordert hätte, oder das war nicht Sheen. Er vermutete, daß die zweite Möglichkeit zutraf. Sheen hatte sein Versteck gekannt, während dieser Roboter nach ihm hatte rufen müssen. Er war ein Narr gewesen, darauf zu reagieren und sich selbst zu verraten.

Sie schlug erneut zu, und wieder wich er ihr aus. Dies war zweifellos nicht Sheen, denn sie war viel geschickter gewesen. Bei diesem Ding handelte es sich nicht einmal um einen fähigen Roboter, sondern nur um eine stupide Maschine. Gut – er würde damit fertig werden, trotz ihrer Kraft. Seelisch und körperlich.

Ihre rechte Hand umklammerte noch immer sein linkes Handgelenk, während ihre linke Faust nach ihm schlug. Festhalten und zuschlagen! Falls ihn einer dieser Hiebe voll traf, würde er Knochenbrüche erleiden – aber er besaß Erfahrung darin, einem derart simplen Angriff auszuweichen. Er drehte sich nach links, zog ihre Hand und ihren Arm mit sich und drehte ihr blitzschnell den Rükken zu. Dann warf er sie über seine Schulter. Sie war zu dumm, um loszulassen.

Kopfüber fiel sie in die Kiste. Erst jetzt löste sich ihr Griff, und sie riß ihm dabei das Handgelenk auf. Stile kletterte aus der zersplitterten Kiste. Jetzt, wo er wußte, was sie war, konnte er sie besiegen, denn er beherrschte weit mehr und bessere Kampftechniken als sie. Aber er konnte nicht *völlig* sicher sein, daß sie nicht Sheen war, eine umprogrammierte, des Großteils ihrer Intelligenz beraubte Sheen, die man gezwungen hatte, sich gegen ihn zu stellen.

Der Roboter kroch aus der Kiste und kam auf ihn zu. Ihr hübsches Gesicht war schmutzig und ihr Haar zerzaust. Ihre rechte Brust wirkte beschädigt; vielleicht war der Sturz dafür verantwortlich. Stile wich zurück, noch immer unentschlossen. Er konnte diese Maschine besiegen, aber dabei würde er sie zerstören müssen. Wenn er doch nur *sicher* sein könnte, daß sie nicht ...

Eine zweite Sheen tauchte auf. „Stile!“ rief sie. „Versteck dich! Das Kommando ist ...“ Dann entdeckte sie den anderen Roboter. „Oh, nein! Der alte Doppelgänger-Trick!“

Stile besaß nun keine Zweifel mehr – die zweite Sheen war die richtige. Aber die erste hatte ihr Ziel zur Hälfte erreicht. Sie hatte ihn aufgespürt und abgelenkt – zu lange. Denn jetzt wurde das Androidenkommando sichtbar, eine Anzahl kräftiger Riesen.

„Ich halte sie auf!“ schrie Sheen. „Verschwinde!“

Aber von der anderen Seite der Halle näherten sich weitere Androiden. Offenbar hatte der erzürnte Bürger seine Zurückhaltung aufgegeben – er wollte Stile erledigen. Falls diese Kreaturen ebenfalls mit Lähmstaub oder Schlimmerem präpariert waren ...

Stile rannte durch die Halle und sprang in das neblige Rund des Transmitterfeldes, in der verzweifelten Hoffnung, daß es ihn abstrahlen würde. Vielleicht folgten ihm die Androiden – aber dann würden sie sich den gleichen Schwierigkeiten gegenübersehen wie er, würden fremde Eindringlinge sein. Das mußte seine Chancen erhöhen, wenn es zu einem Kampf kam. Er spürte einen Stich, als sich der Nebel um ihn schloß.

5. *Kapitel*

Fantasy

Stile tauchte in einem tiefen Wald auf. Der Geruch von Torf und Pilzen war intensiv, und vertrocknete Blätter knisterten unter seinen Füßen. Das Licht von vier Monden sickerte durch die Zweige und beschien den Boden. Auf Proton mußte es kurz vor Morgengrauen sein; offenbar herrschte hier die gleiche Tageszeit. Auch die Anzahl der Monde entsprach der Protons. Es gab sieben, von denen gewöhnlich drei oder vier sichtbar waren. Allerdings schien die Schwerkraft der Erdnorm zu entsprechen – wenn sich dieser Ort wirklich außerhalb einer Kuppel befand, so lag er auf einem größeren oder dichteren Planeten als Proton.

Er drehte sich nach seinen Verfolgern um – aber es gab keine. Sie waren nicht durch das schimmernde Transmitterfeld gekommen. Er sah genauer hin und entdeckte es – das matte Licht der Halle, die er verlassen hatte, und die verstreut herumliegenden Kisten. Dort waren Sheen – eine von beiden – und mehrere Androiden. Ein Androide kam direkt auf ihn zu – und verschwand.

Stile beobachtete weiter und versuchte, dieses Phänomen zu verstehen, hing doch seine Sicherheit unmittelbar davon ab. Er war hindurchgelangt – aber die Roboter und Androiden nicht. Transmittierte dieses Ding nur Menschen? Keine künstlichen Wesen? Vielleicht war das die Erklärung. Aber er zögerte, dies als richtig anzunehmen, solange er nicht über weitere Informationen verfügte.

Nach seinem Verschwinden ließ der Kampf auf der anderen Seite des Transmitterfeldes bald nach. Die Androiden und das Sheen-Double entfernten sich, offensichtlich um seiner Spur, einer falschen, zu folgen. Nur die wirkliche Sheen blieb, nachdem die Häscher sie zweifellos als unwichtig eingestuft hatten – und sie schien weder ihn noch das Nebelfeld erkennen zu können.

Stile entschied, die Rückkehr zu wagen, und wenn auch nur, um ihr zu sagen, daß er sich in Sicherheit befand. Es war ein Risiko, weil sich die Häscher in der Nähe versteckt halten konnten, in der Hoffnung, Sheen würde sie zu ihm führen – aber er konnte sie, von Zweifeln gequält, nicht allein lassen. Hier konnte er sich viel besser verstecken als in der Kiste! Er schritt durch das Transmitterfeld – und befand sich noch immer in dem dunklen Wald. Er hatte das Feld passiert, ohne zurücktransmittiert zu werden.

Er sah sich um – und hinter ihm war das Feld. Durch den Schleier sah er seine Fußspuren im weichen Waldboden, die Blätter, Grasbüschel und das Moos, alles noch immer niedergedrückt. Und, halb verschwommen, das helle Viereck der nun leeren Halle.

Zum drittenmal ging er durch das Transmitterfeld. Er fühlte kein Prickeln, nichts. Er drehte sich um und sah hindurch – und erblickte Sheen, die ihn suchte, und ihr reizendes Gesicht besaß einen ängstlichen Ausdruck, der ganz und gar unroboterhaft war. O ja, sie machte sich Sorgen um ihn.

„Ich bin hier, Sheen!“ rief er und streckte die Hand aus. Aber seine Hand erreichte sie nicht; sie blieb im Wald. Sheen ließ nicht erkennen, ob sie ihn sah oder hörte.

Sie würde ihn für tot halten – und das bekümmerte ihn mehr als der Gedanke, auf dieser Seite des Materietransmitters gefangen zu sein. Falls sie ihn für tot hielt, würde sie ihre Aufgabe als gescheitert betrachten und sich dann selbst ausschalten, was im Grunde Selbstmord bedeutete. Er wollte nicht, daß sie das tat – nein, auf keinen Fall!

„Sheen!“ schrie er, von Verzweiflung erfüllt. „Sheen – sieh mich an! Ich bin hier auf der anderen Seite eines Einwegtransmitters gefangen ...“ Aber wenn er wirklich nur in eine Richtung führte, konnte sie ihn natürlich nicht sehen! Andererseits mußte es sich um ein Zweiwegfeld handeln, hatte er doch beobachtet, daß die Unbekannten den Transmitter in beide Richtungen benutzt hatten, und von Proton aus hatte er den Wald gesehen und konnte Proton jetzt vom Wald aus erkennen. „Sheen!“ schrie er wieder, voller Verzweiflung.

Ihr Kopf fuhr herum. *Sie hatte ihn gehört!*

Stile winkte heftig. „Hier! Sheen! Hinter dem Transmitterfeld!“

Ihr Blick richtete sich schließlich auf ihn. Sie griff durch das Transmitterfeld – und berührte ihn nicht. „Stile ...“ Ihre Stimme war leise.

Er tastete nach ihren Händen, ohne sie zu berühren; ihre Finger glitten durch die des anderen wie Bilder, wie einander überlagernde Hologramme. „Sheen, wir befinden uns in zwei verschiedenen Welten! Wir können uns nicht berühren. Aber ich bin hier sicher.“ Er hoffte es.

„Sicher?" fragte sie und versuchte, ihn zu erreichen. Aber als sie durch das Transmitterfeld treten wollte, verschwand sie. Stile machte einen Schritt, passierte das Feld, fuhr herum – und dort auf der anderen Seite stand sie, mit abgewandtem Kopf, und sah die Halle hinunter.

Als sie sich umdrehte, entdeckte sie ihn nach einer Weile wieder. „Stile – ich kann nicht zu dir kommen! Wie soll ich dich beschützen? Bist du ein Geist?"

„Ich lebe! Ich habe das Feld passiert – und ich kann nicht mehr zurück. Das hier ist eine ganz andere Welt, eine schöne Welt. Bäume, Gras, Moos, Erde und frische Luft ..."

Sie streckten wieder ihre Hände aus, berührten beide nur Luft. „Wie ...?"

„Ich *weiß* nicht, wie man hierher gelangt! Es muß einen Rückweg geben, denn ich habe beobachtet, wie eine Frau zurückgekehrt ist, aber bis ich herausfinde, wie ..."

„Ich muß zu dir!" Sie versuchte erneut, auf die andere Seite zu kommen, und wieder gelang es ihr nicht. „Oh, Stile ..."

„Ich glaube, es funktioniert nur bei Menschen", sagte er. „Aber wenn ich hier eine Woche bleibe und herausfinden kann, wie man zurückkommt ..."

„Ich werde auf dich warten", versprach sie, und es lag etwas Trauriges in ihrem Blick. Sie wollte ihn so sehr vor allem Übel bewahren und konnte es nicht. „Bleib in dieser Welt – vielleicht ist es besser für dich."

„Ich werde zurückkommen – wenn ich kann", erklärte Stile.

Er entdeckte Tränen in ihren Augen. Zum Teufel mit diesen menschlichen Eigenheiten, mit denen derartige Roboter programmiert waren – es war ihr Ernst damit! Stile breitete dicht vor dem Schleier seine Arme aus. Sheen folgte seinem Beispiel, und sie umarmten sich auf körperlose Weise, küßten Luft und verschwanden aus dem Blickfeld des anderen.

Er hatte ein Versprechen gegeben – aber würde er in der Lage sein, es zu halten? Er wußte es nicht, und er befürchtete, daß Sheen – auch wenn keine Hoffnung mehr bestand – noch immer warten und leiden würde, wie nur ein im Grunde genommen unsterblicher Roboter leiden konnte. Es schmerzte ihn, wenn er nur daran dachte. Sheen hatte es nicht verdient, eine Maschine zu sein.

Stile quälte sich oder Sheen nicht länger. Er trat durch das Transmitterfeld und schritt hinein in den Wald. Er besaß einige Kenntnisse von der irdischen Vegetation, da dies bei einigen Disziplinen des Spiels Thema gewesen war, und eine Reihe von Bürgern importierten exotische Pflanzen. Das Licht war schwach, aber wenn er sich konzentrierte, konnte er sich zurechtfinden.

Der nächstliegende Baum war eine riesige Eiche oder ein sehr ähnliches Gewächs, und von seinen Ästen hingen Luftpflanzen herab, Spanisches Moos genannt. Hinter der Eiche erhob sich eine gleich große Fichte oder zumindest ein Nadelbaum; von ihm ging jener Pinienduft aus. Er entdeckte große Blätter, die im Schatten wie abgetrennte Hände aussahen, und Piniennadeln – es mußte hier also irgendwo eine Pinie geben –, aber im wesentlichen handelte es sich um eine Lichtung, die im Zentrum von dichtem Gras bewachsen war. Stile gefiel dieser Ort sehr. Er erinnerte ihn an einen besonders exotischen Schlupfwinkel eines Bürgers.

Die Morgendämmerung brach herein. Über ihm gab es keine Kuppel, kein flimmerndes Kraftfeld, das die Luft einschloß. Durch die Baumwipfel sah er, wie sich dunkle Wolken am Horizont auftürmten und Kobolden gleich versuchten, das stärker werdende Sonnenlicht zurückzuhalten, ohne Erfolg damit zu haben. Der Planet Proton kannte keine derartigen atmosphärischen Effekte! Die Wolkenränder färbten sich rot und weiß. Es war, als hätte sich eine brennende Flüssigkeit hinter ihnen angesammelt, um höher zu steigen und dann überzufließen, und ein glitzernder Sonnenstrahl schoß mit Lichtgeschwindigkeit durch die Luft und bohrte sich neben Stile in den Boden. Der Anblick war so schön, daß er gebannt dastand, bis die Sonne ganz aufgegangen und zu hell geworden war, um sie direkt anzuschauen.

Der Wald hatte sich mit dem zunehmenden Tageslicht verändert. Die Düsternis war gewichen – und ebenso das Transmitterfeld. Seine Umrisse hatten sich des Nachts nur fahl vom Hintergrund abgehoben. Vermutlich war der Schleier noch vorhanden, doch unsichtbar in der Helligkeit des Tages. Er wußte nicht einmal mehr, wo sich das Feld befand. Das ärgerte ihn, obwohl es wahrscheinlich bedeutungslos war. Er wanderte weiter und untersuchte die Bäume; einige besaßen geöffnete Blüten, und in ihrem Laubwerk raschelten verborgene Tiere. Vögel, Eichhörnchen – er würde zu gegebener Zeit herausfinden, um was es sich handelte.

Ihm gefiel dieser Ort. Es hätte ein Privatpark sein können, aber er war natürlichen Ursprungs und ungeheuer groß. Die Vorsicht hielt ihn davon ab zu rufen, um so festzustellen, ob es ein Echo gab, aber er war sicher, daß er sich unter freiem Himmel auf der

Oberfläche eines Planeten befand. Keinesfalls das, was er als Endstation eines Materietransmitters erwartet hätte.

Er stieß auf einen großen, fichtenähnlichen Baum – verdammt, es *war* eine Fichte! –, und ihre kleinen, trockenen Zweige ragten in alle Richtungen. Dies war der Baum, der sich am besten besteigen ließ, und Stile war natürlich ein ausgezeichneter Kletterer. Er widerstand der Versuchung nicht. Er bestieg den riesigen alten Baum zu seinem ureigenen Vergnügen.

Rasch gelangte er höher, und Windstöße, die er unten nicht bemerkt hatte, ließen den dünner werdenden Baumstamm hin und her schwanken. Stile gefiel das. Seine einzige Sorge galt dem gelegentlichen Schmerz in seinen Knien, der auftrat, wenn er sie zu weit beugte; er wollte seine Verletzung nicht leichtsinnig verschlimmern.

Schließlich konnte er nicht weiter hinaufklettern, ohne sich in Gefahr zu bringen. Die Wipfel der umgebenden Bäume lagen unter ihm, und ihre Blätter sahen von dieser Höhe wie niedrige Hecken aus. Er verschaffte sich Halt, indem er Beine und Ellbogen bequem einhakte, und sah sich um.

Der Ausblick war eine Pracht. Im Süden – nach dem Stand der Sonne zu urteilen – grenzte der Wald an das klippenzernarbte Massiv eines nahe gelegenen Berges und verdünnte sich im Norden zu Bauminseln, die von Getreidefeldern wie von einem leuchtenden Meer umgeben waren. In der Ferne verschwanden die Bäume völlig und wichen einer sanft gewellten Ebene, auf der Tiere zu grasen schienen. Weiter im Norden entdeckte er einen großen Fluß, der abrupt in einer Art Felsspalte mündete, und dahinter erhob sich eine weißliche Bergkette. Ansonsten gab es überall Wald, und viele der Bäume waren größer als jener, auf den er geklettert war. Der Berg im Süden verschmolz mit dem purpurroten Horizont.

Nirgendwo gab es Spuren einer Zivilisation. Dieser Ort sah immer weniger nach einer Materietransmitter-Station aus! Doch wenn er das nicht war, was war er dann? Er hatte andere Leute durch das Transmitterfeld treten gesehen, und er hatte es selbst passiert – hier mußte es mehr als nur Wildnis geben.

Er sah sich noch einmal um und prägte sich die Beschaffenheit der Landschaft für späteren Bedarf ein. Dabei erspähte er im Nordosten eine Art Gebäude. Es erinnerte an ein kleines, mittelalterliches Schloß mit hohen Steinmauern und Türmchen, und dort schien auch eine blaue Flagge zu wehen.

Schön, es gab also menschliche Siedlungen. Dennoch war das,

was er dort sah, noch weit von einer modernen technischen Gesellschaft entfernt. Ihm gefiel diese Welt sehr gut, aber er traute ihr einfach nicht. Materietransmitter waren ohne eine solide industrielle Basis undenkbar, und wenn diese Basis nicht hier existierte, wo war sie dann? War dies hier ein verführender Köder für Leute wie ihn, die Schwierigkeiten auf Proton hatten? Auf welche Weise würde diese Falle zuschnappen?

Stile kletterte nach unten. Ihm schien es am vernünftigsten zu sein, zu diesem Schloß zu gehen und dort Erkundigungen einzuholen. Aber zunächst wollte er noch einmal den Standort des Transmitterfeldes aufsuchen und ihn sich genau einprägen, damit er ihn jederzeit wiederfinden konnte – denn der Transmitter war seine einzige Verbindung mit seiner Welt und mit Sheen. Diese Wildnis-Welt mochte für eine Weile ein angenehmer Aufenthaltsort sein, aber früher oder später würde er zurückkehren müssen, denn wenn er zu lange fortblieb, drohte ihm Verbannung.

Er näherte sich dem unsichtbaren Transmitterfeld – und ein Mann trat heraus. Freund oder Feind? Stile entschied sich, keinen Kontakt zu riskieren, aber der Mann entdeckte ihn, bevor er sich verstecken konnte. „Heda – verirrt?“ rief der Fremde. „Hier ist das Feld.“

„Oh, ja“, sagte Stile und ging ihm entgegen. Der Mann schien weder ein Androide noch ein Roboter zu sein. Aus einem Impuls heraus entschied er sich, die Wahrheit zu sagen, und fügte hinzu: „Ich bin zufällig hierhergelangt. Ich weiß nicht, wo ich bin.“

„Oh, ein Neuer! Ich bin im letzten Jahr zum erstenmal hierhergekommen. Es hat mich sechs Monate gekostet, die Zaubersprüche zusammenzusuchen, mit denen man zurückkehren kann. Jetzt gehe ich wegen der kostenlosen Mahlzeiten hinüber, aber ich lebe hier auf Phaze.“

„Zaubersprüche – um zurückzukehren?“ fragte Stile verblüfft.

„Wie sonst? Auf der anderen Seite brauchst du nur den festen Willen, aber auf dieser Seite ist ein Zauberspruch erforderlich – jedesmal ein anderer. Du wirst den Dreh schon herausbekommen.“

„Ich... dachte, dies sei ein Materietransmitter.“

Der Mann lachte, als er auf einen Baum zutrat und in das Blattwerk eines niedrigen Zweiges griff. Er zog ein Bündel hervor. „Es gibt hier keine Materietransmitter. Nein, das ist ein Zaubervorhang. Er ist überall – aber man kann ihn nicht überall gefahrlos benutzen. Man muß sich vergewissern, daß niemand auf der anderen Seite zusieht, wenn man hindurchgeht. Du weißt ja, wie die Bürger sind. Immer, wenn sie feststellen, daß sie irgend etwas nicht unter Kontrolle haben…"

„Ja. Ein Bürger hat dafür gesorgt, daß ich arbeitslos bin."

„Was erklärt, warum du zum erstenmal den Willen gehabt hast, durch den Vorhang zu gehen. Er erscheint dann deutlicher, aber wenn man keinen guten Grund hat, kann man ihn trotzdem nicht sehen, vom Benutzen ganz zu schweigen. Denn du mußt den festen Willen haben, hinüberzugehen, wenn du ihn berührst. Die meisten Leute schaffen es nie." Der Mann öffnete das Bündel und holte eine grelle Tunika hervor, die er sich überzog.

Stile sah erstaunt drein. „Du trägst hier Kleider?" Ihm fielen die von der Kleidung hinterlassenen Abdrücke auf der Haut der Frau ein.

„Sicher. Man sticht wie ein entzündeter Zeh hervor, wenn man hier auf Phaze nackt herumläuft!" Der Mann machte eine Pause und taxierte Stile. „Schau, du bist neu hier und ziemlich klein – es ist besser, ich gebe dir ein Amulett." Er durchstöberte sein Bündel, während Stile seinen unvernünftigen Groll über die Anspielung auf seine Größe unterdrückte. Der Mann hatte ihn gewiß nicht herabsetzen wollen.

„Ein Amulett?" fragte Stile nach einem Moment. Er hielt sich selbst für sehr anpassungsfähig, aber es fiel ihm schwer, den offensichtlichen Aberglauben dieses Mannes zu akzeptieren. Zaubersprüche... Magie... Amulett – wie konnte ein Leibeigener von Proton so plötzlich in mittelalterliches, märchenhaftes Denken zurückfallen?

„Richtig. Wir sind angehalten, sie den Neuankömmlingen zu überreichen. Um ihnen zu helfen, sich zurechtzufinden, nicht die Ruhe zu verlieren, damit es um den Vorhang kein Theater gibt und so weiter. Wir haben Glück gehabt, daß wir hierhergelangt sind; es wäre schade, wenn zu viele Leute davon erfahren würden. Also behalte die Sache mit dem Vorhang für dich. Es ist besser, wenn die Leute ihn zufällig entdecken."

„Ich werde mich daran halten", versprach Stile. Das erschien ihm vernünftig – ganz gleich, auf welche Weise der Vorhang auch arbeiten mochte, ob nun per Materietransmission oder Magie.

Schließlich fand der Mann, was er gesucht hatte: eine Statuette, die an einer Kette hing. „Trage das um deinen Hals. Es wird dafür sorgen, daß du aussiehst, als seist du bekleidet, solange du dir noch kein richtiges Wams zugelegt hast. Allerdings schützt es nicht vor

Kälte und Nässe; es ist nur eine Illusion. Aber es hilft. Später kannst du es einem anderen Leibeigenen geben, der hier auftaucht. Sorg' dafür, daß er das Geheimnis bewahrt. Bleibe anonym – so lautet das Gesetz."

„In Ordnung". Stile nahm das Amulett an sich. Die Figur stellte einen kleinen Dämon mit Hörnern, Schwanz und Hufen dar, der finster dreinblickte. „Wie funktioniert dieses Ding?"

„Du brauchst es nur anzulegen und zu beschwören. Wünsche dir, daß es funktioniert. Das ist alles – es ist vorbereitete Magie, die jeder anwenden kann. Du wirst schon sehen. Wahrscheinlich bist du noch nicht richtig von Magie überzeugt, aber das kommt noch."

„Vielen Dank", sagte Stile.

Der Mann winkte gleichgültig, als er mit Tunika und Sandalen bekleidet in Richtung Süden verschwand. Jetzt bemerkte Stile auch einen verborgenen Waldpfad, der nur sichtbar war, wenn man wußte, wohin man schauen mußte. Im Nu war der Mann fort.

Stile starrte das Amulett an. An Magie glauben! Der Mann hatte recht gehabt, als er Stile für skeptisch hielt! Andererseits hatte der Bursche einen vollkommen vernünftigen Eindruck gemacht. Vielleicht handelte es sich bei dem Begriff „Magie" nur um eine Umschreibung. Oder um einen Schabernack, eine Art Initiationsritus. Ein Scherz, mit dem man Neuankömmlinge auf die Probe stellte. Des Kaisers neue Kleider.

Er schüttelte den Kopf. „In Ordnung, ich will nicht vorab verurteilen, was ich noch nicht versucht habe. Wagen wir das Spielchen, Amulett, ich beschwöre dich. Erfülle deine Aufgabe." Und er legte die Kette um seinen Hals.

Plötzlich wurde er gewürgt. Die Kette zog sich zusammen, schnitt ihm den Atem und die Blutzirkulation ab. Das Amulett schien sich auszudehnen, und der Dämon hielt die Enden der Kette in seinen Miniaturhänden und grinste teuflisch, während er zog.

Stile wußte nicht, was geschehen war, aber er wußte, wie man um sein Leben kämpfte. Er preßte sein Kinn gegen den Hals und spannte seine Muskeln, widerstand dem Druck der Kette. Er schob einen Finger seitlich in den Spalt zwischen Kinn und Hals, packte damit die Kette und zerrte heftig daran. Er versuchte, die Kettenglieder zu sprengen, aber das zerbrechlich wirkende Metall war zu stark. Er zerschnitt sich nur den Finger.

Es gab mehr als eine Art, um gegen eine Erdrosselung anzugehen. Stile ergriff den grinsenden Dämon bei den winzigen Armen und drückte sie auseinander. Das kleine Ungeheuer schnitt eine Grimasse und versuchte standzuhalten, aber die Kette lockerte sich. Stile schöpfte Atem, und er fühlte, wie das in seinen Kopf eingeschnürte Blut zurückfloß. Druck auf die Halsschlagader hemmte nicht die Blutzufuhr des Gehirns, wie viele glaubten; vielmehr wurde dadurch der Rückfluß des Blutes vom Gehirn zum Herzen blokkiert. Das war unangenehm genug, doch nicht direkt bedrohlich.

Aber der Dämon wuchs weiter, und proportional dazu vermehrte sich seine Kraft. Er drückte seine Arme wieder zusammen und begann Stile erneut zu strangulieren.

Trotz seiner unangenehmen Lage kam Stile eine Erkenntnis. Der Dämon *wuchs?* Ja, tatsächlich – er hatte es bemerkt, ohne es zunächst richtig wahrzunehmen. Aus einem nur wenige Zentimeter langen Amulett hatte er sich in ein lebendes Wesen verwandelt, das während des Kampfes angeschwollen war. Jetzt war er halb so groß wie Stile und unmenschlich stark.

Stile hielt den Atem an, packte mit beiden Händen die des Dämons und hob ihn hoch. Dann begann er ihn im Kreis herumzuwirbeln. Der Dämon war stark – aber wie die Kraft eines Roboters war auch sie ohne festen Halt und ohne Hebelkraft wirkungslos. Dies war ein weiterer Irrglauben, dem sich viele Leute hingaben, weil sie annahmen, daß ein Supermann wirklich einen Kilometer weit springen oder ein Gebäude an einer Ecke hochheben konnte oder unbesiegbar war. Aufgrund dieses Irrtums hatten viele Spieler im Spiel gegen Stile verloren – und ebenso konnte es diesem Dämon ergehen. Solange die Kreatur die Kette festhielt, war sie in der Tat gefangen – und selbst wenn sie auch nur eine Hand von der Kette löste, konnte Stile der drohenden Erdrosselung entgehen. Dann würde der Kampf ganz anders aussehen.

Der Dämon hielt zäh an diesem Irrtum fest. Er ließ nicht locker. Er grinste wieder und zeigte dabei mehr Zähne, als in einen Mund dieser Größe hineinpassen konnten, drückte die Arme noch mehr zusammen und zog die Schlinge enger. Stile fühlte sein Bewußtsein schwinden. Er konnte den Atem einige Minuten anhalten, aber der Druck hemmte seinen Blutkreislauf und war nun so stark, daß er die tiefliegende Halsschlagader in Mitleidenschaft zog. Das konnte ihn in wenigen Sekunden außer Gefecht setzen.

Er taumelte auf einen hoch aufragenden Tulpenbaum zu, während er seinen Gegner weiter durch die Luft wirbelte. Er stemmte ihn mühsam höher und schmetterte die Füße der Kreatur gegen den Baumstamm.

Ein mörderischer Schlag. Die gelben Augen der Kreatur weiteten sich, entblößten flammenrote Schlitze, und ihr entfuhr der erste Laut. „Ungh!“ Die Kette lockerte sich etwas und gönnte Stile eine Atempause, aber der Dämon gab noch nicht auf.

Stile hob ihn hoch und begann ihn keuchend wieder herumzuwirbeln. Er konnte seine Kraft jetzt besser einsetzen, aber der Dämon war weitergewachsen (wie, zum Teufel, konnte das geschehen? Das war absolut verrückt!) und war zu diesem Zeitpunkt nur wenig kleiner als Stile. Außerordentliche Kraft und besonderes Gleichgewichtsvermögen waren erforderlich, um sich mit ihm zu drehen – aber diesmal kollidierte seine Hüfte mit dem Baum. Jetzt arbeitete seine eigene geschwollene Masse gegen ihn und machte den Aufprall heftiger. Die Beine des Dämons schlangen sich um den Baumstamm und schnellten dann geradewegs zurück.

Stile wirbelte den Dämon in die entgegengesetzte Richtung und schmetterte ihn ein drittes Mal gegen den Baum. Diesmal war der Aufprall von knochenbrechender Wucht, und die Kette lockerte sich weiter.

Stile, der auf diesen Augenblick gewartet hatte, löste seinen Kopf mit einer heftigen Bewegung aus der Schlinge. Die Kette schürfte über seine Ohren und riß ganze Haarbüschel heraus – aber er hatte die erste Runde dieses Kampfes gewonnen.

Aber jetzt war der Dämon so groß wie Stile und immer noch kampffähig. Er rappelte sich auf, sprang ihn an und versuchte, die Kette wieder wie eine Schlinge um seinen Hals zu legen. Er schien nur diese eine Taktik zu beherrschen. In dieser Hinsicht ähnelte er dem falschen Sheen-Roboter, mit dem Stile vor noch gar nicht so langer Zeit gekämpft hatte.

Stile packte seine Klauen, fuhr herum, duckte sich und schleuderte den Dämon über die Schulter. Die Kreatur flog über ihn hinweg und prallte mit einer Erschütterung auf dem Boden auf, die ihn hätte kampfunfähig machen müssen. Aber erneut rappelte er sich auf und griff an.

Was war mit dieser Kreatur los? Sie weigerte sich aufzugeben! Sie war inzwischen so zerschunden, daß ein Androide am Ende gewesen wäre – und alles, was sie tat, war, größer und häßlicher zu werden. Jetzt war sie schon um ein Viertel größer als Stile, und entsprechend schienen ihre Kräfte zugenommen zu haben. Unter diesen Umständen konnte Stile nicht mehr lange mithalten.

Und wieder stürzte sich der Dämon auf ihn, die Kette in den Klauen. Stile kam eine Idee. Er packte die Kette, trat zur Seite und stellte dem Dämon ein Bein – und als er stolperte, schlang Stile die schlaffe Kette um den Körper des Ungeheuers und hielt sie am Rücken fest.

Der Dämon brüllte, drehte sich und versuchte, nach ihm zu greifen, aber Stile blieb wie ein Blutegel an ihm kleben. Er hatte oft schon körperlich größere Gegner in Verlegenheit gebracht, indem er sich an ihren Rücken geklammert hatte: Es war äußerst schwierig, sich aus diesem Griff zu befreien, wenn man nicht wußte, wie. Dieser Dämon bestand nur aus Wachstum und Kraft, und er verfügte weder über besondere Intelligenz noch über Phantasie. Er war hilflos.

Der Dämon wuchs weiter. Jetzt war er anderthalbmal so groß wie Stile – und die Kette begann, seinen Körper zusammenzuschnüren. Stile ließ nicht los, wich den ungeschickt tastenden Klauen des Dämons aus, hielt die Kette an ihrem Platz. Wenn der Dämon sein Wachstum nicht willentlich beenden konnte...

Offenbar konnte er es nicht. Er wuchs immer weiter, und je mehr er sich ausdehnte, desto enger zog sich die Kette und schnürte seinen Rumpf zusammen. Er hatte sich in der Schlinge verfangen, die er eigentlich Stile zugedacht hatte. Er brauchte nur die Enden der Kette loszulassen – aber er war zu dumm dazu. Welch eine Ironie! Seine Arme wickelten sich um ihn, wurden fast aus ihren Gelenken gerissen, aber die einzige Kampftechnik, die er beherrschte, bestand daraus, sich an diese Kette zu klammern. Seine Taille bekam die Form der einer Frau, dann der einer Wespe. Stile ließ los und wich zurück, beobachtete die weitere seltsame Entwicklung. Der Dämon schien keinen Schmerz zu spüren. Er versuchte noch immer, Stile zu packen und die Kette um ihn zu schlingen, obwohl dies nun unmöglich war.

Der Körper des Dämons blähte sich oberhalb und unterhalb der schmalen Taille auf. Dann zerplatzte er. Eine Rauchwolke entstand, die schnell verflog.

Stile sah zu Boden. Dort lag die Kette, zerrissen an jener Stelle, wo die Dämonenfigur befestigt gewesen war. Das Amulett war verschwunden.

Er hob sie auf, voller Furcht vor dem, was geschehen mochte, aber entschlossen festzustellen, ob noch Gefahr von ihr drohte. Sie hing locker an seiner Hand. Ihre Kraft war gewichen.

Oder nicht? Was, wenn er sie erneut beschwören würde? Stile entschied sich zur Vorsicht. Er rollte die Kette zusammen, legte sie auf den Boden und bedeckte sie mit einem Stein. Sollte das Ding doch dort liegenbleiben, eingeklemmt wie eine Giftschlange!

Jetzt war die Gefahr beseitigt und Stile unverletzt. Er bebte am ganzen Körper. Was genau war passiert? Gab es eine Erklärung dafür?

Er stellte mehrere Theorien auf und verwarf sie wieder. Er war stolz auf seine Fähigkeit, jede Situation richtig und schnell analysieren zu können – dies war der Hauptgrund seines Erfolges im Spiel. Aber die Hypothesen, die seine Beobachtungen am treffendsten zu erklären schienen, waren ganz und gar absurd.

A. Er befand sich auf einer Welt, auf der Magie funktionierte.

B. Jemand/etwas versuchte, ihn auch hier zu töten.

Schlußfolgerung A wirkte auf ihn äußerst unglaubwürdig. Aber er zog sie den anderen Möglichkeiten vor, nämlich daß eine supertechnologische Macht all dies hier erschaffen hatte oder daß er, Stile, verrückt wurde. Schlußfolgerung B war unangenehm – aber in den letzten Stunden war er mehrfach tödlicher Gefahr ausgesetzt gewesen. Es war also das beste, wenn er seine Situation akzeptierte: Er befand sich in einem Märchenland und noch immer in Schwierigkeiten.

Stile rieb mit den Fingern über die Wundmale an seinem Hals. Wer war hinter ihm her? Sicherlich nicht jener unbekannte, ergrimmte Bürger, der den Androidentrupp geschickt hatte. Der Leibeigene, der durch den Vorhang gekommen war und ihm das Amulett gegeben hatte, war freundlich gewesen – wenn er Stile hätte töten wollen, dann hätte er sofort den Dämon beschwören können. Es erschien wahrscheinlicher, daß der Mann aufrichtig versucht hatte, ihm zu helfen – und das Amulett auf unvorhergesehene Weise reagiert hatte. Vielleicht gab es eine Anzahl solcher magischer Talismane, die zwei Zwecken dienten: eine normale Person zu bekleiden und gewisse andere zu töten. Andere Leute wie Stile. Das ließ viele Fragen offen, aber es erklärte den Zwischenfall. Stile konnte Menschen und Beweggründe recht gut beurteilen; nichts an jenem Mann hatte auf Verrat oder Feindseligkeit hingedeutet. Daß das Amulett dieses Land vor gewissen Leuten beschützen sollte, erschien ihm vernünftig.

Warum war er, Stile, hier nicht erwünscht? *Das* mußte er herausfinden. Es konnte nicht nur daran liegen, daß er neu hier war. Der Fremde war vor nicht langer Zeit ebenfalls noch ein Neuling gewesen. Vermutlich hatte er ein ähnliches Amulett erhalten und benutzt, ohne davon bedroht worden zu sein. Stile hatte es anfangs für eine Art Schabernack angesehen – aber dieser Dämon war kein Scherz gewesen!

Es konnte nicht daran liegen, daß er klein oder männlichen Geschlechtes war; das konnte in einer menschlichen Gesellschaft kaum ein Verbrechen darstellen. Es mußte einen anderen Grund geben. Eine bestimmte Eigenschaft von ihm, die die latente zweite Funktion des Amuletts ausgelöst hatte. Es sei denn, der Zufall spielte eine Rolle: Ein böses Amulett hatte sich unter die guten gemischt, eine Art russisches Roulette, und er war zufälligerweise das Opfer gewesen. Aber er scheute davor zurück, sich mit der letzten Erklärung zufriedenzugeben. Ein wenig Paranoia war vielleicht recht nützlich, um ihn vor weiterem Unglück zu bewahren. Am besten war, er ging davon aus, daß jemand hinter ihm her war, und stellte sich entsprechend darauf ein.

In der Zwischenzeit würde er gut beraten sein, diesen Ort zu verlassen, bevor derjenige, der ihm die Amulett-Falle gestellt hatte, zurückkam, um herauszufinden, warum sie versagt hatte. Und er wollte mehr über die Bedeutung erfahren, die die Magie hier besaß. War sie eine Form der Illusion, oder war sie real? Der Dämon hatte ihm gezeigt, daß sein Leben von dieser Antwort abhängen konnte.

Wohin sollte er sich wenden? Woher sollte er das wissen? Überall vermochte er vielleicht Nahrung, einen sicheren Schlafplatz, ein Versteck vor dem Feind zu finden. Aber nicht in jenem Schloß, das er entdeckt hatte – jetzt mißtraute er diesem Gemäuer. Alles, was in der Nähe dieses Ortes lag, war verdächtig. Er mußte in die Wildnis gehen, irgendwohin, allein...

Allein? Stile gefiel dieser Gedanke nicht. Er war zwar nicht sehr gesellig, aber an Begleitung gewohnt. Sheen war eine ausgezeichnete Begleiterin gewesen. In diesem fremden Land...

Stile nickte. In Anbetracht all dieser Dinge brauchte er ein Pferd. Er verstand etwas von Pferden, vertraute ihnen und fühlte sich sicher in ihrer Gegenwart. Mit einem guten Roß würde er weit kommen. Und auf jenen Weiden im Norden gab es gewiß Pferde. Er hatte bei den Tieren, die er vom Baum aus erspäht hatte, keine Einzelheiten ausmachen können, aber sie hatten ihn an Pferde erinnert.

6. Kapitel

Dung

Stile wanderte nordwärts, achtete mit wachem Auge auf Gefahren, dämonischer oder anderer Natur, und auf sonstige Dinge. Als der Wald dünner wurde, gewann das Land an Schönheit. Es gab von hohem, üppigem Gras bewachsene Flecken und farbenprächtige Blumenfelder und Gebiete voller durcheinandergewürfelter Felsbrocken.

Und schließlich einen lieblichen kleinen Fluß, der offenbar von den Bergen im Süden herabkam und sich in Richtung Nordwesten schlängelte. Das Wasser war kristallklar. Er legte sich auf den Bauch und berührte es mit den Lippen, und gleichzeitig lauschte er auf ein Anzeichen für Gefahr: Wenn man trank, war man verwundbar.

Das Wasser war so kalt, daß sein Mund betäubt wurde und er Schwierigkeiten mit dem Schlucken hatte. Er nahm sich Zeit, genoß es. Auf Proton waren die Getränke so zahlreich und nahrhaft und leicht erhältlich, daß er selten klares Wasser gekostet hatte, und erst jetzt erkannte er, was er versäumt hatte.

Dann machte er sich auf die Suche nach Obstbäumen, fand aber keine. Er besaß keine Waffen, um Tiere zu jagen und zu töten, obwohl er überzeugt war, daß er sich mit der Zeit einige anfertigen konnte. Sicherheit war im Moment wichtiger als Nahrung; sein Hunger mußte sich gedulden. Mit einem Pferd konnte er weiter und schneller vorankommen, ohne eigene Fußspuren zu hinterlassen, und das Tier würde seinen Geruch überdecken. Er würde unauffindbar werden.

Er wanderte weiter flußabwärts, in der Gewißheit, daß der Fluß ihn zu der Art tierischen Lebens führen würde, das er suchte. Dies war ein ideales Pferdeland. Hatte er von jenem Baumwipfel aus wirklich Pferde weiden gesehen, oder war dies nur ein Wunschtraum gewesen? Er konnte nicht sicher sein, doch er vertraute seinen Instinkten. Magie verwirrte ihn, doch mit Pferden kannte er sich aus.

Plötzlich entdeckte er, was er gesucht hatte – den halbkreisförmigen Abdruck eines Pferdehufes. Und, in einiger Entfernung von dem Wasser, einen Haufen Pferdedung. Er hatte recht gehabt!

Stile untersuchte den Hufabdruck. Er war groß, deutete auf ein Tier von etwa achtundsechzig Zoll Höhe und kräftiger Statur hin. Es besaß kein Hufeisen und war an den Rändern gezackt, aber nicht verwachsen. Ein wohlgenährtes, gesundes Pferd, das genug lief, um seine Hufe abzunutzen, und es war sorglos genug, um sie an Steinen abzuwetzen. Nicht das ideale Reittier für ihn, aber es würde genügen. Stile fühlte, wie Erleichterung seinen Körper erfüllte, nachdem er nun seinen Beweis geliefert bekommen hatte. Er hatte nicht daran geglaubt, sich nicht eingeredet, daß es hier wirklich Pferde gab. Sein Erlebnis mit dem Dämonenamulett hatte seine Selbstsicherheit erschüttert, doch nun hatte er sie wiedergefunden.

Er ging hinüber zu dem Dung und betrachtete ihn. Und Erinnerungen überwältigten ihn. Vor siebzehn Jahren, als junger Bursche von achtzehn Jahren, hatte er auf einen ähnlichen Dunghaufen hinuntergeblickt...

Die Aufenthaltsgenehmigung seiner Eltern war abgelaufen, und sie hatten den Planeten Proton verlassen müssen. Für Leibeigene betrug die Dauer der Aufenthaltsgenehmigung zwanzig Jahre, ohne Ausnahmen – nur das Spiel konnte etwas daran ändern, ein mehr oder weniger wirkungsvoller Köder, der die Hoffnung der Leibeigenen am Leben erhielt. Er hatte Glück gehabt: Er war gleich zu Beginn ihres Aufenthaltes geboren worden, und ihm standen so achtzehn freie Jahre zur Verfügung. Er hatte eine vollständige Ausbildung genossen und sich in der protonischen Gesellschaft eingelebt, bevor er seine Wahl hatte treffen müssen: Entweder er blieb bei seinen Eltern, oder er blieb auf Proton.

Seine Eltern, auf die ihr in zwanzig Jahren angehäufter Lohn wartete, würden in der Galaxis verhältnismäßig reich sein. Vielleicht konnten sie sich keine Passage zurück zur Erde erlauben, aber es gab andere Planeten, die durchaus verlockend waren. Sie würden sich viele gute Dinge leisten können. Andererseits, wenn er auf Proton blieb, würde er zwanzig Jahre lang als Leibeigener dienen müssen, nackt, von den Launen seines bürgerlichen Herrn abhängig, in der Gewißheit, daß er mit Ende der Aufenthaltsgenehmigung ebenfalls auswandern mußte.

Aber – hier auf Proton gab es das Spiel.

Frühzeitig war er süchtig nach dem Spiel geworden. In einer Leibeigenenkultur war es von unschätzbarem Wert. Das Spiel war gewalttätig oder intellektuell oder künstlerisch oder vom Zufall abhängig, man konnte es aus eigener Kraft bestehen oder mit Hilfe von Werkzeugen oder Maschinen oder Tieren – aber vor allem stellte es eine Herausforderung dar. Es besaß seine eigene Hierarchie, unabhängig von dem sonstigen gesellschaftlichen Rang der Spieler. Jede Altersleiter besaß ihre Sprossen, für alle Augen sichtbar. Das Spiel hatte seinen eigenen Reiz. Von Beginn an war er gut darin; er verfügte über ein natürliches Talent. Er war bald auf seiner Leiter auf jeder Sprosse, für die er sich entschied. Aber nie wählte er eine zu hohe Sprosse. Familie – oder das Spiel? Es war keine Frage gewesen. Er hatte sich für den Planeten Proton entschieden. An jenem Tag, an dem seine Eltern an Bord des Raumschiffes gegangen waren, hatte er seine Aufenthaltsgenehmigung beantragt und darauf gewartet, daß ihn ein Bürger einstellte. Zu seiner Überraschung war dies gleich am ersten Tag geschehen. Er war zum luxuriösen Anwesen des Bürgers gebracht worden – es gab kein Bürgeranwesen, das *nicht* luxuriös war –, und man hatte ihn mit einer Schubkarre und einer großen Mistgabel auf die Weide gestellt.

Seine Aufgabe war es, den Pferdedung einzusammeln. Er mußte seine Mistgabel und seine Schubkarre nehmen und jeden Dunghaufen aufsammeln, den auf den feinen Rasen des Bürgers fallen zu lassen die feinen Pferde des Bürgers die Güte hatten. Krank vor Heimweh nach seiner ausgewanderten Familie – es war nicht so, daß er sie nicht liebte, aber in seinem Alter hatte er das Spiel mehr geliebt – und nicht gewohnt daran, seinen Lebensunterhalt durch Arbeit bestreiten zu müssen, sah er in dieser Tätigkeit eine schmerzliche Erniedrigung. Dennoch schenkte sie ihm Zeit zum Alleinsein, und das half ihm sehr.

Während der Freistunden war er nicht allein. Er schlief mit neun anderen Knechten im obersten Stockwerk einer Baracke und nahm seine Mahlzeiten zusammen mit dreißig Leibeigenen in der Kantine ein. Er besaß keine Privatsphäre und keinen persönlichen Besitz; selbst sein Bettzeug war nur geliehen, eine Annehmlichkeit, die lediglich verhindern sollte, daß er mit seinem Schweiß etwas verunreinigte. Am Morgen ging das Licht an, und alle standen rasch auf; in der Nacht erlosch das Licht. Niemand versäumte es je, pünktlich zu Bett zu gehen. Zu Hause bei seinen Eltern hatte es keinen Zapfenstreich gegeben. Am Tag gingen sie zu ihrem Arbeitgeber, und solange er mit der Schule gut zurechtkam, stand ihm der Großteil seiner Zeit frei zur Verfügung – was bedeutete, daß er das Spiel spielte und sich in seinen verschiedenen Disziplinen übte. Hier war alles anders, und er fragte sich, ob er die richtige Wahl getroffen hatte. Natürlich hatte er irgendwann erwachsen werden müssen – er hatte nur nicht erwartet, daß es über Nacht geschehen mußte.

Der Bürger-Arbeitgeber war außergewöhnlich reich, so wie die meisten Bürger. Er besaß an mehreren Orten fruchtbare Weiden. Um von einem Besitz zum anderen zu gelangen, mußte man durch die Stadtkuppeln reisen, und irgendwie nahm die Arbeit niemals ein Ende.

Einige der Weidegründe waren durch Zäune unterteilt, und die Zäune bestanden aus weißen irdischen Holzbrettern und echten, vorgerosteten Nägeln. Diese Barrieren wurden natürlich durch unsichtbare Mikrodrähte geschützt, die einen schmerzhaften elektrischen Schlag verteilten, wenn man den Zaun berührte. Die Pferde waren nicht sehr klug, aber sie besaßen ein gutes Erinnerungsvermögen und streiften nur selten die Zäune. Stile natürlich mußte es auf die harte Tour lernen; niemand hatte ihn davor gewarnt. Dies war ein Teil seiner Initiation.

Er lernte. Er erfuhr, daß die Zäune dazu dienten, die Pferde auf einem Teil der Weide zu halten, während auf dem anderen das Gras Gelegenheit zur Erneuerung bekam. Hätten die Pferde zu früh Zugang dazu gehabt, hätten sie den neuen Pflanzenwuchs zerstört. Die Weidegründe wechselten. Wenn die Tiere getrennt werden mußten, schaffte man sie zu verschiedenen Weiden. Es gab viele gute Gründe für diese Trennzäune, und der Arbeitgeber beachtete trotz seines Reichtums diese Gründe.

Stiles Problem war, daß er einige dieser Zäune überwinden mußte, um den Dung von weiter entfernten Weiden aufzusammeln. Er war klein, zu klein, um einfach über sie hinwegzusteigen, wie es ein hochgewachsener Leibeigener getan hätte. Er war sportlich und hätte die eineinhalb Meter hohen Zäune überspringen können, doch dies war nicht erlaubt, um die Pferde nicht auf diese Möglichkeit aufmerksam zu machen. Die Pferde wußten nicht, daß es möglich war, außerhalb eines ordentlichen Rennens über Zäune hinwegzuspringen, und so hatten sie es nie versucht. Außerdem konnte sein Aufprall die Grasnarbe beschädigen, und das war ebenfalls untersagt. Nur Pferde hatten das Recht, sie abzunutzen; sie waren wertvolle Geschöpfe und mit entsprechenden Privilegien ausgestattet.

Deshalb mußte er die Zäune mühevoll umgehen und die weit entfernt liegenden Tore benutzen, wo er sich, natürlich, um sein Durchgangsrecht auch noch mit den Pferden herumstreiten mußte, die ihm an Zahl zehn- oder fünfzehnfach überlegen waren. So kam er mit seiner Arbeit langsam voran und befand sich immer im Rückstand. Glücklicherweise war er ein guter Läufer, und wenn er sich schnell bewegte, dann machten sich die Pferde oft nicht die Mühe, ihn einzuholen. Sie waren flinker als er, wenn sie es darauf ankommen ließen, aber sie bewegten sich nie schnell, wenn sie nicht mußten. Es schien sich um eine prinzipielle Frage zu handeln. Einem Menschen gegenüber empfanden sie nicht die gleiche Rivalität wie zu einem Angehörigen ihrer eigenen Art.

Dann stieß er auf den Zauntritt: ein Gebilde wie eine stehende Trittleiter, das ihn in die Lage versetzte, den Zaun zu überqueren und seine Schubkarre über sie hinwegzurollen, ohne eines der Zaunbretter zu berühren. Die Pferde konnten mit einem derartigen Ding nicht umgehen und versuchten es auch nicht. Es war, auf seine Art, eine Brücke zwischen den Welten. Damit konnte er zumindest von einer Weide zur anderen gelangen, ohne seiner Arbeit hinterherzuhinken.

Jetzt, wo seine Aufenthaltsgenehmigung erteilt worden war, erwartete man von ihm, daß er sich einen eigenen Namen zulegte. Bislang hatte er unter dem Leibeigenen-Namen seines Vaters gelebt, gefolgt von einer Abhängigkeits-Ziffer. Als ihn der Leibeigenen-Registrator von Proton um die Wahl eines originellen und persönlichen Namens bat, einer unverwechselbaren und einzig möglichen Kennzeichnung, erwiderte er: Stile.*

„Steil? Im Sinne von hoch?“ fragte der Leibeigenen-Registrator und blickte amüsiert auf ihn herab. „Ein grandioser Name für einen Burschen von deiner Größe.“

Stiles Magen-, Gesäß- und Schultermuskeln spannten sich. Dieser „Bursche“ war achtzehn, voll ausgewachsen – aber auf Fremde wirkte er wie ein Zwölfjähriger. Die Enthaarungsmittel im protonischen Waschwasser befreiten Gesicht und Genitalien vom Haarwuchs, so daß seine Geschlechtsreife nicht offensichtlich war. Eine Frau von seiner Größe würde nicht diese Probleme haben; Enthaarungsmittel zogen ihre deutlichsten sexuellen Merkmale nicht in Mitleidenschaft. Er war die unvermeidlichen Bemerkun-

*Stile (engl.) = Zauntritt, -übergang. Unübersetzbares Wortspiel um Stiles Namensgebung. (Anm.d.Übers.)

gen allmählich leid: Normalgroße Leute hielten sich immer für verdammt gewitzt wegen ihrer verächtlichen Anspielungen auf seine Statur. Aber er hatte bereits gelernt, seinen Unmut zu verbergen, und gab auch nicht mehr vor, es humorvoll aufzufassen. „S-T-I-L-E. Wie Zauntritt. Ich bin Weideknecht."

„Oh." So wurde er eingetragen, und von da an wurde er immer so genannt. Der Gebrauch des richtigen Namens war unter den Leibeigenen obligatorisch. Nur Bürger besaßen das Recht der Anonymität und wurden mit „Sir" angesprochen. Falls ein Leibeigener den Namen eines Bürgers kannte, so behielt er ihn für sich, abgesehen von den seltenen Gelegenheiten, wenn er seinen Arbeitgeber einem Außenstehenden gegenüber identifizieren mußte.

Er stellte sich als gute Wahl heraus. Stile – der Name war originell und bedeutungsvoll und stand im Kontext mit dem Spiel, deutete auf das Homonym hin. Im Spiel besaß er tatsächlich einen bestimmten Stil. Am besten aber war die Anspielung auf seine ursprüngliche Bedeutung – eine Brücke zwischen den Weiden, die mehr Freiheit und Erlebnisse versprach, dem Zugang zu vielen Welten gleich. Ihm gefiel dieses Konzept.

Mit der Zeit gewann er an Erfahrung. Jeder Dunghaufen, den er übersah, war ein Argument gegen ihn, eine Gelegenheit für die anderen Knechte, die alle größer und älter waren als er und einen höheren Rang besaßen, ihn zu verspotten. In einer Gesellschaft von Arbeitern, deren individuelle Rechte allein von ihren Stellungen geprägt wurden, gewannen die Nuancen des privaten Protokolls und persönlichen Wohlwollens an Gewicht. „Stile – zwei Haufen auf der Buchweizenweide", bemerkte der Vorarbeiter grimmig, wenn er seine tägliche Liste der Fehler erstellte, und die Gruppe kicherte verstohlen, und Stile war dann am nächsten Tag das Schlußlicht des Farmtotems. In den ersten Wochen war er oft das Schlußlicht. Andere Knechte versetzten ihm „aus Versehen" einen Stoß, und wenn er sich wehrte, erhielt er einen Verweis wegen Randalierens, wodurch er am nächsten Tag wieder zum Schlußlicht wurde. Denn außer in krassen Fällen hatte der höhere Mann auf dem Totem immer recht, und wenn das Wort eines Leibeigenen gegen das eines anderen stand, dann verlor der mit dem niedrigeren Rang. Der Vorarbeiter, der grundsätzlich ein gerechter Mann war, folgte skrupellos diesem Prinzip. Er war qualifiziert, der einzige Leibeigene auf der Farm, der über wirkliche Macht verfügte, und der einzige, der das Privileg partieller Anonymität genoß: Statt mit seinem Namen sprach man ihn mit seinem Titel an. Niemals überschritt er dieses Vorrecht, und nie ließ er zu, daß andere dies taten.

Eines Tages dann hatte Stile keinen Fehler gemacht. Ein plumper junger Bursche namens Shingle war an diesem Tag das Schlußlicht – und auf dem Weg zur Arbeit schlug Shingle nach Stile. Stile entsann sich seiner Spielerfahrung und duckte sich, während sein Fuß hochfuhr und Shingle „zufällig" gegen die Scheunenwand schleuderte. Wütend und mit erhobenen Fäusten ging Shingle auf ihn los – und Stile ließ sich fallen, stemmte dem Mann einen Fuß in den Bauch, packte ihn am Arm und wirbelte ihn durch die Luft, so daß er hart auf dem Grasboden aufprallte und eine Delle hineinschlug. Shingle wurde bewußtlos, und die anderen Knechte starrten ihn verblüfft an.

Der Vorarbeiter erschien. „Was ist los?" fragte er.

„Ein Unfall", informierten ihn die anderen und grinsten unschuldig. „Shingle ist... über Stile gestolpert."

Der Vorarbeiter blinzelte Stile forschend an, der mit niedergeschlagenen Augen dastand, überzeugt, daß dies Ärger geben würde, in Erwartung, erneut dem Spott der Gruppe ausgesetzt zu werden. Kämpfe waren auf dem Anwesen verboten. Der Vorarbeiter zog seinen Notizblock hervor, den er immer bei sich trug. „Shingle – Beschädigung des Rasens", sagte der Vorarbeiter. Und er lächelte fast, als die Gruppe kicherte.

Denn da Shingle das Schlußlicht des Totems dargestellt hatte, war es seine Pflicht gewesen, Schwierigkeiten aus dem Weg zu gehen. Er hatte per Definition unrecht.

Der Vorarbeiter wandte sich an Stile. „Unfälle lassen sich nicht vermeiden – aber in Zukunft wirst du dich in den Erholungsraum begeben, um deine Kampfkünste zu trainieren, Stile." Er ging davon, um seine Runde fortzusetzen.

Stile blieb nur einen Tag von dem Schicksal, das Schlußlicht des Totems zu sein, verschont, denn am gleichen Tag noch übersah er wieder einen Dunghaufen. Aber er war in der Wertschätzung seiner Kollegen bedeutend gestiegen. Sie hatten nicht gewußt, daß er die Kampfkunst beherrschte. Er wiederum erinnerte sich, wie sie dem Brauch gemäß zu ihm gehalten und diesmal den anderen Burschen ausgelacht hatten. Stile hatte, dank dieses stillschweigenden Brauches dazugelernt – die anderen waren nur scheinbar gegen ihn gewesen, weil er das Schlußlicht dargestellt hatte, und nicht, weil er neu oder klein war. Das war eine ausgesprochen angenehme Erkenntnis.

Danach begann Stile Freundschaften zu schließen. Unbewußt hatte er sich abseits gehalten, in der Annahme, daß die anderen auf ihn herabschauten. Falls sie das getan hatten, so traf dies jetzt gewiß nicht mehr zu. Wenn er nun einen Fehler machte und sie kicherten, dann auf freundliche, fast bedauernde Weise. Selbst Shingle, dessen Nase bei dem Zwischenfall lädiert worden war, war ihm nicht feindlich gesinnt. Auch er folgte den Regeln, und er hatte fair verloren.

Mittlerweile hatte Stile im Aufspüren von Pferdedung Übung bekommen. Pferde neigten dazu, ihre festen Exkremente an halbprivaten Orten fallen zu lassen, im Gegensatz zu ihren flüssigen Ausscheidungen. Ihr Wasser schlugen sie überall ab, manchmal sogar über ihrem Fressen, aber die festen Exkremente befanden sich niemals in der Nähe ihrer Weidegründe oder Schlafplätze. Dies machte die Suche nach den Haufen zu einer größeren Herausforderung.

Wenn er die Haufen übersah, so bedeutete dies, daß er auf dem Totem herabrutschte. Konsequenterweise hatte Stile ein großes Interesse daran, seine Fähigkeiten zu verbessern. Er entwickelte ein extrem scharfes Auge für Pferdedung. Seine Nase war ihm keine große Hilfe, da der Kot der Pferde nur einen milden Eigengeruch besaß, im Gegensatz zu dem von Schweinen oder Hühnern; niemals unangenehm, verflog der Geruch in kürzester Zeit. Wenn man ihn ein paar Tage liegen ließ – Gott behüte! –, dann konnte aus den unverdauten Körnern sogar Gras sprießen, denn die Verdauung der Pferde war weniger vollkommen als die der Kühe. Pferde waren für das Laufen konzipiert, und ihr Körperbau und ihre Wärmeabgabe und ihre Verdauung reflektierte dies. So half ihm seine Nase nur, wenn er sich in der unmittelbaren Nähe eines Dunghaufens befand. Dennoch war der Sehsinn nicht die optimale Lösung, denn die Haufen konnten sich zwischen Baumwurzeln oder unter Büschen verbergen. Manchmal fand er einige Klumpen im Blattwerk niedriger Äste. Außerdem stellt der Regen ein Problem dar – in den Kuppeln war er selbstverständlich künstlicher Natur –, der den Dung durchnäßte und ihn dazu brachte, daß er zerlief und mit der Umgebung verschmolz. Selbst unter idealen Bedingungen schien der Dung zu verschwinden, wenn er sich in der Nähe befand, nur um wieder aufzutauchen, sobald der Vorarbeiter seinen Kontrollgang machte. Es war so leicht, links einen Haufen zu übersehen, wenn er rechts einen aufsammelte!

Stiles Instinkte, was das Auffinden von Dung betraf, entwickelten sich bis zur Perfektion. Er konnte mit seiner Mistgabel in einer einzigen Bewegung einen Haufen in die Schubkarre befördern, ohne einen Krümel zu verlieren. Er lernte die Lieblingsplätze der Pferde kennen, und dort suchte er dann zuerst. Manchmal war er sogar vor den künstlichen Fliegen da. Er konnte ein Weidenstück betrachten und allein vom Aussehen her beurteilen, ob sich ein Pferd dort erleichtern würde oder nicht.

Aber als er seine Arbeit vollkommen beherrschte, wurde sie langweilig. Stile war klug, sehr klug. Die Leute neigten dazu, körperliche Kleinheit mit geringer Intelligenz gleichzusetzen, doch dies traf nicht zu. Die Arbeit wurde eine Last. Hatte er die Differentialrechnung und terrestrische Ökologie und die Aspekte der Quantenphysik studiert, nur um zwanzig Jahre lang Dung einzusammeln? Sollte er zum König des Dungs werden? Warum hatte ihn der Bürger so schnell eingestellt, wenn er seine Talente doch nur verschwendete?

Aber auf Proton waren die Bürger allmächtig. Sie erklärten Leibeigenen ihre Handlungsweise nicht. Stile konnte sich weder beschweren noch seinen Herren wechseln. In dieser Angelegenheit besaß er nur das Recht, entweder die angebotene Stellung zu akzeptieren, oder hinzunehmen, daß seine Aufenthaltserlaubnis vorzeitig widerrufen wurde. Wenn er auf dem Planeten Proton bleiben wollte, mußte er sich dem System fügen. Er sammelte weiter Dung.

Während der Arbeit beobachtete er oft die Pferde, allerdings nur verstohlen, um nicht den Eindruck eines Faulpelzes zu erwekken. Da war Sonny, ein kleines, hübsches, geschecktes Roß mit großen Ohren, auf dem sich neue Reiter übten, obwohl seine Gangart nicht perfekt war. Simcoe Cloud, ein Appaloosa-Wallach von vierundsechzig Zoll Schulterhöhe, mit einem hübschen Fell, aber zu großem Kopf. Navahjo, eine prächtige Vierjährige, die ihre Weide beherrschte, obwohl sie eine Stute war. Auf einer anderen Weide befanden sich Misty, eine graue, plumpe Tennessee Walker mit eigenem Willen, und ihre Gefährtin Sky Blue, die eine Schulterhöhe von lediglich sechsundfünfzig Zoll besaß und über zwanzig Jahre alt war. Blue hatte früher an Wagenrennen teilgenommen und war gut trainiert, aber trotz ihres ergrauenden Kopfes scheu. Nach den Angaben der Pferderegistratur gab es keine weißen Pferde – ein Pferd, das weiß aussah, war entweder ein Albino oder als grau registriert. Deshalb auch der Scherz: „Welche Farbe besaß George Washingtons weißes Pferd? Grau."

Dies bildete Stiles Welt während des Großteils seiner Arbeitszeit. Er lernte sie aus einiger Entfernung alle kennen, vom Shetlandpony bis zum kräftigen Zugpferd. Er sehnte sich danach, sich ihnen zu nähern, sie zu streicheln, zu bürsten, sie zu führen – aber dies war ein wütend verteidigtes Privileg der Stallknechte. Stile war nur ein Weideknecht, dem es nicht erlaubt war, nähere Bekanntschaft mit dem Gestüt zu schließen. An vielen Tagen war sein einziger Kontakt mit einem der Pferde sein Dung.

Doch wie schön waren sie selbst aus der Entfernung! Ein Pferd, jedes Pferd, besaß eine unvergleichliche Anmut. Die Kraft seiner Muskeln, die Geschmeidigkeit der Gelenke, die Wachsamkeit der Ohren, die ständige Bewegung des Schweifes. Es gab hier keine natürlichen Fliegen, also hatte man Androidenfliegen hergestellt, die laut summten und die Pferde umschwirrten, nur um jene Schweife in Übung zu halten. Stile liebte es, den Schweifen zuzuschauen, waren sie doch außer den Mähnen der vielleicht schönste Teil der Pferde. Gelegentlich entdeckte er ein zu Besuch weilendes Roß, das am Schweif ein rotes Band trug – ein Hinweis darauf, daß dieses Pferd ausschlug. Wenn ein Weide- oder Stallknecht getreten wurde, dann wurde er und nicht das wertvolle Pferd bestraft. Von den Leibeigenen erwartete man, daß sie vorsichtig waren und nicht den wertvollen Huf eines Pferdes durch den Kontakt mit der billigen Haut eines Leibeigenen gefährdeten.

Stile machte das Beste daraus. Er war sich dessen zu dieser Zeit kaum bewußt, aber der extreme Wert, den man hier den Pferden beimaß, prägte entscheidend seine Einstellung zum Leben. Es waren keine Renntiere, sondern die ausgemusterten, die verletzten, die zweitklassigen Rösser – dennoch waren sie mehr wert als das Leben eines jeden Leibeigenen. Einige Leibeigene rebellierten, haßten insgeheim die Tiere, die sie pflegten, aber Stile verinnerlichte in dieser Hinsicht die Propaganda völlig. Das Pferd wurde sein Ideal. Das Pferd, obwohl an seine Weide gebunden, besaß vollkommene Freiheit, denn die Weide war der Pferdehimmel. Wäre Stile ein Pferd gewesen, hätte er sich ebenfalls im Himmel befunden. Pferde waren in seinen Augen schöner als Menschen, und obwohl er dies intellektuell abstritt, akzeptierte er es emotional. Stile hatte sich in die Pferde verliebt.

Deshalb wurde er ein eifriger Student dieser Spezies. Er studierte nicht nur die Nuancen des Verhaltens der einzelnen Tiere auf seinen Weiden und stellte fest, daß jedes Pferd wie jeder Leibeigene eine ausgeprägte Persönlichkeit besaß: Während seiner Freizeit las er Abhandlungen über Pferdedung. Er erfuhr von den Darmparasiten, die sich in ihm befinden konnten, von den Würmern und Maden und mikroskopischen Schädlingen. Natürlich gab es hier keine derartigen Parasiten, aber er bildete sich ein, daß es doch welche geben könnte, und hielt eifrig Ausschau danach. Er lernte, vom Dung eines Pferdes auf seinen Gesundheitszustand zu schließen – ob es hart gearbeitet hatte oder faul gewesen war, was und wieviel es gefressen hatte. Einige Pferde legten harte Haufen, andere weiche. Stile konnte sagen, welches Pferd welchen Haufen gelegt hatte, und war deshalb über den Aufenthaltsort eines jeden Tieres am vergangenen Tag informiert, ohne die Pferde direkt gesehen zu haben.

Die Zeit verging. Eines Tages, zwei Jahre nach Beginn seiner Aufenthaltserlaubnis, entdeckte Stile tatsächlich einen Wurm im Dung. Er berichtete dies unverzüglich dem Vorarbeiter. „Ein Wurm in unserem Dung?“ fragte der Mann ungläubig. „Bist du größenwahnsinnig geworden?“

Aber sie untersuchten das Pferd, denn der Vorarbeiter ließ nichts ungeprüft, und Stile hatte recht. Eine langsam schlüpfende Parasitenart hatte die Quarantäne überdauert und das Tier infiziert. Es war kein gefährlicher Wurm und hätte dem Pferd keinen wirklichen Schaden zugefügt, aber er war einzigartig. Die Larve hatte sich erst an dem Tag, an dem Stile sie bemerkt hatte, im Dung manifestiert. Er hatte die Plage bemerkt, bevor sie sich auf andere Tiere ausbreiten konnte.

Der Vorarbeiter führte Stile zur Dusche, wusch ihn eigenhändig, als wäre er ein Kind, und kämmte sein Haar mit einem herumliegenden Striegel. Stile fügte sich, verwirrt von dieser Aufmerksamkeit. Dann, als er blitzsauber war, brachte ihn der Vorarbeiter zu einer kleinen Tür in der Wand des Stalls. „Sag immer ‚Sir‘ zu ihm“, warnte ihn der Vorarbeiter. „Dreh’ ihm erst den Rücken zu, wenn er dich entlassen hat.“ Dann führte er Stile energisch durch die Tür.

Zum erstenmal sah sich Stile seinem Herrn gegenüber. Die andere Seite der Scheune bestand aus einem prächtigen Apartment mit Videoschirmen an drei Wänden. Auf jedem Monitor war ein Ausschnitt einer Bildmontage zu sehen – eine gebirgige Landschaft, aus der Luft betrachtet. Das Bild veränderte sich in dreidimensionaler Kohäsion und machte die Illusion perfekt. Der Boden bestand aus fast durchsichtigem Quarz, sicherlich von der Erde importiert und deshalb wertvoller als einheimisches Gold. Was für ein Reichtum!

Der Bürger saß in einem eleganten, mit purpurfarbener Seide bezogenen Drehstuhl, auf dessen Armlehnen eine Anzahl Kontrollknöpfe sichtbar waren. Er trug ein ornamentiertes Gewand, das aus Platinfäden gesponnen zu sein schien, und dazu kostbare Wildledersandalen. Er war kein alter Mann, aber auch nicht jung; Verjüngungskuren bewahrten seine körperliche Rüstigkeit und machten sein Alter nur schwer einschätzbar, obwohl hinter dieser gesunden Fassade die Natur zweifellos ihre Spuren hinterlassen hatte. Trotz der besten medizinischen Behandlung lebten nur wenige Bürger länger als ein Jahrhundert. Von ihm ging keine überwältigende Aura der Macht aus. Wäre ihm Stile auf der Straße begegnet, nackt wie ein Leibeigener, er hätte ihn niemals als Bürger erkannt. Der Mann war völlig menschlich. Es war die Kleidung, die den Unterschied schuf. Aber was für einen Unterschied!

Der Bürger hielt das Gesicht abgewandt und die Blicke auf eine vorbeiziehende Wolke gerichtet. Er schien Stiles Eintreten nicht bemerkt zu haben.

Der Vorarbeiter zupfte an Stiles Ellbogen. Stile machte mehrere Versuche, ehe er stammelnd hervorstoßen konnte: „S-sir."

Der Bürger sah ihn an. „Du bist der Bursche, der den Wurm entdeckt hat?" Erstaunlicherweise klang auch die Stimme gewöhnlich.

„Ja, Sir."

„Du bist zum Stallburschen befördert." Und der Bürger drehte sich mit seinem Stuhl, wandte ihm den funkelnden Rücken zu, entließ Stile.

Stile war mit einemmal wieder in der Scheune. Er mußte dorthin gegangen sein, geführt von dem Vorarbeiter. Jetzt nahm ihn der Mann an die Hand und brachte ihn zu einem Schuppen am Rande der Weide. Drei Stallknechte standen davor und sahen ihnen aufmerksam entgegen.

„Stile kommt zu euch", sagte der Vorarbeiter. „Holt seine Sachen."

Flink gehorchten sie. Binnen kurzer Zeit lagen Stiles Bettzeug, seine Körperbürste und sein Handtuch säuberlich neben der vierten Koje des Schuppens. Die Stallknechte gratulierten ihm. Natürlich war er das Schlußlicht des Hauses – der „Bursche" –, aber es war wie eine Verbrüderung, eine ungeheure Verbesserung nach den Baracken. Nur vier, die sich die Dusche teilen mußten, der Zapfenstreich eine Stunde später und im Haus ein Videoschirm!

Stiles Tage des Dungsammelns waren vorbei. Ein neuer Leibeigener nahm seinen Platz auf den Weiden ein. Stile befand sich nun auf einer höheren Ebene. Er arbeitete direkt mit den Pferden. Die Beförderung war so rasch und bestimmt erfolgt wie die Bestrafung für ein Vergehen; mit einem Schlag hatte der Bürger den zwei Jahren des Dungsammelns einen Sinn gegeben.

Stile hob den Blick von dem Dung in dieser Wildnis. Oh, ja, er kannte sich mit Dung aus! Er hatte nie vergessen, was der Dung für ihn getan hatte. Er stand ihm weder mit Abscheu noch mit Entsetzen, sondern fast mit Zuneigung gegenüber.

Er folgte weiter dem Lauf des Flusses, musterte die Hufabdrükke und die Pferdeäpfel. Einige dieser Pferde waren groß, manche mittelgroß, einige gesund, manche ein wenig kränklich. Einige Dunghaufen enthielten Würmer, und dies verschaffte Stile perverserweise ein angenehmes Gefühl. Ein Wurm hatte für seine Beförderung gesorgt!

Also war diese Region nicht steril – sie war natürlich. Fliegen summten über den frischesten Haufen; echte Fliegen, davon war er überzeugt, eine Spezies, die er nur aus Büchern und Museumsstükken kannte. Niemand überwachte diese Region. Die alten Pferdeäpfel lagen ungestört da, boten Pilzen einen Nährboden, manche waren platt, andere halb vom Regen fortgespült, wieder andere von frischem grünem Gras bewachsen. Kein Pferd mit Selbstachtung würde an einem Ort, wo Dung lag, grasen, so daß die Halme nicht abgefressen waren. Ein Mittel der Natur, um ein Übergrasen zu verhindern – vielleicht, aber Stile war entsetzt, ein derart gutes Weideland in solch einem schlechten Zustand zu sehen. *Kümmerte* sich denn niemand um diese Pferde?

Sie mußten wild und herrenlos sein. Was bedeutete, daß er sich jedes Tier nehmen konnte, das er haben wollte. Er mußte vielleicht seinen Willen brechen, um es reiten zu können – aber er wußte, wie man das machte. Selbst mit seinen verletzten Knien konnte er jedes Pferd reiten. Nur die Teilnahme an Pferderennen erforderte extrem belastbare Knie; für das normale Reiten brauchte man die Beine nur, um das Gleichgewicht und den Halt zu bewahren und das Roß zu lenken.

Offenbar befand sich eine relativ große Herde in dieser Region. Eine Anzahl Stuten, angeführt von einem kräftigen Hengst? Nein, es schien mehrere männliche Pferde zu geben. Er konnte dies anhand der Positionen der Hufspuren an den Urinierstellen erkennen. Männchen schlugen ihr Wasser vor den Hinterläufen ab;

Weibchen dahinter. Aber es mußte einen dominanten Hengst geben, denn dies war die Art der Pferde. Wallache – kastrierte Männchen – waren ebensowenig ernst zu nehmende Gegner wie Stuten, aber potente Hengste verlangten Aufmerksamkeit.

Dieser dominante Hengst würde vermutlich das beste Roß für Stiles Zwecke sein – aber er würde auch zuviel Aufsehen erregen. Stile benötigte ein gutes, schnelles, aber unverdächtiges Tier. Ein herdenloser Hengst – wahrscheinlich gab es hier keine Wallache, falls die Tiere tatsächlich wild lebten – oder eine Stute. Eine gute Stute war in keiner Weise zu verachten; einige der ausdauerndsten Rennpferde waren Weibchen gewesen. Stile hatte einmal eine Stute namens Thunder geritten, die es nicht ertrug, das Hinterteil eines anderen Pferdes zu sehen, gleichgültig, welche Größe oder welches Geschlecht diese besaßen, und sie war selbst ein prächtiges, hochbeiniges, stolzes Geschöpf gewesen. Falls er hier eine ähnliche Stute finden würde...

Er entdeckte die Fährte eines kleinen Pferdes, dessen Schulterhöhe nicht mehr als sechsundfünfzig Zoll betragen konnte, fast ein Pony, aber kerngesund. Wahrscheinlich eine Stute; dies verriet die Zartheit, mit der sie ihre Hufe plaziert hatte. Jeder Huf war gesund, und ihr Dung wies keine Parasiten auf. Sie konnte auch rennen – er entdeckte die Galoppspuren im Gras, achtete auf den Abstand und die Genauigkeit der Abdrücke, das Fehlen unachtsamer Schleifspuren, von Fehltritten. Die Hufe waren ohne Makel, wiesen keine Unsauberkeiten auf. Ein gutes Pferd in gutem Zustand konnte einem Windhund davonlaufen und eine Geschwindigkeit von fünfundsechzig Kilometern in der Stunde erreichen. Das hier konnte eines von diesen Pferden sein. Sie schien eine Einzelgängerin zu sein, die sich abseits der Herde hielt, an anderen Orten trank und fraß. Das bedeutete, daß sie – da sie verwundbarer gegen Raubtiere war – wachsamer, zäher und flinker als gewöhnliche Pferde sein mußte. Aber warum war sie allein? Pferde waren grundsätzlich Herdentiere.

Er folgte der Fährte, den Hufspuren und den Dunghaufen. Zunächst waren die Pferdeäpfel alt, aber als er seine Orientierungsfähigkeit benutzte, wurden sie frischer. Er benötigte einige Stunden, um ihr näher zu kommen, denn das Pferd war weit gewandert – wie es gesunde Pferde taten. Während Stile marschierte, fragte er sich beständig: Warum hatte sich die Stute von ihren Gefährten getrennt? War sie, wie er, eine Einzelgängerin, die den Wert des Alleinseins erkannt hatte, oder war sie von der Herde ausgestoßen worden? Was für ein Grund konnte für ein derartiges Verhalten ausschlaggebend gewesen sein? Offensichtlich schaffte sie es, allein zu überleben – aber gefiel es ihr wirklich?

Stile hegte große Sympathien für Pferde und nicht minder große für Außenseiter. Bereits jetzt liebte er diese kleine Stute, die er noch gar nicht gesehen hatte. Schließlich benötigte er zum Reiten kein Riesenpferd: Er wog wenig, und er wußte, wie man sich noch leichter machen konnte. Ein kleines Pferd, selbst ein Pony, konnte ihn mühelos tragen. In heroischen Fantasygeschichten ritten die Protagonisten immer auf riesigen Rössern – Stile konnte mit einem derartigen Pferd umgehen, aber er wußte, daß Kleinheit auch seine Vorteile besaß. Genau wie auch kleine Menschen ihre Vorzüge hatten!

Unvermittelt war er auf einen Aspekt der Wahrheit gestoßen: Er war sehr klein, und deshalb mochte er kleine Geschöpfe. Er identifizierte sich mit ihnen. Er wußte, wie es war, wenn auf einen herabgesehen wurde, wenn man das Objekt gar nicht komischer Witze war. „He, haste schon den über den kleinen Trottel gehört?" Warum mußte es immer ein *kleiner* Trottel sein? Warum besaßen die Bezeichnungen Knirps, Zwerg, Winzling und Knilch eine herabsetzende Bedeutung? Was, zum Teufel, war so lustig daran, daß jemand klein war? Da kleine Leute intellektuell nicht minderwertig waren, leuchtete es ein, daß Kleinheit ein Vorteil war. Pfund für Pfund ein besserer Nutzen.

Aber warum glaubte er dann nicht wirklich daran? Er sollte sich ein Pferd nicht danach aussuchen, ob es klein war, sondern danach, ob es das beste Roß für seine Zwecke war. Dennoch, subjektiv...

Stiles zornige Gedankenkette wurde vom Anblick seines Zielobjektes unterbrochen. Dort stand sie, die schönste kleine Stute, die er je gesehen hatte. Ihr Fell war von einem seidigen Schwarz, abgesehen von den weißen Strümpfen an ihren Hinterläufen, von denen einer höher reichte als der andere. Ihre Mähne fiel nach rechts, glatt wie Ebenholz, und ihr Schweif war wie die Locken einer schönen Frau. Ihre Hufe glitzerten wie Perlen, waren zart und perfekt geformt. Sie besaß eine römische Schnauze, eher konvex als gerade oder konkav, und sie war hübsch proportioniert. Und ihr Horn war ein spiralförmiges Wunder von elfenbeinerner Symmetrie.

Ihr *was?*

Stile blinzelte tatsächlich und rieb seine Augen. Doch dadurch trübte sich nur sein Blickfeld. Aber was er sah, war keine optische Täuschung.

Er hatte ein Einhorn entdeckt.

7. Kapitel
Neysa

Er mußte gekeucht haben, denn die Stute hob wachsam den Kopf. Sie hatte natürlich seine Annäherung bemerkt; Pferde – Einhörner? – besaßen scharfe Ohren. Sie war nicht beunruhigt gewesen – was an sich schon bemerkenswert war, falls sie ein Wildtier war – und hatte weiter gegrast. Pferde verhielten sich so: Sie scheuten leicht, aber nicht, wenn sie glaubten, die Situation unter Kontrolle zu haben. Offenbar verhielt sich diese kleine Einhorndame ebenso.

Dies war eine Fantasywelt, in der die Magie allem Anschein nach funktionierte. Er spürte noch immer das Brennen an seinem Hals, wo sich die Kette des Amulettdämons in seine Haut geschnürt hatte. Warum also sollte es auf dieser Welt nicht auch magische Tiere geben? Dies war logisch. Er hatte bisher nur noch nicht richtig darüber nachgedacht, sondern nur angenommen, daß es sich dabei um Pferde handelte. Gab es denn wirklich einen großen Unterschied zwischen Pferden und Einhörnern? Einige Künstler stellten Einhörner mit Löwenkörpern und gespaltenen Hufen dar, aber Stile mißtraute derartigen Konzeptionen. Es konnte sein, daß ein richtiges Einhorn nur ein Pferd mit einem Horn an der Stirn war. In welchem Fall dieses hier seinen Zwecken entgegenkam: Er konnte das Horn ignorieren und es wie ein Pferd behandeln.

Stile hatte sich nicht die Zeit genommen, ein Lasso herzustellen; er war mehr darauf bedacht gewesen, sich der neuen Situation anzupassen. Jetzt entschied er: Dies war genau das Tier, das er haben wollte. Ohne Seil mußte er improvisieren. Er bezweifelte, daß sie zahm war, aber vielleicht war sie auch nicht menschenscheu.

Langsam ging er ihr entgegen. Das Einhorn beobachtete ihn wachsam. Etwas an der Art, mit der sie ihr Horn auf ihn richtete, erfüllte ihn mit Besorgnis. Es war zweifellos eine Waffe. Das Horn lief spitz zu: Es war wahrhaftig ein Speer. Dies war ein Kampftier. Nicht überheblich werden – er konnte es sich keinesfalls erlauben, dieses Horn zu ignorieren.

„Nun, ich heiße Stile“, sagte er mit sanfter Stimme. „Stile wie der steile Berg. Aber womöglich kennst du keine Berge. Ich brauche ein... ein Roß. Weil ich vielleicht eine weite Strecke zurücklegen muß, und wenn ich reite, komme ich schneller und besser voran. Ich bin ein sehr guter Dauerläufer für einen Menschen, aber ein Mensch kann sich nicht mit einem guten Pf... Einhorn vergleichen. Ich würde dich gerne reiten. Wie heißt du?"

Das Einhorn pfiff durch das Horn. Das verblüffte Stile. Er hatte nicht geahnt, daß das Horn hohl war. Er hatte rhetorisch gesprochen und keine Antwort erwartet. Der Pfiff stellte natürlich nur eine zufällige Übereinstimmung dar – das Einhorn konnte schwerlich seine Worte verstanden haben. Der Klang seiner Stimme war wichtig, und die Tatsache, daß er das Tier damit ablenkte, während er sich ihm näherte. Dennoch hatte dieser Pfiff wie ein Wort geklungen. „Neysa?" fragte er, ahmte den Laut so gut nach, wie er konnte.

Ein flötenartiger, zustimmender Laut ertönte – oder er hatte zumindest diesen Eindruck. Er besann sich darauf, daß man Tiere nicht leichtfertig personifizieren durfte. Wenn er zu glauben begann, daß er mit einem von ihnen auf menschlicher Basis sprach, dann wurde es gefährlich. Er konnte dabei sterben, wenn er sich Illusionen über die Reaktionen eines Geschöpfes machte, das eine derartige Waffe besaß.

„Nun, Neysa, was würdest du tun, wenn ich mich einfach auf deinen Rücken setzen und dich reiten würde?" Er mußte weitersprechen, das Einhorn beruhigen, bis er nah genug war, um aufzusteigen. Dann würde für eine Weile die Hölle los sein – eine notwendige Auseinandersetzung.

Das Einhorn bewegte drohend das Horn und stampfte mit dem linken Vorderlauf. Die Ohren legten sich eng an den Kopf. Die Sprache der Einhörner war offensichtlich mit denen der Pferde identisch, mit absolut deutlichen Zeichen – für jene, die sie zu interpretieren verstanden. Sie begriff vermutlich nicht die spezifische Bedeutung seiner Worte, aber sie wußte, daß er sich zu ihrem Herrn aufschwingen wollte, und erteilte ihm eine entsprechende Warnung. Wenn er versuchte, sie zu reiten, würde sie versuchen, ihn abzuwerfen, und wenn er abgeworfen wurde, dann befand er sich in ernsten Schwierigkeiten. Dies war tatsächlich kein zahmes Tier: Dies war ein Geschöpf, das die Menschen kannte und sich nicht vor ihnen fürchtete, und wenn es sich in die Enge getrieben sah, würde es töten. Eine Wildkatze war nicht nur eine verwilderte Hauskatze – ein Einhorn war nicht nur ein Pferd mit einer Waffe.

Das gesamte Verhalten war unterschiedlich. Jede einzelne Bewegung Neysas verriet ihm das. Er hatte nun keine Zweifel mehr, daß Blut an ihrem Horn klebte – von anderen Geschöpfen, die ihre Warnungen nicht ernst genommen hatten.

Dennoch mußte er es versuchen. „Neysa, es tut mir leid. Aber ein Dämon wollte mich vor nicht allzu langer Zeit töten, und in diesem magischen Reich bin ich nicht gut genug ausgerüstet, um mich zu beschützen. Ich muß fort von hier, und ich bin überzeugt, daß ich es mit dir eher schaffe als allein auf mich gestellt. Die Menschen sind immer auf Pferde... äh... Rösser angewiesen gewesen, bevor sie sich mit unzuverlässigen Maschinen wie Automobilen oder Raumschiffen herumzuplagen begannen." Er näherte sich ihr, mit ausgestreckter Hand, ununterbrochen redend.

Sie bäumte sich auf und richtete drohend ihre Vorderläufe auf ihn. Sie schüttelte die Schnauze und gab einen Laut von sich, der teils ein Quieken und teils ein Schnauben und teils Musik war – die Art Musik, die man zur Untermalung einer Videoszene benutzte, wenn das grauenhafte Ungeheuer kurz vor dem Angriff stand. Dies war die deutlichste Warnung, die sie geben konnte. Sie würde ihn nicht angreifen, wenn er sich jetzt zurückzog, da sie es vorzog, zu grasen und grasen zu lassen, aber sie würde nicht länger seine Anwesenheit hinnehmen. Sie hatte nicht nur keine Angst vor ihm – ein schlechtes Zeichen! –, sondern sie mochte ihn auch nicht.

Stile erinnerte sich an die Legenden über die Einhörner, nach denen sie nur von einer Jungfrau gefangen werden konnten. Das Einhorn würde seinen Kopf in ihren Schoß legen, und dann konnte man es aus dem Hinterhalt überfallen. Wahrscheinlich hatte es sich dabei um eine zynische Fabel gehandelt – wie fängt man ein mythisches Tier? Mit einer mythischen Person. Folgerung: Jungfrauen waren so selten wie Einhörner. Raffiniert; vermutlich hatte dies im Mittelalter gestimmt – und war für ihn völlig unerheblich. Inwieweit traf dies auf einen Mann und ein weibliches Einhorn zu? Würde sie ihren Kopf in seinen Schoß legen? Bestimmt nur, um ihn zu entmannen! Wahrscheinlicher war, daß dieses Konzept mehr auf das Reiten zutraf: Nur eine Person mit reinem Geist konnte ein Einhorn reiten – und in derartigen Mythen war Reinheit definiert als sexuelle Abstinenz und völlige Unschuld. Stile konnte derartige Reinheit nicht für sich beanspruchen. Demnach konnte der Ritt sehr schwierig für ihn werden. Aber auch ohne diese mythologischen Überlegungen hatte er einen derartigen Ritt erwartet.

„Es tut mir wirklich leid, Neysa", sagte Stile. Und sprang.

Es war ein gewaltiger Satz, ein Sprung, den nur ein hochtrainierter Athlet vollbringen konnte. Er flog durch die Luft und landete sicher auf dem Rücken des Einhorns. Mit den Händen krallte er sich in ihrer Mähne fest, mit den Beinen klammerte er sich an ihre Flanken, und er preßte sich so eng wie möglich an sie.

Eine Zehntelsekunde lang stand Neysa vor schockierter Überraschung reglos da. Dann wirbelte sie los wie ein Stein von einem Katapult. Stiles Körper wurde hochgeschleudert – aber seine Hände ließen die Mähne nicht los, und einen Moment später waren seine Beine wieder unten und umklammerten erneut ihre Flanken. Sie bockte, aber er ließ sich nicht abwerfen, obwohl er fast auf dem Kopf stand. Kein normales Pferd konnte bocken, ohne den Kopf zwischen die Vorderläufe zu senken; es war ein Problem des Gleichgewichts und der Gewichtsverlagerung. Neysa jedenfalls konnte es und vermittelte Stile so den Hauch einer Ahnung, mit wem er es da zu tun hatte. Hier herrschten keine normalen Zustände – mit Sicherheit war dies ein magisches Tier.

Sie bäumte sich auf, aber er blieb wie eine Jacke an ihr kleben. Sie warf den Kopf herum, stach mit ihrem Horn nach ihm – aber er wich aus, und sie konnte ihn nicht treffen, ohne ihr eigenes Fell zu verletzen. Dieses Horn war geschaffen, um einen Feind zu durchbohren, der ihr von vorn entgegentrat, und nicht jemanden der auf ihrem Rücken hockte. Ein speziell gekrümmtes Horn war erforderlich, um mit einem Reiter fertig zu werden. So würde sie nichts gegen ihn ausrichten können.

Soviel zum Beginn. Jetzt wußte das Einhorn, daß kein Anfänger auf ihr ritt. Es würde eine wahrhaft heroische Anstrengung kosten, ihn abzuwerfen. Und wenn Stile nicht gerade versuchte, ein Tier zu zähmen, so reagierte er auf einen Sturz ausgesprochen unangenehm.

Neysa stürmte los und wandte sich nach Westen, zu den Bodenspalten, die er von der Fichte aus entdeckt hatte – dann blieb sie abrupt stehen, stemmte alle vier Hufe in den Boden. Aber Stile war mit diesem Trick vertraut und blieb auf dem Rücken. Sie drehte sich mehrmals im Kreis, um ihn durch die Zentrifugalkraft abzuwerfen – aber er beugte sich zum Drehpunkt und entging der Gefahr. Unvermittelt änderte sie ihre Drehrichtung – und er reagierte entsprechend. Sie sprang nach vorn – und sprang zurück. Das hätte ihn fast abgeworfen. Diesen Trick kannten gewöhnliche Pferde nicht. Aber er hielt sich fest und riß ihr dabei fast ein Büschel Haare aus der Mähne.

Gut! Jetzt war sie aufgewärmt. Der eigentliche Kampf begann erst. Neysa tänzelte vorwärts, beugte sich nach unten – und bäumte sich dann auf, während sie gleichzeitig sprang. Sie fiel nach hinten, schnellte sich mit den Hinterläufen ab und beschrieb einen Looping. Für einen Moment hing sie über ihm in der Luft. Stile war so verblüfft, daß er sich nur festklammerte. Dann vollendete sie den Looping, landete senkrecht auf ihren Vorderläufen und fiel dann schließlich auf ihre Hinterläufe.

Nur die Tatsache, daß er sich unwillkürlich und mit aller Kraft festgehalten hatte, hatte ihn gerettet. Ein Pferd, das einen Looping beschrieb! Das war unmöglich!

Aber, rief er sich wieder ins Gedächtnis zurück, dies war kein Pferd. Dies war ein Einhorn – ein Märchengeschöpf. Die irdischen Gesetze besaßen hier keine Gültigkeit.

Als nächstes verwandelte sich Neysa in einen Kreisel. Sie beschrieb einen spiralförmigen Galopp, zog dann ihren Körper zusammen, bis sie nur noch auf einem Bein balancierte, Kopf und Schweif in die Höhe gereckt, rasch rotierend. Magie, in der Tat. Stile hielt sich fest, und seine Verblüffung nahm zu. Er hatte gewußt, daß ihm ein schwerer Ritt bevorstand, aber er hatte die Schwierigkeiten bei weitem unterschätzt. Dies hier war vergleichbar mit seinem Kampf gegen den Dämon.

Nun, vielleicht war dies wirklich ein zutreffender Vergleich. Zwei Zauberwesen, das eine in Gestalt eines humanoiden Ungeheuers, das andere in der eines Pferdes mit einem Horn. Keines von ihnen war den Gesetzen konventioneller Logik unterworfen. Es war närrisch von ihm gewesen, einem Dämon, der oberflächlich einem Pferd ähnelte, auch das Verhalten eines derartigen Tieres zuzuschreiben. Er würde sich diese Lektion merken – falls er dieses Abenteuer lebend überstand.

Jetzt streckte sich Neysa, blieb für einen Augenblick stehen – und rollte sich dann ab. Ihr Rücken wälzte sich über den Boden – aber Stile hatte den richtigen Zeitpunkt zum Loslassen abgepaßt. Er landete auf den Füßen und war wieder auf ihrem Rücken, als sie sich erneut aufrichtete. „Ein hübscher Versuch, Neysa“, bemerkte er, als er wieder auf ihr saß.

Sie schnaubte. So viel zur zweiten Runde. Sie hatte erst zu kämpfen begonnen!

Jetzt stürmte sie der nächsten Baumgruppe entgegen. Stile wußte, was kam: Sie wollte ihn abstreifen. Tatsächlich galoppierte sie so dicht an einem mächtigen Baumstamm vorbei, daß ihre Flanke über die Borke schrammte – aber Stile hatte sich nach Art eines Kunstreiters an die andere Flanke geklammert und so sein Bein in Sicherheit gebracht. Einst hatte er ein Spiel gewonnen, bei dem der Wettkampf aus Kunstreiten bestand. Er war nicht der Beste, aber er war gut.

Neysa stürmte in ein Dickicht. Die Ranken peitschten ihm zu beiden Seiten entgegen; unmöglich, ihnen auszuweichen – aber sie bogen sich, wenn man ihnen Widerstand leistete, und waren nicht kräftig genug, um einen Reiter abzuwerfen, der darauf vorbereitet war und seinen Griff nicht lockerte. Sie schoß unter einem dicken horizontalen Ast hinweg, der hart genug war, um ihn vom Einhornrücken zu schleudern – aber erneut ließ er sich fallen und klammerte sich an die Flanke, entging dem Zusammenprall und saß wieder aufrecht, als die Gefahr vorüber war. Das Zureiten war nicht nur eine Frage des Festhaltens. Man mußte die Absichten des jeweiligen Pferdes vorhersehen und schon im Ansatz unterbinden. Was sie konnte, das konnte er schon lange!

Neysa raste direkt auf den nächsten großen Baum zu, stemmte dann ihre Vorderläufe in den Boden, hob die Hinterläufe und schmetterte ihren Rücken gegen den Stamm. Wäre er auf ihr geblieben, wäre er erbarmungslos zermalmt worden. Das war kein Spiel! Aber Stile, der inzwischen einige Erfahrungen mit Einhörnern gesammelt hatte, war rechtzeitig von ihrem Rücken geglitten. Er besaß weniger Masse als sie, nur ein Achtel ihres Gewichtes,und konnte sich schneller bewegen, wenn es nötig war. Als ihre Hinterläufe wieder den Boden berührten, war Stile schon wieder auf ihr, und seine Hände klammerten sich an ihre Mähne.

Sie schnaubte erneut. Die dritte Runde war beendet. Jetzt begann die vierte Runde. Über wie viele Tricks verfügte dieses phänomenale Tier denn noch? In gewisser Hinsicht empfand Stile Vergnügen bei diesem Wettkampf, aber in anderer Hinsicht fürchtete er sich. Dies war kein Proton-Spiel, wo der Verlierer nicht mehr einbüßte als seinen Status. Hier stand sein Leben auf dem Spiel. Der erste Trick, den er übersah, würde sein letzter sein.

Neysa erreichte eine grasbewachsene Ebene. Sie wurde schneller. Was hatte sie diesmal vor? Ihm schien keine direkte Gefahr zu drohen – und das machte ihn nervös. Aus dem Schritt wechselte sie in einen langsamen Trott über. Der Geschwindigkeitsunterschied war nicht groß, denn ein langsamer Trott konnte langsamer sein als ein schneller Schritt. Tatsächlich hatte Stile mit faulen Pferden gearbeitet, die im Trott nur einen Meter pro Sekunde zurücklegen konnten statt der normalen drei oder vier Meter pro Sekunde. Der entscheidende Unterschied bestand im Takt und im Muster. Im Schritt bewegte das Pferd die vier Läufe in folgender Reihenfolge: linker Vorderlauf, rechter Hinterlauf, rechter Vorderlauf, linker Hinterlauf; vier Takte bei jedem Zyklus. Der Trott war ein Zweitaktzyklus; linker Vorderlauf und rechter Hinterlauf zusammen, dann rechter Vorderlauf und linker Hinterlauf zusammen. Oder es begann mit dem rechten statt mit dem linken Vorderlauf. Kernpunkt war, daß die Bewegung eines jeden Vorderlaufes synchron war mit einem Hinterlauf; in einigen Fällen bewegten sich die Vorder- und Hinterläufe der gleichen Seite zusammen. Aber es gab nur zwei Takte pro Zyklus, und die Hufpaare berührten zusammen den Boden. Ein holpriger, aber regelmäßiger Reitstil, der von der Seite hübsch anzusehen war. Ein langsamer Trott konnte angenehm sein, ein schneller eine wahre Tortur. Aber ein Trott war zweifellos ein Trott, und zwar bei jeder Geschwindigkeit; dies stand außer Frage. Stile liebte den Trott, doch diesem mißtraute er. Er wußte, daß seine Stute mit ihrem Latein noch nicht am Ende war.

Als nächstes ging sie in einen Kanter über – drei Takte. Linker Vorderlauf, dann rechter Vorderlauf und linker Hinterlauf zusammen und schließlich der rechte Hinterlauf. Wie eine Kreuzung zwischen einem Schritt und einem Trott, und der Reitstil war eine Art angenehmes Schaukeln. Alles völlig normal und deshalb mit Mißtrauen zu begegnen. Sie hatte etwas Schreckliches in ihrem schlauen Pferdesinn!

Schließlich erreichte sie vollen Galopp; ein modifizierter Zweitaktzyklus, bei dem sich zuerst die Vorderläufe fast synchron bewegten, dann die Hinterläufe. Ein Viertaktzyklus, technisch gesehen, aber nicht gleichförmig. Bumm-bumm, bumm-bumm, und das bei Renngeschwindigkeit. Stile genoß es. Er spürte, wie die Geschwindigkeit auf eine Art zunahm, wie man sie nur bei Pferden – und Einhörnern erlebte. Motorfahrzeuge waren natürlich schneller, aber es war nicht dasselbe. Hier, im höchsten Gang, beanspruchte sich das Tier bis an die Grenzen seiner Leistungsfähigkeit – obwohl dieses Tier sich nicht anstrengte, sondern bei einer Geschwindigkeit zu bummeln schien, die jedes andere Pferd überfordert hätte.

Das Einhorn wechselte in eine andere Gangart über. Es war ein Fünftakt...

Stile war so überrascht, daß er fast herunterfiel. Kein Pferd besaß eine Fünftaktgangart! Es gab nur vier Läufe!

Kein Pferd – da war es wieder. Er vergaß es und wurde auf unangenehme Weise daran erinnert. Diese Gangart war schrecklich. Er hatte nie zuvor etwas Ähnliches erlebt und konnte es nicht fassen. Bumm-bumm-Bumm-Bumm-bumm, immer wieder, ein Rhythmus, der in ihm widerhallte und an seinen Nerven zerrte. Er kam sich wieder wie ein Anfänger vor, und seine Anstrengungen, die Bewegungen des Tieres zu kompensieren, machten alles nur viel schlimmer. Wie eine harmonische Vibration ein Gebäude in Trümmer legen konnte, so konnte ihn dieser Fünftakt vernichten. Er würde stürzen – und bei dieser halsbrecherischen Geschwindigkeit konnte er... sich den Hals brechen.

Denk nach, Stile, denk nach! sagte er sich verzweifelt. *Analysiere: Was ist der Schlüssel zu dieser Gangart?*

Seine Hände schmerzten, während sich sein Griff um die Mähne des Einhorns langsam lockerte. Die Muskeln seiner Oberschenkel begannen sich zu verkrampfen. Stile war ein Könner – aber dieses Wesen hatte ihn nun im Griff. Und falls er nicht bald ihren Trick durchschaute...

Vier Läufe, fünf Takte. Ein Lauf mußte sich wiederholen. Zähle die Schritte: Eins-zwei-drei-vier – wo war die Wiederholung? *Der Griff lockert sich...*

Bumm-bumm – dieser Laut war leiser als die anderen, wie ein halber Schritt. Aber ein halber Schritt mußte von einem anderen halben Schritt vollendet werden. Wie ein Mann, der um sein Gleichgewicht kämpft, nachdem er gestolpert ist. Zwei Halbschritte – das war die Lösung. Nicht notwendigerweise zusammen. Der zweite und der fünfte. Der rechte Hinterlauf. Kompensieren...

Stile versuchte, den Rhythmus zu finden. Er verlagerte sein Gewicht, um den Schock und die Unregelmäßigkeit zu absorbieren. Es war kompliziert und verteufelt unnatürlich, aber sein Körper paßte sich dem fragwürdigen Rhythmus an, schwang mit. Hauptsächlich hatte er dies seiner Kenntnis des Musters zu verdanken, dem, was zu erwarten war. Keine weiteren Überraschungen! Seine Beinmuskeln entspannten sich, und der Griff seiner Hände wurde wieder fester.

Neysa spürte die Veränderung, und sie wußte, daß er auch diese Herausforderung bestanden hatte. Mit voller Geschwindigkeit drehte sie sich – und die Fliehkräfte warfen ihn fast von ihrem Rücken. Eine allmähliche Drehung bei hoher Geschwindigkeit konnte mehr Fliehkraft erzeugen als eine schnelle Drehung bei niedriger Geschwindigkeit. Aber für die Drehung hatte sie zum normalen Galopp übergehen müssen, und kein lebendes Roß konnte Stile im normalen Galopp abwerfen.

Das Einhornweibchen erkannte ihren Fehler und änderte die Taktik. Sie wurde langsamer und wechselte dann plötzlich zu einer Eintaktgangart über. Dies war eine weitere Überraschung bei einem Ritt, der voll davon war. Es war, als ob man einen Pogostock ritt. Alle vier Läufe kamen gleichzeitig auf; dann machte sie einen Satz, schnellte sich hauptsächlich mit den Vorderläufen ab – nur um erneut auf allen vieren zu landen.

Aber Stile hatte während des Spiels einen Pogostock geritten. Er kam damit zurecht. „Kein Glück, Neysa!“ schrie er. „Gibst du auf?“

Sie schnaubte höhnisch durch ihr Horn. Es war fast so, als würde sie seine Worte verstehen. Aber natürlich reagierten Pferde sehr empfindsam auf den Tonfall der Stimme.

Sie beschrieb einen Bogen. Bisher hatte ihr Weg sie nach Norden geführt; jetzt wandte sie sich in Richtung Westen. Die fünfte Runde begann.

Das Gras machte festgestampftem, unfruchtbarem Erdboden Platz, gefolgt von Lehm, dann eine Art Schiefer und schließlich Fels. Neysas Hufe entfachten Funken auf dem Gestein, bemerkte Stile verblüfft. Sie galoppierte schnell – schneller als jedes Pferd, das er geritten hatte. Sie schien sich mit achtzig Kilometern pro Stunde dahinzubewegen, aber dieser Eindruck mußte eine Täuschung sein; eine derartige Geschwindigkeit hätte Neysa die Interweltenmeisterschaft gesichert. Davon abgesehen, ihre Hufe bestanden nicht aus Metall – dieses Tier trug keine Hufeisen, keine Nägel. Nichts, mit dem man Funken schlagen konnte. Dennoch waren sie da.

Jetzt erreichte sie das Gewirr der Felsspalten, die er vom Baum aus entdeckt hatte. Sie klafften mit erschreckender Plötzlichkeit vor ihnen auf – tiefe Schründe im Fels, deren Grund unsichtbar blieb. Ihre Hufe klapperten ohne einen einzigen Fehltritt über die Felsgrate, aber Stile gefiel dies nicht. Nicht im geringsten! Ein Fehltritt auf diesem unebenen Untergrund würde bei dieser Geschwindigkeit einen gebrochenen Lauf, einen Sturz und für den Reiter einen Flug durch die Luft bedeuten. Aber ihm blieb nichts anders übrig, als sich weiter festzuklammern.

Die Bodenrisse wurden zahlreicher, bildeten ein tückisches Gitternetz. Sie verschwammen vor seinen Augen, weil sie so nah waren, so rasch an ihm vorbeischossen. Sie schienen sich zu winden, aufzublähen und zusammenzuschrumpfen, sich zu verdrehen, mit anderen zu vereinigen und sich wieder zu trennen. Er hatte einen ähnlichen Effekt kennengelernt, als er als Kind mit der Modellbahn des Spiels gefahren war, seinen Blick auf die benachbarten Spuren gerichtet und den Eindruck gewonnen hatte, sie würden zum Leben erwachen. Aber hier sah er sich keinen Gleisen gegenüber, sondern Erdspalten, deren Zahl laufend zunahm.

Neysa tanzte über das Gitternetz, während Stile mit wachsender Besorgnis zusah. Jetzt handelte es sich nicht mehr um bloße Bodenrisse; es waren Inseln zwischen Abgründen. Neysa überquerte tatsächlich ein Schluchtlabyrinth, sprang von Stein zu Stein, und jeder Stein stellte eine Plattform da, die sich senkrecht aus der Tiefe erhob. Stile hatte nie zuvor eine ähnliche Landschaft gesehen. Er befand sich wahrhaftig in einer neuen Welt – neu von der Art her und neu im räumlichen Sinne.

Nun hüpfte Neysa, benutzte ihre Eintaktgangart, sprang von einer der immer kleiner werdenden Plattformen zur anderen. Manchmal landete sie mit allen vier Läufen gleichzeitig, so daß sie einander fast berührten, manchmal standen sie weit auseinander auf verschiedenen Inseln. Offenbar kannte sie diesen Ort, und sie wußte, wo sie jeden einzelnen Huf plazieren mußte, wie ein Kind aus langer Erfahrung wußte, wie es zwischen den Quadraten des Himmel-und-Hölle-Spiels springen mußte. Vielleicht hatte Neysa dieser Herausforderung zu begegnen gelernt, um Raubtieren zu entkommen. Kein Fleischfresser konnte sie hier einholen; zweifellos würde jeder Verfolger fehltreten und in eine der Schluchten stürzen, und gewiß würde das Einhorn ihm mit ihrem Horn den entscheidenden Stoß versetzen, und das würde dann das Ende sein. Das also war der Sinn dieses Manövers: Es war ein Überlebensmechanismus. Wahrscheinlich besaß die Fünftaktgangart eine ähnliche Funktion. Welchem Terrain war sie angepaßt?

Neysa tanzte weiter hinein in das Labyrinth. Die Inseln nahmen ab, wurden kleiner, die Zwischenräume größer. Nun konnte Stile die unteren Bereiche der Spalten erkennen, denn die Sonne stand nun fast direkt über ihm. Waren erst sechs Stunden vergangen? Ihm schien das Abenteuer schon viel länger zu dauern! Die Bodenrisse waren nicht so tief, wie er gefürchtet hatte: etwa zwei Meter. Aber der Boden bestand aus felsigen Klüften, in denen sich ein Bein oder ein Körper einklemmen konnte, und sie wurden tiefer, während das Einhorn weitereilte. Hier wurden seine Nerven ebenso wie seine Behendigkeit und seine Reitkunst beansprucht.

Glücklicherweise waren Stiles Nerven stark genug. „Also los, Neysa“, sagte er. Oft sprach er mit den Pferden. Sie waren gute Zuhörer, drehten höflich ihre spitzen, pelzigen Ohren, um seine Stimme besser vernehmen zu können, und sie gaben nicht oft Antwort. „Wir müssen es gemeinsam durchstehen. Was hätte ich davon, wenn ich jetzt herunterfallen würde? Ein gebrochenes Bein? Wenn es dir nichts ausmacht, du schönstes und leichtfüßigstes aller Rösser, so werde ich auf deinem Rücken bleiben.“ Er sah, wie ihr linkes Ohr zuckte, wie um eine Fliege zu vertreiben. Sie hörte ihn, und ihr gefiel der zuversichtliche Klang seiner Stimme nicht.

Aber die akrobatische Herausforderung war nicht der eigentliche Anlaß des Einhorns hierherzukommen. Plötzlich sprang sie – in die Tiefen einer größeren Spalte. Sie war zwei Meter breit, nicht sehr tief, doch weiter vorn fiel sie weiter ab. Die Wände schienen sich um sie zu schließen, als Neysa den Windungen folgte. Wohin wollte sie? Stile gefiel diese Entwicklung nicht im mindesten.

Neysa glitt um eine Biegung und kletterte tiefer. Über ihnen verengte sich der Spalt. Sie befanden sich in einer halben Höhle, und von oben drang Licht herein. Querspalten tauchten auf und gewannen an Zahl, aber das Einhorn hastete unbeirrt weiter.

Ein Dämon brüllte auf, griff von der Seite nach ihm. Woher war er gekommen? Eine Nische in der Wand, erst erkennbar, als sie sie passierten. Stile duckte seinen Kopf, und das Geschöpf verfehlte ihn. Er erhaschte nur einen kurzen Blick auf die Kreatur: funkelnde rote Augen, schimmernde Zähne, glitzernde Hörner, Klauen, voller Bosheit. Zweifellos typisch für diese Spezies.

Ein zweiter Dämon erschien, langte von der anderen Seite nach ihm. Stile fuhr zurück, und auch dieser verfehlte ihn. Aber es wurde gefährlich. Er durfte Neysas Mähne nicht loslassen, denn dies war seine einzige Hoffnung, nicht abgeworfen zu werden. Aber bald würde er einen freien Arm benötigen, um diese Angriffe abzuwehren.

Die Strategie des Einhorns war ihm jetzt klar. Sie war in das Gebiet der Ungeheuer eingedrungen, in der Hoffnung, daß eines von ihnen den unerwünschten Reiter von ihrem Rücken entfernen würde. Die Dämonen griffen nicht nach ihr. Sie fürchteten sich vor dem tödlichen Horn und näherten sich deshalb von der Seite. Sie schienen von der gleichen Art wie jener Dämon des Amulettes zu sein, nur daß sich ihre Größe nicht veränderte. Stile wußte, daß er keine Chance hatte, wenn ihn eines dieser Ungeheuer erwischte. Er hatte bereits erfahren, wie zäh die Dämonen waren.

Er mußte einen Kompromiß schließen. Neysa konnte sich nicht abrupt umdrehen, denn dieser Felsspalt schrieb ihr den Weg vor. Die Dämonen hielten sich nur an den Kreuzungen und in den Nischen auf – in keinem Spalt gab es genug Platz für das Einhorn *und* einen Dämon. Demnach war dies ein vorgegebener Tunnel mit vorgegebenen Gefahren. Damit sollte er fertig werden können – wenn er vorsichtig war.

Eine weitere Kreuzung, ein weiterer Dämon zur Rechten. Stile löste seine rechte Hand von Neysas Mähne und hob den Arm, um den Angriff abzuwehren. Seine Bewegungen waren gekonnt: Sein Unterarm traf schräg auf den Unterarm des Dämons und lenkte die Wucht seines Angriffs ab. Die Hebelkraft war auf seiner Seite und gegen den Dämonen – Stile war sich dessen sicher. Das Abblocken war eine Kunst, gleichgültig, was abgeblockt wurde.

Neysa spürte die Gewichtsverlagerung und versuchte ihn abzuschütteln. Aber der Spalt behinderte sie; sie konnte ihre Kraft nicht ausspielen. Ihre Falle hemmte sie genauso wie ihn. Es war offensichtlich, daß die Dämonen nicht ihre Freunde waren – andernfalls wäre sie einfach stehengeblieben und hätte gewartet, bis er von ihnen erwischt wurde. Nein, sie waren Feinde oder zumindest Nichtfreunde – weder blieb sie stehen noch verlangsamte sie ihren Lauf, damit sie nicht wie er ein Opfer der Dämonen wurde. Wahrscheinlich mochten sie den Geschmack von rohem Einhornfleisch ebensosehr, wie sie den Geschmack von Menschenfleisch mochten.

Wahrhaftig, sie hatte ein großes Risiko auf sich genommen, um ihn loszuwerden. Vielleicht wurde sie auch sich selbst los.

„Neysa, das ist nicht gut", bemerkte Stile. „Wir sollten diese Sache untereinander austragen. Ich kann die Dämonen ebensowenig leiden wie du, aber wir sollten sie nicht damit behelligen. Du willst alles oder nichts – und wahrscheinlich wirst du nichts bekommen. Laß uns fort von hier gehen und es irgendwo anders klären. Wer auch gewinnen oder verlieren mag, wir sollten unsere Überreste nicht diesen Ungeheuern überlassen."

Natürlich hastete sie unbeirrt weiter. Er wußte, daß es närrisch war, auf diese Weise mit sich selbst zu sprechen – es führte zu nichts. Aber der Streß hatte ihn dazu getrieben. Die Dämonen griffen weiter nach ihm, und er wehrte ihre Angriffe ab. Auch zu ihnen sprach er, belegte sie mit Namen wie „Schlappgesicht" und „Krummzahn" und drückte ihnen zynisch sein Beileid aus, wenn sie ihn verfehlten. Er zwang sich, damit aufzuhören – vielleicht kam es noch dazu, daß er ihnen half.

Stile war nun überaus nervös. Dies wurde ihm klar, als er den Mund schloß und feststellen mußte, daß er summte. Das war eine weitere Eigenart, die sich bei ihm unter Streß bemerkbar machte. Er mußte sich verbal abreagieren. Gelegentlich hatte ihn dies während eines Spiels in peinliche Situationen gebracht. Eine äußerst dumme Angewohnheit! Doch inzwischen war der Refrain zu einem Zwang geworden. Hmmmmmmm-hmmmmmm-abwehren, als ein Dämon auftauchte; hmmmmmm-hmmmmmm-abwehren! Albern, aber auf gewisse Art wirkungsvoll. Aber die Dämonen wurden immer aggressiver, wagten sich immer näher heran. Bald würden sie kühn genug sein, um ihnen den Weg zu versperren...

Einer wagte es. Direkt vor dem Einhorn tauchte er auf, mit ausgebreiteten Armen, düsterem Grinsen. Er war furchtbar häßlich.

Neysa wurde nicht langsamer. Ihr Horn deutete direkt nach vorn. Als es den Dämon berührte, hob sie den Kopf. Der Zusammenprall war heftig. Das Geschöpf wurde durchbohrt, in die Luft gehoben und über das Einhorn hinweggewirbelt. Stile kauerte sich zusammen, und es sauste an ihm vorbei.

Jetzt wußte er, warum die meisten Dämonen dem heranstürmenden Einhorn Platz machten. Sie konnten vielleicht ein stehendes Einhorn überwältigen, aber ein laufendes war mörderisch. Stile konnte sich nur schwer einen vernichtenderen Schlag vorstellen, als den, dessen Zeuge er soeben geworden war.

Und ein ähnlicher Schlag erwartete ihn in dem Moment, in dem er herunterfiel.

Der Takt von Neysas Hufen änderte sich. Sie strengte sich nun mehr an – denn sie kletterte. Stile äugte nach vorn, an dem blutverschmierten Horn vorbei, und erblickte das Ende des Spalts. Endlich verließen sie diese Falle.

Die Dämonen zogen sich zurück. Sie hatten sich zu weit vorgewagt und ihren Preis dafür bezahlt. Die Eindringlinge verschwanden ohnehin – warum sie also daran hindern? Stile entspannte sich. Die fünfte Runde war vorbei.

Sie gelangten an die Oberfläche – und stürzten ins Wasser. Das nördliche Ende der Spalten mündete in einen Fluß, der in den tieferen Bodenrissen verschwand – aber im Norden war er breit und blau. Neysa eilte weiter. Das Wasser reichte ihr nur bis zu den Sprunggelenken.

Der Fluß krümmte sich eindrucksvoll, wie eine Python, und fast berührte er sich selbst, bevor er sich in die andere Richtung bog. „Ich verstehe nicht, wie du mich auf diese Weise abschütteln willst,

Neysa“, sagte Stile. Nun, wenn er schon stürzen mußte, dann zog er es vor, wenn er sich zu diesem Zeitpunkt im Wasser befand. Natürlich war er ein ausgezeichneter Schwimmer.

Dann wurde das Wasser tiefer, und das Einhorn schwamm. Stile hatte keine Schwierigkeiten, auf ihr zu bleiben. Hatte sie vor, ihn zu ertränken? Ihre Chancen waren in dieser Hinsicht sehr schlecht! Er hatte viele Spiele im Wasser gewonnen, und er konnte lange Zeit die Luft anhalten.

Sie versuchte es nicht. Sie schwamm lediglich mit erstaunlicher Gewandtheit flußaufwärts, viel schneller, als es jedem normalen Pferd möglich gewesen wäre, und er ritt auf ihr, obwohl nur sein und ihr Kopf über die Oberfläche ragten. Das Wasser war kühl, aber nicht kalt – es war sogar angenehm. Falls dies die sechste Runde war, so stellte sie schwerlich eine Herausforderung dar.

Dann spürte er etwas an seinem Oberschenkel. Er hielt sich mit der rechten Hand an ihrer Mähne fest, für den Fall, daß sie einen Trick versuchte, und griff mit seiner linken nach unten – und stellte fest, daß sich etwas an sein Fleisch geklammert hatte. Unwillkürlich riß er es ab, dabei wieder summend. Schmerz flammte auf, als hätte er sich die Haut abgeschürft, und es kam nach oben: ein fischähnliches Geschöpf mit einem diskusförmigen Kopf, an dem sich Myriaden winziger Zähne befanden.

Es war eine Lamprete. Ein blutsaugendes, aalähnliches Wesen, ein Parasit, der niemals freiwillig loslassen würde. Ein weiteres kleines Ungeheuer aus dem Fundus des Biologischen Museums, das hier lebendig war.

Entsetzt starrte Stile es an. An Magie glaubte er nicht; deshalb störte sie ihn nicht besonders. Aber diese Kreatur hatte nichts mit Magie zu tun und war ekelerregend. Er hörte sein eigenes Summen laut und deutlich. Er versuchte, es zu unterdrücken, beschämt von seiner Überempfindlichkeit, aber sein Körper wollte ihm nicht gehorchen. Was für eine Reaktion!

Eine neue Berührung. Mit einem angeekelten Schaudern warf er die Lamprete fort und griff nach der nächsten, die sich an seiner Hüfte festgesetzt hatte. Sie war wesentlich größer. Mit einer Hand konnte er wenig ausrichten – sie war zäh wie Leder. Er konnte sie beißen. Das wäre das richtige, sie – buchstäblich – ihre eigene Medizin schmecken zu lassen. Aber er würgte bei dem Gedanken. Argh!

Die Schädlinge schienen das Einhorn nicht anzugreifen. Lag es an ihrem Fell oder an etwas anderem? Sie konnte schwerlich mit ihrem Horn derart gehirnlose Kreaturen abschrecken.

Neysa schwamm weiter flußaufwärts, und Stile riß weiter die Aale ab, während er grimmig dabei summte. Er haßte es, verabscheute es, aber zweifellos würde er gerade jetzt nicht damit aufhören!

Das Einhorn tauchte und zog auch ihn mit hinunter. Stile hielt den Atem an, klammerte sich an ihre Mähne. Es war anstrengend für sie, unter Wasser zu bleiben, denn ihr großer Pferdekörper besaß einen erheblichen Auftrieb. Er war überzeugt, es länger als sie aushalten zu können. Auch sie mußte schließlich atmen.

Sie blieb eine volle Minute unten, dann eine zweite. Nur die Spitze ihres Horns durchbrach die Wasseroberfläche wie die Flosse eines Hais. Wie lange konnte sie es aushalten? Er war ein guter Taucher, aber allmählich begann er sich unbehaglich zu fühlen.

Dann begriff er: Ihr Horn war ein Schnorchel. Sie atmete damit! Sie besaß keinen begrenzten Luftvorrat. Seine Lungen schmerzten, aber ihr Hals war zu niedrig. Er konnte nicht den Kopf hoch genug bekommen, um die Oberfläche zu durchbrechen, ohne ihre Mähne loszulassen. Wenn er losließ, würde er zweifellos keine Chance mehr haben, sie erneut zu ergreifen. Sie würde ihn aufspießen, wenn er es versuchte.

Aber er hatte die Lösung. Er bewegte sich nach vorn zu ihrem Kopf, wo das schwarze Stirnhaar wie Seetang in der Strömung tanzte. Er packte ihr Horn. Es war glatt, nicht messerscharf an den Spiralwindungen – sein Glück! Kleine Vertiefungen schienen sich in dem Horn zu befinden; die Löcher, mit denen sie pfeifen konnte und die im Moment geschlossen waren.

Sein Kopf durchbrach die Wasseroberfläche, und er holte Atem. Sie konnte das Horn nicht senken, ohne sich die Luft abzuschneiden – und sie atmete zu heftig und mühsam, um das zu riskieren. Rösser besaßen eine Menge Fleisch und Muskeln, die von der Lunge versorgt werden wollten, und sie arbeitete noch immer hart daran, unten zu bleiben.

Neysa stieß mit dem Horn einen zornigen Pfiff aus und tauchte auf. Stile glitt zurück auf ihren Rücken. Er schüttelte zwei weitere Aale ab, die sich an ihm festgesaugt hatten, als er sich noch unter Wasser befunden hatte – als wären sie durch das Verstummen seines Summens kühner geworden.

Neysa näherte sich dem Ufer und verließ das Wasser. Stile hatte die sechste Runde gewonnen.

Nördlich des Flusses befand sich ein Hang, der in eine malerische Bergkette überging. Die höchsten Gipfel waren wolkenverhüllt und schienen schneebedeckt zu sein. Gewiß hatte sie nicht vor, zu diesen Höhen hinaufzuklettern.

Sie hatte es vor. Sie galoppierte den Hang hinauf, und der Wind trocknete ihr Fell und sein Haar. Was war sie doch für ein Tier! Ein normales Pferd wäre inzwischen erschöpft gewesen, aber dieses schien kaum in Mitleidenschaft gezogen.

Allerdings würde sie die Geschwindigkeit nicht lange durchhalten können. Stile fühlte, wie ihr Körper heißer wurde. Pferde, ob nun mit oder ohne Horn, waren zu massiv, um über viel Hautoberfläche zu verfügen, über die sie die Hitze abstrahlen konnten. Deshalb schwitzten sie wie ein Mensch – aber dennoch dauerte es einige Zeit, um den Hitzestau zu beseitigen, der durch Überanstrengung eintrat. Bald würde sie langsamer werden müssen, selbst wenn ihre Muskeln noch kräftig waren.

Sie wurde es nicht. Der Hang wurde steiler, ihre Hufe wirbelten schneller. Eins-zwei, drei-vier, ein guter, harter Galopp. Sie versuchte jetzt nicht einmal, ihn abzuschütteln, aber ohne Zweifel hatte sie irgend etwas Hinterlistiges im Sinn. Das Gras machte Feldern aus blauen und roten Blumen und Goldruten Platz. Mehr Felsen tauchten auf, und ihre zernarbten Kanten glitzerten in einem bösen tiefen Grau in der Sonne. Die Bäume wurden kleiner. Nebelschwaden trieben vorbei.

Stile blickte sich um – und war erstaunt. Schon war der gewundene Fluß ein schmales Band in der Ferne, weit unter ihnen. Sie mußten bereits einen Kilometer über dem Erdboden sein! Plötzlich war die Luft frostig, der Wind schneidend. Aber das Einhorn war heiß. Erneut sprangen winzige Funken unter ihren Hufen, die über den Felsboden donnerten. Feiner Dampf drang aus ihren Nüstern.

Dampf? Stile blinzelte ungläubig. *Es waren Feuerstrahlen!*

Nein, unmöglich! Kein fleischliches Wesen konnte Feuer ausatmen. Das organische Gewebe war nicht in der Lage...

Stile beugte sich nach vorn, löste eine Hand von der Mähne und streckte sie nach der Flamme aus, die er zu sehen glaubte. Au! Seine Finger brannten! Es war tatsächlich Feuer!

In Ordnung, wie gehabt. Dies war ein magisches Land. Vorläufig hatte er dies akzeptiert. Die bekannten Naturgesetze trafen hier nicht zu. Oder wenn sie doch Gültigkeit besaßen, dann auf andere Weise. Pferde erzeugten Hitze – Einhörner ebenfalls. Pferde schwitzten – sie war trocken geblieben, nachdem sie den Fluß hinter sich gelassen hatte. Demnach gab sie die übermäßige Hitze ab, indem sie sie in konzentrierter Form durch ihre Nüstern blies. Auf eigenwillige Weise ergab dies einen Sinn.

Inzwischen war die Luft bitterkalt geworden. Stile war nackt. Wenn sie noch höher kletterten, würde er sich neuen Problemen gegenübersehen. Und natürlich war dies der Sinn der Sache. Dies war die siebte Runde, die Klimaprobe. Neysa blieb davon unbeeindruckt. Sie rannte, und dadurch wurde ihr heiß. Die Kälte kam ihr gelegen.

Stile preßte sich so eng wie möglich an sein Roß. Am Rücken fror er, aber seine Brust war heiß, in Kontakt mit dem Backofen, den Neysas Fell darstellte. Es wurde allmählich ungemütlich. Er schwitzte auf der einen Seite und fror auf der anderen, und er konnte sich nicht umdrehen. Und Neysa kletterte weiter.

Konnte er sie dazu bringen, daß sie wieder bergab stieg? Unwahrscheinlich – ausgebildete Pferde gehorchten den Anweisungen der Zügel und Schenkel und verbalen Befehlen – aber vor allem, weil sie es nicht besser wußten. Sie waren Geschöpfe der Gewohnheit, die es am bequemsten fanden, dem Willen des Reiters zu gehorchen. Dieses Einhorn war ein Tier mit eigenem Willen und ebensowenig steuerbar wie eine Maschine mit eigenem Willen. (Ah, Sheen – was ist aus dir geworden?) Wenn ihm die Richtung nicht gefiel, in die sie sich bewegte, mußte er von ihrem Rücken absteigen.

Also mußte er es ertragen. Er mußte dieses Roß zähmen, bevor er es lenken konnte, und er mußte auf Neysas Rücken bleiben, bevor er sie zähmen konnte. Er stellte fest, daß er wieder summte. Es schien zu helfen.

Neysas Hufe berührten Schnee. Dampf stieg bei dem Kontakt auf. Sie besaß tatsächlich heiße Hufe! Sie stob einen vergletscherten Hang hinauf. Eis spritzte unter ihren Hufen davon. Stile summte lauter, unterbrochen von Kälteschauern.

Risse klafften im Gletscher. Erneut tanzten die Läufe des Einhorns – aber diesmal über einen schlüpfrigen Hang. Ihre Hufe rutschten zwischen den Schritten, denn ihre Hitze schmolz das Eis. Diese Funken stellten einen weiteren hitzeableitenden Mechanismus dar, und obwohl Schnee und Eis die Hufe so abgekühlt hatten, daß jetzt keine Funken mehr entstanden, waren sie noch immer heiß genug. Sie verlagerte ihr Körpergewicht, glich ihre unsicheren Schritte aus, aber ein Sturz schien unausweichlich. Stile summte trotzig lauter. Dies hier war kein Miniaturspielberg unter einer warmen Kuppel, mit Polstern, auf denen die Verlierer landen konnten, ohne sich zu verletzen. Dies hier war ein steiler, eisiger, gewalttätiger Berggipfel, und er fürchtete sich davor.

Die Wolkendecke kam näher. Jetzt schien das Einhorn an der kalten Küste eines arktischen Meeres entlangzutrotten, an dessen Strand die Wolken brandeten. Aber Stile wußte, daß dieser Wolkenozean lediglich die tödlichen Lawinenhänge verhüllte. Neysas Läufe versanken knöcheltief in der zerfetzten Brandung, und ihre Hufe fanden Halt im Eis – aber wie sollte sie rechtzeitig reagieren, wenn die Wolkenbrandung einen Gletscherspalt statt festen Boden verbarg?

„Neysa, du machst mir graue Haare!“ erklärte Stile. „Aber ich muß mich an dir festhalten, denn ich werde zweifellos umkommen, wenn ich mich von dir trenne. Tötet mich der Sturz auf die Felsen nicht, werde ich in der Kälte erfrieren. Ich bin nicht so zäh wie du – was einer der Gründe dafür ist, daß ich dich brauche.“

Dann tauchte das erste Schneeungeheuer auf. Riesig und weiß, mit Haaren aus Eiszapfen, mit frostigen Eisaugen über den schneeverklebten Schnurrhaaren, öffnete es seinen eiszahnbewehrten Rachen und brüllte lautlos auf. Nebel blies aus seiner Kehle und bedeckte Stiles bloße Haut mit gefrierender Flüssigkeit.

Neysa sprang über die Wolken auf eine andere Berginsel. Stile sah nach unten, während sie in der Luft schwebte, entdeckte eine Öffnung in der Wolkendecke – und darunter lag ein finsterer Abgrund. Er schauderte – aber natürlich war ihm ohnehin kalt. Nie zuvor war ihm richtig kalt gewesen, hatte er doch sein ganzes Leben in den klimatisierten Kuppeln Protons verbracht. Lediglich die Schneemaschinen des Spiels hatten ihm eine Ahnung davon verschafft, aber immer nur kurz. Dieses Land hier kam seiner Vorstellung von der Hölle sehr nah.

Ein weiteres Schneeungeheuer stieß durch die Wolken, und sein Schrei war so lautlos wie fallender Schnee. Erneut berührte der Nebel Stile, legte sich über seine Hände, betäubte sie, ließ sie schlüpfrig werden, so daß sie sich kaum noch an die Mähne klammern konnten. Stile stellte fest, daß er einen Trauermarsch summte. Unbewußter schwarzer Humor?

Neysa preschte durch eine Schneewand und gelangte in eine Eishöhle. Zwei weitere Schneeungeheuer erschienen, bliesen ihnen Nebel entgegen. Neysa raste direkt auf sie zu. Eines warf sich nicht schnell genug zur Seite, und der Flammenatem des Einhorns berührte es. An dieser Seite schmolz das Ungeheuer, und es öffnete das Maul zu einem lautlosen Schrei.

Durch eine zweite Schneewand verließen sie die Höhle – und jetzt befanden sie sich auf dem langgestreckten verschneiten Hang auf der Nordseite des Berges. Alle vier Läufe versteift, begann Neysa nach unten zu rutschen und an Geschwindigkeit zu gewinnen. Bewegung kam in den Schnee und entwickelte sich zu einer kleinen Lawine. Der gesamte Berg schien um sie herum zusammenzubrechen.

Es wäre so einfach, sich zu entspannen, loszulassen, im weichen, hohen Schnee zu verschwinden. Stile spürte eine angenehme Mattigkeit. Der Schnee war wie eine Brandung, und sie ritten auf der größten Welle, die sich Stile vorstellen konnte, hinunter ins Tal. Aber seine Hände klammerten sich unverrückbar fest, seine Muskeln waren verkrampft; er konnte nicht mehr loslassen.

Plötzlich hatten sie den Winter hinter sich gelassen und standen auf einem grasbewachsenen Felssims unter dem warmen Glanz der Sonne. Die Kälte hatte ihn benommen gemacht; allmählich taute er auf. Neysa atmete schwer, ihre Nüstern waren geweitet, kühlten sich ab. Stile wußte nicht, wie lange er ihren Ritt ins Tal nicht mehr bewußt verfolgt hatte – vielleicht nur ein paar Minuten, vielleicht eine Stunde lang. Aber irgendwie hatte er sich festgehalten. Seine Hände waren verkrampft: Dies mußte das sein, was man einen Todesgriff nannte. Hatte er den Sieg errungen oder nur eine weitere Runde gewonnen?

Neysa machte einen Schritt nach vorn – und Stile sah, daß der Sims den Rand einer Klippe darstellte, die den Meanderfluß überragte. Das Rauschen naher Wasserfälle war zu hören; der Fluß nahm hier, in den schmelzenden Gletschern, seinen Anfang und stürzte mit ehrfurchtgebietender Gewalt hinunter zum Fuß der Berge. Dieses Gebiet zu betreten bedeutete den sicheren Tod!

Dennoch machte Neysa – trotz ihrer Erschöpfung – Anstalten für diesen Sprung. Stile, dessen Kräfte zurückkehrten, obwohl seine Muskeln und seine Haut von dem mörderischen Ritt schmerzten, starrte entsetzt nach vorn. Wollte sie sich wahrhaftig in diesen Mahlstrom aus stürzendem Wasser und spitzem Gestein wagen? Sie bluffte – sie mußte bluffen! Sie würde nicht Selbstmord begehen, um der Zähmung zu entkommen!

Das Einhorn näherte sich dem Rand. Sie ging in einen kurzen Galopp über und spannte sich für den Sprung...

Stile warf sich nach vorn, gegen ihren Hals, halb auf ihren Kopf. Seine verkrampften Finger öffneten sich unter der verzweifelten Gewalt seines Willens, seine Arme glitten nach vorn. Er packte ihr

Horn mit beiden Händen, sprang neben ihren Kopf auf den Boden und zwang sie zur Seite. Sie wehrte sich, aber sie war zu erschöpft, und die Hebelkraft stand auf seiner Seite. Zudem verfügte er über Rodeoerfahrung. Sie kamen am Rand der Klippe zum Stillstand. Warmer Aufwind blies über ihre Gesichter, verstärkte den Eindruck der Gefahr. Stile wollte nicht nach unten sehen. Wenn er seinen Halt verlor...

Stile hielt sie fest, lockerte nur leicht seinen Griff, als sie sich entspannte, ließ nicht los. „Jetzt hör mir zu, Neysa!" sagte er mit sanfter Stimme. Es war närrisch von ihm, wußte er, mit ihr wie mit einem vernunftbegabten Wesen zu sprechen, ebenso wie es närrisch von ihm war, unter Streß zu summen, aber jetzt war nicht der richtige Zeitpunkt, damit aufzuhören. Das Einhorn konnte seine Worte nicht verstehen, nur seinen Tonfall. Also sprach er mehr zu sich als zu ihr. Aber mit diesem schrecklichen Abgrund vor Augen blieb ihm keine andere Wahl.

„Neysa, ich bin zu dir gekommen, weil ich ein Reittier benötigte. Jemand versucht mich zu töten, und ich bin ein Fremder in diesem Land, und ich muß weit und schnell reisen. Du kannst schneller und weiter kommen als ich – du hast es soeben bewiesen. Du kannst Gebiete überwinden, in denen ich, allein auf mich gestellt, sterben würde. Also brauche ich dich aus einem rein praktischen Grund."

Sie entspannte sich weiter, nach und nach, hatte ein Ohr ihm zugekehrt, aber sie hatte noch nicht aufgegeben. Wenn er sie losließ, würde sie fliehen. In den Fluß, auf die harte Weise, und dann in den Einhornhimmel, auf die ewige Weide.

„Aber ich brauche dich auch aus einem gefühlsmäßigen Grund. Siehst du, ich bin ein Einzelgänger. Ich habe es nicht so gewollt, aber bestimmte Faktoren in meinem Leben haben mich von meinen Gefährten, meiner Altersgrupe getrennt. Meistens bin ich allein am besten gefahren. Aber mir gefällt es nicht, allein zu *sein*. Ich brauche Gesellschaft. Wie jedes lebende, fühlende Geschöpf. Manchmal habe ich sie bei anderen Männern gefunden, in gemeinsamen Projekten, oder bei Frauen in einem gemeinsamen Bett, und dabei handelt es sich um keine schlechten Dinge. Aber selten habe ich wahre Freundschaft kennengelernt – außer bei den Angehörigen einer anderen Spezies. Ich habe mich in Pferde verliebt. Wenn ich mit einem Pferd zusammen bin, fühle ich mich glücklich. Ein Pferd sucht nicht meine Bekanntschaft wegen meines Aussehens oder meiner Leistungen; ein Pferd erwartet nicht zuviel von mir. Ein Pferd akzeptiert mich so, wie ich bin. Und ich akzeptiere ein Pferd so, wie es ist. Ein Pferd leistet seinen Teil. Ich respektiere ein Pferd. Wir passen zusammen. Und wenn ich Gesellschaft suche, eine wirklich bedeutende Beziehung, dann halte ich Ausschau nach einem Pferd."

Neysa drehte langsam den Kopf, so daß sie eines ihrer Augen auf ihn richten konnte. Gut – sie reagiert auf den besänftigenden Tonfall. Stile lockerte seinen Griff weiter, aber er ließ ihr Horn nicht los.

„So habe ich nach dir gesucht, Neysa. Damit du meine Gefährtin wirst. Denn wenn ein Pferd einmal seine Treue schwört, dann kann man ihm vertrauen. Ich gebe mich nicht der Täuschung hin, daß das Pferd mir die gleichen Gefühle entgegenbringt wie ich ihm..." Kurz verstärkte er seinen Griff, überwältigt von den eigenen Emotionen. „Oder ihr. Aber ein Pferd ist loyal. Ich kann ein Pferd reiten, ich kann spielen, ich kann unbesorgt schlafen, denn das Pferd wird mich vor allem Übel beschützen. Ein gutes Pferd wird eine giftige Schlange zertreten, bevor ein Mensch etwas von der Gefahr ahnt. Das Pferd wird mich auf alle Bedrohungen aufmerksam machen, denn seine Sinne sind empfindlicher als meine, und es wird mich rechtzeitig in Sicherheit bringen.

Ich habe nach dir gesucht, Neysa, ich habe dich auserwählt unter allen Tieren der Herde, bevor ich dich überhaupt sah, denn du gehörst *nicht wirklich* zu der Herde. Du bist eine Einzelgängerin, du bist wie ich. Weil du klein bist wie ich. Aber auch gesund wie ich. Ich erkenne und bewundere Gesundheit bei Mensch und Tier. Deine Hufe sind sauber, deine Mähne ist dicht, deine Muskeln sind kräftig, dein Fell trägt den Glanz der Gesundheit, und direkt beim ersten Blick schien..." Und er dachte an Sheen, das Robotermädchen. Wo war sie jetzt, was machte sie, wie kam sie mit seinem Verschwinden zurecht? Weinte sie metallene Tränen um ihn? Aber er konnte es sich in diesem Moment nicht erlauben, von derartigen Überlegungen abgelenkt zu werden.

„Tatsächlich bist du das schönste kleine Pferd, dem ich jemals begegnet bin. Ich glaube nicht, daß dir das viel bedeutet, aber ich habe einige der besten Pferde des bekannten Universums geritten in meiner Eigenschaft als führender Jockey des Planeten Proton. Obwohl dies eine andere Welt ist. Keines jener Tiere läßt sich mit dir vergleichen. Allerdings bist du kein Pferd. Du bist etwas anderes, und vielleicht denkst du, daß ich dich beleidige, wenn ich dich als Pferd bezeichne, aber es ist keine Beleidigung, es ist Ausdruck meiner Wertschätzung. Ich muß dich nach dem beurteilen, was ich kenne, und ich kenne Pferde. Für mich bist du ein Pferd mit einem Horn. Vielleicht bist du grundlegend anders. Vielleicht bist du eine höhere Entwicklung. Du schwitzt nicht, du entfachst Funken mit deinen Hufen, du bläst Feuer durch deine Nüstern, du machst Musik mit deinem Horn, du verfügst über Gangarten und Tricks, von denen kein Pferd je zu träumen gewagt hat. Vielleicht bist du ein Dämon in Pferdegestalt. Aber das bezweifle ich. Ich will dich, weil du mich am meisten an ein Pferd erinnerst, und es gibt kein anderes Tier, mit dem ich ein fremdes Land durchstreifen, mein Leben und meine Abenteuer teilen möchte, als ein Pferd."

Er lockerte seinen Griff noch mehr, als sie sich entspannte. Sie würde jetzt nicht mehr springen – hoffte er. Aber er wollte sicher sein, deshalb sprach er weiter. Bei einem Pferd konnte es ein Fehler sein, wenn man die Dinge überstürzte.

„Nun, ich dachte, ich könnte dich unter meinen Willen zwingen, Neysa. Ich dachte, ich könnte dich reiten und dich in meinen Besitz bringen, wie ich es so oft schon mit anderen Pferden getan habe. Ich sehe jetzt, daß dies ein Irrtum war. Ich habe dich geritten, aber du gehörst nicht mir. Du würdest dich eher selbst töten, als dich zähmen zu lassen. Ich kenne dich kaum, Neysa, aber ich liebe dich – ich möchte nicht, daß du dich tötest, um mir zu entkommen." Stile fühlte Feuchtigkeit auf seinen Wangen, und er wußte, daß er wieder weinte, wie er bei Sheen geweint hatte. Wenige Dinge konnten ihn derart aufwühlen. Eine Frau gehörte dazu – und ein Pferd. „Nein, tu dir wegen mir nicht weh! Allein der Gedanke schmerzt mich. Ich werde dich loslassen, Neysa! Ich kann dich nicht meinem Willen unterwerfen. Du bist das vollkommenste Roß, mit dem Freundschaft zu schließen ich jemals hoffen konnte, aber ich werde mir ein anderes, weniger vollkommenes Tier suchen. Denn auch ich brauche Anerkennung; das Verhältnis muß zweiseitig sein. Ich kann nicht lieben, wenn ich selbst nicht geliebt werde. Geh mit meinem Bedauern, meiner Trauer und all meinen guten Wünschen. Du bist frei." Und er ließ sie los, langsam, um sie nicht zu erschrecken, und trat zurück.

„Dennoch wünschte ich, es wäre mir gelungen", fügte er hinzu. „Nicht nur, weil ich sehen kann, wie nützlich du mir gewesen wärest. Nicht nur, weil die Liebe eines Geschöpfes wie du, die nicht leicht verschenkt wird, kostbarer ist als alles andere, was ich mir vorstellen könnte. Nicht nur, weil du ein weiteres Beispiel bist für das, was ich gerne in mir selbst sehen würde, in meiner närrischen

Eitelkeit: der Beweis dafür, daß Vortrefflichkeit auch im Kleinen zu finden ist. Nein, der Grund ist ein anderer. Ich glaube, du brauchst mich so sehr wie ich dich. Du bist allein; vielleicht ist es dir nicht bewußt, aber auch du benötigst einen Gefährten, einen der dich für das respektiert, was du bist. Du bist keine gewöhnliche Stute."

Er entdeckte einen Kratzer an ihrem Vorderlauf. „Oh, Neysa – du hast dich bei diesem Ritt verletzt." Er kauerte nieder, um den Riß zu untersuchen. Schmerz schoß durch seine Knie, und er fiel vornüber, kam in gefährlicher Nähe des Randes auf. Er klammerte sich an die Grasnarbe und zog sich auf sicheren Boden zurück. „Tut mir leid", sagte er einfältig. „Ich habe kranke Knie... habe nicht mehr daran gedacht." Vorsichtig richtete er sich auf, benutzte seine Hände, um sich in die Höhe zu stemmen, denn aufzustehen, ohne in die Knie zu gehen, war eine problematische Angelegenheit. Er war sich nie der Bedeutung seiner Knie bewußt gewesen, bis sich ihre Leistungsfähigkeit vermindert hatte.

Langsam trat er auf Neysa zu, noch immer darauf bedacht, sie nicht zu erschrecken, und beugte sich dann in der Hüfte, um ihr Bein zu betrachten. „Ich könnte es für dich abwaschen, aber hier gibt es kein Wasser, und ich denke, es wird von allein heilen. Es ist keine ernste Verletzung, und das Blut hilft, die Wunde sauberzuhalten. Aber laß mich deine Hufe untersuchen, Neysa. Ich möchte mich nicht in dem Bewußtsein von dir trennen, dich verletzt zu haben, und die Hufe sind äußerst wichtig. Darf ich deinen linken Vorderhuf heben?" Er ließ seine Hand an ihrem Lauf hinuntergleiten, ohne den Kratzer zu berühren, und legte sie dann um ihren Knöchel. „Ruhig, ruhig – ich will nur nachschauen. Nachschauen, ob da irgendwelche Risse sind – Risse im Huf sind eine unangenehme Sache." Der Lauf glitt hoch, obwohl dem Einhorn offensichtlich unbehaglich dabei war, und er betrachtete die Unterseite. Der Huf war noch immer warm; Dampf stieg von dem Strahl auf, dem zentralen Dreieck des Hufes. „Nein, das ist ein hübscher sauberer Huf, am Rand ein wenig abgewetzt, aber ohne Risse. Du mußt mit deinem Futter einen Haufen Proteine aufnehmen, Neysa!"

Er senkte den Lauf wieder. „Ich sollte auch die anderen überprüfen, aber ich befürchte, du würdest es mißverstehen. Dies gehört zu den Dingen, die ein Mensch für sein Pferd tun kann. Er kann die Hufe nachschauen, Steine oder andere Störfaktoren entfernen, sie zurechtfeilen, wenn sie sich unregelmäßig abnutzen oder wenn sie splittern. Das Wohlergehen des Rosses wird zur Aufgabe des Menschen. Wenn das Futter rar ist, besorgt er welches. Wenn Gefahr auftaucht, kämpft der Mensch, um das Pferd zu beschützen. Einige Tiere, die Pferde jagen, fürchten sich vor dem Menschen. Ich könnte einen Wolf abwehren, während du..." Er betrachtete ihr Horn. „Nein, du könntest mit jedem Wolf fertig werden! Du brauchst meine Hilfe nicht – warum sollte ich mir Illusionen machen? Ich könnte dir sagen, daß der Gefährte eines Menschen durch die Intelligenz des Menschen beschützt wird, durch seinen weitsichtigen Verstand. Daß ein Mensch die Gefahr voraussieht und ihr ausweicht, zu seinem Nutzen und zum Nutzen des Pferdes. Sein Gehirn gleicht seine weniger scharfen Sinne aus. Er kann dich um spitze Steine herumführen, die deine Hufe beschädigen können. Aber was kann dir das schon bedeuten? Du hast mehr Verstand als jedes andere Pferd; du brauchst keinen Beschützer. Ich mache mir selbst etwas vor in meinem verzweifelten Bestreben, mich vor mir selbst zu rechtfertigen, mir einzureden, daß ich auf irgendeine Weise nützlich sein könnte."

Eine Fliege summte heran und landete auf Neysa. Sie schüttelte sich, wie Pferde es zu tun pflegen, aber die Fliege blieb sitzen. Ihr Schweif peitschte, aber die Fliege saß auf ihrer Schulter, außer Reichweite. Sie konnte sie mit dem Maul vertreiben, aber dann hätte sie ihre Aufmerksamkeit von Stile abwenden müssen. Die Fliege machte sich mit der schlauen Skrupellosigkeit ihrer Art daran zuzubeißen.

Plötzlich wallte Hitze in Stile hoch. „Erschrick jetzt nicht, Neysa", bat er. „Ich werde jetzt diese verdammte Fliege erschlagen, damit sie dich nicht plagen kann. Ruhig, nur ruhig..." Er schlug zu. Die Fliege fiel zu Boden. „Ich hasse Bremsen", erklärte Stile. „Bisher habe ich sie nur in Büchern kennengelernt, aber sie sind die Feinde der Pferde. Ich werde nicht zulassen, daß sie irgendein Tier belästigen, das zu mir gehört." Er trat zurück, zuckte die Schultern. „Aber ich benehme mich wieder wie ein Narr. Du wirst allein mit den Fliegen fertig! Leb wohl, Neysa. Ich hoffe, daß du glücklich wirst und immer die grünsten Weiden findest."

Stile drehte sich um und entfernte sich vom Klippenrand und lauschte nur, um sicherzugehen, daß das Einhorn nicht sprang. Sein Herz war schwer, aber er wußte, daß er richtig gehandelt hatte. Das Einhorn konnte nicht gezähmt werden. Was für eine Kostbarkeit ließ er doch zurück!

Ein seltsames Rascheln war in dem Gras des Felssimses. Er hatte es schon mehrfach vernommen, doch nun zum erstenmal bewußt. Es war, als ob er sich in einem Teich befinden würde, in den ein Kiesel gefallen war und eine Reihe kreisförmiger Wellen ausgelöst hatte. Aber hier gab es kein Wasser. Was war dafür verantwortlich?

Etwas zupfte an seinem Ellbogen. Verdutzt fuhr Stile herum; er hatte nicht gehört, daß sich ihm etwas genähert hatte.

Es war das Einhorn. Lautlos hatte sie sich an ihn herangeschlichen. Er hatte nicht gewußt, daß sie so etwas konnte. Sie hätte ihn hinterrücks mit ihrem Horn durchbohren können.

Verblüfft stand er ihr gegenüber. Neysas Ohren waren nach vorn, auf ihn gerichtet. Ihre Nüstern bebten. Ihre großen braunen Augen waren feucht, glitzerten wie große Juwelen. Sie hob den Kopf und knabberte an seinem Ohr, sanft, zärtlich. Sie wieherte leise, schmeichelte ihm.

„Oh, Neysa!“ keuchte er, erfüllt von einer Woge des Glücks.

Zu guter Letzt hatte er sie doch noch gewonnen.

8. Kapitel
Musik

Sie waren beide müde, aber Stile verspürte den Drang, so viel Entfernung wie möglich zwischen sich und jenen Ort zu bringen, an dem er auf dieser Welt erschienen war. Nachdem sich Neysa entschlossen hatte, sich zähmen zu lassen, war sie das perfekte Reittier; der leiseste Druck eines seiner Knie gegen ihre Flanke ließ sie die Richtung ändern, und wenn er sein Gewicht nach vorn verlagerte, fiel sie gehorsam in einen sanften Trott. Aber nur selten lenkte er sie; zumeist ließ er sie selbst ihren Weg finden.

„Ich muß mich verstecken, Neysa“, erklärte er. „Ich muß einen Ort finden, wo ich sicher bin, bis ich alles weiß, was ich über diese Welt wissen muß. Bis ich weiß, wer mich zu töten versucht und warum und was ich dagegen unternehmen kann. Oder ob mein Erlebnis mit dem Amulettdämonen mehr ein Zufall war, ein Anschlag, der jedem hätte gelten können, nichts Persönliches. Aber solange ich mich in diesem Land nicht auskenne, habe ich auch keine Vorstellung, wo ich mich verstecken kann. Paradox.“

Sie lauschte, bewegte dann ihr Horn, deutete nach Westen und stampfte mit einem ihrer Vorderläufe. „Es ist fast so, als ob du mich verstehen würdest“, bemerkte er amüsiert. „Zumindest verstehst du meine Wünsche. Wenn du einen Platz kennst, zu dem wir uns begeben können, dann bring mich dorthin, Mädchen!“

Aber zunächst legte er eine Rast ein, um auf einem reifen Feld Stroh zu sammeln und daraus einen behelfsmäßigen Sattel zu flechten. „Ich brauche an sich keinen Sattel, Neysa, aber mein Gewicht wird mit der Zeit deinen Rücken wund scheuern, wenn es nicht richtig verteilt wird. Die menschlichen Sitzknochen passen sich nicht genau dem Rückgrat eines Pferdes an. Das Stroh ist keine Ideallösung, aber besser als nichts. Wir müssen mein Gewicht von deinen Rippen auf deinen Widerrist, deine Schultern verlagern – so ist es am bequemsten für dich. Und wir brauchen einen improvisierten Gurt, damit ich mich nicht länger an deiner wunderschönen schwarzen Mähne festhalten muß.“

Neysa fügte sich dieser Schmach, und sie trug ihn westwärts über die bernsteinfarbene, nördlich der Purpurberge gelegene Ebene, und ihre Geschwindigkeit wuchs, während ihre Kräfte zurückkehrten. Ein Gedanke schlich sich in Stiles Bewußtsein. „Weißt du, Neysa – das hier ist wie in dem alten patriotischen Lied über Amerika auf der Erde. Ich bin natürlich noch nie dort gewesen, aber es beschreibt bernsteinfarbene Kornfelder und purpurne Berge und fruchtbare Ebenen – und das erinnert mich daran, daß ich hungrig bin! Seit meiner Ankunft auf dieser Welt habe ich nichts gegessen – ich weiß nicht, ob es sie wirklich auf der Erde gibt, diese Purpurberge, aber hier existieren sie tatsächlich! Stört es dich, wenn ich die Melodie pfeife?“

Sie legte die Ohren zurück, hörte zu und legte sie wieder nach vorn. Sie besaß reizende schwarze Augen, die ihre Persönlichkeit unterstrichen. Es störte sie nicht.

Stile pfiff. Er beherrschte es ausgezeichnet; schließlich war das Pfeifen eine Form der Musik, und gutes Pfeifen war gute Musik. Stile beherrschte alles ausgezeichnet, was mit dem Spiel auf Proton zu tun hatte. Er hatte die Jahre damit verbracht, sich zu vervollkommnen, und Musik brachte er besondere Nostalgie entgegen. Einst hatte er ein Mädchen gekannt, das er in der Erinnerung mit Musik assoziierte. Er pfiff die Felder bernsteinfarbener, die Berge purpurner und die gesamte Landschaft schöner. Und es schien wirklich so zu sein – die gesamte Landschaft schien an Pracht zu gewinnen und gleichzeitig von einer Atmosphäre der Erwartung erfüllt zu werden. In Erwartung wessen? Stile wurde plötzlich nervös und verstummte.

Neysa blieb neben einem Baum stehen. Es war ein Birnenbaum mit großen reifen Früchten. „Gesegnet seist du!“ entfuhr es Stile. „Kann man sie unbesorgt essen?“ Er stieg ab, ohne auf die Antwort zu warten. Was für ein Segen war dieses Einhorn doch, jetzt, wo sie sich ihm angeschlossen hatte!

Neysa trottete auf die nahe Wiese und begann zu grasen. Auch sie war hungrig. Pferde – und Einhörner! – konnten nicht unendlich lang ohne Nahrung auskommen; einen Großteil ihrer Zeit mußten sie mit Grasen verbringen. Somit bedeutete ein Pferd für einen Menschen nicht unbedingt, daß er schneller vorankam – es bedeutete Geschwindigkeit, wenn sie gebraucht wurde, und lange Ruhezeiten. Aber es war ein Lebensstil, der ihm gefiel. Seine ersten Stunden auf dieser Welt waren durch den Kampf mit dem Dämon und seine Suche nach einem Roß abwechslungsreich gewesen, aber wäre er länger allein geblieben, hätte er sich bald gelangweilt und einsam gefühlt. Mit dieser Gefährtin war diese Welt herrlich. Vielleicht war sein Verlangen nach einem Reittier nur eine Sublimation seines Verlangens nach Gesellschaft gewesen.

Er mußte zugeben, daß sie hier unbesorgt lagern konnten, zumindest für eine Nacht. Stile riß eine Birne ab. Sie sah völlig normal aus. Wenn er verhungerte, weil er der einheimischen Nahrung mißtraute, was hätte er davon? Er biß in die saftige Frucht. Sie schmeckte köstlich.

Er verzehrte drei von den großen Birnen und hörte dann auf, nur für den Fall des Falles. Er brauchte sich nicht vollzustopfen. Aus Heu richtete er sich unter dem Birnbaum ein Lager her und legte sich hin, als es dunkel wurde. Er hoffte, daß es nicht regnen würde – aber spielte das denn eine Rolle? Er würde rasch wieder trocknen. Es war hier angenehm warm; selbst völlig durchnäßt würde er nicht frieren.

Neysa war davongetrottet. Stile machte sich keine Sorgen; er war sich jetzt ihrer sicher. Sie würde ihn nicht verlassen – und wenn doch, so war das ihr gutes Recht. Sie hatten eine stillschweigende Übereinkunft geschlossen, mehr nicht, die jederzeit annulliert werden konnte, ohne den jeweiligen Partner vorab zu informieren. Stile musterte die Wiese, als der erste Mond aufging. Er hätte es vorgezogen, sie in seiner Nähe zu wissen, nur für den Fall. Er wußte nicht, welche Gefahren hier lauern mochten, aber er war überzeugt, daß Neysa sie erkennen und mit ihnen fertig werden konnte. Die Art, mit der sie den Felsdämon und das Schneeungeheuer ausgeschaltet hatte...

Der Mondaufgang war ein überwältigender Anblick. Weit weniger hell als die Sonne, war die Wirkung wesentlich intensiver, da er ihn direkt anschauen konnte. Es war ein naher, großer Mond, dessen Glanz die langsam vorbeiziehenden Wolken in Pastellblau tauchten. Die dicksten Wolken waren schwarze Silhouetten, aber die dünneren waren von einem monochromen Blau, von nur einer Farbe erfüllt, die ihren Umrissen und Kanten und Ausläufern etwas unbeschreiblich Liebliches verliehen. Oh, unter diesem Panorama zu liegen, umgeben von dem Zauber des Nachthimmels!

Langsam verblaßte es. Der Mondaufgang war – wie der Sonnenaufgang – ein flüchtiges Phänomen und gerade deshalb um so beeindruckender. Stile war überzeugt, daß es keine zwei Mondaufgänge oder Monduntergänge gab, die identisch waren – immer würde der Anblick anders sein, so lieblich wie der letzte, aber einzigartig. Was für eine Pracht bot die Natur doch dem Auge eines jeden Menschen, der auch nur halbwegs genug Verstand besaß, um sie zu genießen!

Etwas näherte sich ihm. Kein Einhorn. Alarmiert äugte Stile durch die schrägen Mondstrahlen. Er war noch immer nackt, waffenlos; selten hatte er auf Proton das Verlangen nach einer Waffe verspürt, obwohl er damit umzugehen verstand. Dies war eine wilde Welt, deren Schönheit von ihren Gefahren untermalt, vielleicht sogar verstärkt wurde. War dies ein Raubtier, das des Nachts auf Jagd ging?

Nein – es war eine Frau.

Auch sie trug weder Waffen noch Kleidung, und sie machte eher einen unschuldigen, denn einen feindseligen Eindruck. Möglicherweise handelte es sich dabei um eine weitere dämonische Falle, doch Stile bezweifelte dies. Sie war... auf unbestimmte Weise wirkte sie vertraut.

Als sie näher kam, wurde sie voll vom Mondlicht erfaßt. Ihre vielversprechenden Umrisse waren in blauen Glanz getaucht. Sie war klein, sehr klein, sogar kleiner als er, aber völlig gesund und wohlgenährt. Sie war wundervoll proportioniert, mit kleinen Händen und Füßen, schlank trotz der vollen Beine, und ihre Brüste waren von jungfräulicher Festigkeit. Ihre Finger- und Zehennägel glitzerten wie Perlen, ihr Haar war glänzend schwarz, und auf ihrer Stirn befand sich ein elfenbeinernes Schmuckstück. Ihr Gesicht war schön, obwohl sie eine Adlernase besaß. Ihr einziger Makel war ein Kratzer an einem Arm, eine frische Wunde, die soeben zu heilen begann.

„Stile“, sagte sie mit fast musikalischer Stimme.

„Neysa!“ entgegnete er verblüfft.

Sie breitete lächelnd ihre Arme aus. Und Stile begriff, daß die Freundschaft eines Einhorns keine inkonsequente Angelegenheit war. Als er sie gewonnen hatte, da hatte er sie ganz gewonnen.

Sie war natürlich ein Dämon. Kein gewöhnliches Geschöpf konnte sich einer derartigen Verwandlung unterziehen. Aber ihm war bereits klar, daß es zahlreiche Dämonenarten gab, ganze Heerscharen. Wichtig war nicht, wie sehr sich ihr Typus von seinem unterschied, sondern wie sie zueinander paßten. Er vertraute Neysa.

Stile umarmte und küßte sie, und sie war geschmeidig und sanft und anschmiegsam. Er legte sich mit ihr unter den Birnbaum, sich dessen bewußt, um was es sich bei ihr handelte, und er liebte sie, wie er den Roboter Sheen geliebt hatte.

Am Morgen besaß Neysa wieder ihre Pferdegestalt und graste. Stile sah sie an, dachte an das, was in der Nacht geschehen war. Erwartete sie jetzt eine andere Behandlung? Würde sie es jetzt ablehnen, ihn zu tragen?

Wie sich herausstellte, hatte sich Neysas Verhalten nicht geändert. Sie war noch immer sein Roß. Die Nacht war lediglich eine Bekräftigung ihrer Beziehung gewesen, ohne sie zu verändern. Aber niemals wieder würde er ein Einhorn für ein Pferd halten, das lediglich ein Horn besaß.

Ausgeruht und satt galoppierte Neysa leichtfüßig über die Ebene in Richtung Westen. Ein Trott konnte rauh oder sanft sein; dieser war der sanfteste, den Stile je kennengelernt hatte. Sie hätte wie ein Packesel aussehen und dennoch allein wegen dieses Trotts einen hohen Preis auf Proton erzielen können. Als ob ein derartiges Wesen überhaupt käuflich zu erwerben war, gleichgültig, für welchen Preis! Dann ging sie in einen leichten Kanter mit einem synkopischen Takt über: eins-zwei-drei-Pause, eins-zwei-drei-Pause. Ein Kanter war, nach seiner Meinung, ein Trott mit den Vorderläufen und ein Galopp mit den Hinterläufen; auch er konnte sehr angenehm sein, was von dem Charakter und der Laune des Rosses abhing. Stile genoß ihn. Wie herrlich war es doch, dieses wundervolle Tier zu reiten, ohne es unterworfen zu haben!

Neysa verfiel in eine Variante des Trottes, eine Gangart, in der sich beide rechten Läufe und beide linken gemeinsam bewegten.

Zwei Takte, die ihn von einer Seite zur anderen warfen, aber sie schneller vorwärts kommen ließen als in jedem normalen Trott. Dann ging sie wieder in einen Kanter über – aber in keinen gewöhnlichen. Ihre Hinterläufe donnerten gleichzeitig über den Boden, synchron mit ihrem rechten Vorderlauf, so daß es sich auch dabei um eine Zweitaktgangart handelte: Ein Lauf wechselte sich mit den drei übrigen Läufen ab. Eins-ZWEI! Eins-ZWEI! Er mußte die Erschütterungen abfedern, oder seine Knochen würden zu klappern beginnen.

Sie prahlte mit ihren Gangarten, zeigte ihm, daß kein Pferd ihr an Variantenreichtum oder Fähigkeiten überlegen war. Gestern hatte sie die Gangarten von einem Takt bis zu fünf Takten demonstriert; jetzt führte sie ihm die Variationen vor.

„Das ist phantastisch, Neysa!“ sagte er zärtlich. „Du bist die begabteste Steptänzerin, die ich kenne.“ Denn dies war ein Aspekt ihrer Beziehung, eine Dressur für einen engen Freund. Tiere wie Menschen taten sehr viel, um Befriedigung aus der Anerkennung ihrer Bemühungen zu gewinnen. Obwohl Neysa weder direkt ein Tier noch ein Mensch war.

Gerade als Stile glaubte, nun ihr ganzes Repertoire kennengelernt zu haben, überraschte ihn Neysa erneut. Sie begann Musik mit ihrem Horn zu machen. Nicht nur hin und wieder eine melodische Note, sondern richtige Klänge. Ihre Hufe stampften zu der Melodie und intonierten einen dramatischen Marsch.

„Die Fünftaktgangart!“ rief Stile. „*Das* also ist der Sinn! Synkopische Untermalung deiner Musik!“

Sie ging in den Fünftakt über, spielte eine komplizierte Melodie, die perfekt zu dem Takt paßte. Diesmal waren ihre Bewegungen geschmeidig, beabsichtigten nicht, ihn abzuwerfen, und es gefiel ihm. Stile war nicht mehr von ihrem Begriffsvermögen überrascht. Er hatte erkannt, im Lauf des vergangenen Tages und der Nacht, daß sie die menschliche Sprache perfekt verstand, obwohl sie sich nicht die Mühe gab, sie selbst zu benutzen. Als er über dem Meanderfluß sein Selbstgespräch geführt hatte, da hatte sie genau verstanden, was er sagte. Seine Worte, nicht sein Tonfall, hatten sie überzeugt. Das war gut, denn er hatte genau das gemeint, was er gesagt hatte.

Jetzt konnte er ihr detaillierte verbale Anweisungen geben, aber sie zog es vor, wenn er ihr mit einem Schenkeldruck oder der Verlagerung seines Gewichtes bedeutete, was sie tun sollte. Sie reagierte auf seine Direktiven, ohne daß eine dritte Person auch nur etwas davon ahnen konnte. Das war das Ideal eines Reiters. Auch Stile zog dies vor, band es sie doch noch enger aneinander – es war der natürliche Weg, eine ständige Kommunikation mit seinem Roß.

Neysas Hornmusik erinnerte an die einer Mundharmonika. Zweifellos befanden sich in ihrem Horn zahlreiche kleine Kanäle mit natürlichen Faserzungen, und sie konnte beim Atmen bestimmen, durch welche Kanäle die Luft gehen sollte. Was für eine bequeme Möglichkeit!

„Weißt du, Neysa – ich verstehe selbst einiges von Musik. Es ist nicht nur auf das Pfeifen beschränkt. Ein Mädchen, das dir in deiner Mädchengestalt ein wenig ähnlich war, hat mir alles beigebracht – sie war klein, hübsch und talentiert. Ich bin nicht der beste Musiker auf meiner Welt, aber ich kann einiges – denn die Musik ist Teil der Wettkämpfe beim Spiel. Natürlich kannst du nichts davon wissen. Es ist wie ein... wie ein ständiger Wettkampf, ein Rennen, wobei man an jedem Tag auf neue, unterschiedliche Weise rennt, und wenn man wirklich gut ist, erhöht sich der Rang. Ich habe einige Spiele gewonnen, weil ich die Melodien besser spielen konnte als andere. Die Violine, die Klarinette, die Tuba – ich habe sie alle gespielt. Ich wünschte, ich könnte dich begleiten! Ich schätze, ich könnte wieder pfeifen oder singen...“ Er zuckte die Schultern. „Aber ich würde dir viel lieber zeigen, was ich auf einem Instrument leisten kann. Auf einem wie deinem. Auf einer Mundharmonika. Damit wir zusammen spielen können. Ein Duett. Es ist auf eigene Art wundervoll, so wundervoll wie... wie das Vergnügen, das uns unser Spiel in der Nacht bereitet hat. Mit einem Instrument könnte ich zu dir kommen, wie du zu mir gekommen bist, und deine Art des Lebens teilen.“

Neysa akzeptierte dies, wie sie die meisten seiner Bemerkungen akzeptierte: mit einem Zucken ihrer Ohren und Verständnis. Es störte sie nicht, daß er in seiner Eitelkeit glaubte, so gut wie sie spielen zu können. Sie liebte ihn trotzdem.

Stile dachte kurz nach und rezitierte dann ein kleines Gedicht: „Mit der Mundharmonika spielst du hier; ich wünschte, ich hätt' heute eine bei mir.“ Er paßte den Text ihrer Melodie an, sang ihn.

Neysa gab ein unmelodisches Schnauben von sich, und Stile lachte. „Kitschig, ich weiß. Knittelverse sind nicht meine Stärke. In Ordnung, ich bin schon still.“

Aber das Einhorn wurde langsamer, blieb dann stehen, drehte sich dann und schritt die letzten Meter wieder zurück. „Was ist los?“ fragte Stile verwirrt. „Wenn ich dich beleidigt habe, so tut es mir leid. Ich wollte nicht deine Musik verspotten.“

Sie stöberte mit ihrem Horn im hohen Gras. Etwas glitzerte zwischen den Halmen. Stile stieg ab und trat darauf zu, um es sich anzuschauen, und er empfand Beunruhigung. Falls dort ein weiteres Dämonenamulett lag...

Es war eine große, verzierte, hübsch geformte Mundharmonika, die völlig neu wirkte.

Stile hob sie auf, musterte sie verwundert. „Du hast scharfe Augen, Neysa, daß du sie entdeckt hast, und was für ein zufälliges Zusammentreffen! Nun, sie stammt aus meiner Welt. Schau hier, da steht HERGESTELLT AUF DER ERDE. Die Erde hat praktisch das Monopol auf hochwertige Musikinstrumente. Die meisten Kolonien sind zu sehr mit anderen Dingen beschäftigt, um sich um die Kunst zu kümmern. Das ist eine gute Marke. Ich bin kein Fachmann, was dieses Instrument betrifft, aber ich wette, daß ich es spielen kann...“ Er sah sich um. „Jemand muß es verloren haben. Ich bin nicht sicher, ob es richtig ist, wenn ich...“ Er schüttelte den Kopf. „Dennoch wird es dem Besitzer nichts nützen, wenn ich es hier liegen lasse. Ich schätze, ich darf es mir ausleihen, bis ich es dem Besitzer zurückgeben kann.“

Nachdem er so den Zwischenfall rationalisiert hatte, stieg Stile wieder auf den Strohsattel – der außergewöhnlich gut zu sitzen schien und ihm eine ideale Haltung ermöglichte – und setzte den Ritt fort. Neysa ging in einen sanften Galopp über und musizierte mit ihrem Horn, und Stile probierte die Mundharmonika aus.

Es war ein herrliches Instrument. Es besaß sechzehn Löcher, was bedeutete, daß es auf zweiunddreißig Noten angelegt war – vier Oktaven. Zudem war es chromatisch; am Ende befand sich ein Hebel, der, wenn man ihn betätigte, die gesamte Tonleiter auf Halbtöne umstellen konnte. Außerdem gab es eine Anzahl Knöpfe, deren Zweck ihm noch unklar war, aber mit der Zeit würde er schon dahinterkommen.

Stile führte es zum Mund, bekam ein Gefühl für das Instrument, blies probehalber einen Ton. Und hielt verwirrt und erfreut inne – es war ein Tremolo, mit dem einzigartigen und angenehmen Anschlag von zwei dicht aneinanderliegenden Metallzungen. Er probierte die gesamte Tonleiter aus, spitzte hin und wieder die Lippen, um einen einzelnen Ton zu erzeugen. Diese Mundharmonika war außergewöhnlich gut konstruiert, ohne beschädigte Metallzungen, und jede Note klang rein und klar.

Sehr gut. Neysa hatte zu musizieren aufgehört und lauschte neugierig seinen Versuchen. Stile versuchte es mit einer Melodie. Zunächst mit einer einfachen, um falsche Töne zu vermeiden, aber das Instrument war so perfekt und sein Klang so angenehm, daß er bald zu komplexeren Melodien überging.

Neysa spitzte ihre Ohren. Sie drehte den Kopf und sah ihn schräg von unten her überrascht an. Stile machte eine Pause. „Ja, ich kann wirklich darauf spielen", sagte er. „Hast du gedacht, ich gäbe nur an? Daß das Pfeifen alles ist, was ich beherrsche? Ich liebe Musik – sie gehört zu jenen Dingen, die einem einsamen Menschen nur so zufliegen. Natürlich bin ich auf der Mundharmonika nicht so gut wie auf anderen Instrumenten, und ich habe einige Schwierigkeiten damit, aber..."

Sie blies einen halb verneinenden Ton. „Was ist?" fragte er. „Weißt du, Neysa, es wäre leichter für mich, wenn du etwas mehr sprechen würdest – aber ich schätze, dafür müßtest du deine menschliche Gestalt annehmen, und dann könnten wir nicht so schnell vorwärts kommen. Weißt du, du hast mich wirklich überrascht, als du... bezeichnest du es als Gestaltwandlung? Permutation? Rückverwandlung? Ich hätte nie vermutet, daß du..."

Sie blies eine andere Note, eine Dreiviertelbestätigung. Allmählich begann er sie besser zu verstehen. „Du versuchst noch immer, mir etwas mitzuteilen", stellte er fest. „Mit Rätseln komme ich ausgezeichnet zurecht; sie sind ein Teil des Spiels. Laß mal sehen – dreht es sich um deine Manifestation als... nein? Um meine Reaktion darauf? Du sagst, es stimmt zur Hälfte. Um meine Überraschung – *deine* Überraschung? Ah, das also ist es! Du bist ebenso überrascht gewesen, daß ich ein Musikinstrument spielen kann, wie ich überrascht war, dich in menschlicher Gestalt zu sehen."

Neysa gab einen zustimmenden Laut von sich. Aber noch immer wurde er von einer Spur Zurückhaltung geprägt. Stile verfolgte die Angelegenheit weiter. „Und wie uns deine Gestaltveränderung neue und wichtige Aspekte unserer Beziehung eröffnet hat – obwohl sie nicht wichtiger waren als unsere herrliche Reise durch dieses wunderschöne Land –, so eröffnen uns meine plötzlich ans Tageslicht gekommenen musikalischen Fähigkeiten andere Aspekte." Er lächelte. „Und genau das wollte ich dir begreiflich machen, als ich ... oh, jetzt stimmst du mir zu! Du ... nein, das war keine Entschuldigung! Einhörner machen niemals Fehler, oder?"

Sie bockte leicht, warnte ihn. Er lachte. „Nun, lassen wir das", sagte er zufrieden. Er hob die Mundharmonika an die Lippen und spielte ein improvisiertes Lied, so daß die klaren Töne über die Ebene zwischen den Bergketten hallten. Dann fiel Neysa ein, und es entstand eine wundervolle Harmonie. Ihre Hufe schlugen die Kadenzen, stellten ein drittes Instrument dar. Das resultierende Duett war ausnehmend schön.

Stile experimentierte mit den mysteriösen Knöpfen und entdeckte, daß es sich dabei um Modi handelte, wie jene bei einem guten Akkordeon. Sie veränderten die Töne, so daß die Mundharmonika bis zu einem gewissen Grad wie andere Instrumente klang. Einer erzeugte den Tremolo-Effekt, ein anderer brachte eine oktavierte Tonleiter ins Spiel. Ein dritter machte aus dem Instrument eine diatonische Mundharmonika, mit der normalen, aber unvollständigen Tonleiter und leicht differierenden Tonarrangements. Dies war die komplizierteste Mundharmonika, die er je gespielt hatte. Und das verstärkte noch seine Verwunderung darüber, daß jemand so sorglos gewesen war, es hier draußen zu verlieren. Wenn er ein solches Instrument verlor, würde er stundenlang suchen, um es zu finden, denn es war auf seine Art ein Wunder. Wer mochte es wohl verloren haben, ohne danach zu suchen?

Stile brachte Neysa ein Lied bei, und sie lehrte ihn ebenfalls eines. Sie spielten Improvisationen zu dem Takt der verschiedenen Gangarten. Sie wechselten sich ab, indem der eine das Hauptthema und der andere die Refrains intonierte. Sie spielten ein Stück in Alt und in Tenor.

Aber bald darauf manifestierte sich etwas in der Atmosphäre – ein düsteres Etwas, eine immaterielle Macht. Sie wurde stärker und fast sichtbar.

Stile hörte auf zu spielen. Neysa blieb stehen. Beide sahen sich um. Nichts. Das Etwas war verschwunden.

„Hast du es auch gespürt?" fragte Stile. Neysa zuckte zustimmend mit einem Ohr. „Aber was *war* es?"

Sie zuckte die Schultern und warf dabei fast seinen provisorischen Sattel ab. Stile überprüfte den aus Stroh geflochtenen Sattelgurt, um festzustellen, ob er gerissen war. Er war es nicht – der Riemen hatte sich lediglich aus dem Ring gelöst, wie es manchmal geschah. Er zog ihn erneut durch und befestigte ihn diesmal besser, damit er von jetzt an hielt.

Und fuhr zusammen. Riemen? Ring?

Er sprang zu Boden und starrte seine Konstruktion an. Loses Stroh hing herab, aber darunter befand sich ein wohlgeformter, wenn auch abgewetzter Ledersattel, bequem vom langen Gebrauch.

Er hatte sich Polster aus Stroh geflochten. Heute morgen, als er es auf Neysas Rücken gelegt hatte, war es noch aus Stroh gewesen. Woher war der Sattel gekommen?

„Neysa..." Aber woher sollte sie es wissen? *Sie* konnte ihn nicht auf ihren Rücken geschnallt haben.

Sie drehte den Kopf und sah ihn offen an. Dann drehte sie ihn weiter, berührte den Sattel mit ihrem Horn. Und warf ihm einen überraschten Blick zu.

„Jemand hat uns einen Sattel gegeben", sagte Stile. „Dennoch hatte er keine Gelegenheit – heute morgen war es noch Stroh –, ich habe dich die ganze Zeit über geritten..."

Sie blies einen nervösen Ton. Sie wußte ebenfalls nicht, was davon zu halten war.

„Magie", murmelte Stile. „Dies hier ist ein magisches Reich. Noch vor wenigen Sekunden war Magie in der Luft. Ein... Zauberbann?"

Neysa stimmte zu. „Könnte es meine Nemesis gewesen sein, jener Feind, von dem ich glaube, daß er mich zu töten versucht hat?" fragte Stile. „Wollte er mir seine Macht zeigen? Aber der Sattel bedeutet eine Hilfe, keinen Schaden. Ich brauche ihn, und er ist ein guter Sattel. Und..." Er zögerte, teils nervös, teils ehrfürchtig. „Und die Mundharmonika ... sie erschien, als ich sie mir gewünscht habe – Magie. Neysa, versucht jemand oder etwas uns zu *helfen*? Haben wir nicht nur einen Feind, sondern auch einen überirdischen Freund? Ich bin nicht sicher, daß mir das gefällt – denn wir können nicht davon ausgehen, daß er wirklich ein Freund ist. Die Art, wie sich dieses Amulett in einen Dämon verwandelt hat..."

Neysa fuhr abrupt herum und begann in einem rechten Winkel zu ihrem bisherigen Kurs mit ihm davonzugaloppieren. Sie trug ihn nach Süden, den Purpurbergen entgegen. Stile wußte, daß sie etwas vorhatte, und so ließ er ihr ihren Willen.

Bald erreichten sie eine Einhornherde. Neysa mußte der Herde die ganze Zeit über ausgewichen sein, ihrer Gegenwart bewußt, obwohl Stile nichts davon geahnt hatte, und nun war sie ihr zielsicher entgegengelaufen. Sie blies einen gebieterischen Ton durch ihr Horn, bevor sie näher trottete. Ein einzelnes Einhorn am Rande der Herde reckte den Kopf und galoppierte dann auf sie zu. Ein Freund?

Neysa drehte sich und wandte sich wieder nach Westen, fort von der Herde, und das andere Einhorn schloß zu ihnen auf. Das andere war männlich und ein wenig größer als Neysa. Seine Färbung unterschied sich erheblich; er war dunkelblau und besaß rote Fesseln. Das gleiche Muster wie bei Neysa, aber die Farben entsprachen ganz und gar nicht denen, die man bei Pferden erwartete. Erneut rief sich Stile in Erinnerung, daß sie keine Pferde waren.

Als die beiden Tiere aufeinander zutraten, tutete Neysa mit ihrem Horn. Der Fremde antwortete mit einem ähnlichen Ton. Allerdings klang sein Horn mehr nach einem Saxophon. Spielte jedes Einhorn ein anderes Instrument? Was mußte das für eine Kakaphonie sein, wenn mehrere zusammen waren!

Neysa verfiel in die Fünftaktgangart und pfiff eine dazu passende Melodie. Der andere schloß sich der Gangart und der Kadenz an und komplettierte die Melodie. Die beiden harmonierten wundervoll. Kein Wunder, daß Neysa so gut mit Stile zusammengespielt hatte – sie hatte dies schon zuvor mit ihren eigenen Artgenossen getan. Verzaubert hörte Stile zu. Das war keine Kakaphonie, sondern ein liebliches Duett.

Aber wer war dieser junge Hengst, den sie herbeigerufen hatte? Stile hatte im Grunde kein Interesse daran, daß seine Anwesenheit auf dieser Welt publik wurde. Aber er wußte, daß Neysa dies verstand und in seinem Interesse handelte. Sie mußte einen guten Grund haben. Wahrscheinlich war dies ein Freund, dem sie vertraute, der ihnen helfen konnte, die Natur der Magie zu enthüllen – oder sie davor zu beschützen, wenn es notwendig war.

Sie rannten, bis sie weit genug von der Herde entfernt waren. Dann verlangsamten sie ihren Schritt, und gleichzeitig verlangsamte sich auch ihre Harmonie. Schließlich setzte Neysa Stile neben einem stattlichen Nußbaum ab und begann zu grasen. Es war Mittag – Essenszeit. Sie würde wahrscheinlich eine Stunde lang grasen, und er gönnte es ihr. Sie brauchte ihre Kraft, hatte sie sich vom Kampf des gestrigen Tages doch noch immer nicht völlig erholt. Er nahm ihr den Sattel ab und legte ihn unter den Baum.

Das fremde Einhorn graste nicht. Er beobachtete Stile, musterte ihn von oben bis unten. Er machte einen Schritt nach vorn, und sein Horn deutete auf Stiles Nabel. Das Musikinstrument war jetzt zweifellos eine Waffe. Stile stand reglos da, kaute eine Nuß, entspannt, aber bereit, sich blitzschnell zu bewegen, falls das Geschöpf auf ihn losstürmen sollte.

Das Einhorn pfiff einen spöttischen Ton, schimmerte – und verwandelte sich in einen Mann. Der Mann war bekleidet. Er trug eine pelzbesetzte Lederhose, ein blaues, langärmeliges Hemd, feste, knappe Stiefel, rote Strümpfe, einen hellblauen Schlapphut und dicke Wollhandschuhe. An seiner Hüfte hing ein Rapier.

Verdutzt starrte Stile ihn an. Ein Bürger – hier?

„Ihr seid also der Wurm, der meine Schwester beschmutzt hat!“ stellte der Mann fest, und seine rechte Hand befingerte den Knauf seines Rapiers.

Genau das, was er brauchte: ein Bruder, der seine Schwester beschützen wollte! Jetzt entdeckte Stile auch den Stirndorn, den er auch bei Neysa gesehen hatte. Kein Bürger – hier trugen auch gewöhnliche Leute Kleidung, wie er sich jetzt erinnerte. „Sie hat es freiwillig getan“, erklärte Stile mit fester Stimme.

„Ha! Ich habe sie gestern den Schneeberg erklettern sehen, in dem Versuch, Euch loszuwerden. Schätzt Euch glücklich, daß sie sich nicht in ein Glühwürmchen verwandelt hat und Ihr nicht in eine Schlucht gestürzt seid!“

Oh. Das Einhorn sprach von dem Tag, nicht von der Nacht. „Sie kann sich auch in ein Glühwürmchen verwandeln?“

„Und was ist daran falsch? Die meisten Tiere wären glücklich, wenn sie auch eine andere Gestalt annehmen könnten. Jeder von uns besitzt zwei.“ Erneut schimmerte er und verwandelte sich in einen Falken. Der Vogel schoß in einem Winkel von fünfundvierzig Grad in die Höhe, neigte sich dann und stürzte auf Stile hinunter.

Stile warf sich zur Seite – und da war der Mann wieder, tauchte in dem Moment auf, in dem der Vogel auf den Boden zu prallen schien. „Nun, die Geschmäcker sind verschieden. Ihr seid ein Knirps, und Ihr seid nackt, aber wenn sie Euch auf sich reiten läßt, so sind mir die Hände gebunden. Aber laßt Euch sagen, daß sie die beste Stute in der Herde ist, gleichgültig, was für eine Farbe sie hat.“

„Farbe?“ echote Stile verständnislos.

„Sagt nicht, Ihr hättet es nicht bemerkt! Laßt mich Euch warnen. Wenn Ihr Euch jemals erdreisten solltet, in ihrer Gegenwart das Wort ‚pferdfarben‘ auszusprechen, dann werde ich Euch eigenhändig…“

Neysa war hinter ihrem Bruder aufgetaucht. Sie stieß einen warnenden Pfiff aus.

„Schon gut!“ fauchte er. „Sie ist einen Winter älter als ich; vielleicht sollte ich ihr keine Vorschriften machen. Aber denkt an meine Worte: *Mit Neysa ist alles in Ordnung!*“

„Völlig in Ordnung“, stimmte Stile zu. „Sie ist die beste und hübscheste Stute, der ich je begegnet bin.“

Der Mann, der offenbar Zweifel oder Widerworte erwartet hatte, war kurz aus dem Konzept gebracht. „Oh, ja. Genau. Dann laßt uns also zum Thema kommen. Was ist Euer Problem?"

„Mein Name ist Stile. Ich bin ein Fremder in dieser Welt, ohne Informationen oder Kleidung, und jemand versucht, mich umzubringen, ich bin einer Magie ausgesetzt, deren Zweck ich mir nicht vorstellen kann." Stile besaß die Gabe der prägnanten Ausdrucksweise, wenn es erforderlich war.

„Aha." Der Mann runzelte die Stirn. „Nun, mein Name ist Clip. Ich bin Neysas kleiner Bruder. Sie will, daß ich Euch helfe, also werde ich Euch helfen. Ich werde Euch mit Informationen und Kleidung versehen. Und mit einer Waffe, damit Ihr Euch gegen Euren Feind verteidigen könnt. Was die Magie betrifft – macht Euch deswegen keine Sorgen. Einhörner sind immun gegen Magie."

„Immun!" entfuhr es Stile. „Hier stehen Sie, ein Einhorn, das seine Gestalt verändern kann, und Sie wollen mir weismachen..."

„Andere Magie, Dummkopf. Natürlich verfügen wir über eigene magische Kräfte, obwohl es nicht so einfach ist. Wie wenn man eine fremde Sprache lernt – was natürlich auch zur Gestaltwandlung gehört – man kann nicht menschlich sein, wenn man das menschliche Idiom nicht beherrscht. Man kann kein Vogel sein, wenn man nicht fliegen kann. Aber kein *anderer* kann ein Einhorn verwandeln oder es verzaubern. War dies nicht der Grund, warum Ihr sie Euch gewünscht habt? Solange Ihr mit Neysa zusammen seid..." Er runzelte die Stirn. „Obwohl, warum sie gerade mit *Euch* zusammenbleiben will..." Erneut brachte ihn ein protestierender Pfiff Neysas zum Verstummen. „Nun, die Wege der Stuten sind unerforschlich." Er ordnete seine Kleidung.

„So ist es", stimmte Stile zu. „Schauen Sie, Clip – ich wollte Neysa zähmen, weil ich bedroht wurde, weil ich ein Roß brauchte. Am Ende konnte ich sie nicht halten – aber sie hat sich mir aus freien Stücken angeschlossen. Ich weiß nicht, warum sie nicht von dem Berg gesprungen ist und sich in ein Glühwürmchen verwandelt hat, damit ich in den Tod stürzte, was sie ja hätte tun können, wie mir jetzt klar ist..." Und er hatte geglaubt, *sie* zu retten, als er sie am Klippenrand freigelassen hatte! „Und ich weiß nicht, warum sie auch jetzt nicht mit mir spricht. Als sie... ihre menschliche Gestalt annahm, war mein Name alles, was sie gesagt hat. Sie hat mir nichts erklärt." Zu diesem Zeitpunkt hatte er geglaubt, daß keine Erklärungen nötig waren – wie naiv war er doch gewesen!

„Den letzten Punkt kann ich klarstellen. Neysa redet nicht gern. Ich bin der Gesprächige in unserer Familie, obwohl Ihr das vermutlich noch nicht bemerkt habt. Wenn es also etwas zu besprechen gibt, dann ruft sie nach mir." Clip reichte Stile sein Hemd. „Macht schon, kleidet Euch an. Ich brauche im Grunde keine Kleidung, und wenn doch, dann kann ich mir ein neues Wams besorgen." Er sah zu Neysa hinüber. „Ich schätze, sie hat etwas in Euch gesehen, das ihr gefiel. Ihr seid nicht mehr unberührt, oder?"

Stile zog das Hemd an, schüttelte verneinend den Kopf, gleichermaßen verlegen durch die Wendung, die das Gespräch genommen hatte, und durch die Tatsache, daß er Kleidung anlegte. Auf Proton wäre dies ein schreckliches soziales und juristisches Vergehen!

Das Hemd hätte eigentlich zu groß sein müssen, aber irgendwie paßte es ihm doch wie angegossen. Allmählich begann er Magie als so selbstverständlich anzusehen, wie sie auch war.

„Nun, das wird ohnehin überbewertet", fuhr Clip fort. „Sollte ich jemals ein mannbares, aber jungfräuliches menschliches Mädchen treffen, so wäre es bestimmt nicht mein Kopf, den ich in ihren Schoß legen würde!"

Stile lächelte verstehend, und allmählich begann er den freimütigen, selbstbewußten jungen Mann zu mögen. „Aber was könnte ein Einhorn – oder eines in Pferdegestalt – mit einem menschlichen Mädchen anfangen?"

„Oh, das ist kein Problem." Die Hose wechselte ihren Besitzer. „Der Herdenhengst beansprucht die besten Einhornstuten für sich, was uns jungen Hengsten nicht viel übrigläßt. Ein Einhorn lebt nicht nur von Korn allein, wißt Ihr! Und obwohl das menschliche Fleisch weniger süß ist als das eines Rosses, so ist selbst die Berührung durch die Hand eines hübschen Mädchens..."

„Ich glaube, ich verstehe." Auch die Hose paßte perfekt. Stile unterdrückte das Schuldgefühl, das ihm das Tragen von Kleidung bereitete. Das hier war nicht Proton, und auf dieser Welt besaß die Kleidung nicht die Bedeutung, die sie dort hatte. Hier draußen in der Wildnis stellte Kleidung mehr eine praktische denn eine soziale Angelegenheit dar. „Aber selbst wenn dies der Fall ist, sollte eine attraktive Stute keine Schwierigkeiten haben..."

Neysa wandte sich abrupt ab. Clip senkte seine Stimme. „In Ordnung, Mann. Ich sehe, daß Ihr wirklich nicht versteht, und das solltet Ihr besser. Es gibt Pferde unter den Vorfahren der Einhörner – es ist nicht angenehm, dies zu erwähnen, ebensowenig wie die Tatsache, daß unter Euren Vorfahren Affen..."

„Es gibt keine Affen unter...“

„Ihr versteht, was ich meine? Es ist ein empfindliches Thema. Aber gelegentlich gibt es Rückfälle. Wenn ein Einhorn ohne Horn geboren wird – das heißt, ohne Hornansatz; vor der Geburt kann es natürlich kein vollentwickeltes Horn besitzen –, dann erhält es den Gnadentod. Aber die Farbe ist ein Grenzfall. Ist es ansonsten vollkommen, darf dieses Einhorn weiterleben. Aber es trägt dann immer dieses Stigma.“ Clip runzelte die Stirn und sah verstohlen zu Neysa hinüber.

„Neysa... ist wie ein Pferd gefärbt“, bemerkte Stile, und er begriff. „Also ist sie eine Außenseiterin.“

„Ihr habt es erfaßt. Nicht offiziell, denn sie *ist* ein richtiges Einhorn, aber der Herdenhengst will sie nicht schwängern, und natürlich wagt es von den rangniedrigeren Hengsten auch keiner. *Niemand* rührt eine junge Stute ohne die Erlaubnis des Herdenhengstes an, und die wird er nicht geben – denn dies würde scheinbar seine Privilegien beschneiden. So ist unsere Art – einfache Logik ist kein Ersatz für Stolz. Manche würden vermutlich annehmen, daß Maultiere die sturste Pferderasse sind, aber gegen die Sturheit der Einhörner ist das ein Witz. Seit zwei Wintern schon ist Neysa ungeschwängert – nur wegen ihrer Farbe. Und vielleicht wegen ihrer Größe.“

Stile erkannte, daß seine Bemühungen in der letzten Nacht nicht zählten. Er war ein Mann, kein Hengst. Er konnte sich mit einem Weibchen wie Neysa vergnügen, aber er konnte sie nicht schwängern, ebensowenig wie ein Hengst in menschlicher Gestalt ein menschliches Mädchen schwängern konnte. „Das ist empörend! Sie ist ein hübsches Einhorn! Der Hengst sollte sie entweder schwängern oder freigeben.“

„Ihr seid nur ein Mensch“, sagte Clip und reichte Stile das Rapier. „Aber Euer Charakter scheint dies teilweise wettzumachen. Also mögt Ihr Neysa wirklich?“

„Ich habe sie auserwählt, weil sie die hübscheste Stute war, die ich jemals gesehen habe“, erklärte Stile ernst. „Von Anfang an habe ich sie aus diesem Grund geliebt. Für mich gibt es kein besseres Wesen als ein perfektes... Roß.“

„Also habt Ihr, bis ich mit Euch gesprochen habe, nicht gewußt, daß etwas mit ihr nicht stimmt?“

„Mit ihr ist alles in Ordnung!“ fauchte Stile.

„Richtig.“ Clip war sehr zufrieden. „Nun, ich denke, ich sollte Euch jetzt mit unserer Welt vertraut machen. Es gibt nicht viel zu erzählen. Wir Einhörner sind die beherrschende Tierart, abgesehen von einigen Winkeln, wo die Werwölfe und Vampire herrschen, und wir kommen wesentlich besser zurecht als die menschlichen Bauern. Jeder kann zaubern, aber die meisten Menschen verzichten darauf wegen der Adepten."

„Der Adepten?"

„Wie die Herdenhengste oder die Rudelführer der Wölfe interessieren sie sich nur für Magie, nicht für Stuten oder Wölfinnen. Jeder Adept besitzt einen eigenen Zauberstil und ist auf seinem Spezialgebiet ungeheuer gut. Ich habe gesagt, daß Einhörner gegen fremden Zauber immun sind, aber Adepten sind eine andere Sache. Falls also ein Adept hinter Euch her ist..."

„Ich verstehe. Was für Möglichkeiten zur Verteidigung gibt es gegen einen dieser Superzauberer?"

„Keine. Man kann sich nur verstecken – und früher oder später wird ein Adept Euch doch finden. Sie verfügen über Zauberformeln und Amulette und Vertraute im ganzen Reich von Phaze, die ihnen alle Neuigkeiten zutragen. Der Macht eines Adepten sind so gut wie keine Grenzen gesetzt. He – das ist es! Das Orakel!"

„Ein Wahrsager?"

„Mehr als das. Im Tempel des Orakels wirkt keine Magie, und niemand kann dort zu etwas gezwungen werden. Es ist eine heilige Stätte. Ich wette, daß Neysa Euch dorthin bringen will. Nun, das genügt. Ich muß fort." Er schimmerte, nahm wieder seine Einhorngestalt an und galoppierte mit donnernden Hufen und musizierendem Horn davon.

Stile hätte gern mehr über die Adepten und das Orakel erfahren. Nun, vielleicht würde Neysa es ihm sagen, wenn er sie freundlich darum bat. Clip hatte ihm jedenfalls sehr viel weitergeholfen.

Sie ritten weiter nach Westen, spielten kurze Duetts, vergnügten sich unterwegs. Stile erkannte, daß die Musik der Einhörner einem anderen Zweck diente: Sie informierte Freunde und Feinde über ihr Kommen. Einhörner waren kämpferische Tiere – die meisten Geschöpfe würden es vorziehen, ihnen auszuweichen, und so sorgte der Klang des Hornes dafür, daß sich ihnen niemand entgegenstellte. Stile sah Kaninchen und Truthähne und ein Armadillo, aber keine Raubtiere. Kurz, nur Geschöpfe, die für Einhörner keine Gegner darstellten.

Die Landschaft war sehr abwechslungsreich, saftige Wiesen wichen felsigen Hängen, Sümpfen, Seen und sandiger Ödnis. Im Norden und Süden zogen sich weiter die Zwillingsgebirge entlang.

Die nördlichen Gipfel waren schneebedeckt, unüberwindbar für jedes Geschöpf, das nicht über die Kraft und den Willen eines Einhorns verfügte. Die südlichen machten einen wärmeren Eindruck, sofern das Purpur nicht die Farbe ihres Schnees darstellte. Merkwürdig! Irgend etwas an dieser wilden Landschaft störte ihn, eine wachsende Vertrautheit, aber es gelang ihm nicht, sein diffuses Gefühl in Worte zu fassen.

Am Abend machte Neysa Rast, um zu grasen und Stile Gelegenheit zu geben, für sich selbst etwas Eßbares zu finden. Er stieß auf reife Getreideähren und Brombeeren. An sich hatte er geglaubt, daß Getreide im Herbst reifte und Brombeeren im Frühling, aber vielleicht unterschied sich diese Welt auch in dieser Hinsicht von anderen. Auf Proton konnte alles zu jeder Zeit in den Kuppeln wachsen. Dennoch, die Tatsache, daß er so problemlos eßbare Früchte gefunden hatte, machte ihn mißtrauisch – sofern Neysa nicht diesen Ort gekannt und ihn absichtlich hierhergebracht hatte. Ja, natürlich, so mußte es sein; sie kümmerte sich hervorragend um ihn.

In der Nacht, nach dem Aufgang des Mondes, verwandelte sie sich wieder. Stile hoffte, daß sie ihm auch ihre Glühwürmchengestalt zeigen würde, aber sie wurde sofort zu einem Menschen. „Weißt du, Neysa, du bist ungefähr das hübscheste Mädchen, das ich je gesehen habe – aber ich glaube, am besten gefällst du mir in deiner natürlichen Gestalt."

Sie lächelte geschmeichelt und küßte ihn. Es störte sie nicht, daß er ihr wegen ihres Einhornkörpers Komplimente machte. Sie war ihr ganzes Leben lang wegen einer angeblich falschen Färbung stigmatisiert worden, und offensichtlich gefiel ihr Stiles Bewunderung. Zweifellos war dies der eigentliche Grund dafür, daß sie ihn als Gefährten akzeptiert hatte. Er bewunderte sie wirklich für das, was sie war, und wahrscheinlich war er das erste Wesen außer ihren Verwandten, das ihr dieses Gefühl vermittelte. Demnach hatte sie ihn im Endeffekt trotz des Kampfes gar nicht töten wollen.

„Das Orakel...", begann er. Aber sie küßte ihn nur erneut.

Sie wollte nicht reden. Nun gut. Die Sturheit der Einhörner! Sie besaß andere Vorzüge. Er erwiderte ihren Kuß.

Am nächsten Morgen erteilte sie ihm Unterricht im Umgang mit dem Rapier. Stile hatte schon zuvor ein Schwert in der Hand gehalten, denn die Fechtkunst war ein Teil des Spiels. Aber wegen gewisser Umstände beschränkten sich seine Kenntnisse auf das Breitschwert – mit einem Rapier hatte er noch nichts zu tun gehabt.

Dieses leichte, dünne Schwert war ihm fremd – und wenn es die Art Waffe war, die man hauptsächlich in dieser Welt benutzte, so sollte er so rasch wie möglich damit umgehen lernen.

Neysa war eine Expertin. Stile hatte nicht angenommen, daß ein Einhorn der Waffe eines Gegners gestatten würde, so nah an ihre verwundbaren Augen, Ohren und Nase heranzukommen – aber die Nähe ihrer Sinnesorgane verschaffte ihr eine verblüffende Gewandtheit im Umgang mit ihrer eigenen Waffe. Stile begriff bald, daß er zustoßen konnte, ohne sie zu gefährden: Die Spitze seines Rapiers würde sie nie verletzen können. Selbst wenn es ihm gelang, ihre Verteidigung zu überwinden, was würde er schon treffen? Den massiven Knochen ihrer Stirn, auf dem das Horn ruhte. Es war ein härterer Stoß erforderlich, als einem Mann wie ihm möglich war, um diese Barriere zu durchdringen.

Nein, er mußte sich um seine eigene Sicherheit kümmern. Neysa war beim Parieren besser als beim Angriff, denn die leiseste Drehung ihres Kopfes bewegte die Hornspitze um mehrere Zentimeter, aber um einen Ausfall zu machen, mußte sie ihren ganzen Körper in Bewegung setzen. Somit war sie für die Verteidigung gegen einen angreifenden Gegner besser ausgerüstet, lief er so doch Gefahr, sich selbst an ihrem Horn aufzuspießen oder die Waffe aus der Hand geschlagen zu bekommen. Stile, zum Angriff gezwungen, wurde wiederholt entwaffnet, und sofort deutete ihr Horn dann auf seine ungeschützte Brust. Sie *konnte* zustoßen, und zwar mit schrecklicher Wucht – aber sie verzichtete darauf, wenn sie mit einem Freund focht. Wie konnte er nur gegen die Schnelligkeit und Kraft ihres natürlichen Horns angehen?

Aber Stile lernte rasch. Bald versuchte er nicht mehr, Kraft mit Kraft zu begegnen. Statt dessen setzte er die Finessen ein, die er beim Umgang mit dem Breitschwert entwickelt hatte, begegnete der Kraft mit List. Schon gelang es Neysa nicht mehr, ihn zu entwaffnen, und manchmal durchbrach er ihre Deckung und stoppte die Rapierspitze kurz vor ihrem weichen, langen Hals. In einem richtigen Kampf hätte er keine Chance gegen sie gehabt, aber er schloß die Lücke immer mehr.

Aber gleichzeitig wurde er müde. Seine Kehle war trocken, und vor seinen Augen flimmerte es. Er spürte, wie ihm die Hitze ins Gesicht stieg, obwohl er fröstelte. Neysa machte eine Finte – und er stürzte fast in ihr Horn.

„Feindliche Magie!“ keuchte er. „Meine Kraft...“

Dann wurde er bewußtlos.

9. Kapitel

Beförderung

Träume kamen, gaben alte Erinnerungen frei...

Der Waffenprogrammdirektor sah auf ihn hinunter. „Bist du sicher, daß du dich am Schwert ausbilden lassen willst, Junge? Schwerter sind ziemlich schwer." Er meinte, schwer für jemanden von Stiles Größe.

Erneut dieser aufkeimende Zorn, diese hilflose Wut, mit der ihn die gedankenlosen Beleidigungen Fremder erfüllten. Dieser verdammte Zwang zu beweisen, daß er nicht so klein war, wie er ihnen erschien. Und vor allem der Zwang, es sich selbst zu beweisen. „Ich brauche ein Schwert. Für das Spiel."

„Ah, das Spiel." Der Mann blinzelte ihm verstehend zu. „Vielleicht habe ich dich dort schon einmal gesehen. Name?"

„Stile." Für einen Moment hoffte er, daß das Spiel seinen Namen inzwischen bekannt gemacht hatte und er zumindest daraus Befriedigung gewinnen konnte.

Der Mann schüttelte den Kopf. „Nein, es muß jemand anders gewesen sein. Ich glaube, es war ein Kinderstar."

Also erinnerte Stile diesen Tölpel an ein Kind. Dem Programmdirektor kam nicht einmal der Gedanke, daß eine derartige Bemerkung einem erwachsenen Mann gegenüber nicht gerade von Höflichkeit zeugte. Aber es wäre sinnlos, offen darauf zu reagieren – oder verdeckt. Warum konnte er nicht einfach die Gedanken der anderen Menschen ignorieren, so daß ihre Meinungen wie Wasser von ihm abliefen? Stile war gut im Spiel, aber nicht *so* gut. Noch nicht. Er besaß noch eine Reihe Schwachstellen, um die er sich kümmern mußte – und diese gehörte dazu. „Vielleicht werden Sie mich eines Tages sehen – mit einem Schwert."

Der Direktor lächelte herablassend. „Es ist dein Recht. Was für eine Klinge möchtest du?"

„Das Rapier."

Der Mann sah in seiner Liste nach. „Dieser Lehrgang ist ausgebucht. Ich könnte dich auf die Reserveliste des nächsten Monats setzen."

Das war eine Enttäuschung. Stile hatte die Gewandtheit des Rapiers bewundert, und er hatte das Gefühl, daß er gut damit umgehen konnte. „Nein, ich habe jetzt Zeit."

„Der einzige Lehrgang, für den noch Schüler angenommen werden, ist der Breitschwert-Kursus. Ich bezweifle, daß du damit einverstanden bist."

Stile bezweifelte das auch. Aber ihm gefiel die hochnäsige Art des Direktors nicht. Es war eine Sache, von oben herab behandelt zu werden, eine andere, mit Würde darauf zu reagieren. „Ich nehme den Breitschwert-Kursus."

Der Mann konnte ihn nicht zurückweisen. Jeder Leibeigene war zur Teilnahme an jedem Übungslehrgang berechtigt, solange er Arbeit besaß und das Training ihn nicht von seinen zugewiesenen Pflichten abhielt. „Ich weiß nicht, ob wir einen Ausbilder von deiner Größe haben."

Stile stellte sich vor, in seiner ersten Stunde gegen einen Riesen kämpfen zu müssen. Auch das gefiel ihm nicht. „Verfügen Sie denn nicht über ein Arsenal von Robotern aller Größen?"

Der Mann schaute nach. Es war offensichtlich, daß er Stile Hindernisse in den Weg legte, um ihn zu entmutigen, weil er sein Ansinnen für überflüssige Mühe hielt. Er konnte einen Verweis von seinem eigenen Herrn erhalten, wenn er einen Leibeigenen einem Lehrgang zuteilte, der ihn überforderte und ihn der Gefahr einer Verletzung aussetzte. „Nun, wir haben einen, aber..."

„Ich nehme ihn", erklärte Stile entschlossen. Dieser Tölpel würde ihn nicht aufhalten!

Der Direktor zuckte die Schultern und lächelte starr. „Zimmer 21."

Stile war überrascht. Das war sein Alter. Einundzwanzig. Seit einem Jahr war er nun schon Stallknecht. Gewiß ein Zufall. Mechanisch dankte er dem Direktor und ging zum Zimmer 21.

„Guten Tag, Ma'am", sagte der Ausbilder, als er zum Leben erwachte. „Gestatten Sie bitte, daß ich Ihnen diesen Schutzbüstenhalter anlege, damit jeder Unfall ausgeschlossen ist." Sie hielt den gepanzerten BH hoch.

Ein weiblicher Roboter, der natürlich auf eine Frau programmiert war. So also hatte der Direktor das Problem der Größe gelöst.

Stile malte sich das höhnische Lächeln des Direktors aus, wenn er jetzt verzichtete. Er knirschte mit den Zähnen. „Ich brauche den

Büstenhalter nicht, ich bin ein Mann.“ Wie bedeutungsvoll diese Feststellung wirkte! Wenn er doch nur die Menschen dazu bringen könnte, daß sie ihm zuhörten. Er war ein Mann, kein Knirps, kein Kind.

Der Roboter zögerte. Ihr Gesicht und ihre Figur waren die einer jungen Frau, aber sie gehörte nicht zu den hochentwickelten Typen. Für einen derartigen Zwischenfall war sie nicht programmiert. „Ma'am, es ist Vorschrift...“

Sinnlos, mit einer Maschine zu streiten! „In Ordnung.“ Stile nahm den Büstenhalter und band ihn um seine Hüfte. Dort würde er vielleicht ein wenig das beschützen, was einem Mann wertvoll war.

Die Maschine lächelte. „Sehr gut, Ma'am. Und hier sind die Waffen.“ Sie öffnete einen Schrank.

Es erschien Stile ungewöhnlich, sich von einer Ausbilderin im Umgang mit dem Breitschwert unterweisen zu lassen, aber er wußte, daß auch Frauen an dem Spiel teilnahmen, und es gab keine Beschränkungen, was Größe, Alter, Erfahrung oder Geschlecht anbetraf, und nicht alle verzichteten, wenn es zum Fechten kam. Sie dachten wie er: Sie würden kämpfend untergehen. Oft geschah es, daß eine Person mit einer derartigen Einstellung keinesfalls verlor: Er/Sie gewann zu seiner/ihrer Überraschung. Die Einstellung war wichtig.

Die Maschine war nicht klug, aber ausgezeichnet programmiert. Sie begann mit den Grundkenntnissen, überließ nichts dem Zufall. Haltung, Bewegungsabläufe, Strategie, Übungen, die er zu Hause erledigen mußte, um seine Fähigkeiten zu verbessern. Vorsichtsmaßnahmen, Trefferwahrscheinlichkeit und Selbsteinschätzung. Grundlegende, aber sehr nützliche Dinge. Wenn ein Ausbildungsprogramm auf Proton eingesetzt wurde, dann war es das Beste, was man in der Galaxis bekommen konnte.

Stile entdeckte, daß das Breitschwert gewisse Vorteile besaß und im Umgang bestimmter Techniken bedurfte. Es verfügte über zwei Schneiden und die Spitze, was es vielseitiger machte – für jemanden, der es beherrschte. Es war nicht schwer – moderne Legierungen und Molekülschaummetalle machten die Klinge leicht und gleichzeitig scharf. Bald wurde ihm klar, daß ihm diese Waffe in einem Spiel Vorteile erbringen konnte. Die meisten Gegner würden erwarten, daß er das Rapier wählte, und sich entsprechend darauf einstellen. Auf derartigen Fehleinschätzungen beruhten viele Spielentscheidungen.

Am nächsten Morgen meldete er sich wie gewöhnlich bei den Ställen. „Stile, wir bekommen eine Robottrainerin von einer anderen Farm“, sagte der Vorarbeiter. „Der Name ist Roberta. Geh zum Eingangstor, und bring sie her.“ Und er lächelte verstohlen.

Stile ging los, ohne Fragen zu stellen, denn er wußte, daß ein anderer Stallknecht in der Zwischenzeit seine Arbeit übernehmen würde. Es war eine ehrenvolle Aufgabe, einen neuen Trainer zu begrüßen. Zweifellos war Roberta eine besondere Maschine.

Sie wartete bereits am Tor, als Stile eintraf. Sie befand sich im Schatten eines Zwergeukalyptusbaumes und saß auf einer hübschen rotbraunen Stute von etwa vierundsechzig Zoll Schulterhöhe. Der Torwächter wies mit halb verborgenem Grinsen auf sie.

Was war so komisch an dieser Maschine? Stile wurde unbehaglich an den Waffenprogrammdirektor erinnert, der gewußt hatte, daß es sich bei dem Ausbilder um einen weiblichen Roboter gehandelt hatte. Von einem Roboter getäuscht zu werden, war immer peinlich, denn kein Roboter täuschte bewußt. Sofern er nicht dafür programmiert war – doch das war eine andere Angelegenheit.

Diese Maschine machte keinen außergewöhnlichen Eindruck: langes, blondes Haar, eine perfekte Figur – dem Standard entsprechend, da man einem humanoiden Roboter jede gewünschte Form verleihen konnte. Warum eine Karikatur erschaffen? Sie war klein für einen Trainer – kleiner als die Fechtlehrerin, mit der er gearbeitet hatte. Offensichtlich war sie eine Reiterin – war sie auch ein Jockey? Um die talentiertesten Pferde für die Rennen abzurichten? Kein Robotjockey durfte an einem richtigen Rennen teilnehmen, aber kein Mensch besaß die programmierte Geduld einer Trainermaschine, und die Pferde gediehen gut unter einer derartigen Behandlung.

„Roberta, folge mir“, befahl Stile und begann über die Zufahrtsstraße zurück zu den Ställen zu gehen.

Die Maschine folgte ihm nicht. Stile blieb stehen und drehte sich verärgert um. „Roberta, begleite mich, wenn es dir nichts ausmacht.“ Die letzte Bemerkung war ironisch gemeint, da Roboter keinen freien Willen besaßen.

Sie sah ihn nur an und lächelte.

O nein – war sie ein Idiotenmodell, nicht auf verbale Anweisungen programmiert? Aber an sich waren alle humanoiden Roboter so konstruiert, daß sie zumindest auf ihren Namen reagierten. „Roberta!“ sagte er entschieden.

Die Stute drehte ihm ihre Ohren zu. Das Mädchen kicherte. „Sie reagiert nur auf deutlich ausgesprochene Direktiven", erklärte sie.

Stiles Augen wanderten von dem Mädchen zur Stute. Langsam wurde er rot bis zu den Haarwurzeln. „Das Pferd", murmelte er.

„Roberta, sag dem roten Mann guten Tag", bat das Mädchen und berührte den Kopf des Pferdes mit ihrer Reitpeitsche.

Die Stute wieherte.

„Ein Robotpferd", wiederholte Stile benommen. „Ein lebendes Mädchen."

„Du bist sehr intelligent", spottete das Mädchen. „Wie heißt du?"

„Äh, Stile." Von allen Fettnäpfchen, in die man treten konnte, hatte er sich das größte ausgesucht!

„Nun, Äh-Stile, wenn du auf Roberta aufsitzen kannst, dann kannst du sie mitnehmen."

Seine Verlegenheit wich einem anderen unangenehmen Gefühl. „Ich bin Stallknecht. Ich reite nicht."

Geschmeidig stieg sie ab. Zu Fuß war sie ein wenig kleiner als er – es überraschte ihn. Sie bewegte sich so selbstsicher, wie man es normalerweise von einer größeren Person gewohnt war, aber Größe war für Frauen natürlich nicht so wichtig. „Du bist offensichtlich ein Jockey, Äh-Stile, so wie ich. Versuche nicht, mich zum Narren zu halten."

„Ich heiße Stile, nicht äh", stieß er hervor.

„Stile Nichtäh? Was für ein ungewöhnlicher Beiname!"

„Nur Stile. Wie heißt du?"

„Ich bin Tune. Da wir nun den Höflichkeiten Genüge getan haben, kannst du ja dein Hinterteil auf den Roboter liften."

„Du verstehst nicht. Stallknechte pflegen die Pferde – sie reiten sie nicht."

„Das ist kein Pferd, das ist ein Roboter. Wer hat je von einem Jockey gehört, der nicht reitet?"

„Ich habe dir schon gesagt, daß ich kein..." Dann kam ihm die Erleuchtung. *„Deshalb* also hat mich mein Herr genommen! Weil ich klein bin. Er wollte einen potentiellen Jockey!"

„Dein Verstand ist außerordentlich scharf."

„Meinst du... meinst du das wirklich?"

„Es ist offensichtlich. Warum sollte jemand sonst Interesse an Leibeigenen von unserer Größe haben? Dein Herr hat dich zuerst auf dem Boden beschäftigt, eh? Mit Dungsammeln?"

„Mit Dungsammeln", bestätigte er und begann sich besser zu

fühlen. Dieses Mädchen war klein. Sie machte sich nicht über ihn lustig, sie stichelte nur spielerisch. „Bis ich einen Wurm fand."

„Einen ganzen Wurm?" fragte sie mit großen Augen. „Wie hat er geschmeckt?"

„Einen Parasitenwurm. Im Dung."

„Sie schmecken nicht besonders gut."

„Jetzt bin ich seit einem Jahr im Stall. Vom Reiten habe ich nicht die geringste Ahnung."

„Ha. Du hast jede Bewegung der Reiter beobachtet", widersprach Tune. „Ich weiß Bescheid. Ich habe wie du angefangen. Ich hatte allerdings nicht das Glück, einen Wurm zu finden. Ich habe mich hochgearbeitet. Jetzte reite ich Rennen. Ich gewinne nicht viele, aber ich habe mich oft genug plaziert. Jetzt arbeite ich als Leihtrainerin. Für jene, die nach mir kommen und so weiter. Komm schon – ich zeige dir, wie man reitet."

Stile zögerte. „Ich glaube nicht, daß es mir erlaubt ist..."

„Der Rufer in der Wüste!" stieß sie hervor. „Muß ich dich mit der Hand füttern? Steig hinter mir auf. Roberta wird es nicht stören."

„Es hat nichts mit dem Pferd zu tun. Es liegt an meinem Herrn. Er ist strikt..."

„Er hat dir verboten, auf einen Roboter zu steigen?"

„Nein, aber..."

„Was wird er sagen, wenn du Roberta nicht zu deinem Stall bringst?"

War das eine Drohung? Besser, sie war verärgert – und nicht sein Herr. „Angenommen, ich setze dich einfach wieder auf die Stute und führe sie am Zügel zum Stall?"

Tune zuckte die Schultern. Sie besaß die Figur dazu. „Angenommen, du versuchst es?"

Er würde sich nicht bluffen lassen! Stile trat auf sie zu, um sie hochzuheben. Tune küßte ihn leidenschaftlich.

Stile fuhr zurück, als hätte er einen Schlag erhalten. Tune musterte ihn aus zehn Zentimetern Entfernung von oben bis unten. „Hast du genug? Außerdem kannst du Roberta nicht führen. Sie ist nur auf Reiten programmiert."

Stile erkannte, daß er verloren hatte. „Machen wir's auf deine Art. Es wird deine Schuld sein, wenn man mich feuert."

„Ich wußte, daß du zum Licht gelangen würdest!" entfuhr es ihr erfreut. Sie schob ihren Fuß in den Steigbügel und schwang sich in den Sattel. Dann zog sie ihren Fuß heraus. „Benutz' den Steigbügel. Halte dich an mir fest. Hebe deinen linken Fuß. Es ist ein großer Schritt beim erstenmal."

Das war es in der Tat. Vierundsechzig Zoll waren über hundertsechzig Zentimeter – ein Zehntel Meter mehr als er selbst maß. Er mußte seinen Fuß bis zur Hüfte heben, um an den Steigbügel zu gelangen. Er hatte die Reiter beobachtet, wie geschmeidig sie aufgestiegen waren, aber die Beobachtung allein verlieh ihm keinesfalls diese Fertigkeit. Tune war ihm im Wege. Er hatte Angst, bei seinem Versuch, auf den Pferderücken zu klettern, seinen Kopf gegen ihre linke Brust zu rammen.

Sie kicherte und griff mit der linken Hand nach unten, packte ihn unter der Achselhöhle. Sie zog, während er sich losstemmte, und er kam hoch – und prallte mit dem Kopf gegen ihre Brust. „Schwing es herum, über das Pferd", sagte sie. Dann, als er verwirrt verharrte, fügte sie hinzu: „Ich meine dein rechtes Bein, du Einfaltspinsel."

Stile spürte, wie die Hitze ihm ins Gesicht stieg. Ungeschickt bewegte er sein Bein. Er berührte den Pferderücken mit dem Knie, aber es gelang ihm, es über die Flanke zu schwingen, und schließlich richtete er sich hinter Tune auf. Niemand hätte ihn in diesem Moment für einen Turner gehalten!

„Dieses Aufsitzen sollte ins Buch der Rekorde eingehen", bemerkte sie. „Dein Gesicht ist so heiß, daß es fast meine... Haut verbrannt hätte." Stile konnte ihr Gesicht nicht sehen, aber er wußte, daß sie vergnügt lächelte. „Jetzt lege deinen Arm um meine Hüfte, damit du dein Gleichgewicht gewinnst. Dein Herr wäre vermutlich leicht irritiert, wenn du hinunterfallen und dir den Schädel einschlagen würdest. Gute Dungsammler sind schwer zu ersetzen. Er würde annehmen, daß Roberta zu wild für dich war."

Benommen streckte Stile die Arme aus und verschränkte seine Finger über ihrem kleinen festen Bauch. Tunes Haar war in seinem Gesicht. Es roch angenehm, fast nach Heu.

Tune bewegte leicht die Beine, und unvermittelt begann das Pferd zu traben. Stile war plötzlich erregt. Dies war, als ob man mit einem Boot über ein unruhiges Meer segelte – das Miniaturmeer mit den künstlichen Wellen, das zu den Spielanlagen gehörte. Tunes Körper kompensierte das Schaukeln mühelos. Sie ritten über den Pfad.

„Ich habe dich im Spiel gesehen", sagte Tune. „Du bist recht gut, aber dir fehlen noch ein paar Dinge."

„Ich habe gestern mit dem Fechtunterricht begonnen", entgegnete Stile halb geschmeichelt, halb verteidigend.

„Das auch. Was ist mit den künstlerischen Fächern?"

„Nun, die Kriegskunst..."

Sie drehte ihre Reitpeitsche, schob sie in den Mund – und spielte eine hübsche kleine Melodie. Das Ding war ein getarntes Musikinstrument, wahrscheinlich eine Flöte oder eine Blockflöte.

Stile war verzaubert. „Das ist das Schönste, was ich je gehört habe!" rief er, als sie verstummte. „Wer führt das Pferd?"

„Man braucht keine Zügel, um ein Pferd zu führen – hast du das noch nicht bemerkt? Man braucht zum Reiten auch keinen Sattel. Nicht wenn man seinen Beruf beherrscht. Deine Beine, der Druck deines Gewichts – schau."

Roberta wandte sich nach links, bis sie einen vollen Kreis beschrieben hatte.

„Hast du das getan?" fragte Stile. „Ich habe nichts gesehen."

„Leg deine Hand auf mein linkes Bein. Nein, weiter oben, Stile; ich möchte, daß du die Anspannung der Muskeln spürst. Siehst du, wenn ich auf dieser Seite drücke, wendet sie sich nach rechts. Wenn ich mein Gewicht nach hinten verlagere, bleibt sie stehen." Tune lehnte sich an Stile, und das Pferd verharrte. „Ich neige mich nach vorn, so wenig, daß du es nicht sehen kannst, aber sie fühlt es – halt dich an mir fest, damit du es auch spürst – ja, genau." Ihr Hinterteil schob sich nach vorn, und das Pferd setzte sich wieder in Bewegung. „Hast du es gefühlt?"

„Du bist phantastisch", sagte Stile.

„Ich bezog mich auf die Führung des Pferdes. Über mich weiß ich bereits Bescheid."

„Äh, ja."

„Roberta reagiert nur auf korrekte Signale; sie besitzt keine Launen wie ein lebendes Tier. Du mußt bei ihr nur alles richtig machen. Deshalb benutzt man sie zum Trainieren. Damit die Pferde den Reitern keine schlechten Gewohnheiten beibringen. Du hast bemerkt, daß sie dich ignoriert hat, als du vom Boden aus mit ihr gesprochen hast. Sie reagiert nur auf ihren Reiter. Schließlich ist sie kein Ackergaul."

„Sie ist auch phantastisch."

„Oh, das ist sie! Aber ich... ich habe zwei reizende kleine Fehler."

Stile war jetzt außergewöhnlich interessiert. „Und was sind das für Fehler?"

„Ich lüge ein wenig."

Bedeutete dies, daß er nicht allem trauen konnte, was sie ihm gesagt hatte? Eine unangenehme Vorstellung! „Was ist mit dem anderen?“

„Woher willst du wissen, ob es stimmt?“

In der Tat. Falls sie ihn darüber belog...

Tune spielte wieder auf ihrem Instrument. Es war, wie sie erklärte, eine Manualmundharmonika mit versteckten Tasten; sie blies hinein, und auf Tastendruck standen ihr zweieinhalb Oktaven zur Verfügung. Ihr Name paßte zu ihr*: Ihre Musik war exquisit. Sie hatte recht – er mußte sich mit Musik beschäftigen.

Tune und Roberta begannen die neuen Reiter auszubilden. Stile kehrte zu seinen üblichen Pflichten zurück. Aber plötzlich war es nicht mehr so interessant, sich zu Fuß mit den Pferden zu beschäftigen. Seine Gedanken waren woanders. Tune war das erste wirklich attraktive Mädchen, das er getroffen hatte und das kleiner war als er. Welch unwichtige Eigenschaft die Körpergröße auch sein mochte – von seinem subjektiven Standpunkt aus betrachtet hatte sie erhebliche Bedeutung.

Heute war er für den Auslauf der Pferde verantwortlich. Er mußte sie an ein feststehendes Joch binden, das mit einem Drehkranz verbunden war, so daß sie nicht ausbrechen konnten und im Kreis trotteten. Es war eine ausgezeichnete Übung, wenngleich langweilig für Mensch und Pferd. Einige Pferde waren für die mechanische Führung zu temperamentvoll, so daß er sie mit der Hand führen mußte. Er band einfach ein Seil um einen künstlichen Baum und hielt sich mit der Hand an dem Strick fest, während er das Tier vor sich hertrieb.

Stile konnte trotz seiner Größe gut mit Pferden umgehen. Sie gehorchten ihm selbst dann, wenn sie sich allen anderen Stallknechten verweigerten. Unglücklicherweise bedeutete dies, daß er sich um die eigenwilligsten Pferde kümmern mußte, wenn es um den Auslauf ging. Kein Pferd machte Ärger, wenn es gefüttert oder auf die Weide getrieben wurde, aber viele reagierten auf lästigere Tätigkeiten bockig.

Das erste Pferd, das er ausführen mußte, war Spuk – das schlimmste von allen. Spuk war am ganzen Körper pechschwarz, was wahrscheinlich seinen Namen erklärte. Er war außerdem extrem leicht erregbar – was seine Namensgebung vielleicht noch besser erklärte. Er konnte ein Rennen gegen die Besten bestehen,

* Tune (engl.) = Melodie (Anm. d. Übers.)

gegen die Allerbesten – aber dafür mußte er in Höchstform gehalten werden.

„Komm schon, Spuk“, sagte Stile sanft. „Du willst doch nicht schwach und fett werden, oder? Wie würdest du dich fühlen, wenn irgendeine plattfüßige Stute deine Zeit in einem Rennen schlagen würde? Du weißt, daß du trainieren mußt.“

Spuk wußte nichts von derartigen Dingen. Seine Karrierewünsche bezogen sich aufs Grasen und Besteigen – in seinen Vorstellungen gab es nur wenig Platz für Gedanken an ein Training. Er verfügte über ein ganzes Arsenal von Listen, um das Unausweichliche hinauszuschieben. Als Stile auftauchte, zog sich Spuk in die hinterste Ecke seines Pferches zurück, und kaum stand Stile vor ihm, versuchte er fortzuspringen. Aber Stile war wachsam und packte ihn am Halfter. Er mußte hoch hinaufgreifen, denn dieses Pferd konnte über Stiles Kopf hinwegschauen, ohne den eigenen Kopf zu heben. Spuk hätte Stile niedertrampeln können, wenn er das gewollt hätte, aber er war kein bösartiges Tier, und möglicherweise gefiel ihm dieses regelmäßige Spielchen sogar.

Spuk versuchte, in Stiles Hand zu beißen. „Nein!“ sagte Stile scharf und hob die freie Hand, wie um auf das vorwitzige Maul zu schlagen, und das Pferd ließ ab. Bewegung und Gegenbewegung, ohne daß es zu Gewalttätigkeiten kam. Das war die normale Sprache der Pferde, die über eine ganze Reihe von Gebärden verfügten, um sich klar verständlich zu machen.

Sie bewegten sich ein paar Schritte über den Pfad, dann blieb Spuk plötzlich stehen und bohrte alle vier Läufe wie kleine Baumstämme in den Boden. Selbst für einen großen Mann war er natürlich viel zu schwer, um ihn durch den Einsatz roher Kraft von der Stelle zu bewegen. Aber Stile schlug ihn leicht mit dem freien Ende der Zügel auf die Flanke, und verdutzt trottete er weiter.

Spuk versuchte dann, Stile vom Pfad gegen einen Schuppen zu drücken, aber Stile stemmte sich gegen den Kopf des Pferdes und stieß ihn zurück. Kontrollierte man den Kopf, kontrollierte man den Körper; er hatte dieses Prinzip in seiner Kampfausbildung gelernt und manche Auseinandersetzung gewonnen, indem er seine weit schwereren Gegner in den Schwitzkasten genommen hatte – denn ihre größere Masse war bei dieser Strategie nutzlos. Wenige Geschöpfe kamen ohne ihre Köpfe sehr weit.

Spuk versuchte, den Kopf so hoch zu heben, daß Stile ihn nicht mehr erreichen konnte. Stile hielt sich fest, obwohl sich seine Füße vom Boden lösten. Nach einem Moment wurde sein Gewicht zuviel für das Pferd, und es senkte den Kopf wieder. Andere Stallknechte benutzten bei ihm einen Martingale, einen Gurt, um den Kopf unten zu halten, aber das erregte dieses Pferd nur noch mehr. Stile zog die sanfte Methode vor.

Endlich hatten sie den Auslaufbaum erreicht. „Geh!“ befahl er und machte eine bedeutungsvolle Bewegung mit der Peitsche. Das Pferd schnaubte, musterte ihn und entschied, diesmal nachzugeben. Es ging.

Jedes Pferd war einzigartig. „Spuk, du machst mehr Ärger als ein Stall voller Ratten, aber ich mag dich“, sagte Stile zärtlich. „Bringen wir das hinter uns, schwitz ruhig ein wenig, dann werde ich dich trockenreiben. Danach wartet die Weide auf dich. Was hältst du davon?“

Spuk sah ihn an und deutete dann mit der Schnauze in Richtung Weide. Wie die Ohren, so waren auch die Schnauzen der Pferde sehr ausdrucksstark: Eine Schnauzenbewegung konnte eine Bitte oder eine Beleidigung sein. „Zuerst wird gelaufen“, beharrte Stile.

Spuk leckte über seine Lippen und kaute auf einer Phantomdelikatesse. „In Ordnung!“ lachte Stile. „Eine Karotte, und dann wirst du abgerieben. Das ist mein letztes Angebot. Und jetzt trotte. Trott!“

Es war alles in Ordnung. Das Pferd ging in einen klassischen Trott über. Jedes Pferd sah bei dieser Gangart gut aus, aber Spuk war hübscher als die meisten. Sein pechschwarzes Fell glänzte, und seine Art, die Hufe zu heben, unterstrich die Präzision seiner Bewegungen. Der Auslauf begann ein Erfolg zu werden.

Stiles Gedanken wanderten. Das Mädchen, Tune – konnte sie recht haben mit ihrem Urteil über seine Bestimmung? Es gab strenge Regeln bei den Pferderennen, eine Folge der allgegenwärtigen Androiden, Kyborgs und Roboter. Die Pferde mußten rein natürlichen Ursprungs sein und von rein natürlichen Jockeys geritten werden. Je weniger Gewicht ein Pferd tragen mußte, desto schneller konnte es laufen – es gab hier keine standardisierten Gewichtsvorschriften. Demnach konnte ein Mann, der so klein wie Stile war – ja, es ergab Sinn, aus dem Blickwinkel eines Bürgers betrachtet. Bürger kümmerten sich nicht um die Wünsche oder Gefühle der Leibeigenen. Bürger kümmerten sich nur um sich selbst. Stiles Geschick im Spiel, seine Intelligenz und Lernbereitschaft – diese Dinge waren irrelevant. Er war klein und gesund und verfügbar, deshalb war er dazu bestimmt, ein Jockey zu werden. Wäre er drei Meter groß gewesen, hätte ihn dies zur Mitgliedschaft in der Klassischbasketball-Mannschaft eines Bürgers verdammt. Er brauchte es nicht zu mögen – er arbeitete, wo er angestellt war, oder er verließ Proton für immer. So war das System.

Dennoch, wäre es so schlimm, Rennen zu reiten? Tune schien es zu gefallen. Auf einem Pferd wie Spuk hier, das ihn zum Sieg trug, während er die Verfolger hinter sich ließ und hörte, wie ihn die Menge anfeuerte... es gab gewiß schlimmere Dinge als das! Er mochte Pferde, er mochte sie sogar sehr. Vielleicht hatte ihm der Bürger einen Gefallen getan und aus seiner Größe einen Vorteil gemacht. Ein Tölpel wie der Stallbursche Bourbon konnte vielleicht ein Reiter werden, aber niemals ein Rennjockey. Nur ein kleiner Mensch konnte das. Die meisten waren Frauen wie Tune, denn Frauen waren zumeist kleiner und zarter. Stile war die Ausnahme. Jetzt war er fast froh wegen seiner geringen Größe.

Und Tune selbst – was für eine Frau! Er würde sich mit Musik beschäftigen. Nie war ihm in den Sinn gekommen, daß ein gewöhnlicher Leibeigener etwas derart Schönes erschaffen konnte. Ihr... was war das für ein Instrument? Die Tastenmundharmonika. Ihr musikalisches Solo, das aus dem Nichts zu entstehen schien, hatte ihn in Verzückung versetzt! Ja, er würde sich mit Musik beschäftigen. Vielleicht gefiel ihr das, und ihm lag sehr viel daran, ihr zu gefallen.

Natürlich, sie konnte sich die Männer aussuchen. Sie besaß Anmut und Witz und Selbstvertrauen. Sie konnte mit einem Riesen gehen, wenn sie wollte. Stile konnte sich die Frauen nicht aussuchen. Er mußte eine nehmen, die kleiner war als er. Nicht weil er es verlangte, sondern weil die Gesellschaft es so wollte. Wenn er sich bei den Leibeigenen mit einem Mädchen sehen ließ, das größer war als er, würden die anderen lachen und dadurch die Beziehung zerstören. So war er einer unter vielen, von Tune aus betrachtet, während sie die einzige für ihn war.

Das Problem war – jetzt, wo er wußte, daß er sie wollte –, daß seine Schüchternheit ihn hinderte und jede direkte Annäherung fast unmöglich machte. Wie sollte er...

„Zur Seite, Kleiner!" Es war Bourbon, der Stallknecht, Stiles größter Feind. Bourbon war geübt darin, Stile in Schwierigkeiten zu bringen, und er schien Stile wegen seiner Kleinheit zu verabscheuen. Stile hatte das bisher nie verstanden – aber jetzt, wo er sich selbst als potentieller Jockey erkannt hatte, begann die Abneigung des größeren Mannes einen Sinn zu ergeben. Bourbon liebte es, Wagnisse einzugehen. Auseinandersetzungen zu bestehen, andere auszustechen – und seine Größe würde beim Pferderennen ein Nachteil für ihn sein. Heute führte Bourbon Pepper, einen salz-pfefferfarbenen Hengst. „Mach Platz für einen Mann und sein Pferd!"

Spuk scheute vor der lauten Stimme. Er sprang nach vorn. Das Seil riß seinen Kopf herum. Der Leib des Pferdes straffte sich, und es überschlug sich dann. Das Seil riß, wie es auch beabsichtigt war; ein Pferd konnte sich verletzen, wenn es sich darin verfing.

Pepper scheute ebenfalls, angesteckt von dem anderen Pferd. Wiehernd krängte er in eine Wand. Das importierte Echtholz zersplitterte, und Blut tropfte zu Boden.

Stile rannte zu Spuk. „Ruhig, Spuk, ruhig! Alles ist in Ordnung! Ruhig! Ruhig!" Er legte seine Arme um Spuks Hals, als er sich wieder aufrichtete, versuchte, das Tier durch die körperliche Berührung zu beruhigen.

Fluchend riß Bourbon Peppers Kopf herum. „Schau, was du angerichtet hast, Knirps!" fauchte er Stile an. „Von allen mickrigen, tranköpfigen, geistesschwachen..."

Das war alles. Ein lautstarker Streit hätte andere angelockt und beide Stallknechte in große Schwierigkeiten gebracht. Bourbon führte sein Pferd weiter, noch immer über die Unfähigkeit von Zwergen schimpfend, und Stile gelang es endlich, Spuk zu beruhigen.

Das würde Ärger geben. Stile kochte innerlich aus Wut über die Beleidigungen, die Bourbon den Verletzungen hinzugefügt hatte, und er wußte sehr gut, daß Bourbon allein für den Zwischenfall verantwortlich war. Das Pferd hatte einen Kratzer an seinem glänzenden Hals und hinkte mit einem Huf. Stile konnte den Kratzer mit Fixativ einreiben und die Mähne darüberkämmen und so die Wunde verdecken, bis sie geheilt war, aber der Huf war etwas anderes. Kein Huf, kein Pferd, lautete das Sprichwort. Es konnte sich lediglich um eine geringfügige Verletzung handeln – aber es konnte auch etwas Ernstes sein.

Er durfte kein Risiko eingehen. Der Huf mußte untersucht werden. Es konnte ihn eine Menge kosten, denn er war verantwortlich für jede Verletzung eines jeden Tieres, das sich in seiner Obhut befand. Seine Beförderung konnte um ein Jahr verschoben werden, und das jetzt, wo sich sein Ehrgeiz verdoppelt hatte. Verdammter Bourbon! Hätte der Mann doch nur nicht so laut in der Nähe eines Pferdes gesprochen, das als leicht erregbar bekannt war – aber natürlich hatte Bourbon es bewußt getan. Seit drei Jahren war er schon Stallknecht und glaubte, daß seine Beförderung überfällig war. Er ließ seine Enttäuschung nicht nur an Stile, sondern auch an den anderen aus, und natürlich mißfiel ihm, daß Stile so gut mit den Pferden zurechtkam.

Stile wußte, warum man Bourbon übergangen hatte. Es lag nicht an seiner Größe, denn gewöhnliche Reiter und Trainer konnten jede Größe haben. Bourbon war einfach zu gemein zu den Pferden, was sich in Kleinigkeiten bemerkbar machte, von denen er glaubte, daß sie nicht sichtbar waren und nicht nachgewiesen werden konnten. Er piesackte sie und behandelte sie mit unnötiger Grobheit. Hätte er Spuk ausgeführt, hätte er den Martingale und den Elektrostock benutzt. Andere Knechte konnten ohne einen Blick auf den Dienstplan zu werfen sagen, welche Pferde von Bourbon behandelt worden waren, denn diese Tiere waren noch tagelang danach nervös und menschenscheu.

Natürlich würde Stile Bourbon nicht melden. Er besaß keinen Beweis, und es würde dem Kodex der Leibeigenen widersprechen und zu nichts führen. Technisch gesehen hatte der Mann nichts Falsches getan: Stiles Pferd hatte zuerst gescheut. Stile hätte besser aufpassen und Spuks Aufmerksamkeit früher auf den Störenfried lenken müssen, damit er sich nicht erschreckte. Teilweise war es Stiles Schuld, und das nicht zum erstenmal. Die Lektionen waren hart.

Jetzt konnte er nichts tun, als seine Medizin zu nehmen, bildlich gesprochen, und Spuk ebenfalls seine Medizin zu geben, im buchstäblichen Sinne. Er führte das Pferd zum Büro des Veterinärs. „Ich habe ihn ausgeführt. Er hat gescheut und ist gestürzt", erklärte Stile, und er fühlte sich so lahm wie das Pferd.

Der Mann untersuchte sorgfältig die Verletzungen. „Du weißt, daß ich das melden muß?"

„Ich weiß", nickte Stile ernst. Der Veterinär war ein gutmütiger, ehrlicher Mann. Er tat, was er tun mußte.

„Pferde scheuen nicht ohne Grund, nicht einmal dieses. Was hat ihn nervös gemacht?"

„Ich muß unachtsam gewesen sein", sagte Stile. Er mochte die Halbwahrheit nicht, aber er war gefangen zwischen seiner eigenen Fahrlässigkeit und dem Kodex der Leibeigenen. Diesmal würde er wieder ganz unten auf dem Totem sein.

Der Veterinär blinzelte ihm weise zu. „Das ist nicht deine Art, Stile."

„Ich war mit den Gedanken bei einem Mädchen", gestand Stile.

„Ho! Ich kann mir vorstellen, bei welchem! Aber das wird dich teuer zu stehen kommen. Es tut mir leid." Stile wußte, daß er es auch so meinte. Der Veterinär würde einem Leibeigenen einen Gefallen tun, wenn er konnte, aber niemals auf Kosten seines Herrn.

Der Vorarbeiter kam. Er tauchte immer dort auf, wo etwas passiert war. Das war sein Beruf. Stile fragte sich, wie schon so oft, wie es der Mann schaffte, schon zur Stelle zu sein, bevor ihn die Meldung über einen Vorfall erreichte, so wie jetzt. „Verletzt?"

„Leichte Verstauchung", berichtete der Veterinär. „Wird in ein paar Tagen wieder besser sein. Abschürfung am Hals, kein Problem."

Der Vorarbeiter sah Stile an. „Du hast Glück. Drei Minuspunkte für deine Fahrlässigkeit, und für heute bist du vom Dienst suspendiert. Das nächstemal paß besser auf."

Stile nickte erleichtert. Eine milde Strafe! Wäre der Lauf ernsthaft verletzt...

„Irgendwelche außergewöhnlichen Umstände zu melden?" fragte der Vorarbeiter bohrend.

„Nein." Es mißfiel Stile. Die Wahrheit hätte seine Strafe vermindern können.

„Dann verschwinde. Du hast einen Tag für dich allein."

Stile ging. Er hatte frei, aber das war kein Urlaub. Die Minuspunkte würden ihn drei Tage lang ans Ende des Totems verbannen und dann vergessen sein, aber die Suspendierung würde in seiner Akte vermerkt werden und seine Beförderungsaussichten verringern. Im Fall gleichwertiger Qualifikationen würde die Person mit einem derartigen Vermerk in der Akte das Nachsehen haben und warten müssen, bis sie ihre Fähigkeiten erneut unter Beweis stellen konnte. Das konnte nur einen Tag, aber auch zwei Monate dauern.

Stile begann seinen freien Tag damit, sich in einen Musiklehrgang einzutragen. Er hatte sich darauf gefreut, aber seine Bestrafung bedrückte ihn. Doch er würde weitermachen und bald ein Instrument wählen, um selbst zu spielen. Vielleicht die Tastenmundharmonika.

Am Abend entdeckte ihn Tune. „Es ist alles über der Kuppel", erzählte sie ihm strahlend. „Ich muß dir sagen, ich glaube, daß du richtig gehandelt hast, Stile."

„Du bist eine Lügnerin", sagte er, nachdem er ihre Worte überdacht hatte.

„Ja. Du hättest es verheimlichen und der Strafe entgehen können, wie es Bourbon getan hat. Aber du hast gezeigt, daß du dir mehr Sorgen um das Pferd als um deine Akte machst." Sie schwieg, legte ihm die Hände auf die Schultern, sah ihm ins Gesicht. Was für liebliche Augen sie besaß! „Ich mache mir ebenfalls mehr Sorgen um die Pferde." Sie zog ihn an sich und küßte ihn, und der Schmerz über seine Bestrafung wich rasch. „Du bist ein Mann", fügte sie hinzu. Ihre Worten ließen ihn sich wie einer fühlen.

Sie nahm ihn mit in ihr Privatapartment – ein Privileg, das nur hochrangige Leibeigene genossen. Bis zum Morgen hatte sie ihm viele Dinge gezeigt, und nicht alle hatten mit Musik oder mit Pferden zu tun, und er war hoffnungslos verliebt in sie. Seine Bestrafung bedauerte er nicht mehr im geringsten.

Als Stile am nächsten Tag zur Arbeit zurückkehrte, zur gleichen Stunde, in der er gegangen war, stellte er fest, daß man ihn aus seiner Baracke geworfen hatte. Unglücklich starrte er die Stelle an, wo sich seine Koje befunden hatte. „Ich weiß, daß ich einen Fehler gemacht habe, aber..."

„Du hast es noch nicht gehört?" fragte sein Zimmernachbar ungläubig. „Wo bist du denn die ganze Nacht gewesen?"

Stile machte sich nicht die Mühe, ihm die Wahrheit zu sagen – man würde ihn auslachen. Sie würden es noch früh genug erfahren. Tune galt, obwohl sie klein war, sehr viel in den Augen der hiesigen Leibeigenen, und das nicht nur wegen ihrer Position und ihrer Fähigkeit. „Ich war vom Dienst suspendiert." Er bemühte sich, seine Stimme fest klingen zu lassen. „Hat es Spuk schlimmer erwischt, als ich dachte? Etwas, das sich erst später gezeigt hat?"

„Mit Spuk ist alles in Ordnung." Sein Freund ergriff seinen Arm. „Komm zum Schwarzen Brett."

Stile folgte ihm, ohne noch etwas zu sagen. Die elektronische Wand, auf der Sonderaufträge, Minuspunkte und andere Nachrichten des Tages übermittelt wurden, besaß in der Ecke einen neuen Eintrag: STILE Bfrdrng REITER.

Stile wirbelte herum. „Soll das ein Witz sein?"

Aber da erschien der Vorarbeiter. „Kein Witz, Stile. Du teilst von nun an mit Turf das Apartment. Richte dich ein, und dann geh zum Robotstall und laß dir weitere Instruktionen geben."

Stile starrte ihn an. „Aber ich habe einen Fehler gemacht!"

Der Vorarbeiter schritt davon, ohne darauf zu antworten, wie es seine Art war. Niemals diskutierte er mit Leibeigenen über Verweise oder Beförderungen.

Turf wartete bereits, um ihn willkommen zu heißen. Es war ein hübsches Zwei-Personen-Apartment, das an die Reitbahn grenzte, mit einem Spiel-Monitor, heißem fließendem Wasser und einem Direktausgang zur Hauptkuppel. Mehr Platz und mehr Privatsphäre; ein höherer Status. Das war ein ebenso großer Schritt voran wie sein erster von der Weide zum Stall – aber diesmal hatte er keinen Wurm gefunden. Irgendwo mußte sich ein Fehler eingeschlichen haben – obwohl er nie gehört hatte, daß dem Vorarbeiter jemals ein Fehler unterlaufen war.

„Du bist ja ganz plötzlich die Karriereleiter raufgestolpert, Stile!“ bemerkte Turf. Der Bursche war in Ordnung; Stile hatte gelegentlich mit ihm zu tun gehabt – hatte die Pferde, die Turf geritten hatte, herumgeführt, damit sie sich abkühlen konnten –, und er mochte ihn. „Wie hast du das geschafft?“

„Ich habe keine Ahnung. Gestern bin ich suspendiert worden, weil ich Spuk verletzt habe. Vielleicht hat unser Herr die Entlassungsliste mit der Beförderungsliste verwechselt.“

Turf lachte. „Vielleicht! Weißt du, wer auf dich wartet, um dir Reitunterricht zu erteilen?“

„Tune!“ rief Stile. „*Sie* hat das arrangiert!“

„Oh, du bist schon dicke mit ihr? Du hast ja doppeltes Glück!“

Erregt ging Stile zu Robertas Stall. Natürlich, dort war Tune, striegelte die rotbraune Stute, lächelte. „Wir haben uns lange nicht gesehen“, meinte sie scherzhaft.

Oh, sie war liebenswert! Er konnte tausend Nächte wie jene letzte mit ihr verbringen und niemals genug bekommen. Aber er war dabei, alles durch seinen Undank zu zerstören. „Tune, hast du das eingefädelt?“ fragte er.

„Nun, du kannst nicht erwarten, daß sich ein Jockey mit einem bloßen Stallburschen abgibt.“

„Aber ich war in Schwierigkeiten! Suspendiert. Es gibt mehrere Knechte vor mir. Du kannst nicht..“

Sie legte ihre zarte kleine Hand auf seine. „Ich habe nichts getan, Stile. Wirklich nicht. Ich habe dich nur aufgezogen. Es ist ein Zufall. Bis vor kurzem wußte ich noch nichts von deiner Beförderung. Ich dachte, in einem Monat oder so wäre es soweit, weil man mich hierherbestellt hat. Natürlich bilde ich auch andere aus, aber es wäre sinnlos, dich zu befördern, wenn meine Zeit hier um ist. Also haben sie es deshalb vorgezogen. Sie wissen nicht einmal, daß wir zusammen sind.“

Aber sie war, wie sie selbst zugegeben hatte, eine Lügnerin. Der

Vorarbeiter wußte zweifellos, wo Stile die Nacht verbracht hatte. Wieviel davon durfte er glauben?

„Frag mich heute nacht noch einmal", murmelte sie. „Ich lüge nie einen Mann an, den ich liebe."

Was für ein Angebot! „Was, niemals?"

„Kaum. Bist du ein Operettenliebhaber?"

Er starrte sie verständnislos an.

„Vergiß es", sagte sie. „Ich lüge jetzt nicht."

Wie gern wollte er ihr glauben!

„Willst du es allein versuchen?" erkundigte sie sich und deutete auf Robertas Sattel. „Oder möchtest du dich lieber wieder an mir festhalten und dir den armen Kopf stoßen?"

„Beides", erwiderte er, und sie lachte. Sie hatte ihn in der Nacht gefragt, ob sein Kopf von dem Zusammenprall schmerzte. Er hatte zugegeben, daß er einige blaue Flecken davongetragen hatten, aber bereit war, den Schmerz zu ertragen.

Sie ließ ihn aufsitzen – diesmal mit mehr Erfolg – und zeigte ihm, wie er die Maschine lenken konnte. Dann führte sie ihn hinaus auf die Bahn. Schnell hatte er das Prinzip begriffen.

„Werde jetzt nicht übermütig, Brummbär", warnte sie ihn. „Roberta ist ein Pferd ohne Überraschungen. Ein richtiges Pferd ist eine andere Sache. Warte, bis sie dich auf Spuk setzen."

„Spuk?" stieß er alarmiert hervor. Genau danach hatte er sich in seinen Tagträumen gesehnt, aber daß sich dieser Traum in Wirklichkeit verwandeln sollte, flößte ihm Furcht ein.

Sie lachte wieder. Sie war ein Geschöpf des Vergnügens und des Lachens. Es brachte ihren Körper angenehm zur Geltung und nahm jene für sie ein, mit denen sie arbeitete. „Woher soll ich wissen, welches Pferd du reiten wirst? Aber zuerst müssen wir dir einiges beibringen. Ein schlechter Reiter kann ein gutes Pferd ruinieren."

„Ja, der Bürger wäre nicht sehr erfreut, wenn ein Leibeigener auf den Kopf fällt und mit seinen schmutzigen grauen Gehirnfetzen ein sauberes Pferd verunreinigt."

Es war eine erfolgreiche Unterrichtsstunde, und erschöpft kehrte er in sein neues Apartment zurück, nur um sich weiterem Ärger gegenüberzusehen. Der Vorarbeiter wartete auf ihn.

„Man hat gegen deine Beförderung Beschwerde eingelegt. Wir sind zum Bürger bestellt worden."

„Wir? Ich kann mir schon vorstellen, daß meine Beförderung ein Irrtum war, den man jetzt korrigieren will." Obwohl er zu hoffen begonnen hatte, daß dieses neue Leben auf irgendeine Weise fortdauern würde. Auch wenn er darauf vorbereitet war – diese Korrektur war schwer zu verarbeiten. „Aber was haben Sie damit zu tun? Es war nicht Ihre Schuld."

Der Vorarbeiter ergriff lediglich seinen Ellbogen und zog ihn mit sich. Dieser Termin war offenbar zu dringend, um Zeit mit der rituellen Waschung zu verschwenden. Stile versuchte, sein Haar mit der Hand zu glätten und Schmutzflecken von seinen Beinen abzureiben, die er sich beim Reiten zugezogen hatte. Er fühlte sich so nackt, wie er auch war.

Momente später betraten sie einen Transporttunnel, nahmen eine Privatkapsel und schossen durch die Dunkelheit, ließen die Farm hinter sich zurück. Anscheinend hielt sich der Bürger zu dieser Stunde nicht in seinem Farmapartment auf. „Glotz nicht so, bleib ruhig", knurrte der Vorarbeiter. Der Vorarbeiter schwitzte selbst. Das machte Stile noch nervöser, denn der Vorarbeiter war gewöhnlich ein Mann mit eisenharten Nerven. Es mußten sie wirklich ernste Schwierigkeiten erwarten! Aber warum hatte man nicht einfach Stiles Beförderung widerrufen, ohne dieses Theater zu veranstalten?

Sie kamen in einem Hammam heraus. Stile spürte, wie ihn der Vorarbeiter anstieß, und er erkannte, daß er wahrhaftig glotzte. Er hörte damit auf, aber die Anlage war tatsächlich ehrfurchtgebietend.

Das Hammam war ein öffentliches Bad im klassischen arabischen Stil. Eine Reihe von Bürgern bevorzugten diesen Stil, denn das Goldene Zeitalter der arabischen Kultur auf der Erde war von bemerkenswerter Pracht gewesen. Der Islam hatte sein Goldenes Zeitalter erlebt, während das Christentum zur gleichen Zeit in Finsternis versunken war. Zumindest galt dies für die herrschende Klasse – die Farbe des Zeitalters hatte für den Mann auf der Straße nie eine besondere Bedeutung gehabt. Armut war ewig.

Deshalb gab es hier moscheenartige Bauwerke und Turbane, exotische Tanzdarbietungen und das Hammam. Dieses Hammam teilten sich offenbar eine Anzahl Bürger. Nicht daß einer von ihnen es sich nicht allein leisten konnte – Bürger neigten dazu, sich auf bestimmte Interessen- oder Sachgebiete zu spezialisieren, und ein arabischer Spezialist verfügte über ein Wissen, das die anderen nur schwer erlangen konnten. Stiles Herr kannte sich mit Pferden aus, ein anderer interessierte sich vielleicht für Wüstenpflanzen, hier hatte sich ein Liebhaber ein Hammam errichtet. Gelegentlich verspürten andere Bürger den Wunsch, auf Pferden zu reiten, und sie wurden alle mit ausgesuchter Höflichkeit behandelt. Das Hammam war von seiner Natur her eine soziale Institution, und ein Bürger konnte sich nur mit anderen Bürgern auf der richtigen gesellschaftlichen Ebene sozialisieren, und so mußte er es mit ihnen teilen.

Es gab viele saubere und heiße und dampfgeschwängerte Räume und viele Leibeigene, die Handtücher, Bürsten, Salben und ausgewählte Speisen und Getränke hin und her trugen. Ein großer Raum ähnelte einem Swimming-pool – aber das Wasser war kochendheiß und gefärbt und aromatisiert, fast wie eine Suppe. Mehrere Bürger hatten sich zu einem Gemeinschaftsbad zusammengefunden und unterhielten sich. Stile wußte, daß es sich bei ihnen um Bürger handelte, obwohl sie nackt waren – die Leibeigenen, die sich um sie drängten, behandelten sie mit Ehrfurcht und Respekt. Kleidung unterschied die Bürger von den Leibeigenen, aber Kleidung war nicht die Basis des Bürgerseins. Ein Bürger konnte, wenn er wollte, nackt gehen und nichts von seiner Würde oder Macht einbüßen. Allerdings trugen einige Juwelen.

Sie erreichten ein kleineres Becken. Dort badete Stiles Herr. Sechs außergewöhnlich sinnliche junge Frauen bedienten ihn, massierten Öl in seine Haut, feilten seine Fingernägel, pflegten sogar sein Geschlechtsteil, das jedoch keine Reaktion zeigte. Ein älterer Mann wusch das Haar des Bürgers und hielt sich dicht bei ihm, um zu verhindern, daß der Schaum in sein Gesicht rann.

„Sir“, sagte der Vorarbeiter respektvoll.

Der Bürger nahm keine Notiz von ihm. Die Mädchen fuhren mit ihrer Arbeit fort. Stile und der Vorarbeiter blieben stehen und warteten. Stile wurde sich wieder seines verschmutzten Äußeren bewußt – was für einen Kontrast stellte er zu diesen Leuten dar! Mehrere Minuten vergingen.

Stile bemerkte, daß der Bürger während des vergangenen Jahres ein wenig fülliger geworden war, aber noch immer gesund und jugendlich wirkte. Seine Muskeln waren gut entwickelt und deuteten auf regelmäßiges Training hin, und offenbar aß er nicht zuviel – oder wenn doch, dann Speisen, die wenig Nährstoffe besaßen. Sein Haar war weiß – aber das lag an dem Schaum. Sein Schamhaar war schwarz. Es war seltsam, einen Bürger so zu sehen, wie man sonst nur Leibeigene sah!

Zwei weitere Männer betraten den Raum. Der eine war Billy, der Sicherheitschef der Farm, der andere war Bourbon. „Sir“, sagte Billy.

Jetzt nickte der Bürger dem Vorarbeiter knapp zu. „Entspannen Sie sich", wies der Vorarbeiter die anderen an. Stile, Billy und Bourbon entspannten sich ein wenig.

Die Augen des Bürgers wanderten zu Bourbon. „Erläutern Sie Ihre Beschwerde."

Bourbon, zweifellos von Ehrfurcht gegenüber seinem Herrn erfüllt, schluckte und sagte: „Sir, ich wurde bei der Beförderung zugunsten von Stile hier übergangen, obwohl ich ein älteres Anrecht und eine bessere Aktenbewertung habe."

Die Augen des Bürgers richteten sich kühl auf den Vorarbeiter. „Sie haben Stile befördert. Rechtfertigen Sie dies."

Der *Vorarbeiter* hatte ihn befördert? Stile hatte nicht gewußt, daß dieser Mann über so viel Macht verfügte. Er hatte gedacht, daß sich der Einfluß des Vorarbeiters mit der Verhängung von Disziplinarstrafen, der Aktenführung und vielleicht noch der Empfehlung der Kandidaten erschöpfte. Ein Bürger, der mit den Einzelheiten der Verwaltung der Leibeigenen nicht vertraut war, konnte sich vielleicht irren, aber dem Vorarbeiter hätte nie ein derartiger Fehler unterlaufen dürfen! Außerdem war er es gewesen, der Stile vom Dienst suspendiert hatte.

„Sir", erwiderte der Vorarbeiter unbehaglich, „ich habe meine Entscheidung wohlüberlegt, als ich entschied, daß Stile der richtige Mann für die derzeit freie Stelle ist. Ich ziehe es vor, daß er auf dem Robotpferd trainiert, das nur drei Monate bei uns bleiben wird."

Die Augen des Bürgers kehrten zu Bourbon zurück. „Ihnen ist klar, daß der Vorarbeiter dazu da ist, meinen Interessen zu dienen. Er ist nicht an irgendwelche älteren Anrechte oder Aktenvermerke gebunden. Es ist sein Vorrecht und seine Pflicht, den richtigen Mann an seinen richtigen Platz zu setzen. Ich erlaube es ihm nicht nur, ich verlange es sogar von ihm. Sie haben keinen Anlaß zur Beschwerde."

„Sir!" rief Bourbon empört.

Die Augen des Bürgers ruhten auf dem Vorarbeiter. Sie verrieten weder Belustigung noch Mitgefühl. „Erlauben Sie dem Mann, daß er diese Angelegenheit weiterverfolgt?"

„Nein, Sir", antwortete der Vorarbeiter.

„Abgelehnt. Bourbon, präzisieren Sie Ihre Aussagen."

Was ging hier vor? Warum sollte der Bürger seine Zeit damit verschwenden, die Aussagen seines Vorarbeiters zu überprüfen, obwohl er dessen Urteil doch zweifellos vertraute? Falls der Vorarbeiter eine Niederlage erlitt, würde dies unangenehme Folgen haben.

„Sir, Stile besitzt die Gunst des zur Zeit auf der Farm weilenden weiblichen Instrukteurs, Tune. Ich glaube, sie hat den Vorarbeiter dazu überredet, Stile außer der Reihe zu befördern, obwohl er gestern erst einen Fehler gemacht und eines Ihrer Rennpferde verletzt hat. Meine eigene Akte ist sauber."

Zum erstenmal verriet der Bürger Gefühl. „Mein Pferd verletzt? Welches?"

„Spuk, Sir."

„Mein vielversprechendstes Rennpferd!" Der Bürger gestikulierte und traf mit seinem Arm fast eines der Mädchen. Sie schwankte einen Moment lang am Beckenrand, ehe sie ihr Gleichgewicht wiedergewann. „Zieht euch zurück, Diener!" fauchte er. Jetzt, wo ihn Gefühle beherrschten, machte er einen energischen Eindruck.

Augenblicklich wichen die sieben Diener vier Meter zurück und blieben dort schweigend stehen. Stile war überzeugt, daß sie so neugierig waren wie er, wenngleich der Vorfall sie nur mittelbar betraf.

Etwas Häßliches lag nun im Blick des Bürgers, obwohl sein Gesicht ausdruckslos war. „Vorarbeiter, sprechen Sie."

Der Vorarbeiter wirkte nicht glücklich, aber er zögerte nicht. „Sir, ich muß auf den Vidmonitor zurückgreifen."

„Einverstanden." Der Bürger machte mit einem Finger ein Zeichen, und die gesamte Deckenfläche wurde hell. Sie war ein riesiger Videoempfänger, eine Spezialanfertigung, die verhinderte, daß sich Kondenswasser auf ihrer Oberfläche absetzte. „Gehorcht den Anweisungen des Leibeigenen, *ad hoc*."

Der Vorarbeiter nannte fließend eine Reihe von Zeit- und Raumkoordinaten. Ein Bild erschien auf dem Monitor. Stile und die anderen bogen die Köpfe zurück, um das Geschehen zu verfolgen. Da war der Stall, das Pferd Spuk äugte heraus. Eine laufende Filmuhr zeigte das Datum und die Zeit – gestern morgen.

„Vorlauf", befahl der Vorarbeiter, und der Film lief schneller und zeigte, wie Stile die Pferdebox betrat.

Fasziniert sah Stile zu. Er hatte nicht gewußt, daß dies gefilmt worden war. Er wirkte so klein, das Pferd so groß – dennoch war er selbstsicher, das Pferd nervös. ‚Komm schon, Spuk', sagte sein Film-Ich auffordernd zu dem Pferd. Aber Spuk war nicht folgsam.

Unerbittlich zeigte der Film den ganzen unangenehmen Vorgang, wie Stile den großen Hengst besänftigte und antrieb und mit ihm kämpfte, ihn dazu zwang, zum Auslaufbaum zu gehen.

„Wie Sie sehen, Sir“, sagte der Vorarbeiter, „hatte dieser Mann es mit einem extrem schwierigen Tier zu tun, ohne dabei die Geduld zu verlieren. Er hat genau jene Menge Druck ausgeübt, die erforderlich war, um das Pferd zur Räson zu bringen. Ich habe selbst mit Spuk zu tun gehabt – ich hätte ihn an diesem Morgen kaum handhaben können.“

„Warum haben Sie ihm keine Helfer geschickt?“ fragte der Bürger. „In dieser Situation hätte ich selbst Schwierigkeiten gehabt.“ Dies war keine hohle Eitelkeit – der Bürger war ein Pferdekenner.

„Weil ich wußte, Sir, daß Stile es schaffen würde. Die Gegenwart anderer Leibeigener hätte das Pferd nur noch mehr erregt. Deshalb wurde Stile an diesem Tag diesem Tier zugeteilt. Spuk mußte durch einen Experten ausgeführt und diszipliniert werden. Er hatte am Vortag seinen Reiter abgeworfen.“

„Weiter.“

Auf die Anweisungen des Vorarbeiters hin wurde zu Peppers Stall umgeblendet. Pepper verriet keine Nervosität, als Bourbon erschien, aber er legte die Ohren an, sobald er den Stallknecht erkannte. Bourbon trieb ihn grob hinaus, schlug ihn unnötigerweise, aber das Pferd blieb brav.

„Dieser Mann, Sir, hat ein folgsames Tier roh behandelt“, erklärte der Vorarbeiter. „Das ist typisch für seinen Charakter. Dies ist an sich kein Fehler, da einige Tiere auf diese Weise angefaßt werden müssen, aber wäre ihm Spuk zugeteilt worden...“

„Ich verstehe“, nickte der Bürger. Er war über das Verhalten von Pferden im Bilde. „Fahren Sie fort.“

Stile sah zu Bourbon hinüber. Der Stallknecht war erstarrt, offensichtlich von der Bloßstellung überwältigt, die er nicht erwartet hatte.

Der Film-Bourbon tauchte hinter Stile auf, der Spuk inzwischen dazu gebracht hatte, gehorsam zu trotten. Das Tier bot einen zauberhaften Anblick. Einem der zuschauenden Mädchen im Hammam entfuhr ein leiser, unterdrückter Seufzer der Bewunderung. Mädchen reagierten heftig auf Pferde!

Bourbon paßte sorgfältig den richtigen Augenblick ab. „Zur Seite, Kleiner!“ rief er fast direkt hinter Stile und dem Pferd. Die bösartige Absicht war unverkennbar.

Spuk scheute. Dann folgte der Rest.

„Genug gesehen“, sagte der Bürger, und der Deckenschirm wurde dunkel. „Was haben Sie unternommen?“

„Sir, Stile meldete die Verletzung seines Pferdes. Ich erteilte ihm drei Tadel und suspendierte ihn einen Tag lang vom Dienst. Er erhob keine Beschuldigungen. Ich hatte das Gefühl, daß seine Fähigkeiten und seine Diskretion ihn am besten für die Position qualifizierten, deshalb habe ich ihn befördert. Ich bin informiert, daß er ein Verhältnis mit der Trainerin hat, aber dieser Faktor hat bei meiner Entscheidung keine Rolle gespielt."

„Der andere", sagte der Bürger grimmig.

„Bourbon hat die Verletzung seines Pferdes nicht gemeldet. Ich fand es wichtiger, das Geheimnis meiner Kontrollmöglichkeiten zu bewahren, statt ihn offen anzuklagen. Ich überging ihn bei der Beförderung, ohne ihn zu suspendieren, denn die Verletzung des Pferdes in seiner Obhut war geringfügiger Natur."

„Es gibt *keine* geringfügigen Verletzungen bei den Pferden", schrie der Bürger mit rotem Gesicht. Die Adern an seinem Hals traten hervor, und Schaum rann über seine Wangen, ohne daß er es bemerkte. Er hätte eine komische Figur abgegeben, wäre er kein Bürger gewesen. „Sie erhalten einen Tadel für Ihre Nachlässigkeit."

„Ja, Sir", nickte der Vorarbeiter gehorsam.

Der Bürger wandte sich an Stile. „Ihre Beförderung bleibt bestehen – sie war gerechtfertigt." Er sah Bourbon an, und seine kalten Augen drehten sich wie die Visiere eines Gewehres. „Sie sind entlassen."

Wenn ein Leibeigener wegen eines Vergehens entlassen wurde, dann hatte er auf Proton nichts mehr zu suchen. Kein anderer Bürger würde ihn einstellen, und in zehn Tagen endete seine Aufenthaltsgenehmigung. Bourbon war erledigt. Und Stile hatte eine unerwartete Lektion gelernt.

Er war seit drei Monaten mit Tune zusammen, die schönste Zeit seines Lebens, und hatte Fechten und Reiten und Musik und Liebe studiert, als sie plötzlich sagte: „Ich muß dir etwas gestehen, Stile. Meinen zweiten Fehler. Ich habe nur noch wenig Zeit. Meine Aufenthaltsgenehmigung ist abgelaufen."

„Du bist...", begann er ungläubig.

„Ich habe mit zehn Jahren angefangen. Du hast doch nicht gedacht, daß ich über Nacht Jockey geworden bin, oder? Meine Zeit ist in sechs Monaten um. Es tut mir leid, daß ich es dir verheimlicht habe, aber ich habe dich gewarnt, daß ich lüge."

„Ich werde mit dir gehen!" rief er mit der Leidenschaft der Jugend.

Sie drückte seine Hand. „Sei kein Narr. Ich mag dich, Stile, aber ich liebe dich nicht. Draußen wärest du einundzwanzig und ich neunundzwanzig und ohne Jugendelixier. Du hast etwas Besseres als das verdient, mein Schatz."

Er glaubte sie zu lieben, aber er wußte, daß sie recht hatte, wußte, daß er nicht siebzehn Jahre Aufenthalt auf Proton für eine Frau fortwerfen konnte, die älter war als er und die ihn nur mochte. „Das Spiel!" rief er. „Du mußt beim Turnier mitmachen und Zeit gewinnen..."

„Das ist es, was ich dir sagen wollte, Stile. Das diesjährige Turnier beginnt morgen, und ich werde dabei sein. Ich bin auf Sprosse Fünf in der 29-Jahr-Leiter, beim Weiß meiner Zähne. Meine Aufenthaltsgenehmigung endet in dem Moment, in dem ich ein Spiel verliere, und deshalb ist das heute unsere letzte gemeinsame Nacht!"

„Aber vielleicht gewinnst du!"

„Du bist ein Träumer. *Du* gewinnst vielleicht, wenn deine Zeit kommt – du bist ein richtiges Tier mit wundervollen Fähigkeiten. Deshalb habe ich dich gewollt, als ich dich zum erstenmal sah. Ich liebe schöne Tiere! Ich war versucht, nicht einmal am Turnier teilzunehmen, um meine letzten sechs Monate mit dir nicht aufs Spiel zu setzen..."

„Du mußt es versuchen!"

„Ja. Es ist sinnlos, aber ich muß zumindest das Unmögliche wagen, auch wenn es mich sechs Monate mit dir kostet."

„Es ist schrecklich!" Stile empfand Schmerz angesichts der Qual, die ihre Entscheidung bedeutete. Dennoch war es genau die Art Entscheidung, die jeden Leibeigenen in seinem letzten Aufenthaltsjahr erwartete, und eines Tages würde sie sich auch ihm stellen.

„Ich weiß, daß du ein besserer Jockey sein wirst, als ich es je war – du wirst deine Rennen gewinnen und berühmt werden. Ich wollte ein Stück von dir, so habe ich es genommen, und zwar durch die Lüge über meine restliche Zeit hier. Ich bin nicht stolz..."

„Du hast mir das Beste gegeben, was ich in meinem Leben je bekommen habe."

Sie sah hinunter auf ihre Brüste. „Vielleicht waren es *zwei* Dinge. Ich hoffe es. Jedenfalls ist es süß von dir, das zu sagen, Brummbär. Dein Leben hat erst begonnen. Wenn ich dir geholfen habe, dir den Weg zu zeigen, dann bin ich froh. Ich würde mich dann nicht so schuldig fühlen."

„Fühl' dich niemals schuldig!" entfuhr es ihm.

„Oh, Schuld kann etwas Großes sein. Sie würzt das Leben." Aber ihr Scherz klang gezwungen.

Sie liebten sich nur kurz, weil er sie vor dem Turnier nicht ermüden wollte, aber mit heftiger Leidenschaft. Er empfand Schuld, weil er sie gehen ließ – aber sie hatte recht, sie fügte dem Erlebnis eine gewisse dunkle Qualität hinzu.

Am nächsten Tag begann sie mit dem Turnier, und in ihrem ersten Spiel versuchte sie, das Gitter auf Musik zu manipulieren, aber der Wettkampf endete mit einem Tanz. Sie verlor.

Stile verfolgte seine musikalischen Studien weiter, angetrieben von seinen verblassenden Schuldgefühlen und der Liebe, die er noch immer für sie empfand. Allmählich übertrug sich diese Liebe auf die Musik und wurde ein ständiger Teil seines Selbst. Er wußte, daß er nie ein Meistermusiker sein würde, aber er war gut. Ihm gefielen die verschiedenen Instrumente, insbesondere die Tastenmundharmonika.

Drei Jahre später lief die Aufenthaltsgenehmigung des Vorarbeiters ab. „Stile, du bist tüchtig genug, um meinen Posten zu übernehmen", bemerkte er in einem jener seltenen Momente privater Offenheit. „Du bist noch jung, aber talentiert und ehrlich, und du hast dieses einzigartige Gespür im Umgang mit den Pferden. Aber da gibt es etwas..."

„Meine Größe", sagte Stile sofort.

„Ich bewerte dich nicht danach. Aber es gibt andere..."

„Ich verstehe. Ich werde nie eine Autoritätsperson sein."

„Nicht direkt. Aber für dich gibt es eine ausgezeichnete Alternative. Du kannst zum Jockey befördert werden, und von dort aus kann dich dein Talent zu den Höhen des Ruhms tragen, die für einen Leibeigenen erreichbar sind. Ich glaube, das ist das beste Leben, das man auf Proton haben kann, wenn man kein Bürger ist.."

„Ja." Stile wurde von dem bevorstehenden Abflug des Vorarbeiters zu Tränen gerührt, aber er fand nicht die richtigen Worte, um seine Gefühle auszudrücken. „Ich... Sie..."

„Ich habe nur noch eine Aufgabe für dich, eine schwere Aufgabe, und wie du sie löst, wird wahrscheinlich über deine Zukunft entscheiden. Ich empfehle dich zur sofortigen Beförderung als Jokkey, aber der Bürger wird entscheiden. Enttäusche mich nicht."

„Das werde ich nicht", versprach Stile. „Ich möchte nur sagen, daß..."

Aber der Vorarbeiter reichte ihm bereits zum Abschied die Hand. „Danke“, sagte Stile einfach. Sie schüttelten einander die Hände, und der Vorarbeiter ging rasch davon.

Stiles Aufgabe war es, Spuk aus einer anderen Kuppel zurückzuholen. Das Pferd war im Lauf der Jahre noch scheuer geworden, und man konnte es keinem Transportfahrzeug anvertrauen. Der Lärm und die Erschütterungen würden es nervös machen, ganz gleich, wie sehr man sie dämpfte. Der Bürger weigerte sich, Spuk für die Dauer der Reise unter Drogen zu setzen. Das Pferd war zu wertvoll, um dieses Risiko einzugehen. Spuk hatte eine Anzahl von Rennen gewonnen, und der Bürger wollte ihn wieder auf der Farm haben, um ihn als Zuchthengst einzusetzen. Also mußte Spuk zu Fuß nach Hause gebracht werden. Das konnte problematisch werden, denn keine der Tunnelverbindungen war groß genug für ein Pferd, und die Oberfläche des Planeten war zerklüftet.

Stile plante alles sorgfältig. Er forderte Karten der Region an und studierte sie gewissenhaft. Dann bestellte er einen Oberflächenanzug einschließlich einer AROAA-Einheit, einem Autoregenerierenden Oberflächen-Atmungsapparat. Und ein Gyromonobil, ein Breitbandradio und eine Informationsuhr. Er hatte nicht vor, sich auf der unwirtlichen Oberfläche Protons zu verirren oder ums Leben zu kommen!

Diese Oberfläche war erstaunlich zerklüftet, wie er feststellte, sobald er draußen war. Im Norden und Süden erstreckten sich Bergketten, und die nördliche war weiß von dem wenigen Wasser, das dieser Planet in freier Form besaß und zu Schnee gefroren war. Er stieß auf das krumme Bett eines seit langem schon ausgetrockneten Flusses und auf ein Gebiet tiefer Bodenspalten, als ob ein Erdbeben mitten in den Kataklysmen aufgehört hatte. Vorsichtig lenkte er das Monomobil, glich seine Balance mit seinem Körpergewicht aus, wenn seine Bewegungen es trudeln ließen: Falsch bedient konnte diese Maschine einen Mann unvermittelt abwerfen, da die Steuerung im rechten Winkel zum ausgeübten Druck reagierte. Er merkte sich die gefährlichsten Fallen für ein nervöses Pferd und entwarf einen Kurs, der ihnen auswich. Spuk würde ohnehin erregt sein, wenn er eine Pferdegesichtsmaske zum Atmen und Ohren- und Augenschützer tragen mußte – jede zusätzliche Schwierigkeit konnte in einer Katastrophe enden. Und natürlich hatte man deshalb Stile für diese Aufgabe ausgesucht; kein anderer besaß eine Chance, Spuk sicher nach Hause zu bringen.

Stile ließ sich Zeit, besorgte sich weitere Informationen und entwarf auf der Karte seine Route. Es war wirklich ein Puzzle – die direkteste Route zu finden, die alle Gefahren umging. Er mußte wie ein Pferd denken, denn Spuk konnte vor einem farbigen Sandflecken scheuen, während er ungezwungen in eine Schlucht trottete, die in einer Sackgasse mündete.

Erst als er überzeugt war, die beste Route gefunden zu haben, meldete sich Stile in der Kuppel, in der sich Spuks Stall befand. Er war jetzt sicher, daß er das Pferd unversehrt überführen konnte. Nicht nur, weil sein Erfolg wahrscheinlich gleichbedeutend mit einer Beförderung war. Er mochte Spuk. Auf seine Weise war das Pferd verantwortlich für Stiles letzte Beförderung gewesen.

Als er in dieser Kuppel eintraf, wartete bereits ein Gramm auf ihn. Es kam von den Außenwelten; das erste Gramm, das er seit der Abreise seiner Eltern erhalten hatte. STILE – BIN JETZT VERHEIRATET – HABE SOHN NACH DIR GENANNT. HOFFE, DU HAST JEMANDEN GEFUNDEN – TUNE.

Er freute sich für sie, obwohl ihr Verlust ihn mit plötzlicher Heftigkeit schmerzte. Drei Monate zusammen, drei Jahre getrennt; er konnte nicht behaupten, daß damit für ihn die Welt zuammengebrochen war. Dennoch hatte er bis jetzt kein anderes Mädchen gefunden, das er ebenso gern hatte, und er vermutete, daß er auch nie eins finden würde. Er merkte, daß er eine Melodie summte. Am Anfang hatte er das oft getan, in den quälenden Monaten der Trauer, und daraus war dann eine nervöse Gewohnheit geworden, die abzuschütteln er sich nie die Mühe gemacht hatte. Musik würde ihn immer an sie erinnern, und im Innern würde er sie immer mit jenen drei wundervollen Monaten verbinden.

Also hatte sie ihren Sohn nach ihm genannt! Sie war nicht von ihm schwanger geworden, natürlich nicht. Niemand wurde auf Proton unfreiwillig schwanger. Es war einfach ihre Art, ihm zu sagen, wieviel ihre kurze Beziehung ihr bedeutet hatte. Gewiß hatte sie viele andere Geliebte gehabt, ohne aber ihre Namen zu verwenden. Sie hatte behauptet, ihn angelogen zu haben, aber in Wirklichkeit hatte sie eine Erfahrung möglich gemacht, die ihm sonst verwehrt geblieben wäre. Kürze bedeutete nicht Belanglosigkeit – nein, niemals!

„Danke, Tune“, murmelte er.

10. Kapitel

Magie

Stile erwachte plötzlich, und ihm kam eine bemerkenswerte Erkenntnis. „Geographie!" rief er. „Diese Welt ist Proton!"

Neysa, in ihrer Mädchengestalt, beugte sich über ihn. Ihm wurde bewußt, in einer Art zusätzlicher Erleuchtung, daß sie genauso groß war wie Tune – kein Wunder, daß er sie so bereitwillig als Geliebte akzeptiert hatte, trotz seines Wissens über ihre wahre Natur. Sie war keine richtige Frau und würde es nie sein, aber sie besaß ihre eigenen Vorzüge.

Fragend sah sie ihn an, als sie seinen Blick bemerkte. Ihre äußere Erscheinung und ihre Persönlichkeit waren natürlich nicht mit Tune vergleichbar – kein hellgefärbtes Haar, nichts von jener vergnügten Klugheit. Neysa war dunkel und still, und sie log nie.

„Ich hatte eine Erinnerung", erklärte er. „Sie begann mit meinem Fechtunterricht, weil du mir gezeigt hast, wie man mit dem Rapier umgeht, als ich ..." Er verstummte, versuchte es zu verarbeiten. „Was ist mit mir passiert?"

Widerwillig sprach sie. „Krank."

„Krank? Du meinst von einer Krankheit? Aber es gibt keine Krankheiten auf Proton ..." Erneut verstummte er, um dann fortzufahren: „Aber das hier ist nicht jener Proton, den ich kenne. Es ist ein anderer Proton mit derselben Geographie. Die Purpurberge im Süden – so hätte Proton aussehen können, hätte er eine annehmbare Atmosphäre gehabt. Ein alternativer Proton, wo Magie funktioniert. Vielleicht hat Magie die Atmosphäre und die Gravitation erzeugt. Und mit einer bewohnbaren Planetenoberfläche, einer vollständigen Ökologie, sind auch Fliegen entstanden, gibt es auch Schmutz, gibt es Krankheiten. Und ich verfüge über keine natürlichen Abwehrkräfte, nur über die üblichen Impfungen, die niemals das gesamte Krankheitsspektrum abdecken können, das mich hier erwartet. Die Mikroorganismen in der Nahrung, im Wasser, die für die einheimischen Lebensformen keine Gefahr darstellen, für meinen Körper aber fremd sind. Pollen in der Luft. Allergien.

Und so weiter. Die Keime haben einige Tage gebraucht, um sich in meinem Organismus zu entfalten, und dann haben sie mich plötzlich überwältigt. Mit Ablauf der Inkubationszeit. Danke für deine ausgezeichnete Erklärung, Neysa."

Sie lächelte bestätigend.

„Aber wie hast du mich geheilt? Ich hätte sterben oder zumindest länger krank sein müssen. Ich bin nur ein paar Stunden bewußtlos gewesen, nicht wahr? Jetzt fühle ich mich gut, ich bin nicht einmal müde."

Sie mußte wieder sprechen. „Clip hat Amulett gebracht." Sie streckte eine Hand aus und berührte ein Medaillon, das an einer Kette um seinen Hals hing.

Stile nahm es in die Hand. „Ein Heilamulett? Hervorragend! Werde ich wieder krank, wenn ich es abnehme?"

Sie schüttelte den Kopf: „Nein."

„Du meinst, diese Dinge verbrauchen ihre Zauberkraft in einem Ausbruch und sind dann nutzlos? Aber einige müssen ihre Wirkung behalten, wie das Amulett, das Kleidung vortäuschen sollte und das ich bei meiner Ankunft bekommen habe ... oh, oh." Hastig löste er die Kette von seinem Hals. „Dieses eine hat versucht, mich umzubringen. Wenn das hier den gleichen Ursprung besitzt ..."

Sie zuckte die Schultern.

„Hast du was dagegen, wenn ich das hier jetzt verschwinden lasse?" fragte er. „Wir könnten es vergraben und die Stelle markieren, damit wir es später wiederfinden, wenn wir es brauchen. Ich würde es vorziehen, es nicht mit mir herumzutragen. Falls es eine zweite Funktion besitzt und ich sie auslöse ... Nun, Neysa, ein Amulett hat mich angegriffen, bevor ich dich traf. Als ich es beschworen habe. *Du* hast dieses hier beschworen, und vielleicht ist das der Grund, warum es normal funktioniert. Ich fürchte, die Amulette reagieren auf mich mit Mord, wenn sie mich erkennen. Deshalb benötigte ich ein Roß – um meinem unbekannten Feind zu entfliehen."

Neysa hob den Kopf wie ein beunruhigtes Pferd. „Nein, du hast den Feind nicht hierhergeholt", beruhigte Stile sie. „Der Dämon ist nicht beschworen worden." Er ergriff ihre Hand und lächelte. „Ich habe eine bessere Wahl getroffen, als ich dachte, indem ich dich erwählte. Du hast richtig gehandelt, Neysa. Ich glaube, du hast mir das Leben gerettet."

Sie erlaubte ihm, sie zu sich hinunterzuziehen, und dann folgte, was folgen mußte. Er hatte Sheen nicht vergessen, aber dies hier war eine andere Welt.

Sie vergruben das Amulett und brachen auf. Es war Morgen, seine Erkrankung hatte nur eine Nacht gedauert, sich mit dem normalen Schlaf überlagert, und die Erkenntnis über die Geographie war diesen Zwischenfall fast wert gewesen. Das erklärte das Gefühl der Vertrautheit – vor einem Jahrzehnt hatte er die Oberfläche dieser Welt in toter Form gesehen.

Wodurch ließ sich der Unterschied erklären? Das Konzept alternativer Welten oder alternativer Ausgaben derselben Welt konnte er akzeptieren. Aber eine atembare Atmosphäre, eine funktionierende Ökologie und Magie in der einen, Kuppeln und Wissenschaft und eine unwirtliche Planetenoberfläche in der anderen Welt – diese Diskrepanz war schwer zu begreifen. Er hätte erwartet, daß Parallelsphären einander sehr ähnlich waren.

Dennoch half es ihm, sich zu orientieren. Jetzt war ihm klar, warum die Leute nur an bestimmten Stellen von einer Welt in die andere gingen. Es gab keine Materietransmission, sie traten an bestimmten geographischen Punkten durch den Nebelvorhang, damit sie in Kuppeln und abgeschiedenen Plätzen wieder herauskamen. Einen anderen Durchgang zu benutzen – nun, falls er das versuchen wollte, mußte er sich vorher eine Atemmaske besorgen.

„Ich habe es dir schon einmal gesagt, Neysa“, murmelte er während des Ritts. „Es gibt viel, was ich von dieser Welt nicht weiß, und mein Leben ist hier in Gefahr, aber ich glaube, so gefällt es mir besser. Hier draußen mit dir – ich bin glücklich. Ich könnte, glaube ich, ewig so weiterreiten.“ Er schüttelte den Kopf. „Aber ich schätze, ich würde es in einem oder in zwei Jahrhunderten überdrüssig werden – man muß realistisch sein.“

Neysa gab ein musikalisches Schnauben von sich, ging dann in einen Zweitaktgalopp über, bei dem sich die Vorderläufe wie auch die Hinterläufe parallel bewegten. Es war eine durchrüttelnde Gangart.

„Du meinst wohl, du könntest mich abwerfen, eh?“ fragte Stile scherzhaft. Er holte seine Mundharmonika hervor – ein Vorteil der Kleidung war, hatte er entdeckt, daß man Taschen besaß – und blies ein schnelles Wanderlied. Das Mädchen Tune hatte ihm die Schönheit der Musik nähergebracht, und seine wachsenden Fähigkeiten in dieser Kunstform hatten ihm bei zahlreichen Gelegenheiten im Spiel geholfen. Sein Erinnerungsschub hatte ihm deutlich vor Augen geführt, daß er mit der Musik weitergemacht hätte, selbst wenn sie in der Praxis wertlos gewesen wäre. Musik machte ihm Spaß.

Aber erneut manifestierte sich ein drohendes Etwas. Erneut hielten sie an. „Das ist seltsam“, bemerkte Stile. „Clip hat mir gesagt, daß ich mir keine Sorgen machen soll, weil Einhörner gegen die meiste Magie immun sind – aber das hier ist unheimlich. Ich mag keine Rätsel, die mich vielleicht meine Gesundheit kosten.“

Neysa blies einen zustimmenden Ton.

„Es scheint immer aufzutauchen, wenn wir musizieren“, fuhr er fort. „Musik hat mir bis jetzt noch nie etwas zuleide getan, aber ich will sichergehen. Vielleicht schleicht sich etwas an, während wir spielen, in der Hoffnung, daß wir es nicht bemerken. Ich bezweifle, daß die Amulette auf irgendeine Weise damit in Verbindung stehen; die Erklärung muß von subtilerer Natur sein. Versuchen wir es noch einmal. Wenn sich das Fremde manifestiert, werde ich aufhören zu spielen und versuchen, sein Versteck ausfindig zu machen. Du spielst weiter, als wäre nichts geschehen. Wir müssen es überraschen.“

Sie spielten wieder – und augenblicklich kehrte die Manifestation zurück. Stile hielt die Mundharmonika an die Lippen, ohne weiterzuspielen; statt dessen sah er sich um, während Neysa weitertanzte und die Melodie fortführte. Aber was immer sich auch manifestiert hatte, es war verschwunden.

Probehalber nahm Stile sein Spiel wieder auf, untermalte Neysas Melodie, aber so leise, daß ein Lauscher ihn nicht hören konnte. Die Manifestation kehrte zurück. Neysa verstummte, während Stile weitermusizierte – und die Manifestation wurde stärker, als ob ihre Musik sie zurückgehalten hätte. Stile brach abrupt ab – und die Erscheinung wich.

„Es ist an mich gebunden!“ rief er. „Nur wenn ich spiele ...“

Neysa stimmte zu. Was immer es auch sein mochte, es war hinter Stile her – und es erschien nur, wenn er musizierte. Es konnte ihn hören, auch wenn andere Klänge seine Musik übertönten.

Stile fröstelte. „Laß uns von hier verschwinden“, bat er.

Das Einhorn setzte sich in Bewegung. Diesmal verzichtete sie auf verspielte Einlagen; sie ging sofort in einen Galopp über. Sie schossen mit einer Geschwindigkeit über die Ebene, die kein Pferd erreichen konnte, huschten durch Haine aus hellbelaubten Bäumen und sprangen über kleine Flüsse. Er konnte sehen, wie zu beiden Seiten die Berge zurückfielen. Sie fraßen wirklich die Kilometer!

Schließlich wurde Neysa langsamer, weil ihr Atem Feuer gefangen hatte. Stile holte die Mundharmonika hervor und spielte erneut – und augenblicklich machte sich die Manifestation bemerkbar.

Sofort hörte er auf. „Wir können dem nicht entkommen, Neysa, das ist offensichtlich. Aber jetzt, wo wir Bescheid wissen, können wir vielleicht etwas dagegen unternehmen. Warum erscheint es nur, wenn ich spiele? Es muß wissen, daß wir es entdeckt haben und versuchen, ihm zu entkommen; es braucht sich nicht mehr zu verstecken."

Neysa zuckte die Schultern – ein interessanter Effekt, da er auf ihrem Rücken saß.

„Zuerst das Amulett, jetzt das. Besteht zwischen beiden Dingen vielleicht eine Verbindung? Ist die Mundharmonika etwa ..." Beunruhigt zögerte er. „... ebenfalls ein Amulett?"

Nach einem Moment faßte er einen Entschluß. „Neysa – glaubst du, daß du dieses Instrument spielen kannst? Ich meine, mit deinem Mund nach Art der Menschen? Falls es sich hierbei um ein Werkzeug handelt, das den Feind herbeiruft, dann müßte die Wirkung unabhängig von dem jeweiligen Spieler auftreten, schätze ich."

Neysa blieb stehen und ließ ihn absteigen und den Sattel abnehmen. Dann nahm sie ihre menschliche Gestalt an. Er hatte die Verwandlung noch nie bei Tageslicht beobachtet und nicht geglaubt, daß sie es einmal tun würde. An sich hatte er gedacht, daß sie in ihrer Pferdegestalt die Mundharmonika spielen würde, doch natürlich war es so einfacher für sie.

Sie nahm das Instrument und spielte. Sie war keine Expertin, da ihr diese Art des Musizierens fremd war, und das Ergebnis war ein Klanggewirr. Dann nahm Stile die Mundharmonika an sich und spielte ein ähnliches Klanggewirr – und die Manifestation machte sich bemerkbar.

„Es liegt nicht an dem Instrument – sondern an mir", sagte er. „Nur wenn ich es spiele." Er dachte nach. „Handelt es sich dabei um eine Symbiose, oder ist die Mundharmonika nicht unbedingt erforderlich?"

Er versuchte es mit Pfeifen – und das Etwas manifestierte sich wieder, wenngleich nicht so mächtig wie zuvor.

„Alles klar – es liegt an mir. Wenn ich Musik mache, kommt es. Mit der Mundharmonika klingt meine Musik besser, also ist die Wirkung stärker, das ist alles. Das Instrument ist nicht verwünscht." Er lächelte. „Ich bin froh. Mir gefällt die Mundharmonika. Ich hätte sie nur ungern im Schmutz vergraben." Er würde jede Mundharmonika nur äußerst ungern aus der Hand geben, denn der Tastenmundharmonika und all ihren Verwandten brachte er ein liebevolles Gefühl entgegen. Aber dieses Instrument hier war das beste seiner Art, das er je gespielt hatte.

Neysa hatte wieder ihre natürliche Gestalt angenommen. Stile schnallte den Sattel fest. „Ich glaube nicht, daß wir diese Angelegenheit ignorieren können", erklärte er.

Das Einhorn zuckte zustimmend mit einem Ohr.

„Suchen wir ein gutes Stück Weideland auf, und dann werde ich mich darum kümmern. Ich will herausfinden, was geschieht. Ich mag es nicht, vor einer Bedrohung davonzulaufen. Ich möchte dieses Etwas lieber hervorlocken und die Sache klären, so oder so. Falls es sich dabei um einen Feind handelt, möchte ich ihm bei Tageslicht mit dem Schwert in der Hand entgegentreten und mich nicht in der Nacht von ihm anschleichen lassen."

Neysa stimmte energisch zu.

Sie ritten einen Hang hinab, bis sie wieder auf grasbewachsenen Boden stießen. Neysa graste, aber sie entfernte sich nicht weit von Stile, und sie behielt ihn im Auge. Sie war besorgt. Gesegnet sollte sie sein – es war lange her, seitdem sich jemand Sorgen um ihn gemacht hatte. Abgesehen von Sheen – und bei ihr war das eine Frage der Programmierung gewesen.

Stile begann zu spielen. Drohend baute sich die Manifestation auf. Er versuchte, etwas zu erkennen, aber das Ding war unsichtbar, ungreifbar. Diesmal musizierte er weiter. Das Gras schien sich zu wellen, sich ihm zuzuneigen und dann wieder zurückzuschnellen, wie von einem Wind bewegt, aber es gab keinen Wind. Die Luft schien zu funkeln. Dünner Nebel entschwand, kaum wahrnehmbar, und wallte hin und her. Stile spürte, wie sich seine Haare aufrichteten, als ob sie elektrostatisch aufgeladen wären. Zuerst dachte er, daß dieses Gefühl nur eine Täuschung war, eine Folge seiner Nervosität, denn er wußte nicht, welches Ding oder welche Kraft er beschworen hatte, doch dann sah er, wie sich Neysas Mähne auf die gleiche Weise aufstellte. Spannung hatte sich manifestiert und um ihn gesammelt – aber sie entlud sich nicht. Sie wuchs nur.

Stile wurde es leid und hörte auf zu spielen – und wieder verschwand das Phänomen. „Fast so bitter wie ein Gewitter", murmelte er scherzhaft. „Aber ..."

Ein Regenguß riß ihm die Worte vom Mund. In seiner unmittelbaren Nähe flackerte ein Blitz auf. Die plötzliche Grelle blendete ihn halb, und ein Windstoß ließ ihn taumeln. Er war durchnäßt wie von einem Bad in einem aufgewühlten Meer, und er spürte die grausige Kälte des wogenden Wassers. Er erblickte eine Nebelsäule, die an einen Wirbelsturm erinnerte. Weitere Blitze zuckten.

Neysa kehrte zu ihm zurück, um ihn mit ihrem Körper und ihrem Gegenzauber vor den entfesselten Elementen zu schützen. Beides half. Stile legte seine Arme um ihren Hals und barg sein Gesicht in ihrer feuchten Mähne, und der Wirbelsturm verlor an Kraft. Ihr Körpergewicht war größer als seins und bot deshalb mehr Schutz, und der Regen schien ihr weniger auszumachen. Sie ließen sich auf dem Boden nieder, und sie schirmte ihn ab. „Jetzt umarme ich dich in deiner natürlichen Gestalt“, rief er ihr lachend zu, aber er bezweifelte, daß sie ihn über den Wind hinweg verstehen konnte.

Was war geschehen? Vor einem Moment noch hatte es nicht das geringste Anzeichen auf ein Unwetter gegeben. Stile wußte, daß Stürme rasch heraufziehen konnten – er hatte einen Kursus in Primitivwelt-Meteorologie belegt und oft am Anschauungsunterricht in der Wetterkuppel teilgenommen –, aber dieser Orkan war buchstäblich von einer Sekunde zur anderen losgebrochen. Er hatte auf der Mundharmonika gespielt, um das hervorzulocken, was auch immer sich hinter jener monströsen Manifestation verbarg, damit es ihm offen entgegentrat, dann hatte er geistesabwesend den Effekt mit einem ...

„Ich habe es getan!“ rief er. „Ich habe den Sturm herbeigerufen!“ Wie das Amulett, so mußte auch er beschworen werden, und Stile hatte es unabsichtlich getan.

„Sturm verschwinde!“ schrie er.

Fast wurden sie beide von einem weiteren heftigen Windstoß davongefegt. Der Sturm schien offenbar nicht auf ihn zu hören.

Dennoch war seine Kraft irgendwie mit Stile verbunden. Er hatte den Sturm heraufbeschworen – konnte er ihn dann nicht auch bannen? Und davor hatte er den Dämon des Amuletts herbeigerufen; zweifellos handelte es sich dabei um einen Zauber, der nur einseitig funktionierte. Aber ein Sturm? War es wirklich unmöglich, diesen Geist zurück in seine Flasche zu treiben?

Es war schwer, sich in dem Windgetöse und dem Regen und dem Blitzgeflacker und dem Lärm zu konzentrieren. Aber er versuchte es. Was hatte er genau getan, um den Sturm zu beschwören? Er hatte musiziert, und der Sturmgeist hatte sich manifestiert, ohne loszuschlagen. Dann hatte er gesagt: „Fast so bitter wie ein Gewitter." Ein zufälliger Reim ohne Bedeutung.

Ein Reim? Irgend etwas irritierte ihn. Als die Mundharmonika so zufällig aufgetaucht war – was hatte er da gesagt? „Mit der Mundharmonika spielst du hier; ich wünschte, ich hätt' heute eine bei mir." Irgend etwas in dieser Art. Nicht mehr als ein Knittelvers. Zweimal hatte er in Reimen gesprochen, und zweimal hatte er eine Antwort erhalten. Natürlich hatte es auch andere Magie gegeben, wie die des mörderischen Dämons des Amulettes. Er war nicht durch einen Vers beschworen worden. Aber – darüber konnte er sich später Gedanken machen. Vielleicht handelte es sich um eine andere Zauberform. Jetzt mußte er versuchen, dieses Unwetter zu bannen. Sturm, sei gebannt – was reimte sich darauf? Wand, Sand, Land. Versuch es, sagte er sich; mehr als versagen kannst du nicht.

„Sturm, sei gebannt; zieh fort übers Land!" schrie er.

Der Sturm ließ nach, aber er verschwand nicht. Er befand sich auf dem richtigen Weg, aber noch fehlte etwas. Er hatte nur halb Erfolg gehabt. Was hatte er sonst noch getan bei diesen beiden anderen Gelegenheiten?

Neysa pfiff mit ihrem Horn. Der Sturm hatte sich abgeschwächt, und deshalb wollte sie wieder aufstehen. Auf allen vier Läufen fühlte sie sich sicherer.

Das war es! Er hatte mit seinem Horn gepfiffen – in gewisser Weise. Die Mundharmonika. Er hatte Musik gemacht, hatte gesungen beziehungsweise gespielt.

Stile hob die durchnäßte Mundharmonika und spielte eine feuchte Weise. Dann hörte er auf und sang in einer improvisierten Melodie: „Sturm, sei gebannt. Zieh fort übers Land!"

Diesmal ließ der Sturm erheblich nach. Die Blitze erloschen, und der Regen sank zu einem bescheidenen Schauer herab. Aber das Unwetter war noch immer nicht ganz gewichen.

„Neysa, ich glaube, ich bin einer Sache auf der Spur", sagte er. „Aber ich durchschaue es noch nicht ganz. Ich glaube, ich kann zaubern, wenn es mir nur gelingt, hinter die Gesetzmäßigkeit der Magie zu kommen."

Das Einhorn warf ihm einen langen, undefinierbaren Blick zu. Vermutlich mißtraute sie seiner Behauptung, aber sie enthielt sich jeden Kommentars. Und er fragte sich selbst: Wie konnte er, das Kind der modernen, zivilisierten Galaxis, ernsthaft an Zauberei denken?

Dennoch, nach dem, was er in dieser Sphäre erlebt hatte, wie konnte er dann *nicht* an Magie glauben?

Sie setzten ihre Reise fort und trotteten durch den Nieselregen. Nach einer Stunde lag er hinter ihnen, und die Sonne trocknete sie. Sie musizierten nicht. Stile wußte, daß er etwas gelernt hatte, aber nicht genug. Noch nicht.

Dann legten sie eine Rast ein, um zu grasen und zu essen – sah man davon ab, daß er nichts zu essen besaß. Neysa war bereit gewesen weiterzutraben, bis sie einen Obstbaum entdeckten, aber er hatte das Gefühl, daß ihre Ernährung im Moment wichtiger war als seine. Sie hatte die meiste Arbeit zu leisten.

Wenn er wirklich zaubern konnte, vielleicht konnte er dann auch etwas zu essen herbeibeschwören. Warum sollte er sich keinen Vers ausdenken und ihn singen? Was reimte sich auf Essen?

Stile war in der Tat ein Dichter, wenngleich kein begnadeter; die Dichtkunst war lediglich ein weiterer Aspekt seiner Spielerfahrung. Man mußte extrem vielseitig sein, um eine hohe Sprosse auf einer Erwachsenenleiter zu erklimmen und zu behaupten. Wahrscheinlich war er in den meisten potentiellen Spieldisziplinen versierter als jeder andere, der an dem Spiel teilnahm. Aber er hatte sich beim Festlegen des Reimes und des Versmaßes stets um eine bedeutungsvolle Aussage bemüht, und so war er auf eine derartige Übung schlecht vorbereitet.

Dennoch, er war mit den Grundzügen des Versbaus vertraut, und mit ein wenig Mühe sollte es ihm gelingen. Ein Jambus – Da-DUMM da-DUMM. Pentameter – fünf Versfüße pro Satz. *Ich möcht' ein wenig Nahrung haben* – jambischer Tetrameter, vier Takte. Wenn Einhörner beim Laufen sprechen könnten, wäre ihr Versmaß von ausgezeichneter Struktur, denn ihre Hufe würden den Takt halten.

„Ich möcht' ein wenig Nahrung haben; dann brauche ich nicht mehr zu darben", sagte er in einem Singsang. Mit der Stimme fiel es ihm schwerer, eine Melodie zu improvisieren, als mit einem Instrument.

Vor ihm erschien ein kleiner Würfel. Er fiel zu Boden, und er mußte im Gras nach ihm suchen. Er besaß eine Seitenlänge von einem Zentimeter, und auf einer Seite stand in winzigen Buchstaben NAHRUNG. Stile leckte an ihm. Nutro-Erdnußbutter. Er aß sie. Gut, aber nur ein Appetitshappen.

Nun, er hatte schließlich „ein wenig" gesagt. Und genau das hatte er bekommen.

Allmählich begann er zu verstehen, Musik baute den Zauber auf; das war die mächtige Manifestation, die sie bemerkt hatten. Worte spezifizierten die Magie. Der Vers sorgte für die Erfüllung. Ein praktisches System – aber er mußte seine Wünsche präzisieren, wenn er es benutzte. Angenommen, er beschwor ein Schwert – und es durchbohrte ihn? Oder einen Berg Nahrungsmittel, und er begrub ihn unter sich? Wie jedes andere Werkzeug mußte Magie richtig angewendet werden.

„Ich möcht' 'nen Teller Nahrung haben; dann brauche ich nicht mehr zu darben."

Nichts geschah. Offensichtlich übersah er noch immer etwas.

Neysa hob den Kopf, spitzte die Ohren. Ihr Hörsinn war schärfer als seiner. Sie drehte den Kopf. Stile sah in die Richtung, in die ihr Horn deutete – und entdeckte mehrere Gestalten, die sich ihnen näherten.

Hatte er sie beschworen? Er bezweifelte es; sie wirkten keineswegs eßbar und entsprachen gewiß nicht der bestellten Menge. Es mußte ein zufälliges Zusammentreffen sein.

Bald schälten sich ihre Umrisse klar heraus. Vier Ungeheuer. Sie erinnerten verschwommen an Affen, besaßen kräftige, lange Arme, stämmige, haarige Beine und große, zähnestarrende, hornige, glotzäugige Köpfe. Eine weitere Dämonenart – wie jener, gegen den er allein gekämpft hatte, oder wie die Ungeheuer in den Erdspalten oder die Schneeungeheuer. Sie schienen alle Abarten einer Spezies zu sein, die nicht in das bekannte taxonomische System paßten. Aber natürlich traf dies auch auf Einhörner zu.

Neysa schnaubte. Sie trottete an Stiles Seite, um ihm beizustehen. Sie wußte, daß dies Ärger bedeutete.

„Mein Feind muß sie geschickt haben", sagte Stile. „Als du das Amulett zu meiner Heilung benutzt hast, muß dies den Herrn der Amulette alarmiert haben, der mir nicht wohlgesinnt zu sein scheint, aus Gründen, die ich noch nicht kenne. Also hat er seine Schlägertruppe in Marsch gesetzt – aber wir hielten uns nicht mehr in der Nähe des Amuletts auf, und so mußten sie unsere Spur verfolgen. Ich wette, der Sturm hat auch sie durcheinandergewirbelt."

Neysa stieß durch ihr Horn ein musikalisches Gelächter aus – ein hübscher Effekt. Ihr gefiel die Vorstellung, daß die Schläger von dem Sturm gebeutelt worden waren. Aber sie ließ die Ungeheuer nicht aus den Augen und hatte die Ohren zurückgelegt. Sie sah entzückend aus, wenn ihre Ohren nach vorn gerichtet waren, und grimmig, wenn sie sie anlegte.

„Ich befürchte, daß ich es mit einem Adepten zu tun habe“, fuhr Stile fort. „Offensichtlich handelt es sich bei ihm um keinen Anfänger. Aber ich weiß jetzt, daß ich selbst mit der Magie umgehen kann, und ich traue mir mehr zu. Was meinst du: Sollen wir vor diesen Ungeheuern fliehen und uns Sorgen darüber machen, wann sie uns wohl wieder einholen werden – beispielsweise dann, wenn wir schlafen –, oder sollen wir mit ihnen kämpfen?“

Die Frage war allein rhetorischer Natur, und sie antwortete so, wie er es erwartet hatte. Sie schlug mit dem Schweif hin und her, stampfte mit einem Vorderhuf, das Horn nach wie vor auf die Schläger gerichtet.

„Ich bin ganz deiner Meinung“, nickte Stile. „Mir gefällt der Gedanke nicht, von Feinden verfolgt zu werden. Laß schauen, ob ich mir einen guten Zauberspruch zusammenreimen kann, um sie zu vertreiben. Das ist sicherer als ein körperlicher Kampf. Sie sehen verdammt bösartig aus.“

Gefährlich und bösartig, in der Tat. Sein Tonfall war unbeschwert, aber er besaß bereits einen gehörigen Respekt vor der Kampftüchtigkeit der Dämonen. Sie waren wie die Androiden auf Proton: dumm, aber fast unzerstörbar. Dennoch mißtraute er dieser Magie, die er nun beherrschte. Wie alle unvermuteten Geschenke mußte er sie genau kennenlernen, ehe er sie von ganzem Herzen akzeptieren konnte. Aber im Moment mußte er alles einsetzen, was ihm zur Verfügung stand, und er hoffte, daß es funktionierte.

Er konzentrierte sich auf seine Verskunst, als die Schläger näher kamen. Unter diesem Druck konnte er sich nichts Kompliziertes ausdenken, aber solange der Spruch unmißverständlich war, mußte er Erfolg haben. Ihm blieb keine andere Wahl.

Das erste Ungeheuer tauchte vor ihnen auf. „Ungeheuer, geh – daß ich dich nicht mehr seh'!“ sang Stile und deutete auf das Geschöpf.

Das Monster verwandelte sich in Rauch und verschwand. Nur ein faulig riechender Dunst erinnerte noch an die Kreatur.

So weit, so gut. Allmählich bekam er Übung. Stile deutete auf das zweite Ungeheuer. „Ungeheuer geh – daß ich dich nicht mehr seh!“ sang er genau wie zuvor. Warum einen erfolgreichen Zauberspruch ändern?

Das Ungeheuer zögerte, wie von einem Mückenstich belästigt, und stürmte dann weiter.

Neysa schoß an Stile vorbei und spießte den Dämon mit ihrem Horn auf. Mit einem Ruck hob sie ihn hoch und schleuderte ihn über ihren Rücken. Das Geschöpf stieß einen heulenden Todesschrei aus, der mehr Wut als Schmerz verriet, und sank zu einem teigigen Haufen zusammen.

Warum hatte die Magie beim erstenmal funktioniert und beim zweitenmal nicht? Er hatte nichts verändert, und fast war ihm dabei der Kopf abgebissen worden.

Oh, nein! War es möglich, daß ein Zauberspruch nicht wiederholt werden konnte? Daß er nur einmal funktionierte? Jetzt erinnerte er sich an die Worte des Mannes, dem er begegnet war und von dem er das Dämonenamulett bekommen hatte. Daran, daß man jedesmal einen neuen Spruch erfinden mußte, um durch das Nebelfeld zu gehen. Er hätte dem besser mehr Beachtung schenken sollen!

Der dritte und der vierte Schläger stürmten gemeinsam auf sie los.

Keine Zeit, um sich einen anderen Zauberspruch auszudenken! Stile zog sein Rapier. „Ich nehme den rechten; du nimmst den linken“, sagte er zu Neysa.

Aber diese beiden Ungeheuer hatten das Schicksal ihrer Vorgänger verfolgt und waren ein wenig vorsichtiger. Häßlichkeit war nicht gleichbedeutend mit Dummheit, und bei diesen Wesen handelte es sich nicht wirklich um Androiden. Sie lernten offenbar aus ihren Erfahrungen. Sie hielten sich außer Reichweite des Rapiers und des Horns. Sie schienen Neysa für den gefährlicheren Gegner zu halten, obwohl Stile überzeugt war, daß sie ihn haben wollten. Zuerst mußten sie mit ihr fertig werden; dann war er ihrer zweifelhaften Gnade ausgeliefert. Zumindest dachten sie das.

Während ein Schläger sie abzulenken versuchte, sich dabei von dem Horn fernhielt, griff der andere sie von der Seite an. Aber Stile ging mit dem Rapier auf das Ungeheuer los und stach es mit der Spitze. Er wünschte, er hätte ein Breitschwert; dann hätte er diese Kreaturen in Stücke schlagen können. Er war nicht sicher, ob ein einfacher Stich viel Wirkung haben würde.

Er irrte sich. Er erwischte das Ungeheuer an der Hüfte, und es heulte und warf sich auf ihn, die mächtigen Pranken drohend auf ihn gerichtet. Stile stach erneut zu, bohrte die Spitze in die fleischige Schulter. Keine tödliche Wunde, aber zweifellos schmerzhaft. Zumindest verfügten diese Dämonen über Schmerzempfinden. Stile hatte halb befürchtet, daß sie ebenfalls unempfindlich sein würden. Dennoch, im Grunde stand ihr Kampf noch unentschieden. Er mußte eine lebenswichtige Stelle treffen, bevor das Ding ...

Der Arm des Schlägers bewegte sich mit unglaublicher Schnelligkeit und schmetterte Stile die Waffe aus der Hand. Die Augen des Wesens glühten. Zufrieden stürzte es sich auf ihn.

Stile packte einen Arm des Ungeheuers, bückte sich und setzte zu einem Schulterwurf an. Mit dieser Technik konnte der kleinste Mann den größten Gegner durch die Luft wirbeln. Aber das hier war kein Mann. Die Kreatur war so groß und langarmig, daß lediglich ihr haariger Arm über Stiles Schulter baumelte, als er seine Drehung beendete. Die Füße des Ungeheuers hatten sich nicht vom Boden gelöst.

Jetzt hob der Schläger seinen Arm und wirbelte Stile durch die Luft. Er spürte seinen heißen Atem in seinem Nacken – das Ungeheuer wollte ihm den Kopf abbeißen!

„Fort, du Tier! Zur Hölle mit dir!“ schrie Stile aus einem Instinkt heraus.

Er fiel zu Boden. Das Ungeheuer war verschwunden.

Erleichtert sah sich Stile um. Sein improvisierter Zauberspruch hatte funktioniert! Offenbar schien diese Sphäre eine Hölle zu besitzen, und er konnte jemanden dorthin ...

Ihm wurde kalt. Der andere Schläger war ebenfalls fort. Ebenso wie Neysa.

O nein!

Schnell, einen Gegenspruch! Irgend etwas! Was reimte sich auf Zauber oder Zauberspruch!

„Das war nicht sauber; ungültig sei der letzte Zauberspruch“, rief er in einem Singsang.

Die beiden Ungeheuer und Neysa tauchten wieder auf. Alle drei waren versengt und rußbedeckt.

„Ungeheuer fort; Neysa bleibt am Ort!“ sang Stile. Die Schläger verschwanden erneut.

Neysa sah ihn vorwurfsvoll an. Sie schüttelte sich, so daß der pudrige Ruß davonstob. Schwefelstreifen zogen sich über ihren Körper, ihre Mähne war angesengt, und ihr Schweif besaß nur noch die Hälfte seiner normalen Länge. Ihr gesamtes Fell war angesengt. Das Weiß ihrer Augen war groß – ein sicheres Zeichen für Angst.

„Es tut mir leid, Neysa“, sagte Stile zerknirscht. „Ich habe unüberlegt gehandelt! Ich wollte nicht *dich* zur Hölle schicken!“ Aber er erkannte, daß das nicht genügte. Sie war verbrannt und litt unter Schmerzen. Er mußte mehr tun als sich zu entschuldigen.

Er konnte zaubern – wenn er jedesmal einen neuen Zauberspruch sang. Konnte er sie wieder gesund machen?

„In aller Eile – Neysa, heile!"

Und vor seinen Augen verschwanden ihre Brandwunden. Ihre Mähne wuchs nach, und ihr Schweif wurde lang und schwarz und glatt. Ihr Fell gewann seinen seidigen Glanz zurück. Ihre Hufe leuchteten wieder perlweiß. Sie war geheilt worden – binnen Sekunden.

Wo waren die Grenzen seiner Macht?

Aber das Einhorn wirkte nicht glücklich. Körperlich ging es ihr jetzt gut, aber sie mußte ein wahrhaft erschütterndes Erlebnis gehabt haben. Ein Besuch in der Hölle! Wie konnte er dieses Entsetzen ungeschehen machen? Konnte er einen Zauberspruch formulieren, der sie vergessen ließ? Aber dazu mußte er ihr Bewußtsein manipulieren, und wenn er irgendeinen Fehler machte – nein, er wagte es nicht.

Neysa sah ihn seltsam an, so wie zuvor. Stile fürchtete, den Grund zu kennen.

„Neysa – wie viele Menschen auf dieser Welt beherrschen die Magie so wie ich?" fragte er. „Ich weiß, daß die meisten Menschen sich geringer Zauberkräfte bedienen können, zum Beispiel, um durch das Nebelfeld zu gehen, so wie die meisten Menschen ein paar einfache Melodien auf der Mundharmonika spielen können. Aber wie viele verfügen über große Zauberkräfte? Wie viele sind perfekt? Viele?"

Sie pfiff einen verneinenden Ton.

„Das dachte ich mir. Eine Menge Leute besitzen ein klein wenig Talent, aber nur wenige haben viel Talent, und das ist auf jedem Gebiet so. Ich wäre überrascht, wenn es bei der Magie anders wäre. Demnach erreicht nur ein bescheidener Personenkreis meine Leistung?"

Sie pfiff noch immer nein.

„Wenige?"

Diesmal fiel die Verneinung leiser aus.

„Sehr wenige?"

Jetzt stimmte sie zu.

Stile nickte. „Wie viele Menschen können Magie gegen ein Einhorn einsetzen, da die Einhörner gegen Magie größtenteils immun sind?"

Neysa starrte ihn an, und ihre Nervosität wuchs. Ihr Maul zitterte, ihre Ohren waren angelegt. Ein schlechtes Zeichen, was ihn anbetraf.

„Nur die Adepten?" fragte Stile.

Sie pfiff ein Ja, zog sich von ihm zurück. Erneut zeigte sich das Weiß ihrer Augen.

„Aber Neysa – wenn ich diese Fähigkeiten besitze, so bin ich doch noch immer dieselbe Person!" rief er. „Du brauchst keine Angst vor mir zu haben! Ich wollte dich nicht zur Hölle schicken! Ich habe einfach meine eigene Macht nicht gekannt!"

Sie schnaubte beipflichtend und kam einen Schritt näher.

„Ich möchte nicht, daß ein Graben zwischen uns entsteht, Neysa. Du bist mein einziger Freund auf dieser Welt. Ich brauche deine Hilfe."

Er ging auf sie zu, aber sie zog sich vor ihm zurück. Sie fürchtete ihn und mißtraute ihm jetzt – es war, als hätte er sich in einen Dämonen verwandelt, seine bisherige Verkleidung abgelegt.

„Oh, Neysa, ich wünschte, du würdest anders darüber denken! Die Magie ist nicht einmal halb so viel wert wie deine Unterstützung. Du hast dich mir angeschlossen, als du mich hättest töten können. Wir haben einander so viel gegeben in diesen vergangenen drei Tagen!"

Sie verzog das Maul, war zornig darüber, daß er auf diese Weise versuchte, Druck auf sie auszuüben. Er hatte sie zur Hölle geschickt, hatte ihr gezeigt, wie erniedrigend und gefährlich seine Macht für sie sein konnte. Dennoch war sie gerührt. Sie wollte ihn nicht verlassen.

„Ich habe mich nie für einen Zauberer gehalten", sagte Stile. „Ich dachte, die Magie käme von außerhalb. Ich hätte die Wahrheit erkennen müssen. Vielleicht ist die Wahrheit schlimmer als das, was ich gefürchtet habe."

Neysa schnaubte zustimmend. Sie war tatsächlich zu Tode erschrocken über seine magischen Fähigkeiten.

„Würde es etwas nützen, wenn ich schwörte, daß ich niemals wieder meine Zauberkräfte einsetzen werde? Wenn ich mich so verhalten würde, als existierte diese Macht nicht in mir? Ich bin ein Mann, der sein Wort hält, Neysa – du kennst mich inzwischen gut genug, um zu wissen, daß das stimmt."

Sie dachte nach, und ihre Ohren zuckten, während die verschiedenen Überlegungen durch ihr Einhorngehirn gingen. Schließlich nickte sie fast unmerklich.

„Ich schwöre", erklärte Stile, „daß ich in deiner Gegenwart keine Magie mehr benutzen werde, bis du mich von meinem Eid entbindest."

Die Luft über ihm schien sich ein wenig zu verfärben, nach oben zu steigen. Das Gras wellte sich in konzentrischen Kreisen, die sich rasch verbreiterten, bis sie außer Sichtweite gerieten. Neysas Leib schien kurz seine Farbe zu verlieren, als die kreisförmigen Wellen sie passierten. Dann war alles wieder normal.

Neysa kam zu ihm. Stile legte seine Arme um ihren Hals und drückte sie an sich. Es war nicht so einfach, ein Roß zu umarmen, aber es war die Mühe wert. „Oh, Neysa! Was ist wichtiger als Freundschaft!"

In ihrer natürlichen Gestalt waren ihre Ausdrucksmöglichkeiten beschränkt, aber ihre Art, die Ohren zu spitzen und ihn mit der Schnauze anzustubsen, sagte genug.

Neysa begann wieder zu grasen. Stile war noch immer hungrig. Für ihn gab es hier keine passende Nahrung, und da er der Magie abgeschworen hatte, konnte er sich keine Mahlzeit herbeiwünschen. In Wirklichkeit fühlte er sich sogar erleichtert, frei von der Magie zu sein – aber was sollte er seinem Magen sagen?

Dann fiel sein Blick auf das Ungeheuer, das Neysa erlegt hatte. Waren Schläger eßbar? Dies schien ihm eine gute Gelegenheit zu sein, es herauszufinden. Er zog sein Messer und begann, den Dämon zu zerlegen.

Neysa sah, was er machte. Sie pfiff einen ermunternden Ton, galoppierte dann mehrmals im Kreis, während Stile Buschwerk und trockenes Holz und ausgedörrtes Stroh sammelte, um ein Feuer zu machen. Als er seine Vorbereitungen abgeschlossen hatte, galoppierte Neysa heran, blieb stehen und spie Feuer. Sie hatte sich offenbar noch nicht ganz vom Kampf – oder von der Hölle – abgekühlt und mußte sich nur wenig anstrengen, um die erforderliche Hitze zu erzeugen. Das Buschwerk ging in Flammen auf.

Wie sich herausstellte, war Ungeheuer-Steak einfach köstlich.

11. Kapitel

Orakel

Als sie zwei Tage später das Orakel erreichten, hatte Stile seine Situation gründlich durchdacht. Seine magischen Fähigkeiten entsprachen denen eines Adepten, vorausgesetzt, er hielt sich an die Gesetzmäßigkeiten der Magie. Er hatte ihr abgeschworen, und er würde seinen Eid nicht brechen. Aber das änderte nichts an dem, was er war – ein Adept. Das konnte die Erklärung dafür sein, warum ein anderer Adept ihn zu töten versuchte. Dieser andere mußte über Stiles Potential Bescheid wissen und sah in ihm einen Rivalen. Die Adepten schienen ihre Privilegien eifersüchtig zu wahren – wie die Angehörigen der meisten Oligarchien oder herrschenden Klassen.

Wie sollte er sich also weiter verhalten? Daß er der Magie abgeschworen hatte, würde ihn nicht vor einem eifersüchtigen Adepten beschützen, den schon Stiles Potential störte. Aber falls nur ein einziger Adept hinter ihm her war, dann konnte es Stile vielleicht gelingen, ihn ausfindig zu machen und die Angelegenheit zu klären. Ohne Magie? Das konnte gefährlich werden! Also würde er das Orakel um Rat bitten. Warum nicht?

Das Orakel lebte in einem Palast. Er war von sorgfältig gepflegten Rasenflächen und Hecken umgeben, und in den Gärten sprudelten dekorative Springbrunnen. Der Zugang war frei; jeder konnte eintreten, Tiere eingeschlossen. In dieser Welt besaßen Tiere fast den gleichen Status wie Menschen – das war eines der Dinge, die Stile an ihr gefielen. In diesem Palast und auf dem dazugehörigen Anwesen war, wie Stile es verstanden hatte, keine Magie außer der des Orakels selbst erlaubt, und keine Person konnte belästigt oder gegen ihren Willen zu etwas gezwungen werden.

„Das ist nicht abwertend gemeint“, sagte Stile, „aber mir erscheint das wenig glaubwürdig. Von fern ist das ein schönes Konzept, aber ...“

Neysa ließ den Sattel am Eingang zurück und führte ihn zu einem kleinen, leeren Raum im Hintergrund. Aus der Rückwand ragte ein einfaches Sprechrohr hervor.

Stile musterte das Rohr. „Das ist es? Das Orakel?“ fragte er zweifelnd. „Keine Zeremonie, keine Fanfare, keine Feuerbälle? Keine Bürokratie? Ich kann einfach hingehen und alles fragen?“

Neysa nickte.

Enttäuscht wandte sich Stile an das Rohr. „Orakel, wie soll ich am besten vorgehen?“

„Erkennt Euch selbst“, erwiderte das Rohr.

„Das ist nicht deutlich genug. Könntest du das erläutern?“ Aber das Rohr antwortete nicht.

Neysa stieß ihn sanft fort. „Du meinst, man kann nur eine Frage stellen?“ sagte Stile verärgert.

So war es. Wie bei einem Zauberspruch, konnte das Orakel von einer Person nur einmal benutzt werden. Aber es war nicht Neysas

Absicht gewesen, all seine Fragen hier beantworten zu lassen; sie hatte ihn nur um seiner Sicherheit willen zu diesem Ort geführt.

Frustriert ließ Stile Neysa zurück und ging nach draußen. Sie versuchte nicht, ihn aufzuhalten, denn sie wußte, daß er enttäuscht war. Er steuerte auf den ersten Springbrunnen auf seinem Weg zu. Ein Wolf hockte auf der gegenüberliegenden Seite; wahrscheinlich war er nicht gezähmt, aber hier würde er ihn nicht angreifen. Stile zog sein Hemd aus, beugte sich über das Becken und spritzte kaltes Wasser in sein Gesicht. Also war er hier sicher – und nun? Seine Neugier war unbefriedigt. Sollte er diese Welt denn nie verstehen lernen?

„Ihr auch?"

Verblüfft sah Stile auf und wischte die Wassertropfen aus den Augen. Auf der anderen Seite des Brunnens befand sich ein junger Mann. Er besaß zottiges rotes Haar und ein düsteres Gesicht mit dichten Brauen, unter denen die Augen hell hervorleuchteten. Sein Bart und seine Koteletten erinnerten an Fell.

„Es tut mir leid, ich habe Sie nicht gesehen", entschuldigte sich Stile. „Darf ich mich vorstellen?"

„Ihr habt mich gesehen", widersprach der Mann, „aber mich in meiner Wolfsgestalt nicht erkannt."

Wolfsgestalt. „Ein ... Werwolf?" fragte Stile überrascht. „Ich bin neu in diesem Land. Ich dachte nicht ... Es tut mir leid."

„Eure Art zu reden hat mir dies bereits verraten. Aber entschuldigt Euch nicht bei einem geächteten Schurken."

Eure Art zu reden .... Plötzlich erinnerte sich Stile. Clip das Einhorn, Neysas Bruder, hatte die gleiche archaische Sprache benutzt. Offenbar war sie hier allgemein üblich. Er sollte sich besser daran gewöhnen, um nicht allzusehr aufzufallen.

„Ich ... werde versuchen, meine Redeweise zu bessern. Aber ich entschuldige mich dennoch bei Euch für dieses Mißverständnis."

„Dies ist nicht erforderlich. Dieser Ort steht ausnahmslos allen offen, selbst Unpersonen wie mir."

Stile wurde an den Roboter Sheen erinnert; sie hatte behauptet, wegen ihres metallenen Ursprungs keine Rechte zu haben. Es quälte ihn. „Seid Ihr keine Person? Wenn das Geächtetsein ein Verbrechen bedeutet, so bin ich gewiß ein größerer Verbrecher als Sie. Ihr. Ich habe meine ganze Welt hinter mir gelassen."

„Ah, also ist es so, wie ich dachte. Ihr seid von Proton. Seid Ihr ein Leibeigener oder ein Bürger?"

„Leibeigener", antwortete Stile, verblüfft von der Kenntnis des

Mannes über seine Welt. Aber natürlich hatten andere vor ihm den Übergang geschafft. „Werwolf, falls Ihr Zeit habt, würde ich mich gern mit Euch unterhalten."

„Da Ihr wißt, von welcher Art ich bin und Euch deshalb nicht getäuscht fühlen könnt, bin ich einem Gespräch sehr zugeneigt. Ich bin Kurrelgyre, Werwolf."

„Ich bin Stile, Mensch." Stile streckte die Hand aus, und der andere – nach einer Pause, als ob er sich eines fremden Brauches erinnern mußte – ergriff sie.

„In meiner anderen Gestalt beschnüffeln wir einander die Schwänze", sagte Kurrelgyre entschuldigend.

„Es gibt so viel, was ich über diese Welt noch nicht weiß", erklärte Stile. „Falls Sie – falls Ihr über meine Welt Bescheid wißt, so können Sie sich ... könnt Ihr Euch die Probleme vorstellen, denen ich mich gegenübersehe. Ich weiß nicht, wie ich hierhergekommen bin oder wie ich zurückkehren kann, und die Antwort des Orakels war keineswegs hilfreich."

„Dies liegt in der Natur der Orakelsprüche", stimmte Kurrelgyre zu. „Ich bin ähnlich enttäuscht worden. Ich habe das Orakel befragt, wie ich meinen Platz bei meinem Volk wiedererringen kann, ohne einen Fluch auf mich zu laden, und das Orakel sagte mir: ‚Pflegt Blau.' Sagt Euch dies etwas?"

Stile schüttelte den Kopf. „Bedauerlicherweise nicht. Ich habe mich erkundigt, wie ich am besten vorgehen soll, und es antwortete: ‚Erkennt Euch selbst.' Ich bezweifle nicht, daß dies an sich ein guter Rat ist, aber ihm fehlt die Genauigkeit. In der Tat ist das nicht einmal ein Rat für meine Vorgehensweise – er bezieht sich nur auf das Sammeln von Informationen."

„Ein sehr merkwürdiges Versehen", nickte Kurrelgyre. „Kommt, machen wir einen Spaziergang durch die Gärten. Vielleicht gewinnen wir im Verlauf unseres Gesprächs einige Einsichten."

„Es würde mich freuen. Entschuldigt mich einen Moment, damit ich meiner Begleiterin Bescheid geben kann. Sie hat mich hierhergebracht ..."

„Gewiß." Sie betraten wieder den Palast und begaben sich in die Orakelkammer, wo Stile Neysa zurückgelassen hatte.

Sie war noch immer dort, sah das Sprechrohr an, offenbar unschlüssig über das, was sie fragen sollte. Kurrelgyre knurrte, als er sie erblickte, und nahm sofort seine Wolfsgestalt an. Als Neysa ihn hörte, wirbelte sie herum und richtete ihr Horn auf den Wolf.

„Aufhören!“ rief Stile, sich bewußt, daß eine gewalttätige Auseinandersetzung drohte. „Es gibt keinen ...“

Der Wolf sprang. Neysa warf sich nach vorn. Stile war mit einem Satz zwischen ihnen.

Alle drei erstarrten für einen Moment zu einem Tableau. Die Spitze von Neysas Horn ritzte Stiles Brust, die Fänge des Wolfes hatten sich um seinen rechten Arm geschlossen, nahe der Schulter. Blutstropfen quollen auf Stiles Brust und Arm, wo Spitze und Fänge die Haut verletzt hatten.

„Werdet ihr beide jetzt eure menschliche Gestalt annehmen und euch bei dem Orakel für diesen Vorfall entschuldigen?“ sagte Stile.

Schweigen antwortete ihm. Dann schimmerten beide Wesen und verwandelten sich. Stile stand jetzt zwischen einem hübschen jungen Mann und einem schönen Mädchen. Er trug kein Hemd, und Blutstropfen glitzerten auf seiner Haut; er hatte vergessen, sein Hemd wieder anzuziehen, nachdem er sich am Brunnen gewaschen hatte.

Er löste sich von ihnen. „Ich nehme an, daß Einhörner und Werwölfe Erbfeinde sind“, bemerkte er. „Es tut mir leid, das wußte ich nicht. Aber dies hier ist nicht der richtige Ort für einen ... äh ... freundlichen Wettkampf. Reicht euch jetzt die Hände, oder beschnüffelt euch gegenseitig die Schwänze oder was man hier auch immer treiben mag, um sich zu vertragen.“

Neysas Augen blitzten, und Kurrelgyre knurrte. Beide blickten dann zum Orakelrohr, danach auf Stiles Blutflecke und sahen schließlich einander an. Und schwiegen weiter.

Stile sah, wie durch ihre Augen, wie sie sich einander darboten. Die Kleidung des Werwolfes war bei seiner Verwandlung in einen Menschen wieder erschienen, und sie bestand aus einer geschmackvollen pelzbesetzten Jacke und langen Gamaschen, die seiner ungeschlachten Erscheinung schmeichelten. Neysa trug ein dünnes schwarzes Kleid, das ihre wohlgeformte Figur wunderbar zur Geltung brachte; sie schien bewußt entscheiden zu können, ob sie nach der Verwandlung Kleidung tragen wollte oder nicht, obwohl sie in der Nacht keinen Wert darauf gelegt hatte. Sie war jetzt eines von jenen Mädchen, die jedem Mann den Kopf verdrehen konnten – und Kurrelgyres Kopf drehte sich bereits.

„Dies ist ein Ort der Wahrheit“, sagte der Werwolf schließlich. „Ich bedaure, daß mein Instinkt meine Manieren überwältigt hat.“

„Ich auch“, schloß sich Neysa leise an.

„Ich bin voller Scham, das Blut eines Unschuldigen vergossen zu haben.“

„Ich auch."

„Als Entschädigung vergieß nun mein Blut, Stile." Kurrelgyre streckte den Arm aus. Neysa folgte seinem Beispiel.

„Das werde ich nicht!" rief Stile. „Falls ihr beide das Gefühl habt, mir etwas schuldig zu sein, so tut Buße, indem ihr euch vertragt. Ich hasse es, der Grund für einen Streit zwischen zwei guten Wesen zu sein."

„Die Strafe des Blutes muß nicht beschwerlich sein", murmelte Kurrelgyre. Er verneigte sich höflich vor Neysa. „Ihr seid von erstaunlichem Liebreiz, Roß."

Neysa machte einen Knicks, der mehr von ihrem Dékolleté und ihrem Bein entblößte, als an sich notwendig war. Oh, die Dinge, die man mit der Kleidung vollbringen konnte! Kein Wunder, daß die Bürger auf Proton die Kleidung für sich selbst reservierten. „Ich danke Euch, Wolf."

Bedächtig streckte Neysa dann ihre Hand aus. Statt sie zu schütteln, führte Kurrelgyre sie zu seinem Gesicht. Für einen Moment befürchtete Stile, daß der Werwolf hineinbeißen würde, doch statt dessen küßte er ihre Finger.

Erleichtert trat Stile vor und ergriff beide am Arm. „Machen wir zusammen einen Spaziergang, da wir jetzt Freunde sind. Wir haben viel gemeinsam, sind wir doch alle auf die eine oder andere Art Ausgestoßene. Neysa wurde wegen ihrer Farbe von der Herde verstoßen ..."

„Was stimmt denn mit ihrer Farbe nicht?" fragte der Werwolf verwirrt.

„Nichts", erklärte Stile, während sie weitergingen. Er entdeckte sein Hemd am Brunnen, und sie steuerten darauf zu. „Einige Einhörner leiden an gestörten Wertvorstellungen."

Kurrelgyre warf dem Mädchen einen Seitenblick zu. „Das würde ich auch sagen! Ich habe immer schon vermutet, daß der Herdenhengst zu oft sein Horn gegen einen Fels geschmettert hat, und das beweist es. Mein Geschmack richtet sich nicht auf Einhörner, versteht mich richtig, aber die Maximen der Schönheit sind universell. Sie ist außerordentlich wohlgeformt. Wäre sie eine Werwölfin ..."

„Und ich bin ein Ausgestoßener, weil ich mich geweigert habe, einen ... einen Dienst für meinen Herrn zu leisten", fuhr Stile fort. „Oder mit einem anderen Bürger einen illegalen Handel abzuschließen." Er wusch seine kleinen Wunden mit dem Wasser aus dem Becken aus und zog sein Hemd wieder an. „Was, wenn ich fragen darf, war Euer Problem, Werwolf?"

„Bei meinem Volk, wo das Leben hart ist, wenn die Größe des Rudels die zur Verfügung stehende Nahrung übersteigt, müssen zuerst die Ältesten getötet werden. Mein Sire gehört zu den Ältesten, ein ehemaliger Führer des Rudels, und so fiel es mir zu, ihn zu töten und die Führerschaft zu übernehmen. In der Tat gibt es in meinem Rudel keinen Wolf, den ich nicht in einem fairen Kampf besiegen könnte. Aber ich liebe meinen Sire, der schon immer der edelste aller Wölfe war, und ich konnte es nicht vollbringen. Deshalb wurde ich mit Schimpf und Schande aus dem Rudel ausgestoßen."

„Also wurdet Ihr wegen Eures Gewissens bestraft!" entfuhr es Stile.

„Nur was dem Rudel nützt, ist richtig", grollte der Werwolf.

„Ja", seufzte Neysa traurig.

Sie gelangten in einen von einer Hecke umgebenen Park, in dessen Mitte sich ein hübscher Steingarten befand. Neysa und Kurrelgyre ließen sich auf zwei Felsbrocken nieder, so daß sie näher beieinandersaßen, als es für natürliche Feinde schicklich erschien.

„Laßt uns die Situation durchdenken, Stile", schlug der Werwolf vor. „Ihr wißt wenig von diesem Land – dennoch kann dies nicht Grund für Eure beklagenswerte Bedrängnis sein. Ihr dürftet mit einem tapferen Einhorn an Eurer Seite kaum in Gefahr schweben."

„Nichtsdestotrotz schwebe ich in Gefahr", erwiderte Stile. „Es scheint, daß ein Adept mich zu töten versucht."

„Dann gibt es keine Hoffnung mehr für Euch. Gegen einen Adepten hilft nur, ihm auszuweichen. Ihr müßt bis zu Eurem Lebensende hier im Palast des Orakels bleiben."

„Läge ein normaler Fall vor, so würde ich Euch zustimmen. Aber ich scheine selbst über die Macht eines Adepten zu verfügen."

Kurrelgyre verwandelte sich in seine Wolfsgestalt und fletschte die Zähne, während er von Stile zurückwich.

„Wartet!" rief Stile. „Neysa hat genauso reagiert! Aber ich habe der Magie abgeschworen, bis mich Neysa von diesem Schwur entbindet."

Der Wolf zögerte, verarbeitete das Gehörte und nahm dann unbehaglich wieder seine menschliche Gestalt an. „Kein Einhorn wird Euch davon entbinden." Neysa nickte zustimmend.

„Aber ich bin nur ein Verirrter aus einer anderen Welt", sagte Stile. „Es ist lediglich ein Zufall, daß ich magisches Talent besitze."

„Zufall?“ knurrte Kurrelgyre. „Äußerst wenig in dieser Sphäre ist auf Zufall zurückzuführen – das ist nur Euer Begriff für die verborgenen magischen Kräfte, die in Eurer Sphäre wirken. Hier ist nichts dem Zufall überlassen.“ Er dachte einen Moment nach. „Habt Ihr ein Talent in der anderen Sphäre?“

„Ich reite gut ...“

Der Werwolf sah zu Neysa hinüber, die mit entblößten Fesseln und wogendem Busen dasaß. „Wer würde das nicht?“

„Und ich bin ein Champion des Spiels“, fuhr Stile fort.

„Das Spiel! Das ist es! Wißt Ihr nicht, daß in dieser Sphäre die magische Begabung mit dem Talent für das Spiel in Eurer Sphäre übereinstimmt? Wie gut seid Ihr im Spiel – antwortet ehrlich.“

„Nun, ich bin der zehnte auf meiner Altersleiter.“

Kurrelgyre drohte ihm mit dem Finger. „Glaubt Ihr, ich kenne mich nicht mit dem Prinzip der Leitern aus? Wenn Ihr die fünfte Sprosse erreicht, müßt Ihr am jährlichen Turnier teilnehmen. Stiftet jetzt keine Verwirrung, die Angelegenheit ist zu wichtig. Wie gut seid Ihr in der Rangliste, wenn Ihr es ernsthaft versucht?“

Stile wurde klar, daß jetzt keine Zeit für Untertreibung oder höfliche Bescheidenheit war. „Grob geschätzt, müßte ich zu den zehn Besten gehören. An einem guten Tag könnte ich vermutlich vierter oder fünfter werden.“

„Dann besitzt Ihr in der Tat das Kaliber eines Adepten. Es gibt nicht mehr als zehn Adepten. Sie unterscheiden sich durch ihre Farben: Weiß, Gelb, Orange, Grün und so weiter – nur so viele, wie es klar voneinander unterscheidbare Farben gibt. Deshalb gehört Ihr zu ihnen. Ein Adept muß tot sein.“

„Wovon redet Ihr? Warum muß ein Adept tot sein? Ich bin gut im Spiel, aber das bedeutet doch nicht vi ....“ Stile bemerkte gerade noch rechtzeitig, daß er dabei war, einen Vers zu improvisieren, und er verstummte, um seinen Schwur nicht zu brechen.

„Ah, vergeßt es! Ihr könnt es noch nicht verstehen. Wisset, Stile, kein Mensch kann durch das Nebelfeld zwischen den Sphären gehen, solange sein Doppelgänger lebt. Deshalb ...“

„Doppelgänger?“

„Sein anderes Selbst. Sein Zwilling. Alle Menschen existieren in beiden Sphären und sind für immer an ihren Ursprungsort gebunden – bis einer von ihnen unvorhergesehen stirbt. Dann ...“

„Wartet, wartet! Wollt Ihr damit sagen, daß nicht nur die Geographie identisch ist, sondern auch die Bevölkerung? Das ist unmöglich. Die Leibeigenen auf Proton kommen und gehen, sobald ihre Aufenthaltsgenehmigungen ablaufen – nur die Bürger gehören zur ständigen Einwohnerschaft.“

„Vielleicht ist dem jetzt so, früher war es anders. Die meisten Menschen sind noch immer doppelt vorhanden, einmal auf Proton und einmal auf Phaze. Die anderen existieren nur in einer Sphäre, so wie ich. Vielleicht habe ich in der Vergangenheit ein Leibeigenen-Selbst gehabt, und dieser Leibeigene hat Proton verlassen, und nur ich bin geblieben.“

„Ihr reist also zwischen den Sphären – weil auf Proton keine Werwölfe existieren?“

Kurrelgyre zuckte die Achseln. „So muß es sein. Hier gibt es Tiere und ungewöhnliche Kreaturen, dort gibt es mehr Leibeigene. Das gleicht es wahrscheinlich aus. Aber Ihr ... Ihr könnt von Proton nach Phaze reisen, weil Euer magisches Selbst tot ist. Und Euer magisches Selbst muß ...“

„... ein Adept gewesen sein“, schloß Stile. „Sofern ich Euch richtig verstanden habe.“

„Erkennt Euch selbst“, murmelte Neysa. „Adept.“ Sie runzelte die Stirn.

„Das ist es!“ rief Stile. „Ich muß herausfinden, welcher Adept ich bin!“ Dann bemerkte er Neysas ernstes Gesicht. „Muß ich das wirklich? Ich habe der Magie abgeschworen.“

„Aber nur durch den Einsatz der Macht eines Adepten könnt Ihr zu überleben hoffen!“ erklärte Kurrelgyre. Dann überdachte er seine Worte. „Was sage ich da? Wer würde schon einem Adepten beim Überleben helfen wollen? Das hübsche ’horn hat recht – gebt die Magie auf.“

Horn? Ah, Einhorn. „Was ist so schlecht daran, ein Adept zu sein?“ fragte Stile. „Ich dachte an sich, daß es ein großer Vorteil ist, wenn man über magische Kräfte verfügt.“

Der Werwolf tauschte Blicke mit dem Einhorn aus. „Er weiß es wirklich nicht“, brummte Kurrelgyre.

„Ich weiß es tatsächlich nicht“, nickte Stile. „Mir ist klar, daß Magie gefährlich sein kann. Wie die Wissenschaft auch. Aber ihr beide verhaltet euch, als handelte es sich dabei um ein Verbrechen. Ihr scheint zu meinen, daß es besser ist, wie ein Mann zu sterben, als wie ein Adept zu leben. Ich denke aber, daß man mit Magie eine Menge guter Dinge tun kann.“

„Vielleicht solltet Ihr einen Adepten kennenlernen“, meinte Kurrelgyre.

„Und ob ich das werde! Obwohl ich selbst die Magie nicht mehr benutze, möchte ich zumindest wissen, wer ich bin und was für eine Art Wesen ich bin. Aus dem, was Ihr gesagt habt, entnehme ich, daß meinem Adepten-Doppelgänger irgend etwas zugestoßen sein muß, und angesichts meines Alters und meiner guten Gesundheit kann sein Tod keine natürliche Ursache gehabt haben." Er schwieg einen Moment. „Aber natürlich! Wir müssen nur feststellen, welcher Adept vor kurzem gestorben ist."

„Keiner von ihnen ist gestorben", versicherte ihm Kurrelgyre. „Zumindest ist davon nichts bekannt. Adepten lieben die Geheimnistuerei, aber trotzdem, einer von ihnen muß die Nachricht zurückhalten."

„Nun, ich werde mich umschauen", entschied Stile. „Ich werde jeden Adepten überprüfen, bis ich herausfinde, welcher von ihnen tot ist, und mich dann überzeugen, ob es sich dabei um mein Selbst handelt. Dann bin ich zufrieden. Nur – wie kann ich sicher sein, daß nicht zwei von ihnen tot sind und ich nicht den falschen gefunden habe?"

„Das ist kein Problem", entgegnete der Werwolf. „Euer anderes Selbst hat genauso ausgesehen wie Ihr, somit wird es jeder, der Euch in seinem Reich gesehen hat, wissen. Und jeder Adept besitzt einen eigenen unverwechselbaren Zauberstil, eine eigene Art der Beschwörung, die nur er allein beherrscht. Was ist Euer Stil?"

„Stiles Stil", murmelte Neysa und gestattete sich ein kurzes Lächeln.

„Ich spreche oder singe in Versen", antwortete Stile. „Musik verstärkt die Wirkung. Welcher Adept benutzt diese Methode?"

„Wir wissen es nicht. Die Adepten enthalten derartige Informationen dem gemeinen Volk vor. Oft arbeiten sie mit Täuschung bei ihren magischen Handlungen, sprechen Beschwörungsformeln, wenn in Wirklichkeit eine Geste den Zauber auslöst, oder sie gestikulieren, wenn eine Rune der Schlüssel ist. Zumindest geht so das Gerücht unter dem tierischen Volk. Wir wissen nicht, wer die Amulette oder die Golemmenschen oder die Zaubertränke oder die Bannsprüche erschafft. Wir wissen nur, daß diese Dinge existieren, und wir kennen aus unglücklicher Erfahrung ihre Macht." Er sah Stile an, ergriff seine Hand. „Aber, Freund – versucht es nicht. Falls Ihr Euer Adepten-Selbst findet, werdet Ihr zu diesem Adepten, und auf mir lastet dann die Schande, Euch nicht getötet zu haben, als noch die Möglichkeit dazu bestand. Und auch auf Neysa, die Euch geholfen hat. Werft nicht diesen Fluch über uns."

Stile wandte sich bestürzt an Neysa. „Denkst du auch so?"

Traurig nickte sie.

„Mich dünkt, sie hat Euch zu dem Orakel geführt, um der Gefahr zu begegnen, die sie heraufziehen sah“, bemerkte Kurrelgyre. „Der Gefahr, einen Freund zu vernichten – oder einen Adepten auf diese Sphäre loszulassen. Hier seid Ihr sicher, selbst vor Euren Freunden.“

„Aber ich bin an meinen Schwur gebunden!“ rief Stile. „Ich werde auf Magie verzichten! Ich werde nicht das Ungeheuer, das ihr fürchtet! Ich will nur die Wahrheit herausfinden. Könnt ihr mir das verdenken?“

Langsam schüttelte Kurrelgyre den Kopf. „Das können wir Euch nicht verübeln. Dennoch wünschen wir ...“

„Ich muß mich selbst erkennen“, unterbrach Stile. „Das Orakel hat es gesagt.“

„Und das Orakel hat immer recht“, stimmte der Werwolf zu. „Wir können unser unbedeutendes Urteil nicht damit vergleichen.“

„Also werde ich mich auf die Suche nach mir selbst begeben“, erklärte Stile. „Wenn ich weiß, was ich wissen muß, kehre ich in meine eigene Sphäre zurück, wo die Magie keine Rolle spielt. Ihr braucht also nicht zu fürchten, daß ich mich in ein Scheusal verwandle, wie ihr zu glauben scheint. Ich muß ohnehin bald zurückkehren, um mir eine neue Anstellung zu suchen, oder meine Aufenthaltsgenehmigung wird ungültig.“

Neysa senkte den Kopf.

„Was kümmert Euch die Aufenthaltsgenehmigung?“ fragte Kurrelgyre. „Bleibt hier, versteckt Euch vor Eurem Feind. Es besteht für Euch kein Grund zur Rückkehr.“

„Aber Proton ist meine Welt“, protestierte Stile. „Ich habe niemals beabsichtigt hierzubleiben ...“

Der Werwolf stand auf und zog Stile sanft zur Seite. „Ich muß mit Euch in einer Sprache sprechen, die die Schöne nicht kennt“, erklärte er. Neysa warf ihm einen raschen Blick zu, blieb aber still im Garten sitzen.

„Was soll dieser Unsinn über eine andere Sprache?“ fragte Stile, als sie außerhalb von Neysas Hörweite waren. „Ich habe keine Geheimnisse vor ...“

„Könnt Ihr denn nicht erkennen, daß die Stute in heißer Liebe zu Euch entbrannt ist?“ unterbrach Kurrelgyre. „Könnt Ihr Euch nicht vorstellen, welche Frage sie dem Orakel stellen wollte?“

Stile wurde von Schuldgefühlen überwältigt. Er hatte Neysa in vielerlei Hinsicht mit Sheen verglichen, das Offensichtliche aber übersehen. „Aber ich bin kein Einhorn!“

„Und ich bin kein Mensch. Dennoch würde ich an Eurer Stelle nicht so heiter von der Abreise sprechen. Es ist besser, ihr Herz rasch und sauber zu brechen."

„Oh, ja. Nein", stieß Stile verwirrt hervor. „Sie ... wir haben ... ich dachte, es sei lediglich eine Form der Höflichkeit. Ich habe nie angenommen ..."

„Und es ist eine bemerkenswerte Höflichkeit", nickte Kurrelgyre. „Ich bin einst ebenfalls so sorglos mit derartigen Dingen umgegangen, bis mir meine Wölfin den Kopf zurechtgerückt hat." Er fuhr mit den Fingern über eine alte Narbe, die von seiner Schulter bis in gefährliche Nähe seiner Kehle reichte. Werwölfe besaßen offenbar eine äußerst direkte Art, sich verständlich zu machen. „An sich sollte ich es nicht sagen, aber ... Neysa ist das lieblichste Geschöpf, das man sich vorstellen kann, gleich in welcher Gestalt, und zweifellos auch das treueste. Verflucht wäre ich, hätte ich meine Fänge in sie gebohrt, doch Ihr habt mich glücklicherweise daran gehindert. Wenn man die natürliche Abneigung bedenkt, die zwischen Mensch und Einhorn und zwischen Mensch und Werwolf und zwischen Einhorn und Werwolf besteht, so ist ihre Zuneigung zu Euch ein Zeichen äußerster Gunst. Es sei denn – seid Ihr vielleicht jungfräulich, abgesehen von ihr?"

„Nein."

„Und die wichtigste Frage: Dürft Ihr ihre privatesten Teile berühren?"

Stile errötete leicht. „Ich habe Euch bereits gesagt ..."

„Ihre Hufe", erklärte Kurrelgyre. „Ihr Horn. Kein Fremder kann es wagen, die magischen Glieder eines Einhorns zu berühren."

„Warum, ja, ich ..."

„Dann muß es Liebe sein. Sonst würde sie Eure Berührung niemals erlauben. Merkt Euch, mein Freund, sie hat Euch verschont, als sie erfuhr, daß Ihr ein Adept seid, weil sie Euch liebt, und das bedeutet Nachteile für sie bei ihrer Herde. Ihr dürft sie nicht so einfach beiseiteschieben." Erneut berührte er die Narbe an seiner Kehle.

„Nein", stimmte Stile leidenschaftlich zu, und er dachte wieder an Sheen. Er hatte schon immer eine Art magnetische Anziehungskraft auf Frauen besessen, sobald sie ihn kennengelernt hatten, obwohl dies vom ersten Eindruck, den seine Größe und seine Schüchternheit machten, wieder ausgeglichen wurde. Deshalb waren seine heterosexuellen Beziehungen stets sehr flüchtig oder sehr intensiv gewesen, mit wenigen Zwischenabstufungen. Aber diese Situation belastete ihn mit einer besonderen Verantwortung: Er durfte die Frauen, die sich ihm hingaben, nicht verletzen.

Mit einem Hauch Wehmut erinnerte er sich, wie das Jockey-Mädchen Tune zuerst seine Liebe erweckt und ihn dann verlassen hatte. Er hatte ihr nie deswegen Vorwürfe machen können, und er hätte ihre Affäre auch nicht vermieden, hätte er gewußt, was geschehen würde. Sie hatte ihn in eine Welt eingeführt, deren Dimensionen er sich zuvor kaum hatte vorstellen können. Aber er hatte nicht vor, dies einer anderen Person anzutun. Er machte sich keine Sorgen, daß Neysa ihn verletzen würde – sie würde ihm niemals weh tun. Sie würde nur still davongehen und einen Berggrat aufsuchen, ohne sich beim Sprung in die Tiefe in ein Glühwürmchen zu verwandeln. Sie würde ihn verschonen und nicht sich. Das war ihre Art.

Kurrelgyres Frage war des Nachdenkens wert. Warum konnte Stile nicht hierbleiben? Hier drohte seinem Leben Gefahr, gewiß – aber aus diesem Grund war er auch von Proton geflohen. Falls er diese Gefahr in dieser Sphäre bannen konnte – nun, diese Welt hatte gewisse Vorzüge, die sich mit dem Spiel vergleichen ließen.

In der Tat hatte die Magie in seinen Augen eine faszinierende Ähnlichkeit mit – nein! Sein Eid machte diese Überlegungen zu einer rein akademischen Angelegenheit.

Aber was war mit Sheen? Er konnte sie nicht einfach im ungewissen lassen. Er mußte zumindest lange genug zurückkehren, um ihr die Situation zu erklären. Sie war eine Maschine, sie würde es verstehen. Das vernünftigste war, wenn er sich die für ihn vorteilhafteste Welt aussuchte und dort blieb. Sheen würde es genügen, wenn sie wußte, daß er in Sicherheit war; ihre Mission wäre dann erfüllt.

Aber als er gewußt hatte, daß Tune glücklich und zufrieden war ... Hatte ihm das genügt? Zu wissen, daß sie seine Arme durch die eines anderen Mannes ersetzt und diesem Mann das gegeben hatte, was Stile nur in der Form eines Namens gegeben worden war – einen Sohn? Er hatte es verstanden, und Sheen würde es verstehen – aber war das genug?

Andererseits, was konnte er sonst tun? Er konnte nicht in beiden Sphären bleiben, oder? Jedenfalls war seine Aufenthaltsgenehmigung auf Proton begrenzt, während sie hier unbegrenzt zu sein schien.

Stile kehrte zu Neysa zurück und ließ sich neben ihr nieder. Kurrelgyre folgte ihm. „Der Werwolf hat mir gezeigt, daß ich meine

Probleme nicht lösen kann, wenn ich vor ihnen davonlaufe. Ich muß hierbleiben, um meine Bestimmung zu finden, und die andere Sphäre werde ich nur aufsuchen, um dort meine Angelegenheiten zu ordnen." Während er das sagte, wünschte er, er hätte eine andere Formulierung benutzt.

Neysa antwortete, indem sie den Kopf hob. Das war genug.

„Jetzt zu Euch, Werwolf", fuhr Stile fort. „Wir müssen auch Euer Rätsel lösen. Ist Euch vielleicht der Gedanke gekommen, daß das Blaue, das Ihr pflegen sollt, ein Adept sein könnte?"

Jetzt reagierte Kurrelgyre betroffen. „Einen Adepten pflegen? Eher will ich auf ewig ein Ausgestoßener bleiben!"

„Aber wenn das Orakel immer recht hat ..."

„Das mag sein. Ich habe gefragt, wie ich wieder Mitglied meines Rudels werden kann – das Orakel hat geantwortet. Vielleicht ist der erforderliche Preis zu hoch."

„Allerdings habt Ihr Eure Frage dahingehend spezifiziert, daß die Methode nicht gegen Euer Gewissen verstoßen darf."

„Mein Gewissen wird mir nicht erlauben, meine alte Stellung wiederzuerringen, indem ich mich an ein Scheusal von einem Adepten wende."

„Dann muß es etwas anderes sein. Etwas anderes Blaues. Ein Feld blauer Blumen ..."

„Werwölfe sind keine Bauern!" rief Kurrelgyre indigniert. „Es muß der Blaue Adept sein – dennoch wäre die einzige Pflege, die ich ihm zukommen lassen könnte, ohne Schande über mein Haupt zu bringen, die Pflege seines Grabes. Ich werde den Blauen Adepten nicht aufsuchen."

Stile dachte nach. „Falls, wie wir fürchten, Ihr Euch selbst dazu verdammt habt, für immer von Eurem Volk ausgestoßen zu bleiben – warum reist Ihr dann nicht mit mir? Ich habe mich entschlossen, in dieser Sphäre zu bleiben, aber dies ist unsinnig, solange ich die Drohung gegen mein Leben nicht ausmachen und beseitigen kann – und diese Bedrohung steht gewiß mit dem in Verbindung, wer und was ich bin. Ohne Magie, mit der ich mich verteidigen könnte, werde ich wahrscheinlich Schutz brauchen."

„Die Einhornlady ist in der Lage, Euch ausreichend zu beschützen."

„Vor dem Haß eines Adepten?"

Kurrelgyre ging auf und ab. „Nun, wenn ich mich weigere, brandmarke ich mich selbst als Feigling."

„Nein, nein! Ich wollte damit nicht sagen ..."

„Dies ist auch nicht erforderlich. Aber außerdem bezweifle ich, daß es der Stute behagt, einen wie mich in ihrer Nähe zu wissen, und ich möchte keinesfalls ...“

Neysa stand auf. Sie ergriff Kurrelgyres Hand, sah ihm kurz in die Augen und wandte sich dann ab.

Der Werwolf blickte Stile ins Gesicht. „Neysa besitzt die Gabe, auch ohne Worte zu sprechen! Es scheint, als ob Ausgestoßene einander am besten unterstützen sollten, auch wenn sie natürliche Feinde sind. Wir werden wahrscheinlich alle sterben und aus einem törichten Grund – doch diese Art ist so passend wie jede andere.“

12. Kapitel

Schwarz

„Wer ist der nächste Adept?“ fragte Stile. „Nicht der Blaue; solange Ihr bei uns seid, werden wir ihn nicht aufsuchen.“

Kurrelgyre nahm seine Wolfsgestalt an und schnüffelte in den Wind. Dann machte er die Verwandlung rückgängig. „Mich deucht, der Schwarze ist's.“

„Schwarz – das trifft es!“ stimmte Stile zu. Er hätte seine Wahl lieber nach wissenschaftlichen Kriterien getroffen – aber, wie es schien, konnte man der Wissenschaft in dieser Sphäre nicht vertrauen. Er mußte sich mit dem Zufall begnügen.

Zusammen verließen sie den Palast. Stile ritt auf Neysa, der Wolf rannte an ihrer Seite. Sie wandten sich wieder nach Westen, der Burg des Schwarzen Adepten entgegen. Jetzt, wo die Entscheidung gefallen war, kamen Stile Zweifel am Sinn des Unternehmens. Handelte er wirklich richtig? Ihm blieb nichts anderes übrig, als es durchzustehen, und wenn er den Schwarzen Adepten überprüft hatte, dann konnte er entscheiden, ob es sich lohnte, auch die anderen zu überprüfen. Dies kam nur schwer seiner Vorstellung von einem Schwert- und Zaubereiabenteuer entgegen – was wahrscheinlich gut war. Er argwöhnte, daß im wirklichen Leben böse Zauberer erfolgreicher waren als barbarische Helden.

Neysa hatte ein Kornfeld entdeckt und einen Sack mit Futter gefüllt, der jetzt am Sattel hing – so mußte sie nicht zu oft Rast machen, um zu grasen. Sie ritten schnell und kamen gut voran, legten in zweieinhalb Stunden fünfzig von den Meilen dieser Sphäre zurück. Stile hatte auf Proton mehrfach lange Ritte unternommen, und er wußte, daß selbst ein ausgezeichnetes Pferd nicht einmal die Hälfte dieser Strecke in der kurzen Zeit zurückgelegt hätte.

Mit der Zeit wurde das Land öder. Die Grasdecke wurde dünner, und nur an den verstreut liegenden Oasen war der Boden noch grün. Stile wußte, daß er mit einem Zauberspruch frisches Wasser und zusätzlichen Proviant beschwören konnte, aber er verzichtete auf einen entsprechenden Vorschlag. Sie wollten nichts mit Magie zu tun haben, und allein die Erwähnung war dem Geist seines Eides entgegengesetzt.

Die Berge und Täler wichen einer breiten und eintönigen dunklen Ebene, die sich bis zum Horizont erstreckte und sich wie unter einer unsichtbaren Drohung duckte. Schneidende Windstöße bliesen ihnen zum Husten reizende Staubwolken in die Gesichter. Stile keuchte. Falls diese Umgebung den Charakter des Schwarzen Adepten widerspiegelte, so war der Magier in der Tat schlecht! Aber wahrscheinlich unterlag er da einer Fehleinschätzung. Stile hatte Freunde und Feinde, aber es gab wenige Leute, die er als so böse einschätzte, wie seine Freunde die Adepten einzuschätzen schienen. Es hieß, daß Wissen Verachtung erzeugte, aber gewiß erzeugte Unwissenheit Irrtümer.

Schließlich tauchte in der Düsternis eine schwarze Burg auf. Sie stand da als scharf umrissene Silhouette, und es drang kein Licht heraus. Die Umgebung war so öde, als ob sie verbrannt wäre. Hätte Stile nichts von der Identität seines Gegners gewußt, er hätte sie sich jetzt vorstellen können, doch Kurrelgyres Nase hatte das Problem bereits gelöst. Alles war von einem tödlichen Schwarz.

Als sie näher kamen, verstärkten sich Stiles Zweifel. War seine Neugier das Risiko wert, dieser Person direkt in die Arme zu laufen? Er setzte sich den Gefahren aus, die die Zauberkräfte des Schwarzen Adepten für ihn bereithielten – und warum? Nur um zu erfahren, wer er in dieser Sphäre war?

Nein – es gab noch einen anderen Grund, erinnerte er sich selbst. Einer der Adepten versuchte, ihn zu töten, und ehe Stile seine Identität nicht kannte, würde er nicht wissen, wer ihn zu töten versuchte und warum. Das Orakel hatte dem zugestimmt; es hatte ihm geraten, sich selbst zu erkennen. Neugier allein mochte das Risiko nicht wert sein, aber sein Leben, seine Sicherheit – ja, das lohnte den Einsatz.

Aber was sollte er tun, wenn das Leben seiner Freunde durch ihn bedroht wurde? Sollte er seine Zauberkraft einsetzen, um ihnen zu helfen? Nein – das konnte er nicht. Er hatte einen Schwur geleistet, und Stile hatte noch nie in seinem Leben sein Wort gebrochen. Neysa mußte ihn aus dem Schwur entlassen, und jetzt wußte er, daß sie es nicht tun würde. Weil sie glaubte, daß dies ihn in ein Ungeheuer wie die Adepten verwandeln würde, und eher würde sie sterben. Er mußte sie auf irdische Weise beschützen und wachsam bleiben.

Dennoch gab es keinen Grund, unvorsichtig zu sein. „Neysa", murmelte er, „gibt es eine Möglichkeit, sich unerkannt der Burg zu nähern und sie auf die gleiche Weise wieder zu verlassen? Es ist nicht nötig, daß ich mich dem Zauberer offen entgegenstelle – ich denke, ein Blick auf ihn wird genügen, um zu erkennen, ob er lebendig oder tot ist oder ob er mir ähnelt. Falls wir nachschauen und der Schwarze Adept lebt – und er nicht ich ist, dann wird er mir wahrscheinlich etwas Schreckliches antun. Und Euch auch, fürchte ich."

Kurrelgyre knurrte beipflichtend, so daß es klang wie: Ich habe es Euch doch gesagt. Es war so offensichtlich, daß die beiden einen schlimmen Zwischenfall erwarteten, daß Stile nicht länger die Stichhaltigkeit ihres Hasses auf den Adepten in Frage stellte. Seine Überzeugung wuchs, daß sie recht hatten.

Neysa blieb stehen. Sie bewegte ihre Schnauze und bedeutete ihm abzusteigen. Stile gehorchte. Dann drehte sie den Kopf, während sie gleichzeitig einen Hinterlauf hob. Sie berührte den Huf mit ihren Zähnen, als ob sie an einer juckenden Stelle knabberte – und der weiße Strumpf löste sich.

Stile starrte sie an. Der Begriff „Strumpf" war im übertragenen und nicht im wortwörtlichen Sinne zu verstehen – es war lediglich ein Stück weißen Fells über dem Huf. Dennoch hielt sie noch immer den weißen Strumpf in ihrem Maul, und ihr Bein war schwarz geworden.

Sie warf ihm den Strumpf zu und machte sich dann an den anderen Hinterlauf. Kurz darauf hielt Stile ein Paar weiße Strümpfe in der Hand, wovon der eine größer als der andere war. Neysa stieß ihn an.

„Aber ich kann sie nicht tragen", protestierte er. „Das sind deine Strümpfe."

Neysa stieß ihn erneut an; sie war ungeduldig. Stile zuckte die Schultern und versuchte, den Einhornstrumpf über seinen Stiefel zu ziehen. Am Ende besaß er Hufform, aber er paßte bemerkenswert gut. Natürlich handelte es sich dabei um Einhorn-Magie. Einen Moment später stand er stattlich gekleidet in Einhorn-Strümpfen da.

Aber jetzt breitete sich die weiße Farbe von den Strümpfen aus. Seine Füße ähnelten Hufen, seine Beine waren fellbedeckt. Seine Arme – wo waren seine Arme?

Kurrelgyre knurrte anerkennend und schien zu meinen, daß sich Stiles äußere Erscheinungsform verbessert hatte.

Verblüfft sah Stile erneut an sich hinunter. Er sah aus wie ein Einhorn! Wie ein weißes Einhorn. Er besaß noch immer seine menschliche Gestalt, aber in der Illusion war es das Vorderteil eines Tieres. Hinter sich entdeckte er einen pferdeähnlichen Geisterkörper.

Neysa hatte ihm eine Tarnung verschafft. Wer würde sich schon Gedanken über ein Einhorn machen, das auf dem Anwesen herumlief?

„Immer, wenn ich glaube, dich zu kennen, Neysa, kommst du mit etwas Neuem!" sagte er bewundernd. „Ich werde dir die Strümpfe zurückgeben, wenn wir von hier fortgehen. Dank für deine Freundlichkeit." Und im stillen dachte er: Sie war der Magie nicht abgeneigt, solange es keine Adepten-Magie war. Ein nützlicher Unterschied.

Sie wanderten weiter: ein weißes Einhorn, ein schwarzes Einhorn und ein Wolf. Dunkler Nebel wallte um die Burg und half ihnen, sich unbeobachtet zu nähern. Aber wußte der Adept wirklich nichts von ihrer Gegenwart? Es war möglich – warum sollte der Schwarze Adept zulassen, daß sie in seine Burg eindrangen, wo er sie doch ohne Schwierigkeiten mit einem häßlichen Bann belegen konnte, wenn nicht aus dem Grund, daß er ihnen keine Beachtung schenkte? Gewiß hatte er Besseres zu tun, als herumzusitzen und auf Eindringlinge zu achten. Und sollte der Adept tot sein, so dürfte ihnen keine Gefahr drohen. So dachte Stile, um sich zu beruhigen.

Dennoch fühlte er sich nicht sonderlich beruhigt.

Kurrelgyre gab ein leises warnendes Knurren von sich. Sie blieben stehen. Der Wolf hatte den Boden mit der Nase berührt und bewegte sich nicht. Stile bückte sich, um nachzuschauen – und Schmerz flammte in seinen Knien auf, und das phantomhafte Einhornhinterteil scheute. Das mußt du nicht tun! sagte er sich. Aber er hatte etwas entdeckt: eine schwarze Linie, die sich über den Basalt zog.

Ein Stolperdraht? Es war ein Farbstrich, kein Draht, aber mit Magie konnte er die gleiche Aufgabe erfüllen. Das würde erklären, warum sich der Adept nicht rührte – er vertraute auf seine Schutzvorkehrungen. „Besser, wir steigen hinüber, ohne die Linien zu berühren“, murmelte Stile. „Vielleicht handelt es sich dabei um eine Alarmvorrichtung des Adepten.“

Vorsichtig stiegen sie über die Linie hinweg. Bald tauchte eine zweite auf. Sie war dicker, als wäre sie mit gerinnender Farbe gemalt worden. Dann eine dritte, die ein richtiger Sims war. Und eine vierte, näher an der vorherigen, wie eine Miniaturmauer.

„Das ist merkwürdig“, sagte Stile. „Warum sollte man einen Alarmdraht so massiv machen! Er lenkt doch nur die Aufmerksamkeit auf sich.“

Dennoch blieb ihnen keine andere Wahl, als darüber hinwegzusteigen. Stiles Verständnis nahm ab, während seine Verwirrung wuchs. Er hatte die Anwendung von Zauberkraft als Teil des Lebens akzeptiert – aber warum sollte sich jemand mit dicker werdenden Linien umgeben? Das erschien ihm schwerlich sinnvoll.

Die Linien vermehrten sich jetzt, und jede war größer als die letzte. Es wurde deutlich, daß es sich bei dem schwarzen Schloß nicht um ein Gebäude aus Stein und Ziegel handelte, sondern das Zentrum eines rasch massiver werdenden Netzwerks aus Linienwänden darstellte. Als die Mauern Stile bis zur Hüfte reichten und nur zwei Meter voneinander entfernt waren, entschied er, daß das Überspringen jetzt zu risikoreich wurde. Es war unausweichlich, daß sie einen der Wälle unabsichtlich berühren und den Alarm auslösen würden. Falls es sich dabei wirklich um ein Alarmsystem handelte. Stile fürchtete jetzt, daß es etwas ganz anderes war, vielleicht eine architektonisch komplizierte Falle. Aber gleichzeitig hoffte er, daß es nicht mehr war als ein zunehmend beschwerlicher werdendes Hindernis für Eindringlinge wie sie. Ein passives Abwehrsystem, das verriet, daß der Schwarze Adept keinesfalls das Ungeheuer war, als das er galt. Vielleicht.

„Ich denke, wir sollten eine Weile zwischen den Wällen entlangwandern“, schlug Stile vor. „Entweder das, oder wir klettern von jetzt an hinüber. Das Gebilde verwandelt sich allmählich in ein Labyrinth, und vielleicht sind wir gezwungen, uns seinen Gesetzen anzupassen.“ Und er fragte sich nervös: War dies die Art der Adepten? Eindringlinge nach und nach zu zwingen, sich seinem Willen zu unterwerfen, bis ihr Weg sie unweigerlich in Verderbnis oder Untergang führte? War dies die Art aller Adepten-Magie? In diesem Fall waren die Befürchtungen, die das Einhorn und der Werwolf um Stile hegten, wohlfundiert. Angenommen, er war der

Schwarze Adept oder war es gewesen ... Daß er, grenzenlose Macht vorausgesetzt, entschieden hatte, sich auf diese Weise zu isolieren – und daß er wieder so vorgehen würde, sobald die Macht erneut in seinen Händen lag? Hilfe verweigernd, ohne Freunde? Macht korrumpierte ...

Sie wandten sich nach links, folgten den Wällen. Wie sich herausstellte, war es tatsächlich ein Labyrinth. Die Innenmauer beschrieb einen rechten Winkel, schuf einen Weg ins Zentrum und gewann nach und nach an Höhe. Bald wölbte sich eine Decke über ihren Köpfen, so daß ein Tunnel entstand. Der Gang zog sich in scharfen Biegungen dahin, führte oft wieder zurück, so daß es unmöglich war, die Richtung, die er nahm, zu verfolgen. „Kurrelgyre, kann uns deine Nase wieder hinausführen?“ fragte Stile nervös. Der Wolf knurrte zustimmend.

Das Linienlabyrinth schien sich endlos zu erstrecken. Fahles Licht sickerte von irgendwo herein, so daß sie etwas sehen konnten – aber außer weiteren glatten Wänden aus schwarzem Material gab es nichts zu sehen. Die Burg – denn inzwischen mußten sie sich im Innern des Gebäudes befinden – war so still wie ein Mausoleum. Das war nicht dazu angetan, Stile zu ermutigen.

Immer weiter gingen sie. Jedesmal, wenn es schien, daß sie ihr Ziel erreichen würden, führte der Tunnel wieder zurück und lange Zeit parallel an seinem früheren Lauf vorbei – und beschrieb dann erneut eine Biegung um hundertachtzig Grad. Bestand denn die ganze Burg nur aus vielen Kilometern – vielen Meilen, korrigierte er sich – dieser Tunnel? Dann wurde der Tunnel schmaler, bis Neysa Schwierigkeiten hatte, sich durch die Biegungen zu quetschen. Ihr Horn war lang genug, um gegen eine Wand zu stoßen, wenn sie sich durch eine Haarnadelkurve schob, und ihre Mühe, einen derartigen Kontakt zu vermeiden, kostete sie Kraft und ließ sie langsamer vorwärts kommen. Aber sie wollte ihre Gestalt nicht verändern, für den Fall, daß sie doch unter Beobachtung standen; das würde ihre Fähigkeit verraten. Zudem trug sie noch immer den Sattel, der in ihrer anderen Gestalt zu einer Belastung werden würde. Offenbar schien sich ihre Kleidung mit ihr zu verwandeln, aber nicht Gegenstände, die nicht von ihr stammten. Und ihre Vorräte befanden sich in den Satteltaschen.

„Genug“, stieß Stile schließlich hervor. „Wir können ewig durch diesen Irrgarten wandern und Hungers sterben, wenn uns der Proviant ausgeht. Greifen wir diesen schrecklichen Adepten frontal an!“ Und er bohrte seine Faust in die Wand.

Das Material war seltsam weich und warm, als ob es erst kürzlich aus vulkanischer Lava errichtet worden war. Leicht gab es unter dem Hieb nach und schnellte dann mit einem schwirrenden Geräusch zurück. Der Laut pflanzte sich durch den Tunnel fort; offenbar folgte er denselben Biegungen, denen auch sie gefolgt waren, aber viel schneller, während er sich dabei unermüdlich verstärkte. Bald dröhnte ihre ganze Umgebung, dann die Burg selbst.

Allmählich verzerrte es, und die Harmonien anderer Wälle überlappten den Laut und übertönten einander, bis der Lärm schließlich abnahm und verschwand. „Muß das Ende der Linie erreicht haben", brummte Stile. „Gehen wir weiter und kümmern wir uns von jetzt an nicht mehr darum, ob wir etwas berühren."

Rasch marschierten sie los. An jeder scharfen Biegung kratzte Neysas Horn über die Wand, und der Lärm klang wieder auf. Sonst geschah nichts.

Dann entfernten sich die Wände voneinander und bildeten eine bescheidene Kammer. In der Mitte erhob sich ein großer schwarzer Drache. Die Kreatur öffnete das Maul zum Gebrüll, doch kein Laut drang hervor, nur eine Zunge, wie von einem Malstift gezeichnet.

Stile betrachtete die Kreatur. Er hatte noch nie einen lebendigen Drachen gesehen, dies war eine ungewöhnliche Abart. Die Kreatur schien, wie die Burg, aus sich verdickenden Linien zu bestehen. Ihre Beine wurden von Schleifen gebildet, der Körper von engmaschigen Windungen, und der Schwanz sah aus, als sei er gestrickt worden. Dennoch war er solide, wie ein gestrickter Pullover solide war.

Der Drache trat einen Schritt nach vorn und entblößte seine aus schwarzen Linien bestehenden Zähne. Stile war so fasziniert von dem Linieneffekt, daß er sich kaum Sorgen um seine Sicherheit machte. Er erinnerte sich an die Strichpuzzles, die ihn als Kind begeistert hatten und bei denen sich der Stift nicht vom Papier lösen oder eine Linie die andere kreuzen durfte. Die kompliziertesten Formen konnte man damit zeichnen – Blumen, Gesichter, Tiere, sogar Worte – ohne die Regeln zu verletzen. Die Aufgabe war es, das Ende der Linie irgendwo in dem komplexen Bild zu finden.

Dieser Drache war natürlich ein dreidimensionales Gebilde. Seine Linien berührten und kreuzten sich, denn an wichtigen Stellen wurde er von Schleifen und Knoten zusammengehalten. Aber das Prinzip war das gleiche: Die Linie, obwohl verknotet, endete nie, teilte sich nie. Der gesamte Drachen bestand, soweit Stile dies beurteilen konnte, aus einem einzigen Faden.

Stile wurde sich der Haltung seiner Gefährten bewußt. Kampfbereit standen beide dem Drachen gegenüber, einen Schritt vor Stile.

„Genug!" rief er. „Dies ist meine Sache – ihr beide sollt euch nicht an meiner Stelle in Gefahr bringen. Ich werde selbst kämpfen." Er bückte sich, um seine Einhornstrümpfe auszuziehen – und erneut zuckte Schmerz durch seine Knie, so daß er würdelos zu Boden stürzte. Noch immer neigte er dazu, in kritischen Situationen seine Verletzung zu vergessen!

Mühsam stand er wieder auf, beugte sich dann aus der Hüfte nach unten und zog erst den einen, dann den anderen Strumpf aus. Jetzt war er wieder er selbst. Er trat auf Neysa zu. „Darf ich?" fragte er.

Sie nickte, ohne den Drachen aus den Augen zu lassen. Stile hob einen ihrer Hinterläufe und zog den Strumpf über den Huf, bis er mit ihrem Fell verschmolz. Dann ging er um sie herum und streifte den anderen Strumpf über. Er sah dabei auf – und traf Kurrelgyres Blick. Ja – er berührte den privatesten Körperteil eines Einhorns. Pferde mochten es nicht, wenn ihre Beine auf irgendeine Weise behindert wurden; viele würden unter diesen Umständen heftig um sich treten, sich sogar in ihrer wilden Verzweiflung ein Bein brechen, um freizukommen. Obwohl ein gebrochenes Bein für ein Pferd fast immer den Tod bedeutete. Einhörner waren in dieser Hinsicht zweifellos nicht anders. Als sich Neysa ihm angeschlossen hatte, da hatte sie sich ihm ganz hingegeben.

Dann hatte sie entdeckt, daß er ein Adept war. Was für ein Fluch!

Jetzt stand Stile vor dem Drachen und zog sein Rapier. Er beherrschte es immer noch nicht perfekt, aber das wußte der Drache nicht. Sollte er mit der Spitze zustechen oder besser versuchen, mit der Klinge eine Linie zu kappen? Würde sich der Drache wie Strickzeug auftrennen, wenn er einen Faden zerschnitt? Das waren Fragen, die sich nur durch einen Versuch beantworten ließen.

Der Drache versuchte offenbar zur gleichen Zeit Stile einzuschätzen. Das weiße Einhorn hatte sich plötzlich in einen Mann verwandelt. Magische Kräfte waren im Spiel. Konnte er unbedenklich zubeißen?

Stile war, obwohl ihn der bevorstehende Kampf mit Nervosität erfüllte, geübt im Umgang mit Tieren. Auf der Farm seines Herrn hatte er mit wilden Hunden und Katzen fertig werden müssen und natürlich viele erregte Pferde beruhigt. Später hatte er in den Arenen des Spiels mit Peitsche und Stock gegen größere Raubtiere gekämpft. Noch nie hatte er einem Drachen gegenübergestanden, aber auch für ihn mußten die bekannten tierischen Verhaltensweisen gelten. Er hoffte es zumindest.

Stile gab sich äußerlich selbstbewußt, als er sich – die Rapierspitze auf die schwarze Knotennase gerichtet – der Kreatur näherte. Die Nasen der meisten Tiere waren empfindlich und oft sogar psychologisch wichtiger als die Augen. „Nun, ich will keinen Ärger, Drache“, sagte Stile mit gezwungener Ruhe. „Ich bin gekommen, um mit dem Schwarzen Adepten zu reden. Nur zu reden, nicht um ihm Schaden zuzufügen. Sei so freundlich und tritt zur Seite, damit wir vorbeigehen können.“

Stile hörte hinter sich ein erstauntes Schnauben. Neysa war nie der Gedanke gekommen, auf diese Weise einem Drachen in seiner Höhle entgegenzutreten!

Auch der Drache war verwirrt. Was war das für eine Art Mann, der sich ihm mit einem derart anmaßenden Selbstbewußtsein näherte? Aber er war ein Tier, kein Mensch, und besaß wenig Verstand, und er hatte seine Befehle. Zweifellos mußte jedes Wesen, das aus Fäden zusammengebaut war, Probleme mit dem Denken haben; was für ein Gehirn konnte das schon sein, das aus verknoteter Schnur bestand? Er öffnete sein Maul und schnappte nach Stile.

Stile glitt geschmeidig zur Seite. Sein Rapier zuckte nach vorn und traf die empfindliche Nase. Der Drache wich mit einem lautlosen Geheul zurück.

„Das war eine freundliche Warnung“, sagte Stile gelassen, insgeheim überglücklich über seinen Erfolg. Das Ding empfand Schmerzen! „Meine Geduld hat ihre Grenzen. Fort mit dir, Drache!“

Mehr von Stiles Verhalten verwirrt als von seiner Tapferkeit eingeschüchtert, wich der Drache weiter zurück. Stile folgte ihm stirnrunzelnd. Der Drache wimmerte wieder, ohne daß ein Laut ertönte – und löste sich auf.

Stile sah verdutzt zu. Die Kreatur verlor ihren Zusammenhalt! Zuerst zog sich ihre schmerzende Nase zu einem engen Knoten zusammen und verpuffte dann spurlos. Die Schnauze und die Fänge verschwanden, wobei die Zähne sich zunächst in die Krümmungen einer Schnur verwandelten, bis sich die Schnur spannte. Dann folgten die Augen und Ohren. Kopflos wich das Wesen weiter vor Stile zurück. Der Hals und die Vorderläufe waren die nächsten Opfer, und der Auflösungsprozeß beschleunigte sich. Sehr bald war nur noch ein Faden übrig – und er schnappte wie ein Gummiband zurück in die Wand.

Der gesamte Drache war tatsächlich nicht mehr gewesen als ein kompliziertes Strickmuster. Jetzt war er fort. Dennoch hatte der Faden in seiner Tiergestalt furchterregend gewirkt und normale tierische Reflexe gezeigt. Zweifellos hätte er ihn verschlungen, hätte Stile dies zugelassen. Er hätte ihn töten können.

„Das ganze Ding – ein Faden", keuchte Stile. „Und diese ganze Burg – auch ein Faden? Aber was hat das für einen Sinn?"

Das Einhorn und der Wolf zuckten die Schultern. Wer kannte schon die Wege eines Adepten?

Neysa machte eine Bewegung mit der Schnauze, deutete nach hinten, wie um zu fragen, ob er genug gesehen hatte und bereit war, das Labyrinth zu verlassen. Aber Stile schüttelte grimmig den Kopf. Mehr als zuvor wollte er den Herrn dieser Burg kennenlernen. Er wollte absolut sicher sein, daß nicht er selbst es war und niemals gewesen war.

Sie folgten dem Tunnel, der sich jenseits der Drachenhöhle wieder verengte, aber nicht mehr so schmal wie zuvor wurde. Erneut führte der Gang zurück, beschrieb dann eine Biegung um hundertachtzig Grad, nur um wieder umzukehren, endlos.

„Verdammt!" fluchte Stile. „Wir können hier an Altersschwäche sterben, während wir den Herrn dieser Burg suchen – falls er noch am Leben ist. Ich werde die Sache jetzt beschleunigen."

Kurrelgyre sah ihn besorgt an, erhob aber keine Einwände. Es war Stiles Angelegenheit. Stile ballte die Faust und schlug mehrmals gegen die Wand, so daß die Vibrationen gewaltig anschwollen, bis die gesamte Burg zu beben schien. „Schwarzer Adept, zeigt Euch!" brüllte er. „Ich bitte nur darum, Euer Gesicht zu sehen, dann werde ich gehen."

„Folgt der Linie", antwortete eine Stimme. Und eine doppelte Linie schlängelte sich vor ihnen her, wie ein U mit endlosen Seitenbalken. Als sie sie erreichten, entfernten sich die Linien wie Strikke, die jemand fortzog. In dieser Hinsicht erinnerten sie an den Drachen, aber sie waren nicht Teil der Wand.

Bald führte die Doppelschnur sie in eine große Halle, die sie allein kaum gefunden hätten. Dort stand ein Mann und sah ihnen entgegen. Er war völlig in Schwarz gekleidet und schien einen schwarzen Schwanz zu besitzen. Aber der Schwanz war die Schnur, der sie soeben gefolgt waren!

„Die Schnur", sagte Stile, als er endlich verstand. „Sie stammt von Euch! Diese gesamte Burg seid Ihr – die kristallisierte Spur Eurer Vergangenheit!"

„Nun wißt Ihr es", entgegnete der Schwarze Adept kühl. „Ich habe Eure Bitte erfüllt, Eindringling."

„Ja", nickte Stile, dem der Tonfall des Mannes nicht gefiel. Zweifellos war dies nicht sein anderes Selbst! Der Adept war einen halben Meter größer, und sein Äußeres und seine Stimme erinnerten ganz und gar nicht an das, was Stile war oder gewesen war. Nicht, daß der Adept grotesk aussah – er machte einen eher gewöhnlichen Eindruck. Aber er war zweifellos nicht Stile. „Jetzt werde ich gehen, und ich danke Euch für Eure Zuvorkommenheit."

„Keine Zuvorkommenheit, Eindringling. Eure Tiere können gehen, denn sie sind von dunklem Wesen, trotz der Last Eurer Vorräte – eine Schande, von der ich sie erlösen muß. Ihr werdet bleiben." Und der Schwarze Adept warf seine Schnur. Sie wuchs sofort zu einer komplizierten Gitterwand an, verhärtete sich zwischen Stile und seinen beiden Gefährten. Alarmiert trat er darauf zu – aber die Gitterstäbe waren bereits wie Stahl. Er versuchte, sie zu umgehen, doch die Wand verlängerte sich schneller, als er sich bewegen konnte. Er zog sein Rapier – aber er erkannte, daß die Gitter so hart waren wie seine Klinge, auch wenn sie eine Schneide besaß. Er war gefangen.

Stile drehte sich zu dem Adepten herum. „Warum?" fragte er. „Warum haltet Ihr mich hier fest?"

„Warum seid Ihr in mein Reich eingedrungen?" entgegnete der Adept.

Eine unangenehme Situation. Stile wagte nicht, den wahren Grund anzugeben, und er wollte nicht lügen. „Ich kann nur sagen, daß ich Euch kein Leid zufügen wollte", erklärte er.

„Wißt Ihr nicht, daß ich es keinem Menschen erlaube, in mein Reich einzudringen? Die Strafe lautet: Ihr bleibt."

Bleiben. Niemals fortgehen können? Hier sterben müssen?

Neysa versuchte, sich zwischen die Gitterstäbe hindurchzuschieben, aber es gelang ihr nicht. Selbst der Wolf war zu groß für die Zwischenräume. Sie konnten ihm nicht direkt helfen. „Ihr beide geht besser", sagte Stile. „Ich werde allein mit dem Adepten fertig werden müssen."

Neysa zögerte. Stile wußte, daß sie das Gitter überwinden konnte, wenn sie ihre Glühwürmchengestalt annahm, aber er wollte nicht, daß der Schwarze Adept von dieser ihrer Fähigkeit erfuhr, würde es ihm doch nicht schwerfallen, einen Käfig für das Insekt zu erzeugen. Es hatte keinen Sinn, daß auch sie in Gefangenschaft geriet! „Verschwindet!“ fauchte er. „Mir wird schon nichts passieren. Laßt nur die Vorräte ...“

„Wagt es nicht!“ warnte der Schwarze Adept. „Sonst werfe ich ein Netz, um auch Euch zu fangen.“

Ein Netz. Wußte der Schwarze Adept doch über ihre Glühwürmchengestalt Bescheid, oder war dies lediglich eine Redensart? Es wurde gefährlich! Stile bedeutete Neysa mit einer heftigen Handbewegung, die Burg zu verlassen. Sie zögerte, wich dann aber doch zurück. Der Wolf folgte ihr mit hängendem Schwanz. Dies war offenbar ein Teil der Rache des Adepten – die Trennung von Freunden.

Stile zog sein Schwert und fuhr herum – aber der Adept war verschwunden. Nur die neue Wand blieb, reichte zu beiden Seiten in die Tunnel und verschwand dann hinter den Biegungen. Dennoch behielt ihn der Adept im Auge – die Wand selbst war ein Beweis dafür. Mit Sicherheit war es unmöglich, den Adepten im Labyrinth seiner Burg zu stellen. Er konnte jederzeit um Stile eine Gefängniszelle errichten.

Warum hatte der Zauberer das nicht getan? Warum erlaubte er einem Eindringling, sich in einem Teil seiner Burg frei zu bewegen? Logischerweise hätte ihn der Schwarze Adept entweder töten oder hinauswerfen müssen, und beide Dinge schienen in seiner Macht zu stehen. Nur die Magie eines anderen Adepten konnte ...

Nein! Er hatte sein Wort gegeben, keine Magie einzusetzen. Er würde es ohne Magie schaffen müssen, gleichgültig, welche Gefahren ihm drohten.

Stile folgte der Gitterwand. Sie führte durch biegungsreiche Gänge, Zwischenräume, Hallen, sogar über Treppen, zu Türmen hinauf und zu Kerkern hinunter. Es schien keine Sackgassen zu geben, der Weg war endlos. Der Adept, schien es, wollte ihm sein Anwesen zeigen, unfähig, der Versuchung zu widerstehen, sich in der Bewunderung einer anderen Person für seine Burg zu sonnen. Ah, Eitelkeit, ganz gleich, wie verschwommen sie sich manifestierte!

Stile gelangte in eine Kammer, in der ein menschliches Skelett lag. Vollständig und sauber lag es auf dem Boden ausgebreitet.

Eine Weile dachte er darüber nach. Aus welchem Grund sollte der Adept derart gräßliche Überreste in seiner Burg tolerieren?

Unwahrscheinlich, daß es künstlicher Natur war. Die Magie des Adepten war offensichtlich an seine Schnüre gebunden, was ausreichend bewies, daß er nicht Stiles alternatives Selbst war, hätte es noch irgendwelche Zweifel gegeben. In der Tat hätte sich Stile eine Menge Unannehmlichkeiten ersparen können, wäre ihm das schon beim Anblick der ersten Schnur bewußt geworden. Oder als er den Drachen als Gebilde aus diesen Schnüren erkannt hatte. Hinweise hatte es genug gegeben – er hätte ihnen nur genug Aufmerksamkeit schenken müssen. Ah, Einsicht!

Dieses Skelett hatte nichts mit den Schnüren zu tun, also mußte es echt sein. Stile trat gegen einen Armknochen – und knirschend löste er sich vom Boden. Das Skelett lag schon so lange hier, daß es festgeklebt war!

Der Schwarze Adept hatte gesagt, daß ihn sein Eindringen zum Bleiben verdammt hatte. Er hatte nicht gesagt, daß er den Eindringling töten würde. Vielleicht besaß er irgendwelche obskuren Skrupel und mochte es nicht, daß Blut an seinen Schnüren klebte. Aber hierzubleiben, ohne Nahrung und Wasser, bedeutete den Tod. Das, so schien es, sollte Stiles Schicksal werden – und den beiden „Tieren" war die Flucht gestattet worden, damit sie andere vor einem Eindringen warnten. Sie konnten der Welt berichten, daß ein Mensch eingesperrt worden war, weil er den Schwarzen Adepten belästigt hatte. Vollkommen vernünftig, effektiv und abscheulich. Dem Adepten war die Zuneigung anderer Wesen tatsächlich gleichgültig: Er wollte nur, daß sie ihm vom Halse blieben. Stile hatte es nicht mit Eitelkeit zu tun – dies war einfach eine satanische Strafmaßnahme. Jetzt, da er genau wußte, was ihn erwartete, erschien ihm sein Schicksal noch qualvoller. Wahrhaftig, die Adepten gehörten nicht zu den Wesen, mit denen man spaßen sollte – oder die man mögen konnte.

Aber Stile wußte, daß es eine Entscheidung gewesen war. Man hatte ihn vor der Gefährlichkeit der Adepten gewarnt, aber er hatte es dennoch gewagt. Wahrscheinlich hatte er nicht richtig geglaubt, daß ihm Unbill drohte. Dieses Märchenland Phaze war ihm nicht als real vorgekommen, er hatte seine Gefahren nicht ernst genug genommen. Jetzt, während er weiterschritt und sein Durst zunahm, änderte sich seine Einstellung. Diese Sphäre wurde realer als die Protons. Irgendwie hatten ihn die Angriffe durch die Ungeheuer nicht sonderlich beeindruckt. Diese Zwischenfälle waren wie private Spiele gewesen, gefährlich und gleichzeitig unterhaltsam. Aber Durst, Hunger, Langeweile, Müdigkeit und Einsamkeit –

sie verstärkten auf fundamentale Weise seinen Glauben an diese Welt. In seiner Todesstunde begann er wahrhaftig an sie zu glauben!

Er dachte daran, an den Schwarzen Adepten zu appellieren, ihn um Gnade zu bitten – und im gleichen Moment wußte er, daß es sinnlos sein würde. Die Strafe lautete auf Tod in Haft und Hoffnungslosigkeit, ohne weitere Möglichkeiten zur Verständigung. Ohne Würde oder Anerkennung. Jene, die die Privatsphäre des Adepten verletzten, waren verdammt, sie zu teilen – vollständig. Der Schwarze Adept war weder edel noch verdorben – er setzte seine Strafen lediglich effektiv durch. Niemand störte einen Adepten, ohne einen guten Grund dafür zu haben! Und genau das hatten Neysa und Kurrelgyre ihm beizubringen versucht. Er hatte es einfach auf die harte Art lernen müssen.

Und Stile selbst – war er wirklich ein Adept? War sein Phaze-Ich ein derart gleichgültiger, zynischer Zauberer gewesen? Kein Wunder, daß seine Gefährten ihm mißtraut hatten! Falls der Gebrauch seiner magischen Fähigkeiten dazu führte, daß er den Sinn für Freundschaft, Ehre und Anstand verlor – dann sollte sein magisches Selbst gewiß gebannt bleiben. Es war besser, als fühlender Mensch zu sterben, denn als unmenschlicher Roboter zu leben.

Nein, berichtigte er sich, der Vergleich war falsch. Nicht alle Roboter waren gefühllos. Sheen – wo war sie jetzt? Seine Woche war, wenn er korrekt gerechnet hatte, fast vorbei. Die unmittelbare Lebensgefahr, die ihm auf Proton gedroht hatte, durfte jetzt nicht mehr bestehen. Nun mußte er von Phaze entkommen, und Proton bedeutete seine Rettung.

Stile folgte der Wand, bis es dunkel um ihn wurde. Dann ließ er sich vorsichtig auf dem Boden nieder, achtete auf seine Knie. Er lehnte sich mit dem Rücken an die Gitter und beugte versuchsweise ein Knie. Er konnte es recht weit krümmen, bevor es schmerzte – begann es zu heilen? Unwahrscheinlich. Andere Teile des Körpers heilten, aber nicht die Knie. Ihr Konglomerat aus Bändern und Knochen behinderte die Blutzirkulation. Ellbogen konnten heilen, denn sie brauchten nicht ständig das Körpergewicht zu tragen. Knie mußten belastbar sein – und so waren sie paradoxerweise verwundbarer als andere Gelenke. Der anonyme Feind hatte gute Arbeit geleistet, indem er seine Knie gelasert und ihn zu einer schleichenden Tortur verdammt hatte, die auf ihre Art vergleichbar war mit der, der ihn nun der Schwarze Adept unterzog. Aber wenn er seine Knie nicht belastete, konnte er sie fast ganz durchdrücken. Er konnte eine kniende Haltung annehmen – wenn er nicht kniete. Welch angenehme Vorstellung! Als ob seine Knie eine Rolle spielten, wenn sein Körper verdammt war.

Nach einer Weile richtete er sich wieder auf – was recht anstrengend war, da er seine Knie geradehalten mußte, wenn er sie belastete – und begab sich in eine Kammer, um dort einem menschlichen Bedürfnis nachzugehen. Er wollte den Boden der Burg nicht beschmutzen, aber ihm blieb keine andere Wahl – und vielleicht ärgerte das auch den Adepten. Dann kehrte er zur Gitterwand zurück, setzte sich erneut hin und begann einzunicken.

Er träumte, ein Roboter zu sein, ohne Fleisch, um sein Metall zu erwärmen, ohne Bewußtsein, um seine Leblosigkeit zu beleben. Er wachte mehrmals in der Nacht auf, spürte die bitterer werdende Kälte und war durstiger, als er an sich sein sollte. Natürlich war dieses Gefühl psychologisch bedingt, aber dennoch lästig. Er wünschte, Neysa wäre bei ihm, in irgendeiner Form, um sich an ihr zu wärmen und an sie gedrückt zu schlafen. Neysa hatte ihm auch Freundschaft geschenkt – eine Wärme der Seele. Nach all den Jahren, die er zumeist als Einzelgänger verbracht hatte, war ihm ihre Gesellschaft sehr rasch unverzichtbar geworden; sie erfüllte ein Bedürfnis. Sie hatte menschliche Gestalt angenommen, um ihn zu erfreuen – aber sie hätte ihn ohnehin erfreut. Zumindest hatte er richtig gehandelt, als er sie fortgeschickt hatte. Sie konnte auf ihre Weide zurückkehren, und vielleicht würde der Werwolf ihr manchmal Gesellschaft leisten.

So kalt! Er zitterte unter seiner inmateriellen Kleidung. Ein kleiner Zauberspruch konnte diese Not lindern. Gib mir Hitze, damit ich schwitze – nein! Keine Magie! Vielleicht war er verrückt, aber er würde seinen Eid nicht brechen. Nur wenn ein Glühwürmchen herangeflogen kam und rief: „Stile, zaubere!“ würde er es wagen – und er wollte keinesfalls, daß sich Neysa auf diese Weise in Gefahr begab. Er rollte sich unbehaglich zusammen und schlief wieder ein; es war besser, als wach zu sein.

Am Morgen war Stiles ganzer Mund so trocken, daß er sich wie Leder anfühlte. Er mußte mit geöffneten Lippen geschlafen haben. Er bewegte seine steingleiche Zunge hin und her, klappte den Kiefer auf und zu und fand einen Tropfen Speichel, den er verteilen konnte. Nun mußte er aufstehen und ...

Und was? Das Gitter war noch immer da und würde erst verschwinden, wenn sich sein Skelett zu den anderen gesellte. Er konnte nirgendwohin gehen, nichts unternehmen.

Dennoch mußte er etwas tun. Ihm war noch immer kalt – Bewegung war die einzige Lösung. Sein Hunger und sein Durst waren im Augenblick gewichen, aber sein Körper war steif. Er stand auf und humpelte zu seiner improvisierten Toilette. Eine Schande, Flüssigkeit zu verschwenden, aber solange er noch am Leben war, liefen die Körperprozesse weiter ab.

Er folgte wieder dem Lauf der Gitterwand und bewegte sich schnell genug, daß ihm warm wurde, doch auch nicht zu schnell, um seine Kräfte nicht unmäßig zu verbrauchen. Eine sinnlose Wanderung, aber das war besser, als dazuliegen und auf den Tod zu warten. Für das letztere blieb ihm später noch Zeit genug.

Es gab keine Fluchtmöglichkeit. Das Labyrinth der Burg war unendlich, und so auch die Gitterwand. Der Schwarze Adept beherrschte nur eine Sorte Magie, diese aber hervorragend! Theoretisch mußte die Wand irgendwo enden – doch dieses Ende war der Adept selbst. Was hatte es für einen Sinn, danach zu suchen? Keine Logik, kein vernünftiges Gespräch konnte einen Mann mit einer derartigen Macht und von solcher Fremdheit zu einer Änderung seines Verhaltens bewegen. Auf seine Art war der Schwarze Adept wie ein protonischer Bürger.

Ein Bürger! Kurrelgyre hatte gesagt, daß die Menschen auf Phaze mit denen auf Proton identisch waren – oder gewesen waren, bevor die Leibeigenen in immer schnellerer Folge wechselten. Ein Adept konnte in der Tat ein Bürger sein, das alternative Selbst. In der einen Sphäre war das Instrument der Macht der Reichtum, in der anderen Magie. In beiden Fällen war Arroganz das Hauptmerkmal.

Stile wanderte weiter. Er hatte Marathonrennen im Spiel gewonnen, er konnte eine Zeitlang überleben, wenn er den Willen dazu aufbrachte. Falls er den Schwarzen Adepten erreichte, konnte er den Mann vielleicht überrumpeln und entkommen. Oder ihn töten, da der Adept bereit zu sein schien, Stile sterben zu lassen. Nein, er wollte nicht selbst zum Mörder werden – Ungeheuer waren eine Sache, aber der Adept war ein Mensch. Stile war lediglich bereit, den Adepten zu überlisten, um die Barriere zu überwinden und zu entkommen.

Unterschied ihn seine innere Entscheidung, nicht zum Mörder eines Menschen zu werden, von dem Charakter der Adepten? War dies ein Beweis dafür, daß er durch die Macht nicht so korrumpiert werden konnte wie die anderen Adepten? Er hoffte es.

Seltsam, daß es in dieser Schwarzen Burg nichts Eßbares gab. Aß der Schwarze Adept nicht? Wahrscheinlich waren seine Vorräte in einem abgelegenen Lagerraum gut versteckt, der sich natürlich jenseits dieser Barriere befand. Dennoch, dies führte ihn zu weiteren Spekulationen. Da dieser Adept keine Dinge aus dem Nichts beschwor, wie Stiles Magie es getan hatte, mußte er seine Nahrung woanders herbekommen. Trieb der Schwarze Adept mit Bauern Handel, um Korn, Eier, Kohl zu erhalten? Demnach konnte er nicht in völliger Abgeschiedenheit leben. Seine flüssige Sprechweise deutete ebenfalls darauf hin. Er hatte Kontakt mit anderen Menschen – es gefiel ihm nur nicht. Würden einige von diesen anderen Menschen hierher in die Burg kommen? Würden sie Stile helfen? Nein, das erschien ihm unwahrscheinlich. Der Adept konnte über Vorräte verfügen, die für ein Jahr ausreichten.

Stile ging langsamer, schonte seine Kräfte, wägte seine durch Bewegung erzeugte Wärme gegen seinen Hunger und seinen Durst ab. Er ließ die endlose Wand hinter sich und stieß so weit ins Zentrum der Burg vor, wie es ihm möglich war. Aber alle Seitengänge endeten in Sackgassen, der Aufbau wich hier von dem System ab. Er wünschte, über eine rasche Methode zu verfügen, dieses System zu durchschauen, aber die Burg war zu komplex. Es würde ihn mehr Zeit kosten, als ihm noch zur Verfügung stand, den Aufbau zu erkennen und den Adepten zu lokalisieren. Er wünschte außerdem, ein scharfes Messer zu besitzen, um die Schnur zu durchtrennen. Da die ganze Anlage aus einer einzigen Schnur bestand, konnte er den Adepten an jeder Stelle von seiner Burg abschneiden. Von seiner Vergangenheit. Würde dann alles zerfallen, wie es bei dem Drachen geschehen war? Aber es gab keine Möglichkeit. Sein Degen konnte die steinerne Härte des Materials nicht durchdringen. Die äußeren Wände hatten nachgegeben, aber hier waren sie starr. Nur ein Diamantbohrer oder eine Säge konnten so etwas vollbringen ... oder Magie ...

Nein!

Den ganzen Tag über kämpfte Stile mit sich selbst, während der Gedanke an die Magie immer attraktiver wurde, je mehr sich sein körperlicher Zustand verschlechterte. Aber er wehrte sich gegen die Versuchung. Es spielte keine Rolle, daß niemand davon erfahren würde, wenn er sich einen Becher Wasser herbeizauberte – ein Schwur war ein Schwur. Er würde mit reinem Gewissen sterben. Das war etwas, das ihm der Schwarze Adept nicht nehmen konnte.

Schließlich schlüpfte wieder die Nacht in die Burg. Stile ließ sich nieder, konnte aber nicht einschlafen. Er schreckte davor zurück, so still dahinzusiechen!

Unbemerkt hatte er die Mundharmonika in die Hand genommen. Er hatte es bisher vermieden, Musik zu machen, weil sie mit der Magie in Verbindung stand. Magie konnte sich in der Musik manifestieren, selbst wenn er sie nicht bewußt herbeirief. Sein Sattel war erschienen, offenbar beschworen von seinem unterbewußten Wunsch, während er musiziert hatte. Aber konnte er jetzt nicht trotzdem spielen, solange er gewillt war, keine Magie einzusetzen? Musik erinnerte ihn an Tune, die ihn vor so langer Zeit schon verlassen hatte, und es war passend, wieder an sie zu denken, während seine eigene Aufenthaltsgenehmigung ablief.

Er spielte. Die Musik schwebte davon, durchdrang die Gänge und Fenster und Biegungen der Burg, löste Harmonien in den Wänden aus. Er machte die Musik, aber gleichzeitig hörte er ihr zu, und sie war wunderschön. Er beherrschte die Mundharmonika, spielte sie mit seinem Herzen und entwickelte ein Gefühl für die Melodie, das er selten zuvor erreicht hatte. Vielleicht war dies sein Schwanengesang, sein Abschiedslied. Dennoch war es eine befriedigende Art, diese Welt zu verlassen.

Schließlich, als er selbst dessen müde war, legte er das Instrument fort und fiel in Schlaf. Diesmal schlief er friedlich, als ob sein Fasten ihn von den materiellen Bedürfnissen befreit hatte.

Er wurde von einem leisen Grollen geweckt. Stiles Augen öffneten sich, aber sein Körper bewegte sich nicht. Er wußte, wo sein Schwert war. Er mußte herausfinden, wo das Tier lauerte. Und entscheiden, ob es einen Kampf wert war. Warum einen schnellen Tod gegen einen langsamen tauschen?

Dann, in der Dunkelheit, erklang eine Stimme. „Stile."

„Kurrelgyre?" murmelte er. Stile drückte sein Gesicht an das Gitter, um ihm näher zu sein. „Dies ist gefährlich für Euch!"

„Neysa ist zum Orakel gegangen. Es sagte: ‚Nebelfeld'. Neysa wußte nicht, was das bedeutete, aber ich habe verstanden. Ich habe in der Burg herumgeschnüffelt. Ein Teil von ihr kreuzt das Nebelfeld. Folgt mir."

Das Nebelfeld! Natürlich! Aber ... „Ich kann nicht – ich habe der Magie abgeschworen. Man braucht einen Zauberspruch, um es zu passieren."

„Ihr habt wahrlich Euren Eid gehalten. Schon längst wäret Ihr von hier fort, hättet Ihr den Schwur gebrochen. Aber fürchtet Euch nicht – ich werde Euch nach drüben bringen."

Erleichtert folgte Stile dem Werwolf, schritt neben ihm auf der anderen Seite der Gitterwand dahin. Also hatte Neysa ihre einzige

Frage geopfert, die ihr das Orakel in seinem Fall gestattete! Er hätte sie nicht darum gebeten, aber dankbar nahm er diesen Gunstbeweis an.

Es schienen nur Momente vergangen zu sein, bis Kurrelgyre ihn zu dem Nebelfeld geführt hatte. Es tangierte einen Winkel seines Kerkers. Offenbar wußte der Schwarze Adept nichts von seiner Existenz. Das deutete darauf hin, daß der Adept in beiden Sphären lebte und nicht in der Lage war, das Nebelfeld zu erkennen oder zu durchschreiten.

„Wir werden im Palast des Orakels auf Euch warten", erklärte Kurrelgyre, als Stile das Flimmerfeld erreichte. „Erinnert Euch des Vertrauens, das die Stute in Euch setzt, indem sie Euch hilft, diese Sphäre zu verlassen."

„Ich weiß nicht, wie lange es dauern wird, bis ich ..."

Aber der Werwolf rezitierte bereits den Zauberspruch. Stile verschwand durch das Feld.

13. Kapitel
Sprossen

Stile landete vor einer Kuppel. Er keuchte – denn die Luft war kaum atembar. Ohne Maske konnte er vielleicht dreißig Minuten überleben, aber es wäre nicht angenehm. Der begrenzte Sauerstoffanteil der protonischen Atmosphäre war zugunsten der Kuppeln weiter reduziert worden, und die Emissionen der verschiedenen Industriebetriebe wurden nach draußen geleitet. Er erkannte – zum erstenmal? –, daß die öde Oberfläche Protons ein Werk des Menschen war. Wäre nicht das Maschinenzeitalter hierhergekommen, die Atmosphäre wäre noch mit der Phazes identisch. Die Zivilisation des Menschen hatte einen himmlischen Planeten in eine Hölle verwandelt.

Glücklicherweise lag die Kuppel nur fünf Minuten Fußweg entfernt. Er konnte sie deutlich sehen, denn ihre Beleuchtung strahlte durch das Kraftfeld und beschien die trostlose Ebene.

Stile, dessen Müdigkeit durch seinen Schlaf und den Schock der kalten Nacht gewichen war, schritt hastig auf die Kuppel zu, zog seine Kleidung eng um die Schultern. Solange er nicht zu tief einatmete, litt seine Lunge nicht allzusehr unter der Luft. Aber wenn er lief, mußte dies in einer Katastrophe enden. Seine Kleidung schützte ihn vor ...

Kleidung! Er konnte sie hier nicht tragen! Er war ein Leibeigener.

Dennoch würde er ohne sie ungeschützt der Kälte ausgesetzt sein. Er mußte sie so lange wie möglich anbehalten und kurz vor dem Betreten der Kuppel ablegen. Vielleicht konnte er sie holen, wenn er nach Phaze zurückkehrte.

Aber er konnte nicht den gleichen Weg nehmen, denn dann würde er wieder im Kerker des Schwarzen Adepten auftauchen. Er brauchte seine Kleidung in der anderen Sphäre, aber nicht in dieser. Er mußte das Risiko auf sich nehmen, sie bei sich zu tragen.

Stile erreichte die Kuppel. Sie war klein und offenbar im Privatbesitz eines Bürgers. Es war ein Risiko für einen Leibeigenen, uneingeladen einen derartigen Ort zu betreten, aber ihm blieb keine andere Wahl. Diese wenigen Minuten hatten ihn bereits halb krank gemacht – je weniger er der Außenwelt ausgesetzt war, um so besser. Er legte seine Kleidung ab, rollte die Schuhe ein, knüpfte ein Bündel und trat dann durch die Kuppelwand.

Augenblicklich befand er sich in Licht und Wärme. Dies war einer jener tropischen Gärten, die bei den Bürgern so beliebt waren – ein krasser Gegensatz zu der Ödnis, in die sie mit ihrer Politik den Planeten verwandelt hatten. Überall standen exotische Palmen, und der Boden war mit Kakaostreu bedeckt. Niemand war zu sehen – deshalb war Stile hier eingedrungen. Wenn er Glück hatte, blieb er vielleicht unentdeckt.

Er hatte kein Glück. Ein wachsamer Gärtner rief ihn an, bevor er zwanzig Schritte gemacht hatte. „Halt, Eindringling! Du gehörst nicht zu diesem Besitz!“

„Ich ... komme von draußen. Ich ... habe mich verirrt.“ Stile bezweifelte, daß er es sich erlauben konnte, die Wahrheit zu sagen, und er wollte nicht lügen. „Ich mußte hereinkommen – ich wäre sonst gestorben.“

„Du siehst halbtot aus“, meinte der Leibeigene und nickte.

Ein zweiter Leibeigener eilte herbei. „Ich bin der Chefgärtner. Wer bist du? Was hast du draußen ohne Ausrüstung gemacht? Was trägst du da?“

Ein Vorarbeiter also, in Ordnung. „Ich bin Stile, stellungslos, ehemaliger Jockey. Ich dachte, mein Leben sei in Gefahr, deshalb habe ich versucht, mich zu verstecken. Aber ...“ Er zuckte die Schultern. „Das dort draußen ist eine ganz andere Welt.“

„Verdammt, das ist sie gewiß. Wolltest du Selbstmord begehen?“

„Nein. Aber ich bin trotzdem fast gestorben. Seit zwei Tagen habe ich weder etwas gegessen noch getrunken.“

Der Vorarbeiter ignorierte den Wink. „Ich habe dich gefragt, was du da trägst.“

„Dieses Bündel – es ist ein mittelalterliches irdisches Kostüm. Ich dachte, es würde mir in der anderen Welt helfen.“ Ethisch betrachtet bewegte er sich am Abgrund, und es gefiel ihm nicht. Aber dennoch – würde die Wahrheit diesen Mann nicht weniger überzeugen als diese Halbwahrheiten? Welcher Leibeigene würde schon eine Geschichte über eine magische Welt glauben?

Der Vorarbeiter nahm das Bündel an sich und breitete es auf dem Boden aus. „Eine Mundharmonika?“

Stile breitete stumm die Arme aus. Er befand sich jetzt in einer Lage, in der alles, was er sagte, wie eine Lüge erscheinen würde, die Wahrheit eingeschlossen. Plötzlich wirkte Phaze wie eine Ausgeburt seiner Phantasie, die Art Halluzination, unter der ein Mensch leiden mochte, der Sauerstoffentzug und giftigen Abgasen ausgesetzt war. Oder den Hunger, Durst und Kälte geschwächt hatten. In der Vergangenheit hatten sich Menschen ähnlichen Kasteiungen im Zuge religiöser Riten unterzogen und vergleichbare Visionen erzeugt. Was war ihm wirklich zugestoßen?

„Ich muß den Bürger informieren“, erklärte der Vorarbeiter.

Stiles Hoffnungen sanken – das bedeutete sicherlich Ärger. Hätte ihn der Mann nicht einfach auffordern können, in die Quartiere der Leibeigenen zu verschwinden ...

„Sir“, sagte der Vorarbeiter.

„Was ist, Gärtner?“ antwortete die Stimme des Bürgers. Sie klang vertraut.

„Sir, ein Fremder ist von draußen eingedrungen, und er trägt ein mittelalterliches Erdkostüm sowie ein Schwert, ein Messer und ein Musikinstrument bei sich.“

„Bringen Sie ihn zum Monitor.“ Die Stimme ließ Stile zusammenfahren. Wo hatte er sie schon einmal gehört?

Der Vorarbeiter führte Stile zu einer Nische mit einem Holo-Empfänger. Stile ging hinein, und er wußte, daß sein ganzer Körper als Abbild in den Quartieren des Bürgers reproduziert wurde. Er war schmutzig und zerschürft und von Hunger und Durst gezeichnet. Er mußte schrecklich aussehen.

„Name?“ knurrte der Bürger.

„Stile, Sir.“

Schweigen trat ein. Der Bürger überprüfte den Namen vermutlich über den Computerspeicher. „Der Jockey und Spieler?"

„Ja, Sir."

„Spielen Sie das Instrument."

Der Chefgärtner suchte hastig nach der Mundharmonika und warf sie Stile zu. Stile fing sie auf und führte sie an die Lippen. Dies sollte seine Identität beweisen – ein Betrüger konnte wahrscheinlich kaum an seine Fähigkeiten heranreichen. Er spielte ein paar Töne, und wie vor wenigen Stunden veränderte die wachsende Schönheit der Musik seine Stimmung. Er begann ein Gefühl dafür zu bekommen …

„Sehr gut, Stile", sagte der Bürger, der kein Interesse an der künstlerischen Vollkommenheit seines Spiels besaß. „Ihr derzeitiger Herr verbürgt sich für Sie. Warten Sie, bis sein Beauftragter Sie abholt."

Sein derzeitiger Herr? Was hatte das zu bedeuten? Stile gab keine Antwort, da ihm keine Frage gestellt worden war. Er gesellte sich wieder zu dem Vorarbeiter, der ihm feierlich den Rest seines Bündels zurückgab.

Plötzlich erkannte Stile die Stimme, die er gehört hatte. Der Schwarze Adept! Dies war das Proton-Selbst jenes bösen Zauberers, das nichts von der anderen Sphäre wußte, aber völlig seinem anderen Ich entsprach. Es klang logisch – diese Kuppel befand sich in unmittelbarer Nähe des Sitzes der Schwarzen Burg. Stiles Vermutungen über die Adepten und Bürger hatten sich bestätigt. Hätte dieser Bürger irgendeinen Grund gehabt, ihm zu mißtrauen …

Stile stieß einen stillen, erleichterten Seufzer aus. Es gab keinen Grund für einen derartigen Argwohn, und Bürger waren schwerlich an verirrten Leibeigenen interessiert. Da ein anderer Bürger seine Hand über Stile hielt, war die Sache damit erledigt. Stile würde seinem eigenen Herrn eine Erklärung abgeben müssen, statt die Zeit dieses Bürgers zu verschwenden. Und falls jemals ein Leibeigener des Schwarzen Adepten-Bürgers verlorenging, würden andere Bürger ebenso reagieren. Leibeigene waren keine Auseinandersetzung wert.

Eine gutaussehende Frau erschien. Als sie ihm das Gesicht zudrehte … „Sheen! Wie froh bin ich, dich zu sehen!"

Sie runzelte die Stirn. „Komm, Stile. Du hattest keine Erlaubnis, draußen herumzuwandern. Angenommen, du hättest das Kostüm beschädigt? Du wirst Ärger bekommen, wenn du noch einmal herumstreunst.“ Sie wandte sich an den Vorarbeiter. „Danke. Er sollte das Kostüm zu der Isolierkuppel unseres Herrn bringen und muß sich dabei verlaufen haben. Manchmal ist er ein richtiger Trottel.“

„Er wollte mir weismachen, daß er stellungslos ist“, bemerkte der Vorarbeiter.

Sie lächelte. „Früher war er Jockey. Er muß zu oft vom Pferd gefallen sein.“ Sie tippte sich bedeutungsvoll an die Stirn. „So etwas kommt vor. Wir entschuldigen uns für die Störung.“

„Sie hat mir die Langeweile der Nachtschicht vertrieben“, entgegneter der Vorarbeiter und musterte bewundernd ihren Körper. Eine Störung wurde tolerierbar, wenn dadurch jemand wie sie auftauchte.

Sie ergriff Stiles Ellbogen und führte ihn davon. „Diesmal werden wir dich dorthin bringen, wo du hingehörst“, sagte sie mit einem versteckten Lächeln.

Er drückte ihre Hand. Sie hatte sich seinen Ratschlag zu Herzen genommen und war menschlich geworden, daß es fast quälend war. Aber sie hatte ihn aus den Schwierigkeiten herausgeholt.

Als sie sich in Sicherheit der Kapsel befanden und durch die Röhre einer größeren Kuppel entgegenschossen, erklärte Sheen: „Ich wußte, daß du zurückkehren würdest, Stile. Ich bin für Intuition programmiert. So habe ich meine Freunde dazu gebracht, daß sie einen Roboter bauen, der dir täuschend ähnlich sieht, und wir haben dir einen neuen Herrn besorgt. Sobald über den Computer die Anfrage kam ...“

„Ich verstehe.“ Ihre Freunde waren die mit eigenem Willen ausgestatteten Maschinen, die das Kommunikationsnetz abhören konnten. Um es genau zu sagen, einige von ihnen *waren* das Kommunikationsnetz. Was für ein Segen waren sie doch bei manchen Gelegenheiten!

Von der Hauptkuppel nahmen sie eine Transportrakete zur Heimatkuppel Stiles. Binnen Minuten hatten sie den Weg, für den das Einhorn mehrere Tage gebraucht hatte, wieder zurückgelegt. Das erinnerte ihn an ein anderes Problem. Wie sollte er Sheen die Sache mit Neysa erklären?

Sie begaben sich in Stiles altes Apartment. Sheen hatte es in Ordnung gehalten – oder der Roboter, der seinen Namen trug, hatte es getan. Sheen hatte den Roboter offenbar beiseite geschafft, sobald die Nachricht über Stiles Ankunft sie erreicht hatte. Sheen war ihm in seiner Abwesenheit eine große Hilfe gewesen.

Was hatten die beiden Roboter hier zusammen gemacht? Hatten

sie gegessen, geschlafen, sich geliebt? Stile empfand Eifersucht und mußte über sich selbst lachen. Offensichtlich besaß der Robot-Stile keinen eigenen Willen. Er mußte eine richtige Maschine gewesen sein, von Sheen programmiert.

„Wir haben einiges zu besprechen", sagte Sheen. „Aber zunächst solltest du etwas essen und dich ausruhen. Diese Sphäre hinter dem Nebelfeld ist dir nicht gut bekommen. Du bist sonnenverbrannt und zerschrammt und hohlwangig."

Unvermittelt war Stile wieder durstig. Fast gierig griff er nach dem Becher Nutro-Saft, den sie ihm brachte, und stürzte ihn hinunter. „Ja. Trinken und essen und schlafen, und zwar in dieser Reihenfolge", meinte er. „Und natürlich reden."

Sie sah ihn schräg an. „Sonst nichts?"

Ah, ein sexueller Antrag. Aber er war nicht begeistert. „Ich denke, wir sollten zuerst miteinander sprechen und uns dann um das andere kümmern. Vielleicht wirst du nicht erfreut sein."

„Vielleicht wirst du auch nicht erfreut sein über das, was ich getan habe", erwiderte sie.

Er wölbte eine Braue. „Mit meinem Doppelgänger?"

Sie lachte. „Stile, das ist unmöglich! Er ist ein Roboter."

„Ein Glück, daß jetzt niemand von dieser Sippschaft hier ist", brummte er.

„Du weißt, was ich meine. Es ist etwas anderes."

„Du sprichst aus Erfahrung?"

„Nein. Er ist nicht für Liebe programmiert."

„Zu diesem Schluß bin ich bereits gekommen. Andernfalls wärst du nicht so froh gewesen, daß ich wieder zurück bin."

Nachdem er gegessen und sich im Trockenbad erfrischt hatte, legten sie sich zusammen ins Bett. In welcher Hinsicht, fragte er sich, war dieses Geschöpf Tune unterlegen? Sheen sah ebenso gut aus und fühlte sich genauso gut an, und sie hatte erstaunliche Initiative entfaltet. Offenbar schien niemand bemerkt zu haben, daß er eine Woche verschwunden gewesen war. Alle Versuche, seinen Robot-Doppelgänger zu töten, mußten erfolglos verlaufen sein.

„Deine Freunde haben dafür gesorgt, daß dieses Apartment von niemandem betreten wurde?" fragte er und erinnerte sich, wie es fast zu seinem Gefängnis geworden war. Aber für den Einfallsreichtum der autonomen Maschine, die vorgetäuscht hatte, er sei hier, obwohl er nicht hier gewesen war ...

„Absolut." Sie umarmte ihn kurz, ging aber nicht weiter. „Soll ich dir berichten?"

Was konnte einen logischen Roboter oder eine unlogische Frau innehalten lassen? „Das solltest du besser."

„Dein neuer Herr hat nicht das geringste Interesse an Pferderennen. Ihm geht es um das Spiel. Jedes Jahr hat er einen führenden Wettkämpfer für das Turnier gesponsort, aber nie einen Sieg errungen. Dieses Jahr ..."

„Oh, nein! Er will, daß ich ..."

„Dieses Jahr", nickte sie. „Und du mußt es tun. Der Roboter kann dich nicht vertreten. Selbst wenn es legal wäre, er erreicht nicht deine Fähigkeiten. Ich habe deine Sicherheit erkauft, Stile – aber auf Kosten deiner Aufenthaltsgenehmigung."

„Ist dir klar, daß das wahrscheinlich auch deine Mission beenden wird? Auf die eine oder andere Art. Ich werde keinen Schutz mehr benötigen, sobald ich am Turnier teilnehme."

„Hätte es eine andere Möglichkeit gegeben ..." Sie seufzte. „Stile, man hat dich aus guten Gründen entlassen. Du bist nicht auf die schwarze Liste gesetzt worden, weil deine Weigerung, wieder an einem Rennen teilzunehmen, verständlich war, aber trotzdem waren nur sehr wenige Bürger an dir interessiert. Meine Freunde mußten lange suchen, um jemanden zu finden, der ..."

„Den einen Bürger, der bereit war, mich einzustellen", unterbrach Stile. „Ich mache dir deswegen keine Vorwürfe – du hast das einzige getan, was du tun konntest, und das war richtig."

„Aber deine Aufenthaltsgenehmigung ..."

„Ich habe jetzt eine andere Option." Aber er hatte jetzt nicht vor, ihr von Phaze und seiner Entscheidung, dort zu bleiben, zu erzählen.

„Dein anonymer Feind existiert nach wie vor. Nicht der Bürger, der versucht hat, einen Kyborg aus dir zu machen – er verzichtete nach Ablauf der Woche. Der ursprüngliche, der deine Knie gelasert hat. Jener, der wohl auch mich geschickt hat. Auf den Roboter wurden mehrere Mordanschläge verübt. Meine Freunde ziehen das Netz enger, versuchen, diesen Feind zu lokalisieren, aber er ist außerordentlich verschlagen und vorsichtig. Ich kann dich nicht lange vor ihm beschützen. Also ..."

„Eine infernalische Logik", stimmte er zu. „Besser das Spiel als der Tod. Besser eine verkürzte Aufenthaltsgenehmigung als überhaupt keine. Aber ich dachte, alles sei in Ordnung, nachdem ich deutlich gemacht habe, daß ich an keinem Rennen mehr teilnehme."

„Das scheint eine unbegründete Annahme gewesen zu sein. Diese Person will dich tot sehen – aber sie will dich nicht so umbringen, daß es nach Mord aussieht. Ein Operationsfehler oder ein Unfall, wie er sich alle Tage ereignet ..."

„Also hätte ich mir ebensogut meine Knie operieren lassen können – falls dem Chirugen überhaupt zu trauen war." Seine Gedanken wanderten wieder zum Spiel. „Das Turnier ist gewaltlos – kein Teilnehmer darf auf irgendeine Weise belästigt werden, auch nicht von einem Bürger. Man will so das Ansehen des Turniers bewahren. Also ist mein Leben nur während der kurzen Zeit, die das Turnier dauert, sicher. Aber das trifft mich unvorbereitet – ich hatte vor, erst in zwei Jahren daran teilzunehmen."

„Ich weiß. Ich habe getan, was ich konnte, und vielleicht habe ich deine Aufenthaltsgenehmigung dadurch vorzeitig beendet. Wenn du mich bestrafen willst ..."

„Ja, ich glaube, das möchte ich. Ich werde dir erzählen, was ich getan habe. Jenseits des Nebelfeldes befindet sich eine Welt der Magie. Ich habe eine Einhornstute gezähmt, sie verwandelte sich in eine liebliche kleine Frau, und ..."

„Und ich soll wegen dieses Märchens eifersüchtig werden?"

„Kein Märchen. Ich sagte, es war eine Stute, kein Hengst. Ich habe mit ihr getan, was jeder Mann ..."

„Ich bin eifersüchtig!" Sie rollte sich auf ihn und küßte ihn wild. „Hatte sie dem was entgegenzusetzen?"

„Ohne Schwierigkeiten. Sie hat sehr geschmeidige Lippen."

„Oh? Hatte sie denn dem was entgegenzusetzen?" Sie tat etwas Intimeres.

Trotz seiner Müdigkeit schnappte Stile nach Luft. „Ja. Ihre Brüste waren nicht so groß wie deine, aber sehr ..."

„Nun, wie ist es *damit?"*

Die Demonstration nahm einige Zeit in Anspruch. Schließlich, angenehm erschöpft, ließ sich Stile zurückfallen und murmelte: „Auch das."

„Du hast mich wirklich bestraft." Aber Sheen wirkte nicht sehr gezüchtigt.

„Und danach begaben wir uns zum Orakel, das mir geraten hat, mich selbst zu erkennen", fuhr Stile fort. „Als mir klar wurde, daß ich ein Adept sein mußte, der ermordet oder auf andere Weise beseitigt worden war, stellte ich Nachforschungen an – und geriet in der Burg des Schwarzen Adepten in Gefangenschaft. Der Werwolf hat mich gerettet, indem er mich durch das Nebelfeld zurückgeschickt hat, und hier bin ich." Er gähnte. „Darf ich jetzt schlafen?"

„Dir ist klar, daß kein lebender Mensch eine derartige Geschichte glauben würde?“

„Ja.“

„Und du gehst dorthin zurück.“

„Ja. Ich kann nicht lange in der Sphäre von Proton bleiben, so oder so. So habe ich eine Alternative.“

„Sofern du nicht das Turnier gewinnst. Dann kannst du dein ganzes Leben lang hierbleiben.“

„Leichter gesagt als getan, Mädchen. In zwei Jahren hätte ich meine spielerische Bestform erreicht. Im Moment sind meine Chancen geringer als im Idealfall.“

„Als Bürger könntest du die Identität deines Feindes in Erfahrung bringen.“

„So ist es.“ Stile lächelte. „Nun, Sheen – was wolltest du tun, wenn wir unser Gespräch beendet haben?“

Sie warf ein Couchkissen nach ihm. „Wir haben es gerade getan! Hast du es nicht bemerkt?“

„Was getan?“

Sie umarmte ihn, küßte ihn und legte ein Bein über seine Schenkel.

Er drückte sie an sich, legte seine Wange an ihren Kopf, roch ihr weiches Haar. „Es ist herrlich, wieder daheim zu sein“, sagte er ernst. „Du hast gute Arbeit geleistet, Sheen. Aber diese Welt Phaze – es ist dort so wunderschön, selbst wenn man die Magie nicht mit einbezieht. Ich fühle ... dort drüben fühle ich mich fast vollkommen. Als ob mein menschliches Potential endlich erwachen würde. Ich muß zurückkehren. Verstehst du das?“

„Vielleicht fühlst du dich, wie ich mich fühlen würde, wenn ich hinübergehen könnte und dort plötzlich zu leben begänne.“ Sie schloß träumerisch die Augen. „Ja. Du mußt dorthin zurück. Aber wirst du Proton manchmal besuchen?“

„Oft. Auch in dieser Welt gibt es Dinge, die mir wichtig sind.“

„Zu denen ich gehöre?“

„Von denen du das wichtigste bist.“

„Das ist alles, wonach zu fragen ich ein Recht habe.“

Erneut empfand Stile hilflose Schuld. Sheen liebte ihn, und er konnte sie nicht richtig lieben. Es spielte keine große Rolle, daß ein Fachmann eine winzige Änderung in ihrem Programm vornehmen konnte, die augenblicklich dieses Gefühl für ihn beenden oder umkehren würde – ihr derzeitiges Programm war real. Moderne Chirurgie konnte sein Gehirn in einen anderen Körper transplantieren, aber sein derzeitiger Körper war real. Stile mochte keine fundamentalen Veränderungen. Falls er Proton verließ, verließ er auch Sheen, genau wie Tune ihn verlassen hatte. Dennoch hatte Sheen selbst seine Aufenthaltsgenehmigung verkürzt. Sie hatte recht; sie konnte nicht mehr von ihm verlangen.

Die Nacht war erst halb vorbei, obwohl sie schon so lange zu dauern schien. Er zog sie über sich wie eine Decke und schlief.

Am Morgen traf er die Vorbereitungen zur Teilnahme an dem Turnier. Er begab sich zum Spielannex, suchte die 35-M-Leiter und drückte den Knopf der Sprosse, die über seiner lag. Er forderte Neun heraus.

Binnen eines Augenblicks reagierte der Inhaber der Neunten Sprosse auf seine Herausforderung. Er war natürlich ein fünfunddreißigjähriger Mann. Für das Spiel war das Alter sehr wichtig. Es gab ständige Veränderungen auf den Leitern, wenn die Geburtstage die Teilnehmer von einer auf die andere wechseln ließ. Niemand bekam aufgrund seines bisherigen Ranges einen Platz unter den besten zwanzig – der Inhaber der Ersten Sprosse auf einer Altersleiter mußte auf der nächsten Altersleiter mit der Einundzwanzigsten Sprosse beginnen. Aber am Qualifizierungstag des jährlichen Turniers durften die Leitern nicht mehr verändert werden. Niemand wurde während des Turniers durch seinen Geburtstag disqualifiziert.

Abgesehen vom Alter und vom Geschlecht besaß der Inhaber der Neunten Sprosse wenig Ähnlichkeit mit Stile. Er war groß und dünn, wie ein vornübergeneigt gehender Gelehrter. Seine Erscheinung stimmte mit der Wirklichkeit überein. Er hieß Tome und arbeitete als Forscher für einen wissensdurstigen Bürger. Tome war durch und durch ein Intellektueller; regelmäßig wählte er die GEISTIG-Säule, wenn er die numerische Kolonne des Gitters bestimmen konnte, und MASCHINE bei der Buchstabenkolonne.

Da Tome die meisten Gegner in intellektuellen Spielen besiegen und auch bestehen konnte, wenn eine Maschine als Hilfsmittel zugelassen war – insbesondere, wenn es sich bei dieser Maschine um einen Coumpter handelte –, war er erfolgreich genug, um seine Sprosse zu halten. Doch die engen Grenzen, die seinen Fähigkeiten gesetzt waren, verhinderten, daß er zum Champion aufstieg. Tome war als 2C-Mann bekannt – die Definierung seiner Spezialbereiche. Die zweite vertikale und die dritte horizontale Kolonne. Falls man in diesen beiden Disziplinen schwach war, konnte man Schwierigkeiten haben, an Tome vorbeizukommen.

Stile war in 2C allgemein sehr stark. Er konnte mit Tome fertig werden, und der andere Mann wußte das. Stile hatte zuvor einfach kein Interesse gehabt, die Neunte Sprosse zu erklimmen.

Sie begaben sich in eine Nische und spielten das Gitter. Stile bekam die numerische Kolonne – gut. Er betrachtete sie als fundamentaler. Er würde nicht GEISTIG wählen, natürlich nicht. Dies war keine Herausforderung, die allein seinem Vergnügen an einem guten Spiel diente, sondern ein ernster Wettkampf, den er unter dem geringsten Risiko gewinnen mußte. Er kümmerte sich nicht um die 50:50 Chance, die ihm CHANCE anbot. Tome war in der Disziplin Maschine sehr gut, so daß es sich nicht lohnte, das Risiko einzugehen. Somit wählte Stile seine stärkste Säule, KÖRPERLICH.

Tome wählte natürlich MASCHINE. Augenblicklich tauchte das Subgitter auf.

	1. BEWEGUNG	2. HANDLUNG	3. BEOBACHTUNG
A. LAND			
B. WASSER			
C. LUFT			

Neun Typen Wettkämpfe, bei denen man sich der Hilfe von Maschinen bedienen durfte, angefangen von einem Mobilrennen in 1A bis zur Sternbestimmung in 3C. Stile mußte seine Wahl unglücklicherweise unter den Möglichkeiten der Buchstabenkolonne treffen. Er konnte nicht die Kolonne mit dem Maschinenrennen wählen, und er wußte, daß Tome es nicht tun würde. Tome würde sich für Beobachtung entscheiden – sofern er nicht spekulierte, daß Stile Wasser den Vorzug gab. Das würde dann zur Möglichkeit 3B führen: Sonarlokalisierung von gesunkenen Schiffen. Tome war daran nicht interessiert. Aber er war ein Könner im Duell mit Wasserhydranten, so daß er möglicherweise HANDLUNG drückte. Deshalb wählte Stile statt dessen LUFT.

Er gewann. Die Entscheidung hieß 2C – ein Duell mit Gewehren, Lasern und ähnlichen Fernwaffen. Tome war gut in dieser Disziplin, aber Stile war besser, und beide wußten es.

VERZICHT? leuchtete Tomes Frage auf der Tafel auf. Es war legitim, in jedem Stadium der Wahl ein derartiges Angebot zu machen, und oft geschah es im Zuge des begleitenden Nervenkrieges. In diesem Fall war es ein Eingeständnis der Schwäche.

Stile drückte den ABGELEHNT-Knopf und dann AUFGABE?

Tome zögerte. Sekunden vergingen. Wenn er nicht binnen fünfzehn Sekunden ablehnte, bekam diese Konzession Gültigkeit. In diesem Stadium war die Konzession immer eine Frage, niemals ein Angebot – eine weitere Regel, um verantwortungslose Spieler von der Belegung der Gitter abzuhalten, wenn sie nicht wirklich vorhatten, ein Spiel auszutragen. Aber schließlich leuchtete der ABGELEHNT-Knopf auf.

Jetzt erschien die Aufstellung der individuellen Varianten auf dem Bildschirm. Tome, der Herausgeforderte, hatte die erste Wahl. Er plazierte antike Pistolen in dem Zentralquadrat des neunteiligen Subgitters, das sich herausgeformt hatte. Stile schloß sich mit einem Lasergewehr in einer Ecke an. Es handelte sich dabei nicht um echte Waffen – sie würden lediglich das Ziel mit einem abwaschbaren Flecken roter Farbe an der getroffenen Stelle markieren. Sehr selten nur wurde ein lebensechtes Duell erlaubt und niemals in Verbindung mit dem Turnier.

Wie der Zufall es wollte, teilten Stile und Tome eine Vorliebe für antike Waffen und Zeremonien, und als das Gitter vollständig und gespielt war, lautete das Resultat auf antike Pistolen. Beide begaben sich zu dem nahen Duellplatz, während Sheen die Zuschauergalerie aufsuchte. Die holographischen Aufzeichner liefen natürlich: Jedes formelle Spiel wurde gefilmt für den Fall, daß jemand das Ergebnis anfechten würde. Oft sahen sich Wissenschaftler alle Spiele der jeweiligen Turniersieger an, bis zurück zu ihrem ersten Auftauchen auf den Sprossen der Leitern, um mit der Weisheit der Retrospektive herauszufinden, welche Elemente jene bestimmten Siege unausweichlich gemacht hatten. Dies bedeutete zufälligerweise auch, daß kein Agent unter dem Publikum ihm die Knie oder sonst etwas zerlasern konnte – der Schuß würde aufgezeichnet und der Attentäter sofort identifiziert werden. Dies hier war kein Pferderennen!

Sie mußten eine Weile warten, bis sie den Platz benutzen konnten. Duelle waren beliebt, und es gab eine Anzahl Spezialisten, die sich jeden Tag duellierten. Hätte Stile mit einem von ihnen das Spiel ausgetragen, hätte er diese Entscheidung um jeden Preis vermieden. Das war, natürlich, die Strategie des Spiels: Der Schlüssel zum Sieg lag in den Gittern. Ein guter Gitterspieler konnte mit nur sehr wenigen Spieldisziplinen auskommen, indem er die Wahl immer auf diese bestimmten Varianten lenkte. Genau wie Tome mit nur sieben der sechzehn Basismöglichkeiten des Hauptgitters und einer proportionalen Anzahl in jedem Subgitter hatte fertig werden müssen. Falls die Fähigkeiten eines Gegners mit denen Tomes übereinstimmten, konnte er davon ausgehen, daß die Entscheidung – zu Tomes Nachteil – auf eine dieser Möglichkeiten fallen würde. Für einen ernsthaften Spieler war es das beste, wenn er in allen Disziplinen stark war. Das hielt ihm alle Optionen offen und verhinderte, daß er in eine Falle geriet. Stile beherrschte alle Spielvarianten – deshalb war er hier der überlegene Spieler.

„Du kannst nicht auf das Turnier aus sein", bemerkte Tome. „Du hast noch zwei weitere Saisons vor dir. Wenn in diesem Jahr die besten fünf daran teilnehmen, werden wir beide auf die Qualifizierungsplätze für das Turnier im nächsten Jahr aufsteigen. Ich dachte, du würdest jetzt versuchen abzusteigen. Was hast du vor?"

Stile lächelte. „Siehst du dieses Mädchen auf den Rängen? Das hübsche dort? Sie hat mich dazu veranlaßt."

„Oh, ein Spielhäschen!" Tome sah zu Sheen hinüber. „Für eine wie die würde *ich* bestimmt nach oben klettern wollen! Hat sie viel im Kopf?"

„So viel wie ein Roboter", antwortete Stile.

„Du willst also Sprosse Sechs erreichen, damit du nach der Turnierauswahl die Nummer eins bist? Das ist risikoreich. Wenn jemand im letzten Moment vor der Qualifikation krank wird, dann wirst du am Turnier teilnehmen müssen." Offensichtlich hatte Tome im stillen keinen Zweifel an dem Ergebnis dieses Kampfes, und es schien ihn auch kaum zu bedrücken; er hatte nicht die Absicht, zu dicht zu dem Kreis derjenigen aufzuschließen, die zu dem Turnier berufen wurden.

„Ich will Sprosse Fünf erreichen", erklärte Stile. „Und ich würde es vorziehen, wenn das nicht allgemein bekannt wird."

Tomes Kopf fuhr überrascht herum. „*Dieses* Jahr?"

„Die Entscheidung lag nicht allein bei mir. Aber ich hatte einige Probleme mit meiner Arbeit."

„Davon habe ich gehört. Eine Knieverletzung, nicht wahr? Ich bin erstaunt, daß du dich nicht sofort hast operieren lassen."

„Ich habe Angst davor."

Tome lachte. „Angst, du? Aber ich muß zugeben, daß du ziemlich mitgenommen aussiehst. Muß eine schwere Entscheidung gewesen sein."

„Das war sie", bestätigte Stile, obwohl er wußte, daß sein angegriffener Gesundheitszustand mehr eine Folge der zweitägigen Haft ohne Nahrung und Wasser in der Schwarzen Burg denn Ausdruck seines Seelenzustandes war. Sheen hatte für ihn getan, was sie konnte, aber er hatte sich noch nicht ganz erholt.

„Nun, ich wünsche dir alles Gute", schloß Tome freundlich.

Der Platz wurde frei, und sie setzten sich in Bewegung. Auf einem Tisch neben dem Eingang lagen die antiken Pistolen mit ihren kostbaren Perlknäufen und den glitzernden, schwarzen stählernen Läufen. Ein Pistolenfachmann hätte genau Herstellungsjahr und -ort angeben können – wahrscheinlich Europa im achtzehnten Jahrhundert –, aber Stile war nur an ihrem Gewicht und ihrer Treffergenauigkeit interessiert. Obwohl sie Duplikate darstellten, die keine Kugeln verschossen, kam es wie bei echten Pistolen zu Rückschlag und Rauchentwicklung, wenn man sie abfeuerte.

Stile mußte sichergehen, daß er diesen Wettkampf gewann. Er konnte Tome erst wieder herausfordern, wenn sich die Sprossen veränderten, und so kurz vor dem Turnier war es unwahrscheinlich, daß es noch viele Änderungen gab. Die Spieler klammerten sich entweder an ihre Sprossen, um ihre Qualifikation nicht zu gefährden, oder sie versuchten, unterhalb des Qualifikationsniveaus zu bleiben. Stiles späte Entscheidung, am Turnier teilzunehmen, war ungewöhnlich und würde für Aufruhr sorgen. Er mußte jemanden ausstechen, für den das Turnier die letzte Chance für eine Verlängerung seiner Aufenthaltsgenehmigung war.

Die Bürger hatten es so eingerichtet, daß es immer mehr Leibeigene gab, die an der Teilnahme an dem Turnier interessiert waren, als verfügbare Plätze – insbesondere auf Stiles eigener Altersleiter, auf der viele Leute ihre Aufenthaltsgenehmigung beendeten. Auf allen Altersstufen endeten Aufenthaltsgenehmigungen, da man sich in jedem Alter als Leibeigener verdingen konnte, aber den älteren fehlte im allgemeinen der Ehrgeiz und die Kraft, die Strapazen des Spiels durchzustehen, und den jüngeren mangelte es an Erfahrung und Urteilsvermögen. Die Dreißigerleitern bei den Männern und Frauen waren die wichtigsten.

Natürlich waren die Waffen gut und einander so ähnlich, wie es bei moderner Technik möglich war. Jeder Wettkämpfer ergriff eine, ging zum Mittelpunkt des Platzes und begann beim Klang der Zeitglocke die vorgeschriebenen Schritte zu machen. Zehn Schritte, drehen und schießen – und jeder Schritt wurde durch das Metronom gemessen. Der Mann, der sich zu früh drehte oder feuerte, wurde disqualifiziert – erst mußte der zehnte Schlag ertönen.

Einige Leute, die ansonsten exzellente Schützen waren, versagten bei derartigen Duellen. Sie brauchten Zeit, um zu ziehen, sich auf das Ziel zu konzentrieren – und hier gab es weder Zeit noch ein festes Ziel. Einige verloren die Nerven, wenn sie sich mit einem wirklichen Gegner konfrontiert sahen, der zurückschoß. Besonderes Talent und gute Nerven waren für diese Art Wettkampf erforderlich. Stile und Tome besaßen beide diese Qualitäten.

Beim zehnten Schlag sprang Stile, wirbelte in der Luft zu seinem Gegner herum. Tome drehte sich lediglich am Boden und hielt den Schuß zurück, wartete darauf, daß Stile stehenblieb. Er wußte, daß Stile selten zuerst feuerte – Stile zog es vor, ein schwer zu treffendes Ziel abzugeben und den anderen dazu zu bringen, seinen einzigen Schuß zu verschwenden. Dann konnte Stile ihn ohne Probleme erledigen. Tome war zu klug, um darauf hereinzufallen.

Stile kam auf, beschrieb eine Rolle, war wieder auf den Beinen und sprang erneut. Wenn Tome angenommen hatte, daß er aufgerichtet stehenblieb, würde ihn sein Schuß verfehlen, aber Tome war vorsichtig. Seine Pistole folgte Stiles Bewegungen, und er wartete auf einen günstigen Moment, einen Treffer anzubringen.

Dieser Moment kam nie. Noch im Sprung feuerte Stile. Ein roter Fleck erschien mitten auf Tomes Brust, markierte das Herz. Im Gegensatz zu dem allgemein verbreiteten Irrtum befand sich das menschliche Herz in der Mitte der Brust, nicht auf der linken Seite.

Tome breitete die Arme aus. Er hatte zu lange gewartet und war nicht zum Schuß gekommen. Er war offiziell tot.

Tome wusch den roten Fleck ab, während Stile den Sieg beim Spielcomputer registrieren ließ. Sie schüttelten einander die Hände und kehrten zum Spielannex zurück. Ihre Namen hatten bereits die Sprossen gewechselt. Stile drückte Sprosse Acht, seine nächste Herausforderung. Er wollte so viele Sprossen wie möglich erklettern, bevor sich die Nachricht verbreitete – und bevor sein derzeitiger angegriffener Gesundheitszustand ebenfalls bekannt wurde. Wenn seine Gegner nachdachten, würden sie ihn zu den zermürbenden körperlichen Wettkämpfen zwingen, wo er am schwächsten war.

Der Herausgeforderte erschien. Er war ein stämmiger, athletischer Mann namens Beef. „Tome, du hast mich herausgefordert?“ fragte er ungläubig.

„Nicht ich“, entgegnete Tome und deutete auf die Leiter.

Beef sah auf. „Stile! Was hast du vor?“

„Ich will dich herausfordern“, sagte Stile.

Beef zuckte die Schultern. „Ich kann nicht ablehnen."

Sie suchten eine Nische auf und spielten das Gitter. Beef war schlecht einzuschätzen: Oft wählte er unwahrscheinliche Kolonnen aus, und niemand konnte sich den Grund dafür vorstellen. Stile wählte B. WERKZEUG und hoffte, daß der andere nicht 3. CHANCE drücken würde.

Seine Hoffnung war vergeblich. Beef war interessierter an Stiles Motiven als am Ausgang des Spiels, und sie trafen sich bei 3B. Der Kode für Roulette, Würfel – alle Arten von Glücksspielen, die wenig Können erforderten. Stile konnte Beef in den meisten Disziplinen schlagen, die bestimmte Fähigkeiten erforderten – aber die Chance machte sie zu gleichwertigen Gegnern.

Dennoch war er bereits dabei, seine Chancen zu erhöhen, spielte das Subgitter, verbesserte seine Situation, soweit ihm das möglich war. Plötzlich erschien KARTEN. Karten waren technisch gesehen Instrumente des Zufalls – aber es gab eine stattliche Anzahl von Spielen wie Bridge und Poker, wo auf die eine oder andere Art auch das Können wichtig war. Er mußte nur das letzte Gitter auf diesen Typus programmieren.

Beef jedenfalls war sich darüber im klaren und wählte Spiele wie Siebzehnundvier und das Ziehen der höchsten Karte. Er wollte Stile ins Schwitzen bringen, und es gelang ihm auch. Es war sehr schlecht, einem Gegner gegenüberzustehen, der sich über das Ergebnis weniger Gedanken machte als Stile – er errang keinen strategischen Vorteil. Beef ordnete seine Plazierungen auf dem Gitter so an, daß Stile keine ganze Kolonne seiner eigenen Wahl aufbauen konnte. Besetzte ein Spieler drei Quadrate in einer Reihe, dann bedeutete dies, daß der Spieler diese Reihe wählen und so das Ergebnis zu seinen Gunsten bestimmten konnte. Die Chancen, ein Spiel anzubringen, das Können verlangte, blieben bei 50:50, und Stile wurde unruhig. Er brauchte ein besseres Verhältnis!

Aber Stile kannte eine Variante eines Glücksspiels, die auch Können verlangte und Beef offenbar unbekannt war. Er speiste sie ein, spielte darum und gewann: Krieg, Strategie.

Das normale Kartenspiel namens Krieg sah folgendermaßen aus: Man mischte die Karten und teilte sie in zwei Päckchen, eins für jeden Spieler, und in jeder Runde zog jeder Spieler eine Karte. Die höhere Karte gewann gegen die niedrigere, und beide wanderten in den Besitz des Siegers. War man mit dem ersten Durchgang fertig, mischte jeder Spieler seinen Stapel, und der zweite Durchgang begann, bis schließlich ein Spieler das gesamte Päckchen gewonnen hatte. Es war ein reines Glücksspiel und konnte viele Stunden dauern. Die strategische Variante allerdings erlaubte es jedem Spieler, seine Karten in die Hand zu nehmen und eine ihm genehme abzuspielen. Wenn beide Karten zugedeckt auf dem Tisch lagen, wurden sie umgedreht, und die höhere Karte gewann. Dieses Spiel war nicht ganz dem Zufall überlassen – jeder Spieler konnte seine ausgespielten Karten und die des Gegners verfolgen und sich entsprechend verhalten. Er konnte den anderen Spieler bluffen, ihn dazu verführen, eine hohe Karte an eine niedrige zu verschwenden oder ein Spiel zu verlieren, das er normalerweise gewonnen hätte, indem er eine zu niedrige Karte einsetzte. Derartige Spiele, wo der bessere Stratege überlegen war, verliefen gewöhnlich sehr viel kürzer als solche, wo alles dem Zufall überlassen blieb. Das Element des puren Zufalls konnte nicht mehr eingeführt werden – ein Stratege konnte ein Blatt schlagen, das nach dem Zufallsprinzip ausgespielt wurde. Somit hatte Stile nun Gelegenheit, sein Können einzusetzen, die Absichten seines Gegners zu ermitteln und nicht höher auszuspielen, als es für den Sieg unbedingt erforderlich war.

Sie spielten, und bald wurde Stiles Erfahrung merkbar. Er nahm Damen mit Königen, während er Assen mit Zweien begegnete. Nach und nach wuchs sein Kartenstapel, so daß auch seine Möglichkeiten zunahmen, während die seines Gegners zusammenschrumpften. Glück? Das Glück war ihm beim Gitter hold gewesen.

Bald gelang es Stile, nacheinander sieben Asse und Könige auszuspielen und so Beefs verbliebene sieben Karten, unter denen sich eine Anzahl Damen befanden, in seine Hand zu bringen, ohne daß Glück ihm dabei half. Er hatte gewonnen, und die Achte Sprosse gehörte ihm.

Beef schüttelte reuevoll den Kopf. „Ich werde mir diese Varianten merken“, versicherte er. Es störte ihn nicht, daß er verloren hatte, aber er haßte es, auf so elegante Weise ausgetrickst worden zu sein.

Sie kehrten zum Spielannex zurück. Aber Stiles beide Siege hatten Aufmerksamkeit erregt. Eine Reihe von Leibeigenen standen vor der 35M-Leiter. „He, Stile“, rief eine Frau. „Versuchst du dieses Jahr dein Glück?“

Er hätte wissen müssen, daß jeder Versuch, seine Absicht geheimzuhalten, zwecklos war. In diesen Kreisen war er zu gut bekannt, und was er tat, fiel zu sehr auf. „Ja“, sagte er knapp und bahnte sich seinen Weg zur Leiter. Er drückte den Knopf und forderte Sprosse Sieben heraus.

Der Inhaber dieser Sprosse war bereits anwesend. Es war Snack, ein Mann von Durchschnittsgröße, der auf Brettspiele und leichte körperliche Wettkämpfe spezialisiert war. Er war talentierter als Stiles bisherige Gegner, aber trotzdem nicht von Stiles Klasse.

„Ich werde binnen eines Tages auf deine Herausforderung eingehen“, versprach Snack und verschwand.

Das war genau das, was Stile gefürchtet hatte. Der Inhaber einer Sprosse mußte die Herausforderung einer niedrigeren Sprosse annehmen, aber er konnte sie um einen Tag verschieben. Stile mußte sich Sprosse für Sprosse nach oben kämpfen. Er konnte niemanden herausfordern, der mehr als einen Rang über ihm stand. Ihm blieb nichts anderes übrig, als zu warten – und das überschnitt sich mit seiner Rückkehr nach Phaze.

Sheen ergriff seinen Arm. „Morgen wirst du ein großes Publikum haben“, bemerkte sie. „Wenn ein Spieler von deinem Kaliber sich anschickt, so kurz vor der Qualifikation seinen Anspruch auf die Teilnahme am Turnier anzumelden, erregt das großes Interesse.“

„Ich wollte mich so schnell wie möglich qualifizieren, damit ich noch vor dem Turnier nach Phaze zurückkehren kann“, sagte Stile. „Neysa wartet auf mich und macht sich Sorgen.“

Noch während er es sagte, wußte er, daß es ein Fehler war. Irgendwie waren ihm die Worte entschlüpft, bevor er sie hatte zurückhalten können. „Vergiß es“, sagte er. Zu spät.

Sie sah starr geradeaus. „Warum? Ich bin nur eine Maschine.“

Da sind wir also wieder beim Thema. „Ich meinte, ich habe versprochen, zurückzukehren und sie im Palast des Orakels zu treffen. Durch ihre Frage an das Orakel hat sie mir zur Freiheit verholfen. Die einzige Frage, die sie in ihrem Leben stellen darf – und sie hat sie verbraucht, um mir zu helfen. Ich muß zurückkehren.“

„Natürlich.“

„Ich habe es versprochen!“ rief er.

Sie lenkte ein. „Sie hat dich zurück zu mir geschickt – ich sollte mich für diesen Gefallen revanchieren. Versprichst du zurückzukommen, mich wiederzusehen?“

„Und mich für das Turnier zu qualifizieren. Ja. Weil auch du dich für mich geopfert hast.“

„Dann solltest du dich direkt auf den Weg machen.“

„Aber ich muß morgen um die Sprosse Sieben antreten!“

„Also wirst du dich dort drüben beeilen müssen.“ Sie zog ihn in eine Privatkabine. „Ich werde dich zu ihr schicken – direkt nachdem ich das von dir bekommen habe, was ich von dir will." Und sie küßte ihn leidenschaftlich und machte von da an weiter.

Sie war ein Roboter, erinnerte er sich – aber sie erschien ihm inzwischen weiblicher als jede andere Frau seit seiner Zeit mit Tune. Und – er war nicht unwillig, und sie machte ihn heiß. Es wäre so einfach, ihre wahre Natur zu vergessen ... aber damit würde er sich in eine andere Art Phantasiewelt begeben – und in keine gesunde.

Dennoch, wie konnte er mit einer Maschine in der einen Sphäre, mit einem Einhorn in der anderen weitermachen? Selbst wenn er an dem Turnier teilnahm und entgegen aller Wahrscheinlichkeit gewann und sein anderes Selbst auf Phaze aufspürte und sich seine Privilegien aneignete – wahrscheinlich ein unerfüllbarer Traum –, wie konnte er den sich anbahnenden Konflikt zwischen den beiden Frauen mildern?

Sheen wurde fertig, säuberte ihn, kämmte sein Haar und brachte ihn zu der Kuppel, die geographisch dem Palast des Orakels in der anderen Sphäre am nächsten war, soweit er dies nach seinen geographischen Kenntnissen beurteilen konnte. Sie suchten nach dem Nebelfeld. Außerdem waren sie vor dem anonymen Mörder auf der Hut, aber offenbar hatte dieser Feind Stile dank seiner unsteten Lebensweise vorübergehend aus den Augen verloren. Es war schwer, einem Leibeignen, der sich auf Proton rasch von einem Ort zum anderen bewegte, auf der Spur zu bleiben!

Das Nebelfeld befand sich nicht im Innern der Kuppel, aber sie entdeckten es in unmittelbarer Nähe. Sie gingen nach draußen, in die verschmutzte, dünne Atmosphäre, und Stile legte seine Phaze-Kleidung an, die Sheen für ihn geholt hatte. Derartige Details vergaß sie dank ihres Computergehirns nie. Er hätte nicht gewagt, in Sichtweite irgendwelcher protonischer Leibeigener Kleidung anzulegen, aber auf ganz Proton gab es keine abgeschiedeneren Orte als die Wüsten außerhalb der Kuppeln.

Sie standen auf einer schmaler werdenden, kahlen Ebene. Im Nordwesten ragten verwitterte Berggipfel in die Höhe, so öde wie die Ebene. Nur die leuchtende Kuppel erhellte die unwirtliche Landschaft. Nicht eine einzige Wolke war am Himmel – nur dunkle Schwaden faulig riechenden Smogs.

„Wenn du je eine Möglichkeit findest, daß auch ein Roboter nach drüben gehen kann ...", sagte Sheen sehnsüchtig. „Ich glaube, dieses Land ist schöner als das hier."

„Ich kann meine Kleidung mit nach drüben nehmen", entgegnete Stile. „Da du kein lebendes Gegenstück auf Phaze haben kannst, sollte es möglich sein ...“

„Nein. Ich habe es versucht, während deiner Abwesenheit. Ich kann das Feld nicht durchschreiten.“

Sie hatte es versucht. Wie traurig mußte das für sie sein! Aber was konnte er tun?

„Bin wieder hier – binnen eines Tages“, keuchte er, während er unter der dünnen Luft zu leiden begann, und Sheen nickte. Die Luft störte sie nicht; sie atmete nur, um den Schein zu wahren. „Du verstehst – es gibt Schönheit auf Phaze, aber auch Gefahr. Ich werde vielleicht nicht ...“

„Du wirst es schaffen“, sagte sie überzeugt und küßte ihn noch einmal.

„Äh, ja.“ Stile konzentrierte sich und trat durch das Nebelfeld.

14. Kapitel

Gelb

Es war Nachmittag auf Phaze, und die Luft war wundervoll. Der Himmel war von einem tiefen und verlockenden Blau und mit wattigen Wolkenbällchen gesprenkelt. Die Berge im Nordwesten waren lieblich. Stile verharrte, um die hübschen kleinen gelben Blumen zu betrachten, die zu seinen Füßen wuchsen, und die frühlingsgleiche Frische der Welt einzuatmen.

Wieso besaß diese Sphäre eine derart angenehme natürliche Umwelt, während Proton so öde war? Er war nicht mehr so sicher, daß die industrielle Verschmutzung und der Entzug des Sauerstoffs allein dafür verantwortlich waren. Was war mit der Luftfeuchtigkeit? Offensichtlich gab es hier genug Wasserdampf im Gegensatz zur protonischen Atmosphäre. Das war ein Rätsel, das er eines Tages lösen mußte.

Aber im Moment gab es dringendere Dinge zu tun. Stile prägte sich den Standort des Nebelfeldes ein. Eines Tages würde er seinem Verlauf folgen und Plätze suchen, die für einen Übergang besser geeignet waren. Aber auch das war im Moment nicht so wichtig.

Die Landschaft war tatsächlich identisch. Eine schmaler werdende Ebene, eine nahe Bergkette, eine helle Sonne. Entfernte man die grazilen Wolken, die blühende Vegetation, die den Boden bedeckte, und die Baumgruppen, dann sah man Proton vor sich. Es war, als ob es sich dabei um zwei Gemälde handelte, VORHER und NACHHER, wobei der Künstler beim zweiten Bild die Farben hinzugefügt hatte. Phaze war die Welt, wie sie sein sollte, nachdem Gott die letzten Feinheiten vorgenommen hatte: primitiv, natürlich, entzückend, unverdorben. Der Garten Eden.

Seiner Erinnerung entsprechend war der Palast des Orakels nicht weit entfernt. Stile begann zu laufen. Aber bevor er die Hälfte der Strecke zurückgelegt hatte, kam ihm Neysa entgegengetrottet. Sie hielt den Kopf hoch, als sie einander erreichten, um ihn nicht mit ihrem spitzen Horn zu verletzen. Stile schlang seine Arme um ihren Hals und drückte sie an sich, barg sein Gesicht in ihrer glänzenden Mähne, fühlte ihre Wärme und Festigkeit und Kraft. Er brauchte ihr nicht verbal für ihr Opfer zu danken, das sie für ihn gebracht hatte – er wußte, daß sie verstand. Er bemerkte, daß ihr Haar feucht war, und ihm wurde klar, daß seine eigenen Tränen über ihr Wiedersehen dafür verantwortlich waren.

Dann sprang er auf ihren Rücken, noch immer ohne ein Wort sagen zu müssen, und sie galoppierten ohne Sattel in einer Fünftaktgangart zu dem Palast, wo Kurrelgyre sie in seiner menschlichen Gestalt erwartete.

Stile hatte sein Leben auf Proton verbracht und war hier auf Phaze nur eine Woche zu Gast gewesen, aber bereits jetzt erschien ihm Phaze seine eigentliche Heimat zu sein. Er war nur einen Tag und eine Nacht lang fort gewesen, doch er hatte das Gefühl, daß es länger gedauert hatte. Vielleicht lag es daran, daß er sich hier mehr wie eine Person fühlte. In Wirklichkeit waren die einzigen richtigen Menschen, denen er hier auf Phaze begegnet war, der Mann am Nebelfeld gewesen, der ihm das Dämonen-Amulett gegeben hatte, und der Schwarze Adept. Dennoch...

Kurrelgyre schüttelte ihm feierlich die Hand. „Ich bin erleichtert zu erfahren, daß Eure Flucht glücklich verlaufen ist“, erklärte der Werwolf. „Ich habe die Stute getröstet, aber im stillen habe ich befürchtet, daß Ihr zwischen den Kuppeln gelandet seid.“

„So war es auch. Aber die nächste Kuppel war nahe genug, so daß für mich keine Erstickungsgefahr bestand.“ Stile holte tief Luft, genoß sie noch immer.

„Ich hätte mit Euch gehen sollen, um Gewißheit zu haben. Aber Neysa hat draußen gewartet, und ich habe nicht daran gedacht, daß...“

„Ich verstehe. Ich habe ebenfalls nicht daran gedacht. Ich hätte dem Nebelfeld eine Viertelmeile folgen und wieder hindurchgehen und außerhalb der Schwarzen Burg herauskommen können. Erst jetzt fällt mir ein, daß das möglich war.

Kurrelgyre lächelte. „Wir leben, wir lernen. In der Nähe des Nebelfeldes brauchen wir in Zukunft keine Gefangenschaft mehr zu fürchten.“ Er blinzelte Stile zu. „Ihr seht blaß aus – riecht einmal hieran.“ Er brachte einen Zweig mit wenigen Blättern und einer dunkelgelben, vertrockneten Blüte zum Vorschein.

Stile roch daran. Augenblicklich fühlte er sich gestärkt. Kraft durchströmte seine Glieder. „Was ist das für ein Zeug?“

„Eisenhut.“

„Eisenhut? Ist das nicht ein Mittel gegen Werwölfe? Wie könnt Ihr...“

„Ich besitze nicht meine Wolfsgestalt. Sonst würde ich nicht daran riechen.“

„Oh.“ Stile erschien das nicht sehr einsichtig, aber jetzt, wo er sich plötzlich wieder so wohl fühlte, wollte er auch nicht streiten. „Etwas anderes“, fuhr er fort. „Sagtet Ihr nicht, daß die meisten Wesen in beiden Sphären existieren? Es gibt etwa fünftausend protonische Bürger und zehnmal so viele Leibeigene und zahllose Roboter, Androiden, Kyborgs und Tiere – aber hier auf Phaze habe ich weder viele Menschen noch viele Tiere gesehen.“

„Es gibt hier mindestens so viele Menschen wie auf Proton und dazu die Völker der Werwölfe, Einhörner, Vampire, Dämonen und anderen Ungeheuer. Aber zwei Dinge dürft Ihr nicht vergessen: Erstens sind wir nicht auf die Kuppeln angewiesen. Uns steht der gesamte Planet zur Verfügung – viele Millionen Quadratmeilen. Somit...“

„Meilen?“ fragte Stile und versuchte, das Maß im Kopf umzurechnen, ohne daß es ihm gelang.

„Wir benutzen hier die archaischen Maße, wie Ihr es nennen würdet. Eine Quadratmeile entspricht etwa zweieinhalb Quadratkilometern, so daß...“

„Oh, ja, ich weiß. Mir ist gerade klargeworden... Archaische Maße – könnte davon in irgendeiner Weise die Magie beeinflußt werden? Ich meine, ich habe bei einem Zauberspruch die metrische Skala benutzt und keine Wirkung erzielt. Bevor ich der Magie abgeschworen habe.“

„Das könnte sein. Jeder Zauberspruch muß korrekt formuliert werden, und man kann ihn nur einmal verwenden. Deshalb zaubern selbst die Adepten nur selten. Sie horten ihre Zaubersprüche für zukünftige Gelegenheiten, wie die Bürger auf Proton Wohlstand horten. Darf ich nun mit meiner Erklärung fortfahren?"

„Oh, natürlich", sagte Stile verlegen, und Neysa gab ein musikalisches, heiteres Schnauben von sich. Stile preßte seine Beine gegen ihre Flanken: eine verborgene Umarmung. Er vergaß oft, daß sie jedes seiner Worte verstand.

„Somit gibt es sehr wenige Menschen im Vergleich zur Größe des bewohnbaren Gebietes, und viele große Regionen sind so gut wie unbewohnt. Ihr braucht also nicht überrascht zu sein, daß Ihr so wenigen Menschen begegnet seid. Der zweite Grund ist, daß viele Menschen hier nicht exakt die Gestalt ihres protonischen Selbst besitzen. Sie sind Vampire, Elfen, Zwerge..." Er verstummte.

Stile wünschte, er hätte es nicht getan. Er hatte fast den Eindruck gehabt, daß seine Größe in dieser Sphäre keine Rolle spielte. Ein närrischer Wunsch! „Ich habe mein Urteil niemals von der Körpergröße beeinflussen lassen", erklärte Stile. „Ein Zwerg ist trotzdem gewiß ein eigenständiges Individuum."

„Gewiß", stimmte Kurrelgyre zu. Jetzt war er an der Reihe, verlegen zu sein.

Sie befanden sich nun im Palast des Orakels. „Ich habe weniger als einen Tag zur Verfügung, dann muß ich nach Proton zurückkehren", sagte Stile

Neysa versteifte sich. „Zurückkehren?" fragte Kurrelgyre. „Wie ich es verstanden habe, warten dort keine Verpflichtungen auf Euch. Ihr seid doch nur durch das Nebelfeld gegangen, um aus dem Gefängnis des Schwarzen Adepten zu fliehen..."

„Ich habe dort eine Frau", antwortete Stile. „Sie hat mich während meiner Abwesenheit gedeckt. Ich habe mich bereiterklärt, am diesjährigen Turnier teilzunehmen, um ihr Schwierigkeiten zu ersparen. Deshalb ist es sehr wahrscheinlich, daß mein Aufenthalt auf Proton nur kurz sein wird."

„Das Turnier! Ihr glaubt, daß Ihr gewinnen werdet?"

„Das ist zweifelhaft", sagte Stile ernst. „Ich hatte vor, in zwei Jahren daran teilzunehmen, wenn einige hervorragende Spieler fort sind und ich mich auf dem Höhepunkt meiner Leistungsfähigkeit befinde – und selbst dann stünden die Chancen gegen mich. Es ist schwer, zehn oder zwölf aufeinanderfolgende Spiele gegen fähige Gegner zu gewinnen, und das Glück ist ein unberechenbarer Faktor. Ich würde meine Chancen mit eins zu zehn einschätzen, denn selbst im Kampf gegen einen schlechteren Spieler könnte ich einen schlechten Tag erwischen und verlieren."

Neysa tutete fragend. „Nun, eins zu zwölf", verbesserte sich Stile. „Ich wollte nicht prahlen."

„Die Stute wollte wissen, was Ihr unternehmen werdet, wenn Ihr das Turnier gewinnt", erläuterte der Werwolf. „Da Ihr dann ein Bürger mit ständiger Aufenthaltsgenehmigung werden würdet – es gäbe für Euch keinen Grund mehr, Proton zu verlassen."

Stile fragte sich flüchtig, wie der Werwolf das Einhorn so gut kennengelernt hatte, um ihre Töne nach nur einem Tag zu interpretieren. Vielleicht gab es eine natürliche Art der Verständigung zwischen Kreaturen, die ihre Gestalt verändern konnten. „Ein Bürger besitzt tatsächlich unbeschränkte Freiheit und Macht. Ich wäre nicht mehr gezwungen, mich zwischen den beiden Sphären zu entscheiden. Aber ich liebe Phaze – ich schätze, ich würde ohnehin soviel Zeit wie möglich hier verbringen. Viel hängt von meiner hiesigen Situation ab. Wenn sich herausstellt, daß ich ein bösartiges Wesen wie der Schwarze Adept bin, dann würde ich es vorziehen, von hier zu verschwinden." Dennoch hatte der Bürger, der das andere Selbst des Schwarzen Adepten war, keinen schlechten Eindruck gemacht; möglicherweise war es allein die absolute Macht, die korrumpierend wirkte – Macht, die die eines jeden Bürgers überstieg. Wie mochte ein Adept aussehen, der in beiden Sphären ansässig war und zwischen ihnen nach Gutdünken hin und her pendeln konnte?

„Eine ehrliche Antwort", nickte Kurrelgyre. „Wenn Ihr wegen eines Spiels binnen eines Tages zurückkehren müßt, dann ist allein der Gelbe Adept in Reichweite, sofern man auf Magie verzichtet. Wäre es nicht besser, die Suche aufzugeben und sich mit dem zu bescheiden, was Ihr im Moment habt?"

„Nicht, solange jemand versucht, mich hier zu töten. Diese Person muß wissen, wer ich bin. Wenn ich herausfinden kann, wer ich auf Proton bin, dann erfahre ich vielleicht mehr über die Identität meines Feindes. Dann werde ich darangehen, diese Welt für mich sicher zu machen. Ich nehme an, mein anderes Selbst hat auf derartige Vorkehrungen verzichtet."

„Ihr sprecht wie ein Werwolf", bemerkte Kurrelgyre bewundernd. Neysa seufzte. Sie schien nicht völlig mit dem einverstanden zu sein, aber sie erhob auch keine Einwände. Männer wollen eben Männer sein, verriet ihre Haltung.

„Neysa, ich möchte ehrlich zu dir sein", erklärte Stile aus dem Gefühl heraus, daß sie ihn falsch einschätzte. „Ich liebe Phaze, ich liebe dich – aber dies ist nicht meine Welt. Selbst wenn ich keiner

Bedrohung meines Lebens ausgesetzt wäre, könnte ich mich nicht dazu durchringen, für immer hierzubleiben. Ich müßte überzeugt sein, daß meine Anwesenheit hier dieser Welt auf die eine oder andere Art nützt oder daß hier eine Herausforderung auf mich wartet, die in Angriff zu nehmen sich lohnt. Etwas, das getan werden muß, das vielleicht nur ich erreichen kann. Falls in der anderen Sphäre meine Anwesenheit nützlicher oder die Herausforderung reizvoller wäre..."

Neysa gab ein weiteres musikalisches Schnauben von sich. „Sie fragt, ob Ihr Euch besser fühlen würdet, wenn sie Euch von Eurem Schwur entbindet", übersetzte der Werwolf.

Stile dachte nach. Er wußte, daß die Annahme dieses Angebots ihn auf subtile oder merkliche Weise von dem Einhorn entfremden würde. Nur sein Eid ermöglichte es ihr, auf der ursprünglichen Basis mit ihm zusammen zu bleiben. „Nein. Ich will nur wissen, wer ich bin. Wenn ich ohne Magie nicht überleben kann, ist es vielleicht das beste für mich, nicht hierzubleiben. Ich möchte nie so werden wie der Schwarze Adept. Ich brauche nur jemanden, der mich rechtzeitig mit einem Zauberspruch zurück in die andere Sphäre schickt, damit ich meine Verabredung einhalten kann. Danach werde ich wieder hierher zurückkommen, um mich um den nächsten Adepten zu kümmern. Auf die eine oder andere Art werde ich in beiden Sphären für klare Verhältnisse sorgen. Erst dann bin ich in der Lage, mich zu entscheiden, wo ich mich niederlasse."

„Ich werde für Euch den Zauberspruch formulieren", versprach Kurrelgyre. „Um offen zu sein, ehe ich Euch sinnlos einer neuen Gefahr aussetze, werde ich selbst den Gelben Adepten aufsuchen und Euch über die Ergebnisse meiner Nachforschungen informieren. Ich denke, ich kann jetzt erkennen, ob er Euch ähnlich ist, falls eine Ähnlichkeit besteht."

„Es gibt keinen Grund für Euch, daß Ihr um meinetwillen dieses Risiko auf Euch nehmt!" protestierte Stile.

„Es gibt keinen Grund für mich, Euch weiter mit meiner Gegenwart zu belästigen, wo die Stute doch mit Euch allein reden will." Und der Mann verwandelte sich in den Wolf, der in Richtung Norden davonhetzte.

„Verdammt, wenn ich anfange, andere für meine närrische Suche einzusetzen, wo wird das enden?" knurrte Stile. „Ich muß ihm folgen, ihn aufhalten..."

Aber der Wolf war bereits außer Reichweite, entfernte sich mit der für seine Art typischen Geschwindigkeit. Wahrscheinlich konnte Neysa ihn einholen, aber auch nur mit Schwierigkeiten. Stile wußte, daß Kurrelgyre glaubte, ihm einen Gefallen zu erweisen, indem er ihn vor dem Risiko bewahrte und ihm Gelegenheit gab, mit Neysa allein zu sein – aber Stile war nicht der Mann, der einen derartigen Gefallen gern akzeptierte. Es lag nicht daran, sagte er sich, daß Sheen ihn kurz vor dem Durchgang durch das Nebelfeld auf kunstvolle Weise sexuell befriedigt hatte. Ausschlaggebend für ihn war das Prinzip der Eigenverantwortung für die Dinge, die man tat.

Das Einhorn registrierte seine Stimmung. Sie setzte sich in Richtung Norden in Bewegung. „Danke, Neysa", sagte er. „Ich wußte, daß du verstehen würdest." Dann fügte er hinzu: „Wie bist du mit dem Wolf ausgekommen?"

Sie pfiff einen unverbindlichen Ton. „Ich freue mich, das zu hören", sagte Stile. Er beugte sich nach vorn und umarmte erneut ihren Hals.

Neysa ging in einen Galopp über. „Ich kann mir kein schöneres Leben vorstellen, als mit dir durch die Wildnis zu galoppieren", gestand Stile. „Das einzige, was ich vermisse..."

Sie pfiff musikalisch. „Ja, das ist es", sagte er. „Ich liebe Musik. Aber seit wir herausgefunden haben, daß die Musik mit meinen magischen Kräften verbunden ist, wage ich nicht mehr zu spielen."

Diesmal klang ihr Pfiff auffordernd. „Spiel!"

„Aber dann manifestiert sich die Magie", protestierte er. „Ich habe nicht die Absicht, meinen Eid zu brechen. Ich habe ein wenig gespielt, als ich allein in der Schwarzen Burg war, aber jetzt bin ich nicht allein, und ich möchte nicht, daß du böse auf mich wirst."

„Spiel", wiederholte sie heftig.

„Nun gut. Keine Zaubersprüche, nur Musik." Er holte seine Mundharmonika hervor und improvisierte eine Melodie zum Takt ihrer Hufe. Sie spielte eine Harmonie mit ihrem Horn. Das Duett war lieblich. Die Magie sammelte sich, begleitete sie, aber jetzt, wo er Bescheid wußte, war er nicht beunruhigt. Solange er sie nicht beschwor, blieb sie lediglich ein neutrales Potential – und er würde keine Beschwörungen formulieren.

Er spielte eine Stunde lang, und sein Geschick im Umgang mit dem Instrument wuchs. Er entwickelte ein Gefühl für die Mundharmonika, und er spielte besser als je zuvor in seinem Leben. Ein einzigartiges Vergnügen!

Neysa hob den Kopf, schnüffelte in den Wind. Sie machte einen irritierten Eindruck.

„Was ist?“ fragte Stile und verstaute seine Mundharmonika in der Tasche.

Das Einhorn schüttelte unsicher den Kopf. Es wurde langsamer und wandte sich hierhin und dorthin, als ob es nach etwas suchte. Dann orientierte es sich – wonach auch immer – und galoppierte weiter in Richtung Norden. Aber seine Bewegungen hatten etwas Beunruhigendes an sich; seine Gangart wirkte unnatürlich.

„Ist mit dir alles in Ordnung?“ fragte Stile besorgt.

Neysa antwortete nicht, und so griff er wieder nach seiner Mundharmonika und spielte. Aber sofort pfiff sie einen barschen, zurechtweisenden Ton. Er verstummte, verbarg seine verletzten Gefühle.

Stile dachte, sie würde sich nach einer Weile wieder entspannen, aber dem war nicht so. Statt dessen wurde ihre Gangart noch mechanischer, ganz im Gegensatz zu ihrer sonstigen Art.

„Neysa, ich frage dich erneut – ist mit dir alles in Ordnung?“

Sie ignorierte ihn. Offenbar befand sie sich in Trance.

Alarmiert zupfte Stile an ihrer Mähne. „Irgend etwas stimmt nicht. Ich muß darauf bestehen...“

Sie senkte den Kopf und bockte. Die Bewegung traf Stile unvorbereitet, aber er war ein zu erfahrener Reiter, um sich abwerfen zu lassen. Er blieb auf ihrem Rücken und glitt dann, als sie ihre seltsame Gangart wieder aufnehmen wollte, zu Boden. „Neysa, zweifellos bist du besessen. Ich weiß nicht, was es ist – aber da wir uns dem Sitz des Gelben Adepten nähern, vermute ich, daß er dafür verantwortlich ist. Aus irgendwelchen Gründen beeinflußt mich der Bann nicht. Gib mir deine Strümpfe, und ich werde dich in dieser Verkleidung begleiten.“

Sie blieb stehen, wedelte verärgert mit dem Schweif und ließ zu, daß er von ihren Hinterläufen die weißen Strümpfe abstreifte. Dann trottete sie weiter.

Stile zog die Strümpfe an und lief an ihrer Seite, ahmte ihren Gang nach. Wenn etwas Einhörner zu sich rief, dann wollte er einem derartigen Opfer so ähnlich wie möglich sehen – bis er die Situation besser verstand. Der Eisenhut, an dem er gerochen hatte, verlieh ihm noch immer Kraft. Er war auf alles vorbereitet, und von der Schwäche, die Hunger und Durst in ihm hinterlassen hatten, gab es keine Spur mehr. Falls Neysa einem Zauberspruch des Gelben Adepten zum Opfer gefallen war...

Bald kam das Anwesen des Adepten in Sicht. Natürlich war es gelb. Der Sand war gelb, türmte sich zu gelben Dünen auf, und die

Sonne schickte gelbe Strahlen durch den gelben Nebel, der aus der Ferne den Hauptteil des Anwesens vor den Blicken verbarg. Neysa lief direkt in den Nebel hinein.

Dann ragte das Anwesen des Adepten vor ihnen auf. Es erinnerte an eine altersschwache Jagdhütte mit einem halb eingesackten Dach, zersplitterten Fenstern und Unkraut, das die Wände dicht überwuchert hatte. Hier und dort sahen gelbe Blumen hervor – Butterblumen, Sonnenblumen, eine schmutziggelbe Rose. Hinter dem Haus befand sich ein großer schmiedeeiserner Zaun von rostigem Gelb, an dem sich kränklich wirkender wilder Wein mit gelblichen Blättern hochrankte. Geruch schlug ihnen von diesem Zaun entgegen – Tierdung und faulende Vegetation. Ländlich, aber schwerlich angenehm.

Neysa näherte sich unbeirrt dem Haus, und Stile blieb keine andere Wahl, als ihr zu folgen. Bereits jetzt mochte er den Gelben Adepten nicht und hoffte perverserweise, daß der Zauberer lebte – um so sicher zu sein, daß er nicht Stiles alternatives Selbst war. Diesmal würde er nicht so närrisch sein und den Adepten offen herausfordern – er würde nur einen Blick auf ihn werfen und dann rasch verschwinden.

Allerdings gab es zwei Probleme. Zunächst Neysa – sie war auf irgendeine Weise hypnotisiert worden, und gewiß steckte keine gute Absicht dahinter, und er mußte sie von diesem Bann befreien. Zweitens Kurrelgyre. Der Wolf hatte inzwischen genug Zeit gehabt, das Anwesen zu betreten und wieder zu verlassen, was er aber offenbar nicht getan hatte, und das deutete darauf hin, daß auch er in den Bann des Lockzaubers geraten war. Stile würde sich davon überzeugen und dann entsprechend handeln müssen. Keine leichte Aufgabe.

Neysa steuerte direkt auf die Vordertür zu, die schief in den rostigen Angeln hing. Sie trat ein. Stile hielt sich dicht hinter ihr. Sie schritten durch einen staubigen Korridor, bogen um eine Ecke – und ein Gitter fiel von der Decke, trennte sie.

O nein! Nicht schon wieder! Stile wich zurück – aber ein zweites Gitter schnitt ihm den Rückweg ab. Dieser Teil des Korridors hatte sich in einen Käfig verwandelt.

Ein kreischendes, in den Ohren schmerzendes Gelächter ertönte. „Hihi! Zwei! Zwei hübsche Einhörner, so bald nach dem Wolf! Was für ein herrlicher Tag! Hol sie heraus, Corey, Schatz! Laß uns unsere Beute begutachten!“

Etwas Großes stampfte um die Ecke am anderen Ende des Korridors. Neysas Käfig setzte sich in Bewegung. Etwas zog ihn mühelos hinter sich her.

Nach einiger Zeit näherte sich das Wesen Stiles Käfig. Es war das Hinterteil eines rosa Elefanten. Der kurze Schwanz legte sich um die Gitterstäbe. Dann marschierte die Kreatur los, zog den Käfig hinter sich her.

Stile überlegte, ob er sein Schwert durch die Gitterstäbe schieben und dem fetten Elefanten in das rosa Hinterteil stechen oder den Schwanz mit seinem Messer abschneiden sollte. Aber dies würde ihn nicht aus dem Käfig befreien und konnte den Elefanten wütend machen, ohne ihn ernsthaft verletzt zu haben. Besser, er wartete ab.

Einen Moment später gelangten sie auf einen umzäunten Hof. Überall standen Käfige. Der Anblick erinnerte an einen archaischen Zoo. Stile entdeckte einen Greif mit dem Körper eines Löwen und dem Kopf und den Schwingen eines Adlers, der in dem ihm direkt gegenüberliegenden Käfig hockte. Dies war kein stolzes heraldisches Ungeheuer, sondern ein trauriges, erbarmungswürdiges, schmutziges Geschöpf, dessen Schwingen nach unten hingen und dessen Augen glasig wirkten. Kein Wunder – der Käfig war zu klein, als daß es seine Schwingen ausbreiten konnte, und seine Exkremente bedeckten den Käfigboden. Kein Wunder, daß Federkleid und Fell verdreckt waren, kein Wunder, daß es stank!

Dann fiel Stiles Blick auf die Besitzerin dieses Zoos, eine alte Frau in einem verblichenen gelben Gewand, mit strähnigem gelbem Haar und gelblichem Teint. Eine Hexe im wahrsten Sinne des Wortes.

„Was für ein liebliches kleines Exemplar!“ krächzte die Hexe und trippelte um Neysas Käfig herum. Neysa schien aus ihrer Trance zu erwachen. Ihre Ohren richteten sich auf, und dann, als die Vettel näher kam, legte sie sie angewidert zurück.

„Und dieses hier“, fuhr die Adeptin fort und betrachtete Stile. „Ein weißer Hengst! Was für einen hübschen Preis wirst du mir einbringen, mein Süßer!“ Sie umkreiste den Käfig und begutachtete seinen Phantomkörper mit berechnenden Blicken. „Ja, in der Tat, mein Teurer! Weiß erbringt auf dem Markt ein hübsches Sümmchen! Ich muß sofort Krähenfuß mit den Neuigkeiten losschicken!“ Sie schlurfte in das Haus.

Stile lenkte seine Aufmerksamkeit wieder auf die anderen Gefangenen. Hinter Neysa war Kurrelgyre, und der Wolf sah ihn an und nickte dann bedächtig. Sie befanden sich in Schwierigkeiten!

In den anderen Käfigen befanden sich eine kleine Sphinx, ein dreiköpfiger Hund, eine Sirene und eine Anzahl von Kreaturen, die Stile nicht klassifizieren konnte. Alle waren schmutzig und zerzaust. Die Hexe schien sich weder richtig um sie zu kümmern noch sich die Mühe zu machen, die Käfige zu säubern. Sie fütterte sie, wie die Teller mit Essen und Wasser in jedem Käfig bewiesen – aber mehrere dieser Näpfe waren umgeworfen und nach draußen geschleudert worden, ohne daß die Gefangenen die Nahrung angerührt hatten.

Stile untersuchte seinen eigenen Käfig. Die Gitterstäbe waren gelblich wie alles andere an diesem Ort und wirkten glitschig. Es war, als ob das Metall mit einer Art Schmiere eingerieben worden war, in dem vergeblichen Versuch, ihm einen goldenen Farbton zu verleihen. Er versuchte, einen der Gitterstäbe aus der Verankerung zu lösen, aber er saß so unverrückbar fest wie geschweißter Stahl. Die Tür war verriegelt.

Dennoch, die Stäbe standen relativ weit auseinander, und er war klein. Wenn er sich dünn machte, mochte es ihm gelingen, sich zwischen ihnen hindurchzuquetschen. Stile suchte nach dem längsten und breitesten Zwischenraum im Gitterdach, zog dann sein Schwert und benutzte es vorsichtig als Hebel. Er wollte die Waffe nicht zerbrechen, und er wußte nicht, wie stabil sie war. Aber er erzielte keinen Erfolg und mußte das Schwert wieder fortstecken. Statt dessen sprang er hoch, stemmte die Füße gegen einen der Gitterstäbe, klammerte sich mit den Händen an den nächsten und zog, als müsse er eine schwere Last heben. Langsam, widerstrebend, bogen sich die Stäbe auseinander, während er zog und keuchte. Als seine Muskeln zu schmerzen begannen, hatte er den Zwischenraum nur leicht verbreitert – aber vielleicht genügte es.

Er ließ sich wieder auf den Käfigboden fallen – und stellte fest, daß sich die allgemeine Aufmerksamkeit ihm zugewandt hatte. Er war noch immer als Einhorn verkleidet – das mußte ein seltsamer Anblick gewesen sein: ein pferdeähnliches Geschöpf, das sich an die Gitterstäbe der Decke klammerte!

Aber er durfte sich von einem derartigen Interesse nicht aufhalten lassen. Bald mußte die Hexe zurückkehren. Wenn er etwas unternehmen wollte, dann mußte er schnell handeln.

Stile zog sich hoch, schob seine Füße zwischen die auseinandergebogenen Gitterstäbe und stemmte seinen Körper hinauf und hindurch. Zuletzt kam sein Kopf. Er schürfte sich die Ohren ab, aber dann war er hindurch.

Lautlos kletterte er nach unten, während die gefangenen Tiere die Verrenkungen des erstaunlichen Einhorns verfolgten. Sie hatten nicht vor, ihn an die Hexe zu verraten! Die Verschwörung des Schweigens war die einzige Waffe, die sie besaßen.

Stile begab sich zu Kurrelgyres Käfig. „Ich brauche rasch einen Rat“, sagte er. „Wie kann ich Euch und Neysa und die anderen befreien? Die großen Gitterstäbe sind zu stark für mich.“

Der Werwolf nahm seine menschliche Gestalt an, die zu groß war, um sich zwischen den Stäben hindurchzuschieben. „Ihr könnt Euch wegen Eurer Größe glücklich schätzen“, brummte er. „Nur Neysa könnte das tun, was Ihr getan habt – und der Trank hat ihren Willen gelähmt, so daß sie ihre Gestalt nicht verändern kann. Mein Eisenhut könnte ihr vielleicht helfen – aber ich wage es nicht, ihn ihr zu geben, solange sie ihre Tiergestalt besitzt. Wir sind in einer ausweglosen Lage. Rettet Euch – Ihr könnt uns nicht befreien.“

„Wenn ich gehe, dann nur, um Euch zu helfen – so wie Ihr es für mich getan habt. Kann ich die Hexe überwältigen?“

„Nur, wenn Ihr sie überrascht und sofort mit dem Schwert tötet. Sonst wird sie Euch mit einem Bann belegen und Euch vernichten.“

„Ich möchte sie nicht töten“, erwidert Stile. „Mord ist nicht die richtige Lösung für ein Problem. Ich will sie nur neutralisieren und diese armen Gefangenen befreien.“

Kurrelgyre schüttelte den Kopf. „Ihr könnt keinen Adepten ohne Magie besiegen.“

„Nein. Mein Schwur...“

„Ja. Als Ihr Euren Eid nicht gebrochen habt, obwohl dies Euch aus der Schwarzen Burg befreit hätte, da wußte ich, daß Ihr Euer Wort haltet. Ich erwarte nicht, daß Ihr Euch hier in der Gelben Burg anders verhaltet. Aber nun ist es nicht Euer Leben, das auf dem Spiel steht, sondern Neysas. Die Hexe wird sie an einen anderen Adepten verkaufen...“

„Warum zaubern sich die Adepten nicht selbst ihre Geschöpfe herbei, statt sie zu kaufen?“

„Weil manche Zaubersprüche komplizierter sind als andere. Ein Adept kann ein Dutzend Ungeheuer mit einer einzigen Beschwörungsformel herbeizaubern und braucht sich weniger anzustrengen, wenn er ein lebendes Geschöpf als Vorlage benutzt. So fangen sie Kreaturen und sperren sie in Käfige ein, um bei Bedarf...“

„Ich verstehe. Ein Adept zu sein bedeutet, daß man Kerker errichtet, in denen andere dahinsiechen – und die Gelbe Adeptin beschafft die nötigen Tiere. Ich würde sogar sagen, daß sie wilde Hühner einfängt und die Eier an den Schwarzen Adepten verkauft; irgendwoher muß er ja seine Nahrung bekommen. Vielleicht bezahlt er sie, indem er aus schwarzen Schnüren stabile Käfige baut, die sie gelb anstreicht. Wie verzaubert sie die unglückseligen Opfer? Neysa scheint in einer Art Trance zu sein."

„Die Magie Gelbs wirkt durch Zaubertränke, wie ich inzwischen herausgefunden habe. Sie kocht sie in einem großen Kessel, und die Dünste hypnotisieren Tiere und locken sie hierher, wo sie eingesperrt werden. Sie könnte auch Menschen verzaubern, aber sie wagt es nicht, damit sich die Menschen nicht gegen sie zusammenschließen und sie vernichten. Hätte ich meine Manngestalt oder Neysa ihre Mädchengestalt besessen..."

„Ja." Stile ging zu Neysa. „Willst du mich von meinem Eid entbinden, damit ich dich mit einem Zauberspruch befreien kann? Ich fürchte das Schicksal, das dir in den Händen der Hexe droht."

Neysa, betäubt von dem verzaubernden Trank, war nicht betäubt genug, um ihre Abneigung gegen die Magie der Adepten zu vergessen. Sie schüttelte den Kopf: nein. Sie wollte sich nicht von einer derartigen Zauberkraft befreien lassen.

„Sag", bat Stile in einem erneuten Versuch, „du kannst dich in ein Glühwürmchen verwandeln, und diese Gitterstäbe sind nicht in der Lage..."

Aber Neysas Augen waren halb geschlossen, und ihr Kopf hing nach unten. Die Willensanstrengung, derer es für eine derartige Transformation bedurfte, lag außerhalb ihrer derzeitigen Möglichkeiten.

„Oder wenn du deine menschliche Gestalt annehmen könntest, dürfte dich der Trank nicht mehr beeinflussen..."

Aus einem der anderen Käfige drang ein Knurren. Kurrelgyre sah sich nervös um. „Horcht! Die Hexe kommt!"

Stile sprang zum Käfig des Werwolfs und zog, einer Eingebung folgend, seine Strümpfe aus. „Streift sie über!" flüsterte er und schob sie zwischen den Stäben von Kurrelgyres Käfig hindurch. „Und nehmt auch das." Er reichte ihm sein Schwert samt Scheide. „Sie wird glauben..."

„Richtig." Einen Moment später formte sich das weiße Einhorn heraus. Das Schwert wurde von dem Illusionsbild verborgen. „Vergeßt nicht: Ihr dürft von dem, was sie Euch anbietet, weder etwas essen noch trinken, denn die Tränke..."

„Oh, oh! Hat Neysa etwas getrunken?"

Aber die Gelbe Adeptin erschien, bevor der Werwolf antworten konnte. Allerdings wußte Stile auch so Bescheid. Wie alle Rösser trank Neysa viel, wenn sie die Gelegenheit dazu erhielt, und unter dem Einfluß der verzaubernden Dämpfe hatte sie möglicherweise automatisch damit weitergemacht. Das erklärte, warum sie sich nicht ernsthaft bemüht hatte, sich zu retten. Das erklärte außerdem, warum sich hier die klügeren Tiere weigerten zu essen. Kurrelgyre war der Falle entgangen und besaß noch seinen eigenen Willen. Aber die Situation all dieser Tiere blieb trostlos, denn offenbar verfügte keines von ihnen über die Kraft, aus den stabilen Käfigen auszubrechen. Vermutlich hatten sie nur die Alternative, zu essen oder zu verhungern. Keine angenehme Wahl – seine Gefangenschaft in der Schwarzen Burg war Stile noch deutlich im Gedächtnis.

Stile blieb nicht untätig während dieser Erkenntnis. Er duckte sich hinter dem Käfig des Werwolfs, versuchte sich zu verstecken. Er wußte, daß es töricht von ihm war, der Hexe mit Skrupeln zu begegnen – offensichtlich besaß sie keine derartigen Bedenken und würde ihn freudig vernichten. Aber er konnte kein menschliches Wesen erbarmungslos umbringen. Genauso wie ihn sein Eid verpflichtete, keine Magie zu benutzen, verpflichtete ihn seine zivilisierte Herkunft, Menschenleben zu schonen. Dämonen und Ungeheuer konnte er töten, aber Menschen nicht.

„Argh!" kreischte Gelb und sprach das Wort genauso aus, wie es buchstabiert wurde. „Der Käfig ist leer! Der wertvolle weiße 'hornhengst!" Aber dann stellte sie fest, daß die Situation weit beruhigender war. „Nein, der Hengst ist noch da. Der Wolf ist verschwunden. Ich könnte schwören, daß dieser Käfig..." Sie sah sich auf dem Hof um. „Corey, Schätzchen!" schrie sie. „Hast du die Käfige verschoben?"

Stile beobachtete den rosa Elefanten. Die Kreatur hatte den Vorfall verfolgt – auf welcher Seite stand sie? Falls sie die Wahrheit sagte...

Der Elefant watschelte an den Käfigen vorbei auf die Hexe zu. Plötzlich fuhr sein Rüssel herum, packte Stile am Hemdsaum und zog ihn ins Freie. Er trompetete.

„Nun, also, Schätzchen!" rief die Vettel und kratzte geistesabwesend eine Warze auf ihrer Nase. „Also war es ein Werwolf! Hat seine Menschengestalt angenommen und ist aus dem Käfig geschlüpft."

Der Elefant quiekte und versuchte, sie auf ihren Irrtum aufmerksam zu machen.

„Oh, halt's Maul, Corey, Schätzchen", fauchte sie. „Was machen wir mit dem Werwolf? Ich habe im Augenblick keinen Käfig, der klein genug ist. Er ist ganz schön winzig." Sie betrachtete Stile, der vor ihr in der Luft hing, aus der Nähe. „Aber gesund und recht gutaussehend, mein Liebling. Vielleicht ist er etwas für meine Tochter. Halt ihn einen Moment noch fest, mein Zuckerpüppchen; ich werde die Dirne nach draußen schicken."

Der rosa Elefant kicherte. Die Ungeheuer in den Käfigen tauschten verwirrte Blicke aus. Offenbar war dies das erstemal, daß Gelb ihre Tochter erwähnte. Was für eine Art Schlampe mochte sie wohl sein? Währenddessen humpelte die Vettel rasch auf das Haus zu.

Stile dachte daran, sich herumzuwerfen und am Rüssel des Elefanten hinaufzuklettern. Aber die Kreatur war außerordentlich groß und stark und nicht dumm: Sie konnte ihn gegen einen Baum schmettern. Hätte er sein Schwert behalten – aber es wäre deutlich sichtbar gewesen und hätte ihn gezwungen, es zu benutzen, um sich zu verteidigen. Es war besser, mehr oder weniger hilflos zu erscheinen, um nicht von einem Zaubertrank betäubt zu werden.

Er sah sich um, und aus dieser Höhe konnte er seine Umgebung besser erkennen. Jenseits des Palisadenzaunes verhüllte der gelbe Nebel alles. Es war, als ob der Rest der Welt nicht existieren würde. Zweifellos war dies die Art, die der Adeptin gefiel. Sie besaß eine kleine, nebelverhüllte Welt für sich allein, in die kein Mensch einzudringen wagte. Fühlte sie sich einsam? Wahrscheinlich nicht einsamer als eine Person ihres Aussehens sich inmitten einer ausgelassenen Gesellschaft fühlen würde. Wer würde sich schon zu ihr gesellen wollen? Stile, als ein Mensch, der sein ganzes Leben lang unter der inhärenten Diskriminierung der Größe gelitten hatte, konnte die Hexe nicht vollständig dafür verurteilen, daß sie auf die Diskriminierung ihres Aussehens reagierte. Dennoch durfte er nicht zulassen, daß sie seine Freunde mißbrauchte oder weiter unschuldige Tiere mißhandelte.

Er bemerkte etwas – ein Glitzern im Nebel außerhalb des Hofes. Ein mattes Feld...

Das Nebelfeld! Existierte es auch hier? Das Ding schien sich wie eine gigantische Schlange über ganz Phaze zu erstrecken. Konnte es ihm die Flucht ermöglichen, wie schon zuvor?

Nein, es gab zwei Probleme. Das Nebelfeld war außer Reichweite, da es jenseits der Palisade lag. Und Neysa konnte es nicht benutzen. Oder sie würde es nicht – er war nicht sicher, was zutraf.

Also stellte es mehr eine quälende Verlockung dar, keinen gangbaren Ausweg. Das beste war, zu warten und festzustellen, was die Tochter der Hexe vorhatte. Wahrscheinlich war sie ein hausbackenes Mauerblümchen, auf das ihre verrückte Mutter die Aufmerksamkeit eines jeden passend erscheinenden Mannes lenkte.

Sie kam heraus. Sie war überwältigend. Ihr blondes, volles Haar reichte ihr bis zur Hüfte, ihre Hände und Füße waren zierlich und ihr Teint von einem leuchtenden Goldbronzeton. Sie besaß eine Figur, die einen Künstler in Verzückung versetzen konnte, und ihre sekundären Geschlechtsmerkmale waren sehr ausgeprägt. Ihre Augen waren so groß, daß sie sie wie eine Puppe erscheinen ließen – aber was für eine Puppe!

Junge Hexen, so schien es, besaßen andere Trümpfe als die Magie.

„Corey, Liebling, laß diesen Mann sofort zu Boden!“ rief das Mädchen, als sie Stile entdeckte. Ihre Stimme war, trotz ihres energischen Klangs, lieblich. Alles in allem war sie so schön, wie ihre Mutter häßlich war.

Corey, der Liebling, setzte Stile auf dem Boden ab, blieb aber wachsam in der Nähe. Stile strich seine Kleidung glatt und lockerte seine Schultern – es war nicht gerade bequem gewesen, die ganze Zeit über in der Luft zu hängen. „Ich glaube nicht, daß wir uns kennen“, sagte er.

Sie kicherte albern. „Hihi. Ich bin Gelblinchen. Meiner Treu, was seid Ihr ein stattlicher Wolf.“

„Ich bin ein Mann“, erklärte Stile.

Sie sah an ihm hinunter. Das war der einzige Fehler, den er an ihr feststellen konnte: Sie war einige Zentimeter – zwei Zoll in dieser Sphäre – größer als er. „Auch das. Küß mich, mein Süßer.“

Neysa in ihrem Käfig hatte sich genug erholt, um ein musikalisches Schnauben des Erkennens von sich zu geben. Plötzlich hatte Stile einen Verdacht, warum der rosa Elefant die Ankündigung dieser Begegnung so spaßig gefunden hatte und warum den eingesperrten Tieren die Tochter der Hexe bisher unbekannt geblieben war. Was würde eine einsame alte Vettel mit einem hübschen, wenn auch kleinen Mann anstellen, wenn sie einen Zaubertrank für jede Gelegenheit besaß? Ihn betäuben – oder selbst einen speziellen Zaubertrank zu sich nehmen? „Nicht vor diesen Ungeheuern“, sagte er.

„Was spielen sie für eine Rolle, mein Liebster? Sie können nicht entkommen.“

„Ich liebe die Abgeschiedenheit", entgegnete er. „Gehen wir nach draußen – und kommen wir später zurück, so wie zuvor." Er warf Neysa einen bedeutungsvollen Blick zu und hoffte, daß die Wirkung der Droge inzwischen so weit nachgelassen hatte, daß sie wieder klar denken konnte. „So wie zuvor."

Gelblinchen wölbte die hellen Augenbrauen. „Ihr kennt dieses Einhorn, Werwolf?"

„Ich bin kein Werwolf", sagte er, obwohl er wußte, daß sie ihm nicht glauben würde. „Ich kenne sie. Sie ist eine eifersüchtige Stute."

„So? Nun, in ein paar Tagen wird sie fort sein. Es gibt einen großen Markt für Einhörner, da sie schwer zu fangen sind. Ihre Hörner und Hufe sind begehrt als Musikinstrumente und Feuerstein, ihr Dung ist ausgezeichneter Kompost für magische Pflanzen, und ihr Fell besitzt antimagische Kräfte."

Stile durchlief ein häßliches Schaudern. „Diese Tiere werden geschlachtet?"

„Einige schon, mein Augenstern. Einige taugen nicht einmal dafür. Die schwarze Stute wäre ein wundervolles Schmuckstück für einen Park, wäre ihre Färbung nicht so unmöglich und sie nicht zu klein. Im Gegensatz dazu ist der weiße Hengst ein Prachtexemplar; der Weiße Adept wird ihn wahrscheinlich für seine Drachenkämpfe in der Arena einsetzen."

Gut, daß sie nicht ahnte, daß das weiße Einhorn ein Schwindel war! „Was geschieht mit den absolut unnützen Tieren?"

„Ich lasse Corey, das Schätzchen, die wertlosen heraussuchen und durch das Nebelfeld werfen." Die Hexe gab sich keine Mühe mehr, ihre Identität zu verbergen, da er sie zu akzeptieren schien. Sie war offenbar der Meinung, daß es den Männern nur um ihre äußere Erscheinungsform ging – und Stile vermutete, daß diese Meinung gar nicht so falsch war. Er unterhielt bereits eine Beziehung zu einer Maschine, die wie eine Frau aussah, und zu einem Einhorn, das ebenfalls wie eine Frau aussah. Wie wäre es mit einer alten Frau, die wie eine junge Frau aussah? Gelb war in dieser Gestalt zweifellos weit angenehmer als in der anderen.

„Ihr wißt über das Nebelfeld Bescheid?" fragte er nach einem überraschten Moment des Schweigens.

„Ihr nicht? Jenseits des Feldes liegt eine andere Welt, eine Wüste. Ein Trank befördert die Tiere hinüber; sie kehren nie zurück. Ich habe nicht das Herz, sie zu töten, und ich wage es nicht, sie in dieser Welt frei herumlaufen zu lassen, damit sie nicht ganze Horden ihrer Artgenossen um sich sammeln und aus Rache meinen Besitz zerstören, und falls sie in der anderen Welt überleben, so mißgönne ich es ihnen nicht."

Also war sie nicht herzlos, nur ein Opfer der Umstände. Bis zu einem gewissen Grad. Dennoch schien die Vermutung angebracht, daß sie bis jetzt erst teilweise von der Macht korrumpiert war.

Wieviel sollte er ihr verraten? Stile verabscheute Lügen und selbst Halbwahrheiten. „Ich komme von dieser Welt."

„Ihr seid ein Sphärenreisender? Ein echter Mensch?" Sie war beunruhigt.

„Das bin ich. Ihr habt fälschlicherweise geglaubt, ich sei ein Werwolf."

„Ich will nichts mit echten Menschen zu tun haben!" sagte sie nervös. „Das führt nur ins Unglück!"

„Ich bin nur gekommen, um mir über Eure Identität klarzuwerden. Jetzt trachte ich nur danach, Eure Gefangenen zu befreien und mit meinen Freunden fortzuwandern. Ich habe keinen inhärenten Streit mit Euch, aber falls Ihr mein Leben oder das meiner Freunde bedroht..."

Im Korridor drehte sie sich zu ihm um. Sie war wunderschön. „Ich führe nichts Übles gegen Euch im Schilde, mein hübscher Knirps. Tändelt eine Zeitlang mit einer einsamen Frau herum, und Eure Freunde werden mit Euch in Freiheit davonziehen können."

Stile dachte nach. „Ich glaube nicht, daß es mir freisteht, auf Eure Wünsche einzugehen."

Sie runzelte die Stirn. „Euer Spielraum, was das Handeln betrifft, scheint sehr begrenzt zu sein, Süßer."

„Vielleicht. Mein Freund drängte mich, Euch ohne Vorwarnung zu töten, aber auch danach stand mir nicht der Sinn."

„Oh? Das sollten wir einer Prüfung unterziehen." Sie führte ihn in den Hauptraum des Hauses. Regale säumten die Wände und waren voller Flaschen: eine Reihe nach der anderen, alle staubbedeckt. In der Mitte brodelte ein großer Kochkessel, dessen Dünste durch eine zerbrochene Fensterscheibe abzogen. Die war offensichtlich die Quelle des verzaubernden Duftes, eine unablässig dampfende Kräuterbrühe.

„All diese Flaschen – Tränke für verschiedene Zaubersprüche?" fragte er beeindruckt.

„Alle. Ich kann jeden Trank nur einmal brühen und nur einmal benutzen, so bewahre ich sie sorgfältig auf. Es ist nicht leicht, ein Adept zu sein – es erfordert viel Phantasie und Fleiß. Für jedes

Unsichtbarkeitselixier, das ich mische, muß ich eine neue Formel erfinden – und für jeden Verjüngungstrank."

Stile betrachtete erneut ihre Figur. Was für einen Trank mußte sie zu sich genommen haben! „Ihr habt wirklich so in Eurer Jugend ausgesehen?"

„Wirklich, mein Liebling. Oder der Unterschied ist so gering, daß er keine Bedeutung besitzt. Haar- und Hautton differieren von Mischung zu Mischung, und manchmal wird die Brühe zu stark, daß ich mich zurück in ein Kind verwandle. Aber meine Jugend liegt schon sehr lange zurück, mein Herzblatt, und selbst der beste Trank hält nicht mehr als eine Stunde an. Schaut – ich habe nur noch drei von diesen Elixieren übrig." Sie deutete auf ein halbleeres Regal, auf dem drei Flaschen standen. „Ich habe ein Viertel meines Vorrats für nur eine Stunde mit Euch verschwendet. Betrachtet dies als Schmeichelei, wenn Ihr wollt."

„Wahrlich schmeichelhaft", sagte er. „Ich habe Euch in Eurer natürlichen Gestalt gesehen. Aber nicht das hält mich zurück. Ich habe andere Verpflichtungen." Er überlegte kurz. „Ihr hieltet mich zuvor für einen Werwolf. Vielleicht ist der richtige Werwolf an dem Rest Eurer Stunde interessiert, falls Ihr ihm anbietet, ihm danach die Freiheit zu schenken."

Gelb griff nach einer Flasche. „Ihr seid sehr redegewandt, geliebter Mann. Mir fällt es schwer, Euch zu trauen. Falls Ihr Euch als Lügner erweist, wird es Euch wahrhaftig schlecht ergehen – *und* Euren Freunden." Sie zog den Korken heraus. Stile wich alarmiert zurück, aber sie goß die Flüssigkeit über eine Statuette, nicht über ihn.

Die Figur wuchs rasch zu einem Dämon heran. „Ihr habt mich gerufen, Hexe?" grollte er, während seine kleinen roten Augen umherwanderten und hell glühten. Dann begriff er, was geschehen war. Bewundernd spitzte er die Lippen. „Seit sechshundert Jahren habe ich nichts Vergleichbares gesehen! Aber Ihr braucht Euch für mich nicht hübsch zu machen, Hexe."

„Es geschah nicht für Euch", fauchte sie. „Sagt mir die Wahrheit, Zebub. Warum ist dieser Mann hierhergekommen, und wer ist er?"

Der Dämon sah in Stiles Richtung. „Diesmal seid Ihr ein Opfer Eurer eigenen Paranoia, Vettel. Er ist für Euch harmlos. Obwohl das auf bestimmte andere nicht zutrifft." Der Dämon lächelte verstohlen.

„Er hat wirklich nicht vorgehabt, mich zu töten?"

„So ist es. Er sucht nur seine eigene Identität, und so ist er mit dem Werwolf und dem Einhorn zu Euch gekommen, um herauszufinden, ob Ihr er seid."

Gelb brach in ein meckerndes Gelächter aus. „Ich! Was für eine Art Narr ist er denn?"

„Er ist kein Narr. Ihm fehlen Informationen über die Natur der Adepten. Das Orakel hat ihm geraten, sich selbst zu erkennen, und so zieht er umher, um festzustellen, ob er einer von Euch ist. Er wurde durch Schwarz gefangengenommen, und nur das Nebelfeld ermöglichte ihm die Flucht. Er stammt aus dieser anderen Welt."

Stile wurde von einem erneuten Schaudern überwältigt. Dieses Ungeheuer wußte wirklich Bescheid!

„Was veranlaßt ihn zu der Überzeugung, daß er ein Adept ist?" fragte Gelb.

„Er *ist* ein Adept, o senile Teure."

Gelb sprang zurück und stieß fast einige der Flaschen auf den Wandregalen um. „Nicht nur ein Mensch, sondern obendrein auch noch ein Adept! Oh, was für ein unglückseliges Schicksal hat mich dazu verleitet, ihn gefangenzunehmen! Wer ist er?"

„Er ist Stile, ein Leibeigener von Proton, der anderen Sphäre, und der Tod seines Phaze-Selbst erlaubt es ihm, das Nebelfeld zu passieren."

„Idiot! Ich meinte, welcher Adept ist er?"

Der Dämon sah finster drein. „Das ist eine kostbare Information, die ich..."

„Verschweigt mir nichts, Höllengeborener!" kreischte Gelb. „Oder ich werde einen Schmerztrank über Euch schütten."

Zebub erbleichte. „Blau", murmelte er.

Gelbs Augen weiteten sich. „Dieser Zwerg ist der Blaue Adept?"

„Sein alternatives Selbst, ja."

„Ich kann mir keinen Ärger mit einem anderen Adepten erlauben!" rief sie und riß verzweifelt an ihren Haaren. „Vor allem nicht mit einem so mächtigen wie dem Blauen! Aber wenn ich ihm die Freiheit schenke, wird er dann nicht danach trachten, mich zu vernichten? Warum setzt er jetzt nicht seine Magie ein?"

„Das verlangt eine Entscheidung seitens des Zeugen", entgegnete der Dämon selbstgefällig.

Gelb trat auf ein Regal voller kleiner Flaschen zu.

„Fragt ihn", fügte Zebub rasch hinzu. „Ich werde seine Worte beurteilen."

„Stile alias Blauer Adept!" schrie sie mit geweiteten, wilden und dennoch lieblichen Augen. „Antwortet mir, in Gegenwart Zebubs."

„Falls Ihr mir die Freiheit schenkt, werde ich versuchen, meine Freunde und die anderen Gefangenen zu befreien", erwiderte Stile. „Ich werde nicht versuchen, Euch grundlos zu töten."

„Er spricht die Wahrheit", warf Zebub ein. „Was die Magie betrifft, so hat er dem Einhorn geschworen, sie nicht anzuwenden, bis sie ihn von seinem Wort entbindet."

„Also hindert ihn nur sein Schwur daran, sich meiner Macht zu entziehen?" erkundigte sie sich.

„So ist es", bestätigte Zebub. „Ihr seid die glücklichste aller Vetteln."

Gelb runzelte die wunderschönen Brauen. „Falls ich das Einhorn freilasse, könnte sie Blau von seinem Eid entbinden, und dann würde Krieg zwischen den Adepten herrschen. Ich wage nicht, das Risiko einzugehen."

„Ihr dürft es auch nicht wagen, dem Einhorn etwas zuleide zu tun, Gnädigste", erinnerte Zebub boshaft. „Falls der Blaue Adept von Euch dazu getrieben wird, seinen Eid zu brechen..."

„Ich weiß! Ich weiß!" kreischte sie beunruhigt. „Wenn ich ihn töte, wird vielleicht ein anderer Adept mich dafür töten, daß ich gegen unseren Vertrag verstoßen habe. Wenn ich ihn gehen lasse, wird mir Blau vielleicht nach dem Leben trachten, weil ich ihn eingesperrt habe. Wenn ich versuche, ihn gefangenzuhalten..."

„Meine Zeit ist um", unterbrach Zebub. „Bitte greift zu einem anderen Trank, Xanthippe."

„O, fort mit Euch!" fauchte Gelb.

Der Dämon schrumpfte zusammen und erstarrte. Er war wieder eine tote Statuette.

Gelb sah Stile an. „Wenn Ihr Euren Eid halten könnt, den Ihr dem Einhorn gegeben habt, werdet Ihr mir dafür Dank erweisen? Ich wünschte, ich könnte sicher sein. Ich will keinen Streit mit einem anderen Adepten."

„Laßt alle Tiere auf Eurem Besitz frei, und es wird zu keinem Streit mit mir kommen", schlug Stile vor.

„Ich kann nicht! Ich bin Verpflichtungen eingegangen, ich habe magische Gefallen als Bezahlung erhalten. Ich muß liefern."

Stile, der noch immer bereit war, diese Adeptin zu hassen, sah sich gerührt. Sie war, im Moment, liebenswert, aber daran lag es nicht. Sie bemühte sich, ihre Verpflichtungen zu erfüllen. Sie tötete nicht gern. Ihre Umgebung und ihre Mittel verrieten eine bestimmte Art Humor, als ob sie sich selbst nicht allzu ernst nahm. Sie war alt und einsam. Es mußte möglich sein, zu einer Einigung mit ihr zu gelangen.

„Ich will auch mit Euch keinen Streit", erklärte er. „Ihr kennt mich nicht, deshalb müßt Ihr Vertrauen mit Vorsicht verbinden. Ich mache Euch folgendes Angebot: Schickt mich durch das Nebelfeld, und ich werde nicht zurückkehren. Ich werde versuchen, meine Freunde und die Tiere aus der Ferne zu befreien."

„Wie könnt Ihr aus der Ferne etwas unternehmen? Meine Magie ist stärker als Eure, hier auf meinem Besitz – so wie Eure stärker ist als meine auf Eurem eigenen Besitz."

„Ohne Magie", fügte Stile hinzu.

„Nun gut", entschied sie. „Ich werde Euch mit dem Trank durch das Nebelfeld schicken und Euch mit einem mächtigen Fluch, den ich von Grün bekommen habe, für alle Zukunft den Zutritt verwehren. Wenn Ihr die Tiere ohne Magie aus der Ferne befreien könnt..." Sie zuckte die Schultern. „Ich habe nie viel Gefallen an diesem Geschäft gefunden – falls ich ohne eigenes Verschulden an der Erfüllung meiner Verpflichtungen gehindert werde, wird man mich vielleicht nicht zur Rechenschaft ziehen." Sie sah ihn an, und ihre Stimmung hatte sich sichtlich gebessert. „Ich habe nie Geschäfte mit Blau gemacht, sonst hätte ich Euch erkannt. Wie kommt es, daß Blau als einziger von allen Adepten keine Vorräte an Ungeheuern braucht?"

„Ich beabsichtige, dies herauszufinden", versicherte Stile. Er war überaus dankbar, diese Information erhalten zu haben. Jetzt wußte er, wer er war und daß der Blaue Adept zumindest nicht eine jener Scheußlichkeiten praktiziert hatte, die in diesem Genre gang und gäbe zu sein schienen. Die Expedition in das Reich der Gelben Adeptin war zwar ein Fehlschlag gewesen, hatte aber außerordentlich wichtige Erkenntnisse gebracht.

Gelb nahm eine andere Flasche von einem der Regale, führte ihn dann aus dem Haus und um die Palisade zu dem Nebelfeld. Stile hoffte, daß sie sich seines Vertrauens wert erwies und den richtigen Trank benutzte. Aber es erschien ihm logisch – wenn Adepten Auseinandersetzungen mit anderen Adepten auswichen und wenn sie fürchtete, daß er seinen Schwur brechen würde, wenn sie ihn verriet, dann durfte sie kein falsches Spiel mit ihm treiben. Grundsätzlich schien sie eine ehrliche Hexe zu sein.

Am Nebelfeld angekommen, zögerte sie, die Hand auf dem Korken der Flasche. „Ich habe nicht vor, Euch zu ermorden, Blauer

Stile", erklärte sie. „Seid Ihr sicher, daß Ihr in dieser unwirtlichen Sphäre jenseits des Nebelfeldes überleben könnt? Falls Ihr es vorzieht, hier mit mir zu turteln..."

„Vielen Dank, Gelb. Ich kann überleben. Ich bin bereits gebunden, und ich muß jetzt hindurchgehen."

„Und Ihr glaubt, daß der Werwolf vielleicht interessiert sein könnte – für eine halbe Stunde? Es ist kein schwer zu erfüllender Wunsch, um den ich bitte..."

„Es wird nicht schaden, wenn Ihr ihn fragt", meinte Stile und trat durch das Nebelfeld, als sie ihn mit der Flüssigkeit bespritzte.

15. Kapitel

Spiele

Diesmal war es ein längerer Weg zur nächsten Kuppel, aber er besaß nun mehr Selbstvertrauen und Zielbewußtsein, und der Eisenhut, an dem er gerochen hatte, kräftigte ihn noch immer. Rechtzeitig, wenngleich keuchend, betrat er die Kuppel und setzte sich mit Sheen in Verbindung. Es war Abend, er konnte die Nacht mit ihr verbringen. Er brauchte es – sein Hochgefühl schwand, und er erkannte, daß die Episode mit der Gelben Adeptin ihn mehr erschöpft hatte, als ihm zunächst klargeworden war.

„Also bist du der Blaue Adept", sagte Sheen, ließ ihn noch nicht schlafen. „Und du brauchst einige bestimmte Dinge, um deine Pferdefreundin zu befreien."

„Werde nicht schon wieder eifersüchtig", brummte er. „Du weißt, daß ich..."

„Wie kann ich eifersüchtig sein? Ich bin nur eine Maschine."

Stile seufzte. „Ich hätte Gelbs Angebot annehmen sollen. Dann hättest du Grund zur Eifersucht."

„Du meinst, du hast es nicht getan – mit Neysa?"

„Diesmal nicht. Ich..."

„Du hast dich für die Hexe aufgespart?" fragte sie aufgebracht. „Und dann ist die Zeit zu knapp geworden?"

„Nun, sie war eine außergewöhnlich schöne..."

„Du bist gefühllos. Gegen Neysa habe ich nichts einzuwenden. Sie ist nur ein Tier."

„Wirst du dafür sorgen, daß deine Freundin meine Anweisungen ausführen kann oder nicht?“

„Ich kümmere mich darum, daß du alles rechtzeitig bekommst. Aber ich verstehe nicht, wie ein Würfel Trockeneis deinen Tieren helfen soll.“

„Und eine Metallsäge mit Diamantsägeblatt.“

„Und eine dressierte Eule“, schloß sie. „Hast du vor, als nächstes mit Vögeln eine Romanze zu beginnen?“

„Oh, verschwinde und laß mich schlafen!“

Statt dessen kniff sie ihn. „Vögel, Vetteln, Stuten, Maschinen – wie wäre es zur Abwechslung mal mit einer normalen Frau?“

„Ich hatte eine“, sagte er und dachte an Tune. „Sie hat mich verlassen.“

„Und so hängst du dich an alle diese Halbfrauen, weil du dich fürchtest, wieder mit einer richtigen Frau eine Beziehung zu beginnen – weil du überzeugt bist, daß sie dich nicht will.“

„Ich werde mich morgen nach einer umsehen“, versprach er.

„Morgen nicht. Morgen hast du zuerst eine Verabredung mit deinem derzeitigen Herrn. Dieser Bürger ist sehr scharf auf das Spiel.“

Verärgert rollte er herum und griff nach ihr. „Die Ironie ist“, sagte er in ihr weiches Haar, „daß du jetzt für mich wirklicher bist als die meisten wirklichen Mädchen, die ich gekannt habe. Als ich dir sagte, daß du dich in Zukunft menschlicher verhalten solltest, meinte ich nicht auf meine Kosten.“

„Dann hättest du das sagen sollen. Ich nehme die Dinge wörtlich, weil ich nur eine...“

Er verschloß ihr mit einem Kuß den Mund. Aber die Gedanken, die sie ausgesprochen hatte, waren nur ein Spiegelbild seiner eigenen Überlegungen. Wie lange konnte er noch mit Halbfrauen weitermachen?

Am Morgen traf er mit seinem Herrn zusammen. Dieser war, zu seiner Überraschung, eine Frau. Kein Wunder, daß Sheen Frauen im Sinn gehabt hatte! Die Bürgerin war elegant gekleidet und frisiert, eine hübsche Dame in den besten Jahren. Sie war, natürlich, erheblich größer als er, aber sie besaß Anstand genug, um dies zu verbergen, indem sie in seiner Gegenwart sitzen blieb. „Sir“, sagte Stile. Alle Bürger redete man mit Sir an, ohne Rücksicht auf ihr Geschlecht oder ihr Alter.

„Sorgen Sie dafür, daß Sie sich für das Turnier qualifizieren“, sagte sie mit höflichem Nachdruck. „Sie können gehen.“

Das war alles. Wenn er ein Spiel verlor, würde ihn diese Herrin so bedenkenlos entlassen, wie es sein früherer Herr getan hatte. Man erwartete von ihm, daß er sich durch diese Privataudienz tief geehrt fühlte – und so war es auch.

Stile und Sheen machten sich auf den Weg, um den Wettkampf um die Sprosse Sieben anzutreten. Seine Herrin hatte gewiß auf seinen Sieg gesetzt. Wenn er versagte, würde Sheen dafür bezahlen müssen. Sie hatte nicht seine Möglichkeit einer Flucht in eine bessere Welt. Er mußte alles tun, was er für sie tun konnte, bis er eine bessere Alternative fand.

Der Inhaber der Sprosse Sieben hielt die Verabredung ein – wie es von ihm verlangt wurde, wollte er nicht kampflos verlieren. Er war nicht viel größer als Stile und neigte trotz der Antifettzusätze in der Standardnahrung zu Dickleibigkeit. Er hieß Snack. Er wirkte schwerlich wie ein guter Spieler – aber bei Stile war es nicht anders.

Snack wurde die numerierte Kolonne des Gitters zugeteilt. Stile stieß einen unhörbaren Seufzer aus; er hatte in diesen Serien oft schlechte Ergebnisse erzielt. Snack wählte immer GEISTIG.

Nun gut. Stile würde sich nicht für NACKT entscheiden, denn Snack war in Spielen, auf die es allein auf die geistigen Fähigkeiten ankam, unschlagbar. Außerdem war er ein gefährlicher Gegner in geistigen Wettkämpfen, bei denen MASCHINEN und TIERE zur Unterstützung zugelassen waren. Nur in WERKZEUG hatte Stile eine geringe Chance. Also mußte das Endergebnis 2B lauten.

Zustimmendes Gemurmel drang von den Zuschauern, die draußen das Geschehen auf dem öffentlichen Videomonitor verfolgten. Sie hatten diesen Eröffnungszug erwartet. Und nun warteten sie auf das nächste Gitter.

Binnen eines Momentes erschien es: sechzehn willkürliche Klassifikationen von intellektuellen Spielen. Snack mußte seine Wahl erneut unter der numerierten Kolonne treffen, die die wichtigste war. Er würde auf seine Spezialität zurückgreifen – Schach. Er war in allen Formen dieses Spiels versiert: in den westirdischen zwei- und dreidimensionalen Varianten, dem chinesischen *Choo-hong-ki,* dem japanischen *Shogi,* dem indischen *Chaturanga* und den hypermodernen Entwicklungen. Stile konnte ihn in dieser Disziplin nicht schlagen. Er hatte eine bessere Chance in den einfacheren Brettspielen wie dem Damespiel und seinen Varianten – aber bei vielen Spielen benutzte man dasselbe Brett wie beim Schach, und dieses Gitter klassifizierte sie durch ihre Bretter.

Stile wählte die C-Reihe: Sie beinhaltete Puzzlespiele, Brettspiele vom Jagdtyp – wie ‚Fuchs & Gänse' –, die sogenannten Bleistift- und Papierspiele und, in dem Feld, von dem er annahm, daß es sich mit Snacks Wahl kreuzen würde, die Setzspiele.

Das Resultat lautete 2C: Setzspiel. Vom Publikum drang erneut erregtes Geraune.

Jetzt folgte das Gitter, das per Hand gestaltet wurde. Stile sah dem voller Selbstvertrauen entgegen – wahrscheinlich gelang es ihm, Snack zu einer Wahl zu verleiten, die seinen eigenen Interessen entgegenkam. Sie komplettierten ein nur vierteiliges Subgitter: Go, Go-bang, Yote und Mühle. Das letzte hatte Stile aus einer Laune heraus gewählt. Mühle war ein einfaches Spiel, erforderte keine großen Fähigkeiten, aber in seiner Essenz entsprach es dem Prototyp für die Gitter des Spiels. Der Spieler, der drei Möglichkeiten seiner Wahl in einer Reihe plazieren konnte und dann das Glück hatte, die Kolonne zu bekommen, die ihn dazu in die Lage versetzte, jene Reihe zu wählen, mußte normalerweise gewinnen. Im Idealfall besetzte man eine volle Reihe und eine volle Kolonne, so daß der Spieler in jedem Fall gewann, gleichgültig, welche Kolonne ihm zufiel. Aber bei den Spielgittern gab es kein Unentschieden, wenn keiner eine Reihe vollbekam; das Spiel bestand aus der Wahl der Kolonnen und den Interaktionen der Strategien.

Und sie kreuzten sich bei Mühle. Genau das hatte er erreichen wollen.

Stile seufzte. Das Problem bei diesem simplen Spiel war, daß es sich – zwischen kompetenten Spielern – unweigerlich zu einem Unentschieden entwickelte. Sie spielten es direkt hier am Gittermonitor, drückten Knöpfe für die X und O. Bis es zu einem Unentschieden kam.

Was bedeutete, daß sie erneut das Gitter anlegen mußten, um zu einem Ergebnis zu gelangen. Sie spielten es – und kamen zu dem gleichen Resultat wie zuvor. Und beim nächstenmal war es genauso. Kein Spieler war bereit, auch nur ein Jota von seinen Vorteilen zugunsten einer Spielvariation abzugeben – bedeutete dies doch die Niederlage. Aber das dritte Gitter entwickelte sich zu einem anderen Muster und führte zu einer neuen Wahlmöglichkeit: Go-bang.

Dieses Spiel besaß Ähnlichkeit mit Mühle, aber das größere Gitter erlaubte es, daß man auf einer Seite mit neunzehn Steinen spielte. Man mußte, um zu gewinnen, fünf Steine in einer Reihe plazieren. Auch dieses Spiel führte auf dieser Ebene zu einem Unentschieden.

Sie setzten. Jeder war zu aufmerksam, um dem anderen Gelegenheit zu geben, fünf Steine in einer Reihe zu plazieren. Nun mußten sie zu einem dritten Spiel übergehen. Aber jetzt wurde die Lage kritischer. Jede Serie, die zu drei Unentschieden führte, galt als Folge spielerischer Unfähigkeit oder Drückebergerei; beide Parteien wurden dann für einen bestimmten Zeitraum vom Spiel suspendiert und ihrer Sprossen enthoben. Für beide konnte dies einen langen, mühevollen zweiten Aufstiegskampf bedeuten – und dafür hatte Stile keine Zeit. Der dritte Versuch mußte zu einem Sieg führen.

Stile tauschte Blicke mit Snack aus. Beide wußten, was sie zu tun hatten.

Diesmal trafen sie sich bei Go – dem alten chinesischen Umzingelungsspiel. Es war vielleicht das älteste aller Spiele in der menschlichen Sphäre, und seine Geschichte reichte mehrere Jahrtausende weit zurück. Und vom Grundkonzept her war es eines der einfachsten – man mußte verschiedenfarbige Steine plazieren und so sein Territorium abstecken, und der Spieler, der das größte Territorium umschloß, gewann. Dennoch war es gleichzeitig auch eines der kompliziertesten Spiele. Der bessere Spieler gewann fast unvermeidbar.

Das Problem war, daß Stile nicht sicher sein konnte, wer von ihnen beiden beim Go besser war.

Sie begaben sich zum Brettspielannex, denn dieses Spiel würde zu lange dauern, um das Gitter zu benutzen – andere warteten bereits auf ihren Zugang zu diesem Gerät. Das Publikum folgte ihnen und nahm Platz. Man konnte fast überall Übertragungen dieses Spiels abrufen, aber die Neugierigen zogen es vor, es direkt zu verfolgen. Sheen saß in der vordersten Reihe und machte einen nervösen Eindruck – wahrscheinlich täuschte sie dies nur vor, verfügte sie doch über elektronische Nerven.

Stile hätte ein Spiel vorgezogen, das zu einer raschen Entscheidung führte, denn er dachte an Neysa und Kurrelgyre in der anderen Sphäre, die dort in den von Zaubertränken gehärteten Käfigen gefangen waren.

Sie saßen sich am Brett gegenüber, und vor jedem stand eine Schüssel mit polierten Steinen. Bedächtig ergriff Snack einen Stein von jeder Farbe, mischte sie in den gefalteten Händen und zeigte Stile dann seine Fäuste. Stile tippte gegen die linke. Die Faust öffnete sich und enthüllte einen schwarzen Spielstein.

Stile nahm den Stein und plazierte ihn auf dem Brett. Nach der

Regel war Schwarz zuerst am Zug. Da er 361 Schnittpunkte zur Verfügung hatte – denn die Steine wurden auf den Linien des Go-Brettes und nicht auf den Feldern plaziert –, war dies kein Problem. Ein Vorsprung von einem Stein war nicht viel, aber in einem Spiel, das so exakt war wie dieses, half es.

Snack setzte ebenfalls. Sie spielten auf Zeit, denn dies war ein Wettkampf, bei dem es um die Teilnahme am Turnier ging. Wahrscheinlich fanden zu diesem Zweck wenige Go-Spiele statt, aber die Zeit wurde begrenzt, um die Vorauswahl zum Turnier reibungslos vonstatten gehen zu lassen. Dies war eine weitere Hilfe für Stile – mit unbegrenzter Zeit zum Nachdenken konnte Snack ihn vermutlich schlagen.

Abwechselnd plazierten sie die Steine, bildeten strategische Muster auf dem Brett. Das Ziel war es, so viel Raum wie möglich zu besetzen, wie mit einer Armee, die ein Gebiet kontrollierte, und so viele gegnerische Steine wie möglich gefangenzunehmen, als seien es echte Kriegsgefangene. Hauptsächlich ging es um das Territorium, aber oft wurde es erforderlich, daß man die feindlichen Steine auslöschen mußte, um seine Absichten durchzuführen. Stile betrachtete jeden weißen Spielstein als feindlichen, unversöhnlichen, gefährlichen Soldaten; und jeder schwarze Stein war ein Verteidiger des Guten, aufrecht und mit dem Recht auf seiner Seite. Aber es war nicht sicher, ob das Recht siegen würde.

Ein Stein/Mann wurde gefangen, als all seine Straßen der Freiheit blockiert waren. Wenn ihn die feindlichen Kräfte auf drei Seiten blockierten, blieb ihm nur noch ein Ausweg. Falls dieser nicht von einem anderen seiner Art gesichert und so eine Kette gebildet wurde, konnte er seine Freiheit einbüßen und verlorengehen. Aber auch zwei Männer konnten eingeschlossen werden, ebenso zehn; die Menge bot hier keine Sicherheit. Positionen waren wichtiger.

Am Anfang machte Snack große Fortschritte. Dann wuchs die Komplexität der Interaktionen, und die Zeit wurde knapp, und Stile setzte den berüchtigten Stile-Blick ein, um seinen Gegner nervös zu machen. Es war ein konzentrierter Blick, eine fast spürbare Aura des Hasses. Jedesmal, wenn Snack aufsah, wurde er mit dieser unversöhnlichen Macht konfrontiert. Zuerst schüttelte Snack die Wirkung ab, wußte er doch, daß dies zum Spiel gehörte, aber mit der Zeit irritierte ihn die unverminderte Intensität immer mehr, bis er Fehler zu machen begann. Zunächst waren es belanglose Fehler, aber er reagierte unverhältnismäßig darauf, ließ sich von ihnen zu sehr ablenken. Er übersah eine *Seki*-Situation, verlor mehrere Steine, plazierte nicht rechtzeitig ein Auge, um ein verwundbares Territorium zu sichern, und verschwendete eine Reihe anderer Steine.

Selbst vor Ablauf der Spielzeit war es offensichtlich, daß Stile gewonnen hatte. Erschüttert gab Snack auf. Sprosse Sieben gehörte Stile.

Stiles brennender Blick erlosch – und Snack schüttelte den Kopf, kam sich wie ein Narr vor. Er begriff, wie schlecht er unter dem Einfluß dieses bösen Blickes gespielt hatte – jetzt, wo der Druck gewichen war. In seiner Höchstform hätte er Stile mühelos schlagen können, aber er war weit hinter seinen sonstigen Leistungen zurückgeblieben. Stile persönlich tat er leid, aber vor allem war er ein Spieler, und er hatte diese Sprosse gebraucht. All seine Bösartigkeit, das Ergebnis einer lebenslangen Reaktion auf seine Kleinwüchsigkeit, machte sich während eines Wettkampfes in konzentrierter Form bemerkbar, und dies war ein Hauptgrund für seinen Erfolg. Stile war zwangsläufig motivierter als die meisten Menschen, und er kämpfte härter und zeigte niemals Gnade im Spiel.

Der Inhaber der Sprosse Sechs war das genaue Gegenteil Stiles. Er hieß Hulk, nach einer obskuren Comic-Figur aus einem früheren Jahrhundert, an die er angeblich erinnerte, und er war ein großer, kräftiger Mann. Hulk war nicht nur bereit, sondern auch begierig, die Herausforderung anzunehmen. Er war ein Spezialist in den körperlichen Disziplinen, aber nicht dumm. Dies war sein letztes Aufenthaltsjahr, und deshalb versuchte er, eine qualifizierende Position zu erreichen. Unglücklicherweise hatte sein letzter Wettkampf um die Sprosse Fünf in einem Glücksspiel geendet, und er konnte den Inhaber dieser Sprosse erst wieder herausfordern, wenn sich die Rangordnung änderte oder er erfolgreich einen Kampf um seine eigene Sprosse für sich entschied. Stile war dieser Herausforderer. Das Publikum, über diese Situation informiert, war zu respektabler Größe angeschwollen. Stile und Hulk waren berühmte Spieler, und zu dieser reizvollen Konstellation gesellte sich noch ihre extrem unterschiedliche äußere Erscheinung. Der Riese und der Zwerg, in einem Wettkampf vereint!

Stile bekam diesmal die numerierte Kolonne des Primärgitters. Unvermittelt sah er sich dem Eröffnungszug gegenüber. Er konnte die Auswahl so manipulieren, daß Hulk seine spezielle körperliche Begabung keinen Vorteil brachte.

Aber Stile zögerte. Zwei Überlegungen beeinflußten ihn. Zunächst das Element der Überraschung – warum sollte er so handeln, wie es sein Gegner erwartete, nämlich die GEISTIG-Kolonne wählen? Hulk war sehr schlau, obwohl er dies zu verbergen trachtete, genau wie Stile seine körperlichen Fähigkeiten zu verbergen suchte. Jeder Irrtum, dem ein Gegner in der Einschätzung seiner Konkurrenten unterlief, war für diesen Spieler eine sehr vorteilhafte Angelegenheit. Hulk würde die NACKT-Reihe wählen, so daß sich die Schnittpunkte in dem Feld für rein geistige Disziplinen kreuzten, wo er gewiß einige Spezialitäten in der Hinterhand hatte. Zweitens würde es eine schwere Herausforderung und eine erregende Erfahrung bedeuten, Hulk auf seinem Hauptgebiet, der Körperkraft, entgegenzutreten – eine Sensation für die zuschauenden Massen.

Nein, sagte sich Stile. Das war ein närrischer Einfall, eine Reaktion auf die zahllosen Gelegenheiten, bei denen man ihn mit der Bezeichnung Zwerg verletzt hatte. Großen Männern gegenüber litt er unter einer Manie, dem Zwang, sie zu besiegen, zu beweisen, daß er besser war als sie, und zwar körperlich. Er wußte, daß dies albern war – große Männer waren für ihre Größe ebensowenig verantwortlich wie Stile für seine Kleinwüchsigkeit. Dennoch blieb es ein Alpdruck, eine ständige Zwangsvorstellung, der er sich durch Logik niemals würde entziehen können. Er wollte diesen Riesen zerschmettern, ihn schmachvoll vor aller Welt zu Boden schicken. Er *mußte* es tun.

So kam es zu 1A – KÖRPERLICH NACKT. Aus dem Publikum ertönte ein leises „Oooh!" der Überraschung und der Erregung. Gedämpft drang aus der Ferne ein Ruf an Stiles Ohr: „Stile tritt Hulk in 1A gegenüber!" Und zur Antwort erklang ein verblüffter Aufschrei.

Hulk sah auf, und sie beide tauschten ein flüchtiges Lächeln aus; beide liebten ein gutes Publikum. In der Tat, erkannte Stile, war er Hulk ähnlicher, als daß er sich von ihm unterschied – in gewisser fundamentaler Hinsicht.

Aber hatte er, seiner törichten Zwangsvorstellung folgend, nicht jeden Vorteil aufgegeben, den er vielleicht gehabt hatte? Hulks körperliche Überlegenheit war eine Tatsache. Stile hatte sich für das große Spiel entschieden – und nun mußte er die Konsequenzen tragen. Möglicherweise bedeutete dies seine Niederlage – und das Ende seiner Anstellung, wo er doch am dringendsten auf die Unterstützung eines verständnisvollen Herren angewiesen war.

Sie spielten das nächste Gitter. Das, erkannte er plötzlich, war dasselbe, vor dem er zusammen mit Sheen gestanden hatte, als sie zu ihm in der Verkleidung einer Frau gekommen war. Einer lebenden Frau. Die Staubschlitterbahn – er erinnerte sich daran mit einem gewissen Stolz. So viel war seitdem geschehen! Er hatte eine Knieverletzung erlitten, sein Leben war bedroht worden, er hatte die Sphäre von Phaze entdeckt, sich mit einer Einhorndame und einem Werwolfsherrn angefreundet, und jetzt war er dabei, sich für das Turnier zu qualifizieren – zwei Jahre vor seiner Zeit. Erfahrungen, die manche innerhalb eines ganzen Lebens machten, hatte er in zehn Tagen gemacht!

Die horizontale Kolonne des Subgitters bestand aus GETRENNT – INTERAKTIV – KAMPF – ZUSAMMENARBEIT, und unter diesen Möglichkeiten mußte Stile seine Wahl treffen. Er neigte zum KAMPF, aber sein innerer Zwang, sich selbst zu beweisen, war nicht ausgeprägt genug, um ihn zu einer derartigen Idiotie zu veranlassen. Er konnte sich in den meisten Kampfarten behaupten – erinnerte sich aber an die Schwierigkeiten, die er gehabt hatte, bei dem Schläger in der Märchensphäre einen Schulterwurf anzubringen, und Hulk war der Ringerchampion bei den Männern über dreißig Jahre. Ein guter großer Mann konnte zweifellos einen guten kleinen Mann schlagen. Stile wählte GETRENNT.

Hulks Optionen bezogen sich auf die Oberflächen: EBENE – VERÄNDERLICHE OBERFLÄCHE – DISKONTINUIERLICH – FLÜSSIG. Hulk war ein hervorragender Schwimmer – aber Stile war ein ausgezeichneter Taucher, und diese beiden Dinge gehörten zu derselben Disziplin. Stiles Turntalent verschaffte ihm auch auf diskontinuierlichen Oberflächen einen Vorteil. Er beherrschte Kunststücke am Trapez oder am Barren, die der größere Mann niemals übertreffen konnte. Hulks beste Entscheidung war die Sparte VERÄNDERLICH, die Bergsteigen und Rutschen einschloß. Ein Wettaufstieg auf einen Berghang mit einem zwanzig Kilogramm schweren Rucksack konnte Stiles Chancen mit einem Schlag zunichte machen, da beim Spiel weder Geschlecht noch Größe berücksichtigt wurden.

Doch Hulk wählte EBENE. Überraschtes Gemurmel ertönte im Publikum. Hatte Hulk erwartet, daß Stile auf eine andere Kombination aus war, oder hatte er sich einfach geirrt?

Jetzt stellten sie das Endgitter zusammen. Sie befanden sich in der Kategorie Rennen, Sprünge, Bodenturnen und Leichtathletik. Stile plazierte Marathon im Zentrum des aus neun Feldern bestehenden Gitters, um seinen Gegner in die Defensive zu drängen. Ausgeprägte Oberkörpermuskulatur gereichte in einem Dauerlauf zum Nachteil, denn die Muskelpakete mußten nutzlos mitgeschleppt werden, während die Beine und das Herz die Hauptarbeit leisteten. Dann würde Hulk jene zwanzig Kilogramm Gewicht tragen müssen.

Unerschrocken reagierte Hulk mit Weitsprung aus dem Stand, eine seiner Spezialitäten. Er hatte eine große Masse zu bewegen, aber wenn er sie einmal in Bewegung gesetzt hatte, dann trug sie ihn über eine große Strecke. Sie füllten die anderen Felder mit Trampolinturnen, Hochsprung, Zwanzig-Kilometer-Dauerlauf, Hundertmeterlauf, Purzelbaumschlagen, Weitsprung mit Anlauf und Handstandrennen.

Kunstvoll hatten sie das Gitter so zusammengestellt, daß keiner von ihnen drei seiner eigenen Möglichkeiten in einer horizontalen oder vertikalen Reihe hatte plazieren können, und keiner von ihnen besaß einen Vorteil. Da Stile eine Plazierung mehr hatte vornehmen dürfen, konnte Hulk die Kolonnen wählen. Sie trafen ihre Entscheidungen, und das Resultat hieß 2B, das Feld in der Mitte: Marathon.

Stile entspannte sich. Sieg! Aber Hulk machte keinen entmutigten Eindruck. Seltsam.

„Verzicht?“ fragte Stile protokollgemäß.

„Abgelehnt.“

Also wollte Hulk tatsächlich das Rennen durchführen. Er war einfach kein Langstreckenläufer – im Gegensatz zu Stile. Was verschaffte dem Mann dieses Selbstvertrauen? Es gab keine Möglichkeit, daß er Stile überlistet hatte: Seine Entscheidung war ein klarer Fehlgriff. Soweit Stile wußte, hatte Hulk noch nie einen Marathonlauf zu Ende geführt.

Nun, es würde kommen, wie es kommen mußte. Hulk würde eine Zeitlang Schritt halten und dann unaufhaltsam zurückfallen, und wenn Stile einen bestimmten Vorsprung erkämpft hatte, würde man Hulk zum Aufgeben zwingen. Vielleicht zog es Hulk vor, auf diese Weise zu verlieren – oder vielleicht hoffte er, daß Stile unterwegs einen Krampf oder einen Muskelriß erleiden würde.

Sie begaben sich zur Bahn. Sheen schritt nervös neben Stile her. Täuschte sie eine Emotion vor, die sie nicht fühlte, um ihre wahre Natur besser zu verschleiern, oder argwöhnte sie, daß hier eine Gefahr für sein Leben auf ihn lauerte? Er konnte sie nicht fragen. Die Bahn zog sich durch eine Reihe anderer Kampfstätten und beschrieb einen großen Bogen. Andere Läufer und eine Reihe Fußgänger benutzten sie – aber natürlich würden sie für die Marathonläufer die Bahn verlassen. Stile und Hulk, als Sprosseninhaber knapp unter den Plätzen, die für das Turnier qualifiziert waren, hatten Priorität.

Das Publikum zerstreute sich. Es gab keine Möglichkeit, dieses Rennen persönlich zu verfolgen, sofern man die Läufer nicht auf der Strecke begleitete. Interessenten konnten dem Rennen per Monitor zuschauen oder sich zu den Halteplätzen entlang der Route transportieren lassen.

Sie erreichten die Startlinie und meldeten sich bei dem Robotordner. „Ich muß Sie darauf aufmerksam machen, daß ein Teil der Bahn repariert wird und abgesperrt ist", erklärte der Roboter. Er war ein Tischmodell, ähnlich der Maschine an der Staubschlitterbahn; sein Unterkörper bestand aus dem soliden Block des Metallpultes. „Es gibt eine Umleitung, und die Ziellinie ist entsprechend verlegt worden, um die Streckendistanz zu erhalten."

„Ich möchte Anweisungen für meine Erfrischungen unterwegs eingeben", sagte Hulk. „Ich habe ein eigenes Rezept entwickelt."

Rezept? Stile wandte sich an Sheen. „Er hat etwas vor", murmelte sie. „Es gibt kein Mittel, das er zur Leistungssteigerung einsetzen kann, ohne den Illegale-Drogen-Alarm auszulösen."

„Er will nicht betrügen, und er ist nicht schneller als ich", bemerkte Stile. „Falls er dieses Rennen gewinnt, dann verdient er es auch. Wirst du an den Halteplätzen auf mich warten und mir meine Erfrischungen reichen? Ich nehme die Standard-Fruktosemischung – vielleicht braucht Hulk wegen seines Gewichtes etwas Besonderes, aber ich nicht, und ich glaube außerdem nicht, daß ich die ganze Strecke laufen muß."

„Ich werde mit dir laufen", sagte sie.

„Und der Welt deine wahre Natur verraten? Keine lebende Frau mit deiner Figur könnte mit mir Schritt halten – das weißt du."

„Du hast recht", stimmte sie widerwillig zu. „Ich werde an den Halteplätzen auf dich warten. Und auch meine Freunde werden dich im Auge behalten." Sie beugte sich nach vorn und küßte ihn kurz, genau wie eine besorgte Freundin – aber war sie nicht genau das?

Sie stellten sich am Start auf, und der Roboter erteilte das Startsignal. Sie schossen los, rannten Seite an Seite.

Zwei Kilometer Vorsprung waren mindestens erforderlich, um den Gegner zur Aufgabe zu zwingen. Man wollte dadurch verhindern, daß einer der Teilnehmer die Strecke abging und den anderen dazu zwang, die gesamte Strecke abzulaufen, um den Sieg zu erringen. Aber es war unwahrscheinlich, daß es dazu kam.

Bald hatte sich Stile aufgewärmt. Seine Glieder lockerten sich, seine Atmung und seine Schweißabsonderung wurden stärker, und sein Geist schien klarer zu werden. Er liebte diese Art der Anstrengung. Er begann seine Schritte zu beschleunigen. Hulk brauchte nicht an seiner Seite zu bleiben, aber vermutlich würde er es aus psychologischen Gründen versuchen. Hatte Stile erst einen sicheren Vorsprung erkämpft, hatte der große Mann kaum noch Chancen ihn einzuholen.

Entlang der Route waren Erfrischungsstationen angelegt, denn Flüssigkeit war für Langstreckenläufer lebenswichtig. Sheen stand an der ersten und hielt Stile lächelnd eine elastische Kunststoffflasche entgegen. Er war noch nicht durstig, aber er ergriff sie, weil er wußte, daß ein erhitzter menschlicher Körper Wasser schneller durch die Haut ausscheiden konnte, als es von dem menschlichen Verdauungssystem aufgenommen werden konnte.

Hulk bekam seine Flasche von dem Standardroboter der Station. Zweifellos handelte es sich dabei um eine Variante des normalen Elixiers, enthielt rasch verwertbaren Zucker in fermentierter Form, der ebenso wie Flüssigkeit die Kräfte regenerieren konnte. Warum er über diese besondere Mischung eine Bemerkung fallengelassen hatte, wußte Stile nicht. Vielleicht aus psychologischen Gründen – die Vorstellung, daß ihm ein Spurenelement oder ein Kräuterelixier zusätzliche Energie spendete, sollte seinen Gegner verunsichern und ihn selbst motivieren.

Die moderne Wissenschaft machte es überflüssig, daß man sich über die Grenzen der Belastbarkeit hinaus erschöpfte. Die Marathonläufer der Vergangenheit hatten ihren Körper dazu zwingen müssen, von den eigenen Reserven zu zehren, um das Rennen fortsetzen zu können, und das war ungesund. Die vorsichtigen Läufer der Gegenwart kamen ohne eine derartige Schwächung aus – sofern sie sich in guter Verfassung befanden. Aber die Psychologie blieb ein wichtiger Faktor, und alles, was einen Menschen zu einer höheren Leistung antrieb, war willkommen – wenn es wirklich funktionierte. Dennoch war Hulk kein Mann, der sich mit irgendwelchen Schwindeleien oder Aberglauben abgab; er war ein durch und durch praktisch denkender Mensch.

Nachdem sie die Station hinter sich gelassen und ihre leeren Flaschen in Abfallkörbe geworfen hatten, die für diesen Zweck entlang der Bahn standen, fragte Hulk: „Gehört sie zu dir?"

„Vielleicht gehöre ich zu ihr", entgegnete Stile. Natürlich sprachen sie über Sheen.

„Überlasse sie mir – dann gebe ich dir die Sprosse."

Stile lachte. Dann wurde ihm bewußt, daß es Hulk tatsächlich ernst meinen konnte. Hatte er etwa an diesem nicht zu gewinnenden Wettkampf teilgenommen, weil er Sheen in Stiles Begleitung gesehen und sie begehrt hatte und hoffte, so ihre Bekanntschaft zu machen? Hulk war, wie Stile, den Frauen gegenüber, die er mochte, ein wenig schüchtern, wenngleich nicht jenen gegenüber, die sich ihm an den Hals warfen. Er konnte nicht einfach auf Sheen zugehen und zu ihr sagen: „Hallo, du gefällst mir, ich möchte dich Stile abnehmen." Er mußte sich zunächst mit Stile einigen. Dies war eine weitere Eigenschaft, die Stile an ihm respektierte, und sie bildete einen starken Kontrast zu seiner Angewohnheit, seine Gegner zu hassen. „Ich kann sie dir nicht geben. Sie ist ein unabhängiger Charakter. Ich muß die Sprosse erringen, um sie zu behalten."

„Dann sollten wir besser rennen." Diesmal beschleunigte Hulk seine Schritte.

Jetzt kam Stile der Gedanke, daß Hulk nicht wirklich Stiles Mädchen begehrte. Hulk hatte all die Frauen gehabt, die ein normaler Mann haben wollte, auch wenn sie zumeist zu den oberflächlichen Typen gehörten, die beim Anblick von Muskeln glänzende Augen bekamen. Also war sein Interesse nur eine Frage der Höflichkeit gewesen. Entweder versuchte er, Stile in trügerische Sicherheit zu wiegen – was eine vergebliche Strategie war –, oder er versuchte, Stiles Siegeswillen zu brechen. Von einem war Stile überzeugt: Gleichgültig, wie ehrlich und höflich Hulk sein mochte, er wollte dieses Rennen gewinnen. Irgendwie.

Stile hielt mit. Er konnte Hulks größerer Geschwindigkeit auf kurzen Strecken nichts entgegensetzen, während Hulk nicht Stiles Ausdauer erreichen konnte. Die Frage war nur, an welchem Punkt das Gleichgewicht aus den Fugen geriet. Gleichgültig, wie sehr Stile auch überlegte, er konnte sich nicht vorstellen, wie der Mann über die gesamte Strecke, fast fünfzig Kilometer, eine genügend hohe Geschwindigkeit beibehalten wollte, die ihm allein den Sieg sicherte. Bereits jetzt versuchte Hulk, Stile zu verführen, seine Geschwindigkeit zu steigern, so daß er sich vorzeitig erschöpfte. Aber diese Strategie konnte keinen Erfolg haben, denn Stile würde den Mann einfach davonlaufen lassen und ihn später überholen. Hulk konnte keinen zwei Kilometer langen Vorsprung vor Stile erringen: Bei diesem Versuch mußte er einen Blutsturz erleiden. Zweifellos hatte Hulk auf diese Weise andere Rennen gegen weniger gute Gegner gewonnen, hatte sie mit seiner Kurzstreckengeschwindigkeit getäuscht, ihnen den Mut geraubt und sie aufgeben lassen – aber das würde sich jetzt als vergebliche Hoffnung erweisen.

Während des Rennens nahmen sie an jeder Station Flüssigkeit zu sich, ohne anzuhalten. Andere Läufer begleiteten sie gelegentlich eine Weile – auf den Parallelbahnen, um ihnen nicht den Weg zu versperren –, aber die meisten von ihnen waren Kurzstreckenläufer, die nach ein oder zwei Kilometern aufgeben mußten. Stile und Hulk folgten der Bahn von Kuppel zu Kuppel, blieben auf der markierten Strecke. Sie verlief durch eine riesige Turnhalle, in der junge Frauen lachend und mit lustig hüpfenden Brüsten Gymnastikübungen vollführten. „Bleibt doch und übt mit, Jungs!“ rief eine von ihnen.

„Zu anstrengend“, rief Hulk zurück. „Ich muß weiter!“

Sie durchliefen die ausgedehnten Felsgärten eines sportbegeisterten Bürgers, die sogenannten Freiluftsportarten wie Jagen, Camping, Kanufahren, Wandern und Wildtierfotografie. Alles war menschenleer; das gesamte Anwesen war für das alleinige Vergnügen des Besitzers reserviert. An einer Stelle führte die Bahn zwischen einer künstlichen Klippe und einem Wasserfall hindurch, ein hübscher Effekt. Etwas weiter umspielte sie ein variabler Lichtstrahl und schuf einen herrlichen Regenbogen. Dann ging es über die Hauptstraße der Metropolis-Kopie eines anderen Bürgers: Wolkenkratzer von einem Zehntel Originalgröße, aber immer noch fast zu groß, um in die Kuppel zu passen.

An der nächsten Erfrischungsstation leuchtete ein Warnschild: KRAFTFELDAUSFALL, meldete das Zeichen. UMLEITUNG BENUTZEN.

„Sie haben uns gewarnt“, sagte Stile, nahm die Flasche von Sheen entgegen und schenkte ihr im Vorbeilaufen ein Lächeln. Er befand sich noch immer in guter Verfassung und genoß das Rennen.

Hulk ergriff seine eigene Flasche, die von einem anderen Typ als die bisherigen zu sein schien. Er öffnete sie nicht sofort, sondern rannte eine Weile schweigend weiter. Als sie genügend weit von der Station entfernt waren, erklärte er: „Zur Hölle mit der Umleitung! Dies ist eine feststehende Route, kein Gartenweg, den man jedesmal sperren kann, wenn ein Bürger eine Party feiert. Dies ist ein Wettkampf, der zum Turnier führt. Ich werde weiterlaufen, ohne mich um die Umleitung zu kümmern.“

Eine interessante Vorstellung. Wenn sie die Umleitung ignorierten, konnten sie dann den Willen eines Bürgers mißachten und straffrei ausgehen? Wenige Leibeigene hatten bisher dieses Glück gehabt. „Könnte Ärger geben“, warnte Stile.

„Ich werde es riskieren." Und Hulk passierte die deutliche markierte Umleitung und folgte der ursprünglichen Marathonbahn.

Das zwang Stile dazu, ebenfalls auf dieser Strecke zu bleiben, denn ein Umweg konnte die Route um mehrere Kilometer verlängern, so daß er in Gefahr geriet, weit genug hinter ihm zurückzufallen, um disqualifiziert zu werden. War das Hulks Plan gewesen? Weiterzulaufen, die Hauptbahn zu benutzen, während Stile arglos der Umleitung folgte und sich selbst disqualifizierte? Aber das würde bedeuten, daß Hulk schon zuvor über diese Umleitung informiert gewesen war – und Stile selbst hatte Marathon auf dem Gitter plaziert.

Allerdings hielt ein guter Wettkämpfer alle Optionen im Auge. Wäre Stile nicht auf Phaze beschäftigt gewesen, hätte er selbst über die Umleitung Bescheid gewußt und entsprechend gespielt. Nun, er hatte mit dem Riesen Schritt gehalten und so diese List durchschauen können.

Stile leerte die Flasche und warf sie in den Korb. Hulk hatte seine kaum angebrochen und hielt sie in der Hand. Natürlich konnte er sie so lange aufbewahren, wie er wollte. Stile zog es vor, sich nicht mit einem unnötigen Gewicht zu belasten.

Sie passierten eine Kraftfeldwand und gelangten in einen Interkuppeltunnel. Hier war das Feld ausgefallen. Stile spürte es sofort – es war kalt, und die Luft war dünn. Er hatte Schwierigkeiten beim Atmen. Hier gab es nicht genug Sauerstoff, um ihn seine Geschwindigkeit durchhalten zu lassen.

Falls das Kraftfeld auf weiter Strecke ausgefallen war, würde Stile in Schwierigkeiten geraten. Und Hulk wußte es. Plötzlich hatte sich das Rennen völlig geändert! Hatte Hulk dies vorausgesehen und bereits außerhalb der Kuppeln trainiert? War er deshalb mit so viel Selbstvertrauen zum Rennen angetreten? Stiles vermeintliche Stärke war zu seiner Schwäche geworden – wegen der besseren Vorbereitung seines Gegners. Falls Hulk ihn schlug, dann deshalb, weil er Stile auf seinem eigenen Gebiet geschlagen hatte: der Beachtung verborgener Nuancen bestimmter Situationen. Er hatte den Spieß mit außerordentlicher List umgedreht und dafür gesorgt, daß sich Stile selbst in die Falle manövrierte.

Stile begann an Boden zu verlieren. Er mußte langsamer werden, um nicht das Bewußtsein zu verlieren – er mußte seinen Sauerstoffverbrauch senken. Er sah Hulks Rücken in der Ferne verschwimmen.

Wenn sich die Fehlfunktion des Kraftfeldes über mehrere Kilometer erstreckte, konnte Hulk den notwendigen Vorsprung und damit auch das Rennen gewinnen. Oder, was noch wahrscheinlicher war, Hulk konnte den Sieg erringen, indem er Stile zum Aufgeben zwang – Stile, dessen Ausdauer von anderer Art war, konnte einfach nicht Schritt halten.

Keuchend wurde er langsamer. Hulk war jetzt außer Sichtweite. Stile stolperte. Vor ihm befand sich eine weitere Kraftfeldwand. Falls sie das Ende des vom Ausfall betroffenen Gebietes markierte...

Nein. Er betrat ein großes Werkzeuglager. Roboter arbeiteten dort, aber die Menschen hatte man evakuiert. In der gesamten Kuppel herrschte Sauerstoffmangel.

Stile fühlte sich benommen. Er konnte nicht weitergehen – aber er mußte es. Die Kuppel drehte sich wie verrückt um ihn, während er lief. Lief? Er sollte gehen! Aber Hulk hatte bereits diese Kuppel durchquert, befand sich vielleicht bereits wieder in sauerstoffreicher Luft, baute seinen Vorsprung weiter aus, während Stile taumelte...

Ein Reinigungsroboter rollte auf ihn zu. „Erfrischung – mit Gruß von Sheen“, sagte er und reichte ihm eine Flasche.

Stile fehlte die Geistesgegenwart, um diesen seltsamen Zwischenfall zu hinterfragen, und er griff nach der Flasche, schob sie in den Mund, drückte sie zusammen.

Gas zischte in seinen Mund. Verblüfft atmete er sie ein, hustete.

Luft? *Das war reiner Sauerstoff!*

Stile schloß die Lippen um den Flaschenhals, drückte zu, inhalierte. Er mußte seine Reflexe kontrollieren, sich in Erinnerung rufen, daß dies keine Flüssigkeit war. Sauerstoff – genau das, was er brauchte! Das bedeutete keinen Regelverstoß.

„Danke, Sheen!“ keuchte er und rannte weiter. Er fühlte sich noch immer benommen, aber jetzt wußte er, daß er es schaffen konnte.

Bald war der Sauerstoffvorrat erschöpft – in eine derartige Flasche paßte nicht viel hinein. Er fragte sich, wie sie funktionierte; möglicherweise öffnete sich durch das Drücken ein Ventil. Er warf sie in einen Abfallschacht und lief weiter. Er hatte sich wieder erholt. Jetzt konnte er es bis zu der nächsten Sektion mit atembarer Atmosphäre schaffen.

Er schaffte es. Die nächste Feldtrennwand markierte das Ende des beschädigten Abschnitts. Ah, was für eine wunderbare Erleichterung!

Aber der Sauerstoffmangel hatte ihn geschwächt, und er hatte eine Menge Boden verloren. Auch Hulk mußte Sauerstoff zu sich genommen haben – das war es! Diese seltsame Flasche, an der er gesaugt hatte! Sauerstoff, den er sich für den schwersten Streckenabschnitt aufgespart hatte! Ein kluger, durchtriebener Mann! Hulk hatte nichts Illegales oder gar Unethisches getan – er hatte sein Gehirn benutzt und seine Hausaufgaben erledigt, um Stile auszumanövrieren, und deshalb hätte er fast schon das Rennen gewonnen gehabt. Nun mußte Stile ihn einholen – und das würde nicht leicht sein. Hulk war noch keine zwei Kilometer entfernt, denn Stile hatte noch keine Aufforderung erhalten, das Rennen einzustellen, aber vielleicht war er der gefährlichen Marge schon sehr nahe. Hulk setzte zweifellos seine letzten Kraftreserven ein, um den Vorsprung auszubauen, für den Fall, daß Stile es durch das sauerstoffarme Gebiet schaffte.

Aber wenn Hulk nicht den erforderlichen Vorsprung erreichte und Stile ihn einholte, dann mußte er immer noch an ihm vorbei und selbst die Führung einnehmen. Etwa dreißig Kilometer lagen noch vor ihnen. Konnte er das aushalten? Er war ernstlich geschwächt.

Er mußte es schaffen! Er wurde schneller und trieb seinen Körper zur Höchstleistung an. Er hatte Kopfschmerzen, und seine Beine waren schwer, und seine Brust schmerzte. Aber er rannte.

Die Bahn führte weiter durch Kuppeln, malerische Landschaften, abwechslungsreiche Szenerien – aber Stile hatte jetzt keine Energie mehr übrig, um den Anblick zu genießen. Sein träges Gehirn mußte sich auf seine Beine konzentrieren: heben – senken, heben – senken... Jeder Schritt erschütterte seinen Leib; der Aufprall war jedesmal wie der Schlag eines Schmiedehammers gegen seine Wirbelsäule. Der Rhythmus drohte sein Bewußtsein zu trüben. Die Schritte hallten in seinem Innern wider. Er orientierte sich an ihnen, hörte, wie sich eine Melodie hinter diesen Erschütterungen erhob. Sie erinnerte an das Getrommel von Neysas Hufen, wenn sie dahintrabte, und die Musik ihres Mundharmonikahorns durchdrang leise und lieblich sein Unbehagen. Unbeschreiblich lieblich klang sie jetzt in seinen Ohren. Sein Schmerz verwandelte sich in eine einsame Form des Glücks.

Bum-bum-bum. Er entdeckte, wie er Worte zu diesem Rhythmus und dieser Melodie dichtete: *Freund*schaft, *Freund*schaft, *Freund*schaft, *Freund*schaft auf *e*wig, auf *e*wig, auf *e*wig, auf *e*wig. *Freund*schaft auf *e*wig, ver*ei*net, ver*ei*net, ver*ei*net. *Freund*schaft auf *e*wig ver*ei*net uns *beid', beid', beid'*. Neysa war seine

Freundin. Er begann in Gedanken den improvisierten Text zu singen, denn er atmete zu schwer, um laut singen zu können. Seine Freundschaft zu dem Einhorn...

Abrupt kehrte seine klare Überlegung zurück, als sein Gehirn wieder normal zu funktionieren begann. Neysa? Was war mit Sheen? Er befand sich jetzt in Sheens Welt! Sheen hatte ihm den Sauerstoff geschickt!

Erneut empfand er hoffnungslose Enttäuschung. Ein kleiner Mann mußte nehmen, was er bekommen konnte, selbst wenn es sich dabei nur um Roboter oder Tiere handelte. Statt um richtige Frauen.

Und sofort erfüllte ihn Zorn auf sich selbst – was stimmte denn mit Robotern und Tieren nicht? Sheen und Neysa waren die wundervollsten weiblichen Wesen, die er je kennengelernt hatte! Was kümmerte ihn schon die wahre Natur ihres Fleisches? Er hatte beide geliebt, aber das war nicht die Hauptsache: Sie hatten ihm in seinen verzweifeltsten Stunden beigestanden. Er liebte sie beide.

Dennoch konnte er nicht beide heiraten, nicht einmal eine. Weil er ein richtiger Mann und sie keine richtigen Frauen waren. Dies war keine Frage des Gesetzes, sondern eine seines Charakters. Er konnte der Freund eines jeden Geschöpfes sein, aber er konnte nur eine völlig menschliche Frau heiraten. Und somit konnte er gar nicht heiraten, denn keine Frau, die es wert war, sie zu besitzen, würde einen Zwerg haben wollen.

Und damit war er wieder bei der unausrottbaren Wurzel seiner Probleme – bei seiner Größe. Gleichgültig, wie sehr er sich bemühte, seine Überlegenheit zu beweisen, gleichgültig, wie hoch er auf jeder Leiter aufsteigen mochte, er blieb, was er war: unzulänglich. Weil er zu klein war. Zur Hölle mit der Logik und höflichen Euphemismen – so war die Situation eben.

Freundschaft auf ewig vereinet uns beid'. Und niemals mehr als das. So viel zu den hübschen Robotern und freundlichen Tieren: Sie boten all das an, was er niemals haben konnte.

Sheen stand neben der Strecke und streckte ihm eine Flasche entgegen. „Er wird müde, Stile!“ rief sie.

„Genau wie ich!“ keuchte er. „Aber dein Sauerstoff hat mich gerettet.“

„Welcher Sauerstoff?“ fragte sie, während sie an seiner Seite rannte.

„Der Roboter... wußtest du nicht, daß entlang eines Streckenabschnitts das Kraftfeld ausgefallen ist?“

„Hast du nicht die Umleitung benutzt?"
„Wir blieben auf der ursprünglichen Bahn. Die Luft wurde knapp. Hulk hatte Sauerstoff, aber ich nicht. Bis ein Roboter..."
Sie schüttelte den Kopf. „Es muß einer meiner Freunde gewesen sein."
Die autonomen Maschinen – natürlich. Sie mußten gewußt haben, was ihr verborgen geblieben war. Sie hatte sie gebeten, auf ihn achtzugeben – sie hatten genau das getan und aus eigenem Antrieb geholfen, als ihre Hilfe erforderlich geworden war, und sie hatten Sheens Namen genannt, um jegliches Mißtrauen von vornherein zu zerstreuen. Dennoch hatten sie es nicht tun müssen. Warum waren sie so an seinem Wohlergehen interessiert? Sie mußten mehr von ihm wollen als nur das Verlangen, daß er Stillschweigen über ihre wahre Natur bewahrte. Er hatte ihnen sein Wort darauf gegeben, und sie wußten, daß er es nicht gebrochen hatte. Und er würde sein Wort auch nicht brechen, einfach deshalb, weil er nicht zu dem Turnier zugelassen wurde. Tatsächlich konnten sie sich sicherer fühlen, wenn seine Aufenthaltsgenehmigung frühzeitig endete. Wenn er dies zu den zufälligen Geheimnissen hinzuaddierte, auf die er gestoßen war... Nun, wenn er jemals die Zeit dafür besaß, würde er versuchen, die Wahrheit zu erfahren. „Jedenfalls vielen Dank."
„Ich liebe dich!" sagte Sheen und nahm die Flasche wieder an sich.
Dann verschwand sie, während er weitertrottete. *Sie* konnte lieben – warum konnte *er* es nicht? Brauchte er ein verdammtes Programm dafür?
Aber von irgendwoher kehrte Kraft in ihn zurück, erfüllte seine Beine, seine Brust.
Stile gewann an Geschwindigkeit. Ja, er war jetzt stärker, die Welt lag klar vor seinen Augen. Er konnte Hulk einholen.
Warum sollte ihm eine Maschine sagen, daß sie ihn liebte?
Warum sollte ihm eine andere Maschine aus einer Klemme helfen?
Stile grübelte über diese Fragen nach, während er mit wachsender Geschwindigkeit weiterlief, und allmählich kristallisierten sich die Antworten wie von selbst heraus. Sheen hatte keinen anderen Daseinsgrund, als ihn zu beschützen – wie sollte sie dann in der Lage sein, dies von Liebe zu unterscheiden? Und die autonomen Maschinen konnten ein Interesse daran haben, daß er Proton verließ – und die sicherste Methode war, ihm bei seiner Qualifizie-

rung für das Turnier zu helfen. Denn wenn er nicht daran teilnehmen konnte – und das würde geschehen, falls er dieses Rennen verlor –, dann verblieben ihm noch drei Jahre, vorausgesetzt, er fand einen neuen Herrn. Falls er sich qualifizierte, durfte er nur so lange bleiben, wie er gewann. Natürlich halfen sie ihm deshalb. Sie unterstützten und halfen ihm... und ihre Hilfe würde dazu führen, daß er bald keine Gefahr mehr für sie darstellte.

Sheen war ebenfalls eine mit freiem Willen versehene Maschine und nur ihrem Programm, ihrer Primärdirektive, unterworfen. Davon abgesehen verfügte sie über bemerkenswerte Freiheit. Sie hatte ihn zur Teilnahme am Turnier getrieben, indem sie ihm eine Anstellung bei einer Bürgerin verschafft hatte, die eine begeisterte Anhängerin des Spiels war. Wollte *sie,* Sheen, daß seine Aufenthaltsgenehmigung ablief? Allerdings besaß sie kein verstecktes Motiv; sein Ausdruck ihres Programms hatte das bewiesen. Seine Vergewaltigung ihrer Seele.

Die Vergewaltigung – nahm sie sie ihm noch immer übel? Nein, das glaubte er nicht. Sie wußte, daß er getan hatte, was er tun mußte, und daß er ihr nichts Böses hatte tun wollen. Er hatte nicht wissen können, daß sie eine autonome Maschine war, und er hatte sich danach bei ihr entschuldigt.

Nein, Sheen tat das, was sie für das beste für ihn hielt. Ein Jokkey mit verletzten Knien und einem Feind unter den Bürgern hatte schlechte Aussichten, und so waren ihre Optionen begrenzt. Sie hatte ausgezeichnete Arbeit geleistet, wenn man bedachte, daß sie nicht einmal sicher sein konnte, daß er nach Proton zurückkehren würde, nachdem er zum erstenmal durch das Nebelfeld gegangen war. Sie hatte das getan, was eine intelligente Frau für den Mann, den sie liebte, tun würde.

Weiter. Ja, er kam gut voran – aber wie viele Meter blieben ihm noch, um seinen Gegner einzuholen? Während der Periode der Sauerstoffknappheit hatte er jedes Gefühl für die Zeit und die Entfernung verloren.

Stile rannte weiter. Er fiel in eine Art Trance, während er seinen erschöpften Körper antrieb. Viele Meter lief er mit geschlossenen Augen, vertraute auf den markierten Rand der Bahn, der ihm sagen würde, wenn er abkam. Es war ein Trick, den er schon oft zuvor benutzt hatte – blind schien er besser voranzukommen.

Seine Zeit war gut, das wußte er, und gewiß lief er schneller als Hulk. Aber jetzt begannen seine Knie steif zu werden, dann zu schmerzen. Er belastete sie mehr als je zuvor seit dem Laserattentat. Normalerweise plagten sie ihn nur, wenn er sie sehr weit beugte.

Er versuchte, seinen Laufstil zu ändern, und es half, aber es ermüdete ihn auch schneller. Er konnte vielleicht seine Knie retten – auf Kosten seiner Aufenthaltsgenehmigung. Selbst wenn er dieses Rennen gewann und am Turnier teilnahm – mit seiner Knieverletzung hatte er so gut wie keine Chance.

War es denn so schlimm, wenn seine Aufenthaltsgenehmigung endete? Es würde ihn zwingen, Proton zu verlassen und durch das Nebelfeld nach Phaze zu gehen – und dort für immer zu bleiben. Das besaß einen perversen Reiz.

Aber zwei Dinge störten ihn. Zuerst war das Sheen, die wirklich ihr Bestes für ihn gegeben hatte und die er nicht einfach verlassen konnte. Nicht, ehe er nicht alle anderen Möglichkeiten ausgeschöpft hatte. Zweitens mißfiel ihm die Vorstellung, dieses Rennen gegen Hulk zu verlieren, dem großen Mann den Beweis zu gestatten, daß er der Bessere war. Auf keinen Fall. Standen diese beiden Faktoren miteinander im Konflikt? Nein, er dachte, daß eine Niederlage in diesem Marathonlauf seine Aufenthaltsgenehmigung ungültig machen würde, und das stimmte nicht ganz. Wie dem auch sei, er hatte guten Grund, sein Bestes zu geben und sein Exil auf Phaze nur anzutreten, wenn alles andere versagt hatte.

Stile beugte sich ein wenig nach vorn. Zum Teufel mit seinen Knien! Er hatte vor, dieses Spiel zu gewinnen. Falls ihn das seine Chancen im Turnier kostete, sollte es eben so sein.

Plötzlich, nach einer Minute oder einer Stunde, entdeckte er den Riesen, der vor ihm daherschlich. Hulk hörte ihn, fuhr zusammen und lief los. Aber der Kampfgeist des Mannes ließ bald nach. Stile folgte ihm, verlor an Boden, hielt den Abstand, gewann wieder einige Meter dazu.

Hulk keuchte. Er taumelte. Getrockneter Speichel klebte an seiner Wange, war ihm aus dem Mundwinkel getropft, und sein Haar war schweißverklebt. Er hatte einen Haufen Gewicht eine weite Strecke getragen – eine weit größere Last als Stiles geringes Gewicht. Beim Gewichtheben und Ringen waren kräftige Muskeln und ein schwerer Körper von Vorteil; beim Dauerlauf stellten sie ein Handicap dar. Hulk war ein Mann von beeindruckender Gestalt und scharfem Verstand und voller Entschlossenheit, und er hatte all seine Fähigkeiten zusammengetan, um Stile ein verteufeltes Rennen zu liefern – aber jetzt sah er der Niederlage ins Auge.

Stile schloß zu ihm auf, und jetzt, wo sein Sieg greifbar nahe war, fiel ihm das Laufen nicht mehr schwer. Im Gegensatz dazu kämpfte Hulk, seine Brust hob und senkte sich wie ein großer Blasebalg, und jeder Atemzug klang kratzig. Er war am Ende, seine Reserven waren erschöpft.

Stile hielt mit ihm Schritt, morbide fasziniert von der deutlichen Agonie des Mannes. Was trieb ihn an? Wenigen Menschen war die Natur des Langstreckenlaufes klar, die reine Willenskraft, die nötig war, um die normalen Grenzen des menschlichen Körpers zu überwinden, obwohl der Körper dem Untergang entgegensah, der Mut, den man haben mußte, wenn aus Müdigkeit Schmerz wurde. Hulk hatte bis zu diesem Augenblick das Doppelte von Stiles Gewicht schleppen und das Doppelte von Stiles Energie aufbringen müssen. Sein Zusammenbruch war bisher noch nicht eingetreten, weil Stile weit hinter ihm zurückgelegen hatte. Wäre Stile zusammengebrochen oder auch nur weitergegangen, hätte Hulk durch Stiles Disqualifizierung oder indem er die restlichen Kilometer gegangen wäre, um seine schwindenden Reserven zu schonen, den Sieg errungen. Doch jetzt bestand die Gefahr, daß er sich selbst umbrachte. Er weigerte sich aufzugeben, und sein Körper brannte aus.

Stile hatte den Zwang verspürt, diesen Mann zu demütigen. Körperlich hatte er es getan. Seelisch war es ihm mißlungen. Hulk war buchstäblich am Ende, aber ungebeugt. Stile bewies nicht seine Überlegenheit, sondern er bewies seine Brutalität.

Stile empfand Bedauern für Hulk. Der Mann hatte in einer unmöglichen Situation sein Bestes versucht. Jetzt stand er am Rande eines Hitzekollaps und vielleicht eines Schocks – weil er weder aufgeben noch um eine Atempause bitten würde. Hulk bewies im Unglück unerschütterlichen Mut. Er war in der Tat eine begnadete Seele.

Stile empfand nun für Hulk dieselbe Zuneigung, die er Sheen und Neysa entgegenbrachte – ihr Kreuz war schlimmer als das seine. Stile konnte nicht auf diese Weise gewinnen.

„Hulk!“ krächzte er. „Ich biete dir ein Unentschieden an.“

Der Mann torkelte weiter, hörte ihn nicht.

„Unentschieden! Unentschieden!“ rief Stile. „Wir machen einen neuen Versuch mit einem anderen Gitter! Hör auf, bevor du dich umbringst!“

Diesmal verstand er ihn. Hulk wurde langsamer, blieb stehen. Er schwankte hin und her. Seine glasigen Augen richteten sich auf Stile. „Nein“, krächzte er. „Du hast mich geschlagen. Ich gebe auf.“

Dann stürzte Hulk bewußtlos zu Boden. Stile versuchte ihn aufzufangen, den Aufprall zu lindern, aber statt dessen fiel er selbst. Eingequetscht unter dem reglosen Körper des großen Mannes, wurde er plötzlich von seiner eigenen Erschöpfung überwältigt, die durch seinen Siegeswillen in den Hintergrund gedrängt worden war. Er wurde ohnmächtig.

Stile überlebte. Ebenso Hulk. Es hätte auf ein Unentschieden plädiert werden können, da beide nicht die ganze Strecke hinter sich gebracht hatten und sie zusammen gestürzt waren. Hulk hätte sich dieses Unentschieden sichern können, wenn er einfach geschwiegen hätte. Aber Hulk war ein ehrlicher Mann. Gleich nachdem er aus der Bewußtlosigkeit erwachte, erklärte er sich offiziell für besiegt.

Stile besuchte Hulk im Krankenhaus, während Sheen nervös Wache hielt. Sie mochte keine Krankenhäuser. Protonische Medizin konnte Wunder bewirken, aber einen Teil der Arbeit mußte die Natur selbst übernehmen. Es würde noch mehrere Tage dauern, bis Hulk gesund war und das Hospital verlassen konnte.

„Mehrere *Stunden*", sagte Hulk, indem er Stiles Gedanken erriet. „Ich bin schnell wieder auf den Beinen."

„Du bist sehr großzügig gewesen", erklärte Stile und reichte ihm die Hand.

Hulk ergriff sie, und in seiner großen Pranke verschwand Stiles Hand fast vollständig. „Ich habe getan, was ich für richtig hielt. Ich habe mich so gut wie möglich auf das Rennen vorbereitet, aber du bist durchgekommen. Du bist der bessere Mann gewesen. Du hast gewonnen."

Stile winkte ab. „Ich wollte dich besiegen, weil du so groß bist. Es war ein schlechtes Motiv. Es tut mir leid."

„Irgendwann einmal solltest du ausprobieren, was es heißt, groß zu sein", brummte Hulk. „Wie es ist, wenn die Menschen dir mit Mißtrauen begegnen, dich anstarren und sich im Geiste einen Gorilla vorstellen, während sie dich betrachten. Wie sie sich ausmalen, wie dumm du doch sein mußt, weil jeder *weiß,* daß der Verstand im umgekehrt proportionalen Verhältnis zur Masse steht. Ich wollte beweisen, daß ich dich auf deinem Spezialgebiet schlagen kann, Pfund um Pfund. Ich habe es nicht geschafft."

Das machte Stile nachdenklich. Der große Mann – der als Mißgeburt betrachtet wurde. In dieser Hinsicht unterschied sich sein Leben nicht sehr von Stiles. Er litt lediglich unter dem anderen Extrem – er war ein Riese statt ein Zwerg. Jetzt fühlte Stile den Drang, etwas für diesen Mann zu tun.

„Deine Aufenthaltsgenehmigung läuft bald ab", sagte er. „Vielleicht bleibt dir nicht mehr genug Zeit, um eine qualifizierende Sprosse zu erklettern. Du wirst Proton bald verlassen müssen. Bist du an einer Alternative interessiert?"

„Nein. Ich habe nichts für das Leben eines Kriminellen übrig."

„Nein, nein! Eine legale Alternative, eine ehrenwerte. Es gibt eine Welt, eine Sphäre... ein alternativer Planet, wie Proton, aber mit Atmosphäre, Bäumen, Wasser. Keine Bürger, keine Leibeigenen, nur Menschen. Einige können hinübergehen und dort den Rest ihres Lebens bleiben."

Hulks Augen leuchteten auf. „Eine Traumwelt! Wie verdient man sich dort seinen Lebensunterhalt?"

„Man kann die Wildnis durchstreifen, Früchte essen, jagen, sammeln. In dieser Hinsicht gibt es keine Probleme."

„Eine langweilige Welt. Ein Mann wird dort verweichlichen."

„Die Menschen dort tragen Waffen. Einige der Tiere sind Ungeheuer. Es gibt vielfältige Gefahren. Ich glaube, du wirst in dieser Welt mehr Herausforderungen finden als in den Kuppeln Protons, und sie wird dir mehr gefallen als die meisten Planeten, zu denen du emigrieren könntest. Allerdings kann man sie nur durch das Nebelfeld erreichen. Ich weiß nicht genau, ob es dir gelingt, aber ich glaube, es ist möglich."

„Also ist diese Welt nicht räumlich von Proton entfernt, sondern sie liegt in einer anderen Dimension? Warum sollte ich sie dann erreichen können, wenn es anderen nicht gelingt?"

„Weil du als Leibeigener hierhergekommen bist. Du bist hier nicht geboren, du hattest hier keine Familie. Somit existierst du auf Phaze wahrscheinlich nicht."

„Ich kann dir nicht folgen."

„Es ist schwer, dies zu verstehen, wenn du es nicht selbst siehst. Ich werde dir beim Übergang helfen – wenn du es willst."

Hulks Augen verengten sich. „Es steckt mehr dahinter, als du mir bisher gesagt hast. Wo ist der Haken?"

„Dort funktioniert Magie."

Hulk lachte. „Du leidest unter Halluzinationen, kleiner Riese! In diese Art Sphäre werde ich dir nicht folgen."

Stile nickte traurig. Er hatte diese Reaktion erwartet, aber sich dem Mann gegenüber, den er hatte demütigen wollen, zu einem Versuch verpflichtet gefühlt. „Zumindest begleite mich zu dem Nebelfeld, durch das man hinübergehen kann, damit du selbst siehst, inwieweit diese Welt wirklich ist. Oder sprich mit Sheen, meinem Mädchen. Vielleicht wirst du dann deine Meinung ändern."

Hulk zuckte die Schultern. „Heute kann ich nicht mit dir gehen, aber laß dein Mädchen bei mir. So oder so wird es mir ein Vergnügen sein, mich mit ihr zu unterhalten."

„Ich werde zurückkommen und mit dir reden", sagte Sheen zu Hulk.

Sie schüttelten einander erneut die Hände, und Stile verließ das Zimmer. Sheen begleitete ihn. „Wenn ich beim nächstenmal nach Phaze zurückkehre...", begann er.

„Ich werde Hulk erzählen, was du von dieser Welt weißt", versprach sie. „Du kannst versichert sein, daß er mir aufmerksam zuhören wird."

„Morgen bin ich wieder da, um zum Kampf um die Sprosse Fünf anzutreten. Dann bin ich für das Turnier qualifiziert."

„Aber du bist zu müde, um so bald schon an einem neuen Wettkampf teilzunehmen!" protestierte sie.

„Ich bin auch zu müde, um mich der Gelben Adeptin entgegenzustellen", entgegnete er. „Aber ich muß meine Freunde befreien. Währenddessen kannst du den Termin für das Spiel um die Sprosse Fünf festlegen. Ich möchte mich so schnell wie möglich qualifizieren und so deine Entscheidung rechtfertigen, denn mit weniger wird sich meine neue Herrin nicht zufriedengeben."

„Ja, natürlich", stimmte sie kläglich zu. „Es ist logisch."

Sie packte die Spezialausrüstung zusammen, die er angefordert hatte, und führte ihn zum entsprechenden Abschnitt des Nebelfeldes. „Meine Freunde hatten schrecklich viel Mühe, dieses Zeug zu besorgen", beschwerte sie sich. „Es wäre wirklich alles viel leichter, wenn du ein vernünftiger Roboter und kein unvernünftiger Mensch wärst."

„Du hast doch einen vernünftigen Roboter, der so aussieht wie ich", erinnerte er sie. „Denk daran, ihn zu aktivieren."

Spielerisch schlug sie nach ihm. „Du weißt, daß sich ein Roboter nicht mit einem richtigen lebenden Mann vergleichen läßt."

Stile küßte sie und trat durch das Feld.

16. Kapitel

Blau

Wie geplant tauchte Stile direkt vor dem gelben Nebel auf, der die Grenze der Gelben Domäne bildete. Wegen seines Versprechens und des Fluches, mit dem ihn Gelb belegt hatte, konnte er nicht selbst in den Nebel eindringen – aber es dürfte auch nicht notwendig werden. Er stellte den Käfig mit der Eule ab und legte seine Kleidung an. In den Taschen befanden sich ein zusammengefalteter, federleichter Regenumhang und eine Metallsäge; der Umhang diente zum Schutz vor den Zaubertränken, falls Gelb damit um sich werfen sollte, und die Säge der Beseitigung der Gitterstäbe. Er hoffte, daß Kurrelgyre oder Neysa genug Gemeinsinn haben würden, um einen der Stäbe abzusägen und mit ihm als Hebel die Schlösser der anderen Käfige aufzubrechen. Wenn sie das nicht taten oder irgend etwas anderes schiefging...

Stile verdrängte diesen Gedanken. Er mußte seine Freunde befreien, so oder so. Wenn es nicht ohne Gewalt ging, dann blieb ihm nichts anderes übrig, als die Gelbe Adeptin zu töten – und das wollte er nicht. Sie war im Grunde keine schlechte Hexe.

Er rollte den flexiblen Regenumhang zu einem Schlauch zusammen, wickelte ihn um die Säge und verknotete die beiden Enden. Dann holte er die Eule aus dem Käfig. „In Ordnung, Eule. Einen Dienst mußt du mir erweisen, und dann bist du frei in dieser Welt und wirst niemals mehr einem Menschen dienen müssen oder eingesperrt werden." Es handelte sich hierbei um eine modifizierte Eule von hoher Intelligenz. Sie verstand ihn. „Nimm dies und wirf es in den Kessel, der in dem gelben Haus steht." Stile gab ihr das Päckchen mit dem Trockeneis. „Das hier wirf in den Käfig des Einhorns." Er reichte der Eule das Bündel aus dem Regenumhang und der Säge.

Die Eule blinzelte zweifelnd.

„Oh, du weißt nicht, was ein Einhorn ist? Es sieht aus wie ein Pferd mit einem Horn". Die Eule war beruhigt. „Dann flieg von hier los – und von dort davon, rasch. Danach bist du frei. Und wenn du mich jemals brauchen solltest, laß es mich wissen, und ich werde dir helfen."

In jede Klaue nahm die Eule eines der Päckchen, breitete die Schwingen aus und stieg hinauf in den Himmel. „Und sorg' dafür, daß du dort mit keiner Flüssigkeit in Berührung kommst!" schrie Stile ihr nach.

Er beobachtete, wie sie verschwand, und hoffte das Beste. Ihm blieb im Moment nichts anderes übrig, als ihr Erfolg zu wünschen.

Er hatte Glück. Bald hörte er die Hexe kreischen. Das mußte das Trockeneis im Kessel sein, das die Brühe ohne Zutun der Adeptin brodeln und dampfen ließ, die Wirksamkeit des Zaubertrankes herabsetzte und sowohl die Eule vor dem Bann schützte als auch Gelb ablenkte. Als nächstes würde sie die Säge und den Regenumhang abliefern. Danach, mit ein wenig Glück, würde die Hölle losbrechen.

Er wartete nervös. So viele Dinge konnten schiefgehen! Dann hörte er das Schätzchen Corey, den rosa Elefanten, trompeten, gefolgt von einem wachsenden Aufruhr unter den Gefangenen. Der Lärm nahm zu, und hämmernde und krachende Laute mischten sich hinein. Dann tauchten endlich Gestalten aus dem Nebel auf. Ein Einhorn galoppierte auf Stile zu. Es war Neysa – und auf ihr saß ein Reiter. Kurrelgyre in seiner menschlichen Gestalt.

Sie erreichten ihn, und der Werwolf stieg ab. „Mein Dank an Euch, schöne Stute. Zu gegebener Zeit werde ich den Gefallen erwidern." Dann reichte er Stile das Schwert und nahm seine Wolfsgestalt an.

Stile blieb für einen Moment verwirrt stehen. Warum war der Werwolf nicht einfach als Wolf entflohen, hatte statt dessen die – für ihn – unpraktische Möglichkeit gewählt, auf dem Einhorn zu reiten? Um das Schwert mitzunehmen, das er sonst hätte zurücklassen müssen. Seine eigene Kleidung verwandelte sich mit ihm, aber das Schwert war ein fremder Gegenstand. Er hatte es Stile zurückgeben wollen. Warum hatte Neysa diesen fremden Reiter toleriert? Weil auch sie wollte, daß Stile das Schwert zurückbekam. Obwohl es keine besondere Waffe war. Es war das Geschenk ihres Bruders, das jetzt Stile gehörte – das war das einzig Bemerkenswerte. Also hatten beide es für ihn getan. Oder zumindest war dies das Ergebnis seiner Überlegungen. Er war gerührt. „Ich danke euch beiden. Aber vor allem bin ich froh, euch beide frei und unverletzt zu sehen."

Kurrelgyre knurrte, und Neysa pfiff zustimmend. Keiner von ihnen wollten offenbar viel sprechen. Weil die Notwendigkeit, so eng zusammenzuarbeiten, ihnen nicht gefallen – oder weil es ihnen gefallen hatte? Dies konnte für Erbfeinde zu einer verzwickten Situation führen.

„Die Gelbe Adeptin – ist sie verletzt worden?"

Kurrelgyre nahm wieder seine menschliche Gestalt an. „Die Hexe hat meine Verkleidung durchschaut und mich aus meinem Käfig geholt," berichtete er. „Sie behauptete, daß Ihr sie zu mir geschickt hättet. Und ich, der ich nicht wußte, ob sie die Wahrheit sprach oder log, mußte mitspielen, bis ich über Euer Schicksal Bescheid wußte, und ich hätte sie getötet, hätte sie Euch etwas zuleide getan. Aber sie zeigte mir Eure Fußspuren, die bis zum Nebelfeld führten, und verriet mir, daß Ihr uns aus der Ferne retten wolltet, und sie sagte, sie würde Euch keine Fallen stellen, sofern ich..."

„Gelblinchen ist eine sehr hübsche Hexe", warf Stile ein.

„Ich bin schon lange fort von meiner Werwölfin", stimmte Kurrelgyre zu. „Gelb beherrscht ihr Geschäft wie wir alle. Aber ehe ich etwas unternehmen konnte, ließ die Wirkung des Zaubertrankes nach..." Er zuckte die Schultern. „So bin ich in meinen Käfig zurückgekehrt, um Eure Bemühungen abzuwarten. Ich konnte nicht in meiner Wolfsgestalt fliehen, weil ihr verzaubernder Trank mich zurückgeholt hätte, und in meiner menschlichen Gestalt verspürte ich nicht mehr den Wunsch, sie zu töten."

„Ich glaube, sie war bereit, Euch gehen zu lassen", meinte Stile. „Aber um ihr Gesicht zu wahren, mußte sie abwarten, bis ich etwas unternahm. Ich denke, ich schulde ihr einen Gefallen."

„Es scheint, daß einige Adepten ihre Menschlichkeit bewahrt haben", stimmte Kurrelgyre widerwillig zu. „Kein Tier hat Gelb während der Flucht angegriffen. Sie flohen lediglich in verschiedene Richtungen, und auch wir sind so rasch wie möglich zu Euch gekommen." Er verwandelte sich zurück in den Wolf.

„Gelb hat mir gesagt, wer ich bin", erklärte Stile.

Die Blicke des Einhorns und des Wolfes richteten sich unvermittelt auf ihn.

„Ich bin der Blaue Adept." Stile schwieg, aber keiner von beiden reagierte, ob nun auf positive oder negative Weise. „Ich weiß, daß es euch nicht gefällt, aber ich bin, was ich bin. Mein alternatives Selbst war Blau. Und ich muß mich selbst erkennen, wie es das Orakel gesagt hat. Ich muß fortziehen und die Angelegenheit in der Blauen Domäne klären."

Sie warteten noch immer ab, ermutigten ihn in keiner Weise.

„Ich habe euch beide aus der Gewalt Gelbs befreit, wie ich es tun mußte“, fuhr Stile fort. „Ich konnte euch nicht in ihren Klauen lassen, nachdem ihr meinetwegen in Gefangenschaft geraten seid. Aber jetzt, wo ich weiß, wer ich bin, kann ich keinen von euch mehr um Hilfe bitten. Ich bin derjenige, den Ihr, Kurrelgyre, nicht...“

Der Wolf nahm wieder seine menschliche Gestalt an. „Zu spät, Freund. Ich war verloren, ohne es zu wissen, als ich Euch traf. Das Orakel allein wußte es, als es mir riet, ‚Blau zu pflegen‘. Ich bitte Euch um keinen Gefallen, sondern ich werde Euch helfen, Eure Lage zu erforschen. Vielleicht lauert jener, der Euer anderes Selbst ermordet hat, nun auf Euch in der Blauen Domäne, und eine Wolfsnase wird ihn rechtzeitig aufspüren.“

„Ich danke Euch, Werwolf. Dennoch werde ich keine Magie benutzen, so daß ich Euch nicht helfen kann, falls Ihr in Gefahr geratet. Der Gefallen ist nur einseitig, den Ihr mir...“ Aber Kurrelgyre war bereits wieder zum Wolf geworden.

„Und dich, Neysa“, fuhr Stile fort, „möchte ich...“

Das Einhorn stieß einen melodischen, abwehrenden Pfiff aus. Sie machte eine knappe Bewegung mit ihrem Horn und bedeutete ihm aufzusitzen. Erleichtert folgte Stile der Aufforderung. Er war noch immer erschöpft vom Marathonlauf, und es war sehr erleichternd, wieder auf Neysa zu reiten. Jetzt konnte er sich für eine Weile entspannen, sich von dem kräftezehrenden Rennen erholen. Er brauchte etwa zwei Tage Ruhe, um wieder ganz bei Kräften zu sein, aber ihm fehlte einfach die Zeit. Wenn er seine Reise in die Blaue Domäne verschob, bestand die Gefahr, daß Gelb die Neuigkeit verbreitete, und wer auch immer dort auf ihn lauern mochte, würde auf seine Ankunft vorbereitet sein. Er mußte vorher dort eintreffen.

Sollte er noch einmal um eine Prise Eisenhut bitten? Nein – diese Magie wirkte vielleicht beim zweitenmal nicht mehr, und außerdem zog er es vor, seine Probleme aus eigener Kraft zu lösen, ohne Hilfe von Magie.

Stile wußte nicht, wo sich die Burg des Blauen Adepten befand, aber Kurrelgyre war darüber informiert. Er führte Neysa mit großer Geschwindigkeit in Richtung Osten. Sie eilten den Weg zurück, den sie gekommen waren, durch Wälder und Felder und Wüsten, machten nur selten Rast. Stile erklärte unterwegs, warum er sich am Morgen wieder auf Proton melden mußte, so daß sich die beiden Wesen verpflichtet fühlten, ihn rechtzeitig vor Beginn des Kampfes auf Proton zu seinem Ziel zu bringen. Kurrelgyre nahm sich nicht die Zeit zum Jagen, und Neysa verzichtete trotz Stiles Drängen ebenfalls auf ihr Fressen.

Schließlich passierten sie jene Stelle, an der er das Einhorn gezähmt hatte – der Beginn dieses wilden Abenteuers. So kurz und dennoch so lange her! Ohne anzuhalten näherten sie sich jener Burg, die Stile gleich zu Anfang von seinem Ausguck, dem großen Baum, entdeckt hatte. Nun war er wahrhaftig wieder am Beginn – hätte er das nur gewußt!

Das Morgengrauen senkte sich in seiner unbefleckten Pracht über das Land, als sie die Burg erreichten. Stile hatte auf Neysas Rücken geschlafen und die faszinierenden Mondaufgänge und -untergänge während der Nacht verpaßt. Müde blinzelnd betrachtete er die Burg. Ihm blieben noch knapp vier Stunden bis zu seinem Kampf um die Sprosse Fünf auf Proton – und er hatte noch nicht einmal damit begonnen, die Lage auf Phaze zu klären. Wäre Blau nur nicht so weit von Gelb entfernt gewesen...

Stile hatte geschlafen, aber die Spannung seiner Mission schien durch seinen Schlummer nicht gemildert worden zu sein. Falls der Blaue Adept wirklich ermordet war: Wer hatte die Tat begangen? Und wenn Blaus Magie ihm nicht geholfen hatte, wie konnte dann Stile ohne die Hilfe der Magie überleben? Dennoch, es mußte so sein. Selbst wenn ihm Magie erlaubt wäre, er hätte keine passenden Verse zur Hand.

Trotzdem mußte er in die Burg eindringen. Um endlich zu erfahren, wie seine Situation aussah.

Die Umgebung der Blauen Burg war überraschend schön. Es gab keinen schwarzen oder gelben Nebel – nicht einmal eine Spur blauen Nebels. Nur den klaren blauen Himmel und einen lieblichen blauen See und Felder voller blauer Glockenblumen und blauen Enzians und Blaugraswiesen. In Stiles Augen war dies ein wunderschöner Ort – und erinnerte nicht im geringsten an die Heimstatt eines Adepten.

Dennoch, er durfte sich nicht von Äußerlichkeiten täuschen lassen. „Ich denke, es ist das beste, wenn ich wie bisher in Verkleidung auftrete“, sagte Stile. Die Tiere stimmten zu.

Diesmal zog Stile Neysas Strümpfe an, während Kurrelgyre sich in einen Menschen verwandelte. Dann führte der angebliche Mann die beiden angeblichen Einhörner zum Burgtor.

Die Zugbrücke war über den schmalen Graben heruntergelassen, und das Tor stand offen. Ein bewaffneter menschlicher Wächter trat vor, aber seine Hand befand sich nicht in der Nähe seines Schwertes. Er war natürlich in Blau gekleidet. „Was können wir für Euch tun, Mensch?“ fragte er Kurrelgyre.

„Wir wollen den Blauen Adepten besuchen“, antwortete der Werwolf.

„Eure Tiere sind krank?“

Überrascht griff Kurrelgyre zu einer Improvisation. „Eines leidet unter einer Knieverletzung.“

„Wir haben es hier nicht oft mit Einhörnern zu tun“, bemerkte der Wächter. „Aber gewiß kann die Lady Blau damit fertig werden. Kommt in den Burghof.“

Stile war verblüfft. Dies war das erstemal, daß er von einer Lady Blau hörte. Wie konnte sie der Adept sein, wenn der ursprüngliche ein Mann gewesen und nun tot war? Andererseits konnte es sich bei ihr auch um seine Frau handeln. Das komplizierte die Lage beträchtlich!

„Aber wir wünschen, vom Adepten persönlich empfangen zu werden“, protestierte der Werwolf.

„Falls Ihr im Sterben liegt, würdet Ihr zum Adepten vorgelassen werden“, sagte der Wächter unbeugsam. „Wenn Euer Tier an einer Knieverletzung leidet, werdet Ihr zur Lady vorgelassen.“

Kurrelgyre resignierte. Er führte seine Tiere durch das Tor und in den Innenhof. Er ähnelte einem der Höfe im Palast des Orakels, war aber kleiner. Beherrscht wurde er von einem wunderschönen, blaublühenden Jacarandabaum, der sich in der Mitte erhob. Hinter dem Baum lag ein dunkelblauer Teich, der von einem Wasserspeier in der Form eines kleinen blauen Wales gespeist wurde. Offenbar liebte der Blaue Adept die Natur in all ihren Formen, insbesondere in ihren blauen Formen. Stile besaß einen ähnlichen Geschmack.

Auf dem Hof hielten sich mehrere andere Tiere auf: ein lahmender Eselhase, eine Schlange mit eingedrücktem Schwanz und ein teilweise geschmolzenes Schneeungeheuer. Neysa hielt das letztere nervös im Auge, aber das Ungeheuer suchte keinen Streit mit einem der anderen Wesen.

Eine Dienerin in einem blaugemusterten Sommerkleid betrat den Hof. „Die Lady wird sich in Kürze um Euch kümmern“, wandte sie sich an Kurrelgyre. „Oder leidet Ihr unter akuten Schmerzen?“

„Nein“, erwiderte der Werwolf. Er war offensichtlich ebenso verwirrt wie Stile. Was war mit dem tückischen Charakter, den man von einem Adepten erwartete? Falls der Blaue Adept tot war, wo waren der Kummer und der Zorn? Sie hatten geglaubt, sich vielleicht ihren Weg in die Burg freikämpfen zu müssen – statt dessen empfing man sie mit offener Gastfreundschaft.

Das Mädchen hob vorsichtig die Schlange auf und trug sie behutsam in die Burg.

Was war das, fragte sich Stile – ein Krankenhaus? Zweifellos unterschied sich diese Burg erheblich von der Schwarzen oder der Gelben Domäne. Wo war der Haken?

Das Mädchen erschien wieder, um den Hasen zu holen. Die Schlange war nicht zurückgekehrt. War sie geheilt – oder tot? Warum wagten sich die Tiere in diese Burg? Angesichts des Rufes der Adepten hätten sich diese Kreaturen davor hüten müssen, in ihre Nähe zu kommen.

Jetzt tauchte eine andere Frau auf. Sie trug ein schlichtes blaues Gewand, blaue Sandalen und ein blaues Kopftuch. Sie war wohlgeformt, aber nicht von außergewöhnlicher Schönheit. Sie wandte sich direkt an das Schneeungeheuer. „Für Euch, ein Kälteelixier", sagte sie. „Eine einfache Sache." Sie öffnete ein Fläschchen und bespritzte des Ungeheuer mit seinem Inhalt. Augenblicklich verschwanden die Schmelzwunden. „Aber kehrt zurück in die Sicherheit Eurer Berge, und zwar schnell – die Tiefländer sind kein guter Ort für Wesen wie Euch", fügte sie mit einem Lächeln hinzu, das kurz ihr Gesicht aufleuchten ließ, als ob eine Wolke vom Antlitz der Sonne verschwunden wäre. „Und sucht nicht noch einmal Streit mit feuerspeienden Drachen!" Die Kreatur nickte und schlurfte davon.

Nun wandte sich die Frau an Kurrelgyre. Stile war froh über seine Verkleidung; dieses strahlende Lächeln hatte ihn völlig durcheinandergebracht. Bis zu diesem Lächeln war sie nur eine normale Frau gewesen. Falls es etwas Böses in diesem Geschöpf gab, so war es ungewöhnlich gut versteckt.

„Wir haben hier nicht oft Einhörner zu Gast, Sir", sagte sie, wiederholte die Bemerkung des Torwächters. Stile verblüffte die Anrede, die gewöhnlich nur einem Bürger Protons galt. Aber diese Welt hier war nicht Proton. „Welches leidet unter einer Knieverletzung?"

Der Werwolf zögerte. Stile kannte sein Problem, und er trat nach vorn. Das Einhornkostüm veränderte das Aussehen nur für das Auge; jede Berührung würde verraten, daß er in Wirklichkeit einen menschlichen Körper besaß. „Ich bin der mit der Knieverletzung", erklärte er. „Ich bin ein Mensch in der Verkleidung eines Einhorns."

Die Lady sah ihn an. Ihre Augen waren natürlich blau und sehr schön, aber ihr Mund nahm einen grimmigen Ausdruck an. „Wir helfen hier derzeit keinen Menschen. Warum benutzt Ihr diese Maske?"

„Ich muß den Blauen Adepten sehen", sagte Stile. „Und bisher hat mich noch kein Adept mit Freundlichkeit empfangen. Ich ziehe es vor, anonym zu bleiben."

„Ihr klingt seltsam vertraut..." Sie verstummte. „Nein, das kann nicht sein. Kommt, ich werde Eure Knie untersuchen, aber ich kann nichts versprechen."

„Ich möchte nur den Adepten sehen", protestierte Stile. Aber sie kniete bereits vor ihm und fand seine Beine hinter der Einhornverkleidung. Hilflos stand er da und ließ zu, daß ihre Finger über seine Stiefel und Strümpfe und unter seine Hosenbeine glitten, seine Waden fanden und schließlich auf seine Knie stießen. Ihre Berührung war sanft und köstlich. Ihre Wärme durchdrang seine Knie wie das Kraftfeld einer Mikrowellen-Heilmaschine. Aber dies war keine Maschine – sie war wunderbar lebendig. Nie zuvor hatte er eine derartige heilende Berührung gespürt.

Stile sah nach unten – und traf den Blick der Lady. Und etwas in ihm flackerte auf wie trockener Zunder, von einem Funken entflammt. *Dies war die Frau, die sein alternatives Selbst geheiratet hatte.*

„Ich spüre den latenten Schmerz in Euren Knien", sagte die Lady Blau. „Aber ich bin nicht in der Lage, die Verletzung zu heilen."

„Der Adept besitzt magische Kräfte", sagte Stile. Sofern der Blaue Adept nicht tot war.

„Der Adept ist indisponiert", erklärte sie fest. Sie ließ seine Knie los und stand geschmeidig auf. Sie war zauberhaft grazil, obwohl unter ihrem Mund und ihren Augen Sorgenfalten lagen.

Kurrelgyre und Neysa standen hinter Stile, erwarteten seine Entscheidung. Er traf sie. Er beugte sich behutsam nach vorn, um die Einhornstrümpfe auszuziehen, seine wahre Gestalt zu enthüllen. „Frau, schaut mich an", forderte er sie auf.

Die Lady Blau sah ihn an. Sie wurde blaß, wich zurück. „Warum kommt Ihr in dieser Maske, hinterhältiger Geist?" fragte sie. „Habe ich Euch nicht beharrlich gedeckt, Euch, der Ihr es als letzter verdient?"

Stile war verwirrt. Er hatte Freude, Unglauben oder Furcht erwartet, je nachdem, ob sie in ihm ihren Mann, eine Illusion oder einen Geist sah. Aber das...

„Obwohl es seltsam ist", murmelte die Lady zu sich selbst. „Eure Knie schienen aus Fleisch und nicht aus Holz zu bestehen, und Schmerz brannte in ihnen. Verwirrt mich nun ein Illusionsbann?"

Stile warf dem Werwolf einen Blick zu. „Ergibt das für Euch einen Sinn? Warum sollten meine Knie nicht aus Fleisch bestehen? Wer hat schon hölzerne Knie?"

„Ein Golem!" entfuhr es Kurrelgyre, als er begriff. „Ein hölzerner Golem in der Maskerade des Adepten! Aber warum deckt sie den Seelenlosen?"

Die Lady fuhr zu dem Werwolf herum. „Warum ich den Knappen decke?" rief sie, und ihre bleichen Wangen röteten sich nun vor Zorn. „Soll ich die Welt erfahren lassen, daß mein Liebster tot ist, heimtückisch ermordet, und daß ein Ungeheuer seinen Platz eingenommen hat – und zulassen, daß all die guten Werke meines Herrn dem Untergang anheimfallen? Nimmer – ich muß retten, was ich retten kann, muß die Blutsauger fernhalten, solange es geht, sonst gibt es niemals mehr Hilfe oder Hoffnung für jene, die sie benötigen. Ich muß zumindest das Bild meines Geliebten für diese Kreaturen erhalten, damit nicht auch sie von dem Entsetzen heimgesucht werden, das mich erfüllt."

Sie wandte sich wieder an Stile, war königlich in ihrem Zorn. „Aber Ihr, Unhold, Kreatur des Bösen, Ihr verfluchtes Scheusal! Spielt nicht diese grausamen Spiele mit mir, damit ich nicht in meinem Schmerz mein Wesen und meine Ideale vergesse und mich schließlich doch gegen Euch wende und Euch nach und nach die Gliedmaßen abtrenne und Euch aus Eurer versengten Brust den toten Klotz herausschneide, der Euer Herz ist!" Und sie wirbelte herum und eilte in das Gebäude zurück.

Stile sah ihr nach, badete in der Hitze ihres Zorns. „Das ist eine Frau!" stieß er atemlos hervor.

Neysa drehte den Kopf und warf ihm einen Blick zu, aber Stile bemerkte nichts von den Gedanken, die sie beherrschten. Die Lady Blau – sie bewahrte ihren Feind vor der Entlarvung, um das gute Werk des ehemaligen Blauen Adepten zu retten. Oh, daß dem Schändlichen solche Gnade widerfuhr!

„Ich muß diesen Golem erschlagen", sagte Stile.

Kurrelgyre nickte. „Was sein muß, muß sein." Er nahm seine Wolfsgestalt an und schnüffelte. Dann machte er sich auf den Weg in die Burg.

Stile folgte ihm, aber Neysa blieb auf dem Innenhof. Sie war fast einen Tag und eine Nacht lang ohne Unterbrechung gelaufen, hatte ihn dabei getragen, und ihr Körper war so müde und erhitzt, daß sie kaum verhindern konnte, daß Flammen aus ihrem Maul schlugen, wenn sie atmete. Kurrelgyre hatte es da weitaus besser gehabt, und Neysa benötigte Zeit, um sich wieder zu erholen.

Niemand versuchte sie am Betreten der Burg zu hindern. Der Wächter am Tor war der einzige Bewaffnete gewesen, dem sie bisher begegnet waren, und er befand sich an seinem Posten. Es gab einige Diener, die arglos ihren Beschäftigungen nachgingen. Nirgendwo trafen sie auf die Düsternis, die die Anwesen der anderen Adepten geprägt hatte. Dies war eine offene Burg.

Der Wolf folgte seiner Nase durch saubere Korridore und Durchgänge, bis sie eine verschlossene Tür erreichten. Kurrelgyre knurrte: Dahinter befand sich der Golem.

„Sehr gut, Werwolf", sagte Stile. „Dies ist mein Kampf – geht fort." Kurrelgyre verstand und zog sich zurück.

Stile dachte kurz nach und entschied dann, seinem Gegner offen entgegenzutreten. Er klopfte.

Wie erwartet, erhielt er keine Antwort. Stile wußte nicht viel über Golems, aber er erwartete auch nicht viel von einem Geschöpf, das aus unbelebter Materie bestand. Dennoch, erinnerte er sich, traf dies auch auf den Roboter Sheen zu. Also mußte er vorsichtig sein und durfte dieses Ding nicht unterschätzen. Er kannte nicht die Grenzen magischer Animation. „Golem", rief er. „Antwortet, oder ich trete dennoch ein. Eure Vorstellung ist zu Ende."

Dann öffnete sich die Tür. Dort stand ein Mann in einer blauen Robe und mit blauen Stiefeln. Er war, erkannte Stile, sein genaues Ebenbild. Seine Kleidung unterschied sich in Details, aber ein Unbeteiligter hätte sie beide nicht auseinanderhalten können.

„Fort mit Euch, Eindringling, oder ich verwandle Euch in einen Wurm und zerstampfe Euch mit meinem Absatz", drohte der Golem.

Also konnten Golems sprechen. So weit, so gut.

Stile zog sein Rapier. Für diesen Moment also hatten der Werwolf und das Einhorn so fleißig zusammengearbeitet, um ihm die Waffe zurückzugeben! „Dann setzt Eure Magie rasch ein, Betrüger", entgegnete er und trat vor.

Der Golem war unbewaffnet. Als Stile dies klar wurde, blieb er stehen, ohne anzugreifen. „Nehmt eine Waffe", sagte er. „Ich weiß, daß Ihr mich nicht verzaubern könnt. Erkennt Ihr mich nicht, lebloser Klotz?"

Der Golem musterte Stile. Die Kreatur war offenbar nicht besonders klug – was nicht überraschte, wenn ihr Gehirn aus Zellulose bestand –, aber langsam wurde ihr Stiles Identität bewußt. „Ihr seid tot!“ entfuhr es dem Golem.

Stile drohte ihm mit dem Schwert. „*Ihr* seid tot, nicht ich.“

Der Golem trat unvermittelt nach ihm. Seine Bewegung kam fast ohne Vorwarnung, aber Stile war in derartigen Situationen immer auf der Hut. Er glitt zur Seite und hieb dem Geschöpf mit der linken Faust gegen das Ohr.

Schmerz durchschoß seine Hand. Es war, als hätte er gegen einen Holzblock geschlagen – wie er sich hätte denken können. Der Golem war buchstäblich ein Holzkopf! Während er verharrte, seine Hand schüttelte, fuhr der Golem herum und traf ihn an der Brust.

Unbewaffnet? Der Golem brauchte keine zusätzliche Waffe! Sein Körper bestand aus Holz. Stile zielte mit dem Schwert und stach auf den Torso ein. Natürlich, die Spitze bog sich, drang nicht ein. Diese Ding ließ sich durch Stahl nicht verwunden!

Jetzt wußte er, womit er es zu tun hatte. Stile hob ein Bein und drückte sein Knie dem Golem in den Leib, als er erneut zuschlagen wollte. Sein Knie schmerzte, als er es beugte, aber er stieß die Kreatur zurück. Der Golem prallte gegen die gegenüberliegende Wand, und sein Kopf erzeugte bei der Kollision ein durchdringendes Krachen – aber es war die Wand, die sich spaltete, nicht der Kopf.

Stile atmete vorsichtigt ein, spürte den Schmerz in seiner verletzten Brust aufflammen und sah sich um. Kurrelgyre war zurückgekehrt, stand im Türrahmen, hielt durch sein Knurren andere vom Eindringen ab. Dies war Stiles persönlicher Kampf, wie ein Spiel in der Proton-Sphäre. Er mußte nur diese untote hölzerne Puppe zerstören. Oder sie würde ihn töten.

Er hatte keine Skrupel mehr, eine unbewaffnete Kreatur anzugreifen. Er musterte den Golem. Die Kreatur mochte aus Holz bestehen, von Magie belebt sein, aber dennoch mußte sie bestimmten grundlegenden Gesetzen der Physik gehorchen. Sie mußte mit Gelenken versehene Glieder besitzen und an diesen Gelenken verwundbar sein, genau wie Stile.

Der Golem stürmte auf ihn los – und Stile bohrte ihm die Spitze seines Rapiers wie eine Spritze in das rechte Auge. Der Golem, der offenbar keinen Schmerz verspürte, stapfte weiter, drehte nur den Kopf. Die Schwertspitze, die im Holz steckengeblieben war, bog sich. Dann brach sie ab.

Stile war kein Fachmann im Umgang mit dieser Waffe gewesen, so daß dieser Verlust geringer war, als es vielleicht den Anschein hatte. Er zielte mit der abgebrochenen Spitze auf das andere Auge des Golems. Aber die Kreatur bemerkte die Gefahr und wich zurück. Sie drehte sich herum und sprang durch das Fenster in der gegenüberliegenden Wand.

Stile nahm die Verfolgung auf. Er sprang durch das zersplitterte Fenster – und fand sich auf dem Innenhof wieder, wo Neysa ruhelos auf und ab gegangen war und ihre Hitze ausgeatmet hatte. Verblüfft blieb sie beim Auftauchen des Golems stehen.

Der Golem sah sich mit seinem unversehrten Auge um. Er entdeckte den walförmigen Wasserspeier. Mit beiden Händen packte er den Spender und riß ihn aus seiner Verankerung.

Alarmiert galoppierte Neysa über den Hof, hatte ihr Horn auf den Golem gerichtet. „Durchbohr ihn nicht!“ schrie Stile. „Das Ding besteht aus Holz – du könntest dir dein Horn abbrechen!“

Während er sprach, schleuderte der Golem den Wal nach ihm. Die Statue war massiv; sie flog wie ein Stein. Neysa sprang zu Stile und stieß ihn aus dem Weg. Das Ding landete vor ihren Füßen und zerbarst.

„Ist mit dir alles in Ordnung, Neysa?“ rief Stile und versuchte, auf die Beine zu kommen, ohne seine Knie zu weit zu beugen.

Sie stieß einen melodischen Warnpfiff aus. Stile wirbelte herum. Der Golem hatte sich hinter ihm aufgebaut und hielt in den Pranken ein Bruchstück des Wals, um ihm den Schädel einzuschlagen.

Neysa hob den Kopf und entließ einen Feuerstrahl aus ihrem Maul, der einem kleinen Drachen alle Ehre gemacht hätte. Der Strahl fauchte über Stile hinweg und versengte den Golem.

Plötzlich stand der Golem in Flammen. Sein Holz war trocken, gut abgelagert und harzig; es brannte lichterloh. Die Kreatur ließ das Walbruchstück fallen und rannte wie verrückt im Kreis, versuchte seiner Qual zu entfliehen. Schläge und Stiche konnten ihm nichts anhaben, aber Feuer war die ultimate Nemesis des Golems.

Stile starrte ihn an, verwirrt von der Erscheinung: er selbst in Flammen! Der Körper des Golems knisterte. Rauch stieg von ihm auf, bildete einen Kondensstreifen, als das Geschöpf weiter seine grausigen Kreise zog.

Und Stile, der soeben noch bestrebt war, dieses Ding zu vernichten, empfand mit einemmal Mitleid mit ihm. Er durfte nicht zulassen, daß es auf diese Weise litt. Er versuchte, seine menschliche Weichheit zurückzudrängen, wußte er doch, daß der Golem buchstäblich herzlos, ein unbelebtes Ding war, aber er konnte es nicht. Der Golem war jetzt der Benachteiligte, schlimmer dran als Stile selbst.

„Das Wasser!" schrie Stile. „Springt in den Teich! Löscht das Feuer!"

Der Golem verharrte, und aus seinem zerstörten Auge leckten Flammen und formten vorübergehend einen Halo. Dann hetzte er zum Teich, stolperte und stürzte hinein. Ein Zischen erklang, und Dampf wallte auf.

Stile sah Neysa und Kurrelgyre und die Lady Blau auf dem Innenhof stehen und das Geschehen verfolgen. Er ging zum Teich und kniete vorsichtig nieder. Der Golem trieb mit dem Gesicht nach unten im Wasser, und der Brand war erloschen. Wahrscheinlich brauchte er nicht zu atmen. Dennoch...

Stile streckte den Arm aus und packte ihn am Fuß. Er zerrte daran, um den Körper aus dem Teich zu ziehen. Aber der Golem war tot – ob nun durch das Feuer oder durch das Wasser, wußte Stile nicht zu sagen.

„Ich habe nicht gewollt, daß Ihr auf diese Weise umkommt", murmelte Stile ernst. „Ich nehme an, Ihr habt nur Eure Pflicht erfüllt, Golem, das getan, wofür Ihr erschaffen wurdet, wie ein Roboter. Ich werde Euch begraben."

Der Torwächter erschien. Verdutzt sah er sich um. „Wer ist jetzt der Herr?"

Ebenfalls verdutzt erkannte Stile, daß er der Herr sein sollte, hatte er doch den Betrüger getötet. Aber er wußte, daß noch nicht alles entschieden war. „Wendet Euch an die Lady", erklärte er.

Der Wächter drehte sich zu ihr herum. „Ein Wolf ist da – er sucht ein Mitglied seines Volkes."

Kurrelgyre knurrte und trottete davon, um nachzuschauen.

„Sprecht zu keinem Außenstehenden über den Zwischenfall", befahl die Lady Blau dem Wächter. Dann sah sie Stile an. „Ihr seid kein Golem. Seid Ihr gekommen, um das zu zerstören, was von der Blauen Domäne übriggeblieben ist?"

„Ich bin gekommen, um sie zu erneuern", erwiderte Stile.

„Und besitzt Ihr auch die Macht meines Herrn, wie Ihr sein Aussehen besitzt?" fragte sie kalt.

Stile warf Neysa einen Blick zu. „Im Moment nicht, Lady. Ich habe einen Schwur geleistet, keine Magie..."

„Wie überzeugend", höhnte sie. „Dann braucht Ihr Euch also auch nicht zu beweisen, habt Ihr doch den einen Betrüger beseitigt, und Ihr beabsichtigt wohl, seinen Platz einzunehmen und diesem Reich nicht mehr zu geben als er. Und ich muß Euch decken, wie ich den viehischen Golem gedeckt habe."

„Ihr braucht niemanden zu decken!“ rief Stile zornig. „Ich bin gekommen, weil mir das Orakel gesagt hat, daß ich Blau bin! Ich solle tun, was Blau getan hätte!“

„Mit Ausnahme seiner Magie, die allein meinen Herrn von allen anderen unterschied“, entgegnete sie.

Stile hatte keine Antwort darauf. Offensichtlich glaubte sie ihm nicht, aber er würde seinen Eid, den er Neysa gegeben hatte, nicht brechen, obwohl er vor allen anderen der Lady Blau einen Beweis für seine Identität geben wollte. Sie war eine solch faszinierende Frau – der Geschmack seines alternativen Selbst war mit seinem völlig identisch gewesen.

Kurrelgyre kehrte zurück und nahm seine menschliche Gestalt an. „Ein Mitglied meines Rudels hat mir schlechte Nachrichten überbracht“, erklärte er. „Freund, ich muß Euch verlassen.“

„Euch stand dies immer frei“, sagte Stile, erleichtert über die Ablenkung. „Ich danke Euch für Eure Hilfe. Ohne in Euch dringen zu wollen: Wenn ich Euch Eure Unterstützung auf irgendeine Weise vergelten kann...“

„Nichts und niemand kann mir mehr helfen“, fiel ihm der Werwolf ins Wort. „Der Rudelführer hat meinen Eidfreund ermordet, und mein Sire stirbt an Staupe. Ich muß den Rudelführer töten – nur um danach von dem Rudel in Stücke gerissen zu werden.“

Stile erkannte, daß die Beziehungen unter den Werwölfen von tödlichem Ernst waren. „Wartet kurz, Freund! Ich verstehe nicht. Was ist eine Eidfreundschaft, und warum...?“

„Ich sehe mich gezwungen, es Euch jetzt zu erklären, werde ich doch später nicht mehr dazu in der Lage sein“, sagte Kurrelgyre. „Freundschaft, wie sie zwischen uns beiden besteht, ist eine flüchtige Angelegenheit. Wir haben uns zufällig getroffen, trennen uns zufällig, und wir schulden einander nichts. Unsere Beziehung ist zwar freundschaftlicher Natur, reicht aber nicht sehr tief. Aber ich habe auf meine Freundschaft mit Drowltoth einen Eid geschworen, und als ich vom Rudel verstoßen wurde, hat er meine Wölfin genommen...“

„Er hat Euch Euer Weib gestohlen?“ entfuhr es Stile.

„Nimmer. Was ist eine Wölfin im Vergleich zu einer Eidfreundschaft? Er nahm sie, um mir einen Dienst zu erweisen, damit sie nicht in Schande im Rudel lebte. Nun hat ihn der Führer aus einem nichtigen Grund getötet, und ich muß meinen Freund rächen. Da ich nicht mehr zum Rudel gehöre, ist dies vielleicht nicht rechtens, deshalb muß ich es heimlich tun und die Konsequenzen in Kauf nehmen, auch wenn mein Sire aus Kummer sterben wird.“

Eidfreundschaft. Stile hatte davon noch nie etwas gehört, aber das Konzept erschien ihm reizvoll. Eine Verbindung, die so stark war, daß selbst eine Beziehung zwischen Mann und Frau dagegen verblaßte.

Dennoch irritierte ihn das. Stile überdachte noch einmal das Geflecht seiner bisherigen Erlebnisse, stellte Querverbindungen zwischen den Dingen her, die er erfahren hatte, und dann wußte er es.

„Es gibt eine andere Möglichkeit", sagte er. „Ich bin zuvor nicht darauf gekommen, weil man in dieser Sphäre offenbar die Probleme häufiger auf gewaltsame Weise löst, als ich es gewohnt bin. Hier ist es wahrscheinlich angemessen, wegen geringfügiger Ehrabschneidungen zu töten oder getötet zu werden..."

„Natürlich ist es das!" bestätigte der Werwolf mit rechtschaffener Bestimmtheit.

„Nun gut. Entschuldigt mich, falls ich Eure Gebote mißverstanden habe – ich möchte Euch nicht beleidigen. Aber wie ich es sehe, könntet Ihr wieder zu Eurem Rudel zurückkehren. Ihr braucht nur Euren Sire zu töten..."

„Meinen Sire töten?" rief Kurrelgyre. „Ich habe Euch doch gesagt..."

„Er stirbt ohnehin", fuhr Stile unberirrt fort. „Was für einen Tod würde er vorziehen – ein langsames, schmerzliches, schmachvolles Dahinsiechen in Krankheit, oder ein ehrenvolles, rasches Ende nach Art seines Volkes, wie es zu seinem früheren Rang paßt, durch die Fänge eines Mannes, von dem er weiß, daß er ihn liebt."

Der Werwolf starrte Stile an, und allmählich begriff er.

„Und so könnt Ihr, nach Erfüllung Eurer Pflicht, die Verbannung aus dem Rudel rückgängig machen und ehrenvoll Euren Eidfreund rächen, ohne Strafe fürchten zu müssen", schloß Stile. „Und Eure Wölfin wieder zu Euch nehmen, die sonst die Schande auf sich nehmen müßte, beide Wölfe verloren zu haben, denen ihr Vertrauen galt."

„Das Orakel hat wahr gesprochen", murmelte Kurrelgyre. „Ich habe Blau gepflegt, und Blau hat mir die Rückkehr zu meinem Rudel ermöglicht. Ich befürchtete, mit dem Fluch der Adepten-Magie belegt zu werden, aber es war in Wirklichkeit die Logik, die zu durchschauen mein Hundegehirn zu verwirrt war."

„Es war nur eine alternative Perspektive", wehrte Stile ab. „Ich muß noch immer die volle Bedeutung jener Botschaften herausfinden, die mir das Orakel übermittelt hat."

„Ich werde darüber nachdenken", versprach der Werwolf.

„Vielleicht komme ich zu einer ähnlichen Einsicht. Bis dahin – lebt wohl.“ Er nahm seine Wolfsgestalt an und trottete davon.

Stile sah hinauf zur Sonne. Der Tag war drei Stunden alt. Der Kampf um die Sprosse Fünf ... Er begann in einer knappen Stunde! Ihm blieb kaum noch Zeit, rechtzeitig zurückzukehren. Glücklicherweise wußte er genau, wo das Nebelfeld war und welchen Punkt er aufsuchen mußte. Höchste Zeit aufzubrechen!

Dennoch wartete in dieser Sphäre noch viel Arbeit auf ihn. Er hatte – mit Neysas Hilfe – den Golem vernichtet, aber er besaß kaum eine Vorstellung, was er nun unternehmen sollte. Vielleicht war es das beste, wenn er sich eine Weile von dieser Sphäre fernhielt, in der Hoffnung, zu Einsichten zu gelangen. In der Hoffnung, sich selbst besser kennenzulernen. Was wollte er wirklich? Das hing teilweise davon ab, wie sich die Dinge auf Proton entwickelten.

„Ich habe ebenfalls einiges zu erledigen“, sagte Stile. „Ich muß so schnell wie möglich zum Nebelfeld und brauche jemanden, der mir mit einem Zauberspruch die Passage ermöglicht.“

Neysa strahlte. Sie trat auf ihn zu. Sie würde ihm helfen.

Er stieg auf, und sie galoppierte los. Neysa war noch immer erhitzt von den letzten Anstrengungen, aber sie wußte, wie wenig Zeit Stile noch blieb. Binnen weniger Augenblicke trug sie ihn zu jener Weide, wo sie sich zum erstenmal getroffen hatten.

„Neysa, ich halte es für das beste, wenn du in der Blauen Domäne bleibst, während ich in der anderen Sphäre bin. Ich würde es begrüßen, wenn du die Lady Blau über Proton informierst, wie du es vom Werwolf und von mir gehört hast. Ich glaube nicht, daß sie davon weiß.“ Kurz litt er unter einem Gefühl des *déjà vu*, und er ahnte, was der Grund dafür war – auf ähnliche Weise hatte er Sheen gebeten, Hulk von Proton zu erzählen.

Neysa versteifte sich. „Stimmt etwas nicht?“ fragte Stile.

Sie pfiff verneinend und entspannte sich. Stile, der seine Aufmerksamkeit auf die Suche nach dem Nebelfeld gerichtet hatte, verfolgte die Angelegenheit nicht weiter. Ihm blieb nur noch kurze Zeit, um den Spielannex zu erreichen!

Sie erreichten die Stelle im Wald, wo Stile zum erstenmal in dieser Sphäre aufgetaucht war. Dort war das Nebelfeld, und es schimmerte heller als damals. Vielleicht hatte sich Stile auch einfach besser daran gewöhnt. Er legte seine Kleidung ab. „Ich werde innerhalb eines Tages zur Blauen Domäne zurückkehren – ich hoffe es zumindest. Wenn du mich nun mit einem Zauberspruch hinüberschicken könntest...“

Sie gab ein melodisches Schnauben von sich – und er hatte das Nebelfeld passiert, erschien in den Wartungsräumen hinter den Nahrungsmaschinen. Erst dann wunderte er sich über die Reserviertheit des Einhorns. Etwas störte Neysa – und jetzt war es zu spät, sie danach zu fragen.

Nun, es tat ihm leid. Aber er war in Eile. Er mußte binnen zwanzig Minuten den Spielannex erreichen, oder er würde kampflos verlieren.

17. Kapitel

Turnier

Er schaffte es. Der Inhaber der Sprosse Fünf war Haar, der natürlich fast kahlköpfig war. Er war ein ausgeglichener Spieler ohne viele Stärken, aber auch ohne viele Schwächen. Das machte ihn zu einem schwierig einzuschätzenden Gegner am Gitter. Haar würde auf Stiles Schwächen spielen, nicht auf seine eigenen Stärken, und so eine gute Chance haben, ein Spiel zu plazieren, in dem er Vorteile besaß.

Haar musterte Stile. „Du siehst müde aus", bemerkte er.

„Gut beobachtet", nickte Stile. Natürlich war sein Gegner über den Marathonlauf vom Vortag informiert. Haar würde daraus Kapital schlagen wollen und die KÖRPERLICH-Säule wählen. Stile würde dem entgegentreten, indem er MASCHINE- oder TIER-Unterstützung nahm, um nicht von seiner schlechten körperlichen Verfassung beim Spiel beeinträchtigt zu werden. Natürlich würde Haar dies erwarten und seine Säule verändern, womöglich in KUNST. In diesem Bereich war er gut. Stile war bereit, den Wettkampf in der Disziplin Musik aufzunehmen, aber er würde ein normales, von Hand zu betätigendes Instrument vorziehen. Also war es besser, wenn er WERKZEUG plazierte, wo er damit rechnen konnte, daß es zu Posaune oder Mundharmonika führte. In der Tat, mit dem Ergebnis Mundharmonika würde er sehr zufrieden sein, hatte er doch in der anderen Sphäre Gelegenheit gehabt, damit zu üben.

Aber Haar hatte sich schlußendlich doch für KÖRPERLICH entschieden, ihn ausmanövriert. 1B, körperliche Spiele, bei denen man Werkzeuge benutzen konnte. Das zweite Gitter erschien, während das Gemurmel des Publikums zunahm.

Stile hatte wieder die Buchstaben-Kolonne. Wählte er INDIVIDUELL, konnte dies erneut zu einem Wettkampf führen, bei dem es um Ausdauer oder Körperkraft ging, und das konnte er kaum durchstehen. Wenn Haar BALL wählte, konnte das Ergebnis Bowling lauten, wo Stile der Sieg sicher war – oder Kugelstoßen, was in einer Niederlage enden mußte.

	1. BALL	2. FAHRZEUG	3. WAFFE	4. ATHLETIK	5. ALLGEMEIN
A. INDIVIDUELL					
B. INTERAKTIV					

Haar war nicht Hulk, aber er konnte einen Gegenstand über eine große Entfernung hinweg schleudern. Oder er konnte sich für FAHRZEUG entscheiden, was zu einem Kanu-, Rad- oder Rollschuhrennen führen konnte. Stile war schnell auf Rollschuhen, aber seine Beine waren müde – dies war nicht der richtige Tag dafür. WAFFEN waren nicht besser. Er war nicht ausgeruht genug, um mit einem starken Bogen ein Ziel in 300 Metern Entfernung zu treffen. Sein Schuß würde zweifellos fehlgehen. Sein beschädigter Knorpel im Brustkasten schmerzte noch immer – nein, er konnte unmöglich einen Bogen spannen. Aber Speer- oder Hammerwerfen war ebenfalls problematisch. Von Stabhochsprung im nächsten Kasten ganz zu schweigen! Oder Skilaufen und Bobfahren. Er stellte sich vor, wie er mit dem Bauch auf einem kleinen Schlitten lag und durch die Eiskurven raste und der Schmerz in seinem Brustkasten wühlte. Nur in ALLGEMEIN hatte er eine faire Chance, wenn es um Dinge wie Himmel und Hölle oder Hufeisenwerfen ging. Oder Flohhüpfen – wichtige Spiele waren in dieser Disziplin gewonnen und verloren worden, während das Publikum voller atemloser Spannung zugeschaut hatte, als handelte es sich dabei um einen Säbelkampf. Stile war ein Experte im Flohhüpfen – aber er wußte, daß Haar ihm diesmal keine Gelegenheit geben würde, seine Fertigkeit zu beweisen.

So blieb ihm nur INTERAKTIV. Auch dabei gab es Fallstricke, aber in der Sparte ALLGEMEIN war Geschick wichtiger als Stärke.

Das Ergebnis lautete 1B. Interaktive Ballspiele. Gut, Stile beherrschte die meisten davon, und es sollte ihm gelingen, Haar zu besiegen – solange Haar sich nicht auf seine Schwächen wie die Rippen oder die geprellte linke Hand einschoß. Oh, dieser Holzkopf des Golems, nach dem er idiotischerweise geschlagen hatte!

Sie machten sich an das Subgitter mit den neun Feldern, füllten es mit Murmeln, *jeu de boules,* Kricket, Billard, Tennis, Tischfußball, Pingpong, Fußball und Erdball. Das letzte wäre eine Katastrophe. Stile spielte, um es zu vermeiden, und das Resultat hieß Pingpong.

Nun, nicht gut, aber auch nicht schlecht. Stile war hervorragend in dieser Sportart, und seine rechte Hand war unversehrt, aber er hätte heute lieber darauf verzichtet. Haar war gut genug, um aus Stiles Verletzungen Kapital zu schlagen – sofern er sie rechtzeitig registrierte.

Sie begaben sich in die Halle mit den Tischspielen. Eine Anzahl Spiele fanden bereits statt – Pool-Billard, Tischfußball und natürlich Pingpong –, aber sie wurden sofort unterbrochen, als die Spieler die Neuankömmlinge bemerkten. Stiles Aufstieg auf der Leiter hatte sich inzwischen herumgesprochen. Sie wählten einen Tisch, ergriffen die Schläger und spielten sich warm. Vor jedem Spiel wurden einem dafür mehrere Minuten zugestanden.

„Zeit", erklärte der maschinelle Schiedsrichter. „Wählen Sie den Aufschlag."

Sie machten es auf die archaische, altehrwürdige Art, wie beim Go. Haar nahm den Ball, umschloß ihn unter dem Tisch mit einer Hand und bot Stile dann seine Fäuste dar. Stile wählte die rechte – und in ihr befand sich der Ball. Er hatte den ersten Aufschlag.

Ein guter Anfang, denn Stile war ein offensiver Spieler, dessen Aufschlag einen integrierten Bestandteil seiner Strategie darstellte. Er mußte die Initiative übernehmen und behalten, um den Nachteil auszugleichen, den seine mangelnde Reichweite bedeutete. Er würde durch den Aufschlag direkt keine Punkte gegen einen Spieler von Haars Kaliber gewinnen, aber zumindest konnte er so den Mann in die Defensive drängen. Genau das, was Stile behagte.

Stile schlug auf, schickte den Ball schräg über die Platte, schnell und knapp über das Netz hinweg, so daß er zwei Zentimeter vor der gegenüberliegenden Tischkante aufprallte. Bedächtig gab ihn Haar zurück, schlug von unten her, und der Ball berührte die Mitte von Stiles Platte. Das Spiel hatte begonnen.

Stile gab den Ball mit einer Drehung des Handgelenks zurück, schmetterte ihn auf Haars vordere Tischhälfte. Schlag ihn hin und her, halt den anderen Spieler in Bewegung! Niemals durfte ein

Gegner zur Entfaltung seiner eigenen Spielstrategie kommen. Haar konterte, aber der Ball flog hoch und unsicher, drehte sich kaum. Gut – er war nervös! Das minderte Stiles eigene Anspannung. Alles lief so, wie er es haben wollte. Stile wiederholte seinen letzten Schlag und erzielte einen Punkt.

Sobald Stile den Ball wieder in der Hand hatte, führte er den Aufschlag durch, mit der Rückhand und von unten her quer über die Platte. Haar verfehlte den Ball erneut. Es stand 2:0. Haar war jetzt sichtlich nervös. Ausgezeichnet. Die Psychologie der Nervosität war in jedem Wettkampf wichtig.

Aber Haars nächster Schlag, der – obwohl zu tief – dennoch über das Netz hüpfte, gab Stile keine Chance und führte zum 2:1. Derartige Glückstreffer kamen vor – gewöhnlich brauchte man ihnen keine Bedeutung zuzumessen. Nur wenn das Glück jemanden favorisierte, wie es zuweilen geschah, auch wenn die Wahrscheinlichkeit dagegen sprach, wurde es kritisch. Stile schmetterte den Ball auf die Seitenkante, und Haar schickte ihn weit über den Tisch hinaus. 3:1.

Der nächste Schlagabtausch dauerte länger, aber Stile holte sich schließlich doch mit einem mächtigen Schmetterball den Punkt. 4:1. Dieses Spiel schien kein Problem zu werden.

Jetzt hatte Haar den Aufschlag. Er ließ den Ball fast von seinem Schläger tropfen, so daß er kaum bis zum Tischende kam. Stile, der einen härteren Schlag erwartet hatte, verfehlte ihn fast. Aber seine Rückgabe war unkonzentriert, und Haar sicherte sich den Punkt. 2:4. Beim Pingpong wurden die Punkte des Spielers, der den Aufschlag hatte, immer zuerst angeführt.

Haars Spielstil war äußerst absonderlich, und binnen weniger Augenblicke holte er sich zwei weitere Punkte. Stile riß sich zusammen, überschätzte sich und verlor einen weiteren. Jetzt war er im Rückstand. Zu unvorsichtig!

Aber die Serie setzte sich fort. Stile schien plötzlich nicht mehr in der Lage zu sein, richtig zu reagieren. Wenig später lag er mit 4:10 zurück, hatte hintereinander neun Punkte verloren, so daß ihm sein eigener Aufschlag nicht mehr helfen konnte.

Was war falsch? Er hatte gut angefangen, dann war er auf die Verliererstraße geraten. Beeinflußte ihn die Müdigkeit mehr, als er erkannt hatte, und minderte seine Geschicklichkeit? Stile glaubte es nicht. Er spielte gut genug, um zu gewinnen – dennoch verlor er. Warum?

Er ließ beim Aufschlag den Ball vom Schläger tropfen, so daß er kaum die Platte verließ. Haar gab ihn zu sanft zurück, Stile nutzte die Vorgabe sofort aus. 5:10. Seltsam, daß die Rückgabe so kraftlos erfolgt war – Haar mußte es besser wissen.

Dann begriff Stile. Haar benutzte einen Schläger mit einer Spezialbeschichtung, die die Flugbahn der Bälle einer Zufallsvariablen unterwarf. Dies war legal, da es keine Standardvorschriften für Tischtennisschläger gab, aber sie waren auch schwer zu handhaben, da man nur mit Mühe präzise Schläge anbringen konnte. Die Schlagabweichungen waren nicht groß und deshalb auch nicht offensichtlich, aber Stile hätte es schon längst bemerken müssen. *So* also hatte ihn seine Müdigkeit behindert – er hatte nicht scharf genug auf unerwartete Dinge geachtet.

Binnen eines Augenblicks wußte Stile, was er zu tun hatte. Die variable Schlägeroberfläche zwang Haar dazu, zurückhaltend zu spielen, seine Schläge genau abzuwägen, im traditionellen Rahmen zu bleiben, obwohl dies manchmal einen Punktgewinn für Stile bedeutete. Aber Haar war sich darüber im klaren. Stile hatte, ohne die Hintergründe zu kennen, aggressiv gespielt – und so hatten ihn die leicht veränderten Rückgaben mehr irritiert als seinen Gegner. Je mehr Punkte er verloren hatte, desto aggressiver hatte er gespielt und seine Situation verschlimmert.

Er konnte nichts dagegen tun. Haar war gut, und der Schläger bedeutete für ihn einen unschätzbaren Vorteil. Hätte Stile die Lage früh genug durchschaut, hätte er zurückhaltender spielen, seinen Vorsprung halten und Haar dazu zwingen können, aggressivere Schläge anzubringen, durch die das Risiko für ihn wuchs. Aber mit einem 5:10-Rückstand konnte diese Strategie nicht funktionieren. Stile war derjenige, der aggressiv vorgehen – und verlieren mußte.

Er war überlistet worden, genau wie beim Marathonlauf. Sein Gegner hatte ihn mit dem Gitter ausgetrickst. Stile war erneut in großen Schwierigkeiten.

Also mußte er sein Spiel ändern. Von nun an mußte er in die Defensive gehen. Er brauchte Zeit und Distanz, um jede Rückgabe einzeln zu analysieren. Dies war nicht seine normale Spielstrategie, aber ihm blieb keine andere Wahl.

Er versuchte es. Er hatte in der letzten Zeit kaum Pingpong gespielt – wie konnte er auch, wenn er ständig zwischen zwei Welten hin und her wechselte! – und seine Form nur in seinen bevorzugten Disziplinen bewahrt. Hier bei diesem Spiel waren all seine Berechnungen durch die winzigen Abweichungen des variablen Tischtennisschlägers über den Haufen geworfen worden. Jetzt, wo er sich selbst in die Defensive gebracht hatte – trotz all seiner Bemühungen, es nicht dazu kommen zu lassen –, schien er sich in noch größeren Schwierigkeiten zu befinden. Er verlor einen Punkt, danach noch einen. 12:5. Bald würde der Vorsprung zu groß sein, um ihn noch aufzuholen; zum Schluß würden Glück und Zufall Haar die fehlenden Punkte bescheren.

Aber Stile kämpfte verbissen, setzte seine Schläge hoch und zentral und besonnen an. Haar stellte sich rasch auf die veränderte Situation ein und begann aggressiver zu spielen. Haar besaß jetzt mehr Spielraum. Er konnte es sich erlauben, zur Offensive überzugehen, obwohl sie ihn normalerweise in Probleme gebracht hätte. Stiles Schwierigkeiten nahmen zu.

Dennoch mußte er es wagen. Trotz der Stiche in seinem Brustkasten bewegte er sich behende und flink. Er konnte die Schläge nun besser einschätzen, und er entwickelte allmählich ein Ballgefühl. Er wußte, wie er reagieren mußte – er mußte sich nur erinnern, lange ungenutzte Reflexe aufwecken. Er erkämpfte sich den nächsten Punkt, wehrte alle Manöver Haars ab, gewann. Und verlor den nächsten. Noch immer hatte er es nicht ganz durchschaut – und er mußte es, denn der Punkt ohne Wiederkehr kam immer näher.

Das Publikum war verstummt angesichts dieser bemerkenswerten Änderung des Spielverlaufs. Aus einer der eigentlich schalldichten Telenischen drang die Stimme eines Kommentators. „...seltsamste Tischtennisspiel der Saison... Stile, der Favorit, liegt weit zurück und spielt, als ob er noch höher, als es jetzt schon aussieht, verlieren will... eine Untersuchung, um festzustellen, ob Bestechung im Spiel ist..."

Als hätte er nicht schon genug Probleme! Man glaubte, daß er das Spiel absichtlich verlor! Daß irgendein anderer Bürger ihm eine lukrative Anstellung versprochen hatte für den Fall, daß er dieses Jahr die Teilnahme am Turnier verfehlte. Glücklicherweise würde eine Computeranalyse der Aufzeichnung diesen Verdacht zerstreuen – alle Punkte, die Stile verloren hatte, hatte er auf ehrliche Weise verloren.

Aber auf diese Weise wollte er Proton nicht verlassen. Er mußte dieses Spiel gewinnen!

Stile spielte vorsichtiger, dehnte den nächsten Abtausch aus. Er mußte sich erst an das defensive Spielen gewöhnen, und je länger ein Abtausch dauerte, desto mehr Übung bedeutete dies für ihn. Er gewann den Punkt und ging mit 13:7 in den Aufschlagwechsel.

Jetzt lag bei ihm der Aufschlag – aber wenn er versuchte, in die Offensive zu gehen, würde er verlieren. Er mußte seinen normalen Vorteil aufgeben, um seiner Strategie willen, damit die Kontinuität gewahrt blieb.

Er schlug zurückhaltend auf – und vernahm die Reaktion des Publikums. Die meisten Zuschauer wußten nicht, warum er die Punkte verloren hatte, und sie glaubten, daß er durch die Stärke von Haars Offensive in die Defensive gedrängt wurde. Sie hielten es für närrisch, daß er auf seine wichtigste Waffe verzichtete. Der Aufschlag war immer sein Mittel gewesen, die Initiative an sich zu reißen. Einige Zuschauer brachen bereits auf, befriedigt über Stiles Niederlage.

Haar war froh, die Offensive fortzusetzen. Er hatte nichts zu gewinnen, wenn er den Abtausch verlängerte. Jetzt, wo Stile den Schläger als Waffe neutralisiert hatte, erhöhte ein längerer Schlagabtausch nur Haars Risiko, Fehler zu machen.

Aber Stile wurde bereits stärker. Jeder Abtausch verlängerte sich. Haar verlor einen Punkt, gewann zwei – doch schon geriet er ins Schwitzen. Haar war nicht daran gewöhnt, über längere Zeit hinweg offensiv vorzugehen, und als sich Stiles Abwehr versteifte – technisch gesehen wurden seine Bewegungen geschmeidiger –, vermehrten sich Haars Fehler. Der Punktestand begann sich auszugleichen.

Dennoch wurde Stile von seinen Knien und seinen Rippen behindert. Selbst unter den besten Umständen war seine Reichweite nur minimal, und er war nun sogar noch größeren Restriktionen ausgesetzt. Haar war ihm nach wie vor überlegen, und das Spiel sah seinem Ende entgegen.

Während Haars Aufschlag veränderte sich der Punktestand auf 17 : 10. Ein Rückstand von sieben Punkten, und Haar brauchte nur noch vier Punkte. Sehr schlecht – wenn Stile jetzt nicht verstärkt Punkte sammelte, war er erledigt.

Haar schlug auf. Stile schickte den Ball hoch zurück, so daß er fast auf dem zentralen Punkt der Tischkante aufprallte; Haars Schlag mußte den Ball über eine weite Strecke befördern. Eine Möglichkeit für einen Schmetterball, aber nicht für einen Trickschuß. Haar mußte ihn hart und voll treffen. Er tat es auch, plazierte ihn genau auf Stiles Rückhand, und Stile traf ihn von unten her. Sein Ball beschrieb einen Bogen über das Netz, wurde im Fall langsamer, und Haar mußte ihn ebenfalls von unten nehmen, wollte er nicht die Kontrolle verlieren. Ein von unten her geschlagener, sich rückwärts drehender Ball war beim Tischtennis ein seltsamer Schuß mit besonderen Eigenschaften – er korrespondierte mit der Luft, mit dem Tisch, dem Schläger, erforderte umsichtige Handhabung.

In den alten Zeiten, in denen man noch mit Kork, Sandpapier oder Gummi belegte Schläger benutzt hatte, war dies kein allzu großes Problem, aber seit diese Materialien Schaumstoffgummi und speziellen semi-adhäsiven Synthetikstoffen Platz gemacht hatten, waren die Möglichkeiten der Schläger, auf das Drehmoment der Bälle zu reagieren, minimal. Es war möglich, einen Ball einen Bogen in der Luft schlagen zu lassen, oder ihn so zu plazieren, daß er beim Aufprall eine rechtwinklige Drehung beschrieb. Wie dem auch sei, derartige Trickschüsse erforderten Geschick und Kraft und standen nur einem guten Spieler zur Verfügung, der ihnen im richtigen Moment das erforderliche konträre Drehmoment verpassen konnte.

Stile, der oft unter der Tischebene zurückspielte, hatte in dieser Hinsicht einen größeren Freiraum als Haar. Haar wußte es und war nervös – und doppelt vorsichtig. Er konnte nicht kräftig zuschlagen, ohne daß das verborgene Drehmoment den Ball zu weit beförderte. Stiles Geschick im Umgang mit dieser besonderen Situation wuchs, und schließlich befand er sich im Vorteil. Aber bei einem Rückstand von sieben Punkten...

Stile schlug den nächsten Ball von unten her, verlieh ihm ein seitliches Drehmoment, so daß er beim Aufprall in einem unvermuteten Winkel davonschnellte. Aber Haar reagierte rasch. Er konterte das Drehmoment mit einem sanften Schlag. Der Ball gelangte nur knapp über das Netz und wäre dreimal auf der Tischplatte aufgeprallt, ehe er den Tisch verließ – hätte Stile nicht rechtzeitig eingegriffen. Es gelang ihm, den Ball über das Netz zu schicken – aber zu hoch und ohne Drehmoment.

Haar nutzte die Gelegenheit. Er setzte zu einem Schmetterball an, schickte ihn bis zur linken hinteren Ecke von Stiles Platte. Stile sprang zurück, um ihn abzufangen, bekam ihn sicher über das Netz – aber wieder als Aufsetzer. Haar plazierte erneut einen Schmetterball, diesmal an die Kante dicht vor dem Netz, zwang Stile, sich danach zu strecken. Stile spürte Schmerz in seinem Brustkasten. Er erwischte den Ball, aber seine kürzlich erlittene Verletzung bereitete ihm von da an Pein. Noch mehr Schwierigkeiten! Aber er würde nicht aufgeben – zuviel hatte er bereits investiert.

Haar führte wiederum einen Schmetterball durch, schickte ihn zurück. Wäre Haar ein begabter Offensivspieler gewesen, hätte dies Stiles Ende bedeutet: Aber diesen Schmetterbällen fehlte die nötige Kunstfertigkeit. Stile gelang es, den Schlag zu kontern, erneut ohne das adäquate Drehmoment. Haar schlug diesmal härter zurück. Stile glitt zum Tischende, erwischte den Ball voll mit dem Schläger, aber er hatte sich verkalkuliert – der Ball überwand das Netz, aber er landete zu nah und sprang zu hoch hinauf. Eine hervorragende Gelegenheit für Haar. Stile streckte sich verzweifelt in Erwartung des Geschosses...

Und der Ball rutschte von Haars Schläger, hüpfte über die rechte Kante von Stiles Tischhälfte und fiel zu Boden. Ein Glückstreffer. Stile war reingefallen.

Obwohl es sinnlos war, sprang Stile hinterher, die Hand mit dem Schläger ausgestreckt. Sein linker Fuß löste sich vom Boden, als er eine Bauchlandung beschrieb. Er prallte auf, rutschte weiter, spürte brennenden Schmerz in der Brust – aber drei Zentimeter über dem Boden bekam er seinen Schläger unter den Ball und schlug ihn heftig nach oben.

Vom Boden aus verfolgte Stile, wie der Ball hinaufflog und sich dabei drehte. Höher und höher, der Decke entgegen, dann wieder nach unten. Würde er auf der richtigen Seite des Netzes landen? Wenn ja, dann würde ihn Haar erwischen, ohne daß Stile rechtzeitig wieder auf die Beine gelangen konnte.

Der Ball geriet außer Sichtweite. Haar war wie erstarrt, schien kaum zu glauben, daß sein Schlag abgewehrt worden war, machte sich dann bereit, Stile den Todesstoß zu verpassen, sobald der Ball von der Tischplatte abprallte. Demnach hatte der Ball das Netz überwunden!

Stile hörte den Aufprall des Balles auf dem Tisch. Dann brach die Hölle los. Ein Keuchen ging vom Publikum aus, als Haar sich duckte und Stiles ungewöhnlichen Schlag wiederholen wollte. Aber Haar schaffte es nicht – er stürzte, als seine Hand gegen die Netzhalterung schlug. Dann riß Haars Schulter das Standbein des Tisches um, und der Tisch kippte um.

Unter diesem improvisierten Zelt liegend, traf Haars Blick den Stiles, als der robotische Schiedsrichter bekanntgab: „Ein Punkt für Stile. Stand 17:11."

„Dein Rückwärtseffekt trug den Ball ins Netz, bevor ich ihn erreichen konnte", erklärte Haar. „Meine einzige Chance war, ihn von der Seite zu erwischen, als er nach unten fiel..."

„Du hättest es nicht zu versuchen brauchen“, bemerkte Stile. „Es war bei mir mehr eine Verzweiflungstat, da ich dicht am Punkt ohne Wiederkehr bin, aber du hast noch immer ein Polster von sechs Punkten.“

„Schön gesagt“, brummte Haar reuevoll. „Aber wenn ich auf einen Punkt aus bin, denke ich nicht an derartige Dinge.“

„Deine Hand“, sagte Stile. „Sie blutet.“

Haar hob seine Schlaghand. „Blutet? Kein Wunder! Ich habe mir soeben zwei Finger gebrochen – bei dem Versuch, mir einen Punkt zu holen, den ich nicht brauchte.“

Es war kein Scherz. Ein Mediroboter untersuchte die Hand, nachdem sie unter den Trümmern des Tisches hervorgekrochen waren, und sprühte Anästhetikum auf. Der Schock hatte verhindert, daß Haar den Schmerz sofort fühlte, aber inzwischen machte er sich bemerkbar. Kleine Skalpelle blitzten auf, als sich der Roboter an die Arbeit machte, die Haut öffnete, ein knochenerneuerndes Mittel einspritzte, die Brüche richtete und die Finger mit einer transparenten Plastikschiene ruhigstellte.

„Ich glaube nicht, daß ich das Spiel beenden kann“, murmelte Haar. „Mit der linken Hand bringe ich kaum etwas zustande.“

„Stile – Sieg durch technischen K.o.!“ rief jemand aus dem Publikum. Dann brandete Applaus auf.

Die Sprosse Fünf gehörte ihm. Stile hatte sich für das Turnier qualifiziert. Aber er war nicht glücklich darüber. Er hatte ehrlich gewinnen wollen, nicht durch einen Zufall. Nun würde niemand glauben, daß er aus eigener Kraft hätte siegen können.

Hulk erwartete sie, als sie das Spielgelände verließen. Er wirkte ein wenig wacklig auf den Beinen, aber er war zweifellos auf dem Weg der Besserung. Er hatte eine robuste Konstitution. „Stile, was dein Angebot betrifft...“

„Es gilt noch immer“, sagte Stile mit plötzlicher Freude.

„Dein Mädchen war sehr überzeugend.“

„Sheen besitzt einen logischen Verstand“, nickte Stile.

„Ich habe nichts zu verlieren“, erklärte Hulk. „Ich glaube nicht an Magie, aber wenn es dort eine primitive Welt gibt, wo ein Mann es mit den Muskeln seiner Arme zu etwas bringen kann und niemals ‚Sir‘ zu einem Bürger zu sagen braucht...“

„Du mußt dich entscheiden. Ich gehe jetzt dorthin.“

„Stile, warte“, protestierte Sheen. „Du bist verletzt! Du bist erschöpft. Du brauchst Ruhe, Pflege...“

Stile drückte ihre Hand. „Es gibt keine bessere Pflege als jene, die du mir geben kannst, Sheen. Aber jenseits des Nebelfeldes warten eine Lady und ein Einhorn auf mich, und ich fürchte, sie könnten aufeinander eifersüchtig werden. Ich muß mich beeilen."

„Ich weiß über Neysa Bescheid", sagte sie. „Sie ist nicht menschlicher als ich, und warum sie sich mit dir eingelassen hat, übersteigt das Begriffsvermögen meiner Schaltkreise. Aber jetzt hast du auch noch eine Lady? Ein richtiges lebendes Mädchen? Was ist mit *meiner* Eifersucht?"

„Vielleicht habe ich euch zur Unzeit gestört", brummte Hulk.

„Mach dir keine Sorgen", riet ihm Sheen mit flötender Stimme. „Ich bin nur eine Maschine."

Stile wußte, daß er sich wieder in Schwierigkeiten befand.

„Du bist ein Roboter?" fragte Hulk verdutzt. „Du hast eine Anspielung gemacht, aber ich hielt es für einen Scherz."

„Ich bestehe nur aus Metall und Plastik und Schaumgummi", versicherte ihm Sheen. „Deshalb habe ich keine Gefühle."

Hulk war noch immer verwirrt. Seine Blicke wanderten über die üppigeren Teile ihrer Figur, die sie auf absolut menschliche, provokative Weise bewegte, während sie ging, dann sah er schuldbewußt fort. „Ich dachte ... du hast mich wirklich getäuscht!" Er biß auf seine Lippe. „Aber was die Gefühle betrifft, ich meine..."

„Sie hat Gefühle", warf Stile ein. „Sie ist genauso launenhaft wie jedes andere Lebewesen."

„Du brauchst nicht für mich zu lügen", sagte Sheen mit genau jenem kühlen Tonfall, der ihn verstummen ließ. Sie war eine Expertin geworden, was das menschliche Verhalten betraf!

„Lüge?" Hulk schüttelte den Kopf. „Es gibt etwas, das du über Stile wissen solltest. Er hat noch nie..."

„Sie weiß es", unterbrach Stile verdrossen. „Sie will mich nur dafür bestrafen, daß ich eine menschliche Frau gefunden und indiskreterweise davon erzählt habe."

„Tut mir leid, daß ich mich eingemischt habe", murmelte Hulk.

Stile wandte sich an Sheen. „Ich habe nicht gewußt, daß ich der Lady in der Blauen Burg begegnen würde. Zunächst habe ich gar nicht erkannt, was sie war. Ich habe den Golem vernichtet, der sich an meine Stelle gesetzt hatte, aber nicht die Komplikationen geahnt, die später daraus entstehen würden."

„Und jetzt, wo du Bescheid weißt, bist du begierig darauf, zu diesen Komplikationen zurückzukehren", sagte Sheen kalt. „Ich verstehe – das liegt in der Natur der Männer. Sie muß sehr schön sein."

„Du willst doch auch, daß ich mich um Neysa kümmere, oder?" fragte Stile verzweifelt, obwohl er das Gefühl hatte, auf Treibsand zu stehen. „Sie ist dort in der Blauen Burg, allein..."

„Die Lady", unterbrach Sheen, als sie plötzlich begriff. „Die Lady Blau? Jene, die dein alternatives Selbst geheiratet hat?"

„Oh, oh", murmelte Hulk.

Stile breitete die Arme aus. „Was kann ich dafür?"

„Warum bin ich nicht programmiert, einen männlichen Roboter zu lieben?" fragte Sheen rhetorisch. „Ihr Fleischmänner seid alle gleich! Sobald ihr eine Fleischfrau trefft..."

„So ist es nicht", protestierte Stile. „Sie widmet sich dem Andenken ihres Gemahls..."

„Der dir zum Verwechseln ähnlich sieht..."

„Sie hat mich abgewiesen, als ich..."

„Als du was versucht hast?" fauchte sie.

Resigniert hob Stile seine Hände. „Was hältst du davon, wenn ich hier noch vier Stunden bleibe...?"

„Acht Stunden", erwiderte sie unbeugsam.

„Sechs."

„Sechs. Und du versprichst mir, zurückzukehren und an dem Turnier teilzunehmen, nachdem..."

„Ja."

„Das wird mir Zeit geben, meine eigenen Angelegenheiten zu ordnen", meinte Hulk.

Sheen lachte. O ja, ihre Reaktionen waren inzwischen so gut wie perfekt.

18. Kapitel

Eid

Sie versuchten es, und es funktionierte – Hulk ging durch das Nebelfeld. Erstaunt und dankbar stand er da und sah sich im Wald um. Es war Morgen. Sheen war es gelungen, Stile für mehr als achtzehn Stunden bei sich zu behalten, von denen er die letzte Hälfte verschlafen hatte. Nun, er hatte ein wenig Ruhe dringend nötig gehabt, und sie hatte ihn mit verschiedenen medizinischen Hilfsmitteln behandelt, unter anderem auch mit einer heilenden Wärmelampe, so daß er sich jetzt wirklich sehr viel besser fühlte.

„Ich habe noch nie etwas so Schönes gesehen", gestand Hulk und betrachtete die heller werdende Umgebung.

„Ja, das stimmt", nickte Stile. Abgelenkt durch die vielen Ereignisse, hatte er die Lieblichkeit dieses Landes gar nicht mehr beachtet. Wenn alles andere gleich wäre, dann würde er Phaze Proton vorziehen, allein der natürlichen Schönheit wegen.

Hulk hatte auf Stiles Rat hin ein Kostüm mitgenommen. Jetzt sah er zu, wie Stile in seine eigene Kleidung stieg. „Bist du sicher...?"

„Daß gewöhnliche Leute hier Kleidung tragen? Ja. Noch etwas – die Sprache unterscheidet sich ein wenig. Du mußt..."

Er wurde von einem plötzlichen lauten Zischen unterbrochen. Eine Rauch ausstoßende Schlange tauchte auf, flatterte drohend mit den Schwingen. Ein kleiner Drache.

Stile wich vorsichtig zurück, aber der Drache folgte ihm, glaubte, leichte Beute vor sich zu haben. Ein Zauberspruch hätte ihn bannen können, aber sein feuriger Atem machte ein Schwert zu einer unsicheren Angelegenheit. Außerdem hatte Stile sein Schwert nicht dabei. Er wich weiter zurück.

„Laß es mich versuchen", bat Hulk. „Ich kann mit Tieren umgehen." Er sprang nach vorn und stieß grollende Laute aus, um die Aufmerksamkeit des Drachens auf sich zu lenken, und dann hob er beide Arme in der dramatischen Pose eines Muskelmannes. Es war ein außergewöhnlich eindrucksvolles Bild. Er hatte Jahre damit verbracht, seinen Körper zu vervollkommnen, der ein natürliches Wunder war. Er tanzte umher, schlug auf seine Brust und brüllte laut. Alles in allem wirkte er auf lächerliche Weise bedrohlich.

Der Drache zog den Schwanz ein und flatterte wimmernd davon. Stile brach in Gelächter aus.

Hulk gab seine Posse auf und lächelte. „Komisch, nicht? Oft braucht man nicht zu kämpfen, wenn man nur kampfeslustig genug aussieht. War das Ding wirklich das, was es zu sein schien?"

„Ja. Das hier ist tatsächlich ein Märchenland. Als du so herumgehüpft bist, sahst du wahrhaftig wie ein Menschenfresser aus."

„Hier gibt es Menschenfresser?"

„Ich glaube schon. Ich habe noch keinen gesehen, aber ich bin sicher, daß dies die richtige Analogie ist."

Hulk musterte zweifelnd sein Kostüm, dann streifte er es über. „Ich habe nicht wirklich an Magie geglaubt. Ich dachte mehr an Materietransmittierung und ähnliche Dinge."

„Ich hatte zuerst das gleiche Problem. Aber es ist besser, wenn man daran glaubt – Magie kann einen hier töten."

„Ich werde mich schon in acht nehmen. Es erinnert an eine Disziplin des Spiels mit besonderen Regeln. Aber wie soll ich mich hier verhalten? Ich weiß nicht das geringste über Magie."

„Die meisten Leute praktizieren sie nicht", erklärte Stile. „Aber man muß sich ihrer Existenz bewußt sein, und es gibt bestimmte Konventionen. Vielleicht begleitest du mich besser, bis du dich auskennst. Ich gehe zur Blauen Burg."

„Was soll ich denn in einer farbenprächtigen Burg? Über höfisches Verhalten weiß ich noch weniger als über Magie, und falls Sheens Verdacht über deine Lady zutrifft, dann möchte ich nicht Zeuge sein."

„Du könntest mir als Leibwächter dienen."

Hulk lachte. „Seit wann brauchst du einen Leibwächter? Du kannst jeden in deiner Gewichtsklasse in jedem Kampf besiegen, unabhängig von seinem Alter."

„Hier sind meine Gegner nicht notwendigerweise so schwer wie ich. Manche passen mehr zu dir. Jemand versucht, mich zu töten, hetzt mir Wesen wie Dämonenungeheuer auf den Hals. Ich würde mich besser fühlen, wenn ein kräftiger großer Mann ein Auge auf mich hält. Du kennst dich mit Handwaffen aus..."

„Gehört alles zum Spiel", nickte Hulk.

„Du könntest dich dumm wie ein Ungeheuer anstellen, bis du die Hintergründe dieser Welt kennst, und dann deinen eigenen Weg gehen. Und du kannst auch jederzeit nach Proton zurückkehren, indem du dich von einem Zauberspruch durch das Nebelfeld befördern läßt."

„Du hast einen gewissen Rang in dieser Welt? So daß es nicht seltsam wirkt, wenn du von einem Leibwächter begleitet wirst?"

„An sich schon. Oder ich werde ihn in Kürze haben. Falls ich die Anschläge meines unbekannten Feindes überlebe. Ich würde es also wirklich zu schätzen wissen, wenn du..."

„Du bist ein großzügiger Mann, Stile. Du tust mir einen Gefallen, indem du mich selbst um einen bittest."

Stile zuckte die Schultern. Hulk war kein Narr. „Ich werde den Leuten sagen, daß ich einen Dorn aus deiner Pranke gezogen habe. Aber betrachte es nicht zu sehr als einen Gefallen. Wir begeben uns in Gefahr. Du könntest getötet werden, solange du dich in meiner Begleitung befindest."

„Ich hätte auch beim Marathonlauf den Tod finden können! Also gehen wir."

Sie gingen. Stile schritt voraus in Richtung Norden, während die Sonne den Wald erhellte und ihre frischen klaren Strahlen durch die Äste hinunter zum Boden schickte. Sie trotteten über das offene Land auf die Blaue Burg zu.

Dann blieb er stehen. „Hörst du es, Hulk?"

Hulk lauschte. „Der Boden bebt. Es wird lauter."

„Ich weiß nicht, ob es sich dabei um eine Drachenstampede oder um ein Erdbeben handelt. Wir sollten uns besser beeilen."

Sie beeilten sich. Als sie das Flachland überquerten, das die Burg umgab, sahen sie es: eine Tierherde, die sich dem Bauwerk näherte.

„Sehen wie Wildpferde aus", knurrte Hulk.

„Einhörner. Was wollen sie hier?"

„Eine ganze Herde? Sie könnten einem der ihren zu Hilfe eilen. Wilde Tiere handeln hin und wieder so."

„Neysa!" rief Stile. „Wenn ihr etwas zugestoßen ist..."

„Wir sollten uns sputen und nachschauen", riet Hulk.

„Ich hätte mich niemals von Sheen aufhalten lassen dürfen!"

„Ich bezweifle, daß du in diesem Fall eine Wahl hattest, und wir beide haben Ruhe dringend nötig gehabt. Ist Sheen wirklich ein Roboter?"

„Ja. Nicht daß es einen großen Unterschied macht."

„Und Neysa ist wirklich ein Pferd – ein Einhorn, das sich in eine Frau verwandeln kann?"

„Ja. Und in ein Glühwürmchen. Du wirst es bald selbst erleben – wenn alles in Ordnung ist." Stile wurde, was das anbetraf, immer nervöser.

Sie rannten wie beim Marathonlauf. Keiner der beiden Männer war dafür in der richtigen Verfassung, da der echte nur kurze Zeit zurücklag. Aber diesmal war die Strecke nicht so lang. Sie erreichten die Blaue Burg.

Aber die Einhörner wurden schneller. Jetzt klang ihre Musik über die Ebene wie ein Schlagzeug-und-Wind-Orchester. Die Führung hatte ein großer Hengst inne, der wie ein Akkordeon musizierte; an den Flanken befanden sich kleinere Hengste, deren Hörner stumm waren oder leiser spielten. In der Mitte rannte die Masse der ausgewachsenen Stuten, die die Hauptlast der Melodie zu tragen hatten. Der Hengst gab den Rhythmus an, während die Stuten ihn in komplexen Harmonien wiederholten. Es war ein beeindruckendes Bild, sowohl visuell als auch akustisch.

Jetzt erschien im Westen eine andere Herde, dunkel und dicht am Boden, und diese Tiere bewegten sich schneller als die Einhörner. Stile kniff die Augen zusammen. Dann hörte er hundeähnliches Heulen, und er verstand. „Wölfe! Wahrscheinlich Werwölfe!" rief er.

„Mir sind zwar die Sitten hier nicht vertraut, abgesehen von dem, was Sheen von dir gehört und mir erzählt hat", brummte Hulk. „Aber ist ein derartiges Zusammentreffen einer Einhornherde und eines Wolfsrudels üblich?"

„Nicht daß ich wüßte", gestand Stile. „Es könnte Kurrelgyre sein, der mit seinen Freunden zurückkehrt – aber ich verstehe nicht, warum. Oder es ist der Rudelführer, den Kurrelgyre töten wollte – vielleicht hat er gewonnen und will nun Rache an der Person üben, die Kurrelgyre geholfen hat ... Ich weiß es nicht. Aber sie machen einen sehr grimmigen Eindruck."

„Werwölfe und Einhörner sind natürliche Feinde?"

„Ja. Und beide sind normalerweise Menschen gegenüber sehr unfreundlich eingestellt. Kurrelgyre und Neysa haben gelernt, diese Vorurteile zu überwinden, aber..."

„Nun, ich bin kein Genie, und diese Sache geht mich eigentlich nichts an, doch ich habe den Eindruck, daß die Ankunft dieser beiden Mächte zu diesem Zeitpunkt kein Zufall ist. Könnte das etwas mit dir zu tun haben? Vielleicht hat es Alarm gegeben, vielleicht haben sie eine Möglichkeit gefunden, von deiner Ankunft in dieser Sphäre zu erfahren..."

„Das ist es, wovor ich mich fürchte", gestand Stile. „Verstehst du, in dieser Sphäre bin ich ein Zauberer – ein Fokus großer Macht. Aber ich habe der Magie abgeschworen."

„Und deine Sphären-Frau würde es gern sehen, wenn du diesen Eid brichst", sagte Hulk. „Damit du in Zukunft die Blaue Domäne vor Schaden bewahren kannst. Und die Tiere wollen, daß du dich an deinen Schwur hältst, damit du nicht zu einem ihrer Feinde wirst. Diese beiden Tierspezies könnten sich vereinen – gegen dich. Du hast keinen Scherz gemacht, als du sagtest, daß du einen Leibwächter brauchst!"

„Du begreifst schnell", meinte Stile.

Sie beschleunigten ihren Schrittrhythmus, obwohl beide ermüdeten, um die Burg vor der Herde und dem Rudel zu erreichen. Aber bald wurde klar, daß sie es nicht schaffen würden. Zuerst würde die Einhornherde eintreffen, dann die Wölfe.

Das Wolfsrudel änderte seine Richtung, orientierte sich auf Stile statt auf die Burg. Es schienen neunzig oder hundert große dunkle Tiere mit dichtem Fell und glühenden Augen und weißfunkelnden Fängen zu sein. „Ich hoffe, trotz meines Argwohns, daß sie auf unserer Seite stehen“, meinte Hulk und wurde langsamer.

Die Wölfe kreisten sie ein. Einer trat vor und verwandelte sich in einen Mann. Eine frische Narbe zog sich über eine Wange, und sein linkes Ohr fehlte. Aber es war Stiles Freund.

„Kurrelgyre!“ entfuhr es Stile. „Also habt Ihr gesiegt!“

„Das stand außer Frage, nachdem Ihr mir den Weg gewiesen habt“, entgegnete der Werwolf. Er musterte Hulk. „Dieser Ungeheuermann – Freund oder Feind?“

„Freund“, sagte Stile rasch.

„Dann laßt uns unsere Schwänze beschnüffeln, Menschenfresser“, erklärte Kurrelgyre und reichte Hulk die Hand.

„Gewiß“, stimmte Hulk unbeholfen zu und ergriff die Hand. Er schien Schwierigkeiten zu haben, an die Verwandlung zu glauben, deren Zeuge er soeben geworden war.

„Hulk stammt aus der anderen Sphäre“, sagte Stile rasch. „Mein Leibwächter. Er spricht nicht sehr viel.“ Und er warf Hulk einen warnenden Blick zu. „Welchem Umstand habe ich die Ehre dieses Besuches zu verdanken?“

„Ich fürchte, ich habe Euch voreilig verurteilt“, antwortete der Werwolf, Hulk zugewandt. „Ich bin zu meinem Rudel zurückgekehrt, aber ich konnte meinen Sire nicht töten, ohne zunächst zu erklären, warum...“

„Du hast deinen...“, begann Hulk verblüfft.

Kurrelgyre drehte sich, nahm halb seine Wolfsgestalt an. „Ihr sprecht mich auf diese herabsetzende Art und Weise an?“ grollte er.

„Er kennt nicht unsere Bräuche!“ rief Stile. „Genau wie ich am Anfang – und Ihr mußtet es mir zunächst beibringen. Er wollte Euch nicht beleidigen.“

Der Werwolf verwandelte sich wieder vollständig in einen Menschen. „Natürlich. Es tut mir leid, daß ich Eure Absicht mißverstanden habe“, wandte er sich an Hulk. „Es ist ein delikates Thema, und in gewisser Hinsicht erinnert Ihr an die Sorte Ungeheuer, die...“

„Er versteht Euch“, unterbrach Stile. „Wir alle machen zu Beginn Fehler. Warum solltet Ihr es nicht Eurem Sire erklären? Es war die größte Ehre, die Ihr jemandem erweisen könnt, der bereits vom Tode gezeichnet ist.“

Hulk nickte, begann zu verstehen. Ein Gnadentod. Natürlich.

„Ich begab mich in den Bau meines Sires“, berichtete Kurrelgyre grimmig. „Er begrüßte mich in menschlicher Gestalt, und er sagte: ‚Warum seid Ihr hierhergekommen? Dieser Ort ist nicht sicher für Euch, mein Hündchen.‘ Ich entgegnete: ‚Ich bin gekommen, um Euch zu töten, um der Liebe willen, die ich für Euch empfinde, mein Sire, und zur Ehre unseres Geschlechtes. Dann werde ich meinen Eidfreund Drowltoth rächen und den Ruf meiner Wölfin im Rudel wiederherstellen.‘ Weder verlor er seine Würde noch zeigte er etwas von der Qual, die ihm seine Krankheit bereitete: In diesem Moment stand er so stolz da, wie ich ihn in Erinnerung hatte. ‚Ich wußte, daß Ihr zurückkommen und mir diese Ehre erweisen würdet‘, sagte er. ‚Wie hat es sich zugetragen, daß Ihr das akzeptiert, was getan werden muß?‘ Ich erwiderte: ‚Ein Mann brachte mich dazu, wie es das Orakel vorhergesagt hat.‘ Und er fragte: ‚Wer war dieser gute Mann?‘ Und ich antwortete: ‚Der Blaue Adept.‘ Und er fragte: ‚Wie kommt es, daß ein Adept so etwas für Euch getan hat?‘ Ich sagte: ‚Er war tot, und sein Doppelgänger aus der anderen Sphäre kam, um seine Domäne zu retten.‘ Dann sah mein Sire beunruhigt an mir vorbei, und ich drehte mich um und entdeckte, daß andere aus dem Rudel lautlos hinzugekommen waren, während ich mit ihm geredet hatte, und jedes Wort hatten sie gehört. Somit wußte das Rudel, daß sich in der Blauen Domäne eine Veränderung ereignet hatte, und die Nachricht verbreitete sich rasch. Und meine Wölfin ergriff das Wort und sagte: ‚Von allen Adepten hat allein Blau den Tieren Gutes getan, und wenn sich das ändern sollte...‘“

„Aber das wird sich nicht ändern!“ protestierte Stile.

„Ich habe versucht, es ihnen zu erklären. Aber mein Volk zweifelte, und als die Einhörner erfuhren, daß Neysa Gefangene in der Blauen Domäne ist...“

„Gefangene! Sie ist keine...“ Aber Stile verstummte dann. „*Ist* sie es wirklich?“

„Wir wissen es nicht. Aber der Einhornhengst ist davon überzeugt.“

„Nun, wenn sie eine Gefangene ist, dann wird sich das ändern, sobald ich dort bin. Aber Ihr habt Eure Geschichte noch nicht beendet.“

„Es bleibt nicht mehr viel zu berichten“, fuhr Kurrelgyre fort. „Der Rudelführer kam, und mein Sire sagte: ‚Es ist an der Zeit.‘ Wir nahmen Wolfsgestalt an, und rasch und sauber biß ich die Kehle meines Sires durch, und dann wußte ich, daß ich recht gehandelt hatte, und noch nie habe ich einen Wolf so glücklich sterben sehen. Dann fuhr ich herum und forderte den Rudelführer heraus, während der Leichnam meines Sires noch warm dalag und mir mein Recht vor dem Rudel nicht verwehrt werden konnte. Der Rudelführer war nicht so begierig auf das Sterben. Er kämpfte, und ein bißchen hat er mich verletzt.“ Kurrelgyre lächelte kurz, berührte seinen Ohrstumpf. „Seine Kehle habe ich nicht zerrissen – das wäre eine zu große Ehre für einen derartigen Köder gewesen. Ich verkrüppelte ihn, blendete ihn, riß ihm die Zunge aus und trieb ihn mit abgebissenem Schwanz hinaus in die Wildnis, damit er dort lahm und blind unter den Ungeheuern starb. Es war eine exzellente Abrechnung.“

Stile verbarg seine Reaktion auf diesen grausigen Bericht. Vielleicht hätte er unter ähnlichen Umständen ähnlich gehandelt. „Und Eurer Wölfin geht es gut?“ fragte er und sah zu der Wölfin hinüber, die ihm am nächsten stand.

„So gut es einer gehen kann, die die Verbannung ihres Geliebten, den Mord an seinem Eidfreund und den Mißbrauch durch den Rudelführer erleben mußte. Aber sie wird sich wieder erholen. Ich bin jetzt der Rudelführer, und sie bleibt meine Auserwählte – alle anderen Wölfinnen winseln vor ihr.“

„Ein weiser Entschluß“, sagte Stile, und er hoffte, daß Hulk die Situation inzwischen gut durchschaut hatte, um keine weiteren Fehler zu machen.

„Dennoch ist sie gezeichnet“, fuhr Kurrelgyre fort. „Sie war es auch, die mich erkennen ließ, daß die Stute Hilfe braucht.“

„Neysa“, nickte Stile. „Aber ich versichere Euch...“

Jetzt nahm die Wölfin menschliche Gestalt an. Sie war sehr schön, besaß wallendes orangefarbenes Haar, aber sie wirkte mitgenommen. Die letzte Zeit mußte für sie so hart wie für die Lady Blau gewesen sein, und nur durch ihre Zähigkeit hatte sie überlebt. „Was für eine Art Mann seid Ihr“, fragte sie Stile, „daß Ihr Eure Freundin der Gewalt Eures Weibes anvertraut?“

„Die Lady Blau ist nicht mein Weib“, protestierte Stile.

„Vielleicht nicht, solange die Stute lebt. Ich kenne mich in diesen Dingen ein wenig aus.“ Gewiß eine Untertreibung! „Wenn die Stute tot ist, werdet Ihr von Eurem Eid befreit sein und Magie praktizieren...“

„Nein!“ rief Stile.

„Ich habe ihr versucht zu erklären, daß Ihr ehrlich seid“, warf Kurrelgyre ein. „In keiner Weise würdet Ihr der Stute etwas zuleide tun...“

„Und wie mein Wolf ist er arglos, was die Natur einer Wölfin betrifft“, schloß die Werwölfin. „Die Stute gehört einem Volk an, dem wir keine Freundschaft entgegenbringen, da es uns die Herrschaft über die Wildnis streitig machen will, aber sie hat Euch zu meinem Geliebten geführt, und Ihr habt ihn heim zu mir geschickt und zu der Ehre, der er verpflichtet war. Ich schulde der Stute etwas. Ich sehe die Gefahr, die Ihr nicht seht. Die Lady Blau kennt keine Skrupel, wenn es darum geht, die Domäne ihres Lords aufrechtzuerhalten. Falls Ihr die Stute nicht rächt, werde ich sie wie eine Eidfreundin rächen, auch wenn kein Eid zwischen uns besteht."

Konnte sie recht haben? Hatte Stile Neysa zum Tode verurteilt, als er sie in die Blaue Domäne gebracht hatte? Welch ein schrecklicher Irrtum! Allerdings konnte Neysa gut auf sich selbst achtgeben, und die Lady war keine Adeptin. „Wenn ihr etwas zugestoßen ist oder zustößt, werde ich persönlich sie rächen", versicherte Stile. Aber er konnte es nicht schwören. Angenommen, die Lady Blau hatte...

„Andere kennen Euch nicht so gut wie ich", sagte Kurrelgyre. „Deshalb hielt ich es für das beste, hier zu sein, wenn die Herde eintrifft, damit Ihr nicht unbegründet beschuldigt werdet. Vielleicht benötigt Ihr Hilfe."

„In der Tat", stimmte Stile zu. Was für eine komplexe Situation war während seiner kurzen Abwesenheit entstanden!

Sie näherten sich der Burg. Die Einhörner hatten sich vor dem Tor aufgebaut, und ihre Musik verstummte. Sie warteten auf Stiles Ankunft. Ihre Zahl betrug fünfzig Köpfe, Männchen und Weibchen waren gleich stark vertreten, und an der Spitze stand der mächtige Hengst. Der Hengst besaß eine Schulterhöhe von vierundsiebzig Zoll, überragte Stiles Kopf um mehr als dreißig Zentimeter – ungefähr ein Fuß –, und kein Gramm Fett war an seinem muskulösen Körper. Ein wahrhaft beeindruckendes Geschöpf.

Hulk betrachtete den Hengst mit offener Bewunderung. In der Tat waren beide einander ähnlich, im Rahmen ihrer Spezies.

Stile blieb stehen, denn die Einhörner versperrten ihm den Weg. Die Werwölfe stellten sich seitlich von ihm auf, sahen grimmig drein, blieben aber neutral.

„Habt Ihr vor, mir den Zutritt zu meinem Erbe zu verwehren?" fragte Stile den Hengst.

Das Einhorn antwortete nicht. Seine Blicke fielen aus beeindrukkender Höhe auf Stile, getrennt durch das lange und tödlich gewundene Horn. Sein Kopf war golden, seine Mähne silbern und sein Leib von einem perlmuttartigen Grau, das sich an den Fesseln und Hufen verdunkelte.

Nach einer Weile schnaubte der Hengst; ein kurzer Akkordeondiskant, unterbrochen von zwei Baßtönen. Einer der kleineren Hengste trat vor und veränderte seine Gestalt. Es war Clip, Neysas Bruder. „Ich habe Euch auf Bitten meiner Schwester geholfen", sagte er. „Was könnt Ihr nun zu Eurer Verteidigung sagen?"

„Ich werde diese Burg betreten und nachschauen, wie es Neysa geht", erklärte Stile. Aber Kurrelgyres Bemerkungen und die Furcht der Wölfin vor einem Konflikt zwischen der Einhornstute und der Lady Blau ließen ihn sich unbehaglich fühlen. Hatte er wirklich seine Stute und Freundin zum Untergang verurteilt? Hatte Neysa dies befürchtet, als sie ihn verließ? Was für eine Frau war die Lady Blau in Wirklichkeit, und wie würde sie sich der Freundin des Mannes, der den Golem getötet hatte, gegenüber verhalten? Stile hatte geglaubt, sie würde dankbar sein, aber daß sie ihn nicht mit offenen Armen empfangen hatte, stand außer Frage.

Dennoch, wie konnte er annehmen, daß sein alternatives Selbst, das ihn in jeder Hinsicht, abgesehen von der Umgebung, ähnlich war, eine Frau geheiratet hatte, die kaltblütig ein Geschöpf ermorden konnte, das ihr im Wege stand? Hatte die Lady Blau etwas anderes als ehrliche und lobenswerte Hingabe an das Andenken und die Ziele ihres Mannes gezeigt? Dennoch, falls sie wußte, daß allein Stile die Größe der Blauen Domäne wiederherstellen konnte und ihn nur ein närrischer Eid daran hinderte...

„Und wenn sie lebt, was dann?" fragte Clip. „Der Herdenhengst verlangt eine Antwort."

„Wieso kümmert sich der Herdenhengst um Neysa?" entgegnete Stile, und er wußte, daß er in dieser Hinsicht eine Ansicht artikulierte, die Clip nicht laut aussprechen konnte. „Sie ist ohne plausiblen Gund von der Herde verstoßen worden. Sie ist so hübsch und anmutig wie jede andere Stute in der Herde, das garantiere ich. Schon vor langer Zeit hätte sie geschwängert werden müssen."

Verständlicherweise zögerte Clip. Er war im Moment das Sprachrohr seines Herrn, aber dennoch lag ihm das Wohlergehen seiner Schwester sehr am Herzen, und er wehrte sich dagegen, Stiles Vorwürfe zurückzuweisen. „Ihr habt nicht die Frage des Hengstes beantwortet. Was werdet Ihr mit Neysa tun – falls sie den Verrat von Blau überlebt?"

„Verrat von Blau!" ereiferte sich Stile. „Ich bin Blau!" Aber er spürte Hulks Hand auf seiner Schulter, die ihn zur Zurückhaltung mahnte. Ohne seine magischen Kräfte konnte er nicht wirklich der Blaue Adept sein.

Die Einhornherde betrachtete ihn stumm, genau wie Kurrelgyres

Wölfin. Stile erkannte, daß dies eine berechtigte Frage war – und eine schwer zu beantwortende. Niemand hatte die Lady Blau bisher ernsthaft des Mordes beschuldigt. Es ging um Stiles eigene Loyalität. Er war hier die potentiell mächtigste Person. Falls sich die Unschuld der Lady herausstellte, wie würde er dann reagieren?

„Wenn ihr Neysa wieder in die Herde aufnehmt und sie schwängert und so behandelt, wie es einer Stute von ihrer Qualität zukommt, dann bin ich glücklich darüber. Andernfalls ist sie willkommen, bei mir zu bleiben, als meine verehrte Stute, so lange sie es wünscht."

„Und was ist mit Eurem Eid, den Ihr ihr gegeben habt?"

„Was soll damit sein?" fauchte Stile.

„Was ist mit Neysa, wenn Ihr Euren Eid brecht?"

Stile wurde von einer plötzlichen Zorneswoge überwältigt. „Wer behauptet, daß ich ein Eidbrecher bin?"

„Der Hengst behauptet es", sagte Clip mit einer gewissen Befriedigung.

Für einen Moment verschlug seine Wut Stile die Sprache. Seine Hand glitt zum Schwert, berührte aber nur seine Kleidung – er hatte kein Schwert mehr. Nur Hulks feste, verständnisvolle Hand hielt ihn davon ab, sich wie ein Narr zu benehmen und das gewaltige Einhorn körperlich anzugreifen.

Kurrelgyre trat vor und ergriff statt dessen das Wort. „Ich habe diesen Mann begleitet, als er von dem Schwarzen Adepten gefangengenommen wurde, aber er hat keine Magie eingesetzt, obwohl er verdurstete und wußte, daß der einfachste Spruch, wie ihn wohl jeder von uns beherrschen dürfte, ihm Wasser und Freiheit geschenkt hätte. Er hat uns aus den Klauen der Gelben Adeptin befreit, und zwar ohne Magie. Er erschlug den Golem der Blauen Domäne mit der Hand, ohne Magie. Er zeigte mir, wie ich meine Stellung im Rudel zurückgewinnen konnte, ohne Magie. Jetzt kommt er erneut in diese Sphäre – ohne Magie. Niemals hat er in meiner Gegenwart seinen Eid gebrochen. Falls der Hengst etwas anderes schnaubt, beleidigt mich der Hengst."

Das Horn des Herdenhengstes fuhr herum, glitzerte in der Sonne. Mit einem seiner mächtigen Vorderhufe scharrte er im Boden. Die kleineren Hengste glitten näher, um seine Flanken zu schützen, und die Stuten veränderten ihre Positionen, senkten die Hörner. Die Einhörner waren wunderschön, leuchteten rot und blau und grün, aber nun waren sie gereizt.

Kurrelgyres Nackenhärchen richteten sich auf, so wie sich das Fell eines Wolfes sträubte, obwohl er seine menschliche Gestalt beibehielt. Sein Rudel sammelte sich um ihn, Wölfe und Wölfinnen, und ein fast lautloses Knurren ging von ihnen aus. Sie waren bereit, einen Kampf mit den Einhörnern auszutragen!

„Horcht", rief Hulk. Er war der einzige, der groß genug war, um über die Einhörner hinwegsehen zu können. „Die Lady kommt. Und ein kleines Einhorn."

Stile zitterte vor Erleichterung. Der Herdenhengst drehte sich und schnaubte einen Akkord von drei Oktaven Höhe. Die Herde teilte sich, schuf eine Gasse. Jetzt konnte jeder erkennen, wie die Lady Blau und Neysa aus dem Burgtor traten, Seite an Seite, beide unversehrt. Also hatte es doch keinen Ärger gegeben. Zumindest keinen offensichtlichen.

Die Lady war lieblich. Sie trug ein blaßblaues Gewand, blaue Sandalen von Blütenform und ein blaugepunktetes Kopftuch. Stile hatte ihre Figur schon zuvor bewundert, aber jetzt war sie zu unübertroffener Schönheit erblüht. Er hatte in den vergangenen hektischen Stunden den Eindruck vergessen, den die Berührung ihrer Hände auf ihn gemacht hatte. Jetzt, wo seine Furcht um Neysas Sicherheit schwand, kehrte seine Erinnerung zurück, und er spürte Wärme in den Knien. Was war sie doch für eine Frau!

Und Neysa – was war mit ihr? Zierlich trippelte sie neben der Lady her, ihre schwarze Mähne und der Schweif in perfekter Ordnung, mit schimmernden Hufen und blitzendem Horn. Auch sie war wunderschön. Stile hatte seine Beziehung zu ihr nie unter dem Aspekt gesehen, daß er eines Tages würde wählen müssen – stillschweigend war er davon ausgegangen, daß sie immer bei ihm bleiben würde. Aber Neysa war mehr als eine Stute, und seine Beziehung zu ihr war mehr gewesen als die eines Mannes zu seinem Tier. Wenn er zum Blauen Adepten wurde, dann würde er nicht nur die von ihr gefürchtete Magie benutzen, sondern sich auch die menschliche Frau nehmen. Stile und Neysa – zwischen ihnen konnte nicht bleiben, was gewesen war. Der Bruch war in dem Moment eingetreten, in dem er erkannt hatte, daß er über ungeheure magische Kräfte verfügte. Die Wölfe und die anderen Einhörner hatten dies eher begriffen als er: Sie waren vertrauter mit den Zwängen ihrer Welt. Aber dennoch – wie konnte er Neysa verraten?

Sie blieben vor Stile stehen. Stile neigte den Kopf, kam den vorgeschriebenen Höflichkeitsbekundungen nach, obwohl er nicht wußte, was nun geschehen würde. Ein Problem existierte nicht mehr – Neysa lebte. Das andere Problem mußte noch gelöst werden. „Hallo, Neysa. Hallo, Lady Blau."

Die beiden Frauen reagierten fast gleichzeitig mit einem angedeuteten Nicken, aber sie sagten nichts. Der Herdenhengst schnaubte einen weiteren Akkord. „Wählt", übersetzte Clip.

„Mit welchem Recht verlangt Ihr das von mir?" rief Stile, halb von Schuld, halb von Zorn erfüllt.

„Der Hengst ist für das Wohlergehen seiner Herde verantwortlich", entgegnete Clip. „Er erlaubte Euch den Gebrauch einer überschüssigen Stute, sofern Ihr sie nicht mißhandelt. Aber jetzt hat sie Euch ihre Loyalität geschenkt, und Ihr werdet sie nicht straflos beiseite schieben können."

„Wenn ich sie beiseite schiebe, kehrt sie zur Herde zurück", entgegnete Stile, und er haßte die Worte, aber seine aufgewühlten Gefühle trieben ihn dazu. „Versucht Ihr, mich zu zwingen, dies zu tun – oder dies *nicht* zu tun?"

„Der Hengst ist ein aufgeblasener Wichtigtuer", grollte Kurrelgyre. „Weiß er nicht, daß er den Blauen Adepten herausfordert? Mit einem einfachen Zauberspruch könnte er diese ganze Herde in die Schneeländer verbannen."

„Sieht man davon ab, daß er meiner Schwester geschworen hat, auf Magie zu verzichten", gab Clip zurück. „Und wenn er sich an diesen Eid hält, hat er keinen Grund, irgendein Geschöpf zu verbannen."

Zum erstenmal ergriff die Lady Blau das Wort. „Wie bequem", sagte sie so süßlich wie damals, als Stile ihr begegnet war.

Kurrelgyre drehte sich zu ihr herum. Stile erinnerte sich, daß der Werwolf sie kurz vor dem Auftauchen dieses Themas verlassen hatte. „Was meint Ihr damit, menschliche Wölfin?"

Falls dies eine Beleidigung war – und Stile konnte sich dessen nicht sicher sein –, so reagierte die Lady nicht darauf. „Wißt Ihr nicht, Wolf, daß ich in diesen letzten Tagen einen Betrüger gedeckt habe, damit sich die Nachricht über die Ermordung meines Gemahls nicht verbreitet?" fragte sie verächtlich. „Nun erscheint ein anderer Doppelgänger und behauptet, Blau zu sein – aber Blau unterscheidet sich von allen anderen hauptsächlich durch seine magischen Fähigkeiten, die die stärksten im Lande Phaze sind –, und dieser Betrüger setzt sie nicht ein, wie Ihr selbst so beredsam bezeugt habt. Wäre er tatsächlich das alternative Selbst meines Gemahls, er könnte in der Tat diese Herde aus dieser Domäne verbannen. Da er es aber nicht ist, schiebt er einen Eid vor. Ich habe nicht den leisesten Zweifel, daß er seinem Eid treu geblieben ist und ihm treu bleiben wird – er ist überhaupt nicht in der Lage, ihn zu brechen. Er ist nicht Blau."

Neysas Kopf schwang zornig herum, und sie gab ein mundharmonikaartiges Schnauben von sich, das die anderen Stuten in stummem Entsetzen die Ohren aufrichten ließ. Die Lady preßte die Lippen zusammen. „Die Stute glaubt, daß er der Adept ist. Sie ist in ihn verliebt. Ist irgendeine andere Person oder Kreatur Zeuge seiner angeblichen magischen Fähigkeiten geworden?"

Selbst Kurrelgyre mußte zugeben, daß dies nicht zutraf. „Der Eid wurde geleistet, bevor ich ihn traf. Dennoch habe ich keinen Grund zu bezweifeln..."

„Ohne Magie gibt es für Euch keinen Grund, Euch mit dem Hengst über die Wahl des Betrügers zu streiten. Ich will ihn nicht. Laßt ihn bei der Stute, der er den Kopf verdreht hat."

Neysas Schnauben schien von einem Hauch Feueratem begleitet zu sein. Ebenso war es bei dem Hengst. Plötzlich erkannte Stile, wie klug die Lady sie alle gegeneinander ausspielte. Weder die Wölfe noch die Einhörner wollten wirklich, daß Stile seine magischen Kräfte bewies, und Neysa war völlig dagegen – dennoch waren sie alle so lange in der Defensive, wie er es nicht tat. Und wenn er Magie einsetzte – hatte die Lady gewonnen. Sie brauchte diese Magie, um die Blaue Domäne aufrechtzuerhalten, und sie würde, wie Kurrelgyres Wölfin bemerkt hatte, alles tun, um dieses Ziel zu erreichen. Erneut dachte er: Was war sie doch für eine Frau!

„Wir sind wegen eines falschen Adepten hierhergaloppiert?" fragte Clip den Hengst. „Wir haben zugelassen, daß das Hirngespinst einer Zwergstute die Herde in eine peinliche Situation gebracht hat?"

Erneut spürte Stile Hitze in sich aufwallen. Dieses Wort Zwerg, das nun auf Neysa angewendet wurde...

Kurrelgyre sah Stile unsicher an. „Freund, ich glaube an Euch, an Eure Ehre und an Eure Macht. Aber ich kann mein Rudel nicht für Euch in den Kampf schicken, ohne daß Ihr einen Beweis für Euren Status liefert. Man muß Euch von Eurem Eid entbinden."

Stile warf Neysa einen hilflosen Blick zu, und sie schnaubte laut und abwehrend. Stile konnte ihr keine Vorwürfe machen – seine magischen Kräfte hatten sie einst unabsichtlich in die Hölle geschickt. Ohne Magie würde er nicht in der Lage sein, die Rolle des Blauen Adepten anzunehmen, und so bestünde für ihn auch keine Versuchung, sie zu verlassen. Er wußte, daß dies von ihrer Seite nicht allein auf Egoismus beruhte; sie fürchtete, daß ihn die Magie korrumpieren würde. Stile war nicht sicher, ob ihre Furcht unbegründet war. Die anderen Adepten waren zweifellos bis zu einem gewissen Grad korrumpiert gewesen, entweder durch ihre Magie oder durch die Umstände, die das Dasein eines Adepten mit sich brachte. Gelb hatte das Verbrechen der Tiersklaverei begehen müssen, um ihre Position unter den Adepten abzusichern, Schwarz hatte zu außergewöhnlich extremen Mitteln der Isolation gegriffen. Falls sie auf derartige Vorsichtsmaßnahmen verzichteten, konnten sie durch andere getötet werden, die weniger von Skrupeln geplagt wurden. Ein Adept zu sein, erforderte einerseits Ruchlosigkeit und andererseits Paranoia. Konnte er, als Blau, diesen Zwängen widerstehen? Der frühere Blaue Adept hatte es offenbar geschafft – und war ermordet worden. Eine Lektion?

„Ohne Magie gibt es keinen Grund für einen Kampf", erklärte Stile. „Laßt die Wölfe und Einhörner heimkehren. Neysa und ich werden unseren Weg gehen." Dennoch war er nicht sicher, daß er sich von dieser Burg oder der Lady Blau würde fernhalten können. Zweifellos lag dort sein Schicksal, und ehe er nicht die Blaue Domäne ganz verstand, hatte er den Rat des Orakels nicht wirklich befolgt. Um sich zu erkennen, mußte er den Blauen Adepten kennen.

Jetzt pfiff der Hengst ein Klangpotpourri. „Wenn Ihr ein Betrüger seid und diesen Ärger aus nichtigem Anlaß heraufbeschworen habt, muß ich Euch töten", übersetzte Clip. „Wenn Ihr echt seid, werdet Ihr die Stute verraten, die Euch geholfen hat, und dann muß ich sie rächen. Verteidigt Euch, sofern Euch dies möglich ist – wir werden diesen Beleidigungen ein Ende machen." Und das mächtige Einhorn trat auf Stile zu.

Stile dachte daran, auf den Rücken des Hengstes zu springen und ihn zu reiten, so wie er es damals mit Neysa gemacht hatte. Aber Stile befand sich in schlimmerer Verfassung als zu jenem Zeitpunkt, und der Hengst war doppelt so groß und schwer wie Neysa. Die Chance, daß er ihn reiten konnte, war gering. Aber das traf auch auf die Chancen zu, ihn in einem ehrlichen Kampf zu besiegen – selbst wenn Stile sein Rapier gehabt hätte.

Kurrelgyre stellte sich zwischen sie. „Welcher Feigling greift den kleinsten der Menschen an, wissend, daß dieser Mann unbewaffnet und verpflichtet ist, auf Magie zu verzichten?"

Der Hengst richtete sein Horn auf den Werwolf. Die Wölfin nahm ihre Wolfsgestalt an und näherte sich knurrend dem Hengst von der Seite. Aber Kurrelgyre behielt seine menschliche Gestalt bei. „Fordert Ihr uns beide heraus, Einhorn? Das wäre ein weitaus fairerer Kampf."

Die kleineren Hengste kamen näher – aber auch die Werwölfe. Zwei gegen einen. „So nicht!“ schrie Stile, der sinnlose Verletzungen voraussah. „Dies ist mein Kampf, so närrisch er auch sein mag, und nicht Eurer.“

„Mit verletzten Knien, nach der Anstrengung des Marathonlaufes, Rippenbrüchen und einer verstauchten Hand – gegen dieses Ungeheuer?“ fragte Hulk. „Dies ist eine Aufgabe für deinen Leibwächter. Ich würde sagen, ein Karateschlag gegen den Stumpf dieses Hornes, und das Tier ist erledigt.“

Der Hengst verharrte. Er sah von Kurrelgyre zu seiner Wölfin, dann zu Hulk. Er schnaubte. „Niemand nennt den Herdenhengst ungestraft einen Feigling“, sagte Clip. „Aber sein eigentlicher Zorn gilt nicht Euch, Werwolf, und auch nicht dem Menschenfresser, sondern dem Betrüger. Wenn Stile zugibt, daß er kein Adept ist, wird er verschont und die närrische Stute gezüchtigt werden.“

„Ja“, stimmte die Lady Blau zu. „Es wäre in der Tat töricht, wegen eines Betrügers zu kämpfen.“

Was für eine einfache Lösung! Alle Parteien waren mit diesem Kompromiß einverstanden. Bis auf Neysa, die die Wahrheit kannte, und Kurrelgyre, der ihm glaubte, und Stile selbst. „Ich verabscheue Blutvergießen, aber ich werde nichts zugeben, was eine Lüge ist“, erklärte Stile fest.

„Dann zeigt Eure Magie!“ forderte Clip.

„Ihr wißt, daß mein Eid...“

Der Hengst schnaubte. Neysa sah auf, verwirrt, aber unnachgiebig. „Entbindet ihn von seinem Eid“, übersetzte Clip, damit auch Stile verstand.

„Wartet!“ schrie Stile. „Ich werde eine derartige Nötigung nicht dulden! Ihr habt kein Recht...“

Kurrelgyre hob beschwichtigend die Hand. „Ich habe nicht viel übrig für diesen horntragenden Lumpen“, brummte er und deutete auf den Hengst, „aber ich muß Euch sagen, Freund, daß er das Recht hat. Er ist der Herdenhengst. So wie mein Rudel mir gehorcht, so muß ihm seine Herde gehorchen. Dies ist ewiges Gesetz in dieser Sphäre.“

Der Hengst schnaubte erneut; es klang ungeduldig. Neysa senkte ihr Horn. Sie blies eine bekümmerte Note.

„Ihr seid entbunden“, sagte der Werwolf. „Jetzt ist es ein fairer Kampf. Ich werde mich nicht mehr einmischen. Benutzt Eure magischen Kräfte, um Euch zu verteidigen, Adept.“

Stile sah wieder zu Neysa hinüber. Sie wich seinem Blick aus.

Offensichtlich war ihr keine andere Wahl geblieben. Es gefiel ihr nicht, aber es war, wie der Werwolf festgestellt hatte, legitim. Gemäß dem Brauch dieser Sphäre war Stile von seinem Eid entbunden worden. Er konnte seine magischen Kräfte einsetzen – und er mußte es auch, denn der Hengst traf Anstalten, ihn mit dem Horn zu durchbohren, und nicht einer der Wölfe würde ihm zu Hilfe eilen. Auf Magie zu verzichten, käme jetzt einer Lüge gleich, und das würde Stile nicht nur das Leben kosten, sondern auch jene beschämen, die an ihn geglaubt hatten. Er mußte den Beweis erbringen – um Kurrelgyres willen und Neysas willen und auch um seiner selbst willen. Auch wenn dies der Lady den Sieg brachte, auf den sie die ganze Zeit über so listig hingearbeitet hatte.

Aber Stile war unvorbereitet. Er hatte keine zerstörerischen Verse vorformuliert, und unter diesem plötzlichen Druck fiel ihm keiner ein. Seine Magie war diffus, verstreut ohne Musik. Zudem hatte er nicht wirklich vor, dem Hengst etwas zuleide zu tun, der die Herde gut zu führen schien, sah man davon ab, wie er Neysa behandelte. Warum sollte jemand einem Mann glauben, der behauptete, zaubern zu können, es aber niemals tat? Eine derartige Behauptung verlangte einen Beweis – und genau das war es, was der Hengst von ihm forderte.

Stile bemerkte, daß ihn die Lady Blau beobachtete, und sie lächelte verstohlen. Sie hatte gewonnen: Sie hatte ihn dazu gezwungen, den Beweis zu erbringen. Er würde sich entweder als der Blaue Adept entpuppen – oder, wie es ein Betrüger verdiente, durch das Horn des Hengstes sterben. Rechtfertigung oder Untergang! Neben ihr stand Neysa und hatte den Blick noch immer gesenkt. So oder so war sie die Verliererin.

„Es tut mir leid, Neysa“, sagte Stile.

Stile holte seine Mundharmonika hervor. Jetzt war sie eine Waffe. Er spielte eine improvisierte Melodie. Augenblicklich manifestierte sich die Magie. Der Hengst bemerkte die Aura und verharrte, unsicher, was das wohl zu bedeuten hatte. Auch die Wölfe und die anderen Einhörner sahen sich um, als sich die unsichtbaren Kräfte sammelten und verstärkten. Ohren zuckten nervös.

Gut – dies verschaffte ihm Gelegenheit, sich einen treffenden Vers auszudenken. Was er brauchte, das war eine Art Schutzwall, eine Mauer. Mauer – was reimte sich auf Mauer? Schauer, Bauer, Sauer, Grauer. Einhorn, Einhorn, großer Grauer...

Unvermittelt stürmte der Hengst los. Stile sprang zur Seite. Er hörte auf zu spielen und schrie in einem Singsang: „Einhorn, Einhorn, großer Grauer – bau um jenen eine mächt'ge Mauer.“

Sofort wurde ihm klar, daß der Spruch nicht korrekt war: Technisch gesehen, hatte er das Einhorn aufgefordert, um Stile eine Mauer zu errichten. Aber das Bild in seinen Gedanken war das einer zwei Meter hohen Ziegelmauer gewesen, die den Hengst lückenlos umschloß – oder sechs Fuß hoch, um die Höhenangabe den Maßen dieser Sphäre anzupassen –, und genau das bildete sich. Seine Musik war die Macht, seine Worte waren der Katalysator – aber seine Gedanken bestimmten die endgültige Manifestation.

Ein Schauer roter Ziegelsteine regnete aus dem Nichts, landete mit unheimlicher Treffsicherheit in einem Kreis um den Hengst, türmte sich dann Reihe um Reihe vor ihren Augen zu einer Mauer auf. Der Hengst stand verblüfft da, wagte nicht, sich zu bewegen, da er fürchtete, sonst von den wirbelnden Steinen getroffen zu werden, sah zu, wie er eingeschlossen wurde. Das Rudel und die Herde schauten von ähnlicher Verwirrung erfüllt zu, an ihren Plätzen erstarrt. Hulks Mund stand offen; er hatte nicht wirklich an Magie geglaubt – bis zu diesem Moment. Kurrelgyre lächelte mit ruhiger, grimmiger Befriedigung, hatte sich sein Glaube doch als gerechtfertigt erwiesen. Und die Überraschung der Lady Blau war die größte aller Anwesenden.

Nur Neysa war nicht erstaunt. Sie gab ein Schnauben von sich, das wie „Ich habe es euch doch gesagt!" klang, und drehte Stile ihr Hinterteil zu, zeigte ihm so, daß sie noch immer nicht damit einverstanden war. Aber Stile war überzeugt, daß sie *doch* einverstanden war, zumindest insgeheim. Was auch immer dies hier sie kosten mochte.

Nach einem Moment zog sich Kurrelgyre auf die soeben vervollständigte Mauer, setzte sich auf den Sims und prüfte ihre Stabilität. Dann wandte er sich an das Einhorn im Innern. „Wünscht Ihr noch immer, mit Eurer Tapferkeit gegen die Magie des Blauen Adepten anzugehen, hier in der Blauen Domäne? Erkennt, daß er Euch verschont hat, Ihr arrogantes Tier, und Euch nur auf harmlose Weise seine Macht bewiesen hat. Er hätte ebensogut diese Steine auf Euren knochigen Kopf niederprasseln lassen können. Wird es nicht Zeit, daß Ihr Euch für Eure Zweifel entschuldigt?"

„Nicht der Hengst, sondern ich bin zu einer Entschuldigung verpflichtet", erklärte die Lady Blau. „Ich dachte, dieser Mann sei kein Adept. Jetzt weiß ich, daß er es ist. Bis ins kleinste Detail entspricht seine Zauberei der meines Geliebten. Dennoch..."

Alle Köpfe drehten sich ihr zu, als sie zögerte. Langsam fuhr sie fort: „Mein Gemahl wurde von einem Adepten ermordet. Jetzt erscheint ein Adept in der Gestalt meines Geliebten, obwohl ich weiß, daß mein Geliebter tot ist. Deshalb könnte dies ein Betrüger sein, der behauptet, aus einer anderen Sphäre zu kommen, obwohl er wahrscheinlich ein Adept aus dieser Sphäre ist und seine Magie zur Veränderung seines Aussehens benutzt, damit niemand seine wahre Identität erfährt. Der Adept, der Blau ermordet hat."

Jetzt wandten sich alle Köpfe Stile zu, und die Blicke der Wölfe und Einhörner waren unsicher und feindselig. Stile wurde mit einem Frösteln bewußt, daß er die Natur seines Kampfes mißverstanden hatte. Sein wahrer Gegner war nicht der Hengst – sondern die Lady Blau. Sie würde nicht noch einmal einen Betrüger in dieser Domäne dulden, nicht einmal die Spur eines Verdachts, von nun an nicht mehr. Ihre erste Verteidigungslinie war zusammengebrochen – dies war ihre zweite. Die Lady war gefährlich: Er konnte allein durch die Macht ihres ausgesprochenen Verdachtes sterben.

Neysa schnaubte empört. Sie machte sich jetzt Sorgen um Stile, aber sie glaubte an ihn. Dennoch war es deutlich, daß die meisten anderen wieder zweifelten. Die infernalische Logik der Lady!

Wie konnte er diese neue Beschuldigung widerlegen? Es gab einen anderen Menschen, der seine Identität kannte – aber dieser Mensch war die Gelbe Adeptin. Besser, wenn er sie nicht ins Spiel brachte! Ihm blieb nichts anderes übrig, als seinen Fall vorzutragen und ihnen Gelegenheit zu geben, ein Urteil zu finden.

„Ich bin nicht der Blaue Adept. Ich bin sein alternatives Selbst aus der anderen Sphäre. Jeder, der willens und in der Lage ist, durch das Nebelfeld zu gehen und sich dort nach mir zu erkundigen, wird Beweise für meine dortige Existenz erhalten. Ich bin in allen Dingen wie Blau, aber mir fehlt sein Wissen um diese Welt. Ich bin weder ein Betrüger noch bin ich der Gemahl dieser Lady. Nennt mich den Bruder Blaus. Ich entschuldige mich bei jenen von Euch, die einem Mißverständnis zum Opfer gefallen sind; es war nicht meine Absicht, Euch in die Irre zu führen." Es kam ihm komisch vor, sie mit „Euch" anzusprechen, aber in dieser Sphäre war dies die korrekte Pluralform. „Wäre ich ein anderer Adept, hätte ich wenig Grund, mich als Blau zu maskieren – ich könnte meine eigene Domäne errichten, gleichgültig von welcher Farbe. Meine magischen Kräfte sind real; warum sollte ich mich als jemand anders ausgeben?"

Die anderen schien dies zufriedenzustellen, aber nicht die Lady Blau. „Ich würde von dem mörderischen Adepten erwarten, daß er sich hier mit einer überzeugenden Geschichte einfindet. Und was wäre überzeugender, sich als Retter auszugeben, den Golem zu töten, den er selbst geschickt hat, um sich so einen legitimen Anstrich zu geben, indem er die Magie Blaus nachahmt? Und warum sollte er dies tun? Ich kann mir zwei Gründe vorstellen. Zunächst würde er so von dem Verdacht befreit sein, Blau ermordert zu haben. Zweitens fielen ihm so die Dinge in die Hände, die Blau gehörten."

Kurrelgyre drehte sich zu ihr herum und wölbte die Brauen. „Ein Adept von solcher Macht könnte seine eigene Domäne erschaffen, die ebenso beeindruckend ist wie diese und weniger Komplikationen mit sich bringt."

„Nicht ganz", sagte sie leise.

„Was befindet sich in dieser Domäne, nach dem es einen fremden Adepten gelüsten und das er nicht selbst erschaffen könnte?"

Die Lady zögerte, ihr Gesicht rötete sich, aber sie mußte antworten. „Ich. Man sagt, daß ich schön bin..."

Ein überzeugender Punkt! „Ihr seid in der Tat schön", stimmte Kurrelgyre zu. „Das wäre ein Motiv. Dennoch, wenn er die Werke Blaus fortsetzt und die Domäne in Ordnung hält – ist dies nicht genau das, was Ihr wünscht?"

„Ich soll in dieser Domäne jenen akzeptieren, der meinen Geliebten ermordet hat?" fragte sie zornesrot. „Dafür werde ich mein stolzes Erbe nicht hergeben! Der falsche Adept kann mich vielleicht mit seiner Magie vernichten, wie er meinen Geliebten vernichtet hat, aber niemals wird er den Mantel und die Rechte Blaus in seinen Besitz bekommen."

Kurrelgyre drehte sich auf der Mauer, um Stile anzusehen. „Ich glaube an Euch, Freund. Aber der Einwand der Lady klingt überzeugend. Die Magie der Adepten übersteigt das Begriffsvermögen von einfachen Tieren wie uns. Es kann keinen schlüssigen Beweis dafür geben, daß Blaus alternatives Selbst auf Proton und Ihr identisch seid – dieser Doppelgänger könnte ebenfalls tot und Ihr ein durch Magie erschaffenes Gebilde sein, das sich als Blau ausgibt, während die wahre Macht in den Händen eines anderen liegt. Ihr könntet uns alle getäuscht haben, und ehe wir nicht von Eurer Echtheit überzeugt sind..."

Stile war verdutzt. „Wenn weder meine Ähnlichkeit noch meine Magie sie überzeugen kann und sie nicht auf mein Wort vertrauen will..."

„Darf ich zwei Fragen stellen?" warf Hulk ein.

Stile lachte. „Wir haben bereits mehr Fragen als Antworten! Nur zu, schick' deine in den Ring."

„Wofür war der Blaue Adept außer für sein Aussehen und seine Magie bekannt?"

„Für seine Integrität", erwiderte die Lady sofort. „Er hat nie eine Lüge benutzt oder sich der Täuschung bedient, niemals in seinem ganzen Leben."

„Und noch nie hat dieser hier eine Lüge benutzt", erklärte Kurrelgyre.

„Das müßte bewiesen werden", sagte sie.

Der Werwolf zuckte die Schultern. „Nur die Zeit kann diese Eigenschaft beweisen. Gab es nicht noch etwas anderes, das rascher ein Urteil erlaubt?"

„Seine Reitkunst", rief die Lady, und ihr Gesicht strahlte. „Auf ganz Phaze war er der einzige, der besser reiten konnte als ich. Seine Liebe zu den Tieren, insbesondere zu Pferden, war so groß..." Sie verstummte, überwältigt von ihren Gefühlen.

Von einer solchen Frau geliebt zu werden! dachte Stile. Ihr Gemahl war tot, aber noch immer verteidigte sie ihn mit aller Kraft. Sie hatte recht – es konnte durchaus sein, daß ein anderer Adept sie begehrte, und das nicht nur ihrer Schönheit wegen, und bereit war, ungewöhnliche Anstrengungen zu unternehmen, um sie zu gewinnen.

Kurrelgyre sah Stile an. „Wie gut reitet Ihr?"

„Ich kann diese Frage beantworten", sagte Hulk. „Stile ist der beste Reiter auf Proton. Ich bezweifle, daß irgend jemand in dieser Sphäre ihn auf dem Pferderücken schlagen kann."

Die Lady sah verwirrt drein. „Dieser Mann kann reiten? Ohne Sattel auf einem ungezähmten Roß? Ich würde mich freuen, ihn in dieser Hinsicht einer Prüfung zu unterziehen."

„Nein", sagte Hulk.

Stirnrunzelnd starrte sie ihn an. „Ihr beschützt ihn, Menschenfresser, indem Ihr ihn davor bewahrt, seine Unfähigkeit auf einem Roß zu verraten?"

„Ich versuche nur, zu einer vernünftigen Entscheidung zu gelangen", entgegnete Hulk. „Wir haben erkennen müssen, daß Übereifer zu nichts führt – so wie Stiles Demonstration seiner magischen Kräfte. Wenn man von der Wirkung ausgeht, so hätte er ebensogut darauf verzichten können. Ihn jetzt einem Reittest zu unterziehen, wo er geschwächt und verletzt ist..."

„Ihr habt recht", stimmte Kurrelgyre zu. „Dennoch ist die Bedeutung eines Beweises..."

„Was mich zu meiner zweiten Frage bringt", unterbrach Hulk.

„Ist es wirklich eine Angelegenheit zwischen Stile und der Lady – oder zwischen der Lady und der Stute?"

Die Lady und die Stute sahen einander verblüfft an. „Er *sieht* nur *aus* wie ein Menschenfresser", knurrte Kurrelgyre anerkennend. Dann wandte er sich an Stile: „Seine Worte sind vernünftig. Euer Schicksal muß zwischen der Lady und der Stute entschieden werden. Sie sind es, die einen Anspruch auf Euch erheben. Falls sich herausstellt, daß Ihr der Blaue Adept seid, so wird eine von ihnen Leid zu tragen haben. Das ist es, was uns Wölfe und Einhörner hierhergeführt hat."

Stile gefiel das nicht. „Aber..."

Der Hengst tutete hinter der Mauer. „Nur der beste Reiter konnte das geringste aller Einhörner bezwingen", übersetzte Clip. „Dieser Mann bezwang Neysa – wir akzeptieren ihn als den Blauen Adepten."

Stile war verblüfft von dieser abrupten Meinungsänderung des Hengstes. „Wie könnt Ihr wissen, ob ich wirklich..."

„Wir haben Euch gesehen", erklärte Clip. „Wir forderten sie auf, Euch abzuwerfen, aber wir können nicht behaupten, daß es ihr gelungen ist. Wir erkennen an, was auch immer Ihr sonst sein oder nicht sein mögt, daß Ihr in der Tat der beste Reiter Eures Volkes seid."

„Aber hätte sie sich in ein Glühwürmchen verwandelt..."

„Dann hätte sie sich eingestehen müssen, Euch nicht in ihrer natürlichen Gestalt besiegen zu können", entgegnete Clip. „Es spielt jetzt keine Rolle. Kein Mensch ist jemals wie Ihr geritten. Der Hengst nahm Euch dies übel, aber jetzt, wo er weiß, daß dies ein Zeichen Blaus war..."

„Ich habe es nicht wirklich selbst getan", gestand Stile, als er sich plötzlich erinnerte. „Ich habe gesummt, und das war Magie, obwohl ich es zu dieser Zeit nicht gewußt habe. Ich habe Magie benutzt, um auf ihr zu bleiben."

„Die Einhörner sind immun gegen Magie", sagte Clip. „Abgesehen von der Magie der Adepten. Ein anderer Adept hätte sie vernichten, sie aber niemals reiten können. Es gibt nur einen Adepten, von dem wir wissen, daß er überhaupt reiten kann, und das ist Blau. All dies hat der Hengst bedacht, bevor er Euch akzeptiert hat."

„Aber ich akzeptiere Euch nicht!" fauchte die Lady. „Die Einhörner könnten sich mit dem falschen Adepten verbündet haben, um einen Betrüger in die Blaue Domäne einzuschleusen. Mein Geliebter war ein Pferdefreund, und er hatte nicht das geringste für

Einhörner übrig, und das galt auch umgekehrt, obwohl er sie behandelt hätte, hätten sie sich herabgelassen, zu ihm zu kommen. Die Stute könnte diesem Betrüger erlaubt haben, sie zu reiten..."

Clip reagierte zornig, aber Kurrelgyre griff ein. „Habt Ihr jemals gehört, Lady, daß Werwölfe in irgendeiner Hinsicht jemals mit Einhörnern zusammengearbeitet haben?"

„Niemals zuvor", gab sie zu. „Sie sind natürliche Feinde."

„Dann akzeptiert dieses Wort von diesem Werwolf: Ich habe diese Stute kennengelernt. Sie hat sich nicht freiwillig unterworfen, abgesehen davon, daß sie darauf verzichtet hat, ihre eigene Magie zu benutzen, um ihn zu vernichten. Er hat sie körperlich bezwungen – und dann, als sie sah, was für eine Art Mann er war, die Art Mann, die Ihr als Euren Lord beschreibt, eroberte er sie gefühlsmäßig. Aber zuerst hat er sie geritten."

„Fast wünschte ich, Euch glauben zu können", murmelte die Lady, und Stile sah den Schmerz, den ihr die Entscheidung bereitete. Sie war nicht gegen ihn – sie mußte sich seiner nur sicher sein, und sie wagte nicht, einen Fehler zu begehen.

Dann versteifte sie sich. „Die Stute könnte leichter zu reiten sein als die anderen Einhörner", erklärte die Lady. „Sie ist klein, und sie besitzt nicht die richtige Einhornfarbe. Sie könnte auch andere Mängel haben."

Neysa stampfte mit einem Vorderlauf auf den Boden, reagierte aber nicht weiter auf diese Beleidigung.

„Sie ist nicht weniger temperamentvoll als alle anderen in der Herde", sagte Clip gepreßt, sprach nun für sich selbst. „Und auch wenn sie unter Mängeln leiden würde, so wäre sie doch ein Einhorn und kein gewöhnliches Pferd. Niemand anders als dieser Mann hätte sie reiten können."

Die Lady sah ihn herausfordernd an. „Wenn er ein Tier reiten kann, das mich abwirft, dann würde ich ihm glauben."

„Demnach bleibt Euch nichts anderes übrig, als Neysa zu reiten", bemerkte Kurrelgyre. „Ihr verfügt nicht wie er über jenes magische Summen, aber die Stute ist müde von dem langen harten Ritt, um diese Burg rechtzeitig zu erreichen. Ich habe sie den ganzen Weg über begleitet, und ich habe die Anstrengung dieser Reise in den Knochen gespürt – obwohl ich ein Wolf bin. Somit erkläre ich diesen Wettkampf für gerecht. Auf diese Weise könnt Ihr beweisen, daß Stile kein besserer Reiter ist als Ihr selbst."

„Sie kann kein Einhorn reiten!" protestierte Stile.

„Ich behaupte, daß alles, was Ihr reiten könnt, auch ich reiten kann", wandte sich die Lady an ihn. „Kein anderer Mann konnte sich mit meinem Lord vergleichen. Er hätte ein Einhorn reiten können, hätte er es gewollt."

Der Hengst schnaubte zornig, und Stile brauchte keine Übersetzung, um ihn zu verstehen. Die Einhörner glaubten nicht, daß irgendein normaler Mensch einen der ihren ohne seine Zustimmung reiten konnte. Sie hatten allen Grund zu dieser Überzeugung. Stile selbst hatte nicht geahnt, was für eine Herausforderung Neysa sein würde – bis sie ihn eines Besseren belehrt hatte. „Lady", sagte Stile. „Setzt Euch nicht dieser Tortur aus. Niemand kann Neysa reiten!"

„Niemand außer Euch?" Ihre Verachtung war offensichtlich.

Stile erkannte, daß es sein mußte. Die Angelegenheit mußte geklärt werden, und dies war, nach allgemeiner Überzeugung, eine adäquate Prüfung. Gleichgültig, ob sich Stile nun für die Lady oder die Stute entschied, es würde Ärger geben, und er schien nicht beide behalten zu können. Wenn die Lady und das Einhorn es selbst unter sich austrugen, würde er der Siegerin gehören.

Oder nicht? Falls die Lady gewann, würde die Blaue Domäne untergehen, denn dann gab es keinen anerkannten Adepten, um sie aufrechtzuerhalten, und die Neuigkeit würde sich rasch verbreiten. Falls Neysa gewann, würde es keine Lady Blau mehr geben, denn dann war sie tot. Wie er tot gewesen wäre, hätte ihn Neysa bei ihrem ersten Ritt abgeworfen. Es war die Art der Einhörner, die Art des Lebens auf Phaze, und alle wußten es, die Lady eingeschlossen. Sie setzte ihr Leben aufs Spiel. So oder so, Stile würde verlieren.

Trotz all seiner magischen Kraft konnte er weder den Ausgang des Kampfes noch sein eigenes Schicksal bestimmen. Was für eine Ironie: „Erkennt Euch selbst", hatte das Orakel gesagt, ohne ihn darüber zu informieren, was die Erkenntnis kosten würde.

„Ich weiß, daß dies hart für Euch ist", sagte der Werwolf. „So wie es für mich hart war, das zu tun, was getan werden mußte, als ich meinem Sire gegenüberstand. Dennoch müßt Ihr Euch dem Urteil dieser Prüfung unterwerfen. Es ist gerecht."

Gerecht! dachte er ungläubig. Das Ergebnis dieser Prüfung würde entweder der Tod oder eine Lüge sein!

Die Reihen der Tiere glitten auseinander, und sie bildeten einen riesigen Kreis, der auf der einen Seite von der Burg und auf der anderen Seite von dem magischen Kerker begrenzt wurde. Die Einhörner formten einen Halbkreis, die Werwölfe den zweiten, zusammen bildeten sie den Ring.

Neysa stand in der Mitte des Kreises, die Lady neben ihr. Beide waren wunderschön. Stile wünschte erneut, sie beide haben zu können, aber er wußte, daß es unmöglich war. Wenn er die Vorteile der Magie akzeptierte, dann mußte er auch die Nachteile in Kauf nehmen. Wie blind war er doch in diesen schrecklichen Entscheidungskampf gestolpert! Hätte er doch bei seiner Rückkehr nach Phaze nur Neysa nicht in der Blauen Domäne zurückgelassen – aber vielleicht war diese Konfrontation unausweichlich gewesen.

Die Lady machte einen zierlichen Sprung, trotz ihres weiten Gewandes, das zum Reiten nicht sehr geeignet war. Sobald sie auf Neysas Rücken landete, stürmte das Einhorn los.

„Sie weiß, wie man reitet", bemerkte Hulk beeindruckt. „Wenn ich es nicht besser wüßte, ich würde schwören, daß du das bist, Stile, in einem Kleid. Ich habe dich im Spiel beobachtet, als du Broncos zugeritten hast."

Stile verharrte in düsterem Schweigen. Die Lady Blau konnte in der Tat reiten, besser, als er erwartet hatte – aber er wußte, daß sie sich nicht auf dem Einhorn halten konnte. Wenn sie stürzte, würde Neysa sie töten, falls der Sturz selbst sie nicht umbrachte. Es war legitim; man erwartete es. Und was sollte er dann mit Neysa anfangen?

Das Einhorn bockte, schlug dann ein Rad, hüpfte auf einem Lauf, bockte dann erneut und ließ sich auf den Rücken fallen. Die Lady blieb bis zum letzten Moment auf Neysas Rücken, sprang dann ab – und wieder hinauf, als Neysa auf die Beine kam.

Hulk keuchte. „Was ist das für ein Tier? Derartige Tricks sind unmöglich!"

Neben Stile erklang ein schnaubender Akkord. Er sah zur Seite – und erblickte den Herdenhengst, der bequem die Vorderläufe auf dem Mauersims verschränkt und die Augen auf den Kampf gerichtet hatte. „Nicht schlecht", übersetzte Clip.

Neysa drehte sich und sprang, rotierte in der Luft. Die Sandalen der Lady flogen davon, und ihr Gewand bauschte sich so heftig, daß es zerriß: Ein blaues Stoffstück segelte zu Boden. Aber die Hände hatte sie in der Mähne des Einhorns verkrallt, und sie befand sich noch immer an ihrem Platz.

Plötzlich rollte sich Neysa über den Boden. Erneut sprang die Lady ab – aber ein Stück ihres Saumes wurde unter dem Einhorn eingeklemmt und behinderte sie. Als Neysa weiterrollte, wurde die Lady von ihrem Gewand immer mehr zusammengepreßt. Sie schlitzte ihr Gewand auf und kam frei, war nun nackt.

„Was für eine Figur!“ keuchte Hulk.

Neysa begann sich aufzurichten. Die Lady packte ihre Mähne – und Neysa senkte ihren Kopf, klemmte das wallende goldene Haar der Lady zwischen Horn und Boden fest. Die Lady griff nach den Ohren des Einhorns, und rasch hob Neysa den Kopf; menschliche Hände konnten den Ohren eines Pferdes wahrlich weh tun, wenn sie es wollten. Stile hatte während seines Rittes die Ohren in Ruhe gelassen. Es war nicht seine Art. Aber die Lady kannte diese Tricks! Neysa jedoch packte jetzt die Haarspitzen der Lady mit den Zähnen. Auch das Einhorn beherrschte einige Tricks. Menschliche Intelligenz in einem Pferdekörper – mörderisch! Als die Lady versuchte, wieder aufzusteigen, zog Neysa an ihrem Haar und brachte sie aus dem Gleichgewicht.

„Wunderschön!“ murmelte Clip.

Aber die Lady ergriff mit einer Hand ihr Haar und rammte ihre anderen Finger in Neysas Maul, wo sich eine Lücke zwischen den Vorderzähnen befand, mit denen man Gras aus dem Boden rupfte, und den Backenzähnen, die ein Pferd zum Kauen benutzte. Druck in dieser Lücke konnte Schmerz erzeugen. Neysas Maul öffnete sich unter diesem kundigen Griff, und das Haar der Lady war frei. Dann, als Neysa davonsprang, schwang sich die Lady wieder auf ihren Rücken.

Neysa rannte – doch die Lady wurde jetzt nicht mehr von ihrer Kleidung behindert und besaß nun sichereren Halt als zuvor. „Sie gewinnt!“ entfuhr es Hulk, der offensichtlich auf der Seite der Lady stand und in seiner Erregung vergaß, was dies für Stile bedeuten würde.

Stile begann nachdenklich zu werden. War es möglich, daß die Lady Blau Neysa reiten konnte? Sie war, nach ihm, der erfahrenste Reiter, dem er je begegnet war.

Der Hengst gab ein wütendes Schnauben von sich. „Was ist mit dieser Stute los?“ sagte Clip. „Sie hätte die Reiterin inzwischen schon abwerfen müssen.“

„Sie ist sich noch unschlüssig“, bemerkte Kurrelgyre. „Wenn Neysa verliert, bestätigt sie die Überzeugung der Lady, daß Stile ein Betrüger ist. Wenn Neysa gewinnt, bestätigt sie ihn als den Blauen Adepten, was sie nicht will. Ich wünschte, ich könnte ihr diese Entscheidung abnehmen.“

Stile hielt seine Augen nach vorn gerichtet, aber er fröstelte. Der Werwolf hatte im Rudel seine Wölfin, genau wie Stile Sheen auf Proton hatte. Aber Kurrelgyre hatte offensichtlich ein besonderes

Interesse an Neysa entwickelt, das die Grenzen zwischen den Spezies überschritt – genau wie Stile. Aber wer konnte Neysa kennen und sie nicht mögen und respektieren?

„Ja", stimmte Stile zu. Er sah für diese Auseinandersetzung kein akzeptables Ergebnis. Gleichgültig, wer gewann, er nahm Stile einen Teil seiner Verpflichtungen. Neysa war seine Freundin; die Lady repräsentierte sein Erbe. Welche sollte er wählen? Und welcher von ihnen war das Schicksal hold, daß sie ihn wählen konnte? Wählen – und gleichzeitig vernichten?

„In Zukunft werde ich selbst mein Schicksal bestimmen", brummte Stile. Und er hörte zu seiner Überraschung ein zustimmendes Schnauben von dem Hengst.

Neysa galoppierte so schnell, daß ihre Mähne und das Haar der Lady hinter ihnen herflatterten und sich die schwarzen und goldenen Strähnen fast vermischten. Schatten und Sonnenlicht. Sie brach nach links und rechts aus, daß Funken von den Steinen im Boden stoben. Sie bockte und bäumte sich auf. Aber die Lady blieb auf ihrem Rücken.

Dann hetzte das Einhorn auf die Burg zu. Sie überwand den schmalen Graben mit einem geschmeidigen Sprung, landete auf den Vorderläufen und schmetterte ihren Hinterleib gegen die Mauer. Bewunderndes Grollen ging von den Wölfen aus, und selbst der Hengst schnaubte anerkennend. Neysa versuchte jetzt wirklich alles – aber die Lady war klug genug gewesen, rechtzeitig abzuspringen. Als die Hinterläufe des Einhorns wieder den Boden berührten, saß die Lady auch schon wieder auf dem Rücken.

Sie überquerten den Graben, stürmten weiter über die Arena auf die magische Ziegelwand zu. Jetzt sah Stile, wie Feuer aus Neysas Nüstern schlug und sich ihr Rumpf wie ein Blasebalg ausdehnte und zusammenzog, als sie ihre Anstrengungen verdoppelte. Die Lady war fast unsichtbar, hatte sich dicht an den Pferdeleib gepreßt, ihr Kopf berührte Neysas Hals.

Stile verfolgte mit wachsendem Unbehagen, wie das Einhorn mit dem Horn voran auf die Wand zustürmte. Stile stand ihr direkt im Weg; ihre Augen waren groß und blutunterlaufen, und ihre flammenden Nüstern waren rotgerändert. Neysa war dem Zusammenbruch nahe – und noch immer klammerte sich die Lady an ihr fest. Stile empfand Erleichterung für die Lady, Trauer für Neysa und Besorgnis für sich selbst – er war der Fokus dieser Agonie.

Dann brach Neysa plötzlich zur Seite aus, warf das Hinterteil in die Luft. Ihre Flanke prallte gegen die Wand, zerschmetterte die oberste Reihe der Ziegel und löste den Mörtel mehrerer tieferer Reihen. Sie fuhr zurück, kam wieder auf die Beine, atmete Feuer aus – und die Lady hing an ihrer Seite, jenseits der Wand. Andernfalls wäre das Bein der Lady zerschmettert – und Stile getroffen worden, denn er war zu vertieft in den Anblick gewesen, um rechtzeitig zur Seite zu springen. Nur die Krümmung der Wand und Neysas Seitenbewegung hatten ihn gerettet.

Der Hengst schüttelte einen Ziegelstein von seinem Rücken. Weder er noch Kurrelgyre hatten sich bewegt. Alle drei waren mit rotem Ziegelstaub bedeckt. Aber ein Teil des Staubes war klebrig – wessen Blut war es?

„Es geht um Leben und Tod“, murmelte Hulk ehrfürchtig.

„So ist es Brauch auf Phaze“, versicherte ihm Kurrelgyre.

Aber jetzt ermüdete Neysa. Sie hatte sich einen Tag und eine Nacht lang verausgabt, um Stile hierherzubringen, und der gestrige Tag war nicht genug gewesen, um ihre Kräfte zu regenerieren. Ihre Bewegungen wurden langsamer. Der Zusammenprall mit der Wand war ihr letzter Versuch gewesen. Die Lady hob den Kopf, sah sich triumphierend um – und im gleichen Moment legte sich ein trauriger Ausdruck um ihren Mund. Hatte sie, tief im Herzen, gewollt, daß Stiles Behauptung sich als wahr herausstellte, obwohl sie dies das Leben kosten würde? Was für eine Art Leben erwartete diese unbeugsame Frau, wo ihr Gemahl fort war und die Welt von ihrer Verwundbarkeit wußte? Hätte sie verloren, hätte sie sterben müssen – aber sie wäre gestorben in dem Bewußtsein, daß die Blaue Domäne überlebte.

Dann, verzweifelt, ohne rechte Hoffnung, versuchte es Neysa mit unterschiedlichen Gangarten. Die Ein-, Zwei-, Drei- und Viertaktgangarten verursachten der Lady keine Schwierigkeiten – aber offenbar war ihr die Spezialität des Einhorns, die Fünftaktgangart, bisher unbekannt gewesen. Sofort registrierte Neysa die Unsicherheit ihrer Reiterin. Sie griff die Gangart auf, beschleunigte diesen einzigartigen Schritt. Ihre Kraft kehrte für diesen letzten Versuch zurück.

„Was ist das?“ fragte Hulk verwirrt.

Der Hengst schnaubte befriedigt. „Das ist der Einhorngang“, erklärte Clip. „Wir benutzen ihn hauptsächlich bei bestimmten Harmonien, Kontrapunktkadenzen. Wir wußten nicht, daß sie ihn so gut beherrscht.“

Plötzlich hatte sich das Blatt gewendet. Die Lady klammerte sich an die Mähne, aber ihr Leib hüpfte mit zunehmender Heftigkeit auf und ab, war nicht in der Lage, sich diesem fremdartigen Schritt anzupassen. Stile wußte genau, welchem Problem sie gegenüberstand. Reiten war nicht nur eine Frage des Festhaltens – der Reiter mußte seine Balance und seine Haltung ständig anpassen, was zumeist automatisch geschah, auf ins Fleisch übergegangener Erfahrung beruhte. Eine völlig fremde Gangart führte dazu, daß diese automatischen Anpassungen das Problem nur verstärkten. Stile selbst hatte diesen Schritt rechtzeitig analysiert, aber die Lady...

Eine Hand der Lady Blau löste sich von der Mähne. Ihr Körper glitt halb vom Pferderücken. Eine heftige Bewegung, und Neysa hatte sie abgeworfen. „Tötet sie!" keuchte Clip.

Abrupt blieb Neysa stehen. Die Lady packte wieder zu, verharrte für einen Moment – dann ließ sie die Mähne los und rutschte zu Boden. Der Ritt war beendet.

„Diese kleine Närrin!" entfuhr es Clip. „Sie hatte den Sieg in der Tasche! Warum hat sie nicht weitergemacht?" Und der Hengst schnaubte voller Empörung.

„Sie hat ihren Platz in der Herde aufgegeben", sagte Kurrelgyre traurig. „Um es mit Euren Worten zu sagen – sie hat das Spiel geschmissen."

Stile sprang von der Mauer und ging auf das Einhorn und die Lady zu, die beide wie erstarrt dastanden, mit abgewandten Gesichtern. Während er ging, begann er zu verstehen. Stile spielte auf seiner Mundharmonika, während allmählich ein Entschluß in ihm reifte, und er sammelte seine magischen Kräfte.

Neysa, kurz zuvor noch der Niederlage nahe, hatte den Sieg vor Augen gehabt. Aber Neysa war Stiles Wohlergehen wichtiger als ihr eigenes. Sie hatte schließlich, widerwillig, die Tatsache akzeptiert, daß er seine Bestimmung nur als Blauer Adept und mit seinen magischen Kräften finden konnte. Sobald sie bewiesen hatte, daß nur er allein ein Einhorn reiten konnte – was würde sie dann gewinnen, wenn sie die Lady tötete oder verstümmelte, jene Lady, die seine natürliche Partnerin war? Neysa hatte ihn der Lady überlassen, damit er sich und die Blaue Domäne erkennen konnte, wie es das Orakel verlangt hatte. Sie hatte erkannt, daß er schon halb seiner alternativen Frau verfallen war, und sie hatte weiter erkannt, daß die Lady Blau tatsächlich seiner wert war.

Neysa hatte Stile ihre eigene Liebe geopfert. Sie hatte der einzigen Person, der sie es beweisen mußte, der Lady Blau, bewiesen, daß er kein Betrüger war – die Wölfe und Einhörner konnten es bezweifeln, wenn sie es wollten, aber die Lady durfte es nicht. Da Stile die Einhorngangart gemeistert hatte, ohne abgeworfen zu werden, war er *wirklich* der bessere Reiter. Das war Neysas Geschenk an Stile. Und er ... er mußte es annehmen. Neysa war sein einzig denkbares Roß, aber die Lady war seine einzig denkbare Frau. Er kannte sie noch kaum, aber er wußte, daß sein anderes Selbst seine Wahl weise getroffen hatte, und alles, was er bis jetzt wußte, bekräftigte diesen Eindruck. Er wußte außerdem, daß sein alternatives Selbst von Phaze gewünscht hätte, daß Stile an seine Stelle trat – denn er war der Blaue Adept.

Wie dem auch sei, noch war die Lady Blau nicht seine Frau. Stile hatte sich, in dieser Hinsicht, lediglich für das Turnier qualifiziert und das Recht erworben, um sie zu freien. Er mußte sich auf andere Art als durch seine Zauber- und Reitkünste beweisen, um ihre Liebe zu gewinnen. Er mußte überzeugend demonstrieren, daß er so gut war wie ihr früherer Gemahl. Vielleicht hatte er keinen Erfolg, war sie doch so unerbittlich loyal zu ihrer ersten Liebe, daß eine zweite Liebe möglicherweise undenkbar war. Aber in der Zwischenzeit, so wußte er, würde sie ihn als Herrn über die Blaue Domäne akzeptieren und ihn in der Öffentlichkeit unterstützen, wie sie den Golem unterstützt hatte – um des Rufes und des Werkes von Blau willen. Mehr als das hatte er nicht zu erwarten. Doch im Moment war dies mehr als genug.

Es war Neysa, um die er sich kümmern mußte. Sie, die all das ermöglicht hatte – und die nun gehen würde, ausgeschlossen von der Herde, zur Schande verurteilt, sich selbst von jener Klippe zu stürzen, auf der sie einander nähergekommen waren. Sie hatte immer in der Hoffnung gelebt, daß der Herdenhengst sie eines Tages wieder als vollwertiges Mitglied in die Herde aufnehmen würde. Er wäre auch dazu bereit gewesen, hätte sie, wie erwartet, die Lady getötet. Aber für eine Kreatur, die ein Unentschieden in einem Wettstreit auf sich nahm, den sie hätte gewinnen können, und den Stolz der Herde verletzte, gab es keine Vergebung. Der Ehrenkodex der Spezies war hart.

Stile hatte, in seiner Naivität, Neysa freigelassen, nachdem sie von ihm bezwungen worden war, sich zu einem Verzicht durchgerungen, den kein anderer Mensch auf sich genommen hätte – und eine bessere Freundin gewonnen, als er je gehabt hatte. Nun hatte sie ihm den Gefallen zurückgegeben.

Stile drehte den Kopf, während er ging, und sein Blick wanderte über die Einhörner und Werwölfe. Alle waren ernst, beobachteten ihn, wußten was nun kommen mußte, wußten, daß dies die Trennung von seinem loyalsten Freund bedeutete. Sie empfanden Mitleid mit ihm und der Stute, und es war eine kleine Tragödie, aber so war der Lauf des Lebens – Phaze.

Verdammt! dachte er. Er gehörte nicht wirklich auf diese Welt, und dies bewies es. Er war in einer anderen Ordnung der Integrität erzogen worden, in der Blutopfer nicht erforderlich waren. Wie konnte er diesen sinnlosen Verlust tolerieren? Doch gleichzeitig wußte er, daß dieses Opfer hier nicht sinnlos war. Die Gesetze dieser Gesellschaft waren rauh, aber begründet.

Die Magie manifestierte sich weiter, während er spielte. Die seltsame Wolke umhüllte ihn – und auch die Lady und das Einhorn, als er sie erreichte. Aber was für einen Nutzen besaß Magie in einem ethischen Dilemma? Welchen Zauberspruch konnte er formulieren, um das zu verhindern, was – wie er wußte – geschehen mußte?

Stile blieb vor Neysa stehen, spielte die Musik, die von den Klängen ihres Horns inspiriert worden war. Sie atmete schwer nach der ungeheuren Anstrengung, die hinter ihr lag. Ihre Mähne war zerzaust, und an ihrem Rücken klebten trockene Blätter, und Striemen zogen sich über ihre Flanke. Blutflecken verdunkelten ihr Fell – sie mußte sich bei dem Zusammenstoß mit der Burgmauer verletzt haben. Er wünschte, sie mit einem kleinen Zauberspruch heilen zu können, aber er wußte, daß dies jetzt nicht der richtige Zeitpunkt war. Mit glanzlosen Augen sah sie ihn an. Sie wartete nur darauf, daß er ihr Lebewohl wünschte.

Lebewohl? Was für eine Ironie! Er würde sie in den Tod schikken. Das erinnerte Stile dunkel an den Marathonlauf in der anderen Sphäre. Er war fast dem Zusammenbruch nahe gewesen, wie jetzt Neysa, aber er hatte gesiegt – genau wie sie – und dann versucht, es bei dem Gegner, den er respektierte, wiedergutzumachen. Erneut hatte er einen Freund gewonnen. Gewiß konnte er seine Beziehung zu Neysa retten, wenn er nur klug genug war, den Weg zu finden!

Was hatte der Werwolf über Eide gesagt? Sie übertrafen alle anderen Beziehungen, ohne daß es zu Konflikten kam, auch jene zwischen Mann und Frau. Kurrelgyres Eidfreund konnte Kurrelgyres Wölfin kein Leid zufügen – der Eid machte dies irrelevant.

Der Marathonlauf. Der Eid. Was war ihm durch den Kopf gegangen, als…?

Und er wußte es.

Stile senkte die Mundharmonika. Während die magischen Kräfte um ihn wallten, sang er zu einer improvisierten Melodie: „Mein Name ist Stile, Blauer Adept seit einer Weil'; ich steh' hier bereit, entbiete meinen Eid: für das Einhorn Neysa, Roß und Maid – Freundschaft auf ewig, vereinet uns beid'."

Für einen Moment war es, als ob eine dichte Wolke die Sonne verdunkelte. Eine plötzliche, seltsame, fauchende Briese ließ die Blätter der fernen Bäume rascheln und die blauen Wimpel der Burg flattern und die Mähnen und Haare der Tiere fliegen. Neysas Augen wurden groß. Ihre Ohren zuckten, als sie zu begreifen begann. Sie verwandelte sich in ein Mädchen, wieder in ein Einhorn, dann in ein Glühwürmchen und erneut in ein Einhorn, vollkommen verwirrt.

Die Welle des Zaubers glitt mit milder Wärme über sie hinweg, rollte dann weiter, breitete sich kreisförmig aus. Die Wiese veränderte ihre Farbe, schillerte wie ein Regenbogen und normalisierte sich wieder, während sich der Kreis stetig vergrößerte. Die Welle spülte über die nackte Lady hinweg, deren zerzaustes Haar einen Augenblick lang funkelte, und als sie davonglitt, war das Haar wieder glatt.

Die Lady drehte sich herum. „Nur die reine Wahrheit erzeugt eine derartige Welle", murmelte sie. „Und nur mein Lord verfügte über derartige magische Kräfte."

Stile breitete die Arme aus. Überwältigt trat Neysa vor, das Horn erhoben, um ihn nicht zu verletzen. Stile legte seine Arme um ihren Nacken und drückte sie an sich. „Verlaßt mich nie, Eidfreundin", murmelte er. Er hörte ihr leises, zustimmendes Wiehern und fühlte ihre feuchte Schnauze an seiner Schulter. Dann ließ er sie los, und sie trat zurück.

Die Lady Blau kam näher. Sie umarmte Neysa. „Niemals wieder soll Streit zwischen uns sein", sagte sie mit Tränen in den Augen. Neysa gab ein leises, beipflichtendes Schnauben von sich.

Jetzt kamen die Wölfe und Einhörner, bildeten eine krumme Schlange, ohne sich darum zu kümmern, daß sich die beiden Spezies vermischten. Jeder Wolf berührte mit seiner Nase Neysas Schnauze, und jedes Einhorn kreuzte mit ihr die Hörner. Alle schlossen sich dem Eid der Freundschaft an. Selbst ihr Bruder Clip kam, und Kurrelgyre und Hulk. Neysa akzeptierte sie alle.

Es war, so wußte Stile, der Macht seines Zauberspruches zu verdanken. Als er seinen Eid in Versform und mit Hilfe der Musik geleistet hatte, hatte er Magie erzeugt – und einen mächtigeren Zauber erschaffen, als er erwartet hatte. Der Zauberspruch, den er sich vorgestellt, aber nicht ganz in Worte gefaßt hatte, war wie eine Woge über alle Kreaturen hinweggerollt und hatte sie dazu gebracht, Stiles Gefühle zu teilen. Neysa würde von nun an von der Herde akzeptiert werden – und auch von dem Rudel. Sie war die Freundin aller. Aber sie würde bei Stile bleiben, hatte seine Macht zusammen mit seinem Eid akzeptiert.

Nur der Herdenhengst stand abseits. Er allein hatte dem Zauberbann widerstanden. Er griff nicht ein, wartete hinter der Mauer, bis die Zeremonie beendet war. Dann blies er laut und durchdringend zum Sammeln und sprang über den Wall. Er hatte ihn nie ernsthaft behindert: Er war lediglich der Beweis für die Macht des Blauen Adepten gewesen, eine Macht, die sich auch zerstörerischer hätte manifestieren können. Sobald der Herdenhengst erkannt hatte, daß Stile kein Betrüger war, hatte er keine Bedenken mehr gehabt. Jetzt eilten die Einhörner zu ihm, galoppierten los, um Aufstellung zu nehmen. Unter dem Klang ihrer Hörner, die wie ein ganzes Orchester klangen, trotteten sie davon.

Kurrelgyre nahm seine Wolfsgestalt an und veranlaßte sein Rudel mit einem Geheul, sich ebenfalls zu sammeln. Sein Glaube hatte sich als gerechtfertigt erwiesen, und seine Wölfin war zufrieden. Die Wölfe drängten sich um ihn, und das Rudel hetzte in entgegengesetzter Richtung davon. Einen Moment später befanden sich nur noch Stile, Neysa, die Lady Blau und Hulk in der Blauen Domäne.

Stile drehte sich zu der Frau herum, die er zu der seinen machen wollte. Nichts war geklärt, weder was sie noch was den unbekannten Mörder oder die Lage in der anderen Sphäre anbetraf. Aber es war ein Anfang gemacht worden. „Lady, wollt Ihr auf meinem Roß reiten?" fragte er. Es gab keinen Grund, Neysa darum zu bitten – als Freundin würde sie alles für ihn tun, und er für sie. Als er das Angebot aussprach, da gab er zu, daß er bis jetzt nur einen teilweisen Anspruch auf die Lady erhob und ihre Begleitung nicht als selbstverständlich betrachten konnte. Sie war eine Herausforderung, keine Freundin.

Die Lady Blau hob den Kopf, sah so würdevoll in ihrer Nacktheit aus wie in ihrem Gewand. Graziös bestieg sie Neysa. Stile ging an der einen Seite, Hulk an der anderen. Gemeinsam schritten sie durch das offene Tor.